John le Carré

The Night Manager

何灣嵐 譯

約翰 · 勒卡雷

# 夜班經理

紀念
Graham Goodwin

# 1

一九九一年一月一個風雪交加的夜晚，蘇黎士梅斯特皇宮飯店的英國籍夜班經理強納生・潘恩走出他櫃檯後面的辦公室，在一陣他不熟悉的感覺中走向大廳他平常的位置，預備迎接一位抵達得很遲的貴賓。波灣戰爭才剛開打。新聞整天都是聯軍轟炸的消息──職員低調地口耳相傳──已經造成蘇黎士的股票交易恐慌。一月的訂房率本來就不高，現在更是盪到谷底。在她漫長的歷史中，瑞士再次遭圍困。

而梅斯特皇宮飯店經得起挑戰。這間深受計程車司機和它熟客喜愛的梅斯特，在全蘇黎士無論實際上或傳統上都像是一位高踞在她自己山頂上的愛德華時代的古板姨媽，始終俯視著繁忙都會生活裡那些愚蠢玩意兒。山谷裡出現愈多改變，梅斯特愈是秉持原則，絕不屈從，有如傾向邪惡的世界裡一座文明的碉堡。

強納生的有利位置是兩座展示櫥窗之間的小凹處，兩座展示的都是時髦的女裝。班霍夫大街❶上的阿黛兒提供給女性假人的是一件紫貂披肩，而它底下只有一件金色比基尼，以及一對珊瑚耳環，價格得去問門房。在蘇黎士，抗議使用動物毛皮的聲浪一如在其他西方世界城市，但梅斯特皇宮對此連睬都不

❶ Bahnhofstrasse，是瑞士最大的購物街，長達一點四公里，位於中央火車站前，被譽為全歐洲最美麗的大街。Adèle是服飾店名。

睬。第二個展示櫥窗由同樣來自班霍夫大街的「西撒」提供，就比較迎合阿拉伯顧客的品味：鮮豔的繡花長袍、貼鑽女用頭巾，以及鑲上珠寶的腕錶，整套要價八萬法郎。傍著道旁這些奢華聖壇，旋轉門在強納生面前一覽無遺。

他是個體態結實的男人，但態度含蓄謹慎，臉上一抹帶著歉意、自我保護的微笑。就連他的英國人身分也是個隱藏得很好的祕密。他機靈敏銳而且正值壯年。如果你是水手，一定會以為他是同行，識得他行動中深思熟慮的秩序、謹慎擺放的雙腳，一隻手永遠留在船上。他有一頭修剪整齊的捲髮，和拳師般的濃眉。他淡色的眼睛會讓你嚇一跳。你會預期從他那兒得到更多的、莫測高深的盤問。

打手的外型包裹著溫和的態度足以使他令人不安。只要是待在這間旅館期間，你就不可能把他錯認作別人：比方那個頭髮梳得油滑光亮的前廳經理史崔普利先生，或是梅斯特先生那幾位彷彿諸神行經星群、在此穿梭走動的德裔青年才俊之一。身為旅館經理，強納生非常稱職。你不會去猜想他的出身，他是否聽音樂，以及他是否有妻子、孩子或養了條狗。當他看著大門，目光堅定的就像一名神射手。夜復一夜，他都配戴了一朵康乃馨。

如此大的風雪即使在一年的這個時節裡都非常少見。滾滾飛雪就像暴風雨中的白浪掃過被照亮的前院。服務人員知道將有貴客抵達，正期待地望進風雪中。洛普這下來不了了，強納生暗忖。就算他們讓他的飛機起飛，在這種天氣下也不可能降落。卡斯帕先生可料錯了。

但門房領班卡斯帕先生這一生從不出錯。當卡斯帕先生透過內部廣播吐出「即將抵達」幾個字，只有天生的樂觀者才會想像客人的座機拐個彎飛走了這種事　此外，若非為了這頭肥羊，卡斯帕先生何必要在這種時刻親自坐鎮？洛林夫人告訴強納生，卡斯帕也有過願意為了兩法郎傷害自己、為了五法郎連命都可以不要的日子。但人老了就不同了。現在只有最有賺頭的生意，才能把卡斯帕先生從他夜間電視節目的樂趣前誘開來。

恐怕飯店已經沒有空房了，洛普先生，強納生再次徒勞地演練螳臂擋車。梅斯特已經廢棄了，一名臨時雇員犯了一個不可原諒的錯誤。不過，我們還是盡力在鮑爾湖濱飯店為您保留了房間，諸如此類。

然而這個充滿希望的幻想一樣是胎死腹中。今晚，歐洲沒有哪間旅館敢說自己有超過五十個訂房的客人。巴哈馬首都拿索的富商理察·安斯路·洛普正要英勇地降落。

強納生手僵掉了，他下意識地轉了一下手肘，像是準備要上陣迎戰。一部車，從引擎蓋知道是輛賓士，開進了前院，打轉的雪片闖進車頭燈的光柱中。他看到卡斯帕先生那上議院議員的頭抬起來，大廳吊燈的光芒在他抹了髮油的捲髮上閃耀。然而車子停在前院的另一頭。是輛計程車，一輛普通的小黃，誰也不是。卡斯帕的頭，如今在壓克力燈管下閃耀，重又埋進手中股票交易的終場價格。強納生鬆了口氣，容許自己露出一抹似有若無的、讚許的笑意。那頂假髮，那頂將名垂青史的假髮：卡斯帕十四萬法郎的皇冠，瑞士每個典型門房的驕傲。卡斯帕先生的威廉泰爾假髮，洛林夫人這麼稱呼它；這頂假髮膽敢起而反抗富豪暴君，阿契蒂夫人。

也許是想把這正被扯得四分五裂的精神集中起來，也許是因為他發現這故事與他的狀況有什麼隱密的關聯，強納生對自己再說了一次這故事，一如房務部主管洛林女士在她的閣樓裡第一次為他做起司火鍋時那樣地重述。洛林女士高齡七十五，出身漢堡。她曾是梅斯特先生的奶媽，謠傳也是梅斯特父親的情婦。她是假髮傳奇的保管人，它的第一手見證人。

「年輕的強納生先生，阿契蒂夫人當時是全歐洲最有錢的女人，」洛林女士宣稱道，就好像她也和強納生的父親睡過。「世界上每一間旅館都在等她的青睞。不過梅斯特一直是她的最愛，直到卡斯帕表明立場為止。之後，她還是來，但只是為了展示。」

阿契蒂夫人繼承了阿契蒂超市這筆財富，洛林夫人解釋。盈利的利息讓阿契蒂夫人不愁吃穿。在她五十好幾那時，最喜歡做的就是開著她的英國敞篷跑車，讓她的隨從和衣櫃卡車跟著她跑遍歐洲各大旅館。從漢堡的四季飯店，到威尼斯的西普尼安尼飯店、科莧湖的東方別墅，她叫得出每一位門房和侍者領班的名字。她指示他們飲食、香草療法，從星座命盤認識他們。而且她給的小費多得難以想像，還會給他們一些額外的甜頭。

而甜頭就是卡斯帕先生念茲在茲的，洛林夫人說。他發現年度造訪可帶來的高達兩萬之譜的瑞士法郎，更別提江湖郎中的生髮妙方、在枕頭下面放個神奇石頭治療他的坐骨神經痛，以及每逢聖誕與聖人節日收到的半公斤白鱘魚子醬（卡斯帕明智地拿到城裡一家熟識的精緻食品店裡換了現金）。這一切不過是因為幾張劇院的門票，以及幾張他當然照例會收取費用的桌子；也為了提供僕役王國裡的女城主、阿契蒂夫人所需的那些忠誠的假象。

直到卡斯帕先生買了他那頂假髮。

他買這頂假髮不是出於魯莽，洛林夫人說。他先是在美國德州買了地——多謝梅斯特一位做石油生意的客人——這項投資油水極豐，他賺了一筆。直到那時他才決定自己也像他的女庇護人一樣、在人生的舞台上占有了一席之地，值得多關心一些他日後的生活。在幾個月的丈量和討論後，東西終於備妥——一頂上好的假髮，一樁人為模擬的奇蹟。為了試戴，他趁年假去了趟米克諾斯，並在九月的一個星期一早上重新出現在他的辦公桌後面，曬得一身古銅，而只要你不從頭頂開始看，會覺得他年輕了十五歲。

確實沒人這麼做，洛林夫人表示。或者說就算有人這麼做了也不會提起。令人震驚的是：完全沒人談到那頂假髮。洛林夫人沒說，那時的鋼琴師安德列也沒說；餐廳裡「貝里總管」的前輩布朗德沒提過，連睜著小眼睛挑員工儀容毛病的老梅斯特先生也沒提過。整間飯店決定靜靜地分享卡斯帕返老還童的喜悅。洛林夫人自己就賭上了一切，套上夏季上衣與一雙接縫像羊齒蕨的長襪。事情就這樣皆大歡喜地持續到某天傍晚阿契蒂夫人再度光臨，做她例行性、為期一個月的逗留，而她的飯店家人則照例在大廳裡排隊相迎：洛林夫人、布朗德師傅、安德列，以及預備親自帶她上頂樓套房的老梅斯特先生。

而卡斯帕先生則戴著他那頂假髮，坐鎮辦公桌後。

一開始，洛林夫人說，阿契蒂夫人就不准自己去注意她寵兒外表上的添加物。她目光掃過全場時，微笑地看著他，但那是一個公主在自己的第一次舞會上會立刻對任何人堆出來的笑容。她讓梅斯特先生吻她的雙頰，讓布朗德吻她單邊臉頰。她對著洛林夫人微笑，小心地擁抱鋼琴師安德列（他咕嚕了一聲「夫人。」）瘦削的雙肩膀。然後她才靠近卡斯帕先生。

「我們頭上戴著的是什麼呢，卡斯帕？」

「夫人，是頭髮。」

「誰的頭髮，卡斯帕？」

「我的。」卡斯帕很有風度地回答。

「把它脫掉，」阿契蒂夫人下令道。「否則你別想從我這兒得到一個子兒。」

「我不能把它拿下來，夫人。我的頭髮是我人格的一部分。兩者是一體的。」

「那麼就解體它，卡斯帕。不急著現在，那樣太麻煩了，但明早一定要。否則什麼也沒有。你幫我買了什麼戲票？」

「《奧塞羅》，夫人。」

「我明早會再來看你。什麼人演他？」

「雷赦爾，夫人。我們最棒的摩爾人。」

「到時就知道了。」

隔天早上八點，卡斯帕先生又來上班了，辦公室的十字鑰匙像枚競賽獎章那樣在他的西裝翻領上閃耀。而在他頭上，洋洋得意的，是他反叛的徽章。整個早上，大廳裡瀰漫著一股不確定的寂靜。平時騷動如弗萊堡赫赫有名的鵝群❷的飯店客人呢，洛林夫人說，即使不了解原因，也意識到進逼的一觸即發。正午時分，她登場了，阿契蒂夫人從頂樓套房出來，手裡挽著她的新歡、來自格拉茲一位頗有天分的理髮師，步下樓梯。

「但卡斯帕先生今早去哪兒了？」她對著約莫是卡斯帕先生的方向問道。

「他就在桌子後面，並一如往昔地等待您的吩咐，夫人。」卡斯帕先生回答的語氣，聽在所有人耳裡，將從此在這自由的大廳中迴響不墜。「他有摩爾人的票。」

「我沒看到卡斯帕先生，」阿契蒂夫人對著身邊的隨扈說。「我看到的是頭髮。請告訴他，他藏起來了，我們想念他。」

「他的命運號角吹響了，」洛林夫人喜歡這麼收尾。「打從她走進飯店的那一刻起，卡斯帕先生的命運就注定了。」

而今晚是我的號角吹響了。強納生想，等著接待世上的最糟的男人。

★

強納生擔心他的手，它們一如往常的完美無瑕，而且自從在軍校裡他經常突襲檢查別人的手指甲之後便一直是如此。起初，他讓彎曲的手指貼在長褲的刺繡縫邊上，就像他在閱兵場上反覆被灌輸的姿勢；然而現在，它們趁他不注意時跑到背後交握，之間還絞著一條手帕，他則痛苦地注意到自己的掌心猶在不斷冒汗。

強納生把擔心轉化成笑容，並藉由兩側的鏡子檢查。這是高雅的迎賓笑容，用多年的專業磨練出來的：一種同情、但很謹慎克制的笑容，因為他從經驗中得知，客人，尤其是特別有錢的那些，在艱辛的

❷ 二次世界大戰期間、一九四四年十一月，德國佛萊堡（Freiburg）的鵝群因為聽到持續不斷的空襲警報聲而騷動不安，表現古怪，令對警報聲漠然的市民忍不住往避難所集合，因此拯救了無數性命。

旅行之後都可能會非常易怒，抵達時最不想看到的就是夜班經理對著他們露出黑猩猩似的笑臉。

他營造出來的笑容還在原處。就算覺得噁心也沒有驅逐它。他的領帶（迎接比較高檔的客人時，他用這種需要自己結的）結得隨興但討人喜歡。他的頭髮（儘管和卡斯帕先生的沒得比）是他自己的，而且一如往常的整理得宜。

*這不是同一個洛普，他對自己宣稱。整件事完全是一場誤會。和她一點關係都沒有。有兩位，都是商人，都住在拿索。*但從下午五點半之後，強納生就在這個迴圈裡打轉：他進辦公室上班、不經意拿起史崔普利先生夜間抵達的賓客名單，然後看到從電腦裡打印出來的名字「洛普」以大寫的印刷字體對著他尖叫。

洛普．R.O.。一行十六人，搭私人飛機從雅典出發，預計晚上九點半抵達，下頭是是史崔普利歇斯底里的註解：**非常**重要的貴賓！強納生從他的螢幕上調出公關檔案：洛普．R.O.，後面還有OBG三個字母，好聽一點就是隨身保鑣，O代表官方，而官方意指擁有瑞士政府核發的持槍執照。洛普，OBG，商業地址是位於拿索的鋼鐵牌土地、礦石暨貴重金屬公司，住家地址是拿索的一個信箱號碼；信用擔保為某人的蘇黎士銀行。那麼，這個世上到底有多少位洛普，名字的縮寫是R，公司名稱叫鋼鐵牌？上帝的袖子裡到底還能有多少巧合？

「這個洛普．R.O.到底是什麼人？」強納生用德語問史崔普利，而對方正在忙別的事。

「英國人，跟你一樣。」

以英語回答是史崔普利讓人抓狂的一項習慣，哪怕強納生的德語還更好一些。

「事實上，跟我完全不一樣。住拿索、做稀有金屬生意，在瑞士銀行開戶；哪裡跟我一樣了？」被關在一起好幾個月下來，兩人吵起架來也有一點老夫老妻的味道。

「事實上，洛普先生是一位非常重要的客人，」因為外頭在下雪，史崔普利扣上他皮大衣的釦子，一邊慢條斯理地說道：「我們私下說吧，他的消費力排名第五，是所有英國客人之冠。上次他們一行人來，平均每天消費兩萬一千七百瑞士法郎，小費另計。」

強納生聽到，儘管下著雪，史崔普利的機車發出悶悶的凸凸聲蹣跚下山，去找他的母親。他在桌前坐了好一會兒，頭埋在他小小的手掌裡，像等待空襲似的。放輕鬆，他告訴自己，洛普悠哉悠哉，你也可以慢慢來。所以他坐直了身子，帶著一個人打算要慢慢來的鎮定表情，把注意力轉到他桌上的信件。司徒加特的一位紡織品製造商拒絕為他的聖誕晚會支付帳單。強納生草擬了一封語氣帶刺的回函預備讓梅斯特先生簽字。奈及利亞的一間公關公司來信詢問旅館的開會設備。強納生回信致歉，表示日程已預訂一空。

一位美麗而高貴、曾與母親一起下榻飯店，名喚希比麗的法國女孩，再次對她受到的對待發出微詞。「你為我駕船。我們在山間漫步。我們擁有美好時光。你就非得這麼英國人，讓我們只能停留在朋友關係麼？你望著我時，我看得出你神色一暗。你覺得我惹人厭。」

感到有需要起身動一動，他便往正在動工的北廂房走去——梅斯特先生打算用他從市區一棟遭棄置的珍貴建築物屋頂搶救下來的阿羅拉松木，建造一間烤肉屋。沒有人知道梅斯特先生為何需要一間烤肉屋，也沒人記得他是從何時開始建造它。一排排編了號的壁板堆靠在尚未打底的牆邊。強納生聞到它們的麝香氣味，記起蘇菲那晚走進他在開羅尼弗蒂蒂皇后飯店的辦公室時的香草髮香。

梅斯特先生的建築工事不該為此負責。自從下午五點半看到洛普的名字之後，強納生就開始一路回溯開羅了。

★

他常看到她，但從未和她說過話：深色頭髮暗淡的四十歲美女，上身偏長，優雅而拒人千里。他曾見她匆匆出入尼弗蒂蒂皇后飯店的精品店，或在一位肌肉發達的司機前導下登上一輛勞斯萊斯敞篷車。當她在大廳閒逛時，那位司機兼做她的貼身保鑣，緊跟在她的身後，雙手交疊在下體前方。當她在亭園餐廳享用薄荷雞尾酒，頭髮上插著像賽車護目鏡的墨鏡、法文報紙放在一臂之遙，那位司機就在鄰座吸著汽水。員工們都喊她蘇菲夫人；蘇菲夫人為弗烈迪·哈密德所有，而弗烈迪是哈密德家族惹人厭三兄弟中的老么，也擁有大部分的開羅，包括這間尼弗蒂蒂皇后飯店。弗烈迪最為人稱道的成就就是二十五歲那年，他花了不到十分鐘便在牌桌上輸掉了五十萬美金。

「你是潘恩先生，」她帶著一口法國腔說，在他辦公桌另一側的扶手椅坐了下來。頭向後仰，斜斜地打量他。「英國之花。」

那是凌晨三點。她穿著一套絲綢褲裝，頸間是一塊黃玉護身符。可能是醉了，他想：要小心應對。

「噢，謝謝您，」他謹慎地回答。「已經很久沒聽人這麼說了。能為您效勞嗎？」

但當他小心翼翼地嗅著她身邊的氣味時，卻只聞到她的髮香。令人費解的是，儘管那烏黑亮麗，卻有金髮的味道：香草氣息，而且溫暖。

「我是住第三號閣樓的蘇菲夫人，」她接著說，好似在提醒自己。「我常見到你，潘恩先生。經常見到。你有雙堅定的眼睛。」

她手指上的戒指都是古董。成串不再耀眼的鑽石泛出淡金色。

「我也見過您，」他帶著總是預備好的笑容答道。

「你也駕船，」她說道，像在指控他可笑地偏離了航道。她並沒有解釋這個神祕的「也」字。「我的監護人上個星期天帶我去開羅的遊艇俱樂部。我們在喝香檳雞尾酒的時候看到你的船進來。弗烈迪認出你、向你打招呼，但你正忙著當水手，沒空理我們。」

「我想我們是害怕撞上防波堤，」強納生回答，憶起一群粗魯的埃及有錢人在俱樂部陽台痛飲香檳。

「那艘插著英國旗幟的藍色船很漂亮。它是你的船嗎？看起來好高雅。」

「噢我的天，不是！那是司長❸的船。」

「你是說你跟著一位神父一起出海？」

「我是說我和英國大使的副手一起出海。」

「他看起來非常年輕，你們倆都是。我很訝異。不知為何我以為上夜班的人都不太健康。你什麼時候睡覺？」

---

❸ 原文為Minister，亦有「神職人員」之意，因此才會在下一句出現「神父」一詞。

「那個週末我休假。」強納生機敏地說，因為他覺得在他們的關係最初這個階段，不宜討論他個人的睡眠習慣。

「你週末不上班的時候，都出海嗎？」

「如果有人邀請我去的話。」

「那你週末不上班的時候，還做些什麼？」

「打打網球。跑步。看顧我那不朽的靈魂。」

「它是不朽的嗎？」

「我希望如此。」

「你相信嗎？」

「高興的時候就相信。」

「所以你不高興的時候，就會懷疑。難怪上帝這麼善變。我們對祂如此沒有信心，祂又何必堅持不變呢？」

她責難地對著腳上的金色涼鞋皺起眉，好似它們也不聽她話似的。強納生在想，她是真的清醒，或只是想保持跟她周圍的世界不同調？也或許，她嗑了一點弗烈迪的藥，他想：有謠傳說哈密德家族進口黎巴嫩的濃縮大麻脂。

「你騎馬嗎？」她問。

「不騎。」

「弗烈迪養了些馬。」

「我有聽說。」

「阿拉伯馬。高貴的阿拉伯馬。養阿拉伯馬的都是各國菁英分子，你知道嗎？」

「我也這麼聽說。」

她暫停、思索著。強納生把握了機會：

「有什麼事情我可以為您效勞，蘇菲夫人？」

「這位司長……」

「歐吉威。」

「歐吉威『爵士』之類？」

「只是歐吉威先生。」

「他是你的朋友囉？」

「只是一同駕船的朋友。」

「你們是同學？」

「不。我讀的不是那一類學校。」

「但你們屬於同一個階級什麼的？你們或許都不養阿拉伯馬，但是你們都——噢，老天啊，該怎麼說？——都是紳士？」

「歐吉威先生和我只是一起駕船的夥伴，」他帶著自己最含糊的笑容回答。

「弗列迪也有一艘遊艇。一處水上銷魂窟。他們不是都是這麼叫它嗎？」

「我很肯定不是。」

「我很肯定是。」

她停下來，伸出絲質衣服底下的手臂，審視著腕上的手鐲內側。「我想要一杯咖啡，拜託你，潘恩先生。埃及的。然後我想請你幫個忙。」

夜班侍者馬茂德提了一個裝咖啡的銅壺過來，有禮貌地倒了兩杯咖啡。在弗烈迪出現之前，她原本屬於一名富有的亞美尼亞人，強納生記得，而再之前，是一位來自亞力山卓港的希臘人，在尼羅河沿岸擁有無數的特許產業。弗烈迪對她展開圍城戰，在她最意想不到的時刻拿蘭花花束轟炸她、睡在自己的法拉利跑車上守在她的公寓外。八卦作家冒險犯難地公諸於世。那位亞美尼亞人則出城去了。

她想要點支菸，手卻在發抖。他為她把菸點著。她閉上雙眼，吸了口菸。歲月的痕跡出現在她的脖子上。而那位弗烈迪．哈密德永遠只有二十五，強納生想。他把打火機放到桌上。

「我也是英國人，潘恩先生。」她的口氣好像彼此都是天涯淪落人一樣。「我年輕不守規矩的時候，為了英國護照嫁給一位你們的同胞。結果他非常愛我。他很直接。沒有比好英國人更好的，也沒有比壞英國人更壞的。我有觀察你。我想你是好的。潘恩先牛，你知道理察．洛普嗎？」

「恐怕不。」

「但你一定知道。他很有名。他很好看。一個半百的太陽神阿波羅。他養馬，就跟弗烈迪一樣。他們還聊過要一起開養種馬的馬場。理察．安斯路．洛普先牛，你們國際知名的大企業家之一。來。」

「我對這個名字沒印象，抱歉。」

「不過迪基．洛普在開羅有很多生意！他是英國人，就像你，非常迷人，富有，有魅力，口才很好。對我們這些單純的阿拉伯人來說，幾乎是太有說服力了。他有一艘非常漂亮的動力遊艇，比弗烈迪那艘大兩倍！你也會開船，怎麼會不知道他？你當然知道了。你在假裝，我看得出來。」

「也許就是因為他擁有非常漂亮的遊艇，所以不必煩惱飯店的事。我報紙看得不夠多，消息不太靈通。真抱歉。」

但蘇菲夫人不覺遺憾。她很放心。她的放鬆顯示在那豁然開朗的臉色上，以及她如今帶著這種堅定伸手去拿她提袋的動作上。

「我想請你幫我影印一些私人文件，拜託。」

「這個嘛，我們現在在大廳的另一頭有個助理服務櫃檯，蘇菲夫人，」強納生說。「通常是阿馬迪先生值夜班。」他打算去拿電話筒，但她的聲音阻止了他。

「這些是機密文件，潘恩先生。」

「我相信阿馬迪先生絕對靠得住。」

「謝謝你，不過我寧願用我們自己的設備，」她不同意，瞄了一眼那台位在角落的影印機。而他知道她走過大廳時就打量過它了，一如她早已打量過他。她從手提袋中抽出一疊白色的紙，用橡皮筋綑好但未經摺疊。她從桌子對面把那一疊紙推給他，戴著戒指的手指僵硬地張開。

「恐怕這台影印機太小了，蘇菲夫人。」強納提醒她，同時站了起來。「您必須用手餵紙。我能教您怎麼做，然後您自己影印嗎？」

「我們應該一起餵紙，拜託。」她緊張得話中帶刺。

「但如果這些文件是機密——？」

「拜託你一定要幫我。我是機械白癡，會弄得手忙腳亂。」她從菸灰缸裡拿起菸，又吸了一口。她的眼睛睜得很大，似乎被自己在做的事嚇到了。「你來印，拜託。」她命令他。

於是他只好從命。

他打開機器，將它們放進去——全部十八張文件——在它們重新出現之際很快瀏覽過。他這麼做完全是不經意的。他也沒刻意阻止自己這麼做。觀察者的技巧從未生疏過。

拿索之鋼鐵牌土地、礦石暨貴重金屬公司，致哈密德阿拉伯國家飯店及開羅貿易公司，收信日期八月十二；哈密德阿拉伯國家飯店致鋼鐵牌，寄出，私人擔保信函。

又是鋼鐵牌公司致哈密德，提到貨品和我方庫存表中的四至七項，末端使用者應為哈密德阿拉伯國家飯店的責任，以及一道在遊艇上共進晚餐如何。

鋼鐵牌公司發出的信件簽名是緊湊的花體，像襯衫口袋上的字母組合。哈密德阿拉伯國家飯店的影本則根本沒有簽名，只在下方的空白處有個字體特大的大寫名字賽德·阿布·哈密德。

接下來強納生看到那份庫存表，血液自然隨著背部的刺痛感湧升並讓人擔憂起聲音會不會在下一句話裡露餡：一張白紙，沒有簽名，沒有出處，僅標明「一九九〇年十月一日可提供庫存」。每一項都像來自強納生不眠的過去裡的惡魔之語。

「您確定影印一份就夠嗎？」他用那種在緊急關頭便冒出來、有如在火光下清明的視線，以額外輕快的語調問道。

她站在那兒，一隻前臂橫過腹部，一手抱著手肘，一面抽菸一面看著他。

「你很熟練。」她說。並沒有指是在哪方面。

「嗯，一旦抓到要領，就沒那麼複雜了。只要不卡紙就好。」

他把原件堆成一落，影本堆成另一落。他已經停住了思考。即使他正在放的是一具屍體，他也會用同樣的方式阻擋自己的思路。他轉向她說：「好了。」太隨意了，有種他不可能感覺到的大膽。

「人們會向一個好旅館要求任何事，」她表示。「你有適合的信封嗎？你當然有。」

信封放在他辦公桌的第三個抽屜，左側。他選了個黃色信封，A４大小，沿著桌面推了過去。但是她只是讓它躺在那兒。

「拜託你把影本放進信封裡。然後確實把它封好，放在你的保險櫃裡。也許你該用些膠帶。沒錯，黏好它。收據就不用了，謝謝你。」

強納生拒絕人的時候，會露出一種特別溫暖的微笑。「天啊，我們被禁止代客人保管物品，蘇菲夫人。即使是您的東西。我可以給您一個保險箱和您專屬的鑰匙。恐怕，我只能做到這樣。」

他說話的時候，她早已把原件塞回她的手提袋裡。她砰一聲闔上提袋，甩到肩後。

「別對我打官腔，潘恩先生。你已經看過信封裡的東西。你也封好了它。就在上面寫你的名字。這些信現在是你的了。」

強納生對自己的服從性一點也不意外，他從銀製筆座上選了一枝紅色的羽毛筆，在信封上以正楷寫下**潘恩**。

這只發生在妳自己的小腦袋裡，他無聲地對她說。我從未要求過這個。我也從未鼓勵過這個。

「您想要把它放在這兒多久，蘇菲夫人？」他問道。

「也許放一輩子，也許放一夜。誰知道。它就像一段戀情。」萬千風情離她而去，她成了個懇求者。「保密，對嗎？了解嗎？」

他說對。他說當然了。他給了她那種暗示自己有點小驚訝、這種問題根本就不需要提的笑容。

「潘恩先生。」

「蘇菲夫人。」

「講到你那不朽的靈魂。」

「怎麼樣？」

「我們都是不朽的，當然。但要是最後證明我並非如此，請你好心把這些文件交給你的朋友歐吉威先生。我能把這件事情託付給你嗎？」

「如果這是您的要求，當然沒問題。」

她仍笑著，依然神祕地和他不合拍。「你是永恆的夜班經理嗎，潘恩先生？永遠、夜復一夜？」

「這是我的職業。」

「特別挑的？」

「當然。」

「你自己挑的？」

「還能有誰呢？」

「但你白天的時候看起來真好。」

「謝謝您。」

「我會不時打電話給你。」

「那是我的榮幸。」

「跟你一樣，我對睡覺有點開始厭煩了。請不用送我。」

他為她開門時又聞到了那陣香草氣味，並渴望著能跟她到床上。

★

立正站在梅斯特先生始終無法完工的烤肉屋的陰暗中，強納生審視他自己。當他有條不紊地處理蘇菲夫人的文件時，他只不過是自己那太過擁擠的祕密劇院裡一個登台的小角色。就一位訓練有素的軍人而言，儘管他受訓已是很久以前的事，出任務也沒什麼好訝異的。那不過是思緒交換間自動化的軍事動作罷了：

潘恩站在尼弗蒂蒂皇后飯店裡他辦公室的門口，盯著空曠大理石大廳另一頭、電梯上方的液晶數字，它們正一頓一頓地顯示往上到頂樓的套房。

電梯回到一樓時是空的。

潘恩的手掌刺痛又乾燥，潘恩的肩上很輕。

潘恩再次打開保險櫃。密碼——飯店的馬屁精總經理設定的——是弗烈迪・哈密德的生日。

潘恩抽出影本，把黃色信封折成小小的塞進他的西裝內袋準備稍後銷毀。

影印機還是溫的。

潘恩複印了影本，先調整對比旋鈕加深陰影部分以增強清析度。飛彈的名稱。導航系統的名稱。潘恩看不懂的技術專有名詞。潘恩唸不出來卻知道用途的化學物品名稱。以及一些同樣致命但卻比較容易唸的名字。像是沙林、索門和塔班❹。

潘恩將新的影本夾進當晚的晚餐菜單裡，然後沿著長邊對折、塞進他西裝的另一個內袋。菜單裡影本還溫溫的。

潘恩把舊的影本放入一個和前一個一模一樣、無法分辨的新信封中。潘恩在新信封上寫下正楷的**潘恩**，再把它放回原本夾層的原來位置，同樣面朝上。

潘恩再度將保險櫃關好、鎖上。世界恢復原貌。

八個小時後，潘恩變成另一種侍者，和馬克・歐吉威司長並肩坐在他狹窄的遊艇船艙中，而歐吉威夫人在船上的廚房裡，穿著她的設計師牛仔褲在準備煙燻鮭魚三明治。

「弗烈迪・哈密德在跟洛普買要命的玩具？」歐吉威半信半疑地重複著，第二次翻閱手中的文件。

「這到底是怎麼回事？小孩玩大車可不安全。大使一定會大發雷霆。親愛的，妳得過來聽聽這個。」

但歐吉威太太早就聽說了。歐吉威夫妻檔。他們偏愛諜報活動更勝養兒育女。

★

我愛妳，強納生無益地想著。見見妳過去式的愛人。

我愛妳，卻反過來出賣了妳，賣給一個我甚至不喜歡的、自大的英國間諜。

因為我屬於他短短名單上的那些、一聽見號角響就會替馬上鞍的人之一。

因為我就是**我們之一**——我們是能證明自己忠誠、有判斷力和行動力的英國人。我們是好傢伙。

我愛妳，但那時始終找不著機會說出口。

希比麗信裡的句子在他的耳邊響起：我看得出你神色一暗。你覺得我惹人厭。

不，不，一點也不惹人厭，希比麗。這位飯店經理急著向他那不受歡迎的記者做出保證。惹人厭的是我自己的工作。

---

❹ Sarin、Soman、Tabun（沙林、索門和塔班），全都是有劇毒的神經性毒氣。

# 2

卡斯帕先生再次抬起他那赫赫有名的頭。呼嘯的風聲令強大的引擎聲也顯得低調。他捲起跌停的蘇黎士股票交易報告，並用了一根橡皮筋把它圈起來，扔進擺他投資文件的抽屜、鎖上，再對著領班馬利歐點點頭。他輕輕從褲子後口袋裡抽出一把梳子，很快梳過他的假髮。馬利歐對佩布羅繃著臉，佩布羅則轉而對著盧加諾來的學徒、俊美得不可思議的班尼多（他大概很討兩個人喜歡）露出假笑。三人原本都縮在大廳裡避寒，但如今，帶著拉丁人的虛張聲勢，他們斗篷扣到脖子上，頂著暴風雪、抓著傘和推車消失在吞沒人的大雪中。

這真是前所未見，強納生想，同時留意著任何車子接近的信號。前院裡只見雪在狂奔呼嘯。這是場夢。

但強納生沒在做夢。豪華禮車真實存在，儘管它漂浮在白色的虛無中。一輛比旅館還長的加長型禮車就停在旅館前門，像艘對準碼頭的黑色郵輪，而正當這些戴著斗篷的侍者匆忙奔走、催促著它時，唯獨魯莽的佩布羅不知哪兒來的靈感，挖出了一把冰刷，優雅地把雪花從紅色的地毯上掃掉。就在那幸運的最後一刻——真的——一陣暴雪突然遮蔽了一切，強納生能想像一股潮浪又把禮車打回了海中，讓它沿著周遭的懸崖峭壁沉落，而那位理察．安斯路．洛普和他那些登記在案的貼身保鑣，以及此行的其他十六名成員，都因此在一九九一年一月的大風雪中，於他們自個兒的鐵達尼號上為一個人丟掉性命。願上帝使他們的靈魂安息。

不過這輛禮車又回來了。身披皮毛、身材壯碩的男人們，一名漂亮、有雙長腿的年輕女子，鑽石和金手鐲和堆得城堡似的成組黑色行李箱，像掠奪來的戰利品從它漂亮的內部浮現。第二輛禮車到了，如今是第三輛。一組完整的車隊。卡斯帕先生已經以最適合這一行人行進的速度推動起旋轉門。首先映上玻璃、小心翼翼地轉進來的是一個不怎麼乾淨的棕色駝毛大衣身影，衣領上掛著條髒汙的絲巾，嘴裡叨著濕透的香菸，與一副英國上層階級子弟降貴紆尊的眼神。不是那個五十歲的太陽神。

跟著駝毛進來的是個二十歲左右的男子，穿著海軍藍的西裝，是為了帶槍套的單排釦西裝，雙眼的顏色淺得像顏料。一個隨身保鑣，強納生想，努力避開他們惡意的瞪視；再來一個，如果洛普害怕的話還會有第三個。

這位妙齡美女一頭栗色的秀髮，身穿一件有著襯墊、色彩斑斕、下襬幾乎至足踝的大衣。不過，她仍然設法讓自己看起來沒那麼招搖。她有點蘇菲那種滑稽的味道，而她的頭髮也像蘇菲一樣落在臉的兩側。她是誰的夫人嗎？還是情婦？她專屬於某一個人嗎？半年多來，強納生第一次感受到來自女人身上的一股具有毀滅性且非理性的衝擊。這是他只看一眼就想得到的女性。她跟蘇菲一樣明豔動人，如同珠寶。雖然衣著整齊，卻形同光裸著身子，讓男人想入非非。她的脖子上戴著兩串耀眼的珍珠項鍊，大衣袖口底下露出閃閃發光的鑽石手鐲。不過，真正讓人覺得她美得不像這世上的人的原因，是她搖曳生姿的體態、勾人魂魄的笑容和看似不經意的言談舉止。此時門又被推開了，又一行人魚貫而入。就在頃刻間，尚未出現的英國上流社會菁英分子都齊聚到了大廳中的水晶燈下，個個衣著光鮮亮麗、容光煥發地站在一起，不約而同展現出某種氣場，好像將世上所有貧病老弱都排除在外。但只有那位身穿駱駝毛大衣的人不同。因為他腳上破爛的麂皮鞋，顯得與其他人格格不入。

在眾人簇擁下，有個男人雖然置身其中，卻顯得與眾不同。唯有此人符合蘇菲興奮之中做出的描述。他又高又瘦，第一眼就給人相當高尚的印象。灰白相間的頭髮向後梳，輕輕地在耳朵上方弄成小小的尖角。如果跟生了這張臉孔的人打牌，你一定會輸。他做出傲慢的英國人最擅長的姿態：彎起一腳，一手支撐著身為殖民者高貴的臀部。蘇菲跟他說過：弗烈迪很弱，而洛普很英國人。

洛普和所有個性敏捷的人一樣，他能同時進行好幾種動作。比方說，他和卡斯帕握手後馬上用同一隻手拍拍他的上臂，再用那手給艾伯哈德小姐來個飛吻。於是對方馬上漲紅了臉，並朝他揮揮手，就像一位更年期來了的小粉絲。最後，他用至高無上的眼神定定地注視著強納生。那時強納生必定正向他走來。雖然強納生拿不出十足的證據，但他知道，洛普眼裡所見第一個會是阿黛兒的假人模特兒，接著是書報攤，繼而被接待櫃檯後艾伯哈德小姐羞紅的臉取代，現在則變成那個人。蘇菲說過：他天不怕、地不怕，他是世界上最糟的人。

強納生想，他認出我了。他等著對方斥責。他看過我的照片，聽過人家是怎麼說我。他在一分鐘內就不會再繼續笑了。

他把手伸了過來，短暫地握住強納生的手，用懶洋洋的語調說：「我是迪基．洛普，我們這群人在這裡訂了幾間房——其實挺多間的。跟你問個好。」這口音一聽就知道是道地的倫敦上流區，有點混雜不清。現在兩人已經進入了彼此的私領域。

「真是幸會，洛普先生。」強納生低聲以英國腔回應對方的英國腔。「歡迎再度光臨。您這趟出遠門想必吃了許多苦頭。說實在話，我從來沒見過像您這樣上山下海冒險的人。我叫潘恩，是旅館的夜班經理。」

他聽過我，他一邊思索一邊等待。弗烈迪・哈密德曾把我的名字告訴他。

「老梅斯特這些日子都在做什麼呢？」洛普邊問邊將目光移到那位美麗女子身上。她站在書報攤旁翻閱時裝雜誌，手鐲一直滑落到手掌處，她不停地用另一隻手拂著秀髮。「是不是整天跟阿華田和書膩在一起？我得說我希望是書，不是別的。珍姿，妳覺得怎麼樣呢？有這麼喜歡雜誌啊？真是上癮了。那種東西送我都不要。」

強納生過了這麼久才知道這女的叫珍姿❺。原來珍姿不是男的，而是一位妙齡女子。她甩開栗色的秀髮，讓他們看到她的笑容。她的模樣既淘氣又討喜。

「親愛的，我很好的。」她勇敢地回答，露出一副好像剛從挫折中恢復過來的模樣。

「梅斯特先生今晚有要事在身，不過，他很期待等您休息後明早來跟您打個招呼。」強納生說。

「你是英國人嗎？口音聽起來很像。」

「一點也沒錯。先生。」

❺ 原文為Jeds。

「非常明智。」他淡漠的目光再次環顧四周，這次是看向接待的櫃檯。那位穿著駱駝毛大衣的男子正在填寫表格，預備交給艾伯哈德小姐。「你向那位年輕小姐求婚了嗎，柯基？」洛普叫道。「這下可有好戲看了，」他壓低聲音，用諷刺的語調跟強納生補充：「他是我的助理，柯爾克蘭少校。」

「老大，差不多了！」柯基慢條斯理地說，同時把穿著駱駝毛大衣的手臂抬起來。他雙腳分開、翹起臀部，簡直像是要打槌球似的。無論是天生如此或刻意為之，他斜翹起來的臀部隱約透露種程度的陰性氣質。他的胳臂裡還夾著一堆護照。

「老天，柯基，只要影印幾個名字就好，又不是要簽五十頁的合約。」

「先生，這是新的安全規定。」強納生向他解釋。「瑞士警方堅持要我們這麼做。我們只能照辦。」

那位大美女珍姿已經選了三本雜誌，可是她還要再選。她若有所思地把重心放在輕微磨損的靴子後跟，腳尖向上翹。蘇菲也是這樣。她應該二十多歲吧，強納生暗自猜想。一定是。

「在這兒待很久了嗎，潘恩？弗里斯基，上次我們來的時候還沒有他，對不對？我們遇到了個在外地遊蕩的年輕人吶。」

「不會吧。」身穿運動衣的男人說。他似乎透過某種假想的瞄準器在注視著強納生。強納生注意到他有一對招風耳，一頭變白中的金色頭髮。他的雙手彷彿斧頭。

「我到這兒有六個月了，洛普先生，幾乎一日不差。」

「之前你在哪兒？」

「開羅。」強納生回答時眼神閃閃發亮。「尼弗蒂蒂皇后飯店。」

時間滴答流動，好像下一秒就要發生大爆炸。但當他提及埃及尼弗蒂蒂皇后飯店時，大廳中那些鑲在牆上的鏡子並沒有碎裂，柱子與大燈依舊完好。

「你喜歡那裡嗎？開羅？」

「我深愛那地方。」

「如果你這麼喜歡，為什麼離開那裡？」

就是因為你啊，強納生心想，口裡卻說：「我就是喜歡流浪。您知道的，先生，飄流不定的生活是這行業最吸引人的地方，不是嗎？」

突然之間，一切都開始流動。柯爾克蘭離開了接待櫃檯，手上拿著菸，大步向他們走來。美女珍姿也選定了她要的雜誌，在那兒等著。她真像蘇菲，就知道等著人家為她付錢。柯爾克蘭說：「親愛的，這算在房錢裡。」卡斯帕把一堆信倒在另一位穿運動服的年輕人懷裡，那人正用誇張的姿態拿指尖翻弄那變得更大一堆的信件。

「也該是時候了，柯基。你用來寫字的手是怎麼回事？」

「老是自慰所以手痛吧，老闆，」柯爾克蘭少校說：「手腕都沒力了呢，」他又加了一句，用意有所指的笑看著強納生。

「哎唷，柯基。」美女珍姿邊咯咯笑邊說。

強納生瞥見門房領班馬利歐，他推著一堆色調都很像的行李快步走向貨用電梯。搬運人員總是希望在顧客難以捉摸的心中留下深刻印象。他看著自己映在鏡中的不連續倒影，還有站在身旁的柯爾克蘭的倒影：他一手拿著菸，另一手拿雜誌；當他看不到珍姿，不禁有那麼一點心慌。但當他轉過身，就看見珍姿了。兩人互換眼神，她對他笑了笑，而這嫣然一笑又引起了他的慾望。他也與洛普對上眼神，因為她正勾著洛普的手臂。在她差點踩到他的腳時，她立刻用一雙纖長的手臂抓住洛普。他的保鑣和這群富有的人們尾隨著他。強納生注意到一位金髮的俊美男子，頭髮在頸背處綁起，旁邊則站著他眉頭深鎖、裝扮素樸的太太。

「機長待會兒就到，」柯爾克蘭說：「羅盤出了點問題——如果不是羅盤就是啥爛攤子無法處理吧。我說，你一直都會在嗎？還是就這麼一晚？」

他的吐息裡還有白天喝下的酒氣：午餐前的馬丁尼、用餐時喝的酒，以及餐後白蘭地。然而，被他的爛法國菸一攪和，什麼味道都變了。

「少校，我想做這行的應該都會盡可能一直做下去。」強納生回答。稍微修改了一下對這位跟班的講話態度。

「大家都是這樣的，相信我，」這位少校一派熱誠地說：「說是永遠，卻是短暫，哎，老天啊！」

這簡直像是電影畫面。接下來他們就會在《我在茶裡加了糖》的曲調中橫過大廳；鋼琴師麥克西正彈著這首曲子給兩位身穿灰色絲質衣服的老婦人聽，洛普和那女人仍糾纏在一起。看來你們對彼此還很陌生嘛，強納生以眼角餘光注視他們，並語帶嘲諷地說。再不然你們就是剛吵過架，現在才和好如初。

珍姿，他自言自語，重複唸著這名字。然而在單人床上他還是需要一點安全感的。

接下來又是另一幕電影場景。三個纖長的身影站在梅斯特先生的全新頂樓套房電梯前方，這隊有錢人就在他們身後喋喋不休。

「那座舊電梯出了什麼事，潘恩？」洛普問他。「我想梅斯特應該很容易被古老的東西迷惑。你想想，要是有機會，這些該死的瑞士人鐵定會把巨石群也弄得很現代。妳覺得他們會這麼做嗎，珍姿？」

「洛普，取笑電梯沒什麼用處的。」她有些敬畏地說。

「不信試試看。」

強納生覺得好像聽到遠處有個跟自己很像的聲音傳來，那聲音細數著這部新電梯的種種優點：這是相當安全的裝置，洛普先生，同時也是本飯店與眾不同的吸睛之處。它是去年秋天裝好的，專為頂樓套房的客人服務……他邊聽著強納生為他解說，一邊用手撥弄著梅斯特先生親自設計、製造的金色萬能鑰匙。這把鑰匙上鑲著金色流蘇，還戴了一頂看起來挺滑稽的金色皇冠。

「我說，你看著這玩意兒會不會想到埃及法老？它好像有些囂張，但那些心思比較單純的顧客就是愛。」他說，臉上露出前所未見的笑容。

「我喜歡，」少校說了句不該出現在電影裡的台詞。「但我算是滿世故的人。」洛普將那把鑰匙放在手掌上掂了掂，像是要估算它的淨重似的。他先端詳鑰匙的兩側，再端詳皇冠，接著仔細看著流蘇。

「台灣製。」他說出口，並在強納生大吃一驚之際將鑰匙擲向那位有著招風耳的金髮男子。說時遲那時快，男子叫了一聲「唉呀！」往身體左側一彎腰，一下子把鑰匙接個正著。

貝瑞塔九釐米自動手槍，保險開著。強納生記下了。黑檀木製槍殼，裝在右臂腋下的槍套裡。左撇子保鑣，腰包裡還有一發預備用彈匣。

「漂亮！弗里斯基，幹得好啊！」柯爾克蘭拖長了聲調，那堆人中傳來鬆一口氣的笑聲，帶頭的就是那個女的。她抓緊了洛普的手臂，說：「親愛的，你實在是。」從強納生的位置聽得不太清楚，一開始還以為她是說：「親愛的，你去死。」

現在每件事都像是以慢動作在進行，一切都發生在水底下。電梯一次載運五個人，所以其他的人就只好等著。洛普一腳踏進電梯，連帶也將那女人拉了進去。強納生想，真像羅丁模特兒學校，再外加一堂蘇菲也學過的那種走路該如何扭腰擺臀的特別課程。接下來是弗里斯基，再來是柯爾克蘭少校。他沒有把菸帶進去。最後才是強納生。她的頭髮細柔，又有栗子的香味。她也脫了——或者該這麼說，她把她的大衣褪去，像軍用外套一樣掛在手臂上。她穿著一件男用白色襯衫，那件襯衫跟蘇菲的一樣是寬袖，袖子捲到手肘。強納生啟動電梯，柯爾克蘭不屑地向上看，就像男人撒尿那樣。女人的臀部擦過強納生的小腹。也許她是用這種方式來表現友誼。然而他想拉下臉對她說：得了吧。如果妳是在對我調情，可以免了；而如果妳不是在調情，那就把屁股縮好。她散發的香氣不是香草的味道，而是軍校紀念日時大家身上戴的白色康乃馨香味。洛普就站在她身後，寬大的手掌帶著占有意味按在她肩頭。弗里斯基不經意向下看，見到她脖子上已經褪色的白色咬痕，看著她藏在昂貴襯衫裡沒戴胸罩的雙乳。強納生一定也和弗里斯基一樣有股卑鄙的衝動，想用手捧出她一邊的乳房。

「不如我帶你們四處走走，看看你們上次造訪後，梅斯特皇宮飯店又添了什麼新玩意兒，如何？」他建議道。

也許你應該放下這些繁文縟節了吧。在某個清晨，蘇菲與他並肩而行時這麼說了。

他走在前頭，將這間套房各種價格不斐的設施一一指出來：了不起的節水酒吧、千年的果實，諸如此類。此外還有最新發明——高科技噴射氣流衛生設備。除了不能幫你清潔牙齒外幾乎無所不能、無所不包。他不經意地講出一些古怪的笑話，無非是想討好這位理察．安斯路．洛普先生，以及那位身體纖長、面露笑意、美得不可方物的女子。在此時此刻，她怎麼還能這麼美？

★

梅斯特最知名的旅館塔樓就像一座放大版的鴿舍，俯視著這座旅館高低起伏的愛德華式屋頂。這個塔樓分為上下層，各有三間美侖美奐的臥室，強納生很有自信，將這間美侖美奐的套房稱為「十四瑞士法郎」。行李送到後，侍者收到了豐富的小費。珍姿入住那間最豪華的臥室，而浴室裡也開始流洩出女人的歌聲和水流聲。歌聲雖然聽不清楚，但一聽便知，即使稱不上下流，那歌也是用來催情的。弗里斯基站在樓梯平台的電話那邊，似乎正小聲地對某個他看不起的人下達命令；柯爾克蘭少校又點了一支菸，但已經脫下了駱駝毛大衣，在餐廳裡講電話。他的法語講得慢條斯理，感覺像是另一個人法語太差，他只好放慢速度。他的臉頰像嬰兒一樣嫩，還透著紅潤。他的法語地地道道，這毋庸置疑。他脫口說出時語調之自然，就好像是自己的母語。也許法語真是他的母語。從柯爾克蘭的舉止看來，他的出身背景絕對不單純。

套房中的其他角落裡各種對話與動作也正在進行。紮著馬尾的高個子叫山第。他正用英語跟布拉格一位叫葛利葛來的人講電話，山第太太仍穿著大衣，坐在一張椅子上怒視牆壁。但強納生現在已經不把這些次要的人物放在心上了。這些人的確存在，也姿態優雅，卻像眾星拱月一樣遠遠圍繞著那位巴哈馬拿索來的理察・安斯路・洛普先生，就像襯托紅花的綠葉。強納生帶他們參觀飯店的旅程終於告一段落，他該告退了。他優雅地向他們揮揮手，禮貌提醒他們盡情享受飯店為他們預備的一切。若是平常，他應該直接下到一樓，讓客人獨自享受每晚一萬五千法郎含稅的服務及歐陸早餐。

但今晚並不是平常。今晚是屬於洛普的，是屬於蘇菲的。只是蘇菲這個角色在今夜由洛普的女人扮演（這有些不尋常）。她的名字對洛普來說叫珍姿（Jeds），但對其他人而言卻只是珍德（Jed）。洛普先生向來喜歡讓自己的財產看來多些❻。現在雪還在下，而在這下雪的夜晚，這個世上最糟的人就只是一個望著飛舞的雪花，想起童年往事的人。他站在這個部署了重重防守的房間正中，面對那幾扇法式窗戶和覆雪的陽台，手上拿著一本打開的綠色蘇富比目錄，看起來就像是打開了讚美詩，準備高歌一曲；他另一手高舉，像在指揮著一支看不見的樂隊。他臉上還戴著老法官戴的那種鏡片只有一半的眼鏡。

「士兵玻里斯和他那夥人說星期一吃中飯的時間沒問題。」柯爾克蘭在餐廳那邊喊。「星期一吃中飯的時間可以嗎？」

「沒問題。」洛普邊說邊翻著那本目錄，同時透過眼鏡看著屋外的雪。「看看外頭，一望無際啊。」

「每次下雪我都會對自然心生崇敬。」強納生誠摯地說。

「你那朋友阿皮太提斯從邁阿密打電話來說，為什麼不住皇冠廳旅館？他說那兒的食物更好。」柯爾克蘭又說。

「太開放了。就在這裡吃午餐或是替他叫份三明治。山第，一幅不錯的斯塔布斯❼駿馬圖現在要價多少？」

一個臉蛋俊俏、留著馬尾的人探頭進來。「要多大的？」

「三十英寸乘五十英寸。」

那張俊俏的臉稍微皺了一下。「去年六月蘇富比拍賣時有一幅還不錯的畫，《風景中的攝政王》，有簽名，還有日期，是一七七九年的。」

「要價多少？」

「你有沒有坐穩？」

「你就說吧，山第！」

「一百二十萬，不含佣金。」

「英鎊還是美金？」

「美金。」

柯爾克蘭少校在走道另一邊發出抱怨。「老闆，布魯塞爾的那些小伙子要一半現款，如果你問我意見，我得說他們太放肆。」

「告訴他們你不會簽。」洛普罵道，板起了臉孔。他的臭臉是特地要讓柯爾克蘭離他遠點。「上面

---

❻ 原文為珍姿（Jeds）是珍德（Jed）這個名字再加一個s，就像一般名詞的複數型態，所以這裡才說洛普喜歡讓他的財產變多。

❼ George Stubbs, 1724-1806，英國傑出的動物畫家與解剖圖畫家。

那間也是旅館嗎，潘恩？」

洛普的目光定在那幾扇黑色窗格上，剛剛那童年雪花飛舞的景象仍在持續。

「那只是個號誌台，洛普先生。我想那應該是某種導航裝置吧。」

梅斯特珍貴的黃銅鐘響起報時的鐘聲，然而，即使強納生練就再敏捷的身手，此時也很難開溜。他穿的那雙漆皮皮鞋就像穩穩釘在客廳地毯，又或是嵌在水泥地裡，寸步難移。他的兩道眉毛彷彿練武之人那樣粗獷，與柔和的眼神極不搭調。他仍注視著洛普背後，不過只有一半的心思放在他身上。嚴格上來說，他整個人根本不在這個頂樓套房，而是在開羅的尼弗蒂蒂皇后飯店、蘇菲的閣樓公寓中。

★

蘇菲當時也是背對著他。她很美，就跟他心中的想像一模一樣。雪白的肌膚在雪白的晚禮服襯托下顯得更加白皙。她正在凝視著什麼。不是窗外的雪花，而是開羅夜空中的點點繁星。她凝視著這座靜謐都市上空的下弦月。那扇通向她屋頂花園的門是敞開的，她的花園裡只有白花，包括歐洲夾竹桃、九重葛和愛情花。阿拉伯茉莉的香味經過她飄進房間。她坐在桌旁，桌上擺了一瓶伏特加——你會說酒瓶是半空的，而非半滿。

「妳打了電話。」強納生扮演著侍從的角色，用友善愉悅的語氣提醒她。也許這是屬於我們的夜晚，他這麼想。

「是，我打了電話，而你也接了。你人很好，我想你人一直很好。」

他一聽就知道，今晚與他們兩人無緣了。

「我得請教你一個問題。」她說。「你會老實回答我吧？」

「如果我能做到的話。」

「你的意思是你可能不會老實回答我嗎？」

「我的意思是我可能不知道答案。」

「你一定會知道。我託你保存的那些文件在哪裡？」

「在保險箱裡，裝在信封。信封上面有我的名字。」

「除了我以外還有沒有別人看過？」

「這個保險箱有好幾個人共用，主要用來存放現鈔一直到送達銀行。截至目前為止，就我所知那個信封還是原封不動。」

她抖了一下雙肩，表達出不耐，但並未轉過頭來。「你有把它拿給什麼人看過嗎？有沒有？請你告訴我。我不是用有色的眼光看你，我只是憑著一時的衝動。如果我做錯事，那也不該怪你。就私人情感層面，我認為你是個手腳乾淨的英國人。」

我也是，強納生想。不過，他根本沒想過吐實。在那個他因為各種神祕理由必須效忠的世界裡，針對她的問題只會有一個答案。

「沒有，」他說了一遍，然後再說一遍，「沒有人看過。」

「如果你告訴我的是實話，我相信你。我多麼希望這世上還有可以信賴的人。」

「是實話。我向妳保證。沒有人看過。」

她似乎沒有理會他的否認，又或許她發現他只是草率地回應。「弗烈迪一口咬定我出賣了他。他把文件交給我保管，因為他不想把文件留在他的辦公室或家裡。迪基·洛普還在旁邊搧風點火，要弗烈迪別相信我。」

「他為什麼要這麼做？」

「洛普是另一位收信人。直到今天，洛普和弗烈迪·哈密僫一直在準備合夥做生意。當他們兩人在洛普的遊艇上商量時，我有幾次也在場。洛普看到我在有點不自在，但弗烈迪堅持要帶我去炫耀，他就只好讓我跟了。」

她似乎是在等他回應，但他依舊保持沉默。

「弗烈迪今晚來看我，比他平常的時間還要晚。只要他在市區，通常會在吃晚餐前過來。為了表示對太太的尊重，他會搭停車場的電梯上來，在這兒待兩個鐘頭，然後回到家人的懷抱。雖然很悲哀，但我可以很自誇地說，要不是我，他們的婚姻可能早就不保。今天晚上他來得遲，一直在講電話。看來洛普已經接到警告了。」

「誰給他的警告？」

「一位在倫敦的好朋友。」她的語氣中散發出一股怨氣。「算他好運，這也很合情合理。」

「什麼意思？」

「意思就是他和弗烈迪的生意高層已經知道了。洛普講電話時小心翼翼，只說他以前信得過弗烈迪，說他是個小心謹慎的人。但弗烈迪的兄弟就沒這麼細心了。弗烈迪沒把生意的事告訴他們，他希望好好表現給他們看，甚至已經安排好一整批哈密德的卡車車隊，也想好要怎麼把這些貨物運過約旦的說法。他的兄弟不高興他這麼做。現在可好，弗烈迪怕了，所以什麼事情都抖出來。他丟了洛普的尊重，也惹毛了他。所以你真的沒說？」她彷彿在排演什麼地說，眼睛仍望著星空。「絕對沒說。潘恩先生連暗示都沒有，那麼這消息是怎麼跑到倫敦的？又是怎麼進了洛普先生朋友的耳朵？那個保險箱、那些文件，他提都沒提。」

「沒有，真的沒有。我很抱歉。」

講到這裡，她都還沒正眼看過他。現在她轉過身，好讓他看見她的臉。她有一隻眼睛緊閉，兩邊臉頰都腫了，簡直認不出來。

「我想請你帶我去兜風，好嗎，潘恩先生？當弗烈迪的尊嚴受到威脅，他總會失去理智。」

★

時間彷彿未曾流動，洛普依然沉浸在蘇富比目錄中。沒有人將他的臉打個稀爛。那座黃銅鐘仍準確報時。說也荒謬，強納生拿腕錶來對鐘，結果終於發現自己的腳能動了。他打開那座鐘的玻璃門，移動長針，讓它和短針重疊。快去找掩護！他對自己說，趴下。收音機正在播放布蘭德演奏的莫札特樂曲。柯爾克蘭又在看不見的地方講電話了。這次他講的是義大利文。比他的法文稍差。

不過強納生還不能去找掩護。那名火辣的女子正從樓梯間走下來。一開始，強納生沒聽到她下樓，因為她光著腳，穿著梅斯特先生特別為客人準備的浴袍。等他聽到聲音，又實在忍不住想望著她。洗過澡後，她的長腿像嬰孩那樣粉嫩；栗色的頭髮梳理整齊，乖在肩上，像個乖巧的女孩；她身上的香味從原來那種軍校紀念日康乃馨，變成溫暖的沐浴乳香。強納生看著她，幾乎無法按捺。

「為了提供您更高檔的享受，我推薦您享用專屬的吧檯。」他對著洛普的背說：「純麥威士忌，梅斯特先生親自挑選；來自六個不同國家的伏特加，」還有什麼呢？「噢，當然了，客房服務是二十四小時，專屬於您，絕無僅有。」

「我餓壞了。」女子不甘寂寞地說。

強納生回她一個最為官腔、沒有一絲熱情的微笑。「好的，有任何要求儘管吩咐他們。菜單只是提示個大方向，他們極其熱切等您使喚。」他回過身，轉向洛普，說出一句遊走危險邊緣的話。「如果您對戰爭的消息感興趣，有英語的有線新聞臺。只要按一下那個小盒子上的綠色旋鈕，轉到九即可。」

「這我都知道了，謝謝。你對雕塑有研究嗎？」

「知道的不多。」

「我也一樣。這樣就不孤單了。喔嘿，親愛的，澡洗得舒服嗎？」

「非常舒服。」

那女人，珍德，她穿過房間，縮進了一把低矮的扶手椅，一邊拿起客房服務的菜單，一邊戴上眼鏡。那副閱讀用的金邊眼鏡框非常圓，也非常小，強納生忍不住忿忿不平地認為根本沒必要使用這副眼鏡。如果是蘇菲的話，大概只會把這種眼鏡戴在頭髮上。布蘭德奏出的完美樂聲彷彿流入了大海，接下來，內嵌的四聲道收音機宣布費雪迪斯考下一段要演唱的歌曲是選自舒伯特。洛普用肩膀推了推他，而他從眼角餘光看到珍德把她那雙嬰兒般的腿交疊起來，並心不在焉地拉起浴袍、蓋住雙膝，繼續看她的菜單。真是個婊子！強納生心裡有個聲音正在吶喊。蕩婦！天使！我為什麼突然像青少年一樣滿腦子妄想呢？此時洛普好看的食指正按在一整頁的圖片上。

拍賣品二三六號。維納斯和阿董尼的大理石雕像，不連底座高七十英寸。維納斯的手指撫摸阿董尼的臉，以示對他的仰慕。此為當代雕塑家卡諾瓦的作品。作品無簽名，原件藏於日內瓦的穀倉山莊博物館，約六萬至十萬英鎊。

有個五十歲的阿波羅夷心企盼著買到維納斯和阿董尼。

「這『羅斯提』（roasty）到底是什麼玩意兒？」珍德問道。

「我想您說的應該是瑞士薯餅（rösti），」強納生回答的語調隱約透出智慧高人一等的感覺。「這是瑞士一種用馬鈴薯做成的美味餐點，樣子很像捲心菜煎馬鈴薯，只不過裡頭沒有捲心菜，那是用很多奶油炸出來的。如果真的很餓，吃起來會感到美味無比。而且我得說他們做得很道地。」

「那些雕像怎麼樣？」洛普問道。「挺不錯？還是挺不行？別不置可否，這樣對誰都沒好處——薯餅這種東西嘛，親愛的，要吃就在邁阿密吃吧——你怎麼說，潘恩？」

「我想那要看雕像將來放的位置來考慮。」強納生謹慎且小心地回答。

「就放在花圃的盡頭。屋頂有藤架，末端是海景。雕像面朝西，所以可以看到落日。」

「那裡是世上最美的地方。」珍德說。

強納生心中馬上對她升起了一股怒氣。妳怎麼不閉嘴呢？妳在房間的那頭講些廢話，聲音卻好像就在面前似的。她為什麼不好好看菜單，總來插嘴？

「保證有陽光嗎？」強納生問道，露出他最卑微恭敬的微笑。

「一年三百六十天都出太陽。」珍德得意地說。

「你繼續說，」洛普催促，「我不是玻璃做的，沒那麼脆弱。你的意見到底是什麼？」

「那些雕像恐怕不是我的菜。」強納生還沒來得及思考就緊張地說了出口。

為什麼他要這樣講？也許應該怪珍德吧。強納生自己是不可能會知道的。他對雕像沒什麼意見，也從沒買過、賣過雕像，更很少停下來觀察——除非他看到的是那尊可怕的青銅雕像：拿望遠鏡看上帝的海格伯爵。它矗立在某校閱場的觀禮台邊，那是他青年軍旅生涯的回憶。他所做的一切只是想叫珍德保持安全距離。

洛普英俊的面容沒有什麼變化，但強納生曾經思考過其實他根本就是玻璃做的。「妳是在嘲笑我嗎？珍米瑪？」他用非常愉悅的笑容問道。

菜單移了下來，那張躲在後頭的淘氣臉孔隔著它盯著他們看。「我為什麼要笑你呢？」

「我在飛機上把它們指給妳看時，妳好像沒什麼興趣？」

她把菜單放在膝蓋上，用兩手將那副無用的眼鏡拿下來。現在她身上那件梅斯特皇宮飯店浴袍的短袖也開了，呈現一副令強納生血脈賁張的景象：一雙完美無瑕的乳房。隨著她手臂的動作，些微挺起的乳頭正向著他微微聳動。在檯燈的照耀之下，乳房上顯現出金色的肌理。

「親愛的，」她甜甜地說：「這真是完完全全一點根據也沒有的胡說八道。我覺得她的屁股太大了。但如果你喜歡大屁股的女人，就買下她吧。花錢的是你，買了什麼屁股都屬於你。」

洛普咧嘴一笑，手伸出去，抓住梅斯特先生為他預備的香檳王，使勁把瓶蓋轉開。

「柯基！」

「是，老大！」

他遲疑片刻，調整了一下語氣。「打個電話給丹比和麥克阿瑟。」

「遵命，老大。」

「山第！卡洛琳！在洗頭嗎？這兩個人到哪兒去了？又吵架了嗎？無聊透頂！每次都搞這種事！」

他邊說邊側過臉看著強納生。「別走，潘恩，派對要開始了。柯基，再叫兩瓶酒來！」

但強納生最終還是走了。他離開的舉動多少表示了他的遺憾。當他到達樓梯平台，轉身看到珍德以可笑的姿勢晃動香檳酒杯跟他道別，他則報以最最冰冷的微笑。

「晚安，親愛的。」柯爾克蘭和他擦肩而過時喃喃說道：「謝謝你溫柔相待啊。」

「晚安，少校。」

一頭淡金頭髮的保鑣弗里斯基坐在電梯旁的一張豪華座椅上，正讀著一本維多利亞時代背景的平裝色情小說。「老兄，你打高爾夫球嗎？」強納生路過時，他開口。

「不打。」

「我也不打。」

費雪迪斯考的歌聲傳了出來。我輕而易舉開槍射擊，我輕而易舉開槍射擊。

★

晚宴的六位客人俯身坐在點了蠟燭的桌前，就像在天主教堂裡敬拜。強納生跟他們坐在一起，愉悅地享用晚餐。我要的就是這種生活，他對自己說。他要什麼呢？半瓶玻瑪紅酒、牛肝冷盤加三色蔬菜。這旅館的銀器雖然老了舊了，卻仍在錦緞桌布上對著我熠熠發光。

獨自用餐一直是他個人的特殊喜好，而今夜，為了因應戰爭帶來的物資缺乏，貝里總管將他從服務門口的獨座升級到窗旁那崇高的聖餐台。強納生在上方俯視，視線穿過高爾夫球場，看到市區的燈光沿湖岸閃爍。無論如何，他一定要為自己目前為止都毫無遺憾的人生慶賀一下。那醜惡的過去早被他拋諸腦後。

親愛的強納生啊，在那地方應付邪惡的洛普實在不容易，學校裡的老教官以讚許的語氣對他最好的學生說。我個人認為那位柯爾克蘭少校不簡單，那女的也一樣。不過別介意。你沒露出任何破綻，處變不驚。做得好。強納生對著映了燭光的窗戶，回想他說出口的那些阿諛奉承，種種貪婪下流的思想。他勉力擠出一絲慶賀的微笑。

突然間，牛肝在他的口中味如嚼蠟，玻瑪紅酒也生出青銅味。他的腸子緊縮，視線也模糊了。他在慌忙之中起身離席，含混不清地告訴貝里總管說他忘了一件差事，然後在最後一刻衝進男廁。

# 3

強納生．潘恩，父親是英國步兵中士，死於一場戰役。這樣的事在後殖民時期的類似戰役中層出不窮；母親是德裔美女，長年為癌症所苦。父母相繼過世後，獨子強納生成了孤兒，在各個孤兒院間流離，歷經寄養家庭、代理母親、軍校、訓練營，甚至到了更為多雨的北愛爾蘭某特殊軍事單位寄人籬下。成年後，他做過服務生、廚師、流動各處擔任旅館經理，不斷避開人與人間的情感關係。他當過志願兵，他收集別人的語言；他是自我放逐的夜間動物，是沒有目的地的水手。他坐在這間瑞士旅館接待櫃檯後方整潔的辦公室裡，反常地抽了第三支菸。他邊抽邊想著這間深受景仰的旅館創辦人說過的至理名言。那段話與他深褐色的相片並排掛在牆上。

過去幾個月，強納生數度拿起筆，努力想把這位偉人的睿智之語從艱澀的德文語法中提取出來。不過，不管如何嘗試，都因為幾句怎麼也無法移動的附屬子句而放棄了。起先他這麼寫：真心以待為生命帶來的意義，一如美好的廚藝為飲食帶來的意義。曾經有一瞬間，他認為自己領悟了那話中的涵意，於是他繼續寫：「這句話是說，對於每個正經歷著人生各種艱苦的單獨個體，他們被交付到我們手上，我們應表示出最基本的尊重。無論他處於何種狀態，也不論我們彼此在道義責任上應該……」寫到這裡，他又一如往常寫不下去了。有些東西還是維持原貌好。

他的目光又回到史崔普利先生那臺看來俗氣的電視機上。它蹲踞在他面前，像一只男用手提袋。整整十五分鐘，這臺電視都在播同樣的電視遊戲畫面。空中的轟炸機瞄準遠處地面一棟只有斑點大小的灰色建築物。鏡頭拉近後，一枚飛彈快速飛向那棟建築，炸開屋頂，穿過好幾層樓。這棟建築物的底部就像紙袋一樣炸開，油嘴滑舌的新聞主播報得十分滿意：正中紅心，再發射兩枚也不用多收錢。沒有人想談到底死了多少人。從那個高度拍攝看起來就像毫無死傷。伊拉克不同於愛爾蘭的首都貝爾法斯特，無論死了多少人都無人關心。

然後畫面就換了。強納生和蘇菲正在開車。

★

強納生握著車子的方向盤，蘇菲戴著絲巾和深色眼鏡，半遮掩住腫起的臉。開羅還在沉睡，黎明將煙塵瀰漫的天空染紅。為了把她偷偷帶出旅館，弄到自己的車裡，這名臥底軍人做好萬全的準備。他往金字塔群所在的方向開過去，卻不曉得她心裡另有打算。她說：「不對，走那個方向。」在開羅市區墓園零散塌毀的墳墓上方彷彿懸了一顆散發惡臭的枕頭。一堆一堆的塑膠袋和洋鐵罐之間有陣陣濃煙燃起，衣衫襤褸的遊民在垃圾堆中來回撿拾，猶如禿鷹，令人難以忽視。他把車子停在沙地邊緣，進出垃圾場傾倒垃圾的卡車呼嘯而過，隨之留下刺鼻惡臭。

「這就是我當時帶他來的地方。」她說。她的一側嘴角腫得不像話，只能用另一側嘴角慢慢把話吐出來。

「為什麼？」強納生問。他的意思是：妳現在為什麼要帶我來這裡？

「『弗烈迪，看看這些人，』我這樣跟他說：『每次只要有人把武器賣給那些不知名的阿拉伯暴君，這些人就又得挨餓。你知不知道為什麼？聽我說，弗烈迪。那是因為擁有一支完美的軍隊比施捨飢民有意思多了。弗烈迪，你是阿拉伯人。雖然我們埃及人都說自己不是阿拉伯人，但先不要管這個。我們依舊是阿拉伯人，為了實現夢想讓你的阿拉伯同胞付出代價，這樣真的對嗎？』」

「我懂了。」強納生露出一臉尷尬，英國人流露出對政治的感受時總會這樣。

「『我們不需要領袖。』我這樣說。『下一位偉大的阿拉伯領袖將會相當謙卑、親力親為。他會知道怎麼做事。他給人民的是尊嚴，不是戰爭。他知道如何治天下，而不是打天下。他會像你一樣，弗烈迪，只要你能成熟點。』」

「那他怎麼說？」強納生問。每次看到她被打得不成人樣的臉孔，他的良心就感到不安。她眼睛四周的瘀青已經轉成半青半黃了。

「他叫我少管閒事。」他可以聽得出她聲音裡蘊含的怒氣，心更往下沉。「我跟他說這與我有關！攸關生死的大事！阿拉伯人！都跟我有關！他也跟我有關！」

妳給了他警告。他想著想著不禁一陣反胃。妳讓他知道妳是不可忽視的力量，並非他招之即來、揮之即去的弱女子。妳讓他開始思考妳也會有妳的祕密武器，同時威脅他，說要對他使出殺手鐧。只是妳不知道我已經使出這招了。

「埃及當局不會碰弗烈迪一根汗毛，」她說，「他賄賂這些人，所以他們睜一眼閉一眼。」

「出城去吧，」強納生說，「妳知道哈密德家族都是些什麼人。走吧。」

「不管我在開羅還是巴黎，哈密德一家若要殺我都是易如反掌。」

「那麼就告訴弗烈迪他得幫妳，叫他起身對抗他那些兄弟。」

「弗烈迪怕我怕得要死。他只要一膽小就徹徹底底是個懦夫！你為什麼要看著來往的車？」

因為除了妳以外我只能看著那些車，不然就得看這可鄙的世界。

不過她並沒有等他答腔。也許，在這個熟知男性弱點的女人心中，早已摸透了他的羞愧。

「埃及人，我可以喝杯咖啡嗎？」她露出勇敢的微笑，在他的眼裡，這比世上最嚴厲的指責更令他內疚。

他在街頭市場為她買了一杯咖啡，然後開車送她回旅館停車場。他打了電話到歐吉威的寓所，是女傭接的電話。「他出去了。」她說。那麼歐吉威太太呢？「也出去了。」他打電話到大使館，那人也不在；他去亞歷山卓看船賽了。

他打電話給遊艇俱樂部留話。有個好像嗑了藥的男子說今天沒有船賽。

強納生打電話到路克索，給一位名叫賴瑞·克莫迪的美國朋友。賴瑞，你是不是有間空的公寓？

他又打給蘇菲。「我有一位在路克索的考古學家朋友，他有間沒人在住的公寓。」他說。「一個叫芝加哥小屋的地方。妳可以去那兒待一、兩個星期。」當兩人都沒說話，他努力想擠出一些有趣的東西講。「對於去暫住的學者而言，那裡就像個閉關修道的地方。那個小房間是芝加哥小屋後方的加蓋，有自己的小空間。沒有人會知道妳住在那兒。」

「你也會來嗎，潘恩先生？」

強納生不讓自己有半點猶豫的時間。「妳甩得掉貼身保鑣嗎？」

「他早就跑了。弗烈迪大概覺得我不值得保護。」

他打給一家和旅館有生意往來的旅遊業者，接電話的是個講話帶著些許醉意的英國女子，史黛拉。

「史黛拉，有兩位匿名貴賓要在今晚飛到路克索。費用無上限，我知道那整個地區都關閉了，也知道今晚沒有班機。妳能處理嗎？」

對方沉默了好久。史黛拉是個很玄的女子，她在開羅待太久了：「我知道你是重要人士，但另外一個女孩是誰？」話才講完，她就發出下流又喘個不停的笑聲，直到強納生掛上電話，那笑依舊堵在他耳中嗡嗡作響。

★

強納生和蘇菲並肩坐在芝加哥小屋公寓的屋頂上，邊喝伏特加邊望著星空。在飛機上她很少說話，他拿吃的給她，她卻碰都不碰一下。他拿來一條披肩披在她肩上。

「洛普是世上最可惡的人。」她再次用一本正經的語氣說。

強納生很少碰到惡人。無論發生什麼事，他都先認為是自己的問題，之後才會是其他人。

「我想從事他那行的人應該都滿可怕的。」他說。

「你不用為他找藉口。」她不接受他的解釋，逕自反駁。「他健康無虞，他是白人，他有錢，他命好，受好的教育，得天獨厚。」她一邊將洛普的優勢列舉出來，他的罪行也跟著一個個曝光。

「他左右逢源，他風趣，有自信，可是他卻把這一切毀了。他到底還缺什麼？」她等他回答，他卻什麼也沒說。

「他怎麼會變成這樣？他不是露宿街頭的混混，是命好的人。你也是男人，說不定你會知道。」

可是強納生什麼也不知道。他看著她背向夜空的受傷臉龐。妳會怎麼做？他在心裡問。我又會怎麼做？

他關掉了史崔普利先生的電視。戰爭結束了。我愛妳。當我們保持著一個手臂的距離走在卡那卡神廟之間，我依舊愛著妳那受傷的臉龐。潘恩先生，妳說，該讓河水向上流了。

★

凌晨兩點。這是梅斯特要強納生去巡視的時間。他總是從一樓的大廳開始，今天也一樣。他站在洛普曾經站過的地毯正中，聽著旅館即使夜間也不會消停的聲響。白天時，這聲音淹沒在各種動作帶來的喧囂中：暖爐運作時的微微振動，吸塵器的呼嘯，廚房裡為客人備菜時發出的杯盤碰撞，樓梯後方傳來某名侍者的腳步聲。他站在他每晚站的地方，想像著她步出電梯，面容已完全復原；黑色眼鏡插在烏黑的秀髮中。她穿過大廳，在他面前突然停步，像是要取笑他似的在他身上找破綻。「潘恩先生嗎？你是英國之光，就是你出賣了我。」

值夜的管事是老赫維茲，他就睡在櫃檯，頭髮剪得短短的腦袋深埋在臂彎裡。赫維茲，不管怎樣你還是個難民。強納生想。這樣走了又睡、睡了又走。強納生把老先生喝過的咖啡杯從手肘旁移到搆不到的地方。

原本值班的接待員艾伯哈德小姐已經換班，交給維普小姐。維普小姐一頭銀白，臉上帶著冷淡的微笑，但算是樂於助人。「維普小姐，可以讓我看看今晚比較晚到的客人嗎？」

她把頂樓套房的入住名單交給他。亞歷山大，藍伯恩爵士，毫無疑問，又名山第。地址：托爾托拉，英屬維京群島。職業，根據柯爾克蘭少校的說法是當地貴族。陪他前來的是太太卡洛琳。上面沒提到紮在脖子後面的馬尾，也沒提他除了身為貴族外還幹什麼。理察・安斯路・洛普，職業：公司主管。強納生快速翻閱名單中的其餘部分。西雷爾・弗比斯，機師。麥克阿瑟，名不詳；丹比，又是名不詳。曾是公司高級職員。除了他們以外，其餘的人不是助理、機師就是保鑣。法蘭西斯・英格利斯，澳洲伯斯人，暱稱弗里斯基……大概吧。他是體能教練。托比亞斯・瓊斯，南非人，暱稱托比，運動員。還有那個女的。他故意把她放在最後，就像壓箱底的寶貝一樣。珍米瑪・馬歇爾，住址跟洛普一樣，是拿索的某個信箱號碼。職業：女騎師（那位少校用一種特殊的花式字體寫道）。

「可以請妳把這份名單影印個幾份嗎，維普小姐？我們要查一下頂樓套房的這幾位客人。」

「好的，潘恩先生。」維普小姐接過名單，走到身後的辦公室。

「謝謝妳了，維普小姐。」強納生說。

然而他在想像裡看到的是自己。在尼弗蒂蒂皇后飯店手忙腳亂地操作影印機，當時蘇菲就站在一旁邊吸菸邊看他：你很熟練，她說。是，我很熟練，我竊探人。出賣人，我也會愛人，但總是愛得太晚。

擔任接線生的是莫桑太太，她是另一個值夜晚的人。她的崗哨位於接待櫃檯旁一個密不透風的小房間。「早安，莫桑太太。」他用德語跟她交談。「早安，強納生先生。」而她則以英語回答。

他們會用這種方式來互開玩笑。「波斯灣戰爭一定進行得很順利吧？」強納生瞄了瞄掛在新聞印表機上的公告。「轟炸沒有停過，目前已經出了一千架次的任務。他們說得出這麼多架次才夠。」

「光是在一個阿拉伯國家就要花這麼多錢。」莫桑太太說，語氣裡帶著不以為然的意味。

他開始整理報告。這是他第一次在學校住宿時養成的習慣。但還沒整理好就瞥見了那堆傳真。傳真紙分別放在兩個光滑的盤子裡，一個裝的是傳進來的，預備於早晨時分分發給住宿的客人；另一個是外發的留底，預備送還給客人。

「一堆電話打進打出，是不是啊莫桑太太？全世界的人都在忙著緊急拋售嗎？妳一定覺得自己成為全世界的樞紐了。」

「馥爾公主一定要打給她在海參崴的表哥。既然俄國的局勢已經好轉，她就每晚打電話到海參崴給他，每次都講一個鐘頭。她每次講電話，線都會斷，都得重新接過。我想她在找屬於她的王子。」

「那頂樓套房中的那些王親貴族呢？」他問道。「他們似乎一住進來電話就沒停過。」

莫桑太太輕輕拿著幾把鑰匙敲啊敲，透過雙重焦點的老花眼鏡盯著螢幕看。「貝爾格勒、巴拿馬、布魯塞爾、奈洛比、拿索、布拉格、倫敦、巴黎、托爾托拉、英國某地，又一個布拉格，又打去拿索好幾次。都是直接通話。不要多久大家都會打直通電話了，看來我快失業囉。」

「未來我們都會變成機器人。」強納生很肯定地對她說。他斜靠在莫桑太太的櫃檯前，做出一副好奇門外漢的表情。

「妳的螢幕能顯示出他們打的號碼嗎？」

「當然能。不然客人馬上就會發牢騷。平常都會顯示的。」

「讓我瞧瞧。」

她操作給他看。全世界的壞人洛普都認識，蘇菲說過。

餐廳裡，做零工的巴比站在鋁梯上努力保持平衡，並用長竿上的抹布清理吊燈的吊飾。強納生經過時腳步踏得很輕，就怕分了他的心。酒吧裡，卡斯帕先生那兩位早熟的姪女穿著寬鬆的罩衫和石洗牛仔褲，正在為盆栽植物澆水。年齡較大的那個女孩一見到他就伸出戴了手套的手，她手裡握了一大把帶著泥的菸屁股。

「男人在家裡是不是也會幹這種事？」她朝著他高高地挺起胸部，一臉沒好氣地要他回答。「譬如把菸屁股塞在花盆裡？」

「我想是吧，蕾娜特，男人在斯文外表下總是幹些見不得人的勾當。」只要去問歐吉威就會知道，他想。雖然他有點心不在焉，卻莫名被她的無禮舉動惹火。「如果我是妳，一定會特別小心那架鋼琴。如果妳把它刮傷，當心梅斯特先生宰了妳。」

廚房裡，夜班廚師正在為那對住在蜜月套房的德國新婚夫婦準備豐盛早餐，送到房裡去給他們享用。韃靼牛排是給新郎的，煙燻鮭魚是給新娘的；外加一瓶默索特酒，重燃兩人的激情。強納生看著那位奧地利籍夜班服務生阿爾弗來德，他正用秀氣的手指把餐巾摺成玫瑰花，並擺上一碗山茶，增添浪漫情調。阿爾弗來德是個失意的芭蕾舞者，然而他在護照上填的是「藝術家」。

「接下來他們就要轟炸巴格達了，」他一邊做事一邊得意洋洋地說，「給他們一點教訓。」

「頂樓套房今晚有用餐嗎？」

阿爾弗來德吸了一口氣，複誦出來。他臉上的笑容跟年齡有些不搭，太年輕了。「三份煙燻鮭魚，一份英式炸魚薯條，四份七分熟的菲力牛排，一份兩塊的胡蘿蔔蛋糕加鮮奶油。他說，至高無上的殿下點胡蘿蔔蛋糕是某種迷信。殿下指示少校給我五十法郎的小費。你們英國人是不是談了戀愛就會給小費啊？」

「我們真有這樣嗎？」強納生說。「那我得記住這點。」他走上豪華的樓梯。洛普沒在談戀愛，他只是在裝模作樣。那女的也許是他花錢雇來的應召女郎，真是夜晚無限好。他走到通往大套房的雙開門，注意到那對新人連鞋都是新的。男的穿黑色帶扣的漆皮皮鞋，女的穿金色涼鞋。脫下的鞋零亂地放在地上。由於他這輩子都習慣了順從，強納生不覺彎下身來，把兩雙鞋整齊地擺在一起。

到了頂樓，他把耳朵湊到洛林夫人門上，聽到房中閉路電視正在播放，也聽到英國籍的軍事評論者聒噪的聲音。他敲了敲門。她把亡夫的睡袍披在睡衣外面出來應門。咖啡爐上的咖啡咕嚕響。雖然在瑞士住了一甲子，她那口高地德語仍然透著刺耳的子音，一點也沒有變。「他們還都是孩子。但因為在打仗，就成了男人。」她的口音完美得跟他母親一模一樣，她邊講邊遞給他一杯咖啡。英國電視台的軍事評論者正興致勃勃地繞著一個沙盤移動模型士兵。「今晚住進頂樓套房的都是些什麼人？」這位無所不知的洛林夫人問道。

「一位英國富豪和他的隨從。洛普，叫洛普先生，還有他那群跟班，以及一位年紀只有他一半的小姐。」

「工作人員都說那位小姐很漂亮。」

「這我沒注意。」

「而且舉止大方又自然。」

「這他們應該很清楚。」

每次他用漫不經心的語氣說話時，她都會仔細地觀察他。有時她甚至比強納生還要了解自己。

「今晚你真是容光煥發，都可以照得亮一整座城了。你又有什麼念頭了？」

「我想都是因為下雪的緣故。」

「最後俄國人還是站在我們這一邊了，不覺得很好嗎？」

「這是外交上的一次重大成就。」

「應該是奇蹟。」洛林夫人糾正他。「不過就跟我們知道的奇蹟一樣，沒有人會相信的。」

她把咖啡端給他，讓他安穩地坐在平常坐的那張椅子上。她的電視機很大，大過了戰場。軍隊在裝甲運師車上興高采烈揮著手，更多飛彈競相飛向標靶，嘶嘶響著移動前進的坦克，布希從對他敬愛有加的觀眾獲得如雷的掌聲。

「你知道我看到戰爭時心裡作何感想嗎？」洛林夫人問道。

「不知道。」他溫和地回答。不過她似乎忘了自己剛才想要講什麼。

又或者是強納生沒有聽出她的話中含意，因為她剛才明確做出的宣言使他忍不住又想到蘇菲。然而愛她時感受到的愉悅，他已經不復記憶，他甚至連路克索都忘了。他又回到了埃及，回到那可怕的最後一幕。

★

他站在蘇菲的閣樓裡，身穿——該死，我穿什麼又有什麼差？當時他穿著畢挺的晚宴西裝，一位穿著制服的埃及警督和兩位便衣助理正用彷彿跟死人借來的目光打量他。屋內牆上、天花板、長沙發，到處血跡斑斑，發出鐵鏽般的腥味。梳妝台上的血點像酒一樣灑過；桌布、壁鐘、壁毯；法文、阿拉伯文及英文書籍、香水，女用化妝品，都像是有個巨大嬰孩在盛怒之下把一切摧殘殆盡。由於場面太過驚悚，相較之下，蘇菲在這場浩劫中反倒顯得無足輕重。她的身軀半趴著，可能正朝著那幾扇通往她屋頂花園的落地窗爬去。她躺在地上，呈現被部隊急救手冊稱為「復原姿勢」的模樣，頭就靠著伸長的手臂。她的下半身被一條床單遮住，上半身則披著殘破的短襯衫或睡衣之類的，衣服的顏色已經無法辨識。警察各忙各的，什麼話也沒說。有人斜靠在屋頂花園的欄杆上，顯然是在尋找罪犯。另一個人正在撥弄蘇菲牆上的保險箱門，絞鏈早被砸爛，門正來來回回地晃動。他們為什麼戴著黑色的槍套？強納生覺得很奇怪，難道他們也是暗處的人嗎？

廚房裡，有個男人以阿拉伯語講電話，兩個警察守著通往樓梯平台的前門，那兒有一群穿絲綢浴袍、臉上塗晚霜的房客，他們憤怒地看著那些保護他們的警察。一位身穿制服的年輕男子拿著一本筆記本在做筆錄。有個法國人說要打電話給他的律師。

「住在樓下的客人抱怨你們太吵。」強納生對那位督察說。但說著說著，他知道自己犯了一個技術上的錯誤。在發生凶殘謀殺的時候解釋自己為什麼來到現場，既不自然，也不禮貌。

「你是這位女子的朋友嗎？」督察叼著一根香菸問。

他知道路克索的事嗎？

哈密德知道嗎？

既然要說謊，就要說得理直氣壯，還要帶點桀驁不馴的架勢。「她喜歡利用旅館。」強納生答道，仍極力想把話講得自然一些：「這是誰幹的？到底發生了什麼事？」

這位督察拖拖拉拉地聳了一下肩膀，似乎有點興趣缺缺。一般來說弗烈迪不會被埃及當局打擾，他會賄賂他們，然後他們就睜隻眼閉隻眼。

「你跟這女的在做那件事嗎？」那位督察問道。

他們看到我們上飛機了嗎？

他們有跟著我們到芝加哥小屋去嗎？

他們有竊聽那棟公寓嗎？

強納生總算鎮定下來。他可以應付，情況愈是糟糕，他愈確信自己能冷靜以對。他佯裝動怒，說：

「如果你們把偶爾喝幾杯咖啡也當成有肉體關係，那就算有吧。她有一位貼身保鑣，是哈密德先生雇的。他現在在哪裡？失蹤了嗎？搞不好是那位保鑣殺了她。」

督察似乎一點也沒被動搖。「哈密德？什麼哈密德？」
「弗烈迪．哈密德。哈密德先生最小的兒子。」
這位督察皺了皺眉，好像覺得這名字讓他很不爽。又或者他覺得不相關，或是他根本沒聽說過。他的兩位助理一位禿頭，一位是土黃色頭髮，兩人都穿著牛仔褲，短夾克，長了滿臉的落腮鬍，正心無旁騖地聽他們交談。
「你都跟這位女士聊什麼？政治嗎？」
「只是隨便聊聊。」
「隨便聊聊？」
「餐廳、八卦、時尚，都聊。哈密德先生有時會帶她去游艇俱樂部，或是這裡的俱樂部，或亞歷山卓的俱樂部。我們碰到時頂多就是相視微笑，或揮手互道早安。」
「你殺了這個女人嗎？」
是，他在心裡回答。跟你想的那種方式不完全一樣，但的確是我殺了她。
「不是。」他說。
督察用雙手拇指勾住他的黑色背帶。他穿的褲子也是黑的，佩了金色鈕釦和佩章。他非常寶貝自己的制服。有位助理上前要跟他說話，但他沒有理會。
「她有告訴過你有人要殺她嗎？」督察問強納生。
「當然沒有。」

「為什麼沒有？」

「如果有的話我早就告訴你了。」

「好吧，你可以走了。」

「你有跟哈密德先生聯絡嗎？你們打算怎麼辦？」

督察摸了摸帽頂，似乎想讓他的理論感覺更堅不可摧。「是竊賊，瘋竊賊，殺了一個女的，嫌犯也許有嗑藥。」

穿著綠色工作褲和運動鞋，睡眼朦朧的清潔人員帶來擔架和一具屍袋。領頭的人戴著墨鏡。督察把他的菸蒂丟在地毯上踩熄，重新點了一根。有臺照相機不停在閃，拍照的是一個戴著橡皮手套的男人。大家都在翻箱倒櫃想撈點衣服回去。他們把她移上擔架，翻過身來，讓臉朝上。她一側雪白的乳房壓得扁扁的，從蓋在身上的破布底下露了出來。強納生注意到她的臉。臉幾乎全毀了，也許是被人踢的，也可能是用槍柄打的。

「她有隻狗。」他說。「一隻北京犬。」

他說話的時候看到那隻狗在通往廚房的入口。牠平躺在地磚上，從來沒躺得這麼直挺挺。一道深深的切痕從喉部開始一路開膛破肚，直達後腿。一定有兩個人，強納生呆呆地想著，一個人抓住讓另一個割；一個人抓住讓另一個打。

「她曾是英國國民。」強納生說，故意用過去式來懲罰自己。「你最好知會英國大使館。」

可是那位督察已經沒在聽了。那個禿頭助理抓著強納生的手臂，領他朝門口走去。霎時間（但對他而言也夠久了），強納生感到一股反抗的熱流橫過雙肩，直達雙臂，進入手中。助理也感受到了，馬上像被電擊似的往後退了一步。接著，他露出意有所指的危險笑容。見到他的笑容，強納生下意識驚慌到無法控制——是驚慌，不是恐懼，因為一旦失去再也無法復得，而且無處可得慰藉。我愛過妳，但卻從未對妳表白，也沒有承認過。

★

莫桑太太趴在她的電話總機旁睡著了。有時在深夜裡，她還會打電話給她的女友悄聲講些下流話。不過今晚她沒有這麼做。有六份給頂樓套房的傳真，正等著跟昨晚發出去的原件一起送去。強納生注視了文件一下，但沒有碰。他聆聽著莫桑太太的呼吸，伸出手，試探性地在她闔起的雙眼前晃了晃。她發出如雷的鼾聲。他把那幾份傳真從盤裡小心翼翼地摸走，就像個手腳俐落的孩子，熟練地從母親的購物袋裡偷東西。影印機還是溫熱的嗎？上了頂樓又回來的電梯裡是否空空如也？是你殺了她嗎？他碰了莫桑太太電腦上的一個按鍵，再按第二個，接著按第三個。你身手矯健。電腦閃現影像，而他在驚惶之中腦海浮現一個景象：洛普的女人從頂樓的樓梯走下來。那些布魯塞爾小伙子什麼來頭？邁阿密的阿皮太提斯又是誰？士兵玻里斯又是誰？莫桑太太轉了轉頭，繼續打鼾。在她打鼾的時候，他動手把電話號碼全抄了下來。

★

強納生．潘恩，軍人之子，退役低階軍官，曾接受在各種天候下的作戰訓練，他在山坡旁小溪邊被白雪覆蓋的小徑上嘎吱嘎吱地走著，溪水汩汩流入樹林。他穿了件帶風帽的厚夾克，套在晚宴禮服外；他的腳上穿著藍黑色襪子和一雙輕便的登山鞋。他那雙漆皮黑鞋在左手的塑膠袋裡擺盪。他四周的樹上、花園裡，以及溪邊都是雪花，在湛藍的天空下散發晶瑩剔透的光芒。可是這次強納生無心欣賞周遭美景。他直奔位於克羅斯巴赫街的員工宿舍，時間是早上八點二十。他下定決心要好好吃一頓早餐——煎蛋、吐司和咖啡。有時能自己打理這些也算是樂事一樁。也許還可以先洗個澡，讓體力恢復。早餐後，如果他還有力氣騎個登山車，他就去騎。他把手伸進禦寒的夾克，信封還原封不動地擺在原處。我要去哪兒？如果從經驗當中什麼也學不到，那絕對是個傻瓜。但為什麼我會有一股將要戰鬥的興奮感？

等他慢慢接近宿舍所在的房子，強納生這才發現自己踩著行軍的步伐前進。但他沒有放慢腳步，還轉了個彎往羅莫霍夫而去，那裡有列火車正等著他，車門不祥地敞開。他登上火車，一如往常沒有多想什麼。那個偷來的棕色信封還抵在胸口。火車到了總站後，他下車，像之前一樣隨意地走到布萊徹維格某棟莊嚴的建築物。好幾個國家的領事館和商務代表處都設在這區，包括他的國家。

「我能跟奎爾少校見面嗎？」強納生對那位坐在防彈窗玻璃後方，下巴寬厚的英國女人說。他拿出信封，塞進玻璃下方的開口。「這是私事，我想您可以告訴他我是開羅的馬克．歐吉威的朋友。我們一起開過船。」

★

強納生會斷然決定抽身，在梅斯特先生酒窖中發生的事是不是也有一點責任？洛普到達旅館前不久，強納生剛被關在裡面長達十六個小時之久。他只要回憶起這次經驗，總會把它當成預先體驗死亡的入門課。

在梅斯特先生給他的額外工作中有一項，就是盤點每月酒窖中的高級葡萄酒存量。酒窖位於藍岩深處，正好是旅館最老舊的部分下方。他與館方訂的契約是每月初休假六天，以取代一般的週末假日。而他通常會在每個月第一個星期一（也就是六天休假的前一天）去地窖清點。意外發生的星期一，他的流程也沒有改變。

先前館方把這些高級葡萄酒的投保金額設為六百五十萬瑞士法郎。地窖的安全設施因此極其複雜。要進入地窖前必須先打開一組對號密碼鎖、兩組慣性鎖，才能打開第四組彈簧鎖。只要有人接近地窖，就會被一臺虎視眈眈的攝影機監控。強納生成功搞定四道鎖後，便開始他例行的盤點工作。首先，他一如往常清點一九六一年的彼得綠堡。這種酒今年售價是每瓶四千五百法郎。而他最後盤點的是一九四五年出產、每夸脫售價高達一萬法郎的木桐羅齊。就在他盤點的時候，燈光突然熄了。

這瞬間，強納生憎惡著黑暗。為什麼會有人選擇在晚上工作呢？小時候他讀過愛倫坡的作品，對於〈一桶阿蒙蒂亞度酒〉裡受害者所承受的一切感同身受。這故事無關煤礦災變，也沒有倒塌的隧道，沒有阿爾卑斯山的登山隊員受困裂縫，然而卻深植在他的記憶中，像一塊特別凸出的碑石。

他站在那裡無法動彈，失去了方向感。他是不是倒下了？難道他中風了？他被炸到了嗎？他內心深處的那個登山者準備要接受衝擊。他也像是瞎眼的水手，奮力抓住破損的船身，或訓練有素的鬥士，朝著看不見的敵人緩緩移動，卻沒有武器能帶來安全感。強納生像個潛入深海的潛水伕，開始沿著酒架摸索，尋找電燈開關。電話。他想起來了。不知道酒窖裡有沒有裝電話？此時他善於觀察的習慣反而造成某種阻礙。他腦中有太多影像了，根本不知從何找起。門呢？門內有把手嗎？他搜索枯腸，終於想起有警報器。但這個警報器要有電才會響。

他完全失控了，連地窖裡的位置都搞不清楚，他開始繞著酒架打轉，就像一隻困在黑色燈罩裡摸黑亂撞的蒼蠅。他所受的一切訓練都沒有一種能用來對付這麼糟的狀況。無論是耐力行軍、徒手搏擊或荒野求生，在此毫無用武之地。他還記得金魚的短期記憶非常短暫，短暫到在魚缸裡每游一圈都像一次全新的體驗。他在冒汗，也許也流淚了。他大聲喊了幾次：「救命！是我！是潘恩！」但他的聲音沒有引起任何回應。噢，對，酒，一瓶一瓶的酒！他突然想到，那些酒可以救命！他思索著該如何在伸手不見五指的黑暗中把那些酒瓶拿來丟，好驚動外面的人來救他。但不管他再怎麼失去理智，他依舊很自制，沒有不負責任地拿一瓶瓶彼得綠堡來亂砸。畢竟每砸個一瓶就等於浪費掉四千五百法郎！

誰會注意到他不見了？旅館同事都以為他已經離開，去享受他每月六天的假期。技術面而言，清點庫存不是他份內的工作，是梅斯特先生用差勁的方式從他身上搾來的。房東太太應該會以為此刻的他正在旅館過夜。旅館有空房時，他偶爾會這麼做。除非有個百萬富豪在此時此刻決定訂一瓶美酒，否則他就會在根本沒人注意到他失蹤的狀態下命喪於此。然而，在戰爭迫近的節骨眼上，百萬富翁根本懶得出門。

強納生努力讓自己恢復冷靜。他坐在某個摸起來像瓦楞紙箱的東西上，用盡全力想將至今的人生做個整理，算是嚥氣前給自己的最後交代。那些曾有過的美好時光、學到的各種教訓，他自己個性上還能怎麼改善，以及那些善良的女人——但沒有，什麼也沒有。沒有好時光，沒有好女人，沒學到教訓，什麼都沒有。除了蘇菲，而她已經死了。他想看自己有什麼能耐，看到的卻只是自己的狹隘、失敗、可恥與怯懦。而蘇菲見證了一切。孩提時代，他無時無刻都想成為一個小大人。從軍之後，他用盲目的服從來偽裝自己，隨著時間流逝，漸漸變成隱忍。但若是作為情人、丈夫甚至與人私通之人，他沒有多少經驗。僅僅屈指可數的幾次偷歡，但隨之而來的是長時間的折磨與自慚形穢。

漸漸地，他好像看見一絲曙光，如果在伸手不見五指的黑暗中有光芒的話。他這一生似乎就像不斷進行著某齣戲的彩排，然而這排練卻從來沒有他的份。他此時此刻起要做的——如果他還有下一刻可活——就是不再墨守成規，讓自己稍微感受一下混亂的感覺。既然就理論而言井然有序不等於快樂，也許混亂才是通往快樂的道路。

他將離開梅斯特皇宮飯店。

他將買下一艘船，這是他自己就能做到的事。

他將找到屬於他的那個女孩，用當下的每一分每一秒愛著她，她將成為不會背叛他的蘇菲。

他將交很多朋友。

他會去找個家。還有，因為他一向渴望父母的愛，所以他要養兒育女。

他什麼事都要做，也真的什麼事都會去做，而不是縮在這個鬼地方。對他而言，他在這裡虛擲了自己的生命，也虛擲了蘇菲的生命。

前來拯救他的是洛林夫人。她有慣性失眠症。當時他往酒窖走去，她透過住處的窗簾注意到他，並意識到他遲遲沒再出來。梅斯特先生戴著髮網，拿了一支十二瓦的汽車用照明燈，帶了大隊人馬來解救他。他們在酒窖外喊著：「潘恩先生！強納生先生！」強納生，正如大家所預料，並未一臉驚惶、滿眼血絲，反而氣定神閒。

當他們終於帶他重見光明，眾人面面相覷，並且認定只有英國人才會有這麼鎮定的表現。

# 4

當前軍方情報人員強納生．潘恩向空軍少校奎爾毛遂自薦，前情報官員雷納德．波爾立刻就打算徵調他。但華盛頓方面的不滿節節升高，白廳又急於討好美國國會山莊裡詭譎多變的各方勢力。好幾個星期來，波爾都相當緊繃地在處理白廳內鬥，最終才達成目標。

起初強納生在計畫裡的代號叫「特洛伊」，然後又匆匆地改成「帽貝」（Limpet），因為有些聯合小組成員也許不熟荷馬的木馬屠城故事，但都知道「特洛伊」是美國最受消費者青睞的保險套品牌之一。而「帽貝」就沒有這些問題。無論何時何地，帽貝都會緊緊黏附在目標上。

強納生可說是得天獨厚，沒有人比波爾更清楚這點。從邁阿密來的第一批報告落在他桌上那瞬間開始，他就不斷在苦思該如何打入洛普的陣營，什麼方式都可以，在所不惜。可是該怎麼做？就連波爾本人的行動權限都搖搖欲墜。第一次試探計畫可行性時，波爾才發現這點。

「雷納德，說老實話，我的老闆有些過度謹慎。」一個叫顧德修的官員在機密通話中怯懦地說。「昨天他擔心要付出多少代價，今天他又因為會讓局勢已經很不平靜的前殖民地更不平靜而興趣缺缺。」

週日版報紙曾把雷克斯．顧德修稱為白廳的塔列朗❽，而且是沒跛腳的。不過，他們一向會把事情搞混，這次也不例外。顧德修跟表面那副德性不一樣。如果要說顧德修有何與眾不同，大概就是他的品德，而非城府。在卑劣的笑容、扁帽和自行車背後的，其實就只是一個道德感強烈、有著改革熱誠的聖公會教徒。如果你很幸運能一窺他的私生活，可能會發現沒有什麼不可告人的祕密，只是深深敬愛著他的美麗妻子和聰明伶俐的子女。

「不平靜個屁！雷克斯！」波爾咆哮。「巴哈馬是北半球最好搞的地方。拿索的大亨有哪一個不是沉溺於古柯鹼？這島上雞鳴狗盜的政客和軍火販子比任何地方都多——」

「不要急，雷納德。」魯基在房間另一頭警告他。羅勃・魯基是退伍軍人，年約五十，灰髮，下巴布滿飽嘗風霜的細紋。他會在波爾發飆時勸阻他，可是波爾現在沒那個心情。

「雷納德，關於你這前提剩下的部分，」顧德修勇敢地繼續下去，「我個人認為，即便你的形容詞用得有點過頭，陳述還是相當活潑。我上司說：『就像是解讀茶葉占卜的結果，特別加入一點求情的成分。』」

顧德修口中的「老闆」是他的部長，年紀不到四十、作人圓滑的政客。

「茶葉？」波爾慍怒的語氣中還帶著些許詫異。「他扯茶葉做什麼？那是一份引證詳實、經得起檢驗的報告，是美國執法機構裡某個高層的消息來源的報告。史崔斯基把它拿給我們看只能說是奇蹟！這跟茶葉有什麼關係？」

顧德修再次等待波爾發完脾氣。「現在下一個問題——我老闆要問的，雷納德，不是我。兩軍交

---

❽ Charles Maurice de Talleyrand-Perigord, 1754-1838，法國主教，也是著名的政治家與外交家，曾經派駐英國。

戰、不斷來使啊——關於什麼時候通知我們在河對岸的那些朋友，你有何建議？」

這次他講的是波爾以前服務的單位，也就是現在的競爭對手。他們在南岸陰森的高樓大廈為情報局辦事。

「想都不要想。」波爾餘怒未消。

「但我認為你應該通知他。」

「為什麼？」

「我老闆認為你過去的同僚是實際的人。在一個這麼小、這麼新，又這麼……他竟然說這種話……這麼理想化的部門，很容易會眼光放不遠。所以，如果你能請得動河岸旁的那些小鬼，他會覺得心裡好一點。」

波爾聽到這裡再也忍不住了。「你的意思是你的老闆想再看到有人在開羅某間套房裡被亂棒打死，是這樣嗎？」

魯基站起身，但姿勢活像指揮交通的警察。他高舉右手做出「暫停」的手勢，示意對方適可而止。顧德修在電話中原本輕鬆的語氣現在變得嚴厲。

「你在暗示什麼，雷納德？哎，算了，我看你最好還是不要解釋。」

「我沒暗示什麼。我是要告訴你。我曾和你老闆說的那種實際的人共事過，雷克斯，我和這些人共處一室，朝夕相處，也和他們一起招搖撞騙。我了解這些人。我認識傑弗瑞．達克爾，也知道他搞的什麼政府採購研究小組。我知道他們在馬比拉的那棟房子，還有車庫裡新添的第二輛保時捷，以及他們對於自由市場經濟的熱忱與奉獻——只要他們自由，別人來承擔經濟問題。這些我都知道，因為我在那兒工作過！」

「雷納德，我不想再聽你講下去了，你很清楚我不會再聽了。」

「我還知道很多見不得人的事，吃裡扒外、跟敵人暗通款曲、監守自盜。但這對我的行動或我這部門都有利！」

「夠了。」魯基冷靜地說。

當波爾狠狠甩上話筒，一扇上下拉動式的舊窗扣鬆脫，整扇窗戶就像斷頭台似的落下。魯基耐心地拿了一個用過的棕色信封，折了幾折，然後把窗戶抬起來，將信封卡進去，固定位置。

波爾仍然坐著。他的手壓在臉上，透過張開的手指說話。「他到底想幹麼，羅勃？一下子要我去阻撓傑弗瑞·達克爾和他那些個邪惡勾當，一下子又要我跟達克爾合作。他到底想幹麼？」

「他要你回電給他。」魯基很有耐性地說。

「達克爾是惡棍，這你知道，我也知道，很明顯顧德修也知道。既然知道，為什麼還要假裝達克爾是個實際的人？」

不過波爾還是打了電話給顧德修，而他的確應該打過去，因為就像魯基不斷提醒他的，顧德修是他手中最好的王牌，也是唯一的王牌。

表面上，魯基和波爾大不相同：魯基衣著得體，光鮮亮麗，波爾則說起話來粗魯無禮，給人的感覺也一樣；波爾身上有種凱爾特人的氣質，既是藝術家，也是反動者。套句顧德修的話：他像個吉普賽人。當他為了在正式場合亮相費了一番心力，結果卻比不打理還要邋遢。如果讓波爾自己說，他可能會表示他其實是另一種約克郡人，祖先不是挖礦的，而是紡織工。換言之，他們還能自食其力，不必仰人鼻息。波爾成長的村莊遍布黑色沙岩，建在一座朝南的山坡地上，村中每間屋子都面太陽，家家戶戶的閣樓窗都向外伸，好吸收充足的陽光。波爾的祖先們在自家閣樓奮力織布，而女眷則在樓下邊聊天邊紡紗；男人整天與藍天為伍，過著單純的生活。他們的雙手日復一日做著粗鄙的機械性工作，心卻自由奔放、不受羈絆。在這個小村落中，詩人、棋士、數學家的軼事不斷。在高閣中工作的漫漫長日裡，他們的腦子也逐漸孕育出智慧的果實。而波爾一路唸到牛津，仍繼續深造，也繼承了這群人共有的儉樸美德和信念。

因此，彷彿因緣際會、命中注定，打從顧德修把波爾從河廳（River House）叫去管理一個經費不足又乏人問津的單位，波爾就在心中把理察・安斯路・洛普當成了異端邪神。

★

不過，在洛普之前還有其他人。冷戰末期的那幾年，顧德修根本就還沒想過要成立新單位，波爾已經在夢想後柴契爾夫人時代的耶路撒冷，而情報局裡那些他最受重用的同儕，則開始覬覦別人的敵人和工作。大部分圈內人都知道波爾最痛恨八〇年代那些聲名大噪的罪犯，譬如身穿灰西裝、偶爾才現身的億萬富豪「廢金屬商」泰勒，或那位只講單音節的字、一律使用公共電話的「會計師」史派基・洛利莫爾，或那位惹人厭的安東尼・喬伊斯敦・布拉德蕭爵士。這位仁生衣冠楚楚，偶爾還擔任達克爾採購研究小組的總決策。他在紐貝瑞的邊緣地帶擁有一座巨大的莊園，時常帶著獵狗去打獵，管家則捧著餞行酒和鵝肝醬三明治騎在他身邊。

但根據那些有在觀察波爾的人，理察．安斯路．洛普確實是他夢寐以求的敵手。雷納德想用來讓自己的社會主義良知做出讓步的理由洛普不但都有，而且都效力非凡。洛普過去的生涯中既無艱困，也無不順。不管是社會地位或特權，舉凡波爾憎恨的東西，洛普不費吹灰之力都能到手。波爾談到他時還會用特殊的稱呼，他會以約克郡口音的勁道稱他「我們這位迪基」。有時想稍微變化一下，他也會叫他「傳說中的洛普」。

「他在試探上帝，我們這位迪基，上帝有的洛普都要雙倍。瞧瞧，他會死得很慘。」

而他的執念有時也會失衡。波爾在他面積窄小的單位裡嚴陣以待時，老覺得放眼望去都是陰謀陷阱。比方說，若有一個檔案卷宗不見，或某個公文被壓著不批准，在他看來都是達克爾那班人在背地裡搞鬼。

「我告訴你，羅勃，如果洛普敢在光天化日之下在英國司法大臣面前持槍搶劫，那麼……」

「……那麼司法大臣就會把鐵撬借給他，」魯基暗示道，「然後達克爾就會買鐵撬給他。好了，吃中飯了。」

在位於維多利亞街的髒亂辦公室裡，兩個大男人會來來回回地思索直到深夜。洛普的卷宗已經積到第十一卷了，此外還有半打祕密附錄，以及各種補充與參照的資料。這些卷宗記載了他們的武器交易，一路從睜一隻眼、閉一隻眼的灰色地帶穩穩下降到被波爾稱為黑色地帶的區域。

不過，洛普還有其他卷宗：國防部、外交部、內政部、英國中央銀行、財政部、海外發展局、稅務機關等等。為了在不引起圈內人好奇的情況下獲取訊息（裡面說不定有達克爾的眼線），波爾除了需要低調，也得靠點運氣，偶爾還要獲得顧德修迂迴的默許。他得找幾個藉口，要幾份無用的報告，以混淆視聽。

不過，資料庫還是慢慢成形了。一大早，一個警察的女兒（名字叫珍珠）會推著一臺金屬的手推車進來，車上載著偷來的各種記錄。這些記錄用布裹著、拿繃帶綁起，活像戰時的傷兵；然後波爾那一小隊專屬助理就會再次開始工作。晚上的最後一件事，就是把車推回它們原來的檔案室。那架手推車的輪子搖搖欲墜，在鋪亞麻油地氈的走廊上大老遠就能聽到咯吱聲。他們都把這車稱為洛普的囚車。

★

然而，即便如此艱辛，波爾也從未忘記強納生。他透過保密電話催促奎爾：「先不要讓他去冒險，雷基。」此時他正焦急地等待顧德修用冷嘲熱諷的語氣提及上級正式的最終答案。「雷基，他不該去偷傳真，或從鑰匙孔竊聽人家講話，他應該要沉住氣，表現得自然一點。他還因為我們在開羅做的事耿耿於懷嗎？除非他確定可以被我們收編，否則我是不會去挑弄他的。我自己也是過來人。」他也對魯基說：「我誰也沒講，羅勃。對這幫人來說，他就是一個無名小卒。達克爾和他的朋友歐吉威已經給了我們一個無法輕忽的教訓了。」

為了確保萬一，波爾為強納生開了一個掩護用的假檔案，也編了個檔名。表面上那是一個假情報員的身家調查，並讓這個檔案散發出一股暗藏陰謀詭計的氣息，希望能因此吸引到其他虎視眈眈者的注意。你是不是想太多了？魯基曾說。而波爾一再強調，這是合情合理的防範措施。他太清楚了。達克爾為了整垮他的競爭對手不知道會使出什麼手段，就算這對手的外表就像波爾一樣不起眼。

同時，波爾還用整齊的字跡在強納生的資料（這些文件愈來愈多了）加上一條條註解，再放進一個無標題檔案夾，收在檔案室裡一個最不起眼的角落。魯基透過中間人向軍方調到強納生父親的資料。彼得．潘恩中士，他在亞丁因為「在敵軍面前展現無與倫比的勇氣」，戰死後獲頒戰爭勳章，當時他的兒子只有六歲。某份新聞剪報上可以看到一個彷彿幽魂的孩子將勳章別在藍色雨衣的胸前，站在皇宮門口照相。陪著他的是一位流淚的婦人，他的母親身體狀況不佳，不克前來。一年後，她也因病去世。

「通常這樣的年輕人最喜歡軍旅生活，」魯基簡潔地為此事下了結語，「我不懂他為什麼要半途而廢。」

彼得．潘恩三十三歲時曾在肯亞對抗茅茅黨❾，也在塞浦路斯境內追討過格里瓦斯❿，還在馬來亞和希臘北部打過游擊戰。沒有人說過他閒話。

「他是軍人，也是紳士。」作為反殖民地主義者，波爾以嘲諷的語氣對顧德修說。

波爾又把注意力放回這個人身上。他翻出了一大堆資料，提及強納生待過軍人的寄養家庭、民間

---

❾ Mau Mau，肯亞反英國殖民統治的愛國武裝組織。

❿ Georgios Grivas, 1898-1974，鼓吹塞浦路斯獨立的革命領袖。

孤兒院，也曾在多佛的約克公爵軍校就讀。然而那些資料前後矛盾，立刻惹怒了波爾。這份說他「害羞」，那份說他「勇敢」；一下子是「孤僻」，一下子又是「跟大家打成一片」；有時是「內向的男孩」，有時又變成「外向的孩子」；一會兒「天生的領袖」，一會兒又「缺乏領袖魅力」，簡直像鐘擺那樣來回擺盪。還有一份，上面的評語說他「對學習外語有過多興趣」，彷彿這是某種病態的特徵，最好不要太關注。但最讓波爾光火的還是「頑逆不馴」四個字。

「這是誰給的評語？」他憤憤不平地追問。

「十六歲的孩子，居無定所，連父母的愛都沒能感受過，他能乖巧到哪裡去？」

魯基拿下口中叼的菸斗，雙眉緊蹙，彷彿要投入一場純屬理論的辯論賽。

「cabby這字是什麼意思？」波爾一邊專注地讀，一邊問

「小聰明，也可以說愛出風頭。」

波爾馬上就火了。「強納生才沒有小聰明，他根本不聰明。他很容易受人影響。Roulement又是什麼意思？」

「五個月的短期任務。」魯基耐心地解釋道。

波爾讀到強納生在愛爾蘭的記錄。他自願接受了一連串特種訓練課程，接著就被派去北愛爾蘭某個滿是流氓和土匪的南阿瑪郡，任務是貼身觀察。

「什麼是『夜鴞計畫』？」

「毫無頭緒。」

「得了吧，羅勃。我們之中就你是真正的軍人。」魯基打電話到國防部，他們告訴他「夜鴞計畫」的機密等級太高，不能讓未經特許的單位過目。

「**未經特許？**」魯基整個要爆炸，臉色一黑，簡直比他的鬍子還要黯淡。「他們究竟把我們當什麼了？白廳某個雜貨鋪嗎？老天！」

不過，由於波爾太全神貫注，沒注意到魯基反常的盛怒。他盯著這個蒼白的孩子，他胸前戴著父親的獎章，任攝影記者拍照。波爾已在心中勾勒出強納生的模樣。強納生就是他們要的人，他心裡非常清楚。不論魯基怎麼說都無法動搖他的決定。

星期五，當他和魯基一起吃咖哩，便誠摯地說道：「上帝塑造了迪基．洛普後，深深吸了一口氣、打了個冷顫，接著就迅速造出強納生來維持生態平衡。」

★

一個星期之後，波爾日夜期盼的消息終於被他盼到了。他們待在辦公室裡等回覆。是顧德修叫他們等的。

「雷納德。」

「是，雷克斯。」

「我們先套好招：這次談話從未發生，懂嗎？至少在星期一的聯合決策委員會前我們沒談過，好嗎？」

「你說了算。」

「我告訴你底線在哪裡好了。我們得給他們一點甜頭，不然他們會生氣。你也知道財政部的現況。」但波爾並不知道。

「首先，這是強制執行案，百分之百。由你全權負責策畫和執行，河廳提供支援，這一點先不要跟他們槓……我是不是聽到歡呼聲？我想應該是沒有。」

「全權到什麼程度？」來自約克郡、細心的波爾提出疑問。

「如果你要用到外部的資源，顯然只能有什麼就用什麼　比方說，你不可能期望河廳的那些小伙子替你們竊聽電話，也不可能期望在他們替你們封好信件時不趁機偷窺裡面裝什麼玩意兒。不是嗎？」

「當然。不過我們英勇的美國手足會怎麼想？」

「維吉尼亞州的蘭利總部跟他們在泰晤士河對面的對口單位一樣，他們會避免涉入這個魔法陣。我們半斤八兩。我、雷克斯．顧德修也一樣。如果倫敦情報局不准介入，那麼那些在蘭利的人理所當然也都不准介入。儘管我跟我的老闆吵過，他也聽了我的想法。雷納德……雷納德？你是不是睡著了？」

「顧德修，你真是個該死的天才。」

「第三點——還是第四點？總之，我的老闆身為一部之長，名義上會出手支持你，不過他得先戴上厚到不能再厚的手套。因為他最新冒出來的毛病就是醜聞恐懼症。」顧德修的輕浮語氣不見了，換成一本正經的官腔。「因此，你絕對不能直接呈報告給他，知道嗎？雷納德，要接觸我的老闆只能通過一個途徑，那就是我。如果你要我賭上我的名聲，那你就不准亂來。懂嗎？」

「那我的財務預算呢？」

「什麼意思？什麼財務預算？」

「准了嗎？」

可惡的英國笨蛋又回來了。「噢，我老天，當然沒有，你這傻子！根本就沒有准。這些預算都是從牙縫裡擠出來的。我得在三個部裡到處拜託才挖到這些，還從孀孀口袋騙了一點出來。既然我得親自出手竄改帳本，可以麻煩你像坦承罪行一樣把你錢的用途都解釋清楚嗎？」

波爾實在太興奮，懶得去考究細節。「所以現在是綠燈，可以著手了。」他對著自己說，也對著魯基說。

「不過請你注意一下，還有盞黃燈在中間，謝謝。」顧德修在那一端罵道。「不准再對達克爾的採購單位大放厥詞，也不准再講什麼特勤人員吃裡扒外的蠢話。見到美國執法小組時一定要笑臉迎人，就算心不甘、情不願也要笑，不要讓我的老闆丟了工作或失了顏面。你打算多久報告一次？每個小時？或一天三餐？記住，要等到星期一那個磨人的審議結束後才可以透露我們這次談話的內容。公事公辦，絕不寬貸。」

★

一直等到美國的執法小組到達倫敦，波爾才覺得自己贏了。這批美國警察一來就讓各部門間的齟齬煙消雲散。波爾一見到他們就留下好印象，而他們也挺喜歡他的，甚至多過魯基；魯基一坐下就擺出軍人架勢，挺直了腰桿。波爾直言不諱，不那麼官腔官調，更有親和力。當他們發現波爾為了爭取挫敵的先機，摒棄了情報局令人不敢恭維的舊思維，就更喜歡他了。對他們而言，不論是在蘭利或在河廳的情報局，都不是什麼好東西。情報局代表為了顧及別處的龐大利益，對世上最差勁的惡棍睜一隻眼、閉一隻眼。同時代表進行到一半的任務會沒來由地被放棄，上級也會撤回已經發布的命令。它同時還代表那些耶魯出身、西裝畢挺、乳臭未乾的小伙子。這些人自命不凡，總以為自己能勝過拉丁美洲那些最冷血的殺手，而且就算幹了錯事，也有至少六套無懈可擊的說辭可推託。

最先到的執法人員是在邁阿密素負盛名的約瑟夫・史崔斯基。他是個下顎緊繃的斯拉夫人，美國出生，穿著訓練鞋與皮夾克。五年前，當波爾初次聽聞他的大名，他正在華盛頓領導一個目的未明的運動，對抗非法軍火販。這些人也是波爾的死敵。在對抗這些人的過程中，他正面槓上那些原本應該跟他站在同一陣線的人。匆匆調離現職後，史崔斯基加入打擊南美古柯鹼大企業及其在美國的附屬集團的行動。這些集團包括吃乾股的律師、穿著講究的大盤商、彼此合作又保持著距離的運輸業者和洗錢的白手套，還有他說的那些自稱「什麼都沒看到」的政客與官僚。這些人都幫忙打通關節，並從中牟利。

現在史崔斯基念茲在茲的就是那些販毒企業。無論是在計程車上、走道上，或喝著汽水的時候，他一定會說，美洲國家花在毒品上的錢多過花在食物啊！雷納德！我們現在談的是越戰整個打下來的代價，羅勃，每年的花費！不含稅的！講完這之後，他會喋喋不休地把熱門的毒品價格重複一遍，熱情可媲美那些滿口道瓊指數的股票迷。他會從玻利維亞一公斤一美元的古柯葉開始，抬價到哥倫比亞一公斤兩千美元的主劑，再到邁阿密的大盤商以兩萬美元一公斤的價格賣出，最後在街上買到的零售價是一公斤二十萬美元。最後，如果他發現別人已經對他感到無聊，就會扯開一個笑容，說這個世上絕對不會有人放著一百美元的利潤不賺，反而去賺一美元的蠅頭小利。不過笑歸笑，卻一點也澆不熄他眼中冷冷的怒火。

由於這股永不停歇的怒火，史崔斯基的身心似乎一直躁動不安。每天一早、每天晚上，不論晴雨，他都會去皇家公園慢跑，跑到讓波爾都覺得有點恐怖的地步。

「喬，看在老天的分上，吃點梅子布丁吧，靜靜坐一會兒。」波爾半嘲諷半認真地勸說他。「每次想起你我們都會嚇個半死。」

大家都笑出來了。這些執法人員有一種球員在更衣室裡聊天的熱絡氣氛。只有史崔斯基的朋友（一個叫阿瑪多的委內瑞拉裔美國人）一笑也不笑。他們開會的時候他就坐在那兒緊抿著嘴，做出很奇怪的表情，紅酒般的深色眼睛平視前方。但星期四的時候他突然笑得像個傻瓜，因為他太太生了個女兒。

史崔斯基身邊另一位看起來有點靠不住的助手，是個身材肥胖、臉上肉呼呼的愛爾蘭人，名叫派特·弗林，出身美國海關。波爾興沖沖地對顧德修說，他是那種就連打報告都要戴著帽子的官員。弗林可說是個傳奇，而且會這樣不是沒有原因。據說，他是第一個發明針孔攝影機的人。針孔攝影機俗稱電線桿照相機，可以偽裝成接線箱，只要花幾秒就可以固定在任何電線桿或鐵塔上。水中竊聽船隻這樣先進的技術也是派特·弗林發展出來的。某天黃昏，史崔斯基穿著慢跑裝，跟一身邋遢的波爾在聖詹姆斯公園散步，當時他告訴波爾派特·弗林還有別的絕活。

「派特的人脈無遠弗屆，」史崔斯基說，「沒有派特，我們絕對無法和麥可弟兄拉上線。」

史崔斯基說的就是他最崇敬、最敏銳的情報來源，而那也是他不可侵犯的聖地。除非史崔斯基主動邀請，否則波爾絕不可能踏入。

★

如果執法人員之間的牽絆愈來愈強，那麼情報局的官員也不會甘於繼續當次等公民。雙方頭一次交火是發生在史崔斯基漏了口風那時。他說他的情報單位打算把洛普關起來，而且還興致勃勃地告訴這群人，說他早就看中了一個牢房。「當然了，伊利諾州有個叫馬利安的小地方，犯人單獨關在一間牢房裡，一天關上二十三個半鐘頭，不許探監，連放風都要戴著手銬腳鐐。食物是從牢房一條細長的開口用推盤推著送進去；底層的牢房最嚴密，沒有窗戶，頂樓好一點，但是氣味最糟。」

他敞開來說，但面對的是冷冰冰的死寂。一個從內閣辦公室來的律師以尖酸刻薄的語調打破沉默。「你真的認為我們應該討論這種事嗎，史崔斯基先生？」他用一種法庭上的傲慢語氣問。「就我個人了解，一個大家公認的惡棍如果能逍遙法外，反而對這社會有更大的用處。如果他沒有被關起來，而且你還能掌握到他的行蹤，你想怎麼利用他都可以。譬如揪出他的同黨、揪出他同黨的同黨，還可以監聽他、進行跟監。一旦你把他關起來，就得再找個新的人重新開始玩這些遊戲。這裡都沒人想過這件事嗎？都沒有嗎？」

「先生，依照我的看法，你們基本上有兩種方式可以採用。」史崔斯基露出充滿敬意的笑容作為回應，彷彿一個專心聽講的學生。「你可以利用他，或是把他給抓起來。如果要利用他，那後續就有得玩了。這就像是徵召你的敵人去抓另一個敵人。之後再徵召一個敵人，去抓下一個敵人，不停歇地繼續下去。堅持執行，這就是我們想用來對付洛普的方法。他是逃避司法管轄的逃犯，依我的標準，你們應該逮捕他，並根據國際武器運送條例控告他，把他關起來。如果你們只一味地拿他作餌，去利用他，到最後你們必須自問，到底被利用的是誰？是那位逃犯？是公眾？還是司法？」

「史崔斯基是個特立獨行的傢伙。」顧德修站在人行道上，跟波爾並肩撐著傘，喜形於色地告訴他。「你們兩人是物以類聚。難怪那些搞法律的會惴惴不安。」

「我？我才擔心那些搞法律的。」

顧德修將這條被雨淋濕的街道左右各掃視一遍。他現在心情正好。前一天，他女兒才獲得南漢普斯德大學的獎學金，兒子朱利安也獲得劍橋大學克萊爾學院的入學許可。「雷納德，我的老闆得了格魯布性喉頭炎，狀況嚴重，他又在到處找人談話了。他原本害怕的是醜聞，現在卻更怕自己像惡棍。有人認為他正在煽動某個龐大的陰謀，促使兩個強權國家的政府對付隻身對抗經濟不景氣的英國貿易商，所以他非常生氣。如果按照他心中對公平競爭的看法，他認為是你們不老實。」

「惡棍嗎。」波爾輕聲重複著這個詞，憶起洛普那整整十一份的大卷夾，還有他是如何拿數以噸計的精密武器對付純樸的民眾。「到底誰才是惡棍？我的上帝。」

「不要扯到上帝，拜託你。我需要強而有力的反駁。星期一一早就要。要簡短，短到一張明信片就寫得下，形容詞也免了。另外，轉告你的好夥伴史崔斯基，就說我景仰他的歌喉。我們得救了！阿門！啊，巴士來了。」

★

白廳雖是弱肉強食的叢林，但叢林歸叢林，它還是有幾個飲水的地方，讓鎮日相互廝殺的動物得以在落日餘暉中，以互相猜忌、忐忑不安的心聚在一起共飲。「提琴手俱樂部」就是這種地方。它坐落在泰晤士河堤岸的某個二樓，名字源於以前位在隔壁叫「提琴手手肘」的酒吧。

「我想雷克斯應該是拿了外國政府的錢，你說是不是，傑弗瑞？」從內閣辦公室來的律師對著達克爾說。眾人不約而同從擺在角落的小桶裡拿出一品脫酒，然後在一張帳單上簽字。「你說是不是？我認為他拿了法國佬的錢來削弱英國政府的力量。乾杯。」

達克爾短小精幹，有很多像他這樣大權在握的人都是這樣。他的兩頰凹陷，雙眼深沉、堅定；他穿著鮮藍色西裝，褲腳折了好幾折，而今晚他一如既往，搭的是咖啡色的小羊皮鞋，與他的肅殺笑容相互較勁。

「羅傑，你怎麼想？」顧德修刻意擠出愉悅的表情，似乎決定不把嘲諷當一回事。「我都揩油揩了那麼多年了，哈瑞，你說是不是？」他順勢把問題丟給哈瑞．帕爾弗瑞。「不然我怎麼買得起那輛亮閃閃的新腳踏車呢？」

達克爾臉上仍掛著笑。但他實在沒有幽默感，所以那笑感覺起來似乎帶著一點邪惡，甚至可說瘋狂。有八個人和顧德修一起圍坐在狹長的桌邊：一位外交部官員、一位財政部要員、一位內閣辦公室的律師、兩位身著晚禮服，來自保守黨中間議席的議員、三位情報官僚。其中達克爾的官階最高，而哈瑞．帕爾弗瑞則最無人聞問。房裡的空氣汙濁，菸味瀰漫。這地方沒有可取之處，唯一的優點是對三方人馬而言都很方便——白廳、下議院，以及達克爾在泰晤士河對岸那座堅不可摧的王國。

「如果你問我，我會說雷克斯是在一邊搞分化，一邊拿權力，羅傑，」一位保守黨議員這麼說。他把很多時間都花在祕密委員會上，所以常常被當成政府公僕。「權力狂最喜歡從本質來下手。他是故意從內部開始挖牆腳、搞破壞的，是不是，雷克斯？你就承認吧。」

「一派胡言，真是謝謝你喔。」顧德修不慍不火地回應。「我的老闆只是想把情報業務導向新紀元，幫他們卸下長久以來的重擔。你應該對他心懷感恩才是。」

「我不認為雷克斯有老闆。」那位從外交部來的官員反駁，但一講完就笑了。「有人見過這個可憐蟲嗎？那一定是雷克斯自己捏造的。」

「說到底，我們為什麼一講到毒品就要發火？」財政部的要員抱怨道。他細長的指尖合攏起來就像一座竹編橋。「那只是某種服務業，有人願買、有人願賣。對第三世界來說這是多大的利益！還是會有一些利潤是拿來用於正途的，一定會有。菸草、酒、汙染、天花，我們都不排斥，那為何只對毒品這麼一本正經？如果有人要下訂單買數十億元的軍火，即使他的鈔票上沾到一點古柯鹼，我也不在乎。反正我就是這麼想！」

說笑之間，一個含糊的聲音插了進來。是哈瑞．帕爾弗瑞。他是河廳的一位律師，目前被永久借調給達克爾的採購研究小組。「波爾是來真的。」沒人逼他這麼說，他用沙啞的聲音發出警告。當時他正喝著一大杯蘇格蘭威士忌，而且不是第一杯了。「他說到就能做到。」

「我的天！」那位外交部官員恐懼地喊。「那我們不就都要受到嚴厲的處罰了嗎？傑弗瑞，是這樣的吧？」然而，傑弗瑞・達克爾卻只是注視著全場動靜，露出陰鬱的微笑。

★

不過，那晚在提琴手俱樂部裡的人當中，只有那位米蟲律師帕爾弗瑞對顧德修這場聖戰的範圍廣度略微知情。帕爾弗瑞相當頹廢。在英國每個機關部門，總有一個像他這樣一路沉淪、並把沉淪變成某種藝術的傢伙。哈瑞・帕爾弗瑞簡直是河廳裡的珍貴樣板。無論他在前半生有過何種傑出表現，後半生他也依序把它們全部毀掉。被他毀掉的包括他的律師生涯、婚姻，以及他還保有的那麼一點自尊。也只有在他帶著歉意的微笑裡才看得出這最後一點剩餘的自尊。達克爾為什麼留他？或者說為什麼會有任何人留他？其實說穿了也沒有任何神祕之處：哈瑞・帕爾弗瑞一敗塗地。任何人跟他比起來都算成功。對他而言，沒有什麼事情是太過卑微，讓他不屑為之，也沒有什麼事情是過於卑劣，讓他下不了手。只要有醜聞，帕爾弗瑞就會自願充當代罪羔羊。如果你殺了人，帕爾弗瑞就會拿著水桶和抹布，先把血跡清乾淨，再替你找三位證人做不在場證明。通曉厚黑學的帕爾弗瑞對雷克斯・顧德修的故事瞭若指掌，彷彿是發生在他自己身上的一樣。就某種程度而言，的確如此。畢竟在多年前他跟顧德修有同樣感覺，即便他根本沒有膽子做出同樣結論。

所謂的故事，就是在白廳掌舵二十五年後，顧德修心中有某個東西悄悄繃斷了。也許是因為冷戰結束的緣故，只是顧德修羞於承認。

所謂的故事，就是在某個星期一早晨，顧德修一如往常一覺醒來，沒有多想，便認為他假藉自由之名、為了圖個方便而無視良知與原則已經太久。而今，他沒有這麼做的理由了。

但冷戰時養成的惡習現在已經沒有藉口或理由可當托詞。如果不走回正途，靈魂就會毀壞。門外的威脅如今不存在了。它們撤退了，消失了。

但要從何處著手？當他在危險的車陣中騎了一陣腳踏車後，終於得到問題的解答。二月一個陰雨綿綿的早晨——那天是十八號，是雷克斯·顧德修永難忘懷的日子——他騎著單車從肯特郡自宅出發，一如往常前往白廳上班。一路上在繁忙的車流中穿梭，而他在這個瞬間默默體會到何謂悟道。他要剪斷彷彿八爪章魚的祕密組織的觸角，要把權力下放給底下的單位，讓他們分擔責任；他要解構權力、去集權化，實施人性化的管理。並且他要先拿最腐敗又糾纏不清的三股勢力開刀：情報局、西敏寺，以及見不得天日的武器交易，而最後一項的主使者就是河廳的傑弗瑞·達克爾。

★

那麼哈瑞·帕爾弗瑞怎麼會知道這些事？顧德修身為基督徒，遵循特定的禮儀與習慣，曾邀請帕爾弗瑞在夏天到肯特郡的家中過週末，在園裡喝皮姆酒，和小孩子玩蠢兮兮的板球。顧德修把帕爾弗瑞粗鄙的笑容看在眼裡，心裡很清楚他其實處於窘迫的境況。晚餐後，顧德修讓帕爾弗瑞和太太單獨相處，讓他對她傾訴心事。會這麼做是因為他知道，一個放蕩成性的男人最想要的，莫過於對女士吐露自己的懺悔。

經過這處心積慮又大費周章的招降舉動後，帕爾弗瑞終被收服，自願成為顧德修的線民，為他打探河廳裡特定幾位胡作非為的要員暗地裡進行了哪些陰謀詭計。

# 5

在烏雲籠罩下，湖邊的蘇黎士彷彿緊緊蜷縮起來，在澈骨的寒風中瑟瑟發抖。

「我叫雷納德。」波爾在奎爾的辦公室裡，邊介紹自己邊起身從椅子抽身，彷彿要在別人的爭吵中插一腳。「我淨幹些壞事。你抽菸嗎？來一根，毒害一下自己。」

他把這件事講得好像某種令人愉快的陰謀詭計，強納生聽到就會立刻照辦。雖然強納生平常很少抽菸，抽了後也總是後悔，但他還是伸手把菸接了過來。波爾從口袋拿出打火機，當著強納生面前替他點菸。

「你一定認為我們讓你失望了，對吧？」他直接點出最嚴重的問題所在。「離開開羅之前，你和歐吉威之間還算有點交情，我沒猜錯吧？」

我認為你是讓她失望了，強納生幾乎要脫口而出，不過他已經升起了警覺心，因此不動聲色地露出旅館經理慣有的笑容，說：「噢，沒什麼太嚴重的。真的。」

對於這個瞬間，波爾事先細細地考慮過了，因此決定以攻擊作為最佳防禦手段。先別管他是否對歐吉威在這件事裡的角色產生疑竇；現在不能讓他發現他背後的情報單位其實已經各有想法。

「我們領國家的薪水不單是來看個熱鬧，強納生。迪基．洛普正打算私下將一些高科技的玩意兒運給巴格達的賊頭，其中甚至包括一公斤武器級的鈾元素——從某輛蘇聯卡車後面『掉』出來的——弗烈迪．哈密德正在組織運送補給品的車隊，想把它們從約旦偷運出來。不然我們該怎麼做？歸好檔後就把這事忘了？」說到這裡，強納生臉上露出那種叛逆中又帶著順服的表情，波爾不禁自喜；跟他一樣，他不禁想起自己。「就算沒有人指著你的蘇菲說是她洩密，還是有數不清的方法可以把這件事抖出去；如果她把實情告訴弗烈迪，那現在就還可以活得好好的。」

「她不是我的蘇菲。」強納生回得太快了。

波爾假裝沒聽到。「問題在於，我們要如何逮捕那個傢伙？如果你有興趣聽，我對這件事倒是有幾個想法。」他露出和煦的微笑。「這就對了。我看得出來你已經注意到我只是個平凡的約克郡人，而我們的好朋友理察．安斯路．洛普先生，他的本質……運氣還真不好！」

強納生出於禮貌笑了笑，而波爾則暗自慶幸自己沒有涉及蘇菲遭殺害的事件。「好了，強納生，我請你吃午餐。雷基，你不介意吧？只是我們的時間有限，懂嗎？你這個斥候做得挺稱職的，我會在大家面前為你美言幾句。」

匆忙之間，波爾沒注意到他的菸仍在奎爾的菸灰缸中繼續燃燒。強納生把它給捻熄後帶著歉意告別。奎爾喜歡虛張聲勢，個性有些扭曲。他的衣袖裡會藏著一條手帕，不時以侍者的姿態抽出手帕，點一點嘴巴，或是莫名其妙從某個免稅的花格紋罐裡取出餅乾招待你。在等待回音的那幾個星期中，強納生已經對他們這種話題不著邊際的詭異會面產生依賴。在起身告辭後他才突然頓悟，而且發現雷基．奎爾也有同樣感受。

「謝了，雷基，」他說，「謝謝你的費心。」

「好傢伙！這是我的榮幸！祝你一路順風，先生，自己保重了！」

「多謝，你也一樣。」

「有交通工具嗎？你開車嗎？還是叫輛豪華四輪馬車？非常好，穿暖和點，後會有期，不見不散。」

「這明明是某人分內的事，但你總要向他們道謝。」他們走到人行道上時，波爾問道。「你應該是在你那一行學到的吧。」

「我喜歡禮貌一點，」強納生說道，「如果你是這個意思的話。」

★

只要在執行任務時與人接觸，波爾的行動就會格外小心謹慎。他事先找好了餐廳，並在前一天晚上到現場勘察。這是坐落在城外湖邊的一間小餐館，不太可能吸引梅斯特那班人的注意。他也選好了一個位於角落的位子，並以約克郡人的謹慎個性多付十塊法郎給服務生領班，同時使用工作用的名字「班頓」來訂位。無論如何，他不願冒險。

「強納生，你一定知道有種叫『莫非定律』的規則吧。如果撞見了什麼人，是你認識而我不認識的，這時千萬不要說明我的來歷。如果你非得說清楚，就說我是你在蕭恩克里夫軍營裡的老戰友，然後把話題轉去談天氣。」他說，再度裝成無意間讓強納生知道，他對他的過去做足了功課。

「最近還爬山嗎？」

「去過幾次。」

「哪裡？」

「主要是去伯恩高地。」

「有看到什麼壯觀的景象嗎？」

「如果你喜歡雪，冰封的韋特宏峰很不錯——為什麼這麼問？你也爬山嗎？」

就算波爾聽得出強納生回答中的玩笑意味，他也打定了主意不理會。「我是那種連只到二樓都要搭電梯的人。你也駕船出遊嗎？」波爾在窗邊瞥見灰色的湖面霧氣瀰漫，彷彿沼澤，不禁脫口問道。

「在這附近而已，那純粹是小孩去玩的地方。」強納生說，「蘇恩湖不錯，就是冷了點。」

「畫畫呢？你畫水彩對吧？還是喜歡濕答答的東西，是嗎？」

「我不常畫。」

「但偶爾會畫。你的網球打得如何？」

「不算好，但也不算壞。」

「我是認真問的。」

「我想應該夠格加入俱樂部吧。」

「你在開羅應該曾經贏過一些比賽吧？」

強納生有些不好意思的臉紅了。「那只是打好玩的，不能當真。」

「我們先把棘手的問題解決如何？」波爾提議。而他的意思是：我們先點些東西，邊吃邊談。「你也會做菜，對吧？」當他們各自藏在那份超大菜單後頭時，他趁機問道。「多才多藝，我很欣賞這種人。這種什麼都會的通才已經很少見了，現在滿地都是專家。」

強納生拿著菜單，從肉類翻到魚類再翻到餐後甜點，心裡想的不是吃的，而是蘇菲。在開羅綠意盎然的郊區坐落著馬克．歐吉威的豪華司長官邸，他則站在歐吉威面前，宅邸裡都是工程部搜刮來的仿十八世紀傢俱，還有歐吉威夫人收集的羅伯茲版畫。強納生穿著晚禮服，在他心裡，這件衣服上仍然沾了蘇菲的血。

他那時大吼大叫著，但自己的聲音聽在耳裡就像聲納的反彈。他不住詛咒歐吉威去死，汗水順著衣袖內側流出。而歐吉威穿著睡衣，那是一件鼠棕色的衣服，袖子上還有軍樂隊長衣服上的那種金色飾扣。歐吉威太太忙著沖茶，這樣才能偷聽他們的對話。

「你說話小心點，老弟，」歐吉威邊說邊指著那盞水晶吊燈，示意他小心藏在燈裡的麥克風。

「我為什麼要說話小心？你害死了她，你聽見我的話沒有？你原本應該保護你的消息來源，怎麼可以讓她被人打死？」

聞言，歐吉威決定提出幹他這行唯一的標準答案：他從一個銀盤中抓起一只玻璃瓶，輕輕用了一下力，塞子便應聲打開。

「老弟，喝一點吧，你恐怕找錯對象了。這件事跟我們或你一點關係也沒有。你憑什麼認為她只告訴過你？她也許還跟一打以上的好友講過。你也知道那句老話是怎麼說的：兩人之間可以存在祕密——只要其中一個是死人。這裡是開羅。所謂的祕密就是大家都知道、唯獨你被蒙在鼓裡。」

歐吉威太太在這個時候拿著茶壺過來插話。「親愛的，他可能只是覺得發洩一下會比較好，」她的語氣帶有一絲謹慎。「人在氣頭上時要是喝點白蘭地，就會莫名平靜下來。」

「不同行為就會產生不同結果，老弟。」歐吉威邊說邊遞了一杯白蘭地給他。「人生第一課。」

一個跛腳的男子一拐一拐穿過餐廳裡的桌子，往洗手間的方向走去。他兩手各拄著一根枴杖，旁邊有個年輕的女子攙扶。他的緩慢行進讓客人都無心進食。一直到他安穩地走出了視線範圍，大家才終於恢復正常。

★

「我想，你應該只有在我們這位好友到達的那晚見到他吧？」波爾說，把話題轉到洛普停留在梅斯特的事情上。

「除去那晚，就只有早晚問安了。奎爾叫我別輕舉妄動，我就什麼也沒做。」

「但他離開之前你還跟他閒聊過一次。」

「洛普問我滑不滑雪，我說我滑；他又問去哪裡滑，我說慕倫；然後他問我今年那兒的雪如何？我說滿好的。他說：『可惜我們沒時間去那裡逗留幾天，我的女伴很想去，想得都快發瘋了。』我們就這樣結束了那次談話。」

「他那個女伴也在場？她叫珍米瑪？還是珍姿？」

強納生假裝搜尋著自己的記憶，卻默默在心中讚許她平靜如水的眼神。潘恩先生，你是不是真的這麼擅長滑雪呢？

「我想他是叫她『珍姿』。他另外取的。」

「不管是誰他都有小名可叫。這是他收買人心的方式。」

那一定很棒呆了，她說，臉上的笑容足以融化艾格峰的冰雪。

「他們說她非常漂亮。」波爾說。

「如果你喜歡她那型的話。」

「什麼型的女孩我都喜歡。她是哪一型？」

強納生裝出無所謂的模樣。「我不知道。她的身材很勻稱……會戴著鬆垮垮的黑色軟帽，有錢人家的孩子……她到底是什麼來頭？」

然而波爾似乎不清楚，或根本不在意她的來歷。「某個高級應召女郎吧。念天主教女校，經常騎馬打獵。但不管怎樣，你和他談得來，他不會忘記你的。」

「他誰都不會忘記，服務生的名字他全牢記在心。」

「但他可沒有逢人就問他們對義大利雕像有何看法，不是嗎？我覺得這倒是挺鼓舞人心的。」但究竟是鼓舞到誰，又或者為什麼這算是鼓舞，波爾並沒有說，強納生也沒打算細問。「他還是把那座雕像買下來了。這世上恐怕還沒有人能阻止洛普買下他想要的東西。」他塞了一大塊牛肉到嘴裡，繼續說：「謝謝你，謝謝你執行了這麼多困難的任務。你給奎爾的報告裡有寫到你對他的觀察，我至今沒看過比那更精闢的分析。譬如你說他用左手使槍，錶卻戴在右手；吃東西時刀叉會兩手交替使用；我得說，真是高竿。」

「法蘭西斯．英格利斯，」強納生念誦著，「澳洲伯斯來的體能教練。」

「他既不姓英格利斯，也不是澳洲伯斯來的。他是英國籍的前任傭兵，名叫弗里斯基，他這條小命可是有價碼的。就是他教伊迪．阿敏⓫的手下如何用電動擠奶器問口供。我們這位朋友就愛英國佬，更愛那些幹過傷天害理之事的人。沒辦法操控的人他是不會要的。」他邊說邊小心地把小圓麵包從中間切開，塗上奶油，然後拿刀指著強納生，繼續說：「你只不過上個晚班，卻連他的訪客名單都拿得到；是怎麼辦到的？」

「那幾天不管是誰要上頂樓套房都得先簽名登記。」

「你一整晚都在大廳巡視？」

「是梅斯特先生交代的。我到處巡視，只要有想知道的，就開口問。我像個幽魂，所以才能來去自如。」

「那把他的訪客有哪些人都說來聽聽，」波爾說：「你有說到那個『奧地利人』，他上頂樓套房找了他三次。」

「那是基博爾博士，維也納來的，穿著綠毛大衣。」

「他既非奧地利人，也不叫基博爾。是個個性謙卑的波蘭人——如果波蘭人知道謙卑怎麼寫的話。他們說他是波蘭地下社會新崛起的沙皇。」

「洛普為什麼會跟波蘭地下社會扯上關係？」

波爾露出一個有點後悔的笑。他原本沒打算讓強納生知道這件事，只是打算逗他一下。「那位穿著閃亮灰西裝、灰眉毛、自稱拉森的矮胖瑞典男子呢？」

「我只知道他是瑞典人，名字叫拉森。」

「他是俄國人，三年前還是俄國國防部的要員。現在呢，他經營一家生意興隆的職業介紹所，專門替東歐共產集團的物理學家和工程師拉皮條。一個月兩萬美元的高薪，有些人就這麼加入了。你這個拉森先生兩頭都賺。除了正職以外，他還兼作走私軍火。如果你要從俄國後門買幾百輛T-72坦克或來點飛毛腿飛彈，找拉森準沒錯。如果情況特殊，他也賣生化彈頭——那兩位看起來像軍人的英國人呢？」

強納生想起了那兩個身手矯健、穿著英國運動裝的男子。「他們怎樣？」

「他們的確是從倫敦來的，但名字不叫弗比斯和陸巴克。他們駐紮在比利時，專為這世上首屈一指的瘋子提供軍事訓練人員。」

布魯塞爾男孩，經過波爾的刻意提點，強納生突然驚覺。玻里斯士兵。那麼下一個又會是誰？

「這個人有沒有讓你想起什麼？你沒提到他，最起碼沒有用那麼多的篇幅。但我們這位朋友在一樓會議室見的那些西裝筆挺的人中，應該也有他吧。」

波爾從皮夾掏出一小張照片，遞給坐在對面的強納生。照片中的男人約四十來歲，嘴角緊閉，目光憂鬱，黑髮，頭髮捲得很不自然，脖子上掛著一條極不相稱的金色十字架。拍照的地方陽光很強烈，從

---

⓫ Idi Amin Dada, 1924-2003，烏干達的獨裁暴君，執政期間（一九七一—七九）殺害了十萬至三十萬的烏干達人，甚至吃人肉。

照片中的陰影看來，太陽應該是在正上方。

「有。」強納生說。

「有什麼？」

「他的個頭只有其他人的一半，但那些人都對他唯命是從。他提了一個黑色的公事包，對他來說有點太大。他還穿了吊帶。」

「瑞士人？英國人？給個答案。」

「比較像是拉丁美洲之類的。」他把那張照片還回去，「都有可能，阿拉伯人也有可能。」

「不管你信不信，他叫阿波斯竇，簡稱阿波。」那麼，他的全名就應該是阿皮太提斯吧。強納生憶起當初柯爾克蘭少校對他的老闆講的悄悄話。「他是希臘裔，第一代美國人，以優異成績獲得密西根大學法學博士，十足的惡棍。他在紐奧良、邁阿密和巴拿馬都開設法律事務所，名聲無懈可擊，地位崇高——這些你一定都知道了。記得藍伯恩爵士嗎？那個山第？」

「當然記得。」強納生回答，想起那位一臉垂頭喪氣、紮著馬尾的美男子和他孤僻的太太。

「他也是個該死的律師。嚴格說，是洛普的專屬律師。阿波和山第．藍伯恩一向聯手合作，接的案子全都獲利豐厚。」

「我了解。」

「你還早呢，不過至少你有個輪廓了。噢對，你的西班牙文說得怎麼樣？」

「還可以。」

「我想絕對不止還可以，對吧？你在馬德里的麗晶酒店待過一年半，以你的天分，西班牙文應該講得呱呱叫了。」

「現在沒那麼靈光了。」

波爾往後靠在椅子上，讓侍者清理碗盤。在這個空檔，強納生發現自己又感到一陣興奮，不禁有些驚訝：一步一步，慢慢朝著機密的核心逼近。這種蓄勢待發的感覺已經好久不見。

「你不會成為賣國賊吧？」侍者遞給他們一人一張護貝的菜單，波爾以尖銳的口吻問道。

「老天，當然不會。」

最後，他們點了上面有著鮮奶油的栗子濃湯。

「還有柯基，就是那位柯爾克蘭少校；你的戰友，他的打雜。」波爾說，一副最好的當然要留到最後才揭露的語氣。「你覺得他怎樣？你笑什麼？」

「他很有意思。」

「除此之外呢？」

「就如你所說，他是個打雜的，負責處理一切雜事，還負責簽名。」

波爾聽到「簽名」時突然變得激動起來，好像整頓飯就是在等這兩個字。「他在什麼東西上面簽名？」

「登記住宿的表格。帳單。」

「不只，舉凡各種帳單、信函、合約、棄權證書、保證書、公司帳戶、載貨單、支票，」波爾興奮地列舉著，「運貨單、運貨證明，還有一大堆文件，那上頭都會這麼寫：不管他的雇主有何疏漏，都跟理察・安斯路・洛普一點關係都沒有，一切都是他忠心的僕人柯爾克蘭少校幹的。柯爾克蘭少校真有錢，名下有好幾億的款項，不過呢，他都簽字讓渡給洛普了。洛普沒有做過任何一筆骯髒交易，但柯基都在上面簽了字。『柯克，你過來！你不用看，只要在上面簽字就好！非常好！好小子，你替自己在辛辛監獄又賺了十年牢飯呢！』」

波爾中氣十足地描述了這個場景，又用他刺耳的嗓音模仿洛普講話，讓原本輕鬆的談話有點變了調。

「沒有什麼值得一提的書面證據，」波爾邊說邊將自己那張蒼白的臉湊近強納生。「即使往前追溯二十年，除了教會奉獻單外大概再也找不出任何一張有洛普本人簽字的文件。很好，我真恨他。我承認。你也應該恨他，畢竟他對蘇菲幹出了那種事。」

「喔，我心裡沒有什麼芥蒂。」

「你沒有嗎？」

「沒有。」

「好吧，那就繼續維持下去。我去去就回。東西看好。」

波爾理了理褲帶，起身離座去洗手間，強納生留在那裡，內心莫名得意。他恨他嗎？目前為止，他並沒有沉浸在仇恨的情感中。他會生氣，當然也有悲痛，但恨意就像慾望，除非有個冠冕堂皇的理由，否則就是一種下等的情緒。儘管有洛普、加他手中的蘇富比目錄，再加那位美麗動人的情婦，依舊算不上什麼高尚的理由。但「恨」這個念頭已經因為蘇菲的橫死而變得高尚，同時，似乎也形成了某種報復心態，並頻頻對強納生招手。它像是一份久遠偉大愛情的承諾　而波爾自然而然地讓自己成為催生這承諾的人。

★

「所以，是為什麼？」波爾回到座位後很自然地又接著說：「這就是我一直在問自己的問題。他為什麼這麼做？為什麼像強納生．潘恩這種傑出的旅館經理會冒著丟工作的危險，偷拿傳真、打這位貴客的小報告？先是在開羅，如今到了蘇黎士依然故我。尤其是在你跟我們鬧得不愉快之後，是吧？但我也跟自家人鬧翻了。」

強納生裝出是第一次想到這問題的模樣。「總之我沒想什麼就做了。」他說。

「不對，你不會。你又不是動物，做什麼都出於直覺。你是下定決心後才做的。到底是什麼原因讓你這麼做？」

「可能有什麼催化劑吧，我想。」

「什麼樣的催化劑？這個催化劑什麼時候消失的？要怎樣它才會再生效？」

強納生吸了一口氣，但一時之間還是講不出話來。他發現自己怒火中燒，卻不知道原因為何。「如果有人私自向某個埃及惡棍兜售軍火，而這人是英國人，你也是英國人，你也看到一場戰爭正在醞釀，而這個英國人卻為你的敵人效勞……」

「而你自己也當過軍人……」

「所以想也沒想就做了。」強納生再次說，覺得自己的喉嚨哽住。

波爾把他面前的空盤子推到旁邊，俯身整個人橫過桌子。「那些拚命往上爬的人都是怎麼說的？養老鼠咬布袋？不就是那些咬布袋的老鼠要我們去冒險的嗎？我想你那隻老鼠應該是挺肥的，你父親不也是為了打這隻肥老鼠才去從軍的？他也跟你一樣是做情報工作，對吧？這點你很清楚。」

「抱歉，恐怕我並不清楚。」雖然強納生覺得胃在翻攪，但還是很有禮貌地回答。

「他被一槍打死後，他們得讓他穿回軍服。那些人難道沒告訴你？」

強納生拚命撐著，露出職業笑容，努力擺出接待客人時用的溫和語調。「沒有，他們沒告訴我。真的沒有。你覺得很怪是嗎？你覺得他們會告訴我嗎？你真的那麼認為嗎？」

那是政府官僚用的那種有說等於沒說的話術，波爾聽了只能搖搖頭。

★

「我是想說，你才剛有些成績就急流勇退。你退得太早了。」波爾以理性的態度再次開口。「不是每個人都會在二十五歲時為了成為夜班的小職員放棄前途無量的軍旅生涯，而且不是為了能上山下海、去探一探外頭的世界。你到底為什麼選擇旅館業？你有太多的行業可以選了，為什麼偏偏選這行？」

我要認輸，強納生想。

我要放下那一切。

我要讓腦子休息。

所以你別他媽的多管閒事。

「我不確定，」他坦承，一邊露出不是那麼肯定的笑容。「我想大概是為了過平靜的生活。如果我夠誠實，我應該會承認自己私下有點喜歡享樂。」

「嗯，說老實話，我不相信你，強納生。這幾個星期來，我一直貼身跟著你，並且深度分析過你這個人。我們再多談一點部隊的事如何？我讀過你在軍旅生涯的一些事蹟，留下很深的印象。」

真是太好了，強納生想，他的心情都要變輕快了呢。剛才我們談起了蘇菲，所以就說起了恨；談到恨，就想到旅館業；談到旅館業就談到部隊。非常合邏輯，非常合情合理。

儘管如此，他還是挑不出波爾的破綻。波爾說話真誠，這是他最可取之處。他也許聰明，也許熟悉要陰鬥狠之道；他有一雙慧眼，能看穿人的強與弱。但他仍然真誠。顧德修知道這點，強納生也能感覺到。就是因為這樣，他才願意讓波爾在他的私人領域亂闖，也是因為這樣，波爾那股使命感才會像隆隆的戰鼓聲般在強納生的耳中作響。

# 6

這是一段甜美時光，談心的時間。他們不約而同點了一杯李子酒，沖淡喝下肚的咖啡。

「我的生命中也有個蘇菲，」波爾回憶起來，但不那麼真心，「現在想起來，我當時竟然沒有跟她結婚。我應該會的。我現在的太太叫瑪莉，這個名字總讓我有點兒提不起勁兒。但反正我們都已經在一起了，應該有五年了吧。她其實是個醫生，家醫科，戴著聽診器的神職人員。她的良心就像一顆超大南瓜，所以應該是一位很好的大夫吧。」

「希望你們白頭偕老。」強納生順著他的話說。

「其實瑪莉不是我第一任太太，也不是第二任。我不知道我的女性關係是怎麼回事，要不是把標準設太高就是設太低，再不然就是根本設歪了，從來沒有正中紅心。我有捫心自問，究竟是我的錯還是她們的錯？」

「我懂。」強納生說。但他雖然嘴上這麼講，心裡卻警覺起來。他無法自在地談起女人的事。她們就像封緘起來收進書桌抽屜裡的信封。這些女人裡有他在孩童時期從未有過的朋友和姊妹、未曾真正熟悉的母親，甚至有他不應娶為妻子的那個女子，以及他應該全心愛慕、而非背叛她的女人。

「我好像總是能迅速挖到她們的真實面，這讓她們很討厭我。」波爾抱怨道，再次裝出對強納生敞開胸懷的模樣，並希望對方也以相同的方式回報。「但問題是孩子。我們原本各有兩個孩子，現在又多生了一個。有了孩子後婚姻中的情趣全沒了。你有孩子嗎？沒有吧？你避掉了小孩帶來的麻煩，我得說這是明智之舉，非常聰明。」他喝了一口李子酒。「多講一些你的蘇菲的事。」他說，雖然目前為止強納生連一點都沒有告訴他。

「她不是我的蘇菲，她是弗烈迪．哈密德的。」

「但你跟她上過床。」波爾淡淡地暗示道。

★

強納生在路克索那間公寓的臥房裡，月光從半掩的窗簾斜照進來。蘇菲穿著白色睡袍仰躺在床上，雙眼緊閉。她稍微恢復了原本滑稽的模樣。她喝過一點伏特加，他也是。酒瓶就立在他倆中間。

「潘恩先生，你為什麼要坐在房間的那一頭看我？」

「我想應該是出於對妳的尊重。」旅館經理笑容、旅館經理腔調，小心翼翼地組合成某個陌生人說話的方式。

「但我認為你帶我來這裡是要安慰我的。」

這次，潘恩默然不語。

「我是不是太殘破了？還是太老？」

傳說中的潘恩先生平時說起話總口若懸河，如今卻持續著一片死寂。「潘恩先生，我為你的尊嚴感到憂心……又或者我擔心的是自己的尊嚴。你坐得離我這麼遠，是因為你對某些事情感到難為情嗎？希望那件事不是我。」

「我把您帶到這兒，是因為這裡比較安全，蘇菲夫人，您需要喘口氣，想想該怎麼辦、該去哪裡。我想我可以幫得上忙。」

「那麼潘恩先生又怎麼辦？他什麼都不需要嗎？所以現在是一個身心健全的男人在幫助一個病弱婦孺嗎？謝謝你帶我來路克索。」

「謝謝您願意來。」在月光下，她的大眼睛直勾勾定在他身上。她實在不像個對於他的幫忙滿心感謝的無助女子。

「潘恩先生，你的身分如此多重，」她過了好久才繼續說下去。「我再也不知道你到底是誰了。你注視著我，彷彿用眼神來碰觸我。而對於你的眼神我並不是一點感覺也沒有。不是這樣的。」她的音量稍微轉小，然後又再次挺起身體，似乎想重新整理一下。「你原本說了某句話，你是那樣的人，而我也被那個人感動了。但後來那人不知道去了哪裡，現在換個完全不一樣的人來替代他，然後你又改了說法，而我還是被感動了。這感覺就像衛兵換班，好像在你心中的每個人格都只能容忍我一段短暫的時間，之後就必須離開一下、喘口氣。你都是用這種態度對待你的女人嗎？」

「但蘇菲夫人，您不是我的女人。」

「那你為什麼會在這裡？因為童子軍精神嗎？應該不是吧。」

講完後，她又沉默了。他有種感覺，她似乎在思索到底要不要放下自己的身分。「我想從你那些不同的身分中挑一個，請他今晚留下來陪我。潘恩先生，可以請你安排一下嗎？」

「當然。我會睡在沙發上。如果您要我這麼做的話。」

「不是，我想要的不是這個。我想要你睡在我的床上，跟我做愛；我希望至少能讓你心中的一個人快樂，並且讓其他人因為他而受到鼓舞。我不能讓你感到這麼難為情。你太自責了。我們都幹過壞事，但你是好人，你心中無數的你都是好人。我的不幸不是你的責任。如果你真的得負一部分責任……」她站起來面對著他，雙臂垂在身側，「那麼我就希望你不是因為羞愧才來到這裡，而是有別的理由。潘恩先生，你為什麼堅持要離我這麼遠？」

在漸漸黯淡的月光中，她提高了音量，模樣更像個幽魂。他朝她走近一步，發現他們之間根本不存在任何距離。他顧慮到她身上的傷，帶著些許遲疑向她伸出雙臂，小心地把她拉近，雙手從她白色睡袍的衣帶底下滑進去，張開手掌，平貼在她裸露的背上。她一邊的臉緊貼著他的臉。他又聞到了那熟悉的香草味，才發現她的黑色長髮出乎意料的柔軟。他閉上雙眼。他們緊緊擁抱彼此，輕輕倒在床上。當黎明到來，她要他拉開窗簾，這麼一來，這位夜班經理就不再只能於黑夜中愛著枕邊人。

「我們全部就這些人了。」他輕輕地在她耳邊說：「一整個軍團，包括軍官、士兵、逃兵、伙夫。沒有其他人了。」

「我不這麼覺得，潘恩先生。你一定把增援部隊藏起來了。」

★

波爾仍在等他回答。

「我沒有。」強納生繼續頑強抵抗。

「為什麼？要是我就不會錯過。當時你有別的女人嗎？」

「沒有。」強納生臉紅了，重複同樣的答案。

「你想叫我不要管你的閒事嗎？」

「是有這個意思。」

波爾似乎很喜歡聽人叫他少管閒事。「那就談談你的婚姻吧。其實只要一想到你結過婚我就覺得好笑。這讓我很不自在，不知道為什麼。你現在是孤家寡人，我可以感覺到。我可能也是吧。所以究竟是怎麼回事？」

「我那時年紀輕，她更小——談到她我也不太自在。」

「她是個畫家對吧？跟你一樣？」

「我是業餘亂塗鴉，她則是真正的畫家。至少我那個時候認為她是。」

「你為什麼要娶她？」

「我想是因為愛吧。」

「你想是？以我對你的認識，我看你娶她是因為要有禮貌吧。那你又為什麼要離開她？」

「因為我不想讓自己發瘋。」

強納生再也無法抵抗如洪水般湧來的回憶，只好放任自己回想只剩下怒與恨的婚姻生活，他們就這樣眼睜睜看著一切枯萎死去：再也不存在的情誼、再也不會回來的溫存、曾望著別人開懷談天的餐廳、凋萎在花瓶裡的花朵、爛在果盤中的水果，還有靠牆站著、顏料乾涸的畫架，以及積了厚厚灰塵的餐桌，他們在桌子兩邊，用流乾淚水的雙眼對望。這團亂連強納生都無法收拾。是我的錯，不怪妳。他不斷對她說，想去碰碰她，但當她退縮時，他也跟著退縮了。我走得太快，錯過了跟女性相處的機會。是我的錯，跟妳毫無關係。

此時波爾非常好心地岔開了話題。

「那麼是什麼原因把你帶到愛爾蘭的？」他笑著問，「是想藉機離開她嗎？」

「那是一份工作。如果你在英國的部隊——如果你受完訓練後想成為一名真正的軍人，成為人形彈藥庫，一定得去愛爾蘭。」

「所以你那時是希望能派上用場？」

「你那個年紀時不這麼想嗎？」

「我到現在都想。」波爾意味深長地回答。

強納生忽視了這個意有所指的問題。

「你那時希望自己陣亡嗎？」波爾問道。

「別開玩笑。」

「我沒開玩笑。你那時婚姻觸礁，又還只是個孩子，認為世上一切罪惡都是你造成的。我只是有點驚訝你那時沒有玩得更大，也沒去參加外籍兵團。你到那兒是去做什麼？」

「我們接到的命令是要贏得愛爾蘭的民心和認同。所以我去向他們道早安，拍拍孩子的頭，到處巡邏。」

「那談談巡邏的事吧。」

「很無聊的VCP。沒什麼好談的。」

「恐怕我不太懂這些英文縮寫，強納生。」

「那個意思是『車輛管制點』（Vehicle Control Point），隨便找個隱密的山頭或角落，突然從溝裡跳出來攔住往來的車。偶爾也會遇到一些好事分子。」

「如果遇到呢？」

「就跳到他們的吉普車上，指揮官會告訴你該執行哪種流程：把車子攔下來搜查，或揮手讓他們通過，再不然就是問他們話，把他們打算幹什麼問得一清二楚。」

「除了定點控制車輛外還有沒有其他的工作？」

強納生表現出好像在回憶往事的模樣，再次露出放空的神情。「有時會坐直升機到處巡邏。每組人都要負責巡邏一塊轄地。你得事先安排好山貓號直升機，隨身帶一只睡袋，在野外打上幾夜的地鋪，再回來喝幾杯啤酒。」

「那對敵經驗呢？」

強納生露出一個不以為然的笑容。「他們只要用遠距遙控就可以把我們炸死在吉普車裡，有什麼必要出來跟我們面對面？」

「我就是想知道這個。」波爾總是把王牌擺在最後。他啜了一口飲料，搖著頭，露出微笑，好像這是某種機智問答。「那麼你負責的都是什麼類型的特種任務？」他問：「你接受的那些特種訓練有哪些？我光是讀一遍就會被煩死。說老實話，每次看你拿起湯匙和刀叉我就覺得恐怖，好像打算把我串起來似的。」

強納生不太情願，他像車子突然煞車減速一樣開口：「有個叫近身觀察組的東西。」

「那是什麼？」

「每個軍團裡都有一組資深成員，特別組成的。」

「什麼人組成的？」

「任何想參加的人。」

「我還以為只有菁英才能參加。」

他的句子都簡短俐落。波爾注意到這點。講的時候字字斟酌；眼皮低垂，緊抿著嘴。

「你受過訓練，懂得觀察，你認得誰是好事分子。你知道該藏在哪裡，在黑暗中四處穿梭，在閣樓、矮樹叢或壕溝躲上好幾晚。」

「他們都給你們什麼武器？」

強納生聳了聳肩，意思好像是說：誰在乎？

「烏茲衝鋒槍、海克勒手槍、霰彈槍。他們全都會教，你可以自己選。對外人來說聽起來很刺激吧？可是一旦踏進來了，這就只是一份差事。」

「你選了什麼武器？」

「海克勒成功率最高。」

「那也讓我們成功與夜鴞行動接上線。」波爾表示。他的嗓音完全沒有異樣。他往後一坐，觀察著強納生臉上也完全沒有異樣的表情。

★

強納生沉沉睡著，一邊說著夢話。他的眼睛是張著，心卻在另一個國度。他從沒想過，不過一頓午餐，就讓他在一生中最糟的時期走了一遭。

「我們事先得到線報，說有幾個好事分子正越過邊界，要進到阿瑪來，更動武器的藏匿地點。是RPG[12]。」這次，波爾並沒有問這幾個英文縮寫代表什麼。「我們藏了幾天，終於等到他們現身。我們揪出了三個，整組人欣喜若狂。到處都有人小小聲地說『三個』，並且對著愛爾蘭人豎起三根手指。」

「什麼？」波爾似乎沒有聽懂。「你說揪出三個是把他們殺了嗎？」

「沒錯。」

「人是你處理的嗎？我的意思是親手殺掉？」

「當然，我也有參與。」

「你在射擊組？」

「狙擊組。」

「多少人？」

「一組兩人，我和布萊恩。」

「布萊恩。」

「他是我的同僚，他是上兵。」

「那你是？」

「下士，代理下士。我們的任務就是在他們逃跑時去抓他們。」波爾發現他的臉拉長了，下顎周圍的肌肉一抽一抽。

「完全是運氣好。」強納生說。語氣簡短壓抑，還有一些漫不經心。

「大家都想過要殺恐怖分子，而我們逮到了機會，只不過是運氣非常非常好。」

「你和布萊恩——你們殺了三個人。三個。」

「是。我剛說了，那是運氣。」波爾發現他的語氣有些僵硬——他想裝輕鬆，卻顯得更僵硬了；想要輕描淡寫，卻更讓人注意。

「是你殺兩人、他殺一人？還是他殺兩人你殺一人？誰殺得多？」

「我們各殺一人，再聯手殺一人。起先我們還為這發生爭執，後來就同意一人一半。在那種殺得眼紅的時候往往很難判定誰贏過誰。」突然之間，波爾不需要再刺探，他就全部說出來了。感覺就像是強

---

⓬ RPG是Rocket-propelled grenade的縮寫，意為火箭砲，是扛在肩上的火箭筒。

納生第一次下定決心把事情全盤托出……說不定真是如此。

「那時邊境正好就有個破舊的農舍。農舍主人是個接受津貼補助的養牛戶。他來回走私同一批牛、運過邊界，同時向兩邊申請補助。他有一輛富豪汽車、一輛全新的賓士，外加他那個破舊不堪的小農場。情報說，酒吧打烊之後可能有三位好事分子從南方通過邊境上來，連名字都有了。我們埋伏等他們來。他們把武器藏在一間穀倉裡，我們躲進矮樹叢，距離穀倉有一百五十碼遠。上級給我們的命令就是躲在藏身處觀察他們，但不能被他們發現。」

波爾聽他講到這裡，不禁心想：他喜歡做這種事——在無人注視的地方注視著別人。

「我們那時要讓他們進那個穀倉去拿他們的玩具。當他們走出穀倉，我們打算以信號通報他們的方向，同時神不知鬼不覺地離開。另一隊會在五英里外設下路障臨檢，裝成瞎貓碰上死耗子的情況。這麼做是為了要保護消息來源。結束後，他們就會把這些人除掉。唯一的麻煩在於：那些好事分子原本並不打算把武器運到任何地方，只是要把它們埋在距離我們藏身之處只有十碼的地方。他們早已在那裡埋了一個箱子。」

他那時正匍匐在南阿瑪山坡上某塊柔軟的青苔，透過槍上的夜視鏡注視那三個綠色的小人使勁地拉著三只綠色的箱子，試圖越過一片起伏的綠色地表。左邊那人的腳尖緩慢離地，箱子從他手中鬆脫；他以優雅的姿態轉了一圈，伸出手臂，彷彿要被釘上十字架。深綠色的墨水就是他的血。那時，我揪住了他，而這個傻子連氣都沒有吭一聲。強納生是先感覺到手中的海克勒響了一聲，才發現自己已經下了判斷。

「你把他們全殺了？」波爾問。

「如果處在有利位置，就要好好利用。我們各自射殺了一名，然後再一起殺了第三人。整件事歷時不過數秒。」

「他們有反擊嗎？」

「沒有。」強納生微笑，笑容依然僵硬。「我想我們是運氣好。一槍命中，馬上可以打道回營──你想知道的就是這種事嗎？」

「之後你有回去嗎？」

「愛爾蘭？」

「英國。」

「沒有，兩個地方都沒有。」

「離婚怎麼辦？」

「在英國就辦好了。」

「誰去辦的？」

「她。我把公寓、我全部的錢和我們的共同朋友都留給了她。而她稱之為一人一半。」

「你也把英格蘭留給了她。」

「是的。」

強納生講完了，但波爾還在聽。「強納生，我想我真正想知道的……」他停頓了一會兒，最後還是說出口，但用的是他在兩人大多的談話中的那種淡漠語氣，「是你有沒有想要再放手一搏的可能？我說的不是婚姻，是你的國家。」他聽著自己將話說出口，但獲得的反應就像對著花崗岩牆壁說話沒兩樣。他招手買單，數了幾張瑞士紙幣放進一只白色碟子，一邊想．管他的！有時最糟的時機反而是最好的時機。所以他不管三七二十一就說了。他的個性本就如此。

「假設我要你拋下目前為止人生中的一切，換一個更好的人生呢？」他提議道，「也許對你而言不見得更好，但對你我樂見的『公共利益』絕對是更好的。這是一個至高無上、不容置疑的理由。我保證你能改善人類的生活，也可以拿到完整報酬。揮別舊日的強納生，走進全新的生活。全部結束後你可以重新安頓，有新的身分，有一筆錢，照樣過日子。一定有很多人覺得這項提議很誘人，搞不好我也會呢。老實說，如果我這麼做，除了對不起瑪莉以外其他的都沒什麼問題。然而，你除了自己之外還需要對什麼人交代？就目前我所知，你不需要對任何人交代。如果你接受，就要天天在生死邊緣徘徊，將面對大風大浪，無時無刻都要提心吊膽。然而，你就跟你父親一樣，是為了報效國家才這麼做，不論你心中對愛爾蘭或塞浦路斯有什麼看法。這麼做也是為了蘇菲——跟他說我需要收據好嗎？名字是班頓。一頓兩人午餐，我得付多少小費？再五塊錢嗎？其他人可能會要你替我簽字，但我不會。好了，我們走吧。」

★

他們沿著湖邊走。雪已經融光了，午後的陽光在水汽蒸騰的馬路上閃耀，毒蟲青年裹著昂貴大衣，盯著逐漸融化的雪發怔。強納生把手伸進大衣口袋，彷彿在耳中聽到蘇菲的聲音，讚美著他是個溫柔的伴侶。

「我那位英國籍的丈夫也非常溫柔。」她邊說邊愛憐地用手指劃過他的臉，「我一直害怕失去童貞，所以不讓他碰我。他花了好幾天才說動我別堅持這種想法，迎接更美好的人生。」然後，她好像突然有了什麼預感，一把將他拉近，像是尋求保護般挨著他。「要記得，你還有前途，潘恩先生，不要再放棄了；不要為了我，也不要為任何人放棄。答應我。」

他就這麼答應了她，人們戀愛的時候凡事都願意允諾。

波爾談的是正義公理。「如果我來統治世界，」他對著煙氣蒸騰的湖水大聲說，「我要再搞一次紐倫堡大審。那些軍火販和狗屁的科學家、那些為了做生意賺錢、在瘋子背後多推一把的油滑商人，還有滿口謊言的政客、律師、會計師和銀行員，我要把他們都抓起來，讓他們站上被告席應答，不回就得死。你猜猜這些人會回什麼？他們會說：『我們不做也會有人做。』你知道我要怎麼回嗎？我會說：『噢，我懂了。就算你不強姦那個女的，也會有人強姦她。你們就是用這種藉口讓強姦合理化。』然後我就要拿燃燒彈對付他們，滋滋燃燒。」

「洛普幹過什麼事？」強納生問，語調既憤怒又挫折。「除了……哈密德之外還有嗎？」

「他現在在幹什麼比較重要。」

「如果他今天起金盆洗手，他的邪惡程度有多少？到目前為止他犯下的罪到什麼程度？」

他想起洛普下意識地用肩膀抵著他。屋頂有藤架，盡頭是海景。他還記得珍德說的話：世上最美的地方。

「搶劫。」波爾說道。

「搶誰？在哪裡犯案？」

「到處都搶，逢人就搶。如果一樁買賣有利可圖，那傢伙就會半途殺出，再叫柯爾克蘭去簽字。他有一個表面上很乾淨的公司，鋼鐵牌：風險投資、荒地買賣、各種礦石、牽引機、柴油引擎、生活用品、油輪什麼的。但暗地裡他幹的是巧取豪奪、吃人不吐骨頭。他的公司設在拿索最清白的區域，精明能幹的年輕人梳著西裝頭，整天敲鍵盤。而這就是你在傳真裡讀過的部分，也是最麻煩的部分。」

「恐怕我沒讀過。」

「你應該要先讀的。他去年的營收爛透了，今年還會繼續爛下去。股票價格從一百六十元掉到七十元，三個月前，他很大膽地投資了白金，結果白金價格跌到谷底。現在的他不是憂心忡忡，而是狗急跳牆。」波爾吸了口氣再接著講。「在他那間鋼鐵牌公司的大傘底下有各式各樣見不得人的骯髒事。在加勒比海有五種典型的賺錢法：洗錢、走私黃金和翡翠、砍伐熱帶雨林的樹木，還有軍火交易。他跟心術不正的衛生部長勾結，販賣各種假藥，假的急救品；也跟心術不正的農業部長勾結，販賣假肥料。」波爾話中的怒意像一陣漸漸增強的風暴，也因為這陣風暴遲遲未爆發，所以才更顯危險。「不過軍火還是他的最愛。他都叫它們『玩具』。如果你熱中權力，那麼最能滿足貪婪的也只有軍火了。不要聽別人說什麼那不過是另一種生活用品、那只是一種服務業這種屁話。軍火就像迷幻藥，而洛普已經上癮。軍火最大的麻煩在於大家都認為它永遠不會衰退，但其實不然。就拿伊朗來說，兩伊戰爭中，軍火販子大發利市，他們以為這場仗永遠打不完。但從那之後市場就一直在走下坡。太多軍火製造商，太少戰爭；市場上太多零散的武器傾銷。太多和平地區，太少強勢貨幣。我們這位朋友當然也參與了塞爾維亞和克羅埃西亞的戰爭。他透過雅典賣軍火給克羅埃西亞，再透過波蘭賣給塞爾維亞。但很多人不跟他同一國，要爭食這塊大餅的人又多。古巴那邊的生意沒得做了，南非也一樣，他們的軍火都是自己弄的。愛爾蘭那邊的生意則不值一顧，否則他一定也會去經營——祕魯，他在那兒也有生意。他供應武器給光明之路的那些人，還設法慫恿南菲律賓的回教叛亂分子。不過北韓早已捷足先登。我可以預言他這次可能會拚得滿臉血。」

「是誰允許他這麼做的？」強納生冷不防一問，波爾有些措手不及。強納生繼續追擊。「有像你這樣的人隨時在旁監視，他恨不得逃得遠遠的，不是嗎？」

有那麼一瞬間，波爾掙扎著是否要反駁。其實問題一樣，那見不得人的答案也一樣。是河廳縱容他，他很想說，是白廳縱容他，是那個傑弗瑞．達克爾和他的採購研究小組的手下。是顧德修的老闆掩耳盜鈴，放任他去胡搞。只要他賣的武器是英國製造，所有人都不會管他。不過他運氣好，勉強岔開了話題——

「該死！」他邊叫邊抓住強納生的手臂。

「她的老爸人呢？」

一個年約十七歲的女孩在男友的注視下捲起牛仔褲的褲管，小腿上出現一塊塊很像蚊蟲叮咬的痕跡。她把針頭插進小腿，身體連縮也沒縮一下，但波爾反倒抖了一下。因為心生反感，波爾又恢復了正常，兩人因此相對無語地走了好一陣子。在這段時間中，強納生暫時忘了蘇菲，反而想起珍德用那雙像嬰兒一樣嬌嫩的纖長玉腿沿梅斯特富麗堂皇的樓梯走下，以及她和他四目相對時臉上的笑容。

★

「那他是什麼來頭？」

「我已經說過了，他是個混球。」

「他有什麼背景？靠什麼發跡的？」

波爾聳聳肩。「父親是個遊走各郡的拍賣商人、估價人，母親是當地一所教會的重要人士，有一個兄弟，讀的是普通父母供不起的私立學校——」

「伊頓嗎？」

「什麼不猜，為什麼猜伊頓？」

「聽他講話就知道了。沒代名詞，沒冠詞，還有發音糊成一團。」

「我只竊聽過他講電話。不過也好，因為他的聲音是我一聽就想吐的那種。」

「洛普是哥哥還是弟弟？」

「弟弟。」

「他上過大學嗎？」

「沒上過。大概是一心想搞垮這個世界，所以沒空念吧。」

「那他哥哥呢？」

「有——你在耍小聰明嗎？他哥哥在他家的公司任職。那間公司在不景氣時倒了，現在他在養豬。不過這又如何？」他斜眼怒目瞪了強納生一眼。「你現在是想為他找藉口嗎，強納生？」他出言警告：「就算洛普上過伊頓和牛津，每年淨賺五十萬英鎊，他還是會把這個世界搞得一團亂。他是個惡棍，你最好認清楚，惡魔真的存在。」

「我知道，我知道。」強納生邊說邊安撫波爾。蘇菲也說過同樣的話。

「所以，如果你想知道他做過多少壞事——他做的壞事可是罄竹難書。」波爾再度開口。「——有高科技、一般科技、低科技和根本稱不上是科技的東西。他討厭坦克，因為坦克的保固期長，但如果賣的價格好，他也是可以變通。還有軍靴、軍服、毒氣、集束炸彈、化學物質、MRE——這是『即時餐』（Meals Ready to Eat）的縮寫——還有慣性導航系統、噴射戰鬥機、信號控制裝置、光束武器、紅燐、動力魚雷艇、手榴彈、魚雷、訂製潛艇彈、滅蠅器、導航器、腳鐐、流動廚房、銅扣、獎章、軍團佩劍、攝影用梅茲閃光燈，還有雞籠狀的間諜實驗室。輪胎、皮帶、絕緣套，美製或俄製大炮通用、各種口徑的砲彈，紅外線導彈，某種像刺針飛彈的肩背式發射器——還有屍袋。或許該說這都是過去式了，因為現在我們也只能談談供過於求的市場、國家破產，還有某些政府——他們提供的條件甚至連本國的騙子都望塵莫及。你應該看看他的倉庫。台北、巴拿馬、西班牙港、格旦斯克都有。過去他的雇員都在千人上下。而他僱這些人只是想在價格上漲時叫他們把存貨打理乾淨。而價格永遠都是往上漲的，不會掉下來。現在他的雇員已經減到六十人，價格也完全跌破了。」

「那他有何對策？」

現在輪到波爾閃爍其詞。「他正在準備最後一筆買賣，這是他要咬下的最後一口蘋果。他打算用這次交易將所有交易劃下句點。他要讓『鋼鐵牌』翻身，然後金盆洗手。我有件事要問。」

強納生到現在都還不太習慣波爾突然換話題的談話方式。

「那天早晨在開羅，弗烈迪打了蘇菲，後來你帶著她開車兜風。」

「然後？」

「你不覺得會有人開車跟蹤你、看到你和她在一起然後拿來作文章？」

強納生問過自己上千次同樣的問題。夜晚的時候，當他為了要逃離自己的內心，在只屬於他的黑暗國度中漫步時，他會這麼自問；白天的時候，當他無法成眠，而把自己放逐到山間林中或揚帆航向未知時，他也會問自己。

「沒有。」他回答。

「你確定？」

「我非常確定。」

「你沒有再帶著她冒過別的險嗎？到某個可能有人認出你們的地方？」

強納生發現，為了保護蘇菲而說謊給了他某種神祕的愉悅感，即使現在為時已晚。

「沒有。」他斬釘截鐵地說。

「這麼說來，你們真的毫無瓜葛了。」波爾說，無意識中又想起了蘇菲。

★

彷彿被下了沉默的咒語，兩人只是一起在這座舊城的某間咖啡屋啜飲蘇格蘭威士忌。這裡的白天黑夜沒有界線，總有富裕的女士戴著呢帽吃著奶油蛋糕。有時候瑞士這國家對天主教的虔誠會令強納生著迷。在這夜色中，他總覺得瑞士人似乎將整個國家漆上了有深有淺的灰色。

波爾開始講起那位優秀律師阿波斯賓博士的某件趣事。起先說得斷斷續續，感覺像是不經意脫口而出，好像這些思緒是擅自從他腦中竄出來似的。他一開口就知道了：他根本不該講這件事。不過，當我們把重大祕密藏在心裡時，其實就什麼也顧不得了。

他說阿波沉迷於酒色。這件事他以前也說過。他說，阿波不管見到什麼女人都要沾一沾，不要被他拘謹的舉止騙了，他就是那種個子雖矮、但一心一意想證明世上所有高個子的屌加起來都沒他大的人。那些祕書、別人的太太、各個應召站裡成打成打的妓女都是他的獵物。

「然後某一天，壞運找上他女兒，她自殺了——而且死得很不漂亮。也不是說真有漂亮的死法。她真的是視死如歸。她吞了半瓶漂白劑混五十顆阿斯匹靈。」

「她為什麼要這麼做？」強納生恐懼地問道。

「阿波買了一只金錶給她當十八歲的生日禮物。價值九萬美元，在拜爾港的卡地亞精品店買的。世上不可能有比它更好的手錶。」

「送她一只名貴的手錶哪裡不好了？」

「沒有哪裡不好，只是，他在她十七歲生日時就送過她同樣的錶，但忘了。我想，那女孩一心一意認為父親心裡沒有她，那只錶正好是最後一根稻草。」他沒有停頓，逕自繼續，沒有把音量提高，也沒有換語調。他希望可以把這故事說完，愈快愈好。「你剛剛說『是』嗎？我沒有聽到。」

然而強納生想要繼續追問阿波斯賓的事，波爾隱隱感到不自在。「那他怎麼處理？」他問。

「阿波嗎？他跟所有的父親一樣。他重生了，他信了耶穌，數次在雞尾酒會上痛哭落淚、泣不成聲——強納生，現在我們到底是要雇用你還是把你刪掉？我一向不是個死纏爛打的人。」

強納生又看到那個男孩的臉了。綠色（但其實是鮮紅）的液體隨著每一聲槍響噴濺出來。當他們打死蘇菲時，她的臉再次被打得面目全非。他母親過世的那一晚，她歪斜著臉，下巴大開，護士後來才出現為她闔上嘴，拿了薄紗綿布綁好。而洛普的臉卻不斷迫近，甚至侵入了強納生的私領域。

但是波爾也陷在自己的思緒中。他譴責自己不該讓強納生對阿波斯賓如此印象深刻。真不曉得自己何時才能學會管好這張大嘴巴。

★

他們在強納生位於克羅斯巴赫街的小公寓中喝蘇格蘭威士忌和海尼茲礦泉水，但這飲料沒有為兩人帶來任何益處。強納生坐在室內唯一的一張搖椅上，波爾則在房裡四處晃盪，搜尋線索。他翻了翻登山用具，研究強納生那幾幅以小心翼翼的水彩筆觸勾勒的伯恩高地。現在他站在一處凹室，開始著手研究強納生的書。他累了，對自己和對強納生的耐性都快磨光了。

「看來你是哈代迷。」他說道，「為什麼？」

「大概是因為我從英國被放逐？某種思鄉之情。」

「思鄉？哈代？少來，哈代老把人寫成卑微的老鼠、把上帝寫成無情無意的渾帳。噢，瞧瞧，還有哪本書？阿拉伯的勞倫斯少校它本人。」他拿起一本穿著黃色書衣的薄書，像揮舞戰利品的旗幟似地揮啊揮。「這位孤獨的天才只想做個平凡人，他被自己的國家遺棄——重頭戲來了——這本書由一位在他過世後才深深愛上他的女子執筆。這是你的英雄是不是？意料之中。他的禁慾主義、努力不懈——雖然有其缺陷——還有他遭到的錯待；但他有天份。難怪你會接受埃及的工作。」他看了看扉頁。「這是誰的名字縮寫？應該不是你的。」但他一問出口就知道了答案。

「其實是我父親的。這是他的書。可以請你把它放回去嗎？」

波爾注意到強納生的口氣變得尖銳，轉過身。「我踩到你的痛腳了嗎？應該是吧。我從沒想過士兵會讀書。」他刻意戳了強納生的傷口。「我以為書是軍官等級的玩意兒。」

強納生堵在波爾的路徑上，讓他困在凹室。他的臉色蒼白，像石頭一樣沒有血色；他的雙手沒有任何阻礙，已經從身側舉起來。

「如果可以，請你把書放回架上。那是我的私人物品。」

波爾從容地把書擺回去，跟架上其他書擺在一起。「再說點別的吧，」他說，又一次大方地改變話題，一面悠悠然走過強納生身邊，來到房間中央，彷彿兩人剛才的對話從未發生。「你在你那間旅館裡處理過現金嗎？」

「有時候。」

「哪些時候？」

「如果深夜有人要退房，付現鈔，我們就得處理。接待櫃檯在午夜到清晨五點不開放，因此夜班經理必須暫代職守。」

「所以你必須把現鈔從接待櫃檯拿出來、放到保險箱去？」

強納生彎身坐進搖椅，兩手在腦後交疊。「有可能。」

「假設你偷了錢，最快要多久才會被發現？」

「月底。」

「我敢做此假設，你可以在結帳日時把它放回去，結束之後再把它偷出來，對吧？」波爾若有所思地說。

「梅斯特在管理上很嚴格。如果不是在瑞士，就不可能發生。」

「我正在幫你編織一個傳奇故事，你有發現嗎？」

「我知道你在搞什麼鬼。」

「不對，你不知道。我要讓洛普對你印象深刻，強納生，我相信你可以。我要你把他引到我這裡，否則我永遠都逮不到他。也許他已經走投無路，但他依舊不曾放下戒心。我可以在他的屁股裝個麥克風，安排人造衛星在他頭頂飛，讀他的信、竊聽他的電話；我可以嗅到他的氣味，聽到他說話，監視他；我可以把柯爾克蘭關上五百年，但我怎麼也動不了洛普。你還有四天才會回梅斯特上班。我要你一早跟我到倫敦去見我朋友魯基，親耳聽聽這個交易。我要從頭開始改寫你的人生，等我改造完畢，你就會愛上你自己。」

波爾把一張機票丟到床上，站在老虎窗前，掀開窗簾，望著外頭的晨曦。外面的雪更大了，天空陰暗低沉。「你不需要花時間考慮這件事。自從你拋下軍隊和國家，除了大把時間外你什麼都沒有。你當然可以拒絕，更可以挖個掩體躲在裡面度過餘生。」

「需要多久時間？」

「我不知道。如果你不想做，就算一個星期都嫌太長。還要我再繼續說教嗎？」

「不用了。」

「你需要幾個小時後再打給我嗎？」

「不需要。」

「你考慮到哪個階段？」

沒有什麼階段不階段。強納生想，一邊打開那張機票，看了裡面的起飛時刻。這世上沒有什麼決定不決定，從來沒有。只有運氣好的時候和不好的時候；你無論如何要往前走，因為後面什麼都沒有；你一定要跑起來，因為要是一直站著，你就會跌個狗吃屎。如果不動，就是停滯不前；過去驅使著你向前，軍隊裡的牧師總是說教，說什麼懂得服從才得以自由；還有那些抱怨你無情無義的女人，然而她們沒有你卻活不下去。有座監獄，名叫英格蘭；有個被我出賣女孩，她叫蘇菲；有個手無寸鐵的愛爾蘭男孩，在我一槍轟掉他的臉的時候，就那樣一直看著我。還有一個護照上寫了「女騎師」的女孩，我幾乎沒跟她說過話，卻為此感到憤怒不已，甚至氣了好幾個禮拜——直到現在。也有一位我永遠無法與之相比的英雄，他必須重新穿上軍服才能入殮。還有一個汗流浹背、約克郡來的吹笛手，他在我耳邊輕聲叫我再幹一票。

★

雷克斯·顧德修鬥志高昂。他先花了半個早上成功拿波爾的想法說服上頭，另一半則用來在白廳研討會中拿濫用保密措施大做文章，最後以和某個河廳來的年輕保守分子大聲爭執畫下句點。那孩子年紀之小，恐怕連一個謊都沒有撒過。現在，卡爾頓花園裡大家都開始用午餐了。太陽低低地照著白色建築物的正面，而他最愛的雅典娜神廟就在幾步外的距離。

「你那手下雷納德·波爾太張揚了，雷克斯。」內政部的史坦利·派德史都露出焦慮的笑容排到他旁邊。「說老實話，我其實不太了解你為什麼要我們也加入。」

顧德修說：「噢，你這可憐蟲。你所謂張揚是怎麼回事？」

派德史都和顧德修是同一個時期進入牛津的，但顧德修對他唯一的印象就是他很喜歡照顧樸素一點的女孩。

「也沒什麼大不了。」派德史都試著輕描淡寫。「就是拿我底下人的名義查檔案。他說服那位登錄人員幫他撒謊，把高階警官帶去辛普生餐廳吃了三小時的午餐。當他們退縮，就把我們搬出來替他擔保。」這整段時間他都注視著顧德修，卻一直無法與他目光交會。「不過無所謂，對吧？只是，畢竟是這些人，你永遠也說不準，不是嗎？」

他們暫且停頓，先遠離經過身邊的一群修女的聽力範圍。

「的確，史坦利，這的確說不準。」顧德修說，「不過，我寄了一份詳細的書面核可給你，最高機密，只有你能閱讀的檔案。」

派德史都拚命鼓起勇氣裝出輕鬆的語氣。「這根本就像英國西部那些邪惡的玩笑，總之全部都會被抹掉，對嗎？不過你的信上似乎沒把這點清楚點出來。」

他們抵達雅典娜神廟的台階。

「對我而言說得夠清楚了，史坦利。」顧德修說，「我記得是在信裡第三段，已經把西部的那些玩笑徹底講清楚了。」

「沒有包含殺人？」他們步入神廟時，派德史都急切地壓低聲音。

「我不這麼想。只要沒人受傷，就不需要殺人，史坦利，」顧德修的聲音一變。「這應該算是特別協議，對吧？」他說。「對河廳那些人一個字都不要提，除了雷納德．波爾，誰都不要說。還有，如果你怕會有麻煩就找我好了。史坦利，這總可以吧？這麼要求不算過分吧？」

他們沒有同桌吃飯。顧德修點了一份牛排和腰子派、一杯紅葡萄酒；但派德史都飛快地吃著，彷彿每一口都要跟時鐘競賽似的。

# 7

在某個寒冷刺骨的星期五，強納生來到崔瑟威太太的郵局小店。他說自己叫作林登。這是波爾提議他取個假名時他憑空想出來的。他這輩子沒有遇過任何一個叫林登的人，除非他在無意識中回想起他那位德裔母親纏綿病榻的點點滴滴時，想起了她為他念的某首歌或某首詩。

今天的天氣陰沉又潮濕，雖然才是早餐時間，天色卻恍若日落。這個村落距離蘭茲角有好幾英里。崔瑟威太太在花崗岩圍牆上種的黑刺李在強勁的西南風下往後仰，教堂停車場那些汽車保險桿上的貼紙不斷在規勸陌生人快回家。

當你拋棄祖國又偷偷回來，會有種作賊心虛的感覺。而當你用了全新假名和全新的身分歸來，也一樣會感到作賊心虛。你不知道自己是偷了誰的衣服，照出的影子是什麼模樣，不管在你之前是否還有人來到這裡。當一個人茫茫然地過了六年自我放逐的流亡生活，再次回歸的第一天總會有種意義重大的感受。這種神采奕奕的表情應該或多或少出現在強納生的臉上，因為在崔瑟威太太日後的回想中，她總會說她在他身上看到一種不可一世的氣場，或者說神采飛揚。崔瑟威太太絕不是個愛幻想的女人，她腦筋靈光，加上高眺的身材與高貴的外表，一點都不像個鄉巴佬。有時聽她侃侃而談，你不禁會思考，如果她跟現代的人一樣能受良好教育，又或者嫁的不是平庸又可悲的老湯姆，今日的她不知會是什麼模樣。

去年聖誕假期時，老湯姆在彭贊斯的共濟會會堂裡收了太多善款，結果中風，很快地一命嗚呼。

「傑克．林登啊，他腦子很機靈，」她會用正經兮兮的康瓦爾腔說：「起先看著他的眼睛，你會覺得那眼神很友善——我甚至覺得可說是愉悅。可是他會用眼神把妳全身上下打量一遍——不是妳想的那樣，瑪麗琳。就那麼一眼，就從裡到外觀察個透，讓人忍不住覺得他是不是在進來之前偷了什麼東西。不過我們現在都知道了，他的確偷了東西——我們現在可是一清二楚。而且我們現在也知道了很多寧可不知道的事。」

現在是五點過二十分，也是打烊前十分鐘。崔瑟威太太正在用電子計算機清點她的帳款，等下要和她女兒瑪麗琳一起看電視節目《左鄰右舍》。而瑪麗琳正在樓上照顧她的女兒。崔瑟威太太聽到他騎著重型機車來到店門口（「這種機車真是吵死了」），她看著他用力停好機車、脫下安全帽，用手撫順本來就非常平順的頭髮。這動作應該算是讓自己放輕鬆的方式，她猜。她認為自己看到他在對著她笑。他是「螞蟻」，她想，而且是個看來順眼的螞蟻。在西康瓦爾郡，「螞蟻」是「外國人」的意思，而「外國人」泛指有所從他瑪河以西來的人。

不過，這隻螞蟻搞不好是外太空來的。她說，當時她很想把門上的告示牌翻過來，表示店已打烊，但他的模樣讓她改變心意。喔，還有他那雙鞋，和她過世的先生湯姆生前一模一樣，擦得光亮如新，在進門前還小心翼翼地把鞋底在踏墊上踩了又踩，跟想像中的機車騎士很不一樣。

所以她繼續算帳，而他直接跳過購物籃，逕自在貨架前四處瀏覽。男人好像都這樣，不論你是保羅．紐曼還是凡夫俗子。進來之前本來只打算買個刮鬍刀，離開時東西卻塞滿懷——即便如此還是懶得去拿籃子裝。他走起路來沒什麼聲音，幾乎可說無聲無息。輕手輕腳的。一般來說騎機車的人不會這麼安靜，幾乎沒有例外。

「親愛的，你是從內陸來的嗎？」她問他道。

「啊，不好意思，我的確是。」

「親愛的，你不用緊張，這裡有很多內陸來的好人，多得連我都有點想到內陸去了。」但他沒有答腔，一個勁兒地在拿餅乾。此時她注意到他的手，他把手套脫掉了。那雙手保養得非常好。她一向很喜歡仔細打理過的手。「那麼你是從哪裡來的？應該是個不錯的地方吧？」

「其實只是個小地方。」他坦承，口氣有些冒失。他從架上拿了兩包腸胃藥和一包普通的薄餅，好像從來沒見過商品標示一樣直盯著看。

「親愛的啊，你絕對不可能是從小地方來的，」崔瑟威太太表示反駁，眼神跟著在貨架旁走來走去的他。「就算你不是康瓦爾人，總不可能是憑空冒出來的吧。你到底是打哪兒來的？」

村裡的人一聽到崔瑟威太太的嗓音變得嚴肅，隨即機警地豎起了耳朵仔細聽。但強納生只是笑了笑。「我一直住在海外，」他解釋的語氣彷彿覺得她會感到有趣。「我就像那些歸來的流浪者。」

他的聲音就像他的手和鞋子那樣。日後她這麼回憶：光滑明亮，一如玻璃。

「孩子，是海外的哪裡？」她堅持追問。「海外包括很多國家，即使這兒也有很多不同國的人。我們沒那麼鄉巴佬，雖然我知道有很多人這麼認為。」

但她說，自己無論如何還是說不過他。他就站在那兒，面帶笑容，自在地拿取茶、鮪魚罐頭和燕麥餅，冷靜鎮定，就像玩雜耍的。而每次她一發問，他的態度總讓她覺得自己好像太厚臉皮。

「怎麼說呢，我就是那種會去住在藍永某棟小屋的人。這樣懂了嗎？」

「親愛的，這就代表你發瘋了啊，」露絲．崔瑟威很自然地說：「如果沒瘋，誰會去藍永那個鬼地方，一整天待在那塊大石頭上？」

然後她又說，他有一種遙不可及的感覺。他是個行船的人，我們現在知道了，雖說他把這個才能拿來用到壞的地方。我還記得他審視那些水果罐頭時臉上總是繃著一個笑容，好像正把這些東西全暗記下來。難以捉摸。他就像浴室裡的肥皂，抓不著，摸不透。每次你覺得自己抓住他了，他卻立刻從你指縫溜走。他有些特別，我知道的就這麼多。

「如果你要住在這兒，我想你至少也要有個名字吧。」崔瑟威太太聽起來似乎慍怒中帶著一點失望。「還是說你雖然回來了，名字卻留在國外？」

「林登。」他邊說邊掏錢出來。「傑克．林登，」他加上了一句。「拼寫方式不是Lyndon，是Linden。」

她還記得他用小心翼翼的動作把買的東西裝進機車置物袋，這個放到一邊，那個放另一邊，就像在平衡帆船的載重那樣。裝完後，他用腳發動引擎，同時舉起手道別。於是她在心中決定把他當成來自藍永的林登，看著他騎上十字路口，俐落將車一斜，轉往左邊。他不可能來自什麼小地方。

「我店裡來過一位住在藍永的林登，林登的拼法是Linden，」上樓後，她這麼對女兒瑪麗琳說：「他騎的那輛機車比馬還要大。」

「他應該結婚了吧。」瑪麗琳說。她有個女兒，但從來不提孩子的父親。

這就是強納生的新身分，從他來到此地的第一日，直到消息不脛而走的那一天：來自藍永的林登，某個浪跡天涯的英國人，像是被地心引力吸引一樣一步步往西移動，最後終於來到這個半島，試圖逃離那些祕密過往以及他自己。

這個鎮上的其他人對於他的認識都是一點一滴聚集起來的，而蒐集訊息的方式極為不可思議，不管是什麼樣的情報網，鐵定會因這個手法而引以為傲。他們說他極度有錢，因為他用現鈔付帳，而且不等人家來要債就事先付清。他用全新的五元和十元鈔票，像是玩紙牌一樣把鈔票數好了，放到崔瑟威太太的冷凍櫃蓋子上。這錢都是怎麼弄來的呢？事情很清楚了啊，不是嗎？難怪都是現金！

「崔瑟威太太，請告訴我什麼時候方便。」強納生去付支票之前總會先打電話過去。如果這些支票都不是他的，那就真的太驚人了。不過他們說，錢沒有什麼銅臭不銅臭。

「林登先生，這不是我的責任，」崔瑟威太太會這樣反駁，「那是你的責任。你想付多少我就收多少，不管多少都可以。」在鄉下地方，笑話愈多人講就能傳得愈遠。

還有，他好像什麼外語都能講，至少有德語。但他們怎麼知道？某次有個德國女登山客去找民宿⓭老闆朵拉．哈里斯，但語言不通。林登不知怎麼知道了這件事，就騎著車到那裡和她談話，而為了顧好面子，哈里斯太太還是坐在床沿。他一直待到麥登醫生到達，一起幫忙把這個女孩的狀況翻譯給醫生聽。根據朵拉的說法，甚至還有些比較私人的症狀，但傑克．林登對那些用語瞭若指掌。麥登醫生說，他一定對這方面特別鑽研過，否則不會知道該怎麼說。

還有，他像個晚上失眠的人一樣，一大清早在通往懸崖峭壁上的小路上疾走。所以當彼得．霍斯金兄弟一早出海，從藍永岬的養殖籃收取龍蝦時，一眼望去，就看到他在山崖上像個士兵那樣邁開大步行軍，肩上總是揹著一個背包。在這個時刻，他那背包裡究竟放了什麼東西？大概是毒品吧。一定是。這我們也很清楚。

以及，他用十字鎬上上下下不停整頓崖上的那片綠草地，他一直整理，讓你會忍不住以為他是在懲罰那片讓他感到厭倦的土地。如果他想，要當個腳踏實地工作度日的人應該沒問題。他說他在種菜，但他總是待得太短，等不到收穫那日。

朵拉．哈里斯又說，他都吃自己做的飯。只要聞到飯菜香，就可以知道他是個美食家。當西南風徐徐吹過，他做的菜在半英里外就叫她垂涎三尺，連遠在海上的彼得兄弟都聞得到。

還有，他對瑪麗琳．崔瑟威極其體貼——或者該這麼說，她對他是多麼體貼。但該怎麼說呢，其實林登對誰都很體貼，但瑪麗琳已經眉頭深鎖了三年，是傑克．林登的出現才讓她眉展眼笑。

他們也提起他騎著機車，一週替年邁的貝西．雅果去崔瑟威太太的店裡買兩次雜貨。貝西住在通往藍永巷的拐角。他把每個貨品乾淨俐落地上到架上，而不是把那些罐子留在桌上讓她事後再整理。他還會跟她聊他的小屋，談起他是如何用水泥糊屋頂，給窗子換新框，還有在門前鋪新走道。

---

[13] 原文為 count house，原意為礦場辦公室；康瓦爾郡過去是錫礦重鎮，所以留下很多開礦時的辦公處，它們通常是美麗的古典建築，後來幾乎全部移作觀光用途，改建成旅館。

但他也只講這麼多，自己的事隻字未提——他住過哪些地方、做什麼維生。因此，他們是在無意之間知道他在法爾茅斯的一間船公司有股份。那家公司叫「海小馬」，專營帆船遊艇租賃。不過，根據彼得・班吉利的說法，這家公司在業界的名聲不太好，反而比較像水上運動玩家和毒販的聚集處。某天，彼得要開他的小貨車去「海小馬」隔壁的斯巴洛修船廠拿修好的船殼板，正巧看到他坐在「海小馬」的辦公室裡。彼得說，林登就坐在桌旁，和一名身材肥胖、滿身是汗、留著鬍子的傢伙講話。這人有一頭捲髮、脖子上戴著一串金項鍊，好像是那裡的負責人。後來，彼得到了斯巴洛修船廠時問了廠長老斯巴洛。「傑生，你隔壁那個『海小馬』出什麼事了？他們好像要被黑手黨接手了是不是？」

傑生告訴彼得，兩人中一個叫林登，另一個叫哈洛。林登是從內陸來的，而哈洛——就是那個留著鬍鬚的胖傢伙——是澳洲來的惡棍。傑生說這兩人買下這塊地方是為了賺點現金，但除了抽菸、駕船往來出海口找樂子外什麼也沒做。不過，傑生勉強承認林登懂得駕船，而哈洛——那個胖子，他連屁股和船舵都分不清，更不要說駕船了。傑生也說，那兩人大多時候都在吵架，至少哈洛挺吵的，吼聲如牛。而另一個叫林登的人只是笑著。傑生輕蔑地說：這兩人可真合得來。

這是他們第一次聽到哈洛的名字。林登和哈洛，既是搭檔，也是敵人。

一星期後，在「舒適酒館」的午餐時間，活生生的哈洛出現了。這世上再也不會有比他塊頭更大的人，足足有一百一十公斤，還是一百三十公斤？他和傑克・林登並肩坐在那個有松木櫃的角落，旁邊就是射飛鏢的靶子，也就是威廉・查爾斯坐的地方。他一個人占滿了整張板凳，吃了三塊肉餡餅。而那兩個人就坐在那兒，直到下午打烊。兩人一起看著一張地圖，像海盜似的交頭接耳、竊竊私語。現在我們知道了，那是在計畫些什麼。

如今一轉眼的時間，胖子哈洛突然掛了，而傑克．林登一聲不響地消失，連聲再見也沒說。

★

他消失的速度之快，大多數人都只能從記憶中勉強捕捉他的身影。他消失得如此徹底，要不是舒適酒館的牆上還貼著剪報，他們可能會以為這個人從來跟他們沒有交集。或許，他們也不會相信曾有兩個從肯勃恩來的下流年輕警察將藍永谷圍上封鎖線，或是那幾位便衣警察從給牛擠奶的一大清早開始搜遍整座鄉鎮。套句彼得．班吉利的話：「壞蛋之多，都可以裝滿三輛車了。」他們可能也不會相信真有大批記者遠從普利茅斯——甚至倫敦——蜂擁而來。有些是女記者，還有其他人可能曾是記者。這些人拿愚蠢的問題輪番轟炸居民。從露絲．崔瑟威問到只會拘泥小細節、成天帶著亞爾沙斯犬遛躂的「慢條斯理的拉克先生」。那隻狗的蠢笨與主人無異，除了牙齒比較多一些。那些人問的笨問題包括：「拉克先生，他是穿什麼樣的衣服？他都講些什麼？他有在你面前展現暴力傾向嗎？」

「那才第一天，我們還搞不清警察和記者的不同在哪裡，」彼得喜歡說往事，尤其喜歡談起舒適酒館的笑聲。「我們把記者尊稱為『長官』，然後叫那些警察滾開。到了第二天，我們叫所有人滾蛋。」

「他絕對不可能幹出這種事。」個頭縮了不少的威廉．查爾斯在鏢靶旁邊低吼著說。「他們什麼都沒查到。沒屍體就沒謀殺。法律就是這樣的。」

「但威廉，他們還是找到血跡了。」彼得．班吉利的弟弟雅各說。他在學校拿過三個A。

「去他的血，」威廉．查爾斯說，「一滴血能證明個鬼？有些從內陸來的傢伙刮鬍子時還會割傷臉咧。警察這樣就跳腳說傑克．林登殺人？操他們的！」

「那他為什麼要逃跑？如果他沒殺人，為什麼要在大半夜逃走？」

「操他們的！」威廉．查爾斯又說一次，好像在說「阿門」那樣。

那麼，為什麼他要離開可憐的瑪麗琳？她就像被蛇咬了　樣成天望向那條路，期盼著能再看到他的機車。她什麼都不跟警察說，她說她再也不會有這人的消息，但操他們的，她一定能再聽到他的消息。

那些令人迷惑的過往回憶交替出現，持續向前流動，偶爾憶起回溯：也許是剛結束農事回家，累癱在一閃一閃的電視機前時，也許是在霧氣消散的夜晚，到舒適酒館飲下第三杯啤酒，瞪著木地板發呆時。夜幕低垂，霧氣飄來，像蒸氣一樣沾在窗上，但沒有人去呵氣。白日的風停了，烏鴉也不叫。在到酒館之前的那條短短的路上，可以聞到農場飄來的暖暖的奶味，還有石蠟爐、碳火以及菸斗，加上青貯飼料，以及藍永傳來的海草味。有架直升機緩緩朝西利飛去，霧中的海面上，有艘油輪正鳴著響笛；教堂塔上的鐘敲響，聽在耳裡就像是拳擊賽開始的鑼聲。每樣東西都是獨一無二，有各自分明的氣味、聲音和記憶碎片。踏入巷中的腳步聲清晰可聞，恍如脖子一扭發出的聲響。

「小子，我告訴你一件事，」彼得．班吉利似乎想跟全場的人唱反調，非要尖聲開口。從剛才到現在已經有好幾分鐘沒人說一句話。「傑克．林登一定有非走不可的理由。傑克做任何事都有理由，如果有反例，麻煩你提出來。」

「就算上了船，他也不會只是個泛泛之輩。」年輕的雅各勉強承認。他跟他哥哥一樣在波斯瓦拉駕小船出海捕魚。「某個星期六他跟我們一起出去——記得吧，彼得？他沒多說什麼，只說要捕條魚回家吃，我還說要幫他把魚洗乾淨，有沒有？他就說：噢，我自己來。他把肉和骨分開，又把魚皮、魚頭、魚尾和魚肉都分開，弄得比海豹還要乾淨。」

「那他駕船的技術怎麼樣？在時速十六英里到三十二英里的強風中，他能獨自從海峽群島駛到法爾茅斯嗎？」

「那個澳洲來的壞蛋是罪有應得，」角落傳來一個聲音，「跟傑克比起來他是個大老粗。彼得，你看過他的手吧？老天，那雙手足足有葫蘆那麼大。」

往往在這種時候，就會需要露絲．崔瑟威發表些有哲理的談話，雖然露絲絕口不提與瑪麗琳有關的事，而且只要有她在場，凡是想提這件事的人都會被她喝斥。她說：「每個人心裡某處都藏了個惡魔。」自從露絲的丈夫過世，她只要逮到機會就會嘲笑在舒適酒館大放厥詞的男人一番。「這裡的每一個人心裡都起過殺人的念頭，只要所遇非人，就可能鑄下大錯。就算你是查爾斯王子我也不在乎。傑克．林登太有禮貌，這樣反而對健康不好。他鎖在心裡的一切時候到了就會一次爆發。」

「該死的傑克．林登。」一般而言，露絲．崔瑟威發表完見解後眾人都會安安靜靜，帶著滿心的敬意，唯獨彼得．班吉利突然發難，而且滿嘴酒氣。「你這傢伙，如果你今晚還在這裡，我一定請你喝杯啤酒，而且要跟之前一樣好好跟你握個手。」

第二天傑克．林登就會被遺忘——又或者再過幾星期。他令人折服的航海技術將被遺忘，也包括「這件事」——有兩個人曾開著路寶車在他逃跑前去藍永找他，而且根據一、兩位知道內情的人說，在這之前他們還去找過他好幾次。

然而新聞剪報依舊貼在舒適酒館的牆上，藍永谷的懸崖峭壁也仍在揮之不去的淒風苦雨中不斷鬱鬱哭泣。金雀花和黃水仙仍在藍永河畔爭相吐露芬芳，而這些日子來，藍永河水也不過等同於一般男人跨出一個大步的寬度。在那條陰森蜿蜒的街道盡頭，傑克・林登住的矮木屋仍在原處。漁民如常駛著船在藍永岬附近尋找可避風的碼頭，那兒的棕色岩石就像鱷魚一樣潛伏在淺水中。即便在最風平浪靜的時候，海流也能將你吸入水中。年復一年，總有幾個從內陸來的傻子帶著女友和橡皮艇，想來這裡潛水找失事的沉船。運氣不好的就會成為水中亡魂，運氣好的也只是有機會讓卡德羅斯派來的直升機把人安全地拉上岸。

鎮上的人說，在傑克・林登把那個留鬍子的澳洲人做掉以前，早就有許多人葬身藍永灣。

★

那強納生呢？

無論對他自己或對那個小鎮，傑克・林登都是一團迷霧。當他一腳踢開那座小木屋的前門，將機車置物袋扔到什麼都沒有的地板上，天空正下著一陣髒髒的小雨。他騎了五小時共三百三十英里路才抵達這裡。然而，當他用穿著機車靴的雙腳在一間間空蕩蕩的房間來回走動、透過那幾扇破窗凝視著外頭彷彿歷經浩劫的景象，卻露出了彷彿找到理想落腳處的笑容。我邁出了步伐，他想，我邁出了讓自己變得更完整的一步。他邊想邊憶起他在梅斯特先生的酒窖中對自己發的誓。我要找到生命中遺失的那部分。

而蘇菲的事……必須以正確的方式做個結束。

他在倫敦所受的訓練藏在心裡的另一個角落：暗記訓練、攝影訓練、通訊訓練。波爾有條不紊、持續不斷地面授機宜。你要這樣，不要那樣；自然的做你自己——但可以再多一點。他們的計畫深深吸引著強納生；他們的足智多謀，還有從反面來推理演繹的做法讓他非常喜歡。

「我們認為林登過得了第一關。」波爾的話透過從魯基菸斗裡冒出來的雲霧傳來。他們三人正坐在位於利森大道的斯巴達訓練館。「之後我們就為你找個新身分。你還會繼續下去吧？」

當然，他來這裡就是為了繼續下去！他帶著重新燃起的責任感，興高采烈地在將會毀了他自己的行動參上一腳，而且還要加上一點他的個人風格，這樣更忠於原作。

「等等，雷納德，我現在正在逃亡中，警察一直在找我。你說我可以逃往法國，但我是愛爾蘭人，在還太引人注意的時候，我不認為國界能擋得了誰。」

於是，他們決定聽他的。臨時先安排了一週非常地獄的躲藏期。他們對這個計畫印象深刻，不斷在他背後提起。

「讓他忙一點。」作為負責監督強納生的軍官，魯基對波爾提出建議：「不要慣壞他，按規定給他補給，若無必要，不要到前線去為他加油打氣。如果他吃不了苦，我們早點知道比較好。」

但強納生吃得了苦。他總是在吃苦。他的人生無處不被剝奪。他渴望女人，某個他至今還未遇到的女人；這女人要像他一樣心懷使命，而不是像某個靠著有錢人撐腰的輕浮女騎士。她應該要有蘇菲的端莊與善良，還有她與生俱來的性感。當他在山崖一角迂迴漫步時，只要一想起這個還不認識的完美女性可能正在某處等著他，強納生就會因為心情大好而整個人爲之一振，並露出認可的笑容。噢，強納生，是你啊。但若他再仔細一點去檢視她的五官，卻會發現她見和珍德有著令人感到不適的相似處：珍德充滿野性又完美的體態，還有那淘氣的笑容。

★

瑪麗琳．崔瑟威第一次來找強納生時是要拿一箱礦泉水給他，這箱礦泉水太大，他的機車載不下。她跟她母親一樣，身材玲瓏有致，下頷端正緊繃，一頭烏黑發亮的秀髮，跟蘇菲一樣。她的雙頰是康瓦爾人慣有的紅潤，胸部堅實高挺，一看就知道還未滿二十。強納生看著她獨自推著嬰兒車走在村裡的馬路上，或是站在母親店裡的收銀機旁，總是覺得怪怪的。他不知道她是真的在看他，還是只是眼睛看著，心裡在想別的事？

她堅持要把那箱水瓶拿到前門，當他要去接時，她卻聳了聳肩，要他讓開。於是他只好站在自家台階，看她進到屋裡。她把箱子放到廚房桌上，隨後打量了客廳好一陣子才回屋外。

「讓自己陷深一點。」波爾曾這麼說，「買間溫室，弄個花園，發展一輩子的友誼。我們要知道你對這一切難以割捨。如果你可以找到個女孩，離開時還難分難捨，這樣會更好。更完美的狀況是你把她肚子搞大。」

「真是謝謝你了。」

波爾聽出他語氣裡的嘲諷，冷不防給了他一記白眼。「怎樣？難道我們有發誓獨身嗎？你真的迷上蘇菲了是不是？」

幾天後，瑪麗琳又來看他，這次沒有要送任何東西。她沒穿她平常穿的牛仔褲和邋遢上衣，而是裙子和外套，打扮得像是要和追求者去約會。她按了門鈴，看到他出來應門，便對他說：「你會讓我進去吧？」於是他退一步，讓她過去。她走到房間中央站好，彷彿想測試他到底可靠不可靠。他看到她襯衫上的蕾絲領口一顫一顫，心中頓時明白，她是鼓起了極大勇氣才跨出這一步。

「你很喜歡這裡嗎？」她用挑釁的口吻問，「自己一個人生活？」她遺傳了母親銳利的目光，以及不用學就會的小聰明。

「我很喜歡、也很擅長這麼生活。」強納生用旅館經理的職業嗓音回答，閃躲她的問題。

「那你平日都做什麼？不可能整天看電視吧！你連電視都沒裝呢！」

「讀書、散步。這裡做點事，那裡做點事。」好了，妳可以走了。他對她露出緊繃的微笑，揚起眉毛。

「你會畫畫對吧？」她邊說邊走到面海的窗前，打量著桌上的水彩畫架。

「勉勉強強。」

「我會畫畫。」她撫弄著畫筆，試著感受筆的彈性和形狀。「我以前很會畫畫，還得過獎呢！」

「那現在怎麼不畫了？」強納生說。

他只是問問，她卻把這當成熱情的邀約，他不禁升起了警覺。水瓶放在水槽裡，她倒光瓶中的水，重新灌滿，然後坐在他桌前選了一張新畫紙，一邊把頭髮撩到耳後，專心一意地畫了起來。她修長的背向著他，黑髮垂在背上；從窗外射進來的陽光照在她頭頂，此刻的她就是蘇菲，那位不斷責怪著他的天使。她來看他了。

他注視了她一會兒，希望這個聯想能夠慢慢消失，但它沒有。因此他走到屋外的花園中掘土，直到日暮。他回到屋內，看到她把桌子擦得乾乾淨淨，就像在學校裡那樣。然後，她突然把尚未完成的畫作往牆邊一擱。她畫的既非大海，也不是懸崖或天空，而是一個正在笑的黑髮女孩，張開嘴笑著——就像小時候的蘇菲，在為了護照嫁給那位完美的英國紳士之前的蘇菲。

「那我明天再過來？」她用緊迫盯人的方式問道。

「如果妳想，當然歡迎。」他又變回旅館經理，像在法爾茅斯那樣把一切暗記在心，「我如果要出門，就不鎖了。」

當他從法爾茅斯回來時，他發現那幅女孩的畫像已經完工，畫旁貼了一張便條紙，直接說她把這幅畫送給他。此後，她幾乎每個下午都來。她畫完後就會隔著爐火坐在他對面的那張搖椅上，讀他的《衛報》。

「這個世界真是亂七八糟，傑克，你說是不是？」她大聲地對他說，把報紙翻得沙沙響。他終於聽見了她的笑聲，這個鎮也是初次聽聞。「這個世界就像個豬圈，傑克．林登，別不相信。」

「我相信啊。」他笑著回應，但語氣小心翼翼，避免對她笑得太久。「我絕對相信，瑪麗琳。」

然而他急切地希望她起身離開。她的柔弱讓他害怕，他感受到的冷漠也讓他害怕。我再過一千年都不會對她動心，他在心裡對蘇菲暗暗發誓。我向妳保證。

★

通常黎明到來，強納生就會跟著甦醒。但有時他醒得太早，行動的決心就會有徹底崩潰的危險。在天亮前的一個小時，他被過往回憶任意擺弄，甚至回到遠在他出賣蘇菲之前的過去。他想起了穿在身上的粗糙制服，還稚嫩的皮膚因此刺痛，也想起了卡其布衣的領口搓磨脖子。他看著自己戰戰兢兢地睡在營房內的鐵製行軍床，等待起床號以及那日用假音高喊的第一個命令：潘恩！別給我站得像個該死的管家！肩膀往後收懂嗎？再往後收！再收一點！他又經歷了一次那無所不在的恐懼。做不好時怕人嘲笑，做得好時又怕人嫉妒；他害怕閱兵場、害怕操場、害怕拳擊台；他怕行竊時被抓到——只是為了安心而已。他偷了鋼筆刀，或某人父母的照片等等。他怕失敗，而所謂的失敗就是無法讓自己開心；他怕遲到、怕早到、怕太乾淨，也怕不夠乾淨。他怕太吵、怕太靜、怕太卑躬屈膝、也怕太厚顏無恥。他還記得自己拚命學習勇敢，以此解決懦弱的毛病。他記得自己做出反擊的那天，也記得初次發動攻擊的那天。那天，他要自己從軟弱變得強悍。他還記得先前的女友，其實就跟後來的沒兩樣。她們一個比一個更令人幻滅，因為他不斷努力想讓她們變得跟那位還未出現的女子一樣神聖。

他經常想起洛普，倘若他需要讓自己的目的和方向變得更強烈，只消從記憶的口袋裡把他找出來就好。每每報紙或廣播爆出衝突事件，他總無法忽視隱藏在事件背後的洛普的手。如果讀到東帝汶地區有人屠殺婦孺，那麼一定是洛普賣給他們的槍枝所犯下的罪行；只要有炸彈車在貝魯特爆炸，一定是洛普提供的炸彈——搞不好連車子都是。我去過那地方，電影也看過，謝了。

洛普以外，洛普的人也成為他最喜歡藉以燃起怒火的對象。他想起叫作柯基又稱柯克的那個柯爾克蘭少校。他披著髒兮兮的圍巾，足蹬麂皮鞋。柯基，一個專門替主子簽字的人，一個波爾隨時隨地可以把他丟進牢裡關上五百年的人。

他還想到弗里斯基和托比，以及那群已在他腦中變得模糊不清的侍從。那個把金髮梳成辮子、綁在腦後的山第．藍伯恩；站在樓梯踏板上的阿波斯賓博士，他的女兒因為一只卡地亞手錶就自殺；他也想起了麥克阿瑟和丹比，這兩個高級職員彷彿孿生兄弟，身穿灰色西裝，在整個任務中幾乎可以說是站在比較清白的那一邊。洛普的這一大家子在他的眼裡變成某種怪物版第一家庭，塔樓裡住得還是他的第一夫人珍德。

「她對他的生意到底知道多少？」有一次，強納生問波爾。

波爾聳聳肩。「洛普這人既不吹噓，也不隨便透漏口風。他周圍的人沒有一個會知道不屬於自己份內的事。這位迪基．洛普是不會讓他們知道的。」

真是一群高等浪人，強納生想。在修道院受教育，背棄信仰，被關起來的童年，跟我如出一轍。

★

強納生唯一親密的夥伴便是哈洛。然而，儘管兩人行動時互為搭檔，也並非就無話不談。「哈洛只是跑個龍套，」某次夜訪藍永時魯基警告過他。「他只是去那裡讓你殺死，他不知道目標是誰，也不需要知道。就保持這樣吧。」

無論如何，在這個階段兇手與被害者還是盟友，強納生努力想與他維持一定的關係。

「大個子，你結婚了嗎？」

他們按照計畫，在舒適酒館露個臉回來，然後坐在強納生廚房擦乾淨的松木桌前聊天。他遺憾地搖搖頭，又灌了一口啤酒。他很靦腆，個頭大的男人多半如此。他是演員，可能是個肺活量奇大、底子扎實的歌劇演員。強納生猜想，也許就連他黑色的鬍鬚都是為了這次任務而蓄的。等下戲，他就會迫不及待地把它剃掉。這傢伙真的是澳洲人嗎？不重要了。反正他四海為家。

「我會想要一場隆重的喪禮，林登先生，」大個子一本正經地說，「要有黑馬，要駕一輛金光閃閃的馬車，還要有一位九歲孌童，戴著高禮帽。嘿，祝你健康。」

「也祝你健康。」

喝下第六杯酒後，大個子拍了拍他那頂牛仔布的帽子，拖著沉重的步伐朝大門走去。強納生看著他那輛破破爛爛的越野車搖搖晃晃駛出蜿蜒的巷道。

「那是誰？」瑪麗琳問，手上抓著兩條青花魚。

「他是我生意上的夥伴。」強納生說。

「我覺得他在夜裡看起來就像隻大恐龍。」

她原本要用油把魚下鍋煎熟，但他教她把魚包進錫箔紙，再加上新鮮的蒔蘿和醬料放到火上烤。她一度鼓起勇氣拿了圍裙幫他圍上，他頓時感到她烏黑的頭髮擦過臉頰，等著香草的氣味飄來。離我遠點。我會背叛。我會殺人。快回家吧。

★

某天下午，強納生和大個子坐飛機從普利茅斯飛到澤西，在聖海利爾的小港口現身，佯裝檢視停在離碼頭較遠的某艘二十五呎長遊艇。這趟旅程就像一起在舒適酒館露臉一樣，都是做給別人看的。當晚大個子就獨自飛回去了。

他們看的那艘遊艇叫「阿麗雅德妮」。根據船上的航海日誌，兩個星期前這船才剛由一位名叫利孛芮的法國人從羅斯可芙開回來。到達羅斯可芙之前，船則在比亞里茨。而在那之前則是在公海上。強納生花了兩天將她打理好，加了燃料和飲水，並準備好航海圖。第三天，他把她開到海上，熟悉一下船的狀況，順便親自定出羅盤的方位。因為不論是在海上或陸上，除了自己他誰也不信。第四天天剛亮，他就揚帆出海。那個地區的天氣預報佳，十五個鐘頭下來，他一直航行得非常順利，以四節的速度乘西南風駛向法爾茅斯。但快要傍晚時，海上吹起陣陣強風。接近午夜時，強風增強到六或七級，捲起大浪，阿麗雅德妮被拋來拋去。強納生降下了帆，趕在暴風來臨前直奔普利茅斯，以避開狂風暴雨。當他駛過艾迪史東燈塔，風向轉西，風力轉弱，於是他再度改變航向，前往法爾茅斯。他頂著西風，沿海岸線而行，以避開強風。船進港時，他已經不眠不休地行駛了兩天兩夜。有時，他幾乎要被暴風雨的聲音震聾，有時卻連一點風聲都沒有，感覺像是已經死去一般。橫波和捲浪把他像卵石一樣捲起又拋下。在海上感受到的孤獨令他的身體殘破不堪，腦中一片空白。事後回想，在這段艱辛的旅程中，他什麼都無法思考。或許，他也只能思考該如何在孤海中奮力求生。蘇菲說得沒錯，他還有未來。

「你去過什麼不錯的地方嗎？」瑪麗琳一邊看著火，一邊問他。她已經把羊毛衫脫下來，穿著一件無袖的短衫，鈕釦開在後面。

「只是去了內陸一趟。」

然而他突然恐懼地領悟到——她等了他一整天。他發現另一幅畫立在壁爐架上，和第一幅很像。她帶了水果給他，還有小蒼蘭，打算裝在花瓶裡。

「謝謝妳，」他有禮貌地說，「妳真的對我太好了。謝謝妳。」

「那你想要我嗎，傑克．林登？」

她舉起雙手伸到背後，解開襯衫的頭兩個釦子；她笑著向他走近一步。她開始啜泣，而他因此手足無措。他擁著她，帶她到她的貨車那邊，讓她獨自在車上流淚，直到情緒平穩後，她才開車回家。

★

在那個夜晚，一股難以解釋的不潔感籠罩了強納生。他在極其孤單的狀態下決定這麼想：他即將要犯下的那宗假謀殺，其實算是他在愛爾蘭犯下的真謀殺具象之後的舉動——愛爾蘭，以及他導致蘇菲死亡的行為。等在面前的嚴峻考驗只不過是個小小的預告。他這輩子，都要用來懺悔。

剩下的時光中，對藍永的某種熱烈的喜愛占據了他的心。那座懸崖上美好的一切就讓他在回想時感到喜悅：不管棲息在何處、永遠一派舒適的海鳥；張開翅膀、徜徉天際的禿鷹；與烏雲融為一體的落日。而當海鷗聚集成群時，淺灘上則聚著小船。當夜幕低垂，船隻又會出現，在海上恍若一座小小的城市。時間一小時一小時地過去，那股想要融進景物的強烈衝動愈來愈令人無法忍受——他想隱沒、藏入其中。

暴風吹起，他在廚房點起一根蠟燭，隔著火光凝視著遠方呼嘯旋繞的暗夜。風將窗沿吹得嘎嘎響，就連石板屋頂也彷彿烏茲衝鋒槍那樣卡嗒卡嗒不休。清晨風停了，他冒險走到屋外巡視了一下昨夜被掃得一片狼藉的現場，接著像阿拉伯的勞倫斯那樣安全帽也沒戴就跳上機車，騎到山上的一座舊堡壘，來回俯瞰海岸，直到他找到一處指向藍永的地標。這是我的家。這座山崖接納了我。我會永遠住在這個地方，我將清白無瑕。

但他的誓言形同虛無。他心中的那位軍人早就擦亮了軍靴，準備踏上長征的路，奔向那個世上最可惡的惡人。

★

在強納生還擁有這小屋的最後幾天，彼得·班吉利和他的弟弟雅各犯了一個錯誤：他們到藍永「點燈」。

彼得說起這件事時總是小心翼翼。假如有外人在，他就絕口不提。因為若是講起這件事，總有種告解的意味，也有那麼一點可悲的自尊心作祟。五十多年來，點燈抓兔子是此處一項極為神聖的活動：首先將兩輛機車的電池放進一個小箱，箱子綁在臀部，再拿一只舊的車用大燈做近距離照明，再加上一串備用的六伏特燈泡，就可以催眠兔子，讓一大群兔子任你宰割，而且至今還沒有法律可以終止這個活動。曾有一大群婦女穿著短襪、戴棕色貝雷帽加以公開聲討，但從未成功。因此，藍永就成了村人代代相傳的最佳狩獵場所——至少以前是這樣。因為在某個晚上，彼得．班吉利和他弟弟雅各領了兩人上到那兒後，這活動就永遠終止了。

他們把車停在「藍永玫瑰」，然後摸黑沿河床前進。直到今天，彼得都還信誓旦旦說他們那天安靜得跟兔子一樣，沒有點燈，只靠滿月照在地上的光摸索著前進。這也是他們選擇那個晚上的原因。然而，當他們走到懸崖上，小心翼翼壓低身體匍伏前行時，卻看見傑克．林登站在上坡只有數步之遙的地方舉起了兩手，手裡空無一物。事後，肯尼．湯瑪斯一再講起他的那雙手，說在月光之下顯得極其蒼白而且顯眼。不過那只是環境造成的錯覺。凡是知情者都說傑克．林登的手不大。彼得則比較喜歡提起林登的臉。他說，他的臉在逆光中看起來就像是一塊藍色的脈斑岩板，要是對著它出拳一定會破皮流血。

而之後發生的事，眾人則都沒有異議。

「抱歉，容我冒昧一問：諸位有何貴幹？」林登用一慣的禮貌態度問道。臉上沒有笑容。

「來點燈。」彼得說。

「很遺憾，但這裡不需要點燈，彼得。」林登說。他只見過彼得．班吉利幾次，但他好像從來不會忘記別人的名字。「你知道，這片土地是我的。我雖然沒在這兒耕地，但我確確實實擁有這片土地，我希望讓它保持這樣，也期望別人能這麼對它。所以恐怕你們無法在這裡點燈了。」

「是嗎？是這樣的嗎，林登先生？」彼得．班吉利說。

「是這樣，彼得．班吉利先生。我不允許別人在我的地上把狩獵當遊戲。這並不公平。不如這樣，你們把槍裡的子彈都倒出來，回車上，快快樂樂回家去？」

於是彼得開口了。「臭小子，去你的。」另外三人則圍在彼得身旁，四人聚在一起，仰望林登。四根槍管對著一個人，而那人背後除了月光再無其他。他們都是從舒適酒館過來的，似乎酒還沒有喝夠。

「給我滾開，林登先生。」彼得說道。

接著他犯下大錯：他煩躁地把槍用手臂夾著，沒有對準林登。彼得發誓自己從沒這樣過，認識彼得的人也都相信他不會這樣。但那槍卻故障了。彼得死也不可能拿著一把裝了子彈又上了膛的槍在夜裡行走。除非是他一邊撥弄那把槍一邊表示自己說到做到時，不小心觸動了槍的保險——他應該會這樣自圓其說。彼得並沒有說自己將發生了什麼事記得一清二楚，因為那時四周的景象彷彿全都倒了過來——月亮沉在海裡，他的屁股貼到了臉，腿又貼到了屁股。彼得唯一能拼湊出來的有用情報，就是林登站在他上方，把彈匣裡的子彈全倒出來。而且，個子大的人如果摔倒，往往摔得比個子小的人重。彼得摔得十分慘烈，而且對方的那一擊——不管到底打到了什麼部位——不只把他打得氣都喘不上，也讓他坐倒在地，連想爬起來的意志都沒了。

動手打架是有規矩的，這規矩就是接下來要換對方出手，而他們還有三個人。湯瑪斯兄弟一向出拳俐落，而雅各可以從側面替這兩個混混護航——尤其他這人壯得跟一輛巴士似的。雅各早就在摩拳擦掌，打算替哥哥出一口氣。然而，跌坐在蕨叢中的彼得要他住手。

「你們，不要動他，都不要接近他。他有妖術，都回車上去，我們都回去。」他邊說邊慢慢站了起來。

「先把你們的子彈都倒出來。」林登說。

在彼得．班吉利點頭示意之後，那三人都把槍裡的子彈清空，然後四人便魚貫走回車上。「我真他媽的想殺了他！」他們一把車開走，雅各就大聲抗議。「看他是怎麼對付你的——我真想打斷他的腿！」

「不，我的好兄弟，你沒機會的，」彼得回答，「但他一定有辦法打斷你的腿。」

鎮上的人都說，那夜後彼得．班吉利這人就完全變了。雖然這個因果關係的結論似乎下得太早。九月，彼得娶了聖賈斯特一位樸實農夫的女兒，也是因為這樣，他才能以旁觀者角度回溯那晚的事件。畢竟，傑克．林登很有可能以對付那個胖澳洲人的方式來對付他。

「我告訴你們，如果傑克真的把那個胖子幹掉，鐵定會做得乾淨俐落，不留痕跡。」

但這件事最後還是有個不錯的結果，即使有時彼得閉口不言，好像把這事當成什麼寶貝，不能輕易示人。傑克．林登失蹤的前一晚，他走到舒適酒館，用纏著繃帶的手按在彼得．班吉利的肩上，而且還拿了一瓶啤酒給彼得！他們談了將近十分鐘，後來傑克．林登就回家了。「他一定是為自己做過的事來道歉。」彼得這麼認為，而且相當理直氣壯，「哎，你們聽我說，傑克．林登殺了那個澳洲人後一定從頭到尾地把屋子收拾了一遍。」

他都說對了，除了他的名字並不叫傑克．林登。他們一直無法適應這件事，而且也可能永遠都無法適應。在他失蹤後幾天，那個「名字拼法是Linden」的人就這麼搖身一變，成為了蘇黎士的強納生．潘恩。他在一家頗時髦的旅館任職，一直都是個值得信賴的員工——直到瑞士警方以涉嫌侵吞公款對他發出通緝。《康瓦爾人報》上登了一張照片，便是那個潘恩（又名林登）的人。照片旁邊寫著：「飯店經理駕船潛逃。警方找上法爾茅斯的某船商，追查一個失蹤澳洲人的下落。『我們認為這是一起和毒品有關的謀殺，』刑事調查處的主管說：『那人手上綁了繃帶，應該很容易辨認。』」

但潘恩不是他們認為的那個人。

★

綁繃帶，受了傷。受傷和繃帶都是波爾計畫中不可或缺的特色。

傑克·林登的手──就是他放在彼得·班吉利肩上的那隻手。除了彼得·班吉利外還有很多人看過那手上綁了繃帶，而那些警察在波爾的搧動下更是大肆吹噓了自己一番，然後議論著他是哪隻手綁了繃帶、又是何時綁的。等他們知道那個人的身分、綁上繃帶的時間還有究竟是綁哪一隻手後，作為警察，自然要查究原因。因此，他們將傑克·林登那些相互矛盾的解釋全記了下來：為什麼他要在右手上纏那麼大塊的繃帶？而且綁繃帶的手法又是如此專業，指尖全像龍鬚菜一樣綑在一起。在波爾的推波助瀾下，警察記下的線索最後以各種管道流入新聞界。

「我想替我的小木屋的窗子換一扇新的玻璃。」在星期三，當傑克·林登最後一次以左手將現金付給崔瑟威太太時如此說道。

某天，傑克和老威廉·查爾斯碰巧在澎哈利根的修車廠與他不期而遇，他告訴威廉。「這讓我知道幫助朋友要付出的代價。」當時傑克騎著機車出來加油，而威廉·查爾斯則是出來閒逛。「他要我去他家看看，幫他修修窗戶，結果你看。」他邊說邊伸出那隻包了紗布的手給查爾斯看，就像生了病的狗伸出腳爪那樣。無論什麼狀況，傑克都可以拿來開玩笑。

不過，讓他們振奮起來查案的卻是彼得．班吉利。「還用說，他當然是在那間破木屋裡弄傷手的啊！」他對那位查案的警察說。「他在藍永那間破屋裡切割玻璃，結果切割器一滑，血噴得到處都是呀！他先在傷口上壓了一塊紗布，把傷口緊緊裹好，然後單手騎車去醫院。在去杜魯羅的路上，他整隻袖子都沾滿了血。這是他告訴我的！我告訴你，沒人會編這種故事，這種情況就是會發生。」

然而，就在那位警察盡心盡力檢查藍永的那間小木屋時，彼得口中的什麼玻璃、切割器和血跡等證據一概沒有。

殺人犯都會說謊，波爾已經對強納生解釋過了。要是說話太一貫就會有危險。沒有破綻的人就不可能是罪犯。

洛普是會查人底細的，波爾也解釋過。即使他不懷疑你也會查。所以我們得把這些殺人犯會使的小伎倆教給你，因為我們要把假謀殺變成真謀殺。

疤痕落得好，什麼證據都可以免了。

★

不過，在最後幾天的某個瞬間，強納生違反一切規定，未經波爾同意或知情，去找了前妻伊莎貝爾。他想贖罪。

他從彭贊斯的某個電話亭打電話給伊莎貝爾。「我會經過那裡，」他撒了個謊，「我們一起找個安靜的地方吃中飯好嗎？」他騎機車到了貝斯，但因為右手包著紗布，所以只有左手戴手套。他把要講的話在心中一遍又一遍地默念，直到這話彷彿成了一首英雄的讚歌：伊莎貝爾，妳會在報紙上看到跟我有關的報導，但那都不是真的。很抱歉，過去我讓妳過得不快樂，伊莎貝爾，但我們也有過快樂的時光。之後他會祝她幸福快樂，並且想像她也會對他說出同樣的祝福。

他在男洗手間把西裝換上，再度變成旅館經理。他有五年沒見她了，所以當她遲到了二十分鐘才進到餐廳，大聲抱怨都是塞車害的，他幾乎認不出眼前的人是她。過去，她睡前習慣把一頭長長的棕髮梳齊，垂在光裸的背後。如今長髮已剪成幹練的短髮。她穿了寬鬆的衣服，掩飾變形的身材，還隨身帶了一個夾鍊袋，裡面裝了一具無線電話。他還記得，在最後的時光，電話是她唯一可以對話的東西。

「老天啊，」她說，「你看起來過得很不錯啊。不用擔心，我會把電話關掉的。」

她成了一個說話不經大腦的人，他想。他又想起她的丈夫在當地狩獵隊是個挺了不起的人物。

「這麼多年了，」她扯著嗓門，「潘恩下士，你過得還好嗎？你這手是怎麼搞的？」

「被船碰傷的。」他說。顯然這個解釋對她而言已經足夠。他問她生意如何？畢竟他穿了一身西裝，問出這個問題應該也算合理。他聽說過她轉行做室內設計。

「糟透了。」她很真誠地回答。「強納生，那你現在又是在做什麼呢？」而當他告訴她時，她說：「你也是在一個衰退的產業裡。親愛的，我們真是倒楣——你不會是造船的吧？應該不是吧？」

「不是，我只是仲介，經營渡輪。我們一開始其實挺不錯。」

「我們？還有誰？」

「一位澳洲的朋友。」

「男的？」

「男的，而且是個大胖子。」

「你怎麼解決生理需求？我一直覺得你是同性戀。但你應該不是吧？是嗎？」

離婚前她常用這個問題來責難他，但她似乎已經忘了。

「老天，當然不是。」強納生用大笑來回答，「麥爾過得如何？」

「非常好，非常貼心。他在銀行界任職，有份很好的工作，下個月就可以把我透支的款項付清，所以我現在都對他好聲好氣。」她點了一份溫鴨肉沙拉，也點了一支菸。「你為什麼不幹旅館經理了？」她把煙吹到他臉上，問道：「膩了嗎？」

「嗯，只是被新的工作吸引了。」他說。

我們逃吧。叛逆的少尉之女將晶瑩的玉體橫在他身上，輕輕在他耳邊呢喃。如果要叫我再吃一餐軍中的伙食，我鐵定會單槍匹馬去把營房炸掉。上我，強納生，讓我臣服於你。上我，然後帶我去一個能自由呼吸的地方。

「最近畫圖畫得怎麼樣？」他想起他們是多麼崇敬她不凡的天分，他又是如何貶低自己來迎合她。他在家煮飯、洗衣、打掃，深深相信他的自我否定能讓她畫得更好。

她哼了一聲：「我上次開畫展是三年前的事了。展出三十幅，只賣出六幅，都是麥爾的有錢朋友捧場買的。也許我還是需要像你這樣的人，讓我神經緊繃瀕臨崩潰——老天，你那時把我弄得心力交瘁。

我那時多想成為梵谷啊！那你呢？你那時想怎樣？除了幫卓方解決藍波之外你還想要什麼？」

我想要妳，他想。我要妳，但妳不在。但他什麼也說不出口。他希望他可以不這麼守禮。無禮就是自由，她過去常這麼說。上床是無禮的舉動，但跟她爭辯這些已經沒有意義。他來是要為了未來的事求她原諒，與過去無關。

「不管怎麼說，為什麼你不讓我告訴麥爾來見你的事？」她以責備的語氣問。

強納生又堆起一貫的假笑。「我不希望惹他不高興。」他說。

時間好像又回到了從前。在那不可思議的一刻，面前的她似乎又變回當年在他軍旅生涯中最美的一朵花。那張明豔又叛逆的面容仰著，露出魅惑神情，雙唇輕啟，眼中隱隱燃著怒氣。回來我身邊，他在心裡呼喚，我們從頭來過好嗎？

但年輕的幻影一瞬間消逝，年華老去的她又回來了。

「你為什麼不用信用卡付帳？」她看著他以左手掏錢，不經意地問。「親愛的，這樣比較容易知道錢都花到哪裡去了啊。」

波爾說得沒錯，他想。我的確形單影孤。

# 8

波爾弓著身子縮在魯基車子後座，車駛進康瓦爾郡漸漸暗下的暮色。他伸手把大衣的衣領拉得更貼耳朵，思緒又回到邁阿密市郊某座連窗戶都沒有、只要一關起門就暗無天日的套房。距離現在不到四十八個小時前，負責執行帽貝任務的祕密行動小組才剛在那房間舉行難得一見的「開工日」。

★

祕密行動小組通常不允許間諜或只會詭辯的人加入，但波爾和史崔斯基站得住腳。這場會議的氣氛彷彿假日飯店的銷售會議（戰時版本）。會議代表隻身與會，表明自己的身分，隨即搭乘鋼皮電梯往下一層，再一次表明身分後，謹慎地互相打招呼。每個人的西裝翻領上都別了姓名和職業，只不過有些是為了今日會議特別取的假名，而有的職業標示則含糊不清，即便是老手也得停下來想想才有辦法搞清楚。有個名牌寫DEP DR OPS CO-ORDS，也看到一個寫的是SUPT NARCS & FMS SW。在這些名牌間則夾雜美國參議員、聯邦檢察官或UK LIAI裡英國聯絡處的牌子，清楚明白，簡直像一抹清新可人的笑容。

來自河廳的代表是一名身高瘦長的英國女人，一頭漂亮捲髮，穿著柴契爾式的服裝。眾人稱她「親愛的凱蒂」，全名是凱瑟琳．漢迪賽得．杜林夫人，官銜是「英國駐美國華盛頓大使館經濟參事」。十年來，白廳之所以能與數不清的美國情報機構維持特殊關係，這位「親愛的凱蒂」便是關鍵人物。從陸軍到海軍，空軍到國務院，再到高層周圍的親信，甚至白宮中那些無所不能的發言人；從腦子正常的，到雖有點瘋但不致傷人的人，再到行事危險又荒唐的傢伙，美國權力中最機密的上層世界全屬於凱蒂的管轄範圍。她的職責就是探口風、恫嚇威脅、來回交涉，然後以勝利之姿回來設宴慶祝。

「你有聽到他是怎麼稱呼我的嗎？小西，這畜生、這沒人性的傢伙，」凱蒂對著一位緊抿著嘴、身穿雙排釦西裝的參議員大吼，一邊用手槍的手勢指著雷克斯　顧德修的太陽穴嬌嗔。「他說我是女的政客！女的政客？這應該是你聽過最政治不正確的稱謂了吧！你這畜生，我可是很膽小的，我是一朵枯萎的紫羅蘭！你竟然敢自稱基督徒！」

歡樂的笑聲在房中此起彼落。對了解的人來說，凱蒂用響亮的大嗓門說出的前衛發言一向是聚會的主調。現在又有一批代表來了。人群散開來，但很快又重新合了起來。「啊，瑪莎妳好！……瓦爾特，嘿……很高興見到你……瑪莉，見到妳真是太好了！」

某人發出指示。一聲單調的噹啷聲傳來，在場的代表紛紛把手上的紙杯扔進垃圾袋，三五成群走向放映室。阿瑪多領著資歷最淺的一組人走向前排。後面較高級的座位上坐的是達克爾的採購研究小組代表尼爾．馬喬藍。他正與一位紅髮的美國情報官員談笑。這名官員的名片上只寫了「中美洲基金會」幾字。燈光暗他們也停止了談笑。有人開玩笑地喊了一聲「開拍！」波爾最後又看了顧德修一眼。他正往後靠坐在椅子上，對著天花板露出微笑，像個時常去聽音樂會的資深樂迷。此時，喬．史崔斯基開始發言。

★

讓喬・史崔斯基提供假情報真是太完美，就連波爾都放空了。在耍了十年的欺敵伎倆後，他到今天才發現原來最高明的騙子就是最無趣的人。波爾深深相信，即使把史崔斯基從頭到腳都接上測謊器，指針必定也一動不動——連指針都嫌他無趣。史崔斯基整整講了五十分鐘，當他演講結束，台下聽眾也來到忍耐的極限。在他以沒有起伏的語調講了又臭又長的內容後，再吸引人的情報也會化成焦土。他幾乎不提「理察・安斯路・洛普」這個名字。如果是在倫敦，他對於此人根本毫無顧忌。洛普是我們的目標，洛普是撒網的中心。不過今天是在邁阿密，而且面對的是一群來自各方的情報局和執法人員，因此，洛普降格成一個無足輕重的小角色；當史崔斯基心不在焉地講解幻燈片上的各個要角，阿波斯竇博士反倒成了目光焦點：就我們所知，過去七年來，他是北半球各政治集團與聯合企業的主要仲介和交易人……

此時，史崔斯基暫時將以阿波斯竇作為初步調查主軸的無趣程序放一邊，刻意提起特工弗林與阿瑪多成功的行動。他們在博士位於新奧爾良的律師事務所裝置竊聽器。不過，就算弗林和阿瑪多只是把男廁漏水的水管修好，史崔斯基大概也會這樣歌功頌德。他從預先準備好的稿子中唸出一個世上最多贅字、幾乎沒有標點並且在各種錯誤的地方強調語氣的句子，一路把聽眾送入夢鄉——

「我們之所以決定執行帽貝任務，是因為從各種不同的技術來源收集的情報顯示哥倫比亞三個主要集團已經簽訂互不侵犯協定，以此當作先決條件提供跟他們的經濟能力相稱又可以與他們的立場上最急迫的威脅相抗衡的軍事保護——」他吸了口氣。「這些威脅包括……第一……」他又換氣。「美國應哥倫比亞政府要求採取武器限制。」好，快講完了，不過還有幾句。「第二、主要分布於委內瑞拉和玻利維亞境內、正在茁壯但不屬於哥倫比亞的企業組織。第三、間接受美國政府各情報機構插手支援但仍是為自己利益行動的哥倫比亞政府。」

阿門，波爾想。同時在心中對史崔斯基湧起無限敬意。

這案子背後的故事顯然無法引起任何人的興趣，但就是因為這樣，史崔斯基才要把它拿出來講。他接著說，過去八年來（這話又讓氣氛往下沉）——各方人士受到他們無邊無際的財力與資源引誘，多次嘗試說動這些集團定期購買高科技武器；法國、以色列和古巴等國都強推他們的案子，而許許多多的獨立廠商及經銷商也多在自家默許下不願落於人後。事實上，以色列在英國傭兵的協助下已經成功售出一些加利利攻擊步槍和一整套訓練計畫。

「不過那些集團，」史崔斯基說，「怎麼說呢，好像過了一陣子這些集團就沒興趣了。」說到「沒興趣」，這些聽眾其實頗有共鳴。

阿波斯竇博士出現在銀幕上。他在托爾托拉島上被人從對街用長鏡頭望遠鏡拍到，人就坐在加勒比海地區、專為窮凶惡極之人處理法律公證事務的「藍伯恩、羅森和第・蘇塔聯合法律事務所」。還有兩個面色蒼白的瑞士銀行家，他們從大開曼島過來，坐在同一張桌旁。這兩人的身分已獲得確認。柯爾克蘭少校就坐在兩人中間，而最令波爾竊喜的是，這個專門簽名的人右手正拿著一枝拿掉筆蓋的原子筆。坐在他對面的是一位身分不明的拉丁美洲裔人士。某個沒什麼精神的美男子就坐在他旁邊，頭髮紮成馬尾綁在腦後。那不是別人，正是巴哈馬首府拿索的「鋼鐵牌土地、礦石暨貴重金屬公司」負責人理察·安斯路·洛普先生的法律顧問、別名山第的藍伯恩。

「史崔斯基先生，這影片是誰拍的？」黑暗中傳來發音非常道地的美國男子嚴厲的聲音。

「是我們拍的。」波爾滿足地回答，其他同伴立刻鬆了口氣。幸好，史崔斯基探員還是沒有逾越職權⓮。

不過，此時就連史崔斯基都無法壓抑語氣中的興奮之情，而且有短暫的一段時間，洛普的名字更是光明正大地橫在他們面前。

「我剛才提過的那個互不侵犯協定直接造成的結果就是：那些集團指示代表去試探北半球一些幹非法生意的軍購商。」他說，「雖然我們只拍到影像，沒有錄下聲音，但根據獲得的情報顯示，我們在這裡所看到的是阿波斯竇第一次公開與理察·洛普的間接仲介接觸。」

史崔斯基一坐下，雷克斯·顧德修就猛地站起身。顧德修今天倒是直截了當。他不開玩笑，也不使用會讓那些美國人聽得一肚子火的虛偽說詞。他公開表示英國公民竟介入此事，他相當遺憾——而且介入者中竟然還有一些知名人士。同時，他也因為這些人仗著英國在巴哈馬和加勒比海的保護關係法逍遙法外而感到遺憾。但是，他真心因為美英兩國在公事來往時建立的良好關係而受到鼓舞。他一定要血債血償，而且情報處一定要幫他做到這件事——

---

⓮拍照地點托爾托拉是英國屬地，如果美國幹員史崔斯基派人去那裡拍照，就等於對英國不尊重。

「我們的共同目標就是逮到那些作姦犯科的傢伙，以儆效尤。」他做出清楚的聲明，一如杜魯門總統。「我們會在你們的大力協助下徹底執行律法，防範軍售品在動亂地區任意擴散，同時切斷毒品的供應。」「毒品」二字從顧德修口中說出，彷彿某種藥性溫和的阿斯匹靈。「我們認為，毒品就是用來償付武器的貨幣。不管它們被運到哪裡都一樣。在這個節骨眼上，我們要求情報蒐集部門對我們提供完整、毫無保留而且、劍及履及的支援與協助。謝謝。」

接在顧德修之後講話的是一位聯邦檢察官，一個有雄心壯志的年輕人。他的嗓音鏗鏘有力，就像賽車翻進坑裡時引擎震耳欲聾的咆哮聲。他揚言說「要在最短的時間內對此事提起公訴」。

波爾和史崔斯基開始回答問題。

「喬，這個案子裡有哪些人資？」一位女性的聲音從大廳後方傳來，問著史崔斯基。想不到，英國代表團竟被自家表親的一句專業術語弄得答不出話。什麼人資⑮？

史崔斯基整張臉都漲紅了，顯然是希望她不要問這個問題。他的表情很像那種明明輸了卻拒絕承認的人。「相信我，瓊妮，我們正在想辦法。以人力蒐集這類情報必須耐心等待，還得禱告上帝保佑。我們布下了線，也保持希望。我們派了人在他們跟前潛伏，也相信那裡必定會有人為了獲得證人保護計畫、很快會出面指認。那些人會找個晚上偷偷打給我們，要我們替他安排。一定會這樣的，瓊妮。」他信誓旦旦地點頭，彷彿就算沒人附和他也會站在自己這一邊。「肯定會的。」他又說了一次，但跟先前一樣沒什麼說服力。

午餐時間到了。障眼法也準備好了，雖然他們並看不到。沒人發現瓊妮其實是史崔斯基的得力助手。大夥兒開始朝門口走去，顧德修和「親愛的凱蒂」以及幾位情報人員一起。

「聽好了，各位，」凱蒂邊走邊說，「別想拿兩片零熱量的萵苣葉打發我，知道嗎？我要吃肉，還要三份蔬菜和梅子布丁，否則我哪兒也不去。雷克斯．顧德修，你竟然敢叫我女政客，現在又帶著你的碗過來討饒，我一定要狠狠教訓你一頓。」

★

傍晚時分，弗林、波爾和史崔斯基坐在史崔斯基海濱小屋的露天平台，望著返航的遊船在月光照出的路徑上搖搖晃晃。弗林探員正拿著一大杯布什米爾單一純麥威士忌慢慢啜飲，並且很明智地把瓶子留在身邊。談話斷斷續續，沒有人想貿然談論白天進行的活動。史崔斯基說，上個月他女兒還吃素，這個月就愛上了個屠夫。弗林和波爾發出應付的笑聲，另一陣沉默又蔓延開。

「你那小子什麼時候可以自由？」史崔斯基小聲問。

「這週末。」波爾同樣小聲回答。「如果上帝和白廳願意放手。」

「有你的人在裡頭拉，我的人在外頭推，我們這樣完全像是封閉式的市場啊。」史崔斯基說。

弗林放聲大笑，在一片昏暗中不斷點著他那顆黑色的腦袋，彷彿聽不見說不出的聾啞人士。波爾則

---

⓯ 原文是Humint，是human intelligence，這位幹員只不過是在問有沒有埋伏的內應。「表親」是英國情報單位對美國情報單位的戲稱。

問著封閉式市場到底是什麼意思。

「雷納德，封閉市場呢，就是把豬隻身上的每一部分都拿來利用，還不准牠叫。」史崔斯基說。大夥兒坐在那裡看海，又陷入沉默。史崔斯基再次開口。這回波爾得湊過去才能聽清楚。

「那間房裡有三十三個成年人，」他小聲地說：「九個不同的情報機構，七個政治人物。他們之中一定會有人告訴那些集團，說喬．史崔斯基和雷納德．波爾連個像樣的臥底情報來源都沒有，你說是不是？」

弗林溫和的愛爾蘭人笑聲幾乎淹沒在潮聲中。

波爾雖然沒說出口，但依舊不是很能對上司的自負有所共鳴。嚴格說，情報處的人沒有問太多問題，波爾因此感到惴惴不安。他們問得太少了。

★

兩根覆著常春藤的花崗石柱在濃霧中若隱若現，柱上刻的文字是「藍永玫瑰」。那裡一棟房子都沒有。耕田的人恐怕是沒等到房子蓋好就掛了吧，波爾想。

他們已經開了七個鐘頭。在花崗岩圍籬和黑刺李的上方，天色漸漸轉暗，薄暮降臨。在那條布滿坑洞的小徑上，樹影搖曳，影響視線。也因此車子在路上顛簸前行，好像不斷受到碰撞。這輛路寶是魯基的心頭肉。他有力的手操作著方向盤。他們經過廢棄的農莊和某個凱爾特十字架。魯基把車燈轉成大燈又轉回小燈。過了他瑪河後，除了夜色和滾滾薄霧外他們什麼也看不見。

路的坡度往上，霧也散了。霎時間，他們透過擋風玻璃只見一整谷的白雲，一陣大雨突然嘩啦嘩啦打在車身左側。車子劇烈地搖了一下，失控滑過路肩，車身轉斜，引擎蓋直指大西洋的方向。他們做了最後一次轉彎，同時也是最驚險的一次。一大群躁動的鳥在他們頭頂上盤旋。魯基踩住煞車，讓車緩緩前進，直到這一陣混亂過去。突然之間，雨又開始下了，雨滴直打在車上。等到騷亂過去，縮在那片U形黑色蕨叢中的灰色木屋便映入眼簾。

他一定是上吊自殺了，波爾如此斷定，因為他看見強納生弓背側身的身影在門廊入口的燈前晃盪。不過這個上吊的人卻舉起了一隻手臂表示歡迎。他上前一步，先走進了外頭的黑暗，隨後才打開手中的手電筒。那塊由小塊花崗岩鋪成的地面將就作為停車場。魯基爬出車外，波爾聽到他們相互問候，彷彿旅人相見。「見到你真高興！真是太好了！老天，風怎麼會這麼大？」而波爾餘悸猶存，坐在車上一動也不動。他對著老天露出一個怪表情，一邊勉強把大衣最上面的鈕釦扣好。強風在車外肆虐，猛搖天線。

「快出來，雷納德！」魯基叫著。「等下再撲粉就好啦！」

「恐怕你得爬到車子這邊了，雷納德。」強納生透過駕駛座的車窗對他說。「如果可以，你從背風面下車會比較好。」

波爾用雙手抱住右膝，將右腿挪過排檔桿和駕駛座，然後再以一樣的動作來移動左膝。他先把一邊的腳放到地上，強納生拿著手電筒直照在他身上，接下來，波爾腳上那雙皮靴和頭上的毛線帽終於一起離開車子。

「你過得如何？」波爾大喊著，彷彿他們數年不見。「身體怎麼樣？」

「滿好的，應該吧。」

「好傢伙。」

魯基提著手提箱直直向前走，波爾和強納生並肩走在他身後，步上了那條馬車道。

「事情進行得都還順利吧？」波爾問，一邊朝強納生纏著紗布的手點點頭。「他似乎沒有不小心把手給切斷。」

「沒有，還好。割一刀、縫起來、包紮好，整件事情用不了半個小時。」

他們站在廚房裡。波爾的臉剛被風吹過，現在還有些刺痛。他注意到那張松木桌光可鑑人，磨石地板擦得極亮。銅水壺也是。

「不痛嗎？」

「就任務需要而言，可以忍受。」強納生回答。

他們靦腆地笑著，像陌生人一樣對看。

「我得把這張紙帶來給你。」波爾說。只要他有話要說，從來就是直接講出來。「你必須在上面簽字，我和魯基作證。」

「紙上寫了什麼？」強納生說。

「誰管它寫了什麼。」怪官僚體系就好了，很方便。「某種損害控制。這是他們的保單，我們沒有逼你，你也不能反告我們，你不能以怠忽職守、瀆職或心神喪失的理由控告政府。如果你沒把任務執行好，是你個人的錯……諸如此類。」

「他們想反悔了，是不是？」

波爾接下這個急轉直下的問題，給他一個回馬槍。「那你反悔了嗎？重點應該是這個吧？」強納生想反駁，但波爾接著說：「閉嘴，給我聽好。明天的這個時候所有人都會想抓你——又或者這樣說好了，所有人都不會想跟你扯上關係。認識你的每個人都會說：『我早就說過了。』而不認識你的人則會仔細打量你的照片，看看你有沒有殺人傾向。這可是無期徒刑，強納生。你一輩子都躲不掉。」

在路克索壯麗的景致中，他偶然想起一個與蘇菲有關的記憶。她坐在某根柱子腳下，雙臂環抱膝蓋，看著那一列列圓柱構成的長廊。潘恩先生，我需要永恆的慰藉，她說。

波爾繼續說：「我也可以就此打住——如果那是你想要的。這麼一來，大概只有我的自尊會受傷。不過，假設你現在反悔，卻沒有那個膽子講；又或者，你是為了要在雷納德大叔面前裝乖之類的白癡行為，那我得麻煩你別那麼孬，現在就說出來，不要拖到以後。這樣我們還可以好好吃頓飯、道再見，然後開車回家，心中毫無芥蒂，以後也是。過了今晚，這就是一條不歸路，再也沒有後悔的空間。」

波爾想著這事，臉色愈來愈陰沉。即便他盯著你的視線轉開，你還是會覺得他的目光停留在你臉上。我們到底創造出了什麼？他又環顧廚房一眼：牆上掛著幾張羊毛織畫，上面繡了幾艘張滿了帆的船；幾樣木造傢俱，紐林牌銅製廚具，還有一只上了釉的瓷盤，上面寫著：「見此如見神。」

「你真的不要我留著這棟房子等你回來？」波爾問道。

「我認真的：不要。把它賣掉就好了，怎麼處理方便就怎麼處理。」

「等到塵埃落定後，你可能就會想要它了。」

「最好不要有任何牽掛。他還在吧？就是我們的目標？他現在還在從事原來的工作、住在原來住的地方，一切如常？」

「就我所知是，強納生。」波爾露出有點困惑的微笑。「我一直都有持續追蹤。他剛買了一幅卡納萊托⑯的畫——如果這也算是某種方向的話。他買了幾匹阿拉伯馬用來配種，又買了一只漂亮的鑽石頸鍊給他的女人。我都不知道那東西叫頸鍊，聽起來活像是給寵物狗戴的——不過我想她大概等同於他的寵物吧。」

「她也只能是寵物了。」強納生說。

他伸出了那隻纏著繃帶的手。一時間波爾還以為強納生要他來握手，但他很快就知道強納生是要跟他拿那份文件。於是波爾把手伸進口袋，先找了大衣的，再找西裝口袋，終於把那厚厚的、封得密實的信封扯出來。

「我是認真的，」波爾說，「你可以自己決定。」

強納生用左手從廚房抽屜選了一把牛排刀，先用刀柄拍拍信封，打碎封蠟，才沿口把信封切開。波爾有點不解他為什麼要特地打碎封蠟，難道是想展示他的身手？

「你讀一讀，」波爾表示，「無論幾遍，每個該死的字都好好地看過。你叫勃朗先生——如果你猜不到，我就先說了——你是我們雇用的某個匿名志願者，在官方文件裡你這類人都是勃朗先生。」

這份文件是哈瑞．帕爾弗瑞代顧德修草擬，一路傳給雷納德．波爾，要給「勃朗先生」簽字。

「千萬別告訴我他的名字，」顧德修曾如此堅持，「就算我看過也都忘了。維持這樣就好。」

強納生拿著信，放到油燈下細讀。他究竟是什麼人物？波爾看著他剛中帶柔的臉部輪廓，心中疑惑了不下百遍。我以為自己很清楚，其實什麼也不知道。

「仔細考慮，」波爾催促他，「白廳也很仔細地考慮過。我要他們把這份文件改寫了兩次。」最後他又說了一次。「就當是為了我吧，告訴我：『本人強納生，確定無誤。』你知道自己要做什麼，你都想清楚了，你真的真的要去做。」

他再次露出笑容。那表情仍使波爾心中不安。強納生又伸出那隻綁了繃帶的手——這次是跟波爾借鋼筆。「雷納德，本人強納生心意已決。而且，到明天早上我的想法仍舊不會改變。現在我要簽什麼名字？強納生．勃朗嗎？」

「約翰，」波爾回答，「用你的慣用筆跡。」波爾看著強納生一絲不苟地簽下「約翰．勃朗」，他的眼中一瞬閃過那個負責簽名的柯爾克蘭，以及從口袋掏出來寫的原子筆。

「都簽好了。」他爽朗地說，希望能讓他安心。

然而波爾還想要更多確認。更戲劇化，更不可忽視的感覺。他站起來，做出上了年紀人的吃力模樣，讓強納生幫他脫大衣。在強納生的引領下，兩人一起走向起居室。

餐桌擺設好了，似乎正要進行什麼儀式。亞麻布餐巾。波爾看著那景象，心中有些怒意——還有三份龍蝦沙拉，桌上還擺了銀盤刀叉，彷彿在三星級餐廳才會出現的場面。一瓶高級的玻瑪美酒，瓶塞拔

---

⑯ Canaletto, 1697-1768，原名 Giovanni Antonio Canal(e)，義大利畫家，善繪威尼斯風景。

掉，正在那兒醒著。一陣烤肉香傳來……他到底是想對我怎樣？

魯基背對他們站著，手插口袋，欣賞瑪麗琳最近的一張水彩畫。

「我得說我比較喜歡這張。」他費力吐出一句相當少見的奉承話。

「謝謝。」強納生說。

★

在看到他們之前，強納生就聽說他們來了。不只這樣，當他聽見他們逐漸靠近，就知道他們的人已經在那兒。這位細心的觀察者曾獨自來到山崖，學會聽聲辨位的技巧。風是他的盟友，當霧從山上降下，他似乎只聽得到燈塔的嗚咽。然而，風把出海打魚的談話聲送到他的耳邊。

因此，遠在路寶車衝下山崖、疾駛到他面前，他早已感覺到引擎的震顫，並且在瑟瑟寒風中等待他們。當車燈亮起，直對著他照來，他也同時在心中瞄準了他們：一面以電線桿來估算車速，思考著假設前方出現的是一枚火箭筒榴彈，他該在多少距離外瞄準。同時，他的眼角餘光始終不離山頂，以防後方還有追兵，或該車僅是誘餌。

然後，就在魯基停好車、強納生頂著強風，拿著手電筒微笑地走出來，他不禁想像起以手電筒的光殺死這兩位賓客，接著一不做、二不休把他們泛綠光的臉轟爛。成功處理掉好事分子，也為蘇菲報了仇。

但現在他們都走了，他平靜下來，看到的事情也變得不同。風暴已息，留下殘雲片片；天上只剩稀疏星光點綴天際，猶如灰色的彈孔在月亮四周散布開。強納生看著路寶的後車燈穿透他種下鳶尾球莖的草地，一面想著：幾個星期後，如果兔子不越過鐵絲網，那片草地就會變成淡紫色。他望著車後燈經過那個大養兔場，又憶起某個暖和的夜晚，他剛從法爾茅斯回來，把雅各・班吉利和他的女友著實嚇了一跳。他倆當時一絲不掛，雅各正激情地摟著她，而她則像雜耍演員一樣彎著身軀依偎在他身上。彼得・班吉利曾對他說：下個月藍鐘花盛放之時，就叫「藍色月分」。但是呢，傑克，這個月會有金雀花、黃花九輪草，還有野生的黃水仙盛放，所以這個月叫金色月分，而且這金色會愈來愈豔。傑克，你等著看。乾杯！

強納生一次又一次對自己說：我必須變得完整，我必須找回失去的那部分。

我要成為男子漢，父親說，軍隊就是在做這件事：讓人成為男子漢。

我要成為有用的人。要正直誠實，甩掉會造成良心負擔的一切。

他覺得一陣反胃，走到廚房倒了一杯水喝。門上方掛著一只銅製的船形鐘，他想也沒想就為它上好發條。然後，他去了那間藏了寶物的客廳。他的寶物是一只外殼用果樹的木頭製成的老祖母鐘，只有一個撞錘。這是在教堂街的達菲因店低價購得的。

他拉了一下銅製的鍊子，把撞錘拉到頂，然後讓鐘擺擺動。

「我想去亭茅斯的希拉蕊嬸嬸家住一陣子，」瑪麗琳說，沒再流淚。「在亭茅斯應該可以喘口氣，對吧？」

強納生也有個叫希拉蕊的嬸嬸。她住在威爾斯一座高爾夫球場旁。不管他走到房子哪裡，她都要跟在後面把燈都關掉，還會在黑暗中大聲地對主耶穌祈禱。

★

「別去。」當他們等計程車來載他們到路克索機場時，他用盡各種方法懇求蘇菲。「不要去。」上了飛機後他也在飛機上求她。

「跟他分手吧，他會殺了妳的。別冒這個險。」曾經，他看著她鑽進那輛要把她載回公寓、回到弗烈迪·哈密德身邊的計程車，真心地懇求過她。

「潘恩先生，不管是誰都會有特定的人生課題，」她苦笑著對他說，「對阿拉伯的女性來說，被愛人痛毆一頓算不上什麼奇恥大辱。弗烈迪很有錢，他對我許過一些相當實際的承諾，我已不再青春，這件事我不能不考慮。」

# 9

強納生走進希望鎮那天正好是母親節。在漫長的四百英里路途中，他搭上的第三輛水泥車在工藝大道底的十字路口把他放下。他沿著人行道一路走，手上提著第三世界的塑膠袋，上頭還寫著「感謝母親，每一個母親都會受到歡迎」，還有「屬於母親的中式大餐」。北方的太陽對他而言彷彿靈丹妙藥。當他呼吸，吸入的好像不只是空氣，連陽光也一起吸進身體。我回家了。我真的回來了。

下了八個月的雪之後，這座位於魁北克、生活舒適的富饒城市在夕陽餘暉中變得生氣蓬勃。世界最大的綠岩礦物帶上散布了許多城市，其中希望鎮以夕陽聞名。這裡比西側的安大略省提敏斯市地勢更高，也比東方的黃金谷或阿摩司高，更比北方那些水力發電工程師這類白領階級居住的沉悶住宅區高出一英里。鎮上有個白色教堂，屋頂鉛製，還有個狹長的尖塔和花園。花園裡的黃水仙和鬱金香彷彿軍人，昂首而立；警察局下方的草坡開滿蒲公英，大得跟紙幣一樣。它們埋了一整個冬天，躲在雪中等待，現在每一朵花都爭相盛開，展現出的生氣不遜於這座小鎮。還有一些店家——目標客戶大概只有一夕致富或僅有一點致富可能性的人——「娃娃時裝」以及店裡的粉紅長頸鹿；店名可能是某個幸運礦工或礦主的披薩店；提供催眠療法和按摩的傳統療法店；叫維納斯或阿波羅、招牌上閃爍霓虹燈的酒吧，以及名稱都是過世老鴇的高級應召站；擺了涼亭和塑膠卵石花園的日式三溫暖；招牌五顏六色、有著各種配套方案的銀行。各式各樣的珠寶店——在過去，較高級的店曾把從礦場偷來的金礦熔成金（現在偶爾也會這麼做）。此外還有婚紗店，店裡的蠟像新娘永遠忠貞純潔，以及波蘭熟食館，那張「超級浪女XXX」的巨型海報彷彿理所當然屬於烹飪的一部分。還有餐廳，二十四小時營業，可以招攬上晚班的人——就連窗戶黑濛濛的公證事務所都在初夏陽光中閃耀生輝。這一切都要感謝母親，我們來找點樂子吧！

可能是在強納生往店家的窗戶裡窺視時，又或者是以感激的心情仰望頭頂上的藍天，順便讓陽光溫暖一下他凹陷的臉時，他看到滿臉鬍鬚、戴著深色眼鏡的機車騎士在街上穿梭呼嘯，狂催動引擎，對著人行道上坐在露天咖啡廳裡喝可樂的女孩挑動穿著皮衣的背。希望鎮的女孩總打扮得花枝招展，絢麗一如鸚鵡。在守舊的鄰省安大略，已婚婦女可能會打扮得活像是葬禮上的沙發，但在希望鎮，熱血的魁北克人每天都過得像在慶祝嘉年華會，棉料衣服光鮮亮麗，手上戴金色手鐲，隔著馬路就能看到它在閃耀。

希望鎮沒有樹，因為四周有森林圍繞，也因此鎮上的人都把開放空間當成一件了不起的事。希望鎮也沒有印地安人——至少沒有多到會引起你的注意。除非你能像強納生一樣注意到某一個——他，還有他的太太、家人，正把從市場買來、價格不斐的食品往小卡車上堆。其中一人坐在裡頭看著車，其餘人則在車子附近走動。

如果你認為停泊在巴貝特城堡廚房旁那泊船碼頭、價值七萬五千美金的電動遊艇不算什麼，也認為群聚在邦妮與克萊酒吧附近的哈雷機車無須放在眼裡，那麼，這個鎮上的居民可能就沒什麼可以炫耀財富的了。加拿大人——不論是講法語或是講其他語言的——不喜歡炫耀，無論財富或情感皆然。當然，只要運氣好的人還是可能發財，不過這只限於那些運氣好的人。然而這座城市的居民信仰的就是運氣。

大家都夢想自家花園裡有埋金礦，因為少數走運的人的確就是在自家花園裡找到金礦。這些人頭上戴了棒球帽，腳上穿著運動鞋，身罩短夾克，不管到哪裡都拿著行動電話在講。若在別的城市，他們不是變成毒販就是變成推銷員，再不然就是皮條客。但在希望鎮，他們是行事低調的百萬青年新貴，而那些年齡更長的人只能當礦工，坐在地下一英里的某處吃便當。

強納生初來乍到就貪婪地將一切訊息收入心中。雖然身體疲累，卻目光犀利，他將眼前所見一切都牢記在心，而他的確像個到達應許之岸時的冒險者，湧起一陣感激之情。這裡真美。在努力爭取之下，它變成我的了。

★

天剛破曉，他就頭也不回地離開了藍永，趕往布里斯多沉潛一週。他已經把機車停在一處荒廢的郊區，魯基答應他會派人把那輛車偷走。他搭巴士去阿旺茅斯，在那裡找了間旅社，是兩個愛爾蘭的老同性戀者經營，專供討海人住宿。根據魯基的說法，旅社主人素以不與警方合作出名。現在，雨下了一天一夜，到第三天，強納生一邊吃著早餐一邊從當地的廣播聽到自己的名字和對他的描述：最後被目擊出現在西康瓦爾地區，右手受傷，目擊者請打這個號碼……如此這般。他在聽的時候，看到那兩個愛爾蘭人也豎著耳朵聽。兩人四目相交。因此強納生付了錢，坐巴士回到布里斯多。

汙濁的雲朵在破爛工業區的景色上方滾動。他將手放進口袋（手上的繃帶都取下了，換成一張膏藥），走過潮溼的街道，進了一家理髮廳，坐上椅子。此時他看見有人正在看報，自己的照片就登在背面。這是波爾的手下在倫敦替他拍的照片，不過故意拍得不像他。但不管怎樣，那依然是張照片。他彷彿一個鬼魂，在鬼城遊蕩。無論是在咖啡店或撞球場，他都太蒼白、太格格不入；而在時尚一點的街道上衣著又過分襤褸。而教堂……當他正打算走進去，卻發現門都鎖上了。他攬鏡審視自己的臉面，卻被鏡中充滿敵意的眼神嚇了一跳。那個大個子的假死是一個引線，這應該是他手下虛假的亡魂帶來的幻象——雖然此人沒死，也沒有遭人追殺，搞不好正在某個祕密避難所中飲酒作樂，然後在一些難以解釋的時刻現身嘲諷他。但不管怎樣，他的另一個人格已經決定要一肩擔起這想像中的罪孽。他買了一雙皮手套，把紗布給扔了。為了買飛機票，他花了一整個早上檢視各家旅行社，最後選定一間最忙碌卻也最默默無名的公司。他付現鈔，使用「方恩」這個名字，訂了兩天後的機位。然後他就搭巴士到機場，把訂好的位置換成當晚的機位。只剩一個位子沒人訂。在離境的大門前，有位身穿深紫紅制服的女服務員要求檢查護照。他脫了一隻手套，用沒受傷的手把護照拿給她。

「你到底是潘恩還是方恩？」她問。

「妳喜歡哪個就是哪個。」他又露出旅館經理式的笑容，她不太情願地揮揮手讓他過去——魯基收買了他們嗎？

飛到巴黎後，他不敢冒險在歐里硬闖，所以就待在機場的過境區過夜。一早，他搭飛機到里斯本——這次用的名字是丹恩。他會這樣做，是因為魯基叫他要比電腦快一步。到了里斯本後他又去了碼頭，再度藏了起來。

「這艘船叫伯利恆之星，是艘破玩意兒。」魯基曾這麼說　「不過你需要的不是別人，就是一個貪婪的船長。」

他彷彿看見了一個留著半長鬍鬚的男子在雨中拖著步伐，從一家船公司逛到另一家——這人就是他。他在心中看到這個人付錢給一名女子，請她讓他借住一宿。當晚他就睡在她家地板，女子卻躺在床上抽噎——她很怕他。如果我跟她一起睡，她會少怕我一點嗎？他沒有去深究，但在天還未亮時他就離開了那名女子，再次沿碼頭走到停泊在外港的伯利恆之星旁。這是一艘一萬兩千噸的運煤船，船身骯髒，預定駛往新斯科蒂亞的普沃斯。不過，當他去船公司打聽時，他們說這艘船的船員已經收滿了，夜間滿潮時就要出港。於是強納生賄賂了人，上了船。船長是不是已經在等他了？強納生相信是這樣沒錯。

「小伙子，你能幹什麼？」船長問。他是蘇格蘭人，年約四十，身材高大，聲音溫和。他身後站著一個赤腳的十七歲菲律賓少女。

「廚師。」強納生說。船長當著他的面笑出來，但還是雇他作臨時船員，用工資抵船費，好把他付的旅費全裝進自己的荷包。

現在他成了船上廚房的奴隸，睡最簡陋的舖位，被船員欺侮。原本那位廚子是個形容憔悴的印度水手，因為吸食海洛因而骨瘦如柴。很快的，強納生攬下兩人份的工作。在僅僅幾小時的睡眠中，他彷彿囚犯，做了個奢侈的美夢。夢中的主角是珍德，而她褪去了梅斯特皇宮飯店內的浴袍。不久後，某個風和日麗的早晨，水手過來拍了拍他的背，表示他們在海上從來沒有吃得這麼好。但當他們停靠在碼頭時，強納生仍不會和他們一起上岸。這個心思縝密的觀察者寧願帶著他預備的口糧，在船底前艙躲藏兩天，再想辦法偷偷混過港口警察的盤查。

隻身一人待在這廣大又陌生的大陸，強納生覺得彷彿有另外一種失落向他襲來，原本堅定的決心幾乎一瞬間被這美麗又單調的景色盡數吞沒。洛普只是個概念，珍德也一樣，而我也是。我死了，這只是我死後的世界。在他緩慢地沿雜草叢生的幹道邊緣行進，睡在司機的宿舍或穀倉裡，四處尋找一份苦幹兩日卻只能拿一天薪水的工作，這個時刻，強納生祈禱上蒼能將他的使命感還來。

「最適合你去的就是巴貝特城堡，」魯基曾這麼說，「這家旅館很大，制度鬆散，是個留不住員工的老太婆開的，絕對可以毫無障礙地混進去。」

「如果你要開始替自己創個『影子』，這裡是最理想的地方。」波爾也說。

所謂的「影子」，指的是「身分」。然而，在強納生已等同幽魂的世界，影子同時也是本質。

★

巴貝特城堡像隻羽毛差不多快掉光的老母雞，在工藝大道上，棲身於讓人眼花撩亂的華麗喧鬧中，它等同這座小城的梅斯特皇宮飯店。強納生照著魯基的描述，一眼就認出來。他直直地朝它走過去，但一直保持在對街人行道，以便觀察得更清楚。這是一棟相當高的木造旅館，破舊衰敗。而且，基於它以前是家妓院，現在的模樣甚至過於嚴肅；醜陋的入口處兩側各有一座石缸，缸上浮雕一群裸體的少女，在背景上的林地跳躍，它神聖的店名就筆直印在一塊破爛的木板上。強納生正要起步過街，一陣急吹過的東風颳得它嘎嘎作響，彷彿在鐵道上疾駛的火車。砂子吹進他眼中，鼻孔裡也聞到一股油炸馬鈴薯和髮膠的味道。

他登上階梯，自信滿滿地推開那扇古老的旋轉門，走進一片墳墓般的黑暗。一開始他好像就聽到了遠處傳來的男人笑聲，聞到隔夜晚餐的惡臭。漸漸地，他認出一個浮雕了花紋的銅信箱，然後又認出一個鐘面上裝飾花朵的老爺鐘（這座鐘使他想起藍永），接著看到一個接待櫃檯，上面堆滿信件和咖啡杯，還亮著一盞彩色小燈。他身旁有幾個男人的身影，發出笑聲的也是這幾個人。他到達的同時，正巧也有幾個衣衫不整的探勘人員從魁北克來到這裡。這些人翌晨就要北上探勘某個礦脈，今晚先在此輕鬆一下。他們的手提包和行囊堆成一堆，擠在某個寬闊樓梯間的地上。兩個戴了耳環、腰間圍綠色圍裙，疑似斯拉夫人的男孩板著臉幫他們挑起行李。

「那先生，您是哪位？」有個女人的聲音蓋過吵吵嚷嚷，用法語對他叫道。

強納生認出了這家旅館的主人拉杜利培夫人女王般的架勢。她站在接待櫃檯後方，頭裹淡紫色頭巾，濃得像水泥的妝。因為要訊問來人，她側著腦袋，在清一色男性的觀眾前做出戲劇化的動作。

「賈克．伯賀加。」他答道。

「親愛的，你什麼名字？」她又用法語問了一次。

他必須用聲音壓過喧鬧，重複一次：「伯賀加。」他喊道，不太習慣提高音量講話。不過這個名字比「林登」容易說出口。

「沒行李？」

「沒行李。」他也以法語回答。

「好，您好，那就好好休息了，先生。」拉杜利培夫人說道，並把鑰匙拿給他。強納生認為她一定誤認他是和那群探勘人員同夥，而他覺得沒必要糾正她。

「您今晚要跟我們一起吃晚餐嗎，伯賀加先生？」看著眼前這名帥氣的男子步上樓梯，她好像突然清醒過來。

強納生覺得不必。謝謝妳，夫人，他該睡了。

「但空著肚子怎麼睡得著呢，伯賀加先生！」拉杜利培夫人反駁，語氣中有調情的意味——這依然是說給她那些吵吵鬧鬧的賓客聽的。「只要是男的，都要有些精力才睡得著呀。不是嗎，小伙子？」

強納生在樓梯中間平台停住腳步，鼓起勇氣附和那些笑聲，但依舊堅持自己該去睡了。

「好吧，不過真是太可惜啦。」拉杜利培夫人喊道。

無論是他的臨時出現或沒打理的外表，似乎都沒讓她感到任何不快。在希望鎮，若是儀容不整，才會使人安心；而拉杜利培夫人自命是該鎮的文化審議委員，對她來說，邋遢是一種高尚的狀態；他不善交際，而「不善交際」在她的辭彙裡等同「高尚」，更何況她在他臉上找到藝術家的氣質。他是一位不馴的紳士，是她最喜歡的那種男人。從口音聽來，她武斷地認定：他若不是法國人也一定是比利時人。但她在這方面不是什麼專家，她最多也只到過佛羅里達度假。她知道的是，他說的法語她聽得懂，但當她用法語回答時，他就跟所有法國人一樣：因為聽到拉杜利培夫人講出自認未受任何影響的純正法語，便露出侷促不安的表情。

不過，就是因為拉杜利培夫人一時衝動做出這樣的結論，才會犯下錯誤（雖然會犯錯也是合情合理）：她沒把強納生安置在方便接待女客的樓層，而是放在了她的閣樓。那層樓有四間漂亮的閣樓，是她專門預留來接待她的波希米亞同胞。只是，有一件事她沒考慮到——（但話說回來，她為什麼會考慮這種事呢？）她的女兒伊芳，此時正暫住在距離強納生僅二門之隔的房裡。

★

整整四天，強納生都待在旅館裡，除了聽拉杜利培夫人談論她對男住客的強烈興趣，沒有吸引任何人注意。

「但你這樣豈不是丟下你那群夥伴了嗎？」翌日早晨，他很晚才獨自出來吃早餐，她則以嘲諷的語氣對他喊道。「你不是探勘人員了嗎？你辭職了嗎？你是要改行當詩人嗎？我們希望鎮的人都很會作詩的。」

晚上，看到他回來，她問他今天是否寫了某首輓歌，或畫下某幅大作。她建議他去吃點晚餐，但再度遭到拒絕。

「先生，你是在別處吃過了嗎？」她又以嘲諷的語氣逼問。

他笑了笑，搖搖頭。

「真是可惜。」她說。這是她的口頭禪，幾乎什麼問題都能用這句回答。

如果不是因為後來發生的那些事，他對她而言就只是三〇六號房的客人，平凡無奇。是一直到星期四，當他向她要一份工作時，她才開始仔細盤查這個人。「小伙子，怎樣的工作？」她問：「你想要在迪斯可舞廳為我們唱歌嗎？你會拉小提琴嗎？」

她已經有了戒心。她注意到他的眼神，重新定義她對這個離群索居者的印象。他好像真的太疏離了。她檢視他的襯衫，確認是他來時穿在身上的那一件——又一個錢輸得一毛不剩的探勘人員，她想。至少我們還沒幫他的伙食買單。

「什麼工作都可以。」他答道。

「在希望鎮有很多種工作，賈克。」拉杜利培夫人回應。

「我都試過了。」強納生邊說邊回想三天來是如何不斷遭到高盧人的拒絕，甚至還有更糟的。「我試過餐館、旅館、海濱和湖邊的船塢；我試過四個礦場、兩家伐木公司、水泥工廠、兩間加油站和紙廠。他們都不願意雇用我。」

「為什麼不？你長得好看，個性又謹慎，賈克，他們為什麼不要你？」

「他們要我拿出證明身分的文件，社會保險卡，加拿大公民證明——我得證明我是個擁有不動產的移民。」

「這些東西你都沒有嗎？一個都沒有？你也太藝術家性格了吧？」

「我的護照在渥太華移民局，正在審核中。他們不會相信我的——我是瑞士人。」他又說，彷彿只要這句話就能解釋一切。

但此時拉杜利培夫人已經按下按鈕，將她的先生請出來。

安德烈·拉杜利培原本不姓拉杜利培，而是克維亞柯夫斯基。他太太從她父親手中繼承了這間旅館後，他才在不得已的情況下同意冠妻姓，以便保有希望鎮的貴族身分。他是第一代移民，面貌清秀，前額寬廣，不過頭髮早白；此人身材短小結實，和一般五十歲的人一樣，一輩子都在辛苦工作，卻又不知所為何來，此時就難免侷促不安。安德烈．克維亞柯夫斯基童年曾躲在地窖，摸著黑偷偷越過覆蓋冰雪的山區隘口。他被抓過，但被盤問之後就放他走了。他很清楚站在那些穿制服的人面前、心裡慌得狂禱告是什麼滋味。他看了看強納生的住房帳單，不禁和他太太一樣驚訝：帳單中居然沒有別的費用？如果他是騙子，一定會使用房間的電話，會在酒吧和餐廳裡簽名賒帳，會趁夜裡偷偷遷出去。拉杜利培家族畢竟是經營旅館，也碰過不少騙子，但都對他們莫可奈何。

帳單仍然握在拉杜利培手裡。他慢慢上下打量強納生，一如他太太先前打量強納生的方式。只是，他眼裡有一股穿透力。他看到眼前這個流浪者穿的棕靴，靴子雖然有些磨損，卻出奇乾淨；他也看了他的手，他的手小，像工人一樣畢恭畢敬地垂在身體兩側；他還注意到他端正的儀態、瘦削的五官和兩眼中一閃而過的絕望。拉杜利培先生眼中看到的，是一個努力在更好的世界中尋找棲身之地的人。他起了惻隱之心。

「你會做些什麼？」他問道。

「煮菜。」強納生說。

於是他成了這家裡的一員，也和伊芳在一起。

★

她對他彷彿久別重逢——即便是經由她那位令人不敢恭維的母親牽線，原本需要長年培養的默契卻在頃刻之間建立起來。

「給妳介紹我們最近的神祕人物——這位是賈克。」拉杜利培夫人說。她連門都不敲，急匆匆推開閣樓上一間臥房的門。在通道上，這房間離他的房間不出十碼。

那麼妳就是伊芳了，他想，心裡湧上一股難以言喻的羞恥感。

地板正中央擺了一張書桌，一盞木製檯燈照著她一邊的臉。伊芳正在打字。注意到進來的是母親，她便繼續將字打完。因此強納生只好默默望著她那頭沒整理的秀髮，壓下心中的緊繃感，直到她終於抬起頭。靠牆的地方有張單人床，洗好的床單塞滿了一個個籃子，占去屋內剩餘的空間。這房間井然有序，但沒有什麼擺飾品，也沒有照片，只有流理台旁一個放盥洗用具的袋子，床上有個肚子部位有拉鍊的獅子玩偶，這似乎是她的睡衣。看到那東西，強納生頓時想起蘇菲那隻被殺掉的北京狗，反胃感瞬間湧上。那隻狗也是我殺的，他想。

「伊芳是我們家的天才，親愛的，是不是呀？她讀過藝術、讀過哲學——世上的書她大概都讀過了。是吧，親愛的？她現在裝成了我們的管家，雖然她現在過著與世隔絕的生活，但兩個月後就要跟湯瑪斯結婚了。」

「而且她還會打字。」強納生說。天知道他為什麼講這句話。

某封信慢慢從印表機上吐了出來。

伊芳望著他，他也望著她左側的臉，所有細節一覽無遺。那道眼神直勾勾、桀驁不馴，遺傳自她父親的斯拉夫眉毛，還有執拗的下巴，臉旁細膩如絲的秀髮，堅挺的頸側向下延伸、鑽進她的襯衫中。她將鑰匙鍊像項鍊一樣戴在頸子上，當她坐直起來的瞬間，那串鑰匙落入胸口，鏗鏘一聲。

她站起來——身材高眺，初見有些男子氣概。他們握了手——是她主動，而他沒有遲疑。何必呢？這個伯賀加，無論在希望鎮或是在自己的人生都算是個初來乍到者。她的手掌結實乾燥，穿著牛仔褲。而在桌燈的光線中，她左側的身體再次引起他的注意：緊身的丹寧布起了褶，從胯部一路延伸過她的左大腿。此外則是她握手的感覺，客套而且精確。

妳是一隻退役的野貓，當他發現她以冷靜的眼神回望他時，心裡下了這個結論。妳早早就開始談感情，妳吸食完大麻（或其他更猛的東西）後坐上哈雷機車後座，呼嘯而過。現在妳二十好幾了，來到了冷靜期，也就是大家所說的妥協。對鄉下人來說，妳太世故；對城市人來說，妳又太土。妳要嫁的人很無趣，妳卻又希望能努力改變他。妳也是珍德，不過妳正在走下坡；妳是珍德，但又添了蘇菲的莊重。

她為他著裝，而她母親就在一旁看著。

★

員工制服掛在樓梯平台旁一間非常大的更衣間，要往樓下走到一半的地方，伊芳帶路。當她打開更衣間門，他立刻從她表現出的姿態明白，她走起路非常有女人味。既不是男性化的昂首闊步，也不似青春少女搔首弄姿。而是一位窄臀的女子，有自信，同時兼具成熟和性感。

「伊芳，賈克要在廚房工作，得穿白色——也只能穿白色——而且要每天換洗。賈克，這是我旅館的規矩，所有人都知道。在巴貝特城堡旅館，你一定要講求衛生。否則豈不可惜。」

趁母親喋喋不休時，伊芳先拿白色外套抵在他身上比劃，再拿有鬆緊帶的白色長褲給他，接著叫他到三十四號房換上衣服。她的說話語氣無禮中帶有一種刺人的嘲諷感，也許是要做給母親看的吧。當他回來時，她母親堅持袖子太長（但其實不會），而伊芳只是聳聳肩，用夾子把袖子捲起來夾住，而她的手不經意擦過強納生的，體溫和他的相互交融。

「這樣可以嗎？」她用一種根本懶得理他的語氣問。

「賈克什麼都可以。他的內在能量很強大，是吧，賈克？」

拉杜利培夫人還想知道他在工作之餘有什麼嗜好。賈克喜歡跳舞嗎？強納生說，他對任何事情都有興趣，都想試試，只是沒有太多機會。那他會唱歌嗎？會彈奏樂器嗎？會表演、畫畫嗎？拉杜利培夫人向他保證，這些休閒活動希望鎮都有。那麼他想不想認識些女孩呢？這也是人之常情啊。拉杜利培夫人說。很多加拿大女孩都會想知道瑞士過的是怎樣的生活。不知怎麼，也許是出於禮貌，強納生竟昏了頭，不自覺說出了失控的答案。

「我說真的。我也沒辦法跑得多遠，」他表示，音量之大，他差一點就要笑出聲，而他的白色袖子還伸在那裡，讓伊芳打理。「我才到第一個十字路口就會被警察抓起來——就像這樣，不是嗎？」

拉杜利培夫人發出震耳欲聾的狂笑。光聽這笑聲就知道她一點幽默感也沒有。但伊芳卻打量起了強納生，與他四目相對，毫不遮掩自己的好奇心。事後，強納生忍不住疑惑：這是一種策略，還是冷酷無情的算計？又或者是某種致命的輕率，導致我與她初次見面就說出了自己是在逃嫌犯？

★

由於新進員工有出色的表現，老拉杜利培夫婦立刻喜出望外。強納生每展露一個新才能，他們就對他更為熱情。因此，強納生這名極為優秀的軍人睜眼的每一秒鐘都在努力工作，作為回報。他人生中有段時間為了逃避廚房工作，得到換上一身黑色西服、舉止優雅的經理職，真是用盡了一切手段，幾乎可說不惜出賣靈魂。不久，為了下夜班的員工預備的早餐於六點開始供應。強納生早就把一切打點妥當：早餐包括十二盎斯的沙朗牛排，兩顆蛋和油炸馬鈴薯則絕對不可或缺。他把被女主人視為佳餚的冷凍炸洋芋片、氣味難聞的批發食用油一股腦兒全扔了，換上由他親自削皮、先煮成半熟的新鮮洋芋，再以葵花油和花生油混合炸過——只有最上等的品質才能取悅客人。他用了一個湯鍋，不停地煮著高湯；接著裝好香料罐，做了砂鍋、罐燜牛肉和餃子。他找到一組棄置不用的鋼刀，磨得鋒利非常，誰也沒法碰。他重新啟用一組舊的多爐爐灶——經拉杜利培夫人數度驗證，判定它不合衛生、危險又難看（又或者是太昂貴，不能使用）。他用鹽時遵守著正統的廚藝規則：手持鹽、高舉過頭，從一定的高度灑下。他的廚藝聖經是一本破爛的《廚藝指南》，在踏破鐵鞋後終於在本地某家二手破爛店中不期而遇。

拉杜利培夫人從旁觀察到他的能力，對他簡直喜愛到一種著迷的程度。她為他特別訂製全新的制服、帽子，同時為了配合兩種別針，更替他訂製鮮黃色的背心、漆皮靴子和X型吊褲帶。她也買了昂貴的鍋具和雙層鍋給他用，而他也將那些器具發揮得淋漓盡致。當她發現一只普通的工事用小型噴火器，也可以被他拿來噴法式焦糖布丁，對他將世俗工具提升到藝術層面的能力更是印象深刻，便強力邀約她的波希米亞女性友人進廚房看他大顯身手。

「我們這位賈克真是優雅，親愛的咪咪，難道妳不這麼認為嗎？他這人低調，長得好看，手藝又好，而且只要他想，完全可以掌控全場；我們這些上了年紀的女人說這些事一點關係都沒有，看到好男人時完全不需要像個小女孩似的漲紅了臉。是不是，依蓮？」

但她最欣賞的沉默寡言同時也把她逼得心煩意亂。如果她掌握不了他，還有誰能？起先她認為他在寫小說。但在查看過他放在桌上的那堆文件後，卻發現都是向渥太華的瑞士大使館抗議的信件草稿。然而這是他仔細觀察後為引她上鉤、特意寫來讓她看的。

「你在談戀愛嗎，賈克？」

「我想沒有，夫人。」

「你不快樂嗎？你覺得孤獨嗎？」

「我很滿足。」

「但只覺得滿足是不夠的！你必須放開自我，你每天都要冒一些險，一定要感到無限的喜悅！」

強納生說，他的工作讓他感到無限喜悅。

每次吃完午餐，強納生確實可以在下午休息一會兒。但大部分時間他都會下到地下室，將一箱箱空瓶搬到院子裡讓拉杜利培先生核對，因為那些服務生或陪酒小姐有時會神不知鬼不覺地私自帶酒進來，用跟舞廳一樣的價格販售。

一個星期中會有三天，強納生為全家下廚。他們會早早就圍著廚房的餐桌吃飯，而吃飯時，拉杜利培夫人會發表一些睿智的談話。

「你是從巴塞爾來的嗎，賈克？」

「離巴塞爾不遠，夫人。」

「是日內瓦來的嗎？」

「是的，很靠近日內瓦。」

「日內瓦是瑞士首都，伊芳。」

伊芳沒抬頭。

「妳今天過得如何，伊芳？妳跟湯瑪斯說話了嗎？妳每天都要跟他聊聊。都訂了婚，也要結婚了，這樣很正常。」

大約十一點，也就是迪斯可舞廳開始喧鬧的時候，強納生又去那兒幫忙。晚上十一點以前的表演清一色是脫衣舞，而過了十一點後，表演就變得更加火辣。換場時，舞女已經放棄把衣服穿回去，只是圍著一件金屬光澤的圍裙做做樣子，或用來裝鈔票；又或者，也許她們會穿上一件睡衣，卻連釦子都不扣上。你只要給她們五塊錢，她們就會把腿張開給你看。這個私人服務會特意到你座位前面的一張凳子上表演，是旅館特別擺上的。所製造出來的效果活像某隻夜行動物毛茸茸的小穴被刻意照亮。

「喜歡我們的餘興節目嗎，賈克？你覺得這算得是某種文化表演嗎？就連你也被它誘惑了，對吧？」

「效果確實不錯，夫人。」

「很高興聽你這麼說。我們無論如何都不該忽視自己的七情六慾。」

打架其實不常見，只偶爾發生一些小鬼的小爭小鬥，除非有比較壞的孩子會把事情鬧大。通常會是這樣：椅子被撞開、某個女孩閃到一旁，接著就是拳打腳踢　陣亂響，或是兩個人沉默互瞪。這時安德烈．拉杜利培就會突然憑空出現，彷彿縮小版的阿特拉斯那樣拉開雙方，直到兩人握手言和。第一次發生這種事時，強納生沒管，讓拉杜利培照自己的方式去做。但某次有個塊頭很大的醉漢對著拉杜利培揮拳，強納生就從那人身後把他的另一隻手扭住，將他揪到屋外去。

「你從哪裡學到這幾招的？」拉杜利培和他一起清理瓶子時不禁問。

「在軍隊裡學的。」

「瑞士也有軍隊啊？」

「在瑞士，當兵是義務。」

某個週日晚上，那位天主教的老神父來了。他戴著髒兮兮的教士領，穿著縫了補釘的神父袍。舞女停止跳舞，伊芳則陪著他吃檸檬派。神父堅持要從某個以皮帶纏著的錢包掏錢付帳。強納生則站在暗處觀察他們。

又有一天晚上，有個高大魁梧的男人出現在舞廳，白髮剪得極短，身上的西裝手肘部位還貼著皮料。他太太一臉不可一世的模樣，穿著毛皮大衣在他身旁晃啊晃，拉杜利培的兩名烏克蘭籍侍者引他到舞池旁的一處座位坐下，他點了香檳和一盤燻鮭魚，用父親式的溺愛眼神看著舞池裡的表演。但就在拉杜利培四處尋找強納生，想警告他這位督察長可是不拿帳單的　強納生卻不見了。

「你跟警察有過節嗎？」

「只要護照拿回來就沒有。」

「你怎麼知道他是警察？」

強納生露出的微笑能讓人疑慮盡消，而他並沒有說出什麼能讓拉杜利培事後回憶起來的答案。

★

「我們應該要警告他。」拉杜利培夫人在床上輾轉難眠，又說了一遍。「她又再故意挑逗他了。她又故技重施。」

「可是他們從來沒有講過話，甚至沒看對方一眼。」她的先生放下書本表示反駁。

「你難道沒搞懂這兩個偷偷摸摸的人嗎？」

「她已經跟湯瑪斯訂婚，也一定會嫁給湯瑪斯。」拉杜利培說，「什麼時候清清白白也成了罪名？」他嘴硬地說。

「你每次都這樣，一開口簡直就像野蠻人。野蠻人哪有什麼洞察力。你有沒有跟他說不准跟那些舞女上床？」

「他沒這種意圖。」

「你看你又來了！他如果這麼想說不定更好。」

「他是個運動家，老天。」這話衝口而出，他的斯拉夫脾氣再也按捺不住。「他有別種發洩管道。他會去跑步，在灌木林裡健行，他也會駕駛帆船，會租機車，他會做菜，會去工作，會睡覺。不是每個男人都老想著亂搞。」

「那他就是同性戀。」拉杜利培夫人如此宣布，「我一看到他就知道了。伊芳這是在浪費時間，這可以讓她學到教訓。」

「他不是！你問那兩個烏克蘭的小子就知道了！他完全是一個正常人！」

「你看過他的護照沒有？」

「他的護照跟他是不是同性戀一點關係也沒有！他的護照被瑞士大使館收回去，渥太華那邊得等新的護照來才會蓋章。他現在正在被那些官僚踢過來踢過去。」

「『被那些官僚踢過來踢過去』！你老這麼說！那他當自己是誰？大文豪雨果嗎？瑞士人才不會這樣講話。」

「我哪知道瑞士人怎樣講話。」

「那你就去問西西！西西說瑞士人很沒有教養。她從前的先生就是瑞士人，所以她很清楚。伯賀加是法國人，這點我敢確定。他煮菜像法國人，說話像法國人，那自大的樣子也像法國人；奸詐像法國人，頹廢也像法國人。所以他當然是法國人啦！他就是法國人，也是個騙子。」

她重重地呼吸著，眼神越過她先生盯著天花板，上頭貼滿了紙做的星星，在黑暗中閃耀。

「她母親是德國人。」拉杜利培說，語氣緩和下來。

「什麼？胡說八道！德國人都是金髮。這是誰告訴你的？」

「是他說的。昨晚，有幾個德國工程師在迪斯可舞廳裡，伯賀加像個納粹一樣用德語和他們交談。

我問了他，他也會說英語。

「那就一定要去跟當局談談。伯賀加得有合法的身分，否則就必須離開。這是我的旅館還是他的？他是非法移民，這點我很清楚。簡直太明顯了。我很確定！」她轉過身背對丈夫，打開了收音機，板起臉逕自注視著星星。

★

在伊芳拿白衣給他穿的十天後，強納生租了一輛哈雷，前往北上公路旁的速食店接伊芳。先前他們在閣樓走廊上碰巧遇到……不過，他們早就聽到對方發出的聲響。他說他明天休假，她就問他要做什麼。他回答說，租輛機車。也許，我會去幾個湖逛逛。

「我父親在他自己的別墅有艘小船。」她只提父親，好像母親根本不存在。在他們約好之後，第二天她就在那兒等著。她看起來有些蒼白，但心意堅決。

一路上的風景有高低起伏的藍色森林，還有萬里無雲的天空，緩慢又優雅。不過，就在他們一路往北方前進時，天卻暗了，東風帶來毛毛細雨。他們到達別墅後，雨就下來了。他們幫對方把衣服褪去。由於強納生決定幾個月不近女色，這段時間他都沒有任何慰藉、任何宣洩，所以再次見到赤裸的女人對他恍如隔世。她雖然抗拒著他，卻沒有移開目光，只是換了另一種眼神，彷彿完全變了一個人。

「等等。」她輕聲說。

她的身體像是發出嘆息，落了又起。她拉長了臉，臉色不太好看，但沒有哭出來。她發出一聲放棄抵抗的呼喊，聲音卻聽來卻如此遙遠，所以也可能是從環繞他們的濕濡森林或灰色湖泊的深處傳來。她騎在他身上，兩人的快感一同往上爬升，一波接一波，直到完全淪陷。

他專注地躺在她身邊看她呼吸，因為她停了下來而有些不滿。他努力想弄清楚自己背叛的到底是誰，是蘇菲嗎？或一如往常是他自己呢？然而我們正在背叛的是湯瑪斯。她轉了身，背對他。她的美麗更增添他的孤獨。他開始愛撫她。

★

「他是個好人，」伊芳說，「埋首研究人類學，為印地安人爭取權利。他父親是律師，為加拿大克里族的印地安人服務。他想繼承父親的志業。」她找到了一瓶酒拿到床上來，頭枕在他的胸膛上。

「我一定會很喜歡他。」強納生禮貌地說，開始想像一個身穿套頭毛衣、熱情的夢想家，正拿一張再生紙寫著情書。

「你是假的，」她心不在焉地吻著他。「你是某種謊言。雖然你很真誠，但依舊是個謊言。我實在不了解你。」

「我正在逃亡，」他說，「我在英國有點狀況。」

她爬到他身上，頭枕在他的頭旁邊。「想談談嗎？」

「我得弄到一本護照。」他說，「我說我是瑞士人，那是我瞎編的。我其實是英國人。」

「你說你是哪裡人？」

她突然興奮起來，拿起他的杯子邊喝邊透過杯緣看他。

「搞不好我們可以偷一本，」她說，「換掉照片。我有一個朋友就是這麼做的。」

「搞不好可以呢。」他表示同意。

她寵溺地望著他，眼睛閃亮。我想盡了辦法，他這樣對她說。我翻了客人的臥房，查了停放的車子，都沒有人帶護照在身上。我還去過郵局，領了表格，詳細讀過申請手續。我去過城裡的墳墓，找過在我這年紀過世的人，想著也許可以用他們的名字申請。可是現在，我們都不知道哪種方法才有保證。搞不好那些死人的名字都被登錄在某些電腦裡了。

「你的本名是什麼？」她低聲說。「你是誰？你到底是什麼人？」

當他將最後一件禮物贈予她時，突然有一瞬短暫卻奇異的平靜降臨在他身上。「潘恩。我叫強納生·潘恩。」

★

他們一整天都裸著身體。雨停後，兩人划著小船到湖中央的一座小島上，在滿布砂石的湖邊裸泳。

「再過五個星期他就可以把論文寫完了。」她說。

「然後呢？」

「跟伊芳結婚。」

「再然後呢？」

「到森林裡跟印地安人一起工作。」她告訴他工作的地點。兩人游了一段距離。

「你們一起去嗎？」他問道。

「當然。」

「去多久？」

「幾年吧。得看情況。我們要生小孩，大概生六個。」

「妳會對他忠誠嗎？」

「當然了……有時候吧。」

「那裡有些什麼人？」

「主要是克里人。他最喜歡克里人了，他的克里語說得很好。」

「那度蜜月怎麼辦？」他問道。

「湯瑪斯嗎？他對蜜月的看法就是麥當勞還有去球場打曲棍球。」

「他旅行嗎？」

「去西北地區、基維亭、耶魯諾夫、大奴湖、諾曼威爾斯。這些地方他都去過。」

「我是說去國外。」

她搖搖頭。「湯瑪斯不會去的。他說加拿大什麼都有。」

「所以都有些什麼？」

「生活所需樣樣都有，全都在這兒。所以為什麼還要捨近求遠？他說現在人旅行得太頻繁。他說得沒錯。」

「這麼說來他應該不需要護照囉。」強納生說。

「去你的，」她說，「送我上岸。」

但在他們做晚餐和再次做愛時，她就對他言聽計從。

★

不管是白天或夜晚，他們都在做愛。每天凌晨，當他從迪斯可舞廳上來，伊芳都會醒著等他刷過她房門當作暗號，而他會踮起腳走向她，她也會拉著他壓在她身上。這是她在吃飯後甜點之前的最後一次長飲。他們纏綿時幾乎沒有任何動作。這是因為這座閣樓彷彿一面鼓，只要輕輕動一下就會傳遍整棟屋子。當她在歡愉中即將達到高潮，忍不住要叫出來時，他會用手摀住她的嘴，而她會咬他的手，甚至在拇指都留下齒痕。

如果被妳母親發現，她會把我趕出去，他說。

管他的，她輕聲說，將他摟得更緊。她似乎已經把先前吐露的那些未來願景全都拋諸腦後。

我還需要時間，他堅持道。

因為護照？

因為跟妳在一起，他說，一邊在黑暗中笑著。

她不喜歡他離開，但又不敢留他下來。拉杜利培夫人隨時可能過來突襲。

「小母雞，妳睡了嗎？妳快樂嗎？距離婚禮只剩四個星期了，我的小包心菜呀，新娘子不可以太累。」

有一回，伊芳的母親突然出現，強納生正好躺在她身旁　幸好拉杜利培夫人沒把燈打開。

他們曾經開著伊芳那輛淡藍色的龐帝克跑車去托雷倫斯的汽車旅館。那回幸虧他叫她先走一步。當時她身上還有他的氣味，才走到那輛車子前面就看見咪咪．利杜克的車停在隔壁，正在對她笑。

「妳有看那場秀嗎？」咪咪搖下了車窗用法語叫道。

「嗯哼。」

「太棒了，妳說對不對？妳有沒有看到那件黑色小洋裝？很露吧？很性感吧？」

「唔嗯。」

「我把它買下來了！妳也買一件吧！就當作嫁妝囉！」

伊芳的母親去超級市場時，他們就在空客房或大更衣間裡做愛。她嘗盡了偷歡的樂趣，什麼都豁了出去。冒險對她來說就像毒品。她整天都在思考該如何找到與他獨處片刻的機會。

「妳什麼時候去探訪那位神父？」他問道。

「我準備好就會去。」她回答，語氣中卻帶著蘇菲那種彷彿另有隱情的嚴肅氛圍。

她決定次日就去。

★

老沙文利神父從來不曾讓伊芳失望。她還是孩子的時候，無論是掛念的事、開心的事還是後悔的事，都會與他分享。她父親揍她時，是老沙文利輕敷她烏青的眼睛、試圖安撫她；當她母親快將她逼到走投無路，沙文利也會笑著對她說，其實她只是個傻母親。當伊芳開始和男孩子上床，他也從來沒有叫她不要衝動。她失去信仰時他很傷心，但每到週日，那場她不再會去參加的彌撒結束後，她仍會去看他，並且必定會帶著從旅館順手摸來的東西：比方一瓶酒。她今晚則帶了一瓶威士忌。

「哈！伊芳！來坐。老天，妳真是像蘋果一樣氣色紅潤。妳今天帶什麼來給我？應該是由我來買禮物給新娘子才對啊！」

他舉杯祝賀她，然後往後靠在椅背上，那雙昏花的老眼凝視著遠方。

「在希望鎮，彼此關愛是一種義務。」他表示。這話彷彿是從那些想結為連理的男女的布道中揀出來的。

「我知道。」

「一切就像昨天才發生似的——大家都是陌生人，都思念家人、思念祖國，也都有點畏懼叢林和印地安人。」

「我知道。」

「就是因為如此，我們才會聚在一起，並且彼此關愛。這是自然而然，也是必要的。我們把這個社區奉獻給上帝，我們成為祂在曠野中的子女。」

「我知道。」伊芳又說了一次，卻暗暗希望自己沒有來這兒。

「現在我們都是這個鎮上的好鎮民。『希望鎮』成長了，它良善、美麗、虔誠，但也很無趣——湯瑪斯近來如何？」

「湯瑪斯很好啊。」她邊說邊伸手去拿手提袋。

「那麼妳什麼時候才會把他帶來看我？如果是因為妳母親妳才不願意讓他來希望鎮，現在也該讓他接受火的試煉了。」說著他們笑成一團。有時沙文利就是如此一針見血，她最喜歡他這一點。「他能夠找到妳這樣的妻子，一定是個人物。他追求妳時猛烈嗎？愛妳愛到發狂嗎？一天寫三次信給妳嗎？」

「湯瑪斯有點健忘。」

當老神父一邊重複著「健忘」一邊搖頭時，他們又不約而同笑了出來。她把她的手提袋打開，從一個透明信封中拿出兩張照片，一張遞給他，又從桌上取來他那副舊的鋼架眼鏡遞給他，然後靜靜等他端詳照片、調整焦距。

「這是湯瑪斯？天啊，他長得真好看！妳怎麼從來沒有告訴過我呢？健忘？你說這人嗎？他這麼耀眼！若是碰到這樣的男人，妳母親一定立刻拜倒在他腳下。」

他把強納生的照片拿遠著欣賞，又把照片打斜，讓從窗戶透進來的日光照上。

「我正想給他個驚喜，帶他去度蜜月，」她說，「他還沒有護照。我準備在婚禮的時候塞一本到他手裡。」

而這位老人已經在摸著毛衣找鋼筆了。她立刻掏出一枝，替他把照片翻過來，看著他一張張簽上名字。他行使的是魁北克法律賦予他的證婚職權。神父用像小孩的緩慢速度在照片背後簽下名字，她則從手提袋抽出藍色的護照申請表：「表格A，十六歲以上使用」然後指著表上某處，那裡必須再簽一次名，以證明他和申請人熟識。

「不過我該說我認識他多久呢？我可從來沒有正眼看過這傢伙啊！」

「那就寫一直都認識好了。」伊芳邊說邊看他填上「一輩子」。

湯姆，她當晚就興奮地發了電報給未婚夫，電報裡寫：教會要看你的出生證明。用快捷寄到巴貝特給我。要永遠愛我喔。伊芳上。

強納生輕輕刷過她房門時，她假裝睡著，不做回應。但是當他站在她身旁，她又坐直了身體，一把將他抓住，似乎比平日更飢渴。我成功了，她不住地輕聲對他說。我拿到了！一定行得通！

★

這事結束後的某個傍晚，拉杜利培夫人拜訪了那位身材壯碩的督察長的豪華辦公室。她穿著一件淡紫色的衣服，也許是因為心情有些低落。

「安捷莉卡，」督察長邊說話邊拉來一張椅子，「親愛的，我隨時聽候差遣。」

這位督察和老神父一樣，都是上了年紀、有豐富人生閱歷的人。牆上貼了他的簽名照，那是他在盛年拍的照片。那時他身穿厚厚的皮毛大衣，抓著狗拉的雪橇，在樹林裡追逐騎馬的逃犯，猶如孤軍奮戰的英雄。但這些會勾起回憶的物品對督察而言都只是當年之勇。如今，他白蒼蒼的下頜把昔日很有男子氣概的側臉給藏起來了，圓滾滾的腹部卡在制服皮帶上，活像一顆咖啡色的足球。

「你們的舞女又惹麻煩了嗎？」這位督察露出明知故問的笑容問。

「謝謝你的關心，路易斯，目前為止沒這回事。」
「那是有人把手伸進你們的收銀機了嗎？」
「不是，路易斯，我們的帳目也都很清楚，謝謝。」
督察聽出了她話中的含意，起了戒心。
「很高興妳這麼說，安捷莉卡，畢竟最近這類事情層出不窮。世風日下人心不古……妳要喝點什麼？」
「謝謝你，路易斯，我今天來不是日常拜訪，而是希望你能詢問安德烈在旅館雇用的一位年輕人。」
「他做了什麼好事？」
「不如說安德烈做了什麼好事。他雇用一個拿不出身分文件的人。那人一直都太天真。」
「安德烈心地好，安捷莉卡。他的心地真的很好。」
「也許問題就出在他心地太好。這個人已經在旅館工作了將近十個禮拜，而他的文件至今都沒下來。他要害我們變成非法僱用人員的雇主了。」
「安捷莉卡，我們這兒並不是渥太華，妳很清楚。」
「他說他是瑞士人。」
「說不定他真的是。瑞士是個好國家。」
「起先他告訴安德烈他的護照被扣在移民局，然後又說護照在瑞士大使館等待加簽，現在又說在別的地方。所以到底在那裡？」
「總之我還沒有看到它，安捷莉卡。妳也知道渥太華那裡，那些傢伙光是擦屁股都要花上三個月。」

他邊說邊因為自己的妙語如珠發出得意的笑聲。

拉杜利培夫人漲紅了臉，但那紅色很不好看。她不是因為尷尬，而是因為一股怒氣。督察一見，心裡便緊張起來。

「他不是瑞士人。」她說。

「安捷莉卡，妳怎麼知道？」

「因為我打過電話給瑞士大使館，我說我是他母親。」

「然後呢？」

「我說他們這樣把護照扣住不發，我非常生氣，我兒子無法工作，欠了一屁股債，現在沮喪得不得了。就算他們不能核發護照好了，也請寄一張存證信函來，說明一切都在依法進行中。」

「妳做得很好，安捷莉卡，妳實在是個厲害的演員，大家都知道。」

「然而他們沒有他的紀錄，沒聽說過賈克·伯賀加——這個住在加拿大的瑞士人——一切都是杜撰的。他是來騙吃騙喝的。」

「妳說他什麼？」

「他引誘我的女兒伊芳，她被他搞得昏頭轉向。他外表斯文，但裡面是個騙子。他刻意拐騙我女兒、刻意想偷走旅館、偷走我們心靈的平靜、我們的滿足、我們的……」

她有一長串被強納生竊盜的清單。當她夜半輾轉難眠，就開始瞎編，再把女兒被這偷兒迷得神魂顛倒的證據一樣一樣加進來。而她唯獨沒有坦承連自己的心都被偷走了。

# 10

小型機場的跑道是帶狀的綠色，穿過路易斯安那州一處棕褐色沼澤區。牛群在一旁吃草，白鷺鷥棲息在牛背上。若從空中鳥瞰，這些鳥兒就像是點點白雪。在這條帶狀區的盡頭矗立著一棟曾被當成機棚的破爛鐵皮屋，一條紅泥軌跡從主要道路延伸到鐵皮屋前，但史崔斯基無法確定自己要找的是不是這地方——又或者，他是打心底就不喜歡這裡。他把塞斯那小飛機打斜，轉了個彎讓它滑行，然後再做低空飛行，斜著越過沼澤區。波爾在飛機後座看到小屋旁有架舊的抽油幫浦，後面則有一扇門；門上裝了鐵絲刺網。那扇門是關著的，似乎沒有活人出沒的跡象。他們是一直到波爾看見草地上有新留下的輪胎痕，史崔斯基才注意到它們，而且似乎挺滿意的——他打開節流閥，讓飛機在空中轉了一圈，掉頭從西邊又飛了回去。他一定是在對講機中對弗林講了什麼，因為弗林原本放在膝上、長滿斑點的手掌從小型輕機槍上移開，反常地做了個拉丁式的聳肩。從巴頓勞治起飛至今，已經過了一個小時。

塞斯那小飛機發出猶如老人的呼嚕聲降落，在跑道上顛簸滑行。正在吃草的牛連頭都沒抬一下，那些白鷺鷥也一樣。史崔斯基和弗林從飛機跳下草坪。這條堤道是穿過沼澤地帶的通行路，兩旁都是冒著煙氣的沼澤地，還不斷發出彷彿吸牙齒的滋滋聲；肥大的甲蟲在地表蒸氣中穿梭進出。弗林帶路，直直朝鐵皮小屋走去。他不斷打量左右，觀察周遭動靜，抱在胸前的輕機槍也隨著左右晃動；史崔斯基一手提著公事包，另一手拖著一具自動步槍，跟在他身後；波爾則是走在他們後面，手上什麼都沒有，只有心裡不住在祈禱。他很少接受射擊訓練，而且討厭槍枝。

這位派特．弗林到過北緬甸，史崔斯基說。這位派特．弗林到過薩爾瓦多……這位派特．弗林竟然是個基督徒……史崔斯基喜歡以敬畏的口氣提起弗林。

波爾研究著腳下的輪胎痕。這些痕跡到底是車子還是飛機留下的？他認為應該有方法可以辨識，但他其實不知道方法，這令他感到不太好意思。

「我們跟麥可說過你是個後台很硬的英國人，」史崔斯基說。「差不多像是溫士頓．邱吉爾的姑媽。」

「要更硬一點。」弗林說。

★

「那是路肯神父和麥可弟兄。」前晚，他們坐在勞德岱堡那間海濱小屋的露天平台，史崔斯基這麼對波爾說。

「我們由派特．弗林來下命令。如果你有事情要問麥可，基本上全由這位派特來執行。這傢伙是個爛人、混帳。你說是吧，派特？」弗林用巨大的手掌蓋住嘴，遮住參差不齊的齒列。「麥可眉清目秀啊。」他鄭重地說。

「而且很虔誠，」史崔斯基說。「麥可非常、非常有神性，是吧，派特？」

「他是個如假包換的基督徒。」弗林再次證實。

然後在一陣笑聲中，史崔斯基和弗林向波爾透露麥可弟兄信主的故事，以及他是如何接受更高的感召，搖身一變成為大洩密者。史崔斯基堅持這都多虧了弗林探員，他碰巧在某次守四旬齋的週末放下妻子去波士頓靈修，並以一箱愛爾蘭單一純麥威士忌與幾位志趣相投的神學院戒酒人士來治癒他的靈魂。若非如此，這一切根本不會開始。

「我這樣講對吧，派特？」可能是擔心弗林快睡著了，史崔斯基急切地問。

「一點也沒錯，喬。」弗林表示同意，繼續啜飲威士忌，拿了一大塊披薩塞進嘴裡，和藹地注視從大西洋海面升上來的滿月。

然而派特和他那位可敬的教友連第一瓶威士忌都沒喝完，雷納德——史崔斯基繼續說下去——點名的時候，阿巴特神父逕自詢問了美國海關特別探員派屈克⓱，弗林，想知道他願不願意到他靜僻的個人辦公室做個短暫的諮詢？

史崔斯基說，當弗林好心地接受提議後，兩人進到阿巴特神父的辦公室，見到長了一對招風耳的瘦長德州小伙子——他就是路肯神父。他來自紐奧良的聖母之血修道院，這個地方因為某個只有教宗才知道的原因，竟歸波士頓的阿巴特神父管轄。

史崔斯基繼續說：而這位路肯——那位有對招風耳和粉刺的年輕小伙子——非常熱中於為聖母找回迷失的靈魂，方法則是私下苦修、以求成為聖母馬利亞的使徒之典範。

弗林不住地笑，漲紅了臉，點頭表示同意，然後又像個傻瓜那樣猛拉前額的頭髮。此時史崔斯基說，在昇華的過程中，路肯一直聽取某位富有懺悔者的告解。他的女兒為父親罪惡放蕩的生活及縱情酒色深感羞恥，前陣子以極為病態的方式結束了自己的性命。史崔斯基又說，這位悲傷、痛苦的懺悔者對路肯坦承了一切，於是這個可憐的孩子便夾著尾巴一路衝到波士頓去見他的阿巴特神父，尋求屬靈的指導——還有要些嗅鹽。因為這位懺悔者可能是路肯，或任何人，遇過最可怕也最邪惡的無賴……

「雷納德，那些吸毒者的懺悔就像是一頓用餐時間極短的饗宴，」史崔斯基變得有點哲學，弗林冷靜地對著月亮微笑。「他自責嗎？這個誰知道。派屈克逮到他時，麥可已經因為自己的一時失誤而後悔不已，同時拿出第一及第五修正案和他生病的祖母當藉口。還有，不論他說了什麼，由於他呈現出神智不清、過度悲痛的症狀，他所說的一切都不能記錄在案。但我們這位派特……」弗林聽到這裡，笑得更開心了。「派特靠著宗教信仰挽回劣勢。他給麥可兩種選擇。第一種是在勒戒所關上七十到九十年，過著不見天日的日子；第二條路是和上帝互助合作，祈求祂必獲得赦免，然後繼續在花花世界中追逐聲色犬馬。麥可與造物主溝通了二十秒，又好好問了問自己的良心，最後決定選擇第二條路。」

★

站在鐵皮小屋裡的弗林要波爾和史崔斯基進來。小屋有蝙蝠的臭味，屋子就像壁爐，向他們散發出熱氣。那張破爛半毀的桌子、木凳和桌子四周那幾張折疊起來的塑膠椅都沾了蝙蝠糞便；倒吊在鐵樑上的蝙蝠就像嚇破膽的小丑，三三兩兩地挨著。一架破收音機擺在發電機旁的牆上，牆壁有一排舊的彈

⓱ 派屈克（Patrick）的暱稱即為派特（Pat）。

孔。波爾覺得一定有人砸爛了這個地方。大概有人這麼說：如果我們不打算用這個地方，其他人也別想用，於是他們把該打爛的都打爛。弗林到屋外做了最後一次巡視，就把鐵皮屋的門關上。波爾猜想，他關門的動作會不會也是一種訊號？弗林帶了綠色的蚊香來。紙袋上的印刷字體寫著：拯救地球，今日開始不用紙袋。弗林點燃蚊香，綠色的煙霧開始盤旋升上屋頂，熏得蝙蝠坐立難安，而牆上的西班牙文塗鴉則斷言美帝必將滅亡。

史崔斯基和弗林坐在那張長凳上，波爾找了一張破椅子，將就著想要坐穩。他確認了方才在地上看到的軌跡是車輪，是四個車輪筆直向前開過留下的痕跡。弗林把機槍橫放在膝上，彎起手指扣住扳機，雙眼緊閉，聽著蟬鳴。史崔斯基說過，這條飛機跑道是在六〇年代由一群走私大麻的人建造的，但若打算在現今用它來運貨，規模就太小了。現在的毒販是用貼了民航標幟的七四七來運毒，把毒品藏在普通的空運貨品中，在設備最先進的機場起降。卸貨後，他們還會將飛機裝滿貂皮大衣、飛回去送給那些婊子，而高殺傷力的手榴彈則帶給夥伴。販毒者跟幹運輸業的人一樣，不喜歡空機返航。

半小時過去，波爾被蚊香熏得作嘔。熱帶氣溫逼出的汗淋浴似的不斷流下，衣衫全濕。史崔斯基拿了一個裡面都是溫水的塑膠瓶給他，波爾喝了一點，又用水將手帕浸濕、擦抹眉毛。波爾不禁想，那告密的傢伙又去告密了，我們又被識破了。史崔斯基張開原本交叉的雙腿，讓胯下舒服一些。他撫弄著膝上的四五自動手槍，槍套裡還掛著一把左輪，以備不時之需。

「我們告訴他你是個博士。」史崔斯基說：「我本想告訴他你以前是公爵，但派特不同意。」

弗林又點了一捲蚊香，然後按原定計畫的動作，輕巧地走向一側，同時將機關槍瞄準門上方。波爾沒看見史崔斯基移動，但他一轉過身就發現史崔斯基緊貼牆上，手握著自動手槍、指著屋頂。波爾則留在原地。要當一個稱職的跟班，最好的方式就是乖乖坐好、把嘴閉緊。

門開了，火紅的陽光灑進屋內，一個身材瘦長、臉上有刮鬍刀痕和粉刺的年輕人探頭進來四處打量。他生了對招風耳。波爾一眼就認出來了。那雙流露恐懼的眼睛輪流檢視眾人，而在波爾臉上停得最久。他縮著頭退了出去，門仍然是半開著。他們隱約聽到有人在喊「哪裡？」或「這裡？」又有人以安撫的語調低聲回應；門猛被推開了，那個憤怒身影正是保羅・阿波斯賓博士——又名阿波或阿皮太提斯，或麥可弟兄。他趾高氣昂地走進小屋，與其說是個懺悔者，反倒更像個來尋失蹤馬匹的小小將領。彷彿什麼魔法降臨，波爾的煩躁不安頓時不見了，他想，這人就是阿波斯賓——各集團倚為軍師，將洛普計畫的第一手資料帶給我們，與洛普狼狽為奸、共策陰謀，沾他的油水、得他的好處，和他一同在遊艇上大放厥詞，只要得空就立刻出賣他。

「這位是從英國來的博士。」弗林正色說道，示意波爾。

「您好，博士。」阿波斯賓回應，語氣不悅，但依舊嚴肅認真。「若是有點身分地位，一切都會不一樣。我十分尊敬貴國。我的祖先有許多位都曾是英國的貴族。」

「我還以為會是希臘惡棍呢。」史崔斯基說。阿波斯賓一出現，他立即把悶在心中的怨恨與敵意發洩出來。

「我母親這一邊是貴族，」阿波斯賓說，「我的母親與德文瑟爾公爵有親戚關係。」

「最好是。」史崔斯基說。

阿波斯竇沒理他。他交談的對象是波爾。

「我是個講原則的人，博士，您身為英國人，應該能夠理解。我同時也是聖母馬利亞虔誠的信徒，有幸接受她的引領。我不會主觀行事，而是根據我所得到的事實來判斷，根據我的法律知識做出一些假設上的建議。話講完，我就走。」

★

房裡的酷熱、惡臭和蟬叫都被忘得一乾二淨。這是工作，是例行公事。當情報機構的主管在安全屋中找人套取情報時，舉世皆然——弗林說的是愛爾蘭腔的英語，他幹警察時就是這麼說話；阿波斯竇則精準犀利，一如他在法庭上為人辯護的態度。波爾想起照片中的阿波斯竇，再比對他現在尖削的下巴和凹陷的眼睛，不禁想：他掉了好些體重。

史崔斯基抓著機關槍，誇張地做出懶得理會阿波斯竇的模樣，一邊注意著敞開的出口和飛機跑道。路肯緊張地坐在他的懺悔者身旁，頭稍抬起，眉毛微揚。路肯穿著藍色丹寧布工作服，而阿波斯竇卻穿得彷彿就要面對行刑隊——白色長袖襯衫，黑色棉質長褲，脖子上有一副金項鍊，上頭還有聖母馬利亞張開雙臂的塑像。黑色波浪形假髮很有技巧地歪向一邊——似乎有些過大。波爾認為他應該是拿錯尺寸了。

弗林正在執行情報主管的常態任務：你來參加這次會議是以什麼做掩護？你開車出城有沒有被人看見？你什麼時候得回去？我們下次何時見面？在何處見？你上次說你辦公室的阿尼塔小姐開車跟蹤你，

她現在怎麼了？

阿波斯賓此時瞄了瞄路肯神父：他一直凝視著前方不遠處。

「我記得你講的那件事。已經解決了。」阿波斯賓說。

「怎麼解決的？」弗林問道。

「那女的對我有好感。我建議她參加我們的禱告團隊，但她誤會了我的動機。後來她向我道歉，我也接受了。」

但路肯神父顯然無法忍受。「麥可，你講的並不是百分之百的事實。」他正經八百，將手從臉上移開，好方便說話。「派屈克，麥可對她始亂終棄，他先上了阿尼塔，接著又上了她的室友。阿尼塔起疑，便想查他的底細。你還幹了其他什麼？」

「我可以回答下個問題了嗎？」阿波斯賓打斷他。

弗林把兩台袖珍錄音機放在桌上，讓它們開始運作。

「麥可，黑鷹都還在嗎？」弗林問道。

「派屈克，我沒聽見這問題。」阿波斯賓回答說。

「噢，我倒是聽見了。」史崔斯基反駁。「那些集團他媽的還要不要那些戰鬥直升機？回答是或不是，該死的！」

波爾看過白臉黑臉的遊戲。但史崔斯基的憎惡實在太像真的了。

「通常，討論這種事情的時候我認為我不該在場。」阿波斯賓回答。「洛普先生說得好，他說他的天賦就是讓鞋能合腳。如果對洛普先生而言那些黑鷹是必要的，它們就會包括在內。」

史崔斯基火大地在一本便條紙上塗寫了一些什麼。「有人知道我們什麼時候可以結束這件事嗎？」他粗魯地問。「還是我們要跟華盛頓說得要他媽的再等一年？」

阿波斯竇發出輕蔑的笑聲。「派屈克，雖然你這位朋友想要立刻滿足他的愛國熱忱，但可能得先忍一忍了。」他說。「洛普先生強調自己並不急，而我的客戶也同意他的看法。『好東西都長得慢。』這句西班牙諺語是經過驗證的。身為拉丁裔，他們對時間的觀念都很成熟。」他瞄了瞄波爾。「聖母馬利亞的信徒都是淡泊且自制的。」他解釋說。「很多人詆毀聖母馬利亞，但他們的輕蔑卻使得她的謙卑變得更為神聖。」

雙方又開始你來我往了。那些好事分子，那些會面地點……訂購和交付的貨物……進出加勒比海洗錢系統的金錢……不法利益集團最近在邁阿密市中心的建築計畫……

最後，弗林笑著主動對波爾提問：「那麼，博士，現在有沒有什麼事是出於您的個人興趣想請教麥可弟兄的？」

「噢，有，派屈克，謝謝你，我真的有。」波爾很有禮貌地說：「我跟麥可弟兄才剛認識——當然，他在這件事情上給我們的協助讓我留下深刻的印象——首先，如果可以，我想請教他幾個較大範圍的背景問題——多點性質，內容其次。」

「沒問題，您儘管問。」弗林還沒有回答，阿波斯竇就友善地插嘴：「能有機會和英國的紳士切磋，是我的榮幸。」

先從大處著手，再慢慢進入核心，史崔斯基曾如此建議，利用你的英國特質藏好你的本意。

「派屈克，我身為洛普的同鄉，對這整件事情一直有一個疑問。」波爾對弗林說。「洛普的祕訣到底是什麼？為什麼可以拿到別人都拿不到的好處？以色列、法國、古巴這些國家都說要供應那些武裝集團更有效的武器，而除了以色列，其他國家都無功而返。如果別人都沒有辦法勸得動麥可弟兄的客戶，讓他們組織一支裝備像樣點的軍隊，那麼理察．安斯路．洛普又是怎麼辦到的？」

出乎波爾的意料，阿波斯竇瘦削的五官亮起一股令人難以想像的溫暖神采，而且他的嗓音有一種彷彿歌唱的顫音。

「博士，您這位同鄉洛普先生並非普通商人，他是個魔法師呀！他有見識，又有膽量，還能鼓動群眾。洛普先生之所以這麼傑出，是因為他跳出了常規。」

史崔斯基低聲爆了句粗口，阿波斯竇仍滔滔不絕地講下去。

「先生，與安斯路．洛普先生一起打發時間是種特權，更是一場盛大的表演。很多人表面上來找我的客戶推銷武器，實際上卻打從心底瞧不起他們。他們搖著尾巴帶禮物來，他們諂媚奉承，可是缺乏誠意。他們是跑單幫的，只想迅速撈一票。而洛普先生從不會瞧不起客戶。他是紳士，不是諂上驕下的勢利鬼。洛普先生會恭祝他們發財，對他們說他們很清楚該怎麼利用上天給的財富；他讚揚他們有好手腕、好膽量。他說這個世界就是野生叢林，不是每種生物都能好好活下來，所以優勝劣敗天經地義。唯一的問題在於：到底誰才是強者？當他講到這裡，會請他們看一場電影，一部非常專業、安排得又非常好的電影。不太長，不太技術性。非常適合他們看。」

而你就在那裡——波爾邊想邊看著阿波斯竇，他隨著自己講的故事漸漸得意起來——在某人巨大的牧場或公寓中，四周簇擁著打扮得花枝招展的妓女，還有穿牛仔褲、手持衝鋒槍的農場子弟，懶洋洋地躺在豹皮沙發上，看著超大尺寸的電視，享用純金雞尾酒瓶倒出來的美酒，和你的客戶一起。你們，都被這位恍如貴族的英國魔法師的電影給迷住了。

「他讓我們看英國特種部隊如何對倫敦的伊朗大使館展開猛攻，或美國特種部隊如何在叢林中接受訓練——那是美國的三角洲部隊。他也放映世界上最新、最智慧型的武器的宣傳片，接著他會再問一遍：我們之中誰是強者？然後又會問我們，如果美國人已經不想再在玻利維亞的農作物上噴除草劑，也懶得在底特律攔檢五十公斤的毒品，終於決定要把我的客戶從睡夢中拖出來、戴上手銬腳鐐送到邁阿密，並且按照他們對付諾瑞加將軍的方式、以美國法律讓他們面對公審的羞辱，到那時候，他們要怎麼辦？他會這樣問他們，擁有這麼龐大的財富，卻沒有受到適當的保護，這正當嗎？合情合理嗎？『你不開舊車，不穿舊衣，也不睡老女人。那麼為什麼不用最新的武器來保護自己？你們手下有勇夫，都是忠心耿耿的男子漢，我一看就知道。但我不認為一百個那樣的人當中可以找得出五個有資格的人參加我要為你組的部隊。』講完後，洛普先生就會把他的公司——也就是『鋼鐵牌公司』介紹給他們。他會特別指出這家公司受人推崇的程度、它的多元經營，它的油輪船隊和運輸設備，它在礦石、木材和農業機械等方面令人刮目相看的交易紀錄；此外，鋼鐵牌公司也熟知該如何透過非正式管道運輸某些原料，亦和世界主要港口那些樂於合作的官方維持著良好關係，同時更善於以巧妙的方式運用海外分公司。這樣的一個人完全可以讓聖母馬利亞的訊息照亮最黑暗的深淵。」

阿波斯賓停了一下——不過他只是要拿玻璃杯喝路肯神父從塑膠瓶倒給他的水。

那種用手提箱裝百元美鈔做生意的時代早已退流行，他繼續說。把用橄欖油潤滑過的保險套吞下肚、結果在海關被拉到X光掃描房裡的日子早就過去，開著小飛機以身犯險、飛越墨西哥灣的日子也結束了。洛普先生和他的同僚提供的是沒有後患、送貨到府的服務。他會把產品直接送到中歐和東歐的新興市場去。

「毒品！」阿波斯賓的脫罪之辭說到這兒，史崔斯基再也按捺不住，一股腦兒爆發出來：「你客戶的商品都是毒品，麥可！洛普拿槍來換經過處理、精煉，純度他媽的高達百分之九十九點九的古柯鹼，這些毒品都是用小飛機運輸的價格來計算！你講的都是他媽的一堆狗屎！他會把這些毒品運到歐洲去到處亂倒，毒死一堆小鬼、毀掉他人的人生，賺進億萬財富！是不是？」

儘管他暴跳如雷，阿波斯賓卻似乎充耳未聞。「洛普先生不指望我的客戶先付訂金，博士，他會用自己的資源提供客戶端做買賣所需的資金。他不會伸手跟人要錢。他給予他們的信任超出了常理，他鄭重地對他們表示，如果在交易上不誠實，他們就會破壞他的信譽，使他的公司破產，把他的投資人都嚇跑，再也不回鍋。不過他對我的客戶有信心，他知道這些人都是好傢伙。他說，最幸運的事——最能保障他不受干擾的方式，就是先從自己的口袋拿錢出來給整個企業，以後再一起結清。他就是打算這麼做，他對他們推心置腹。不只是這樣，洛普先生還強調自己無意和我客戶長久以來在歐洲的同業競爭，他會完全按照客戶意願空手進入這條供應鍊，然後再空手出來。他把貨送去給我客戶的指定收貨人後，就當作自己的任務已經完成。如果我的客戶不願指派收貨人，洛普先生則會很樂意安排一位不知情的第三者。」

阿波斯賨從口袋拉出一條很大的絲質手帕，擦掉假髮底下冒出的汗水。

行了，波爾趁著這個空檔暗想：開始吧。

★

「麥可，那柯爾克蘭少校會出現在這種場合上嗎？」波爾不經意地問。

阿波斯賨頓時把眉一蹙，臉上出現不悅的神色。他的口氣變得尖酸刻薄。「很明顯，柯爾克蘭少校就像藍伯恩爵士，是一位重要貴賓，負責放電影、送往迎來、在場與賓客寒暄。他與女士相處一向措辭得當，無論是為來賓倒酒點菸都很受歡迎。當我的客戶半開玩笑地說要拿柯爾克蘭少校當人質，一直到買賣作成，在場女士都欣然同意。我把一般協定的條目擬好後，藍伯恩爵士和柯爾克蘭少校會發表一段有點滑稽的談話，再用龍飛鳳舞的字體代表洛普先生簽字。我的客戶都喜歡聽些幽默的話，減輕平日沉重的負擔。」他有些憤慨地吸了口氣，張開小小的拳頭，讓大家看他手上握的念珠。「很不幸的是，博士，因為派屈克和他這位牙尖嘴利的朋友的堅持，我不得不當著我客戶的面詆毀柯爾克蘭少校，讓他們對他再無興趣。這不是基督徒該有的行為，這等同是做假見證。對此我深感遺憾，而路肯神父也有同感。」

「骯髒至極，」路肯埋怨。「我認為這根本不道德，對吧？」

「麥可，你介意告訴我目前為止，你的客戶到底都聽到些什麼？柯爾克蘭少校又到底因此損失了什麼？」

阿波斯賚像隻憤怒的公雞一樣抬起頭，脖子上冒出一堆青筋。

「先生，我的客戶從別處聽來的消息與我無關，至於我告訴了他們什麼……精確地說，我只告訴了他們我的……」他似乎一時語塞。「我以律師的身分把柯爾克蘭過去的背景告訴我的客戶，而這些『過去』若是屬實，將會使他再也無法長期擔任名義上的契約方。」

「比方說？」

「我曾不得不告訴他們他的生活不檢點，沉溺酒精和麻藥。慚愧的是，我也告訴過他們他言行失當，然而這與我認識的少校完全不符。即使是喝酒，他也是最懂分寸的一位。」他怒氣沖沖地對弗林一撇頭，說：「我知道這令人不齒的舉動無非是為了清除柯爾克蘭少校的代理人形象，以便將洛普先生本人推上火線。我必須要告訴各位，恕我無法苟同你們在此事中抱持的樂觀態度；即使我能接受，也不認為這種行為能符合軍人的理想楷模。如果柯爾克蘭少校被證實不適任，洛普先生一定會再找一位負責簽名的人。」

「截至目前為止，就你所知，洛普先生知道你的客戶對柯爾克蘭少校持保留態度嗎？」波爾問。

「先生，我既不是洛普先生的管家，也不是我客戶的管家。他們不會把內部協議告訴我。關於這一點，我是絕對尊重的。」

波爾把手伸進被汗水濕透的西裝口袋，拿出一個軟趴趴的信封，一邊撕開一邊聽弗林用濃厚的愛爾蘭口音解釋它的內容。

「麥可，博士隨身攜帶的是柯爾克蘭少校受雇洛普先生之前一連串不當行為的記錄。其中有大部分事件牽涉到縱慾，少部分則與公開場合的暴力行為、酒後駕車、濫用毒品、數日逾期不歸還再加侵吞部隊公款的行為有關。身為客戶利益的守護人，你聽聞到和這個可憐蟲有關的謠言，不禁憂心忡忡，因此你私下在英國全境進行謹慎且低調的調查，而這就是你所得到的結果。」

阿波斯竇沒等他講完就搶著提出抗議。「先生，我在佛羅里達和路易斯安那的律師界可是有頭有臉的人物，也是戴德郡律師公會的前任主席。柯爾克蘭少校並不是個口是心非的人，我不會受你們利用去陷害一個無辜之人。」

「你他媽的給我坐下！」史崔斯基吼道，「你講的那個什麼律師公會都是狗屁。」

「他瞎編的，」路肯一臉失望地對波爾說：「他的話不能信。不管他說什麼，真正的意思總是相反。假設他說這是真實案例，最後你會發現根本沒這回事。我不知道該如何阻止他這種行為。」

波爾壓低了音量請求：「派屈克，不如這樣——我們只談時機就好，行不行？」

★

他們又走回塞斯那號。依舊由弗林帶頭，槍橫持在胸前。

「你覺得行得通嗎？」波爾問，「你真的不覺得他只是瞎猜？」

「別忘了，我們很蠢，」史崔斯基說，「我們都是無能的警察。」

「也都是些混蛋。」弗林平靜地附和。

# 11

第一拳打在強納生身上時，他好像還在睡夢中。他聽見自己的顎骨被擊碎，一片昏天黑地，好一段時間眼前金星直冒。他看到拉杜利培一臉扭曲，咬牙切齒地瞪著自己，然後右手臂一縮，打算再給他來個重重一擊。但像他這樣彷彿敲釘的槌子似地揮出拳頭，實在是非常愚蠢的舉動，因為這會讓你破綻大開，對方想怎麼反擊都可以。他聽到拉杜利培的問題，同時發現他其實已經問他第二次了。

「你這牲畜，你到底是什麼來歷？」

接著他看到那些裝空瓶的箱子（強納生下午才剛幫烏克蘭人把箱子拿到院子裡堆好），他還聽到從迪斯可舞廳安全出口傳來的脫衣舞音樂；他看到一輪新月，就像一道彎曲的光環，掛在拉杜利培的頭上。他記得拉杜利培要他出來一下子，他也想著自己似乎應該對拉杜利培做出反擊，或至少擋住第二拳。但不知道自己是不太在乎，還是基於某種騎士精神，他沒還手。因此，第二拳又落在他身上，打在離第一拳不遠的地方。這拳瞬間令他憶起孤兒院的那段時期。某一次，他在黑暗中奔跑，結果一頭撞上消防栓。但現在的感覺沒那麼強烈，若不是因為他的頭已經麻痺了，應該就是因為那其實並非消防栓。第二拳的力道根本不到第一拳的一半，雖然他的嘴角還是被打裂了，溫熱的血沿著下顎流出來。

「你的瑞士護照在哪裡？你到底是不是瑞士人？你給我說清楚你到底是什麼身分？你把我女兒的生

活搞得一團糟、把我老婆逼瘋，還跟我們同桌用餐！你到底是什麼人？為什麼要對我撒謊？」

就在拉杜利培縮手之際，強納生朝著他雙腿之間的胯下踢去。拉杜利培一個重心不穩，仰面跌倒在地，但強納生也很小心，盡可能不讓他摔得太重。這裡不像藍永，有輕風吹拂過的柔軟草地可以當靠墊。這院子地上鋪的可是上等的加拿大柏油。但拉杜利培沒有就此罷手，反而猛站起身，一把扭住強納生的胳膊，強押著他走進旅館後方那條又髒又臭的巷子。多年來，這裡一直是這地區男性貪圖方便時的野外廁所。拉杜利培那輛切若基吉普車就停在這條小巷子底。他們靠近那輛車時，強納生聽見車子已經發動了。

「上車！」拉杜利培對他喝令。他打開後車門，想硬把強納生推進去，只可惜動作不靈活。強納生還是爬進了車裡。其實他心裡非常清楚，他爬上去的時候只要一個出腳就能把拉杜利培放倒——只要往額上一踢，甚至還可以要了對方的命——拉杜利培那兩道粗黑的斯拉夫眉毛高度正好，強納生可以輕易踢碎他的太陽穴。在車內燈光的照映下，他看到他那個來自第三世界的塑膠袋就擺在後座。

「把你的安全帶繫上！現在就繫！」拉杜利培大吼，好像覺得只要一繫上安全帶，強納生就會像囚犯一樣乖乖聽命。

但強納生言聽計從。拉杜利培發動引擎，轉眼間，希望鎮的最後一絲光亮消失在他們身後。他們駛進加拿大的黑暗夜色，車子持續開了二十分鐘，拉杜利培才拿起一包香菸遞給強納生。強納生拿了一根菸，藉著儀表板上的點菸器點燃，又替拉杜利培也點了一根。從車子的擋風玻璃看出去，夜空遼闊，繁星點點。

「現在你總該說點實話了吧？」拉杜利培試圖維持剛才的挑釁口吻。

「我是英國人，」強納生說。「我和某人起了衝突，他搶走我的錢，我只好逃到這裡。不過我也可能逃到任何地方。」

一輛車超過他們，不過不是淡藍色的龐帝克。

「你殺了那人？」

「好像是這樣。」

「怎麼殺的？」

對著他的臉開一槍，他想。用的是一把要推槍拴的霰彈槍。我出賣了他，將他的狗開腸剖肚。

「他們說他的脖子斷了。」他跟先前一樣，以避重就輕的語氣回答，不知為何突然不太情願再撒謊。

「你為什麼就不能放過她？」拉杜利培悲憤地大聲質問。「湯瑪斯是個好人，她有幸福美滿的未來等在面前——我的天啊！」

「她人在哪裡？」

拉杜利培好像不太清楚，只是猛吸一口氣。他們正往北行駛，強納生不時從後照鏡看到一對車前燈。這是有人尾隨的車燈跡象，而且每次看感覺都一樣。

「她媽媽去報警了。」拉杜利培說。

「什麼時候去的？」強納生問道，但又想應該先問為什麼去報警才對。尾隨他們的車靠近了。給我退後，他心想。

「她去瑞士大使館查過你，而他們根本沒聽過你這個人——你還會再幹一次嗎？」

「再幹什麼一次？」

「像對付搶你錢的人一樣扭斷別人的脖子？」

「他當時拿著刀朝我衝過來。」

「他們派人來找我。」拉杜利培說，好像覺得這件事對他而言是一樁恥辱。「那個警察想要知道你是怎樣一個人。你有沒有兜售毒品，是不是打過很多電話到鎮外；你到底認識什麼人？他們覺得你是黑道老大，但沒有查到你做這些事的記錄。他們從渥太華得到一張照片，照片上的人跟你有點像。我請他們等到早上客人都睡之後再來。」

他們已經開到一個十字路口。拉杜利培把車子駛離開大馬路。他像跑了很長一段路的信差一樣，上氣不接下氣地說：「這地方跑路的人要不是往北，就是往南，」他說：「你最好往西，去安大略。別再回來了，懂不懂？你如果又回來，我就……」他吸了幾口氣才說：「也許殺人的就會換成我了。」

強納生拿起了他的塑膠袋爬出車外，走入一片漆黑中。車外正下著雨，從松樹林飄散出來的一股松脂香味瀰漫空氣中。後頭那輛緊追不捨的車超過了他們，就在那一秒強納生看見她那輛龐帝克的後車牌。不過，拉杜利培卻只是緊盯著強納生，沒注意那輛車。

「這是你的酬勞。」他邊說邊遞了一疊鈔票給強納生。

★

她從對面車道把車開回來，切過馬路中線做了個大迴轉。他們坐在她車上，車裡的燈大開，那個褐色信封就放在她的大腿上。信封並沒有打開，一角印著寄信人的姓名：渥太華對外事務部，護照部門。經由巴貝特城堡伊芳．拉杜利培轉交湯瑪斯．雷蒙——也就是那個說加拿大什麼都有的湯瑪斯。

「你為什麼不還手？」

她的一邊臉腫起來了，那側的眼睛也緊緊閉起。我就是以此謀生，他想：我總是害人毀容。

「他只是很生氣罷了。」他說。

「要我帶你到什麼地方嗎？開車送你一程？或是把你帶到什麼地點、讓你下車？」

「接下來交給我就好。」

「有沒有什麼要我幫你做的？」

他搖了搖頭，接著再搖了一次，直到他確定她有看見。

她把信封遞給他。「哪個比較好？」她有些刻薄地問：「和我上床？還是拿到護照？」

「兩個都好。很謝謝妳。」

「少來！我一定要知道！哪個比較好？」

他打開車門，下了車。他藉著車內的燈光看到她笑得燦爛。

「你差點就騙倒我了，知道嗎？該死，我差點就誤會了。如果我們只是廝混一下午，是很不錯，但如果要長久的話我絕對會選擇湯瑪斯。」

「很高興我還算有點用處。」他說。

「所以這對你來說這到底算什麼？」她咄咄逼人，但臉上依舊掛著笑容。「得了吧，至少評個分，一到九——是五呢、六，還是零？老天，我是說，難道你從不記一下分數嗎？」

「謝謝妳。」他只是再說了一遍。

他關上車門，藉著一點點天光看到她低下了頭，又抬起來，挺起肩膀，然後發動引擎。引擎發動後，她又等了片刻，專注地盯著前方。而他覺得自己動不了也說不出話。她把車開上高速公路，而且在最初的幾百碼路，車子的大燈都還沒有打開。她要不是忘了，就是根本不在乎。她似乎僅靠著羅盤就這麼行駛在夜色中。

你殺了這女人嗎？

我沒有。不過我的確是為了她的護照才跟她結婚的。

一輛貨車駛近，強納生上了車。開車的是個叫艾德的黑人，他替人做擔保時出了點問題。五小時的車程中，強納生就聽他跳針般講個不停，他似乎不吐不快。他們從一個不知名的地點開到另一個不知名的地點，路上，強納生撥電話到多倫多，一邊聽著接線員愉快的閒談，一邊等他們把他的電話轉接到加拿大東部的森林廢棄物處理所。

「我叫傑瑞米，是菲利浦的朋友。」他說。他每週都從不同的公用電話亭打去報到，而且總是說這句話。有時他會聽得到電話又被轉接到別處，有時甚至不知道他打到多倫多的電話是否真有接通。

「早安，傑瑞米！還是說你那裡現在是晚上？近來過得可好啊老兄？」

一直到現在，強納生都以為對方是個個性活潑的人，但這次跟他對話的彷彿是另外一個歐吉威，是偽裝的，複製出來的。

「請你告訴他，『影子』已經處理好，我在路上了。」

「那麼容我代局裡恭喜你一聲。」那個複製出來的歐吉威說。

那晚他夢見了藍永，也夢見成百上千的田鳧成群聚集在懸崖，並在同個時間優雅地鼓動翅膀起飛，然後打了個轉，翻滾一圈往下俯衝。直到一陣詭異的東風出其不意襲來。他見到五十隻田鳧死亡，還有更多在海面浮沉。他還夢見自己召來了鳥兒，卻又在他動身去找那個世上最可惡的惡棍時放任牠們死去。

★

安全屋就應該是這樣，波爾不禁這麼想。不再是路易斯安那州沼澤區那個住滿蝙蝠的鐵皮屋，或布魯斯貝利那個客臥兩用的房間，充斥牛奶敗壞的酸味以及前任房客留下的菸臭。此時此刻起，若要會見我們的夥伴，就要在康乃狄克州這幾座裝了白色擋風板的屋子裡；四周有十畝林地，內鋪皮革的書房擺滿教你如何成為巨富的書籍。屋外還有籃球架、防止野鹿闖入的通電籬笆，以及一盞捕蚊燈，會在傍晚發出病態的紫光，把誘捕來的小蟲燒得噗哧噗哧響。波爾堅持要辦烤肉大會，於是買了足以供應好幾個軍團的肉。他解開領帶、脫下西裝，將深紅色的烤肉醬塗抹在三塊巨大的牛排上，強納生則穿著泳褲，懶洋洋地躺在泳池畔，而前一天才從倫敦過來的魯基則坐在躺椅上抽著菸斗。

「她會講嗎？」波爾問道。沒回應。波爾又問了一次：「我剛剛問說『她會講嗎』？」

「講什麼？」強納生說。

「護照的事。你怎麼想?」

強納生又跳回水中，來回游了幾趟。波爾等他爬出泳池，問了第三次。

「應該不會。」強納生邊說邊拿著毛巾使勁地擦頭。

「為什麼不會?」魯基透過他製造出來的水氣問道。「這些人通常都會講。」

「她為什麼要講?她還有湯瑪斯啊。」強納生說。

這一整天，他們都默默忍受他的緘口不語。早上大半時間他都獨自在森林裡漫步;他們出去購物時他則坐在車裡——波爾去超級市場買吃的，魯基去「全家褲裝」替兒子買了頂西部牛仔帽。

「你把神經放鬆一點好嗎?」波爾說。「要不要倒杯蘇格蘭威士忌?或別的酒?該緊張的是我，波爾，我現在只是想做個風險評估。」

強納生為波爾斟滿琴湯尼，也為自己倒了一杯。「倫敦那邊如何?」他問。

「還是老樣子。」波爾回他。此時牛排上猛地冒出一陣烤內的煙。他把牛排翻面，將紅色醬汁塗在燒焦處。

「那個老神父呢?」魯基隔著游泳池喊。「等他發現他根本沒簽那張照片時，鐵定會嚇一大跳，是不是?」

「她說過她會打理好這件事。」強納生回答道。

「她一定是個了不起的女人。」魯基說。

「她的確是。」強納生說完又跳進水裡，在池中飛快地來回，彷彿一個永遠洗不淨身體的人。

★

他們在捕蚊燈令人神經緊繃的聲響中享用晚餐。波爾覺得這牛排並沒有他們想像的那麼差。只要肉好，就算想故意毀掉它最多也只能做到這樣。波爾不時透過燭光偷偷觀察強納生，此時他正和魯基談到在加拿大騎機車的事。你正在釋放自我，他鬆了一口氣。你復原了，其實你只是需要跟我們聊聊而已。

他們擠在那間小屋裡，魯基此時已摩拳擦掌、躍躍欲試。他把燒木柴的爐子點起來，又把兩樣東西攤在桌上：他為湯瑪斯．雷蒙所寫的引薦信，以及仲介用的私人遊艇簡介手冊。

「這船叫撒拉曼達，」魯基說。強納生自他肩後看向桌上的文件，波爾則站在屋子的另一端看他們。「全長一百三十呎，船主是華爾街的暴發戶，目前還沒招到廚子；這艘是普塞芬妮，不過那些出得起錢買她的人都唸不出這個名字，所以船主想把她改名為洛莉塔……她全長兩百呎，需要十位船員，外加六名警衛、兩個廚師和一位主管。目前他們正在物色總管，我們認為你是最好的人選。」魯基又拿出一張照片，上頭是個穿了網球裝露出微笑，看來反應挺快的人。「這人叫比利．伯恩，在羅德島紐波特經營一家船隻出租同時介紹船員的公司。兩位船主都是他的客戶，你可以告訴他你會烹飪、駕船，再把你的那些介紹信拿給他看，他不會去一一查核，而且他根本就以為寫介紹信的人都在地球的另一端。比利比較在意的是你能否勝任這些工作、是不是他所謂的『文明人』，還有，你在警方那裡有沒有前科？而你確實能勝任、是他心中的『文明人』，而且沒有前科紀錄——我是說湯瑪斯沒有。」

「洛普也是比利的客戶之一？」強納生搶在所有人之前發問。

「管好你自己就好了。」波爾在他待的那個角落出聲，大家都笑了。但在開心的笑聲背後有著一件眾人都很清楚的真相：強納生對洛普和他的生意知道得愈少，就愈不可能會害到他自己。

「比利．伯恩才是你的王牌，強納生。」魯基說。「你一拿到報酬就要送一份佣金給他。當你開始做一件新工作，一定要先通知比利，告訴他你進行得如何。好好跟著那人，他就會為你打開任何一扇你想打開的門。凡是比利疼愛的人全都非常喜歡他。」

「這是你的資格考試最後一回合，」波爾說。「通過這個回合後，就是決戰。」

第二天一早，強納生去晨泳，而其他人經過一夜休息，也都精神奕奕。魯基拿出了他的魔法盒子：一具設有調幅頻率的機密無線電。他們先走進森林玩一次捉迷藏，大家輪流藏起盒子，再把它找出來。在給予作戰指示的時間外，魯基會要強納生用它打電話到倫敦，並以它接收來自倫敦的電話，直到他對這套系統瞭若指掌。他也教他如何換電池，如何給電池充電，以及如何從交流電的插座偷電使用。講解完這具無線電電話後，魯基又拿出他另一個珍藏品：一具超小型的照相機。它長得像齊普牌打火機，但他說這不只是操作簡單而已，是真的可以拍照。他們前前後後在康乃狄克州待了三天，比波爾預定的時間長一點。

「這是我們好好談這件事最後的機會了。」他一直這樣告訴魯基，好像只要說了，不斷推遲就能被合理化。

然而要談什麼？又要談到什麼地步？事後，波爾承認，他只是想等到再也不能逃避的那一刻。但每次只要碰上強納生，他都不知道該如何開口。

「如果這樣說能讓你覺得好過點——那位女騎師還是倍受寵愛。」他這麼說是希望能讓強納生心情好起來。「她還沒從馬鞍上摔下來。」

然而關於伊芳的記憶一定還令他深深掛心，因為強納生從頭到尾幾乎沒有露出一絲笑容。

「他在埃及時一定和那個叫蘇菲的女人有過一段，一定是。」他們飛回家的途中，波爾對魯基說。

魯基皺了一下眉，表示不以為然。他並不贊同波爾天馬行空地憑直覺猜測，也不認同波爾玷汙一位逝世女性的名聲。

★

「親愛的凱蒂就跟一隻淋濕的母雞一樣瘋。」哈瑞．帕爾弗瑞在顧德修位於肯特鎮的家中客廳享受威士忌，驕傲地宣布道。他今年五十，頭髮灰白，形容憔悴，酗酒令他嘴唇變得腫脹，眼神焦慮不安。他穿著律師的黑色背心，從泰晤士河對岸的辦公室直接過來。「她就要從華盛頓搭協和噴射機回來，馬喬藍也正趕往希斯洛機場接她。這是擁戰黨派的聚會啊。」

「達克爾為什麼不自己去？」

「他喜歡置身事外。即使他們都是他的代理人——譬如馬喬藍——他還是可以說他當時不在場。」

顧德修原本想要問些別的問題，想了想又覺得還是不要打斷帕爾弗瑞的訴苦。

「凱蒂說，美國表親已經開始醒悟，注意到目前的處境。他們認為史崔斯基在邁阿密把他們當傻瓜耍，而這正是你和波爾慫恿他而且幫助他幹出來的好事。她說，她光是站在波多馬克河河畔就能看見一股濃煙從國會山莊冒出來。她說，大家都在談自家後院的新變數和權力真空。但這些她是聽來的還是自己編的，我就不得而知了。」

「我的上帝，我真是恨透了那些變數。」顧德修再為帕爾弗瑞倒一杯威士忌，藉此爭取了一些時間。「今天早上我一直埋在各種公事裡，把這一天都毀了。我的老闆步步高陞——不是晉升、不是增加、成長、進步或倍增，就是步步高陞！乾杯！」

但是，就在顧德修吐出這些字眼的當下，他突然打了一股冷顫，背後的寒毛都豎起來了，還一連打了好幾個噴嚏。

「他們到底要什麼，哈瑞？」他問道。

帕爾弗瑞把臉皺在一起，活像是肥皂泡沫弄到眼睛那樣。他把嘴湊近杯子，喝了口酒。

他說：「他們要帽貝計畫。」

# 12

理察．洛普先生的遊艇「鋼鐵帕莎號」於六點整出現在獵人島東方外海，劃破萬里無雲的夜空，像一艘攻擊快艇，在風平浪靜的海面上朝迪普灣疾駛，一點一點變得更加清晰。因為不希望有人懷疑她並非帕莎號，船員早已透過衛星無線電話在外港預訂好位置，讓這艘遊艇長期停泊。同時，他們在露天平台訂了一桌八點三十分入席的十六人份餐點，為餐後舉行的螃蟹大賽訂好第一排位置，連菜單也是經過討論才定案。大人都愛海鮮，小孩吃薯條和烤雞——假如冰塊準備得不夠，大廚會瘋掉。

現在不是熱門季節，每年的這個時候，除了從拿索和邁阿密開出的商船，加勒比海上看不到多少大型遊艇。不過，如果有遊艇想停泊在獵人島，恐怕不會受到瑪瑪．羅的熱情款待。瑪瑪．羅喜歡有錢人的遊艇，對一般遊艇則沒什麼好臉色。

★

強納生已經等了帕莎號一個星期，一見到這艘遊艇卻馬上思考自己是否被騙了，還開玩笑似的突發奇想，想逃到內地僅有的一座小鎮上，或是搶奪瑪瑪．羅那艘舊雜貨船「海螺號」。這艘船的船尾裝有馬達，此刻就停在離他遠眺帕莎號進港的地點不到二十碼處。他在心裡一次次複誦：帕莎號裝有兩具兩千匹馬力的柴油引擎，船的後甲板有向後延伸的平台，可供直升機停泊。另外，她還有超大渥斯帕船身穩定器和位於船尾的水上飛機發射器。帕莎號的確是艘了不起的船。

儘管事先知道這些訊息，他心中的憂慮仍未消除。一直到現在他都以為是自己向洛普步步進逼，但其實是反過來。他先是一陣暈眩，之後又感到飢腸轆轆。接著，他聽到瑪瑪．羅對他大喊，要他這個該死的加拿大白人快點上去，他才稍微覺得好一些。他順著木頭碼頭跑回去，沿沙路跑上小木屋。他在海邊待了幾個星期，容貌有了很大的改變。他的步伐有跑海人的閒散，目光變得柔和，臉上也有健康的光澤。他朝斜坡走去，見到西邊日落前的太陽變得巨大，周圍也形成一圈帶著黃銅的光環。瑪瑪．羅的兩個兒子沿著石子路把那張著名的圓桌滾到露天平台上去。他們分別叫做威靈頓和納爾遜，但瑪瑪．羅叫的是他們的小名「狠拳」和「濕眼」。「狠拳」今年十六歲，一身肥肉，現在其實應該在拿索上學，但他不想去。「濕眼」瘦得像把利刃，吸大麻，討厭白人。這兩個小孩推那個桌面已經推了半小時，嘻嘻哈哈，根本沒推多遠。

強納生走過他們身旁，狠拳表示：「我說，巴哈馬會讓人變笨。」

「這話可是你說的，狠拳，不是我。」

濕眼看著他，沒有任何笑意。強納生隨意地對他行了個禮，彷彿在抹玻璃那樣，並感覺他一路盯著自己走上那條小路。他想，如果我真的一睡不醒，十之八九是濕眼用他常提起的那把彎刀割斷我的喉嚨。想到這裡，他突然領悟其實在獵人島上他也沒剩幾天可以從睡夢中醒來——不論死了還是怎樣。他再次在心中推算帕莎號的位置，她開始掉轉船身了，她將需要不少空間。

「瑪斯．雷蒙，加拿大的白老粗！你聽到了沒有？你是我這倒楣黑人僱過最懶的白老粗！你什麼病也沒生，我要跟比利．伯恩說你他媽的就只是『懶』而已。」

瑪瑪．羅坐在陽台上，旁邊有位身材高䠷、容貌姣好的黑人女子。她頭上戴著塑膠髮捲。大家只知道她叫阿美莉亞小姐。他一邊拿著啤酒罐喝，一邊大聲嚷嚷。他老是愛說自己有「二十二顆石頭高，四呎寬，頭頂像電燈泡閃閃發亮」。瑪瑪．羅曾經吼過某個美國副總統叫他去死，他在千里達和托貝哥兩地都有私生子，在佛羅里達也有過成千上萬的不動產；他的脖子粗壯，總掛著一串骷髏頭金項鍊。太陽才剛落下，他就戴上那頂上教堂用的草帽，帽子邊緣有紙做的玫瑰，而整片帽頂還繡滿了「瑪瑪」字樣。

「你今天晚上要燒淡菜給他們吃嗎，瑪斯．雷蒙？」他大喊大叫，聲音大得像是強納生還在水邊。

「還是就那樣躺在那邊吹牛皮、做白日夢？」

「瑪瑪，你說要吃淡菜，那我就做淡菜。」強納生笑著回答。此時阿美莉亞正溫柔地用纖長的玉手輕碰髮緣。

「你該死的要去哪裡弄淡菜給他們，你想過沒有？有才有鬼！你只會說那些白人屁話。」

「瑪瑪，你今天早上不是跟關先生買了一籃上好的淡菜嗎？還特地為帕莎號買了十五隻小龍蝦，不是嗎？」

「你說我跟關先生那頭蜜熊買？我有嗎？見鬼，大概有吧。我說，你可要把他們餵得飽飽的，知不知道？我們有上流人士來啊，有幾位英國貴婦，還有有錢人家的小王子、小公主，我們要為他們演唱動聽的黑人曲子，讓他們體會一下什麼叫作道地的黑人風格，」說著，他又喝了一口啤酒。「狠拳，你到底要不要把那張破桌推上來？你現在就想死嗎？」

每天傍晚，瑪瑪．羅都用這種方式對他的屬下說話。在這世外桃源度過一天的磨難後，只要半瓶蘭姆酒下肚，外加阿美莉亞小姐的殷勤伺候，他的幽默感就會回來了。

強納生繞道走進廚房後方的洗手間，換上白色衣服，並想起了伊芳。每次換上白衣他都想到她。伊芳已經暫時取代蘇菲的地位，成為令他唾棄自己的象徵。他體內一陣陣的緊張湧動著一股對性的衝動，當他切著培根和大蒜時，指尖總不住刺痛。觸電般的期待像電流一樣在他背上擴散。這間廚房和船上的廚房一樣，乾淨又整齊，有不鏽鋼流理台和哈伯特洗碗機。強納生邊工作邊透過鐵窗看著鋼鐵帕莎號向前航行，同時也注視著她的雷達桅桿和半圓形的衛星通訊系統，還有卡萊爾和芬曲探照燈。從他所站的位置，還可以辨識出位於船尾的紅色船旗正在飄揚，以及掛在船艙裡的金色窗簾。

「你愛的人都在船上。」波爾曾在電話上這麼對他說。電話亭是從迪普灣碼頭朝海的方向走去，左邊數來第三間。

梅蘭妮．羅絲在水槽前邊削地瓜邊跟著收音機唱著福音歌曲。梅蘭妮．羅絲在教會教主日學，跟一個叫西索的生了一對雙胞胎女兒。這位西索先生三個月前買了一張來回票回以路瑟拉，至今尚未使用那張回程票。而梅蘭妮．羅絲深深相信，西索也許某天還是會回到她身邊。同時，西索原本擔任的廚師職位就由強納生暫代，成為瑪瑪．羅的第二位廚師。每到星期六，梅蘭妮．羅絲就會找歐圖爾來安慰自己。歐圖爾正在洗魚桌前清洗鱸魚。由於今天已是星期五，他倆便開始熱絡起來。

「妳明天要去跳舞嗎，梅蘭妮．羅絲？」歐圖爾問道。

「一個人跳舞多沒意思，歐圖爾。」梅蘭妮・羅絲用輕蔑的口吻說道。

瑪瑪・羅大搖大擺走進來，一屁股坐在他的折疊椅上，笑著搖了搖頭，彷彿某個縈繞不去的旋律又在腦中響起。一名跑船的波斯人最近做了個禮物送他：一串忘憂念珠。這串念珠正掛在他粗大的手指上。太陽差不多要落下了，此刻，帕莎號正在外海上鳴笛致意。

「該死，你倒是挺在行的。」瑪瑪・羅以欽佩的語氣輕聲說道，轉頭透過敞開的門瞪著那艘船。「你這該死的有錢白人，理察・安斯路・洛普，他媽的洛普。瑪斯・雷蒙，你小心點，今晚得把菜燒好，不然帕莎號的那位洛普先生鐵定會把你宰了吃，而我們這群倒楣黑鬼就得吃他剩下的屑屑，撿他盤裡剩下的。」

「他那些錢是怎麼賺來的？」強納生一邊努力工作一邊問。

「你說洛普嗎？」瑪瑪・羅難以置信地問：「你是說你不知道嗎？」

「我的確是不知道。」

「瑪斯・雷蒙，你最好是，然後我也不知道，而且我很確定也不要問。他在拿索有個大公司，雖然現在差不多快把老本賠光了。在不景氣的時候還能這麼有錢，那他一定是三頭六臂的惡棍。」

再過一會兒，瑪瑪・羅就要開始熬煮佐龍蝦的辣椒醬。到時整個廚房就會陷入一陣令人畏懼的肅穆。目前為止，沒有一個廚師助手敢說那些船不是為了瑪瑪的辣椒醬才來獵人島的。

★

帕莎號進港了，船上的十六個人也很快就會到。當第一批用餐者在少數幾張桌前就座時，廚房彷彿充滿一種戰鬥氣氛。沒有人再談當年勇，沒有人急急忙忙塗上偽裝用的迷彩，也不再緊張地檢查武器。這組人變成一支沉默的團隊，只用眼神和動作彼此溝通，像無言的舞者一般穿梭來往。當又一個彷彿童話的夜晚在瑪瑪．羅的船上揭開序幕，就連「狠拳」和「濕眼」也在緊張氣氛中安靜下來。阿美莉亞小姐頭上仍戴著塑膠髮夾，站在收銀機前準備收她的第一筆帳。瑪瑪．羅戴著他遠近馳名的帽子到處穿梭，一會兒低聲用一連串粗話讓工作夥伴集中注意力，一會兒又到前線對他可恨的敵人虛情假意一番；接著又退回廚房，努力壓低他的大嗓門，以更有效率的方式發號施令。

「八號桌，那位漂亮的白女士──根本是隻該死的毛毛蟲，什麼都不吃，只吃萵苣葉。兩份『瑪瑪沙拉』！歐圖爾！六號桌的小混球除了漢堡什麼都不要！給他一個小鬼漢堡，吐口水在上面！這個世界到底是怎麼了，歐圖爾？難道他們連牙都沒了嗎？難道他們連魚都不吃了嗎？濕眼，拿五瓶七喜和兩瓶『瑪瑪綜合飲』到一號桌。拿走，瑪斯．雷蒙，你就繼續煮你的淡菜，再來六打也可以，聽好，不管怎樣一定要留下給帕莎號的十六人份。淡菜直通五臟六腑，這群先生小姐今晚都要吃得盡興，而且全靠你的淡菜。歐圖爾，調味料在哪裡？不會都被你給喝掉了吧？梅蘭妮．羅絲，妳得翻翻那些馬鈴薯了，否則一瞬間就會變得跟喪服一樣黑。」

鋼鼓樂隊的演奏籠罩一切，這個樂團由六個強壯的獵人組成，在陽台上那座向外伸出的屋頂上熱情洋溢地演奏，唱手的臉上汗涔涔，在繽紛的燈光下顯得神采煥發。他們身上的白襯衫也在照射燈底下熠熠發光。名叫亨利的男孩正在唱卡利普索⑱。亨利在拿索賣古柯鹼，因此坐了五年的牢，再出現的時候看來蒼老許多。梅蘭妮．羅絲對強納生說，亨利被痛打過後就失去了愛人的能力。她露出悲哀的笑容說：「有些本地人說，也許就是因為這樣他的音才能唱得那麼高。」

這晚很忙，是瑪瑪．羅一週裡最忙碌的一晚，而他之所以格外興奮，也是因為如此。瑪瑪．羅要準備五十八份的晚餐，而他透過眼鏡看到十六個人正往山上來——而現在還只是淡季呢。強納生整整忙了一小時才偷到一點空閒做他想做的事。他拿冷水澆在頭上，接著又透過活門上的窺視孔打量顧客。

★

這是近身觀察者的視角：細心、有技巧，而且徹底。在接觸之前先對獵物做一次低調的深度研究。以往，強納生進行這項任務時可以延續數日——在溝渠裡、樹籬中、藏身於穀倉，雙手和臉頰都塗上偽裝迷彩，戰鬥裝縫上真正的樹葉。他現在也是在做一樣的事。我要等到有百分之百把握的時候，才會走到他的面前。

首先是下方的海港，燈光和幾艘遊艇圍成馬蹄鐵的形狀，像是一簇簇營火點燃在光滑如鏡的水面，只要稍稍抬起視線，就能看到她：鋼鐵牌公司的帕莎號。她從船頭到船尾都燈火通明，妝點得金光閃閃，好像要參加嘉年華。強納生還能分辨出警衛的身形：一個在前，一個在尾，還有一個潛伏在船橋的

⓲ Calypso：西印度群島千里達島（Trinidad）的一種地方歌謠。現漸成為主要的跳舞歌曲（Song-Dance），舞者邊唱邊跳，歌詞是英語、法語或混合非洲式押韻的即興作品，主題多為時事，採諷刺風格。源自十八世紀。

陰影底下。他們之中沒有弗里斯基，也沒有托比。這兩人今晚在陸地上當班。強納生按既定的策略，一步步轉移他的視野。首先上移到沙路，再向下到浮木拱道。過了拱道就是瑪瑪·羅神聖的王國。他掃過被燈照亮的木槿叢還有在海盜旗兩側晃盪的那幾面破爛的巴哈馬旗幟，接著，目光停在舞池中，看到一對年紀非常大的老夫婦緊緊擁著對方，好像十分難以置信地用指尖撫摸對方的臉。強納生猜想，他們一定正在流亡，慶幸著自己仍能苟活在世；而年輕人則熱情地緊緊相依，靜靜享受音樂與節拍。強納生發現有兩位年約四十、體型壯碩的男人，在一張靠近舞池的桌旁。兩人穿著百慕達短褲，胸膛結實得像摔角選手，一副盛氣凌人、隨時準備上演全武行的模樣。你們也是嗎，他在心裡問著他們，你們也是洛普養的走狗嗎？

「也許他們會用『香菸號』，」魯基曾說，「它的船身低，行駛速度非常快，好駕駛，無需牽引。」這兩人是黃昏前駕著一艘全新白色汽艇出現的，至於那艘船是不是所謂的「香菸號」，他不知道。不過，他們的確有職業人士的那種沉著感。

他們站起來，拍拍臀部，旅行袋拎在肩上。其中一人對瑪瑪·羅做出羅馬式的揮手。

「先生！這裡真好！菜做得好，真是太好了。」

他們高舉手臂，大搖大擺地走下沙徑，上他們的船。

強納生斷定他們只是無名小卒，跟其他人一樣普通——或許是，或許不是。

他把目光轉移到另一張桌子，那裡坐著三個法國人和他們的女伴。他們喝太多了，他想。這些人面前已經放了十二份瑪瑪·羅的綜合飲，而且都沒有人把自己的飲料倒進花瓶。他把視線焦點放在中間的酒吧，背後有遊艇的三角旗、藍色馬林魚頭和搶來的領帶，酒吧裡有兩個打扮得很亮麗的黑人女孩坐在高腳凳上，正與兩位年約二十出頭的黑人男子聊天。搞不好是你，他想，搞不好是那兩個女孩。搞不好你們都是。

他從眼角餘光瞥見一艘低矮的白色汽艇駛出迪普灣。我的嫌疑犯消失了——似乎是這樣。

他的目光又向上移到露台，看著世上最壞的惡棍正被侍從、弄臣、保鑣和孩童簇擁著，在屬於自己的卡美洛⓳裡飲酒作樂。一如他那艘支配了港口的遊艇，理察・安斯路・洛普先生也支配著他的圓桌、露台和這家餐廳。他跟他的遊艇不同，沒有妝點得燈火通明、光鮮亮麗，而是像個隨便穿了幾件家居服就出來幫朋友開門的人，只是隨意罩了一件水藍色的套頭衫。

不過他仍持續在發號施令——從他猶如貴族的冷靜頭腦、迅速堆上臉孔的笑容和臉上流露出的智慧；從他自己說話或聽人說話時聽眾對他的全神貫注，還有那張桌子周遭的一切；從桌上的盤子、酒瓶、綠色吊瓶中的蠟燭，還有孩子的面孔——這些事物以他為中心，有的近一些，有的遠一些。就連像他這樣細心的觀察者也無法忽視這人的魅力。洛普，他心想，是我啊，潘恩，我就是叫你不要買義大利大理石雕像的那個人。

他在思考這些事的時候，露台上突然爆出哄堂大笑。洛普帶頭笑開，而且眾人大笑的起因也是他，因為他正揮動著古銅色的右手臂，昭示那個叫人捧腹大笑的笑點，同時，他也對著桌子對面的那位女士

---

⓳ Camelot，傳說中亞瑟王與圓桌武士的宮廷所在地。

抬起頭。由於距離太遠，強納生只能看清楚她那頭蓬散的栗色亂髮和裸露的背；他馬上想起那包在梅斯特先生的睡袍中、吹彈可破的皮膚、修長的美腿，以及戴在她那雙手和脖子上的串串珠寶。他感到一陣怒意——一如初次見她時流過全身的衝擊以及油然升起的憤怒。為什麼像她這樣這麼年輕、面貌姣好的女子，會投身洛普這樣惡人的羽翼之下？甘願作他的俘虜？她笑了，又是那種滑稽的笑容。有些怪、有些粗野，而且帶著嘲諷。

他把她從心中壓下，目光又移到孩子聚集的桌子。藍伯恩有三個小孩，麥克阿瑟和丹比各一個，波爾曾說。洛普是為了讓丹尼爾高興才帶他們一起來的。

最後出現的是丹尼爾本人。他今年八歲，頭髮蓬亂，臉色蒼白，下顎線條堅毅。強納生愧疚地把目光停在丹尼爾身上。

「我們能不能用別的人？」他問過魯基，卻碰了壁，一點轉圜的餘地也沒有。

丹尼爾是洛普的心肝寶貝，魯基回答，而波爾望著窗外表示：有最好的為什麼不用？

波爾說，那不過是五分鐘的事。強納生，對一個八歲小孩來說五分鐘算什麼？

永生難忘。強納生一邊想，一邊憶起屬於他的那幾分鐘。

此時，丹尼爾一臉嚴肅地跟珍德講了些什麼。珍德低頭跟他說話時，蓬亂的栗色頭髮中分得完美無瑕。燭光在他們兩人臉龐周圍形成金色的光芒，丹尼爾拉著她的手臂，她站起身，看了舞台上的樂隊一眼，好像喊了個她認識的人。她搖曳著輕薄的裙子，一隻腿跨過石凳，然後是另一隻腿。就像個十幾歲的少女跳過花園大門。珍德和丹尼爾手牽手，蹦蹦跳跳走下石階。她是上流藝妓，波爾說過。她的記錄裡沒有別的。而強納生看著她挽著丹尼爾的手，心想：那得看你都記錄到了什麼。

★

時間暫停了。樂隊正以緩慢的節奏演奏著森巴，丹尼爾抓住珍德的臀部，好像要上她似的。她的姿態優美，近乎犯罪。突然一陣騷動，打斷了強納生的幻想。丹尼爾的褲子不知道怎麼回事，珍德抓住他的褲腰，笑著幫他掩飾尷尬。丹尼爾褲子最頂端的那顆鈕釦突然鬆開，於是珍德靈機一動，從梅蘭妮．羅絲的圍裙上借了一支特大號的安全別針把它別起來，丹尼爾終於露出笑容。洛普站在矮牆向下俯視，像個正在驕傲地檢閱自己艦隊的海軍上將。丹尼爾一看到父親正在看他，便放開了珍德，向他猛力揮手，十足的孩子氣。而洛普則是豎起大拇指回應。珍德向洛普獻上一個飛吻，抓起丹尼爾的雙手向後靠，嘴裡提示著節奏，讓他跟上。森巴的節奏變快了，丹尼爾漸漸抓到訣竅，稍微放鬆了一點。珍德似水轉動的臀部幾乎可說是大眾不宜。所謂世上最大惡棍未免也太過幸運了。

★

強納生目光移回露台，大略掃過洛普那群人中其他組成分子。弗里斯基和托比隔桌對坐，弗里斯基比較喜歡左邊的精彩節目，托比則觀賞著眾食客和舞池裡的動態。兩人似乎都比強納生記憶中的更魁梧。藍伯恩爵士的金髮仍在腦後紮成馬尾，正在和一位漂亮的英國小姐聊天，而他那位陰鬱的妻子則皺著眉瞪視舞池裡的男男女女，而他們對面坐的是方才跟這對貼身保鑣在一起的柯爾克蘭少校。他拿著一頂鑲有老式伊頓風飾帶的破舊巴拿馬帽，正對著一個穿高領洋裝、長相普通的女孩獻殷勤。她一會兒皺眉，一會兒漲紅臉；一會兒傻笑，然後又斂起表情，認認真真吃下一大口冰淇淋。

那位再也無法行房的歌手亨利站在塔頂，突然開口唱了一首卡利普索，講的是一個非常想睡卻無法入眠的女孩。舞池中，丹尼爾的胸口貼在珍德的腹部，頭則頂著她的乳房，雙手仍抓著她的臀部。珍德就這樣讓他黏著自己，靜靜搖擺。

「六號桌的小姐，她奶頭像小狗一樣。」歐圖爾表示，一邊用裝了瑪瑪．羅綜合飲的盤子頂了一下強納生的脊椎。強納生最後一次注視了洛普一眼，便把臉轉向大海。月影從那艘燈火通明、彷彿幻想出來的遊艇那兒一路延伸到地平線。

「瑪斯．雷蒙，敲響聖鐘吧，先生！」瑪瑪．羅喊著，一面大剌剌地把歐圖爾推到一旁。他腳上是一雙古舊的馬靴，戴著樹皮遮陽帽，手上還拎著他最出名的黑籃子和馬鞭。強納生跟著瑪瑪．羅到陽台上敲響銅鐘。無論是他頭上戴著的廚師帽還是一身白的廚師服，都使他成為顯眼的目標。鐘聲向外海盪開，洛普這行人中的孩童一個接一個從露台往小徑走去，大人則由藍伯恩和兩名家世不錯的瘦削年輕人帶領，以不急不徐的步伐跟在後頭。樂隊開始擊出一連串鼓聲，四周的火把熄滅，各色聚光燈將舞池映照得像溜冰場一樣熠熠發光。當瑪瑪．羅移向舞台正中央，手上的鞭子抽得劈啪響，洛普和他的隨從也開始移到前台預定好的位置就座。強納生向外望著大海。那艘可能是「香菸號」的遊艇已在不知不覺間消失。他想，大概是繞過海岬往南去了。

★

「我所站的地方就是起跑線！要是有哪隻黑螃蟹在槍聲前偷跑，我就狠狠抽牠十鞭！」

瑪瑪．羅的樹皮頭盔斜戴在腦後，像個英國殖民地總督一樣開始他那遠近馳名的表演。

「此處就是充滿歷史異議的圓圈，」他邊說邊指著腳下的圓形紅斑，「這就是終點。在這地方，籃子裡面的每一隻螃蟹都有一個號碼，每隻螃蟹都得拚命用力跑，如果不跑，我要知道原因何在。沒有跑到終點的螃蟹就會被宰來吃掉。」

又是一陣霹靂啪啦的揮鞭聲，笑聲逐漸沉寂。舞池邊，狠拳和濕眼正從瑪瑪．羅小時候坐過的嬰兒車裡拿出綜合飲，免費分給每個人。大一點的孩子盤腿坐著，那兩個男孩抱著胸，女孩則抱膝坐著；丹尼爾吮著大拇指靠在珍德身上，洛普就站在她身旁。藍伯恩爵士用閃光燈拍了張照片，惹得柯爾克蘭少校不太高興。「山第，老兄，看在上帝的分上，這回不能留在記憶裡就好嗎？」他低聲說。月亮像一盞粉紅色的羊皮紙燈籠掛在海面上，港口燈光形成一道弧，一閃一閃。在強納生站的陽台上，歐圖爾雙手環抱梅蘭妮．羅絲的臀部，她則扭著身體，欲迎還拒。只有戴著髮捲的阿美莉亞似乎置身事外。她的身影映在他們身後那扇廚房裡亮著光的窗上，正在專心數鈔票。

樂隊又擊出一陣鼓聲，瑪瑪．羅彎下腰，抓起那只黑色柳條籃的蓋子，高高舉起，螃蟹都等著他一聲令下。狠拳和濕眼拋開他們的嬰兒車，手拿票券簿走到觀眾席中。

「三隻螃蟹一起比賽！每隻螃蟹賭注都一樣！」強納生聽到狠拳這麼喊道。

瑪瑪．羅不斷煽動觀眾跳進來參與。

「我正在物色！正在物色！」他用他的黑人嗓門盡力叫喊。「我正在物色一位最純粹、最好的白人基督徒。透過這幾隻蠢螃蟹，他會知道自己背負什麼責任，我要找一個不容他人頂嘴和反抗的人——你，先生！我現在要把我卑微的小小希望放在你身上了！」

他把鞭子對準丹尼爾，而丹尼爾則發出一個有點想笑又有點認真的叫喊，把臉埋進珍德的裙子，然後又迅速飛奔到觀眾席後面。此時有個女孩已經自告奮勇跑上前，強納生聽到那兩個有錢人家的男孩對著她鼓掌，大聲叫好。

「幹得好，莎莉！把他們修理一頓，莎爾絲，太棒了！」

強納生仍是從陽台上居高臨下俯視著酒吧。酒吧中有兩對男女聚在一起，熱切地談著話，完全不管舞池中有何動靜。他的視線又回到觀眾席，回到樂隊，然後再回到這兩者中間那瀰漫危險氣息的黑暗中。他們一定會從露台後面進來。他們會用台階旁的小樹叢作掩護。你別亂跑，一定要待在廚房的陽台上，魯基說。

那個叫莎莉還是莎爾絲的女孩拉長了臉往黑色籃子望。鼓手又掄起一陣鼓聲。莎莉鼓起勇氣，先把一隻手伸進黑色的籃子，又把另一隻手也伸了進去——最後她整個頭都伸進去了，惹得眾人一陣驚叫大笑。她頭冒出來的時候一手拿著一隻螃蟹，把牠們並排在起跑點上。就在此時，藍伯恩的照相機響個不停，鏡頭不斷伸縮，閃光燈也不斷在閃。她又把頭伸進籃子，抓出第三隻螃蟹放在起跑點上，然後在那兩個富家少爺的喝采中跳回自己的座位。塔頂的小喇叭手吹起號角，回聲縈繞不去。此時，一聲槍響劃破夜空，弗里斯基立刻半蹲伏地，而托比出手推開觀眾，騰出射擊的空間，卻不知道該開槍打什麼人。就連強納生一時間也茫然搜尋著開槍者，直到他看見瑪瑪．羅，他的帽沿下冷汗直流，手上那把起跑鳴槍的冒煙槍管正指向夜空。

螃蟹開始跑。

★

彷彿只是日常流程，事情就這麼發生了。

沒有模式，沒有徵兆，沒引發騷動，也沒聽到尖叫，除了洛普命令弗里斯基和托比的聲音。「不要動，現在什麼也別做。」除此之外，什麼聲音都沒有。

真要說有什麼令人印象深刻的話，不是聲響，而是靜寂：瑪瑪．羅不再高談闊論，樂隊不再演奏，富家少爺也不再大聲喝采。

這份沉寂慢慢擴散開，就像交響樂團在排練時出狀況突然叫停那樣。即使是樂團裡最堅定或最無所謂的樂手，在勉強繼續吹了幾節後聲勢也會減弱，最後完全停下。在後來的一段時間裡，強納生注意到的就是獵人島上的眾人不再發出聲響後傳入耳中的一切：鳥叫、蟬鳴、企鵝岬外海珊瑚水域海浪拍岸的聲音、墓地中某隻野馬的嘶鳴，以及某個在迪普灣工作到很晚的人擊打船舷發出的槌聲。再接下來他就什麼也聽不到了。這陣寂靜漸漸擴大，變得極為駭人。而強納生，他站在陽台上，擁有極佳的視野，望見那兩個身手老練的壯漢。這兩人一入夜就駕著嶄新的白船「香菸號」離開，而現在，他們像跟教友收取奉獻的教會人士一樣一排排搜刮來者的手提袋、皮夾、皮包、手錶，以及從後褲袋掏出的小額鈔票。

噢，還有珠寶——嚴格說是珍德的珠寶。強納生剛巧看到她抬起裸露的雙臂，先拆下左耳的耳環，再拆下右耳，接著再把頭髮往一邊撥開，微微彎身，又從脖子上卸下項鍊，她的動作彷彿準備要上誰的床似的。波爾說，除非妳是迪基．洛普的女人，不然在巴哈馬群島這種地方沒有一個正常人會把珠寶戴在身上。

然而眾人依舊無聲無息，大家都懂規矩，沒有反對者，沒有人抵抗，也沒有人表現出不悅的神色。他們對搶匪百依百順的理由很簡單：這兩個搶匪其中一人拿著一只塑膠製公事包收納眾人的獻禮，而他的同夥則推著一輛舊嬰兒車，車上載了蘭姆和威士忌的瓶子，以及裝了罐裝啤酒的冰桶。而坐在啤酒和酒瓶之間的正是八歲的丹尼爾．洛普。他就像一個被拿來當活祭品的小活佛，頭上頂著一把手槍，正在經歷波爾所說的「五分鐘」——對像他這種年齡的孩子來說，這麼短的時間根本不算什麼。也許他沒說錯，因為丹尼爾正面帶微笑地跟大家開玩笑，並且暗自慶幸能擺脫那可怕的螃蟹比賽。

不過強納生無法領會丹尼爾的玩笑。相反的，他看到一絲光芒，彷彿一團豔紅怒火從眼中某個不知名的角落冒出。他覺得有一股強烈的召喚力量，要他加入戰鬥。當年，他對著在夜視鏡裡泛綠光、手上沒有任何武器的愛爾蘭青年清空了海克勒手槍裡的每一發子彈。這是在那夜之後他初次聽到這麼強烈的呼召，強烈到讓他根本不假思索。他無時無刻、醒著睡著都在準備為這一刻硬起心腸；他得去感受、畏懼、計畫此事，不斷進行沙盤推演：如果他們這麼做，那麼合理的反應應該是這樣；如果他們在這裡，那麼接下來就會到那裡。不過，他沒有算到自己的情緒，直到現在——他當下的第一個反應與他的計畫並不相符。

他在陽台上盡可能退避到暗處，脫掉身上的白色廚師帽和廚師服，然後穿著短褲跑進廚房，快步朝櫃檯走去。此時阿美莉亞小姐正在那兒擦指甲油。他抓起她的電話，把話筒貼近耳朵，對著話筒講了好久，只是為了證明一個他早就知道的事實：電話線已經切斷了。他抓起了一塊擦碗布，跳到廚房正中央的桌上，拆掉廚房裡照明用的霓虹燈條。同時，他又命令阿美莉亞小姐讓櫃檯原封不動保持原樣，並且立刻上樓躲起來——不許發牢騷，不許把錢帶走，不然他們就會去追她。藉著外面弧光燈的照明，他衝到自己擺放刀架的工作台，挑了一把最鋒利的切肉刀跑出去——不是跑回陽台，而是穿過洗碗間，跑到南邊的餐廳員工出入口。

為什麼是刀？他邊跑邊想。為什麼是拿刀？我拿這把刀是想把誰剁成碎片？不過想歸想，他還是把它握在手上，沒有扔掉。手上能握著一把刀，他很高興，因為只要手上握著武器——不管是哪一種——總強過兩個赤手空拳的人。至少手冊上是這麼說的。

一出門他就往南跑，一路壓低身體，越過那些百年的仙人掌和海葡萄樹，到達可俯瞰古斯海峽的崖壁。他氣喘吁吁、汗流浹背，但看到了他要找的東西——那艘白色汽艇。它就停在海岬入口的東邊，方便那兩人逃走。他並沒有停下來欣賞風景，而是持刀向後跑進黑漆漆的廚房。儘管來回只花了不到一分鐘，但已經足夠讓阿美莉亞小姐跑到樓上躲好。

透過熄燈的廚房中靠北的那扇窗，強納生一面觀察一面思考那兩名搶匪的行動，值得慶幸的是，那瞬間他終於克制住最初那股想殺人的憤怒；他的目標更清楚，呼吸也更穩定，而他總算多少能控制住自己的衝動了。但那股怒氣究竟是哪兒來的？是從他內心深處難以言說的黑暗吧。這股怒氣猛地升起，猶如滔滔巨浪那樣淹過了他，而它的源頭仍是未知之祕。他握緊了刀，拇指在上，強納生，就跟在麵包上塗奶油一模一樣……揮動刀子，注視他的雙眼……先不要出手太低，用另一隻手稍微擾亂他……

柯爾克蘭少校戴著巴拿馬帽，找到了一張椅子跨坐在上面，雙臂交疊在椅背上，下顎頂著手臂，望著這兩名搶匪，好像覺得他們是在表演一場時裝秀。藍伯恩已經把他的照相機交出去，但那個拿公事包的男子一副看了就討厭的模樣將它扔到一邊。強納生聽見他故意拉長了聲音說：「你他媽的。」弗里斯基和托比兩人彷彿被鬼附身，在離他們目標不到五碼處動也不動地站著，嚴陣以待，預備隨時出手。但洛普的右手仍伸在半空中，禁止他們有任何動作，他的眼神則一動也不動地緊盯著丹尼爾和這兩名搶匪。

至於珍德，她身上已經一件珠寶都沒有了，一個人孤零零地站在舞池邊，緊張得不住顫抖，撐開了手指壓在大腿上，像是要阻止自己向丹尼爾奔去。

「如果你要的是錢，儘管拿。」強納生聽到洛普說。他的語氣極為平靜，就像是在和幫忙跑腿的小孩說話。「你要十萬塊美鈔嗎？我有現金，就在船上，你隨時都可以來拿，只要把孩子還給我。我不會要警察去抓你，只要把孩子還我，我一定讓你們走。你聽得懂嗎？你會講英文嗎？柯基，用西班牙文跟他們講講看？」

柯爾克蘭開口了，他按照吩咐以純正的西班牙語把洛普的話重複給他們。

強納生瞄了櫃檯一眼，阿美莉亞的抽屜還敞開著，數了一半的鈔票一疊疊散在櫃檯上。他注視著由舞池通往廚房那條迂迴的Z字通道。這條通道不但陡，而且路面鋪得粗糙不平，只有腦袋有問題的人才會把一輛裝滿東西的嬰兒車從這條通道推上去。那通道也被燈光照得白茫茫一片，因此不管是誰，只要踏進黑漆漆的廚房都會一瞬間目盲。強納生從皮帶底下抽出刀，冒汗的手掌在短褲後方擦了幾下。

這夥搶匪開始往通道上走。搶匪挾持人質的方式對強納生而言非常重要，因為這將決定他的行動計畫。波爾稱之為「以假亂真計畫」。他曾說，強尼，你聆聽周圍時要像個瞎子，觀察事物時要像個聾子。然而，截至目前為止，他印象中還沒有人告訴他該如何單憑一把切肉刀就從兩個槍手那裡救下一個八歲的人質——還要全身而退。

他們一腳踏上了通道，底下那群人一動也不動地待在原地，每個人的臉都被弧光燈照得發亮，直盯著他們看，沒有一個人有動作。珍德仍孤單地站在那兒，頭髮在燈光下泛著黃銅色的光芒。強納生又開始覺得迷失了，幼年時期那些不愉快的記憶在他眼前如洪水湧過：已解決的屈辱過往，還有未得到回應的祈禱。

走在前頭的是拿公事包的搶匪，他的同夥則跟在二十碼之後，拉著丹尼爾的手踏上通道。丹尼爾不再開玩笑了。前頭那人拎著公事包大步疾行，押著丹尼爾的人走路的姿勢古怪又彆扭，不斷轉過身以自動手槍恐嚇人群和孩子。他以右手拿槍。強納生把這點記下來。他露出手臂，槍上的保險是打開的。

「你難道不想跟我談條件嗎？」洛普從舞池那裡喊道。「我是他父親，你們為什麼不跟我談談？來做個生意如何？」

此時珍德開口了，嗓音中半是恐懼、半是挑釁，像個在下令的女騎師。「你們這些只會欺負弱小的傢伙，為什麼不抓大人？要抓就抓我們——不如抓我好了。」她的音量愈來愈大，害怕與憤怒彷彿全混在一起。「把他還回來，你們這些混帳。」

挾持丹尼爾的人聽到珍德的挑釁，便扭著丹尼爾轉身面對她，同時用槍抵著他的太陽穴，學電影裡的反派台詞，以沙啞的布隆克斯口音咆哮：

「只要有人敢跟上來，敢過來這條路，敢攔住我們，我就宰了這孩子，聽到沒有？我先殺他，再殺你們。我沒在怕，我可是殺人不眨眼的。你們都給我乖乖地待在底下，不許說話。」

強納生伸出雙手，臂上血脈賁張，指尖全在顫動。有時他的雙手彷彿有自己的意識，會反過來拉著他行動。急促的步伐使勁踩過陽台的木地板，廚房門猛地被推開，有人伸手進來摸索電燈開關，又扳了幾下，但沒有用。某個聲音上氣不接下氣地說：「他媽的，老天，到底是在哪裡呀？媽的！」接著那巨大的身影朝櫃檯的方向絆了一跤，倏然停步。

「有人嗎？誰在這裡？他媽的燈呢？他媽的為什麼燈不亮？媽的！」

這是那個布隆克斯佬，強納生趴在那扇通往陽台的門後，再次暗記在心。即使那人的說話聲離他很遠，他還是認出了道地的布隆克斯口音。那人又移動了一下，一手將公事包拿在前方，以另一手摸索方向。

「是誰在這裡，給我滾出來聽到沒有？我警告你，小孩在我們手上。要是想亂來我們就把小孩給宰了。不准跟我們玩花樣。」

不過，就在此時，他發現櫃檯上那一疊疊的鈔票，就順手把它們都掃進了公事包。他把錢掃光之後又回到門口。此時，強納生和他只有一門之隔。他對著同夥大聲喊叫。

「我要下去了，麥可！我要去發動船——你聽到沒有，幹！搞什麼鬼！」那口吻一副全天下人都欠他似的。他快步穿過廚房，到達洗碗間的門口，一腳將門踢開，朝通往古斯海峽的小徑跑去。與此同時，強納生聽見那個挾持著人質丹尼爾、叫作麥可的搶匪走過來。強納生再次在短褲上壓了壓冒汗的手掌，把汗擦乾，接著從腰帶上抽出刀，換到左手——刀尖朝上，彷彿要由下而上將某人開膛剖腹。同時間，他聽見丹尼爾的啜泣。聽起來像一聲哽咽，也像悶著哭泣，就那麼短短一瞬。他應該是在哭出聲前就硬是忍住。半是啜泣，帶著一點疲倦、著急、厭倦或挫敗——不分窮苦或富有，任何孩子都曾發出這種聲響。他們或許是因為耳朵不太舒服，要你過來幫他蓋被、哄他入睡，否則就吵著不肯上樓睡覺。

但聽在強納生耳裡就像是他童年的呼喊。它曾在每一道迴廊、每一座軍營、每一間孤兒院，以及每個「阿姨」給他的空房間中迴盪。他克制自己，再等一會兒，清楚遲一點再發動攻擊更有勝算。他覺得自己的心跳慢下來，看見紅色霧氣凝聚在眼前，身體彷彿沒了重量，一無所懼。他見到了蘇菲，她的面容完美無瑕，臉上帶著微笑；他聽見大人沉沉的步伐，後頭是小孩不情願地拖著腳步跟隨的聲音。他知道這是挾持丹尼爾的搶匪拉著他從木陽台走了兩步階梯、下到了鋪磁磚的廚房地板。在搶匪踏上石磚地的瞬間，強納生從門後一個箭步竄出，雙手扣住那人持槍的臂膀，毫不留情地使勁一扭，足以折斷他的手臂；同時，他也大叫了一聲。這持續的宣洩呼喊是想要換口氣，想呼救、想要脅、想為隱忍了太長太久劃下一個句點。那把手槍啪一聲掉在磁磚地上，被他一腳踢開。強納生抓著那人受重傷的手臂拖到門口；先抓住門，再整個人壓在門上，硬將那人的膀臂夾在門和門柱之間令他動彈不得。那個叫麥可的男人也吼了起來，但當強納生將利刃抵在他冷汗直冒的脖子上時，他立即停止尖叫。

「該死！」麥可又痛又驚，低聲說道：「你搞什麼？他媽的！你是瘋了還是怎樣？我的天！」

「下山去找你媽，」強納生對丹尼爾說，「走，趕快走！」

雖然此刻他滿腹怒氣，但仍格外謹慎地選擇自己的措詞，因為他知道自己以後可能會持續受到現在說的話的影響——區區一名廚子為什麼會知道丹尼爾的名字？怎麼曉得珍德不是他母親、還有他的生母此刻正遠在數千里外的多爾賽特？但他說話時便發現丹尼爾其實已經聽不到他了，男孩正凝視著強納生身後的另一扇門。一定是那個拿公事包的人聽到尖叫，打算回來幫忙。

「這個混帳扭斷我的手臂！」那個叫麥可的大吼，「瘋子！他媽的放開我的手！傑瑞！他有刀！別惹他。我的手斷了，這傢伙他媽的扭了我的手兩次，沒在開玩笑；他是神經病！」

但強納生依舊揪著他那隻可能已經斷了的手臂，以刀抵著這人粗壯的脖子，他仰起頭，張著嘴，活像是在看牙醫，汗濕的頭髮披在臉上。而眼前紅霧瀰漫的強納生如有必要可以不擇手段，絕對不會良心不安。

「回去那個台階，上去，」他故意壓低聲音，不想嚇到丹尼爾，「小心點，快走，快！」

即便再不情願，丹尼爾還是在他催促下轉身離開。他轉過頭，步伐踉蹌地走下階梯，朝著那排弧光燈和僵在那裡的人群跑去，同時在頭上高高揮舞著一隻手，像要召告他的成就。於是在那個叫傑瑞的用槍托揍他，接著又打了強納生的右臉和眼睛，到第三下的時候，這成為他腦中唯一能慰藉他的畫面。他彷彿飄浮在蘇菲滿地的血泊中。當他躺在地上、等著恢復力氣，傑瑞又結結實實地踢了他幾腳，然後才抓住麥可沒受傷的手臂，將他往廚房對面的房門拖；麥可又是一陣尖聲咒罵。強納生很高興地發現那只塞滿的公事包就那麼掉在不遠處，傑瑞顯然無法將手臂動彈不得的麥可和贓物一起帶走。

又傳來新的腳步聲和人聲。強納生一瞬間以為他們決定要回過頭再補踹他幾腳。但此時他腦袋已經很不清楚，弄錯了聲音的方向，因為此時聚在他身旁看著他的不是敵人，而是朋友。他為了這些人和那兩名搶匪打了起來，還差點送命。這些人當中有托比和弗里斯基、藍伯恩和那兩個富家子，以及那對跳舞時臉貼著臉的老夫婦，還有從酒吧跑出來的四個年輕黑人，然後是狠拳和濕眼……最後才是洛普、珍德，與夾在他們中間的小丹尼爾。阿美莉亞小姐哭個不停，好像強納生也把她的手扭斷了，瑪瑪·羅則叫阿美莉亞小姐閉嘴，但她還是不停尖叫著說：「可憐的雷蒙！」洛普聽到了，反駁道：

「她為什麼叫他雷蒙？」洛普側著頭，想把強納生埋在血泊裡的臉看清楚。

「他是梅斯特皇宮飯店的潘恩，是那個值夜班的小伙子。英國人。你認得他嗎，托比？」

「是他沒錯，老大。」托比一邊證實洛普的話，一邊跪在強納生身旁，測量他的脈搏。

透過眼角餘光，強納生看到弗里斯基撿起丟在地上的公事包，探看裡頭。

「都在這裡，老大。」他鬆了一口氣。人是受了傷，但財物沒有損失。不過洛普還是繼續蹲在強納生身旁。無論他看見了什麼，總之比珠寶首飾更讓他感興趣，因為他不停地皺著鼻子，好像擺在面前的酒瓶被塞起來。珍德覺得丹尼爾已經看夠了，便帶著他靜靜走下階梯。

「聽得到我說話嗎，潘恩？」洛普問道。

「嗯。」強納生說。

「你能感覺到我的手嗎？」

「能。」

「這裡呢？」

「嗯。」

「這裡呢？」

「可以。」

「托比，他的脈搏如何？」

「老大，很快，非常快。」

「你還得聽得見我講話嗎，潘恩？」

「嗯。」

「你會沒事的。幫手很快就到，我們會給你最好的照料。柯基，你跟那邊的船連絡了嗎？」

「正在線上，老大。」

在腦海深處，強納生似乎可以看見柯爾克蘭少校拿著一支無線電湊到耳邊，更顯權威那樣擺出一隻手撐著臀部，手肘抬得老高的架式。

「我們現在就用直升機把他送去拿索。」洛普用剛剛對柯爾克蘭說話時的沙啞嗓音說道。「先告訴駕駛，再打給醫院——不是其他不入流的，是另一家——我們去的那間。」

「杏林醫院，柯林斯街。」柯爾克蘭說。

「替他登記住院。那個老愛虛張聲勢的瑞士外科醫生叫什麼？就是那個在溫德米爾島有棟房子、總想把錢入到我們公司那位?」

「馬蒂。」柯爾克蘭說。

「打給馬蒂，讓他在那兒等著。」

「沒問題。」

「然後，打給海岸警衛隊、警察，還有那些飯桶，鬧得愈大愈好。羅，你有擔架嗎?有的話就搬來。潘恩，你結婚了嗎?有老婆或其他親人嗎?」

「我真的沒事，先生。」強納生回答。

但最後依舊是女騎師給出最後一道指令。她大概是在女修道院學校學的急救。「盡量不要動他。」她對著某人說，用一種像是漂進他睡夢的聲音。

# 13

強納生從他們的監控中消失，據信已死於友善的鎗火下。他們一切的計畫、監聽與盯梢，以及此計畫中原本持有的主場優勢，都彷彿停在路邊的報廢轎車一樣完全失效。他們又聾又瞎又可笑。邁阿密那間沒有窗戶的總部現在就像是一間鬼屋，而波爾簡直像是被鬼附身，在陰暗的長廊上遊盪。

洛普的遊艇、飛機、房子、直升機和車都持續在監視中。「鋼鐵牌土地、礦石暨貴金屬公司」發號施令的總部就設在拿索，在某棟外形典雅又豪華的殖民風大廈裡。這座大廈也同樣在他們的監視下。此外，還包括全球各地跟洛普有聯繫的號碼和傳真：從托爾托拉島的藍伯恩爵士到楚格的瑞士銀行家，到華沙的半匿名合夥人；從里約熱內盧某個神祕的拉菲，到布拉格的米夏，甚至庫拉索島的某間荷蘭公證公司，再到巴拿馬某個至今身分不明的政府官員——這位化名查理的傢伙即使就坐在總統府自己的位子上說話，也像嗑了藥似的語焉不詳。

至於化名雷蒙的強納生，最後的消息是人送進了拿索杏林診所的加護病房，然而，前述這些人也不曾耳語過他。

「他溜了，」透過張開手指的雙手，波爾對史崔斯基說，「他先是瘋了，然後逃出醫院。從現在開始的一週內，我們會在週日的報上讀到他的消息。」

然而每件事都經過完美的策畫，沒有一件是碰運氣的。從帕莎號離開拿索的那一刻起，到那夜在瑪瑪．羅店裡發生的假綁架案、坐船駕臨的賓客和他們的孩子、大概十二歲，模樣散漫，邊吃洋芋片邊談論運動會的純正英國女孩、自信滿滿，身材瘦削，老是碎碎詛咒這世界快點下地獄的男孩，太太眉頭深鎖、保母又太漂亮的藍伯恩一家——阿瑪多的人暗中迎接、跟蹤、保護並痛恨著他們，然後看著他們上帕莎號遊艇。這一切，沒有一件是碰運氣的。

「你知道嗎，這些有錢人家的孩子隨便把勞斯萊斯停在路邊，就只是為了買大麻！」最近才成為父親的阿瑪多在電話裡向史崔斯基發洩滿腹悶氣，而他的故事也正式成為這次行動中的傳奇。

那個跟貝殼有關的故事也一樣。在帕莎號離港出海的前一晚，鋼鐵牌公司裡某個腦筋靈光的年輕小伙子麥克阿瑟——就是在梅斯特皇宮飯店只有露臉、沒有說話的年輕人——被監聽到打電話給城另一邊某個可疑的銀行辦事員。他在電話裡說：「傑瑞米，幫個忙，現在到底還有誰在賣貝殼？我急需一千個這種鬼東西，我認真的，傑瑞米。」

監聽者一反常態，說得很直接。貝殼？按照字面解釋嗎？就那個貝殼嗎？他說的應該是海對空飛彈吧？在洛普的武器黑話辭典中，目前還沒聽過什麼人講「貝殼」。就在當日稍晚，麥克阿瑟向拿索精品店的經理解釋他的問題時，眾人終於從五里霧中解脫：「出海航行的第二天，藍伯恩爵士的雙胞胎女兒生日……老大要找個無人島舉行撿貝殼比賽，比賽結束後，他會頒給撿最多的人。但去年大家連一個貝殼都沒找到，所以今年老大不想再冒險。他要他的保鑣第一晚就把一千個貝殼埋進沙裡，所以拜託你幫幫我，曼希尼先生，請問我可以在哪裡找到大量貝殼？」

他的故事一講完，這堆人全笑翻了。所以弗里斯基和托比揹著一整帆布袋的貝殼在人跡罕至的淺灘進行「夜間任務」？這也未免太扯了吧！

至於綁架，嚴格說，過程中每一個步驟其實都經過反覆排練。首先，弗林和阿瑪多假扮成駕駛遊艇的人，並對獵人島的環境做了一番實地勘查；回到佛羅里達後，他們到勞德岱堡的訓練基地，那裡有特地預留給他們的一片海濱沙丘地，在那裡重建當地的地形。他們擺好桌子，以膠帶標出各種路徑，再搭起一間小木屋當作廚房。他們召集一票食客，而傑瑞和麥可這兩個反派是他們從紐約找來的職業流氓，受命執行這次任務，任務完成後不得對外透露隻字片語。麥可壯碩如熊；傑瑞一臉鬱鬱寡歡，但身手敏捷。這種絕佳組合恐怕連好萊塢也湊不出來。

「各位，你們都熟悉自己的任務了嗎？」愛爾蘭來的派特．弗林注視著右手每根手指都戴了黃銅戒指的傑瑞，忍不住問道。「我們只要求你們裝個樣子，點到為止。最多只是讓他受點皮肉傷。接著就是漂亮地退場，我說得夠清楚了嗎？」

「夠清楚了，派特。」

再來就是撤退路線，以及萬一出了其他狀況該怎麼做。而這些他們都考慮到了。萬一帕莎號在最後關頭沒有駛進獵人島怎麼辦？萬一船進入獵人島、也停好了，遊客最後卻決定在船上用餐，怎麼辦？萬一大人上岸用餐時小孩子卻留在船上（也許因為搗亂而受懲罰），又怎麼辦？

「禱告吧。」波爾說。

「禱告吧。」史崔斯基附和。

但他們也不是真的一切都訴諸運氣。他們知道帕莎號從沒有僅是經過獵人島而不入港——雖然他們知道凡事總有第一次，也許這就是第一次。他們也知道瑪瑪．羅那間迪普灣的修船廠還等著帕莎號去整補，而船長也會堅持去瑪瑪．羅那兒提貨和用餐——因為他一向如此。他們把所有信心放在丹尼爾身上——幾個星期前，丹尼爾才跟父親通過幾次電話，並在通話中哭訴自己無法適應父母離異的痛苦，同時點名了獵人島，說這次一定要在獵人島逗留遊玩。

★

「今年我一定要把那些螃蟹從籃子裡抓出來。」十天前，丹尼爾才從英國打電話跟父親說：「我再也不會夢到他們了，而且媽媽覺得很高興。」

波爾和史崔斯基都曾在孩子小的時候與他們有過幾次沮喪的談話，他們猜想，洛普雖然不是那種會把孩子放在首位、百依百順的英國人，但寧願自己赴湯蹈火，也不願讓丹尼爾失望。

他們的想法沒錯，完全正確。當柯爾克蘭少校透過衛星電話向阿美莉亞小姐訂露台位置時，波爾和史崔斯基可能已經高興到擁抱彼此了。帽貝小組的人說，他們最近都是這副德性。

★

直到那天晚上的十一點三十分，他們才警覺出狀況了。這次行動預訂於二三〇三（也就是螃蟹比賽起跑時）展開。事前排練時，從他們持槍搶劫、上到廚房、下到古斯海峽，從未超過十二分鐘。那麼麥可和傑瑞為什麼沒有發出「任務完成」的訊號？

於是紅色警報亮起，波爾和史崔斯基雙手抱胸地站在通訊室中央聆聽機器重播柯爾克蘭的聲音。他快速地向船長、直升機駕駛和位於拿索的杏林醫院下令，最後電話還打到溫德米爾島上一個叫魯道夫．馬蒂的醫生家中。柯爾克蘭的語氣是個警訊，那是急迫中勉強保持的冷靜與鎮定。

「馬蒂醫生，老大知道您不是做急救的，但這位病人的頭骨和一邊的臉嚴重裂傷，老大認為非整型不可。那家醫院需要透過醫生引介才肯收病人，老大希望您能在醫院裡等他來。不管您因為此事得處理多少麻煩，他都會以豐厚的方式補償您。我可以告訴他說您會到那裡待命嗎？」

頭骨和一邊的臉嚴重裂傷？整型？麥可和傑瑞到底在搞什麼？邁阿密的傑克森紀念醫院打電話來要他們火速趕到，甚至要弗林在旁、隨車同行之前，波爾和史崔斯基之間的氣氛已經緊張到極點。他們抵達時，麥可還在手術室裡，傑瑞鐵著一張怒容在等候室中，穿著海軍救生衣，嘴上的菸一根接一根抽個不停。

「那個該死的傢伙把麥可像畜生一樣釘在門上！」傑瑞說。

「他有把你怎樣嗎？」弗林問。

「我嗎？他沒把我怎樣。」

「那你又把他怎樣了？」

「我他媽的親了他——你覺得我會把他怎樣？」

弗林雙手把傑瑞從椅子上拽起來，狠狠摑他一耳光——好像把他當成壞小孩在教訓——然後又恢復原先散漫的態度將他推回椅子上。

「你打他了嗎？」弗林又是一派和善。

「那個狗娘養的根本發瘋了，他是來真的。那畜牲拿了一把切肉刀抵著麥可的喉嚨，還該死的像要劈柴一樣把他的手臂壓在那扇門上。」

隨後，他們及時趕回行動作業指揮室聽到丹尼爾透過帕莎號的衛星通話裝置跟在英國的母親講話。

「媽媽，是我。我很好，真的很好。」

她過了好久才清醒。

「是丹尼爾嗎？親愛的，你還沒回英國對吧？」

「媽媽，我在帕莎號上。」

「丹尼爾，現在都幾點了？你父親呢？」

「我沒有去籃子裡抓螃蟹，媽媽，我還是不敢。我看了螃蟹就覺得噁心。我很好，媽媽。真的很好。」

「丹尼？」

「嗯？」

「丹尼，你想要跟我說什麼嗎？」

「我們到獵人島上了，那個……媽媽，那裡有個身上有大蒜味的人抓住我，押著我跟他走；另一個人搶了珍德的項鍊，但是那個廚師救了我，所以他們就放我走了。」

「丹尼爾，你父親在嗎？」

「嘿，寶拉，很抱歉發生了這種事，不過他堅持要自己告訴你他安然無恙。我們在瑪瑪・羅那兒被兩名歹徒持槍搶劫，丹尼爾當了十分鐘的人質，但他毫髮未傷。」

「等等。」寶拉說。而洛普等著她重新整理心情，一如他面前的兒子。

「丹尼爾被綁架又給放了，然後他現在安然無恙——繼續講下去。」

「他們押著他沿走廊走到廚房——妳還記得那間廚房吧？一路走到山上的那間？」

「你確定這些事情真的都結束了嗎？我們都知道丹尼爾遭遇過什麼。」

「我當然確定，我親眼看著的。」

「被槍抵著？他們拿槍押他上山？押一個八歲的孩子？」

「他們到廚房去是要搶現鈔，但那裡有個廚師，一個白人。他跟他們打了起來，傷了一個人的手臂，但另外一個人又回過頭狠狠揍了他，丹尼爾就趁這個時候逃走。要是丹尼爾被他們押走，天知道現在會是什麼局面！還好他們沒把他綁走。現在一切都結束了，連財物都搶回來了。感謝上帝有那個廚師在。來，丹尼爾，跟媽媽說我們要給你發一枚維多利亞英勇十字勳章。現在換他跟妳講。」

★

清晨五點，波爾像尊佛陀似的坐在行動指揮室的桌前，動也不動。魯基抽著菸斗，絞盡腦汁與《邁阿密先鋒報》上的填字遊戲奮戰。電話鈴響了幾聲後波爾才回過神，拿起話筒。

「雷納德？」是顧德修。「哈囉，雷克斯。」

「出了什麼狀況嗎？我還以為你會打給我。你聽起來好像受到什麼驚嚇。所以他們上鉤了嗎，雷納德？」

「他們上鉤了，我可以保證。」

「那到底是出了什麼事？聽你的聲音不像是大有斬獲，反而比較像喪家之犬。到底怎麼回事？」

「我只是得弄清楚我們手裡是不是還握著魚竿。」

雷蒙先生正在加護病房治療中。醫院表示，雷蒙先生狀況穩定。

但持續沒多久。二十四小時後雷蒙先生就消失了。

★

他是自己出院的嗎？醫院說是。馬蒂醫生把他轉到自己的診所去了嗎？顯然是如此。不過他在診所也只待了很短暫的時間。當阿瑪多假扮成報社記者打電話給馬蒂醫生時，馬蒂醫生也說雷蒙先生沒留下地址就離開了，不知去向。突然間，各種詭異的臆測在行動指揮室裡散開。有人說強納生全盤托出，洛普對他嚴刑逼供，然後就把他扔進大海餵魚。根據史崔斯基下的命令，拿索機場的盯梢作業已經完全收手，他怕阿瑪多的人太顯眼。

「我們試圖操縱的是人心，雷納德，」史崔斯基以寬慰的語氣說，盡力想減輕波爾心裡的負擔。

「不可能每次都做得萬無一失。」

「謝了。」

★

夜幕降臨。波爾和史崔斯基坐在路旁一家燒烤店裡吃肋排和路易斯安那燉飯。他們把手機放在腿上，看著吃得白白胖胖的美國人來來去去。電話監聽器裡傳來一通要求，他們連嘴裡的東西都沒吃完便立刻趕回總部。

柯爾克蘭打給巴哈馬某大報的資深編輯——

「親愛的，是我啦！是柯基，你怎麼樣？那些舞孃都好嗎？」

他們打情罵俏了一會兒才進入正題：

「親愛的，我跟你說，老大要你們把一篇報導抽掉……而報導中的主角為什麼這麼不能受到關注是這樣的……你知道，丹尼爾很容易緊張……我們一定會非常感激，而且可以把你的退休計畫提升到更高檔次，能不能換成〈整人遊戲不慎擦槍走火〉？可以這麼寫嗎？」

獵人島上那起駭人聽聞的搶案已經埋進土裡，這個故事被「高層高層高高層」永遠地封殺掉了。

柯爾克蘭打電話給拿索某資深警官，這人之所以出名，是他對有錢人的一些小過失寬大為懷——

「兄弟，你還好吧？我跟你說，關於那個雷蒙——就是上回你們那個傻頭傻腦的手下在杏林診所見到的人……可以把他從名單上劃掉嗎？你介意嗎？老大很想低調一點，他認為這麼做對丹尼爾的健康有益……就算你找到犯人他也不會想提出告訴，他很討厭那些囉唆的事……祝你好運啊……噢還有，報上講鋼鐵牌公司股票跌停板的那些廢話你可別信……老大正考慮在聖誕節時給我們準備一小份紅利，到時就可以好好犒賞自己一番……」

屬於法律的那隻強而有力的臂膀欣然收回利爪。波爾想，不知道他現在聽到的算不算強納生的訃聞。而在世上的其他角落則是悄然無聲。

★

波爾應該回倫敦嗎？那魯基呢？依邏輯思考，如果他們要冒險，在邁阿密或在倫敦並沒有什麼不同。如果不考慮邏輯，波爾無論如何得就近守著他的人最後被目擊的地方。所以，最後他派魯基回倫敦，並在同日從原先住的那棟鋼筋和玻璃建成的旅館遷出，搬進城裡一個低收入地區的簡陋住所。

「等待事態明朗的這些日子，雷納德都要拔光頭髮了。」史崔斯基對弗林說。

「苦啊。」弗林說。他還在努力調適自己的情報員被波爾的年輕手下毀掉的事實。

波爾的新居坐落在海邊，是一間裝置藝術風的粉色小屋。他的床頭燈是一盞舉著地球的鉻製阿特拉斯，每當有車駛過，鑲著鐵框的窗戶就會咯吱響；大廳裡還有個嗑了藥的古巴籍警衛，他戴著墨鏡，拿了一把獵象槍。波爾的手機放在另一個枕頭上，睡得很淺。

某個黎明時分，波爾睡不著，便帶著行動電話沿一條林蔭大道散步。他看見一個群賣古柯鹼的人從起霧的海面冒出，隱約向他迫近。但當他朝著他們走去時，卻發現自己走進一個建築工地，建築鷹架上有色彩鮮豔的鳥兒不停嘰喳吵鬧，一群拉丁美洲裔的人靠著停放在那兒的堆土機酣睡，猶如陣亡一般。

失去蹤影的不只強納生，洛普也同樣掉進了黑洞。不知是有意或無心，他擺脫了阿瑪多的跟監，在拿索的鋼鐵牌公司總部，他們只會說老大到別處賣農場去了。換成洛普的話，「賣農場」就是「少管閒事」的意思。

弗林立刻去跟消息靈通的阿波斯賓打聽，但沒有獲得什麼值得寬慰的消息。他隱約記得他的客戶可能會在阿魯巴島舉辦一次商務會議，但他並未受邀參加。他也不知道洛普目前人在何處。他是律師，不是旅行社。他可是聖母馬利亞的戰士。

★

又到了黃昏，史崔斯基和弗林決定讓波爾暫時放下煩心事，接他離開旅館，讓他帶著行動電話隨著人群在海邊的徒步區散步。他們帶他到人行道上的露天咖啡座，招待他喝瑪格莉特，強迫他看看熙來攘往的人群，但一切努力都是徒勞無功。他們看著那些身強體壯、肌肉發達的黑人——穿著花襯衫，戴著金戒指，只要吸毒和活著的快感還在，就盡情地以奢華尊榮的方式享受生活；他們的女伴穿著緊身迷你裙和長筒靴，腳步踉蹌地被夾在他們中間。保鑣理光頭、穿著灰色大衣，大衣裡暗藏自動武器。一大群溜滑板的海灘男孩爭先恐後呼嘯而過，聰明的女士趕緊把手提袋藏到安全處；但有兩位頭戴草帽、上了年紀的拉子沒被嚇到，反而令她們的巴哥犬朝這些傢伙奔去，逼他們不得不換個方向。接在這些海灘男孩之後又來了一群頸子纖長的模特兒。她們踏著溜冰鞋，一個比一個花稍。原本愛看漂亮女孩的波爾一見到她們的確稍微有了精神，可是很快又掉回憂鬱狀態。

「嘿，雷納德。」史崔斯基邊說邊鼓起勇氣，最後再大膽嘗試一次。「一起去瞧瞧洛普週末到底都是去哪兒買東西，你說如何？」

在某家大飯店中，某個受到軍警保護的會議室裡，波爾和史崔斯基混在來自各國的買家中，聽那些衣領上別有名牌、朝氣蓬勃的年輕人做交易。他們後方坐的則是拿著訂貨簿的女孩；她們背後那個以紅繩戒護的神龕中擺放著他們的產品，件件都像奇珍異寶一樣擦拭得雪亮，樣樣都值得它的主人感到自豪。從最符合成本效益的集束炸彈，到全塑膠製、連X光都檢驗不出的格魯克自動手槍，再到最新型的手提式火箭發射器、迫擊炮和殺傷力極高的地雷。如果你是理論派的，還有標準工具書可教你如何在自家後院打造火箭炮，或用裝網球的鐵筒製作老式消音器。

「如果要說有哪裡美中不足，那就是少了穿比基尼的小妞用屁股頂著十六吋野戰砲的砲管。」他們開車回行動指揮室的路上，史崔斯基說了個笑話。

不過無人回應。

★

一場熱帶風暴降臨這城市，遮蔽了天空，狠狠吹掉了摩天大樓的屋頂；雷電劈下，觸動停在路邊的汽車警報器，旅館搖晃，彷彿要裂成兩半，殘餘的光線盡數消失，就像房間裡的總開關壞掉似的。大雨傾瀉在波爾臥室的窗玻璃上，黑色的渣滓隨著排山倒海而來的白色雨霧呼嘯而過；狂風遍掃棕櫚樹，捲走陽台上的椅子與盆栽。

然而那支手機似乎不受這些干擾影響，仍在波爾耳邊響了起來。

「雷納德，」電話中，史崔斯基壓下激動的情緒，「不管用爬的還是用滾的，快點過來。我們總算從破爛中挖出一點消息了。」

這城市的燈光倏然亮起。經歷過暴風雨洗禮後，閃耀得格外明亮。

★

柯爾克蘭打電話給安東尼・喬伊斯敦・布萊德蕭爵士。此人最近接下一個被脫手的英國貿易公司，成為他們的無良主席，偶爾供應不公開交易的武器給女王陛下負責買辦的部長。

柯爾克蘭在鋼鐵牌公司某個機靈的年輕人位於拿索的公寓打電話。他以為在這裡就沒有人監聽。

「東尼爵士嗎？我是柯爾克蘭——就是幫迪基・洛普跑腿的那位。」

「你他媽的想幹麼？」他說話像是嘴裡含著東西；有些醉意，聽回聲又像是在浴室裡。

「恐怕又有急事了，東尼爵士。老大需要您鼎力相助。有筆嗎？」

波爾和史崔斯基聽得一怔一怔，而此時的柯爾克蘭正在努力地精確傳達自己的意思：

「不是，東尼爵士，是潘恩。『潘』——『彼得潘』的『潘』。『恩』——『恩惠』的『恩』。對。名字叫『強納生』——就是常見的那三個字。」接著他又講了些無關緊要的細節，例如強納生的出生日期和出生地，以及英國的護照號碼。「老大要你從頭到腳把他的背景查清楚，東尼爵士，拜託，最好是一直查到昨天為止。還有——要保密，不可以漏半點風聲出去。」

「喬伊斯敦．布萊德蕭是什麼人？」聽完兩人的對話，史崔斯基問道。

波爾彷彿大夢初醒，容許自己露出一個謹慎的微笑。「喬，那個安東尼．喬伊斯敦．布萊德蕭是英國的頭號垃圾。他的財務吃緊是目前的低迷裡最大快人心的事。」他的笑容擴展開來。「這其實一點都不奇怪，他以前就和理察．安斯路．洛普狼狽為奸。」他愈說愈得意，「事實上，如果你我要組織一隊由英國各類垃圾組成的棒球隊，安東尼．喬伊斯敦．布萊德蕭肯定會是打擊名單上的強棒。他還有不少位居高層的英國垃圾庇護，而有些人就在距離泰晤士河不遠處工作。」講到這裡，波爾放聲大笑，而他原本緊繃的臉也露出放鬆的神色。「喬！他還活著！你總不會去查個死人吧？不會查他的生平直到昨天吧？從頭到腳查他的背景，他是這麼說的。好！太好了！這些我們早就幫他準備妥當了，而且，沒有人比安東尼．喬伊斯敦．布萊德蕭更適合把這些資料提供給他。他們要他！喬！他混進去了！你應該聽過他們的諺語吧？就是那些貝都因人——絕對不要讓駱駝把鼻子伸進你的帳篷，否則整隻駱駝就會跟著進來了。」

波爾還在興頭上，但史崔斯基心裡已經在策畫下一步。

「所以派特可以行動了？」他說。「派特的人馬可以去埋那個神奇盒子了嗎？」

波爾立刻清醒過來。「如果你和派特沒有問題，我也沒有問題。」他說。

他們同意次日晚上立刻行動。

★

波爾和史崔斯基都輾轉難眠，便一起開車到美國一號公路一家叫墨加特洛德的二十四小時漢堡店。這家店釘了一塊告示牌，牌子上寫著：「沒穿鞋者勿入。」而在被煙熏得模糊不清的玻璃窗外，一群沒有鞋子的鵜鶘在月光下，各自棲息在木板碼頭的繫泊柱上，看上去就像一架架長了羽毛但可能再也無法投擲炸彈的老式轟炸機。而銀色的海邊，白鷺鷥正孤獨地看著自己水中的倒影。

清晨四點，史崔斯基的手機響起，他把手機湊到耳邊說：「是？」接著就聽對方要說什麼。然後他回：「那你們去睡吧。」他掛斷電話。方才的對話只持續了二十秒。

「沒問題了。」他鄭重地對波爾說，喝了一口可樂。

波爾愣了一會兒才相信自己聽到了什麼。「你是說他們成功了？完成了？藏好了？」

「他們在海灘登岸，找到那間小屋，埋下那個盒子；他們非常安靜，非常專業，而且盡速撤離。現在你那小子唯一要做的只剩開口了。」

# 14

強納生好像又回到軍校裡的鐵床上，那時他的扁桃腺才切除不久。只不過，這張床又大又整潔，上面放了兩顆鬆軟的枕頭，枕套繡花邊，就是梅斯特皇宮飯店裡用的那種。大枕頭旁還有一個裝了香草的小枕頭，散發出芳香。

他在距離希望鎮只要坐一趟卡車就能到的旅館房間，打電話給一個沒有名字的人，告訴對方他已經做出一個影子，然後拉起窗簾，治療受了重傷的下巴，再讓自己大量出汗，想辦法退燒——只是這回他的頭纏著繃帶，身上穿的是新換上的棉布睡衣，衣袋上有縫字。他一直想單靠觸覺辨別出字樣。那不是梅斯特的梅，不是潘恩的潘，不是伯賀加的伯，也不是雷蒙或林登。它比較像是長了太多角的大衛之星。

他彷彿置身於伊芳的小閣樓，在昏暗中留心傾聽著拉杜利培夫人的腳步聲。伊芳不在，地方仍是閣樓，除了現在這間比伊芳的稍微大些，也比肯登鎮伊莎貝爾油漆的那間要大。這間閣樓裡擺著一只舊花瓶，瓶裡插了粉紅色的花；牆上的壁毯畫著紳士名媛出外放鷹的景象；印度式的布風扇從屋樑垂吊而下，穩穩地轉動著。

他又像是回到路克索那棟名為芝加哥小屋的公寓，躺在蘇菲身旁，聽蘇菲暢談鼓起勇氣。然而他鼻孔邊繚繞的是一種花瓣香，不是香草。他說我得受點教訓，她這麼說道：但該受教訓的不該是我，而是弗烈迪．哈密德和他那個該死的迪基．洛普。

他能分辨出陽光從閉緊的百葉窗縫隙透進來，還有一層層的棉質白淨窗簾。他把頭轉向另一邊，看見梅斯特皇宮飯店供客房服務用的銀餐盤，裡頭站著一罐柳橙汁、一個讓他裝柳橙汁的雕花高腳杯。餐盤上還蓋著一塊有蕾絲滾邊的餐巾。雖然他視力受損，看得模糊不清，還是能辨認出鋪著厚厚地毯的地板，以及寬敞的浴室的門；浴室橫桿上掛著幾條浴巾，依尺寸排列。

但他卻流出眼淚，整個人彈起來——他十歲時，手指被車門夾到，那時他也是這樣整個人彈了起來——強納生突然領悟，他壓在繃帶上了。繃帶纏在臉上，就是被他們用拳頭打爛、又被馬蒂醫生修修補補的那一邊臉頰。所以他先把頭轉回原先的位置，再重新開始仔細觀察。他望著不停轉動的布風扇，直到臉上的疼痛一點一點消失。這個臥底的軍人體內的陀螺儀開始進行修正。

現在就是你把自己送進去的最佳時機，波爾曾說。

他們會記得你做過的好事，魯基也說過。可你不能就這樣在眾人的掌聲中抱著孩子走向他們。

頭蓋骨、顴骨裂傷，馬蒂醫生說。腦震盪，簡直是芮氏八級強震，得在暗無天日的房裡待十年。

肋骨斷三根——也可能全斷了。

睪丸給重訓專用靴踢得嚴重瘀傷，差點得去勢。

看來強納生被手槍撂倒後，那人又朝他胯部重踹了一腳，他的大腿內側除了一片瘀青，還留下一個十分清楚的十二號靴印。護士小姐因此嬉鬧了一番。

一道身上有黑有白的人影掠過他視線——白色連身工作服，臉和腿是黑的，襪子則是白的，還有一雙橡皮鞋底和尼龍黏扣的白鞋。起先他以為面前應該只有一個人，而且是位女士，但現在他知道是好幾個女孩一起出現，鬼魂似的輪流來訪，靜悄悄地來打掃周圍、為他更換新鮮的花和飲水。其中一位叫菲比，他覺得她很像護士。

「嘿，湯瑪斯先生，今天感覺還好吧？我叫菲比。米蘭達，妳再去拿個掃把，這次掃湯瑪斯先生床下。是的，女士。」

所以我就是湯瑪斯，他想。是潘恩，是湯瑪斯——又或者我其實叫湯瑪斯．潘恩。

他開始想睡，卻又清醒地發現蘇菲的鬼魂穿著那件白褲站在他身旁，把藥丸甩進紙杯。後來他認為她應該是新來的護士，接著他又看見那條寬皮帶、皮帶上的銀扣，與令人心醉的臀部線條，以及一頭蓬鬆的栗色頭髮。他也聽見她如同女獵者的嗓音；精準簡潔，不容置喙。

「但湯瑪斯，」珍德堅持，「一定有非常、非常愛你的人。比方母親、女友、父親、朋友……難道一個都沒有嗎？」

「真的沒有。」他也堅持。

「那伊芳是誰？」她把頭湊到離他只有幾吋距離，邊問邊把一隻手撐在他背後，另一隻按在他胸前，要扶他坐起來。「她很迷人吧？」

「她只是個朋友。」他說，同時聞到她頭髮上洗髮精的香味。

「那要通知伊芳嗎？」

「不——絕對不行。」他回答，但有點太急了。

她把他的藥丸遞過去，又倒了杯水給他。「馬蒂醫生說你會昏睡非常久。所以除了慢慢地把傷養好，其他的什麼都別想。現在……要不要來些消遣呢？讀書、聽收音機？或是做點別的？現在可能還沒辦法，不然就過一、兩天再說吧。洛普說你叫湯瑪斯，除此之外，我們對你實在是一無所知。所以，你如果需要什麼就直說。主屋裡有一間非常大的書房，藏書多到超乎你的想像。柯基會告訴你那裡有些什麼。還有，如果你需要任何東西，只要說一聲，我們就會飛回拿索帶來給你。」她的眼睛好大，彷彿會把人吸進去。

「謝謝，我會的。」

她一手放在他額上想量他的體溫。「我們真的不知道該怎麼謝你，」她說，手依然擱在他額上。「洛普回來也會這麼說，而且會比我表達得更好。但我說實話，你真的是英雄，真的太勇敢了——該死！」她已經走到了門口，褲子口袋卻被門把勾住，於是這個修道院出身的女孩忍不住罵了一句。

★

但他在這時突然醒悟——這不是他來到這裡後兩人第一次見面，而是第三次。而且前兩次見她時他也是清醒的，不是在作夢。

我們第一次見面時妳對我微笑，給我很好的印象。妳沉默，我當時還能思考，而我們還說了些別的——妳把頭髮夾在耳後，穿著馬褲和棉質襯衫。我則說：「這是哪裡？」妳說：「水晶島，洛普的島，也是我們的家。」

第二次，我想我神智不清，以為妳是我前妻伊莎貝爾，正等著我帶她出去吃晚餐，因為妳穿著那件真的非常可笑的褲裝，翻領上還別著金色首飾。「需要什麼就搖一下水瓶旁邊的鈴。」妳說。而我回答：「等我吧。」但我那時其實是在想：妳為什麼要扮成默劇男演員？

她父親為了出人頭地，最後卻毀了自己。波爾以輕蔑的口氣說。他窮到連電費都付不出來時只好去給人家端酒。他不願送女兒上祕書學校，認為那有損顏面。

★

強納生側身面向壁毯，靠著沒受傷的那邊臉。他看見一個戴寬邊帽的女士，並且毫無懸念地認出她就是唱歌的安妮．波爾阿姨。

安妮是個勇敢的女人，歌唱得很好，但她那位務農的丈夫卻總是爛醉如泥，誰都看不順眼。於是某天，安妮戴上帽子，讓強納生和她並肩同坐廂型車內，把他的手提箱放在後座，說他們要去度假。他們一路走。天晚了就唱歌，一直唱到某個門上方的花崗岩刻了「男孩」的房子前面。之後，安妮．波爾就開始哭。她把自己的帽子給了強納生，保證說很快就會回來拿回帽子，強納生就上樓了。樓上是個宿舍，裡面都是男孩。強納生把帽子掛在他床鋪的角落，希望安妮回來時能一眼看出他睡哪張床。但從此她沒有回來過，而他一早醒來，就看見宿舍裡的其他男孩把她的帽子一個傳一個戴到頭上，因此他跟所有人大打出手，把帽子搶回來捲好，拿報紙包著，沒寫地址，直接塞進紅色信箱。其實他寧可燒了它，但找不到火。

我來這兒的時候也是晚上，他想。白色機身、內裝藍色的雙引擎畢奇飛機，而在我的行李內找違禁品的不是孤兒院的監護人，而是弗里斯基和托比。

★

我是為了丹尼爾才打傷他，他決定這麼想。

我打傷他是為了把自己送進去。

我打傷他是因為我受夠了等待和假裝。

★

珍德又到房間來了。這個細心的觀察者雖然正面對著牆，卻有十足的把握，而那並不是因為聞到了她的香水——她沒有擦香水；也不是聽到她的聲音——她沒有出聲。他有段時間是無法看見她的，所以也不是因為見到她的身影。那麼必定是憑著職業觀察者的第六感，沒有任何原因，總之就是知道敵人在眼前。

「湯瑪斯？」

他假裝睡著，聽她躡手躡腳向自己走來。他想像著她身穿淡色衣裳，舞者般的身軀搖曳，秀髮披肩。他能聽到她把髮絲向後撥、好將耳朵湊近他的嘴聽他呼吸的沙沙聲；他也感覺得到她溫暖的臉頰。

現在她又站起身——他聽見她穿著拖鞋的腳步聲消失在走廊，然後……那聲音去到屋外，穿過了馬場。

他們說她去倫敦時嚇壞了，波爾說。她惹上一群紈褲子弟，整天亂搞。她毫不猶豫地逃到巴黎想要休養生息，然後遇到了洛普。

★

他聽著康瓦爾海鷗發出的叫聲，以及從百葉窗外傳來的一長聲回音；他聞到水草鹹澀的氣味，知道現在正在退潮。有好一陣子，他任憑自己相信珍德已經把他帶回藍永，而她正赤腳站在鏡子前，做著所有女人上床之前都會做的事。然後他又聽到打網球的聲音，還有幾個語調從容的英國腔互相叫喚。他也聽出其中一人就是珍德——他甚至聽到了一輛割草機以及一群孩子粗魯地用英語叫罵、吵架。他猜那應該是藍伯恩的孩子。他聽到電動馬達的嘈雜，認為是水面過濾器清理游泳池發出的聲響。聽著聽著，他又睡了過去，後來醒時聞到煤煙味，從映在天花板上的粉紅光線得知現在已是日暮時分。他大膽地抬起頭，卻見到珍德望著百葉窗，從窗葉窺視白日的最後一點殘存光芒。就著她身上的網球裝，她的身形被暮光描繪得一清二楚。

「湯瑪斯，你總不能一輩子都不吃東西吧？」她一副舍監的口氣。他剛才轉頭時一定被她聽到了。「艾斯麥洛達為你準備了一點牛肉湯、麵包和奶油，馬蒂醫生還要我們幫你準備些烤吐司，但空氣這麼潮溼，吐司很快就不脆了。我們還給你準備了雞胸肉和蘋果派。我說真的，你想要什麼都有。」她又一副驚訝的語氣，而他也逐漸習慣了。「只要喊一聲。」

「謝謝，我會的。」

「湯瑪斯，這真的很奇怪，這世上沒有半個關心你的人。我不知道這怎麼可能，但那令我充滿了可怕的罪惡感。你就不能有個兄弟嗎？大家都有的。」她說。

「恐怕不包括我。」

「我有個很棒的哥哥，還有個笨得像豬的哥哥，所以好壞抵銷。但無論如何，我還是寧願有兄弟，就算是笨得像豬也好。」

她穿過房間向他走來。她臉上似乎永遠掛著微笑，他警戒地想。她的笑就像電視廣告，擔心一旦斂起笑容我們就會關掉電視。她是個四處尋覓導演的女演員，下巴上有個小小的傷痕，此外再沒有明顯瑕疵——也許有人攻擊過她，可能是一匹馬。他感到她走近　於是屏住呼吸。她俯身看他，把一塊感覺起來冷冷的、很像貼布的東西貼到他額上。

「得放一下。」她笑得更燦爛，接著就在床沿坐著等。她身上的網球裙叉開，裸露的雙腿不經意地交叉，壓在另一腳脛骨上的小腿肌肉微微隆起。

「這叫測熱計。」她解釋，嗓音有如世上最優秀的女主持人。「由於某種不尋常的原因，這整幢房子竟找不到一支像樣的體溫計。湯瑪斯，你真像團謎。這就是你所有的家當嗎？就這麼一小袋？」

「對。」

「就只有這樣？」

「恐怕是的。」從我床上滾開！搞清楚狀況好嗎！把衣服穿好！妳他媽的以為我是什麼人？

「老天，你真好運！」她說，這次像個血統純正的公主。「我們為什麼就不能學學你？光是搭個畢奇飛機到邁阿密度週末東西就帶不完了。」

還真可憐，他想。

她一句接一句，而他則萬分艱難地記下。她不是在閒聊，是在背誦台詞。她說的一切，都是她應該要當的人會說的話。

「也許你們應該改搭那條大船。」他開玩笑地說。

然而令他惱火的是她似乎沒有被嘲笑的經驗。也許漂亮的女人從沒被人嘲笑過吧。

「你是說帕莎號？那要花太長時間了。」她高高在上地解釋。她伸手從他額頭撕下貼布，拿到百葉窗前就著光線檢視。「洛普應該是出去賣農場了。他決定穩紮穩打，我認為這個想法很不錯。」

「他是做什麼的？」

「做生意。他開了間公司──現在誰不開公司？怎麼說呢，至少這間公司是他自己的。」她最後又補了一句，似乎在為自己的愛人從商感到抱歉。「公司是他一手創辦的。但最重要的是他是個大家都喜歡的好人。」她將那塊貼布狀的東西斜拿著，皺了皺眉。「他還有很多塊農地，那些東西有趣多了，雖然我從來沒見過，因為它們都在巴拿馬、委內瑞拉，以及一堆必須帶著武裝保鑣才能去野餐的地方。儘管跟我想的種田不一樣，畢竟還是土地。」她的眉蹙得更緊。「嗯，我看它顯示數值正常──還有髒掉得用酒精清潔。柯基會幫我們清理的，沒問題。」她咯咯笑出聲，他見到了珍德的另一面：當派對氣氛被炒熱後，她會是第一個脫掉鞋子跳舞的女孩。

「我應該不要多久就得離開了。」他說。「你們對我真的很好，謝謝。」

隨時做出無論如何都不屈服的模樣，波爾說過。不𠊱他們不出一星期就會覺得你是普通人。

「離開？」她喊出聲音，嘴巴圈出一個完美的「O」，維持了好一段時間。「你在說什麼？洛普回來之前你哪裡也不能去。況且馬蒂醫生特別叮囑過，你一定得休養個幾星期，不然身體康復不了。我們至少要讓你恢復到原來的狀態。總之，我們非常非常想知道你為什麼會在瑪瑪．羅那裡，還不顧自己的安危出手救人。畢竟在梅斯特皇宮飯店的你不像這樣。」

「我不覺得我有什麼不一樣。我只是覺得自己陷在同一個迴圈裡，也該拋下一成不變的生活、四處流浪一下了。」

「嗯，我只能說，你能像我們這樣愜意一下倒是挺不錯的。」女騎師說，她的聲音低沉，彷彿勒緊了馬甲。

「妳呢？」他問道。

「我就只是住在這兒。」

「一直嗎？」

「只要我們不是在船上，也沒在旅行，我就都住這兒——沒錯，我就是住在這裡。」

但她的回答似乎令她自己感到迷惘。她又讓他躺平，迴避他的目光。

「洛普要我飛到邁阿密住幾天。」聽她的語氣，似乎立刻就要動身。「不過柯基回來了，而且所有人都恨不得跟你示好，而我們跟馬蒂醫生的溝通又那麼順暢，所以我想你的傷勢不會有問題。」

「這次記得少帶點東西。」他說。

「我一向帶得少。但洛普總是堅持要採購點什麼，所以我們回來一定就是一堆東西。」

她離開了，他也大大鬆了口氣。然而真正使他筋疲力盡的不是他的偽裝，而是她的。

★

他被翻書聲吵醒，結果看到丹尼爾穿著浴袍趴在地上，屁股翹得老高，正就著屋外照進來的陽光讀一本很大的書。他就知道現在已經是早上了——因為他床邊放著奶油蛋捲、可頌麵包、蛋糕、自製果醬和銀茶壺。

「你可以抓到六呎長的大烏賊，」丹尼爾說，「牠們到底都吃什麼呀？」

「大概是吃其他烏賊吧。」

「如果你想要，我可以把牠們的故事讀給你聽，」他又翻過一頁。「你喜歡珍德嗎——我是說真的喜歡的喜歡？」

「當然。」

「我不喜歡，不真的喜歡。」

「為什麼？」

「就是不喜歡。她太愛哭了。你救了我，他們都覺得你很了不起。山第[20]．藍伯恩還說要發起募

[20] Sandy 通常為女性名，因此強納生故意在下一句用女生的「她」來問話。

捐呢。」

「珊蒂？是小姐嗎？」

「是先生——而且還是爵士呢。可是因為你身上還有祕密，所以他決定等祕密解開再說。也是因為這樣，莫莉小姐才說我不可以跟你在一起太久。」

「莫莉小姐是誰？」

「她教我念書。」

「在學校嗎？」

「其實我沒去上學。」

「為什麼沒去上學？」

「上學讓我不開心。洛普找了別的小孩陪我，但我就是不喜歡他們。他還為拿索的人買了一輛勞斯萊斯，但珍德比較喜歡富豪。」

「那你喜歡勞斯萊斯嗎？」

「哼。」

「那你喜歡什麼？」

「龍。」

「他們什麼時候回來？」

「你說龍嗎？」

「我說珍德和洛普。」

「你應該叫他老大。」

「好吧——珍德和老大。」

「那你叫什麼名字？」

「湯瑪斯。」

「這是你的姓還是名？」

「你希望是哪個就是哪個。」

「根據洛普的說法，它兩個都不是。這是假名。」

「這是他告訴你的嗎？」

「我湊巧聽到的。他們大概星期四回來吧。看他們有沒有要跟阿波鬼混。」

「阿波是誰？」

「是個討厭鬼。他在『椰子林』開了一間妓院，自己也在那裡搞女人。那地方在邁阿密。」

然後丹尼爾為強納生讀烏賊的故事，接著又逕自讀起翼龍的故事。強納生打瞌睡時，丹尼爾輕拍他的肩膀，問說他可不可以吃一點蛋糕，也問強納生要不要也吃一點？為了讓丹尼爾開心，強納生勉強吃了一些。當丹尼爾勉力地替強納生倒溫茶時，他也把茶喝了。

「小湯，進展挺順利的吧？我得說他們真是把你照顧得挺不錯的，很專業。」是弗里斯基。他坐在門邊的一張椅子上，身穿T恤和白帆布褲，沒帶貝瑞塔手槍，正捧著《金融時報》在讀。

傷患休息時，近身觀察者運用他的智慧。

★

水晶島。安斯路・洛普在埃克蘇馬擁有的小島，強納生被從飛機抬上抬下時，根據弗里斯基右手上那隻手錶的時間，從拿索飛到這個島需要一個鐘頭。他雖然窩在後座，但明白自己很清醒。窗外的白色月光注視著他，他們飛過一片片被侵蝕得像拼圖的礁岩。一座孤立的小島緩緩從面前升起，島中央是錐形的小丘，一條裝了泛光燈照明、乾淨整潔的飛機跑道切入其中，跑道旁有供直升機起降的停機坪，還有一間低矮的機庫與橙色的通訊桿。魯基曾說，這裡的特徵就是森林中有一落一落破舊的奴隸屋，但儘管他特別留心尋找，仍一無所獲。飛機落地了，前來迎接他們的是輛軟篷頂的豐田吉普車，駕駛是個壯碩的黑人。他兩手都戴了細線織的手套，為了方便揍人，指關節是露出來的。

「他能坐嗎，還是我把後座拉出來讓他躺？」

「慢一點、開穩一點就行了。」弗里斯基說。

他們沿著一條人跡罕至的蜿蜒小徑行駛，路旁的樹木逐漸由蒼鬱的松樹變成枝葉繁茂的樹種，心形葉子大如餐盤。慢慢的，彎彎繞繞的小徑變得筆直，藉著吉普車的大燈，他看到一塊殘破不整的標示牌，上頭寫著「平達烏龜工廠」，標示牌後方磚造的小工廠屋頂已經掀了，窗戶也被打爛了。路旁的灌木叢掛著一條條破棉絮，猶如用過的繃帶。強納生把眼前所見依序記下，日後若須逃離此地，就能把順序倒過來找出路：鳳梨田、香蕉園、番茄園、工廠。藉著明亮的月光，他看見田地上矗立著一根根木樁，像未完工的十字架，然後他又看見加略山會的教堂，以及另一座木板搭建的教堂。車子向右轉時，他想著：這裡左轉，到那座馬路邊的教堂。每件小事都是情資，每個細節都是他為了不往下沉而奮力抓住的稻草。

路中央坐了幾個當地人，他們圍成一圈拿著棕色的瓶子喝酒。司機小心地繞過去，鎮定地揮了揮戴了手套的手向他們打招呼。豐田吉普車顛簸駛過一座木板橋，強納生在車上看到月亮轉向他的右側，北極星則高掛在正上方；他看見森林中的火光和木槿，記得書上說過，蜂鳥是從木槿後方而非中央吸取花蜜，卻想不起這究竟是說明蜂鳥的構造不同，還是木槿的構造不同。

他們開過一對門柱，令強納生想起科莫湖邊那幾幢義大利風別墅。大門旁邊有幢平房，不但有鐵窗，還有安全照明燈。強納生認為那是門房，因為吉普車一看到大門就把速度放慢，而兩名黑人警衛則悠哉悠哉盤查起乘客。

「這就是少校說會過來的人嗎？」

「不然呢？」弗里斯基問道。「難道是一匹阿拉伯種馬嗎？」

「只是問問嘛，我沒有要找你麻煩。是說，他們把他的臉怎麼啦？」

「整了一下。」弗里斯基說。

根據弗里斯基的手錶，從大門走到主屋花了四分鐘，車子的時速應是十英里，因為只要超過就會開始顛簸；豐田吉普車似乎是以左彎的弧線前進，左側有一池散發甜味的液體，強納生據此推算，認為這應是一條長約一點五公里、沿某座人工湖或礁湖開闢的車道。車子往前行駛時，他看到樹與樹的隙縫透出來自遠處的燈光，猜想應該是一堵裝了鹵素燈的環形圍牆，像愛爾蘭那樣。他還在黑暗中聽見馬蹄聲從旁邊奔過。

豐田汽車又轉了個彎，他看到一棟帕拉第式的豪宅，正面被泛光燈照得明亮；四根高大的柱子托著大宅中央的圓屋頂和三角牆，燈光從中央的圓屋頂上幾個看來像舷窗的天窗裡透出。此外還有一座小塔，屹立在月光中猶如一座聖祠。塔頂裝了風向標，形狀像是兩頭獵犬在追逐被聚光燈照亮的金箭。波爾說，這棟豪宅光是造價就至少一千兩百萬鎊，甚至更高。屋內的物品光是火災險就高達七百萬鎊，而洛普沒投防盜險。

豪宅矗立在一片肯定是後來為此增建、長滿了青草的小丘上。在一片礫石地上有蓮花池與大理石噴泉，一道弧形帶扶手的大理石階由礫石地往上，連接到掛著煤氣燈的上方入口處。煤氣燈亮著，泉水湧流；雙開門是玻璃製。透過大門強納生瞥見穿白衫的男僕站在大廳的水晶吊燈下。吉普車繼續駛過礫石地，經過鋪了鵝卵石的馬廄，傳來一股馬匹身上的氣味。車子又經過一片尤加利樹叢、燈光明亮的游泳池——另一端有讓孩子進出的溜滑梯、兩座有照明的紅土網球場、一個槌球場，以及一座果嶺。接著車子穿過第二對門柱（儘管不如第一對那麼有氣勢，卻比較漂亮），停在一扇紅木門前。

此時強納生不得不閉上眼了，他頭痛欲裂，胯部的傷又讓他痛不欲生。而且，差不多也該是他繼續裝死的時候了。

水晶島。當他們把強納生抬上那座柚木階梯，他不斷在心中重複：水晶島，一顆像麗晶飯店那麼大的水晶。

★

現在，雖然強納生人困在這豪華的囚室中，但體內清醒的部分仍繼續辛苦地執行任務，注意、記錄著一切特徵，以備不時之需。他傾聽著百葉窗外黑人從未稍停的閒聊，很快就能說出修繕木製突堤的人叫關斯；在庭園堆砌巨石假山的是厄爾——他是聖濟茲美式足球隊的狂熱粉絲；造船工匠叫塔博特，他會唱卡利普索——他聽見車子經過地面，卻沒聽見引擎的噴氣聲，判定應該是一輛電動車。他聽見畢奇飛機在空中不規律地進出，每次飛過，他都想像是洛普戴著半邊鏡片加一本蘇富比目錄，身邊的珍德看著雜誌，在回家的路上。他聽見遠處馬在嘶鳴，以及馬場裡馬蹄踏地的聲音。偶爾，還會聽到一隻鬥犬的吠聲，還有再小一點的狗叫聲——可能是一窩米格魯。一點一點，他逐漸看清睡衣口袋上的標幟——是水晶。他一開始就該猜中的。

他發現，這房間再雅緻，都無法逃脫熱帶溼氣的侵蝕。他第一次使用浴室時就發現，雖然女僕每天不斷來擦拭毛巾架，但仍在一夕之間出現被鹽侵蝕的斑漬。用來托著鏡架的三角架和將它固定在磚牆上的鉚釘也氧化生鏽。好長一段時間，空氣裡的濕氣令布扇根本無用武之地，他就像是穿了一件溼透的衣服在身上，慢慢被消磨掉所有意志。

而且他也知道，關於他的祕密現在仍尚未解開。

★

某個晚上，馬蒂醫師搭乘包機來到島上。他問強納生會不會說法語，強納生說會。因此，當馬蒂醫師檢查了他的頭部、胯部，拿小橡皮錘敲他的雙膝和手臂，並拿檢目鏡檢查他的眼睛，強納生用法語回答了一堆問題——而且都不是隨便問問而已。強納生很清楚，馬蒂除了檢查他的身體，還要了解其他事項。

「但你講起法語有歐洲腔，雷蒙先生。」

「學校就是這麼教的。」

「你在歐洲念書？」

「在多倫多。」

「哪所學校？——他們鐵定很有影響力吧？」

諸如此類的問題。

好好休息——馬蒂醫生開的處方就是休息。休息、靜候——什麼呢？等你揪到我的小辮子？

「湯瑪斯，你應該覺得稍微舒服一點了吧？」托比坐在門旁，以關懷的語氣問道。

「好一點了。」

「那就好。」托比說。

強納生逐漸復原，警衛也變得更提防他。

★

不過，儘管強納生試圖探索他們安置他的這棟房子，卻一無所獲。這裡沒有門鈴、電話或傳真機，也從未傳出烹飪食物的香氣，或任何談話聲。他聞到蜂蜜味道的傢俱清潔劑、殺蟲劑、鮮花、花草香料罐，假使風向正確，他還能聞到馬的氣味。此外還有雞蛋花和修剪過的草香，以及游泳池傳來的漂白水味。

無論如何，由於他曾是孤兒、士兵與旅館員工，也曾過過顛沛流離的生活，他很快有種似曾相識感——這是講求效率的機構才能見到的規律，即使強勢的主事者不在場督導，一切都依照規矩動作：園丁每天早晨七點半開工，強納生幾乎可以拿來對時；十一點，鐘聲準時響起，會有整整二十分鐘安靜休憩的時間，包括割草機和鐮刀。一點鐘，鐘響兩聲，如果強納生在此時豎起耳朵，就能聽到員工餐廳裡傳來當地人的閒聊。

有人敲門。弗里斯基出現，咧嘴笑著。*柯爾克蘭像羅馬暴君一樣墮落了，波爾曾警告他。而且非常精明，就好像拿到全世界他最想要的東西。*

★

「親愛的，」沙啞的聲音有著英國上流階層的腔調，呼出的氣息難聞，混和前晚下肚的酒精及今早抽的法國香菸。「你今天感覺如何？小甜心，我得說，你真是太千變萬化了。你的臉不再紅得像紅色羊毛衣，先是變得像那種藍臉狒狒，今天呢，又有點像臭兮兮的驢尿黃，都不知道你到底是不是在慢慢康復中。」

柯爾克蘭少校的口袋塞滿鋼筆和男人會帶的雜物，大片汗漬從腋下濕到小腹。

「其實我想快點離開。」強納生說。

「當然，你隨時可以離開，只要跟老大講一聲就好。他一回來你就可以告訴他——算算也該回來了。胃口還好吧？睡眠對於身體康復最有用了。明天見啊。」

第二天，柯爾克蘭又來看他。他一邊大口吞雲吐霧，一邊低頭望著他。

「你可以滾遠點嗎，親愛的弗里斯基？」

「我這就滾，少校，」弗里斯基笑道，順服地退出房間，柯爾克蘭則悠閒地從陰影中走出來，踱到搖椅前坐下，嘴裡還發出一聲滿足的「嗯哼」。接下來有好一段時間，他什麼都沒說，只是抽著菸。

「老兄，不介意我抽菸吧？要是沒菸，我的腦子就沒法運轉——我上癮的不是吞雲吐霧，而是得夾著這根小東西。」

他所屬的單位受不了他，他只好在軍情部待上五年，波爾說。五年裡幹的淨是些閒差，但也有口皆碑。洛普很賞識他，並非單純以貌取人。

「你也抽嗎，兄弟？日子過得不錯的時候？」

「偶爾。」

「所以都是在什麼時候？」

「做飯的時候。」

「什麼？」

「做飯的時候。就是旅館的事都忙完了、有空的時候。」

柯爾克蘭少校此時興致大增。「我一定要說——字字真心——那天在瑪瑪．羅那兒你做給我們的東西真是太美味了——就是在你去救那小鬼之前。那些泡在調味醬裡煮的淡菜都是你一個人做的？」

「對。」

「好吃到叫人舔手指！那胡蘿蔔蛋糕呢？告訴你，我們一致給它滿分，主廚特製，一直有人點，對吧？」

「那也是我做的。」

「你說什麼？」

「也是我做的。」

柯爾克蘭一時間說不出話來，過了好一會兒才開口，「你說胡蘿蔔蛋糕也是你做的？是你親手做的？親愛的，你真是太棒了！」他繼續抽菸，並隔著煙霧對強納生露出崇拜的微笑。「鐵定是從梅斯特偷來的食譜吧？」他搖了搖頭說。「太厲害了。」說完他又猛吸一口菸。「你還從梅斯特那兒弄來了什麼，親愛的？」

強納生一動也不動地靠著枕頭，裝著心裡也平靜無波。我要馬蒂醫生，我要波爾——我要出去。

「我說實話，這挺為難的。親愛的，你在這醫院的表格是我填的。在這兒，這就是我的工作——有表格來，我就要填——你可以說我是個專業填表格的。就是那種美國軍方的制式表格，我們都知道是怎麼回事，對吧？但我那時就覺得：唉呀呀，有點怪啊，他不是姓潘恩嗎？怎麼變成雷蒙了呢？他是大英雄，我們都很清楚，但填表格的時候你只能填名字，可不能填『英雄』啊！所以我就填上雷蒙了。湯瑪斯．亞歷山大——希望我這麼做沒錯！——你說你在多倫多哪裡出生？我看過第三十二頁上的『近親欄』，而你說你沒有任何近親？我覺得自己不必想下去，你這個雷蒙想叫自己潘恩……又或者你是潘恩，可是想叫自己雷蒙，這都跟我沒關係，你喜歡就好。」

他等著強納生開口，一直等，等啊等，繼續等。柯爾克蘭之所以有耐心等待，是因為他占著審訊者的優勢：他有無盡的時間可以耗。

不過最後他還是開口了，「但是呢，親愛的，我們老大的個性跟別人不太一樣，他有很多長處，其中之一就是特別挑剔。他一向如此。其實他打電話去蘇黎十的梅斯特了，是在公用電話亭打的——事實上好像是在迪普灣，他不太介意是否有人在聽。老大這麼問了：『那位人挺不錯的潘恩最近怎麼樣了？』老梅斯特被他一問，氣得吹鬍子瞪眼：『潘恩，你說潘恩？這該死的傢伙一聲不響地偷走我的錢！從我保險櫃裡偷走六萬一千四百零二點一九法郎——還有兩顆背心鈕釦。』幸好他不知道胡蘿蔔蛋糕的事，否則一定會把你當成商業間諜——你在聽嗎老弟？沒有覺得很無聊吧？」

再等等，強納生告訴自己。他閉上眼睛，躺平。你的頭很痛，你很快會覺得想吐。柯爾克蘭搖椅子的節奏愈來愈快，然後停住。強納生聞到菸味離他非常近，一睜眼就看到高大的柯爾克蘭俯身看他。

「親愛的，你聽懂我的暗示了嗎？說白一點，我不認為你的身體有我看到的這麼虛弱。那蒙古醫生說你的復原情況超乎常人。」

「我沒有要求你們送我到這裡，你們也不是蓋世太保。我幫過你們，總之把我送回瑪瑪．羅那裡就好了。」

「親愛的，話說回來，你幫我們的是個超級大忙！老大站在你這邊，我也是。我們欠你人情——應該說欠你很大一個人情。老大不會欠完人情然後轉身就走。在場的人都對你感激不已，每個人都擔心你。老大一直都是『寧願人負我、不願我負人』的個性。他這人就是那樣，你懂吧？了不起的人都是這樣。所以他會報答你。」他將手伸進口袋，在房間裡來回踱步，慢慢把事情說清楚。「但他什麼事情沒見過，難免比較世故。你也不能怪他，是吧？」

「走吧，別煩我。」

「梅斯特那傢伙跟老大講了你搶劫他保險箱之後的事情，說你逃到英國、幹掉了某個傢伙。老大說這都是胡扯，一定是另外一個同名同姓的林登，我們認識的你是個真英雄。但講歸講，老大還是派出幾個他的探子去打聽，這是他一貫的作風。結果證明老梅斯特沒亂講。」強納生裝死的時候，他抽了另一大口菸舒緩心情。「當然了，除了在下本人我，老大誰也沒講。世上改名換姓的人多的是，有的人一輩子都在這麼做。不過呢，做掉人這種事就比較不足為外人道了，所以老大不會到處去說。但他是有家室的人，自然不願意在自家養毒蛇——不過話說回來，世上毒蛇根本數不完，你懂吧？你可能是蛇，也許是沒毒的那種。老大就派我去打聽你了，他和珍德則去忙他們的——珍德可是他的心肝啊。」他解釋著，觀察強納生的反應。「她天生就這麼漂亮，你見過她。身材高䠷的尤物。」他邊說邊搖強納生的肩。「親愛的，你醒醒，我是要挺你，老大也是。這裡不是英國，我們都見過世面……潘恩先生，你別睡啦。」

儘管他粗暴地喊個沒完，都像是在對死人彈琴。強納生已經讓自己逃入深沉的睡眠，回到了當時的孤兒院。

# 15

除了妻子，顧德修誰也沒說。

他也沒人可說。然而，換一個角度想，這樣荒謬的故事需要的是一個同等荒謬的聽眾，但很可惜，他親愛的妻子海絲特是眾人心中最最一本正經的人。

「親愛的，你確定沒聽錯？」她懷疑地反問。「你知道自己是怎樣的，很多事情你都聽得很清楚，但看電視你還是得靠孩子解釋電視節目給你聽，不然就無法理解。週五尖峰時刻的交通狀態應該很不好、所以害你無法聽清楚，對吧？」

「海絲特，他說的一切我一字不漏都告訴妳了。他說得很清楚，完全蓋過車聲吵嚷，直接對著我說。他說的每一個字我都聽得一清二楚——他講的時候我還盯著他的嘴呢！」

「如果你確定沒聽錯，應該可以去找警察了——我知道你一定不會搞錯的——就算你沒有要採取任何行動，我想你也該去找普倫德加斯特博士談談。」

非常難得地對他一生的伴侶發了頓脾氣，顧德修以僵硬的步伐走上國會山莊，想讓頭腦清楚一些。可是這一點幫助也沒有。他對自己重述了一遍故事，就像他之前已經做過了數百次那樣：

★

那週五，天一如往常地亮了。顧德修一早就騎著自行車去上班，因為他的上司想在下鄉之前把這週的工作先告一段落。九點鐘，他接到上司的私人祕書打來電話，說原訂十點召開的會議因故取消，原因是部長被召至美國大使館。而上司不讓顧德修參加會議，他早已不再訝異。於是他利用早晨加緊趕進度，中午則吃三明治當午餐。

三點半，私人祕書又打來，問他可否立刻上樓一趟。顧德修遵命照辦。上司的辦公室瀰漫一股剛開完會的閒適感。顯然那場顧德修未受邀參加的午宴結束，劫後餘生的客人散坐各處，各自喝咖啡、抽雪茄。

「雷克斯，幹得好。」他的上司開朗地說。「請坐。這裡有你不認識的人嗎？都認識？真是太好了。」

顧德修的上司足足比他年輕二十歲，財大氣粗，結實魁梧，又是橄欖球隊員。根據顧德修的判斷，他是參加了橄欖球隊才獲得學位的。那人雙眼無神，眼界也不夠遠，但他以旺盛的企圖心來彌補這點。美國大使館的芭芭拉．凡頓坐在他一側，採購研究小組的尼爾．馬喬藍則坐在他另一側。顧德修一直對馬喬藍有好感，也許是因為他在海軍時的優良紀錄，而且他的眼神也令人信賴，一舉一動都沉穩可靠。說實在，顧德修一直很不解，像他這樣一看就知道不懂得說謊的人，怎麼可能在傑弗瑞．達克爾的手下做事，並存活至今？達克爾的另一名諜報人員高爾特坐在馬喬藍身旁，看起來跟達克爾如出一轍：穿著極度講究，簡直是那種暴發戶型的房地產經紀人。河廳代表團中的第三名成員是位下巴線條堅毅的美人，哈絲兒．邦迪。謠傳，她除了是達克爾的工作夥伴，也是他的地下夫人。不過顧德修堅守自己的原則，從來不聽這類蜚長流短。

他的上司向他解釋召開會議的目的，口氣卻太過輕鬆，「我們有好幾個人正在審視英美之間的聯絡機制，雷克斯，」他說，雪茄在空中比畫了一道弧。「說實話，我們得出了幾個結論，都相當令人擔憂，所以想聽聽你的看法。你這看法不會被記錄、也不限時間長短，不用負責，我們單就原則問題來討論，大家隨便談，你覺得可以嗎？」

「有何不可？」

「芭芭拉，親愛的——」

美國表親駐倫敦的聯絡站首腦，芭芭拉．凡頓，讀的是紐約私立名校瓦薩，在滑雪勝地亞斯本過冬、瑪莎葡萄園島越夏。然而她的聲音聽來像是被搶劫發出的恐怖尖叫。

「雷克斯，這個帽貝玩意兒已經走樣了，」她咆哮道。「我們被小看了。毫無疑問。真正的戰場在那裡，事情需要上軌道，而且現在就要。」

顧德修肯定是立刻顯得一臉迷惑。「芭芭拉覺得我們跟不上蘭利的腳步，無法和他們緊密配合。」馬喬藍在旁向顧德修解釋。

「你說的『我們』指的是誰？」

「嗯，就是我們——『河廳』。」

顧德修轉過身，質問他的上司。「你剛才告訴我只就原則問題討論……」

「等一下、等一下！」他的上司拿雪茄比著芭芭拉．凡頓，「芭芭拉沒離題啊，老天，還以為你脾氣好點了。」

但顧德修不打算罷手。「河廳在『帽貝』計畫上無法與蘭利協調？」他不解地問馬喬藍。「河廳根本就沒有參與『帽貝』計畫，只是提供支援。『帽貝』是執法小組負責的案子。」

「這就是芭芭拉覺得我們需要討論的地方。」馬喬藍解釋，語氣疏離得暗指他也並不苟同。

芭芭拉．凡頓立刻搶在所有人前卡進來：「雷克斯，我們必須來一次全面而且徹底的肅清，不僅在蘭利，英國這裡也是。」她接著講，聽來就像是她早就準備好了講稿。「我們必須把這個『帽貝計畫』帶回到基本面，然後從最底層重新開始。雷克斯，蘭利曾經強人所難，但還不至於逼人上梁山。」這一次，馬喬藍沒有插嘴提出解釋。「雷克斯，我們的政客不會買單的。他們隨時會抓狂。雷克斯，我們得面對的，是必須極緩慢、審慎地從五十五種角度以上看待的事，而我們看出什麼了？這是一次聯合行動，一方是一個非常次要、剛成立的英國情報單位，抱歉這麼說，小而美，但次要。而另一方，是一群邁阿密來的、連地理關係都搞不清楚的美國執法人員。雷克斯，這就像是狗和他的尾巴。狗呢，現在在這裡──」她的手已經舉到她的頭上──「而尾巴就是這個。而此時此刻，是尾巴占上風。」

一陣自責襲捲了顧德修。帕爾弗瑞警告過，但我沒把他當一回事。雷克斯，達克爾打算策動一次叛亂，重新奪回他的失地。他說，這些他都要躲在美國國旗的背後幹。

「雷克斯！」芭芭拉．凡頓又拔高嗓音，顧德修聽著她尖銳的聲線，氣得坐在椅子上，雙手抱胸。她說：「眼前的問題在於，我們自家後院正在進行一場以地緣為基礎的政治權力轉移──但在碰觸這些事情的卻是一群根本沒資格參賽的門外漢。這些人在該傳球的時候卻在逞勇，完全不了解問題在哪裡——而且地方政治集團還把內線情報推來推去。內線消息的問題應該有專人負責處理。這我們已經接受了，雷克斯，而且早就為此付出了沉重的代價。」

「對，非常昂貴的代價，芭芭拉，『大家』都這樣說嘛。」顧德修陰鬱地說。儘管他是在諷刺，不過，芭芭拉．凡頓在倫敦已經待了四年，對任何諷刺都無感了。所以她繼續咆哮著。

「雷克斯，那些集團正在推行合縱連橫的結盟，相互示好，採購最尖端的材料、訓練人馬、聯合行動——雷克斯，這是一個完全不一樣的局。現在在南美洲會這麼幹的人還不多。在南美洲，只要將力量聚集起來就代表著強大。就這麼簡單。這不是執法小組隨便接的任務，不是警方出動抓賊還不小心射傷自己的腿，這就叫地緣政治，雷克斯。我們應該要做的是想辦法去美國的國會山莊告訴他們：『各位，對於我們在這件事上無可逃避的責任，我們全都接受。我們也跟執法小組談過，而執法小組也願意退出。執法小組會充分利用時間，做好自己的工作，而這是他們身為執法者的權利和義務。同時，因為這是地緣政治，它不但複雜，還得從各種角度解讀，因此它無庸置疑屬於情報局的管轄範圍。對於如此複雜的資訊，我們有一套清楚明確的處理方式——透過情報局裡專業、可信的人員，根據地緣政治的原則，處理這個問題。』」

顯然，她的發言結束了，並且像個對於演出感到滿意的女演員整個人轉過去看著馬喬藍，表情像是在問：「我剛才講得如何？」然而，馬喬藍聽了她這番充滿了火藥味的談話，卻裝出一副看似友善、其實輕蔑的神情。

「我認為芭芭拉剛才說的一切有很多地方都是重點，」他再次露出他招牌的那副彬彬有禮但不虛與委蛇的微笑。「顯然，我們不會阻礙各部門間應如何重新分配責任。不過，這本來就不太可能由我們下決定。」

顧德修的表情像座石雕，雙手像是死人一樣擺在身前，拒絕參與眼前的一切。

「沒錯，」他表示同意，「能下決定的不是你，而是聯合決策委員會。除了他們以外誰也無法做主。」

「不過，你的主管就是委員會主席，而你——雷克斯——就是它的祕書、創辦人兼主要贊助者。」馬喬藍露出單純的笑容，提醒著他。「除此之外，其實你也是委員會的道德良心。」

但顧德修不會束手就擒，就算是像尼爾．馬喬藍這樣擅長安撫的人也不行。「尼爾，你所謂的責任重新分派絕不能被當作不同部門間你送我、我送你的禮物。」他板起臉。「假設執法小組已經準備自願退出戰場——這一點我個人深感懷疑——其他部門在沒有經過聯合決策委員會同意前也同樣沒有授權，不能瓜分他們的責任範圍。杜絕私相授受不也在聯合決策委員會的職權中嗎？你去問問——」他望著上司點了點頭。

有好一段時間，沒有人敢問任何事，直到顧德修的上司含混不清地發出「哼」一聲，似乎表示了懷疑、惱怒外加些微消化不良。

「很明顯，雷克斯，」他鼻音很濃，聲音十分有英國保守黨資深議員的腔調。「如果我們的美國表親要在大西洋彼岸接管『帽貝計畫』，根本不問我們同不同意，那麼，大西洋這邊的我們也會這麼做的，對吧？我會說『如果』，是因為這只是非正式的討論。截至目前為止，還沒有任何消息經由正式管道傳來——沒有吧？」

「就算有也還沒傳到我這裡來。」顧德修冷冷地說。

「這些狗屁委員會的工作效率實在非常差，如果按照他們的步調，我看聖誕節前都甭想得到答案。我說雷克斯，你想想嘛，我們都達到了法定人數：有你、我，還有尼爾也在，我想我們搞不好可以自己搞定這件事。」

「你說了算，雷克斯。」馬喬藍溫和地說。「你來訂規矩。如果連你都無法翻盤，還有誰能？是你擬定了雙邊對等規則——執法人員對執法人員，情報人員對情報人員，各管各的，誰也不許撈過界。我們都叫它『顧德修法則』，而它也確實是。你把它賣給華盛頓，內閣也聽了進去、飛速通過——〈新時代的祕密機構〉——你那篇報告不就是以這此為標題的嗎？只有在逼不得已之下我們才會讓步，雷克斯，芭芭拉不是說了嗎？要不是跳著優雅的舞步，就是不小心撞上對方，如果是我，當然選擇跳著優雅舞步。我不想看你惹禍上身，或給自己找什麼不必要的麻煩。」

通常這種時候，顧德修已經被激怒了。但他現在已經不會意氣用事了。他用理智的語氣對著桌子對面、尼爾．馬喬藍那張誠懇的臉說話。他說，聯合決策委員會呈給該會主席的推薦案（此時他又對著上司點了點頭）必須全體與會人員一致通過才成立，而非一個只由特定人士決定出來的多數決。他又說，根據聯合決策委員會記錄下的觀點，「河廳」這機構已經太過膨脹，必須再次釋出部分責任，而不可再次收回舊有職責。目前為止，身為該委員會主席的部長也始終抱持贊成態度——「除非你在吃午餐時改變了主意，那就另當別論。」他暗示他的上司，而對方則蹙著眉頭，一直抽著雪茄。

他又說，如果是他個人，他會寧可擴大執法小組的責任範圍，讓該小組有足夠力量有效地迎接各項挑戰；最後，他說，由於這些話不會留在記錄上，所以他要強調採購研究小組的各項行動已經不符合新時代，亦有負國會的重託。下次聯合決策委員會開會時他要正式提議，讓委員會對其各項活動進行審查。說完後，顧德修像在教堂祈禱一般雙手合十，彷彿表示「話說完了」，靜待山洪爆發。什麼都沒發生。

顧德修的上司邊看著哈絲兒．邦迪的洋裝，邊用下唇弄著牙籤。「好……行。」他避開眾人目光，慢條斯理地說。「挺有意思，謝了，非常精闢。」

「的確是發人深省，的確。」高爾特開朗地附和。他又朝哈絲兒．邦迪笑了一下，不過哈絲兒沒理他。倒是尼爾．馬喬藍，他友善到不能再友善了。那漂亮的五官顯出某種靈性上的靜謐，散發出一股道德高尚氛圍——他的確就是這樣的人。

「雷克斯，你有空嗎？」他們離開時，馬喬藍低聲問。

顧德修——老天保佑——他正竊喜地想著經過剛剛那番良性交涉、相不互讓後，馬喬藍終於願意退個一步，讓兩方都不要留下什麼疙瘩。

★

顧德修慷慨地邀馬喬藍到他辦公室一敘，馬喬藍卻體貼地說：「雷克斯，你需要呼吸一點新鮮空氣，消消火。我們散個步吧。」

此時已是陽光燦爛的秋日下午。梧桐樹葉在陽光下呈現粉紅與金黃相間的色彩；遊客自在地在白廳附近的人行道悠遊漫步。馬喬藍和他們都露出和善的笑容。海絲特說得一點都沒錯，星期五的尖峰時刻交通真的非常擁擠嘈雜，然而顧德修聽得很清楚。

「芭芭拉有點太緊繃了。」馬喬藍說道。

「到底是誰讓她這麼緊張？」顧德修說。

「我們告訴過她你不會被說服，但她堅持要一試。」

「得了，是你們慫恿她吧。」

「就算是好了，我們又能怎麼辦？拎著帽子走到你面前說：雷克斯，把『帽貝計畫』交給我們？看在老天的分上，這只不過是個計畫，又不是什麼天崩地裂的事！」他們來到了泰晤士河岸，好像本來就是要上這兒。「不懂得轉彎最後就是一頭撞上去，雷克斯，你太固執，稍微彎一點點都不願意。你把『顧德修法則』當成心肝寶貝，犯罪就是犯罪，間諜就是間諜，二者絕不可混為一談。你太黑白分明了。」

「不，尼爾。我不同意你的說法。我怕得是我還不夠黑白分明。如果我要寫本自傳，書名就會叫做《關於妥協》。我們應該要更堅守原則，不是學著妥協。」

然而雙方的語氣仍舊很友善。這兩位專業情報人員正在泰晤士河岸分析彼此的不同之處。

「假使易地而處，我會同意你的做法。」馬喬藍贊同地說。「你所說的那些跟新時代有關的言論在各廳贏得了不少好評——顧德修，開放社會的推手、傳承者……恐怕你自己聽到都會覺得噁心。不過我不得不承認，這是你為自己開闢的立足點。你沒有不戰而敗已經挺不錯了。所以這些事情對你究竟為什麼這麼重要？」

他們並肩望著泰晤士河。顧德修搭著欄杆，很突然地戴上了騎自行車會戴的那種手套——最近他的血液循環不好，讓他很不舒服。他不是很懂馬喬藍突如其來的問題，便轉向他，希望他解釋得更清楚，卻只看到被遠處經過的遊船光芒照出的神聖不可侵犯的側臉。但接著馬喬藍也轉過身了，他們面對面站著，兩人相距不過一個手肘，即使來往車聲喧囂不斷，顧德修也沒察覺。

「達克爾有話給你。」馬喬藍笑著說。「雷克斯．顧德修昏頭了，想參與那些他不能知道、不需要知道的，一些高層決策之類的事。裡頭全是菁英——這種屁話。你是不是住在肯特鎮？一棟又小又髒、有露台的房子？還有用網織的窗簾？」

「怎樣？」

「你剛冒出了一個住在瑞士的遠房叔叔，他一直都很賞識你的正直。一旦『帽貝計畫』交到我們手上，你的叔叔就會突然倒下，留給你七十五萬——英鎊，不是法朗，而且免稅。這是遺產。哥倫比亞的人都是怎麼說的你知道嗎？『你自己選，我們可以讓你發大財，也可以讓你死很慘。』達克爾也這麼說。」

「不好意思，我今天有些遲鈍，」顧德修說。「你現在是在威脅殺我、同時賄賂我嗎？」

「先毀了你的事業。我認為我們可以對付得了你。如果不行，就再想辦法。如果覺得難堪，可以不用現在回答——或者根本不用回答，去做就是了。『坐而言不如起而行』——顧德修法則啊。」他憐憫地笑著。「沒人會相信你的。你那個圈子裡的人都不會。雷克斯他瘋了……而且瘋了好長一段時間……我只是沒說。如果你不介意，我就不寄備忘給你了。我什麼也沒講，這只是某個無聊會議結束後的小小河邊散步。祝你週末愉快。」

★

六個月前共進簡單晚餐時，顧德修曾告訴波爾：你這前提真是胡鬧。它不但有毀滅性，而且太陰險，我不願支持你的提議，不許再提這件事。這裡是英國，不是巴爾幹，也不是西西里。你可以有自己的情報單位，雷納德，但絕對要放棄那套哥德式幻想——什麼採購研究小組是個以數百萬為單位在走私的機構，專門提供金錢給像傑弗瑞．達克爾和一些銀行家、掮客，以及大西洋兩岸的貪腐情報員。

因為那樣做太瘋狂了，他必須警告波爾。

就像今天這樣。

★

跟妻子說完後，足足有一個星期，顧德修把祕密深鎖在心中。一個連自己都不相信的人不會相信任何人。波爾從邁阿密打電話給他，告訴他「帽貝計畫」復活的消息，顧德修則盡力裝出為他高興的模樣。魯基接掌波爾位於維多利亞街的辦公室。顧德修則在圖書館請他吃午餐，但並未向他透露自己的心事。

之後，某天晚上，帕爾弗瑞來訪，帶來一個小道消息。據說達克爾向英國武器供應商探詢某種高科技設備的供貨——是要在「南美型氣候」中使用的。至於供貨對象則不得而知。

「哈瑞，你說英國設備？那麼要買的人就不可能是洛普。他只買非英國製的。」

帕爾弗瑞動了動，似乎有些不安。他吸了一口雪茄，又多要了一些威士忌。「嗯，雷克斯，其實那有可能就是洛普想要的——如果他的保密工夫很到家、如果那些真的是英國的——怎麼說呢，我們是很能忍的，你懂吧？搗住眼睛、頭埋進沙裡——如果那真是英國的，我們還可以賣給開膛手傑克。」他竊笑起來。

那晚天氣很好，帕爾弗瑞覺得自己需要活動一下。因此，他們走到海格墓地的入口，在那兒找到一張安靜的長凳。

「馬喬藍想收買我。」顧德修直接告訴帕爾弗瑞。「七十五萬英鎊。」

「噢，他當然會這麼做。」帕爾弗瑞一點也不意外。「他們在國外就是這麼做，國內當然也一樣。」

「給了賞，也給了罰。」

「當然，通常都是這樣。」帕爾弗瑞伸手摸出一根新的菸。

「他們究竟是什麼人？」

帕爾弗瑞皺了皺鼻子，眨幾下眼，不知為何似乎難以啟齒

「就是些有點小聰明的傢伙。『關係』很好，你知道的。」

「我不知道。」

「他們都是優秀的專案情報員，冷戰時代留下來的，人也給弄冷了。他們怕丟工作。你知道的，雷克斯。」

顧德修突然意識到帕爾弗瑞講的是自己的困境，而且不是很想講下去。

「訓練有素，自然是。」帕爾弗瑞習慣性地用支離破碎的句子繼續一些陳腔濫調。「很會操作市場經濟，八〇年代曾經呼風喚雨、不可一世。在還能撈的時候拚命撈，大家都是這樣，因為不知道下次戰爭會從哪裡開打。全副武裝，卻不知該上哪兒去……就那樣。當然了，這些人直到現在都還掌權，沒有人會去剝奪他們的權力，問題只在這權力要用在哪裡。」

顧德修沒說話，帕爾弗瑞也就一直講下去。

「這些人都不壞，雷克斯，你不能對他們太挑剔。他們只是覺得受到冷落。柴契爾的時代已經遠去，也沒有俄國佬可打，自家床底的赤色分子也都消失了。在某個時刻他們把這世界塑造成他們要的模樣，兩腳走路的就是好人，四腳走路的就是壞人，結果第二天一早起來，就……你懂吧……」他聳聳肩當作句號。「沒人喜歡真空狀態，對吧？連你也不喜歡真空，說句老實話，你其實恨死了吧？」

「真空狀態？你說和平嗎？」顧德修盡可能用最不帶刺的方式說。

「嚴格說是無聊，架空了。這種感覺對任何人都不好，你說對吧？」他又竊笑起來，長長地吸了一口菸。「好幾年前，他們還都是最高等級的冷戰士兵，在情治領域中的第一把交椅……之類的。現在一下子要他們停手太難，一旦你像他們那樣上緊發條，就只能一直走下去。這種情況也很自然。」

「那麼他們現在都是些什麼人？」

帕爾弗瑞用手背抹了一下鼻子，像要抓癢。「就只是牆上的一隻蒼蠅。真的，至少我是。」

「我知道你是，那『他們』呢？」

帕爾弗瑞有些模稜兩可，也許是為了把自己從接下來的評論中排除。「都是支持大西洋另一邊的。這些人從來不信任歐洲，因為歐洲是由德國佬統治的巴別塔，美國仍是他們唯一的容身處，華盛頓就是他們的羅馬，即使這個凱撒有點冷漠。」他有點靦腆地動了一下，繼續說：「他們是拯救世界的英雄，棋局就是這個世界。你想想看，世上的秩序都靠這群小伙子在維持，他們既能留名青史，又能順便賺點錢，何樂不為？大家不都是這麼做的嗎？」他又抖了一下。「他們是有點腐敗，但也只有一點。不能全怪他們。白廳不知道該怎麼把這些人趕走，大家都自認對某個人很有用處，可是沒有人能看到全局，所以沒有人知道其實沒人需要他們。」他又抹了好幾下鼻子。「只要能使美國表親高興，不要揮霍得太誇張、或在大庭廣眾鬥個你死我活，他們想怎樣就怎樣，沒人會干涉。」

「所以要怎麼讓美國表親高興？」顧德修堅持追問，扶額等他回答，一副頭痛欲裂的模樣。「可以講清楚一點嗎？」

帕爾弗瑞彷彿在向一個執拗的孩子講話，語氣縱容，但有一點點不耐煩。「美國表親有他們的法律。監視者完全是貼著他們脖子後面監視。他們任意操縱判決，把正直的間諜關起來，再把高級的官員抓去審，英國人就沒膽子這麼做。我想這多半是因為有聯合決策委員會在吧。不過其實是因為你們大多還是正派些。」

顧德修抬起頭，又回去用手撐著。

「你繼續說，哈瑞。」

「其實我忘記講到哪裡了。」

「你說到美國表親找盯梢人麻煩時，達克爾怎麼取悅他們。」

帕爾弗瑞好像有點不想繼續了。

「噢，沒錯，就是這裡——華盛頓特區有個高層對美國表親說：『你們不可以幫那個非洲亂黨裝備軍火，那違反規定。』這樣懂嗎？」

「到目前為止，懂。」

「美國表親就說：『好，收到，明白。我們不會幫非洲亂黨裝備軍火。』然後一個鐘頭後他們打電話給達克爾說：『親愛的傑弗瑞，幫個忙好不好？那個非洲游擊隊真的需要武器。』運武器給那個游擊隊當然是禁止的，但只要財政部有進帳，誰會管那些？接著達克爾便打電話給一個他們信得過的人——喬伊斯敦．布萊德蕭、史派基．洛利莫爾——或任何一個就近能找到的人。『好消息！湯尼，給游擊隊的武器可以放行，不過你們得走後門，我們則會確保後門沒鎖上。』接著就是PS了。」

「PS？」

帕爾弗瑞覺得顧德修那麼單純很可愛，露出明亮的笑容。「postscript——附言呀！老弟，一點甜頭。『湯尼，身為你多年好友，我順便說一下，按照目前的行情，介紹費是交易金額的百分之五，付給列支敦斯登的惡棍表親聯合銀行，帳戶名稱是孤兒寡母採購基金。』只要你不是負責人，這完全是易如反掌。你有聽過英國情報人員被逮住時手是卡在收銀機裡的嗎？還是說有哪個英國的部長違反自己訂的規則、吃上官司？你在開玩笑嗎？沒人能動他們。」

「那為什麼情報局會想要接管帽貝計畫？」

帕爾弗瑞的機敏眼神掃視一片漆黑的森林，尋找著救援或偵查人員的蹤跡。

「這你就得自己去找答案了，雷克斯，這超越了我的職權——事實上也不在你職權內。抱歉了。」

他站起來的瞬間顧德修對著他吼了一聲。

「哈瑞！」

帕爾弗瑞憂慮地張大了嘴，露出他醜陋的牙齒。「雷克斯——看在老天的分上——你根本不懂得用人。我是個懦夫，你不能再這樣逼我，我已經腸思枯竭，接下來就只好亂編了。你回家去吧，睡一下，你就是人太好了，雷克斯，你這樣搞最後會惹來殺身之禍的。」他緊張地瞧了瞧四周，好像突然又心軟下來。「親愛的，收買英國人——這是一個線索。難道你對所有的骯髒手段都一無所知嗎？」

★

維多利亞街上，魯基坐在波爾的辦公桌後方，而波爾則坐在邁阿密的行動控制室。雙方各持保密電話與對方通話。

「喂，羅勃，」波爾高興地說：「已經證實了一遍又一遍，確認無誤。就這麼進行吧！」

「我們再確認一次行不行？」魯基的語很特別，彷彿一個再三向平民闡明命令的軍人。「就讓我再核定一次，不介意吧？」

「把他的名字公布出去，羅勃，把它散發出去，把他用的每一個名字都傳出去——到處去傳。潘恩，又名林登，又名伯賀加，又名雷蒙，最後露面是在加拿大某地。殺人犯、有多次竊盜、販毒前科，取得且持有假護照，非法進入加拿大——如果可以再加個非法離境。無論是什麼事，只要能增加大家的注意力就一律公布出來。」

「看來我們真的是要放手一搏了嗎？」魯基說，不願讓情緒受到波爾的興高采烈感染。

「沒錯，羅勃，是要放手一搏了。我所謂的『到處』就是這意思，你懂吧？針對湯瑪斯．雷蒙這名罪犯發出國際通緝令。要我把一式三聯的通緝令寄給你嗎？」

魯基把話筒擺回去，又拿起來，撥了個電話給蘇格蘭警場。但他一碰到按鍵，手卻有股奇異的僵硬感，像要拆卸未爆彈那樣。

等他一過去，我們就燒了橋，波爾說。

# 16

「親愛的。」柯爾克蘭以試探的語氣問，並點燃本日第一根叫人作嘔的香菸，還拿了一只瓷墨水瓶穩穩地放在自己腿上當菸灰缸。「不如我們來一個個檢視一下真偽吧？」

「老實說，我不希望你離我太近，」強納生說，心中早就準備好講稿。「我沒什麼好解釋，也沒什麼好道歉。別理我可以嗎？」

柯爾克蘭欣慰地又坐回扶手椅。臥室內只有他們倆，弗里斯基再次被支開了。

「你叫強納生．潘恩，曾在梅斯特皇宮飯店、尼弗蒂蒂皇后飯店，以及其他的商業機構任職。可是你目前卻化名湯瑪斯．雷蒙，還帶著一本無懈可擊的加拿大護照四處旅行──但其實你可能不是湯瑪斯．雷蒙本人。有異議嗎？你同意嗎？」

「我把孩子救回來，你們也幫我治好傷，現在還我護照，讓我走。」

「在梅斯特皇宮飯店的強納生．潘恩和加拿大的湯瑪斯．雷蒙中間，你還當過賈克．伯賀加，以及在偏僻的康瓦爾郡成為傑克．林登，你用這個身分把一個同伴──化名阿爾弗來德的大個子哈洛弄死了。這個開著船到處跑得澳洲人曾經多次走私毒品，罪證確鑿。後來你趁他們還來不及將你逮住之前溜之大吉。」

「普利茅斯警方只是要找我去偵訊，目前僅此而已。」

「哈洛不也是你生意上的夥伴？」柯爾克蘭邊說邊寫。

「如果你要這麼說。」

「親愛的，是販毒嗎？」柯爾克蘭向上瞟了一眼。

「很單純，就是商業投資。」

「報紙講的可不是這樣，我們的內線講的也不是這樣。傑克．林登，又名強納生．潘恩，也就是你本人。光你一個人就幫哈洛把一船毒品從海峽群島運到普利茅斯，你的做法在運毒小販眼中簡直就是不可思議。然後呢，你那位同夥哈洛就把你運給他的毒品再運到倫敦，到處販賣，連你的那一份也幹走，因此你非常火大——這完全可以理解。你就像任何一個被同夥惹惱的人，做了我們都會做的事：弄死他。你本來可以乾淨俐落地處理掉他，畢竟你在這方面的身手沒有人會質疑，但你卻搞砸了。我想應該是哈洛拚命反抗，你們就打起來；最後還是你贏。而你贏了，他就死了，太棒了，萬歲！」

盡量拖延時間，波爾說過。總之你不在那裡，在那裡的是另外兩個傢伙。先任他對你發動攻擊，再狼狽地屈服投降，讓他們覺得可以讓你露出真面目。

「他們沒有證據，」強納生回答：「他們找到一些血跡，但一直沒找到屍體——看在老天的分上，滾開吧。」

柯爾克蘭似乎已經忘了重點到底是什麼，他望著天空，咧嘴笑開，先暫時把所有討厭的念頭擱到一旁，回憶起來。「你知道那個某人想去外交部找工作的故事嗎？你知道他們怎麼跟那人講的嗎？『卡路瑟，我得說，我們挺喜歡你這人，但實在無法忽視你肛交、縱火又強暴的行為……』你是真的沒聽過？」

強納生「嗯」了一聲。

「『喔，這件事解釋起來很簡單，』那個卡路瑟這樣說：『我愛上一個女孩，但她不給我上，我就敲昏她，強姦她，再幹掉她老爸，然後燒了她家。』這故事你一定聽過吧。」

強納生已經閉上眼睛。「『好吧，卡路瑟，』那個主考官就對他說：『我們知道你一定會有合理的解釋。不如來訂個協議吧。只要你離打字間的小姐遠一點，不准碰火柴，親我們一下，我們就雇用你。』」

柯爾克蘭是真心放聲大笑。他脖子上的那圈肥肉變成了粉紅色，還跟著他的笑聲顫動，他笑到連眼淚都沿著臉頰滴下來了。「你竟然躺在床上，我覺得你真是窩囊啊！」他解釋道：「還說自己是什麼大英雄，乾脆用強光燈照你，然後我來當硬漢詹姆士．卡格尼㉑拿假陽具把你痛扁一頓。」他用法警的那種誇張語調說道：「『大家都說這個通緝犯右手上有個明顯的傷疤！』手給我看！」語氣跟剛才完全不一樣。

強納生睜開雙眼，柯爾克蘭又來到床邊。他一手高舉著菸，簡直像根骯髒的黃色魔杖，用另一隻潮濕的手握住強納生的右腕，檢視手腕內側那道彎彎的大疤。

「老天，」柯爾克蘭說。「就算是刮鬍子也不可能——算了，就這樣吧。」

強納生把手抽回來。「他拿刀攻擊我，」他說著。「我不知道他帶著刀子。他藏在小腿。我問他船裡有什麼，那時候我才知道——我早該想到的。他塊頭太大，我沒把握一定能把他撂倒，只能瞄準咽喉。」

「你說喉結嗎？你真的挺會打的，是不是？在愛爾蘭生活過其實滿有用的，不錯不錯。那應該不是你的刀吧？大家都說你偏愛用刀。」

「那是他的，我剛剛說了。」

「哈洛都把那些毒品賣給誰，你知道嗎？」

「不知道，我完全不知道。我只是個跑船的——你滾行嗎？去找別人開刀。」

「騾子。我們的術語就這麼說的。騾子。」

但強納生繼續回擊。「你們就是這種人是不是？你和洛普？毒販？真是太棒了，簡直就像是回家一樣嘛。」

他往後倒回枕頭上，等著柯爾克蘭的反應，而對方突如其來的舉動完全出乎強納生的意料。因為柯爾克蘭就這樣靈敏地跳到他床邊一把抓住他的頭髮，現在正相當用力地拽著。

「小甜心，」他語帶責備地低喃，「老兄，說實在的，像你這種落到今天這地步的小鬼嘴巴通常都會放乾淨些。我們可是拿索的鋼鐵牌煤氣、照明暨碳能源公司，小瘋子，諾貝爾榮譽獎的最終決選者。

---

㉑ James Cagney，曾以《勝利之歌》（Yankee Doodle Dandy）一片贏得奧斯卡影帝。本片被譽為「美國二十世紀百大名片」之一。

問題在於，你他媽的究竟是誰？」

他放開了強納生的頭髮。他依舊靜靜躺著，心臟怦怦跳「哈洛說那是回收活兒，」他聲音沙啞地開口。「他賣了一船的貨給一個澳洲人，對方賴帳不還，大個子就透過幾個朋友跟蹤那船到了海峽群島——他說的。他還說，如果我把船開回普利茅斯，我們就可以把它賣了、擺脫眼前的困境。當時他的提議聽起來也沒那麼不切實際，現在想起來，我竟然相信他的話，真是太蠢了。」

「所以你拿屍體怎麼辦，親愛的？」柯爾克蘭坐回椅子上，換成親切的語氣。「按老法子？像大家說的那樣扔進錫礦坑裡？」

改變節奏，讓他去等。聲音陰鬱絕望。「你們幹麼不報警，引渡我，領賞金就好？」強納生說。

柯爾克蘭把那只暫時菸灰缸從腿上移開，換了個牛皮製軍用檔案夾，裡面似乎單放了傳真稿。

「那老梅斯特呢，他又得罪了你什麼？」

「他搶我錢。」

「噢，可憐的小羊！傳說中的受害人！不過他是怎麼搶你錢的？」

「飯店其他員工都可以分到一份服務費。金額依職別和年資發放。每人每月可以領到不少，即使是新進人員也不例外。不過，梅斯特說他沒有義務付錢給外國人，而我發現他會付給飯店裡的其他外國人，除了我。」

「所以你就自己去保險櫃拿錢。你沒把他幹掉或拿刀割開他隨便哪裡，算他走狗運。」

「我為他超時工作，從早忙到晚，連放假都要替他盤點酒窖庫存，結果呢？什麼報償都沒有，別說我還帶著客人開船到湖上。他收了他們大把大把鈔票，一分都沒付給我。」

「開羅我們也走得有點匆忙。有人注意到這件事，但似乎沒人知道原因——應特別注意的是，我沒有暗示其中有鬼。根據尼弗蒂蒂皇后飯店的說法，你沒幹過什麼有損名譽的事——又或者他們只是還沒發現？」

強納生早就把故事想好了。這是他和波爾一起編出來的。「我和一個女孩在一起，她結婚了。」

「『她』有名字嗎？」

波爾說，這叫困獸之戰。「別想，我不會告訴你。」

「菲菲？露露？圖坦卡門女士？都不是？她總是可以從你的這些名字裡挑一個來用，不是嗎？」柯爾克蘭懶洋洋地翻閱傳真。「那那位好醫生呢？他有名字嗎？」

「馬蒂。」

「白癡，我不是說『那個』醫生。」

「那是誰？哪個醫生？這算什麼，柯爾克蘭？你這樣審問我是因為我救了丹尼爾嗎？這到底是想問什麼？」

這次，柯爾克蘭耐心等待他爆發完。「我說的是在杜魯羅意外急救中心為你縫合手上傷口的醫生，」他解釋道。

「我不知道他叫什麼名字。他是實習醫生。」

「白人實習醫生？」

「不是，深色皮膚，印度人或巴基斯坦人之類的。」

「我們是怎麼去到那兒的？我說醫院？可憐的手腕還在流血呢。」

「我拿幾塊擦碗布把手包起來，開哈洛的吉普車去。」

「用左手？」

「對。」

「和你搬屍體到別處去的是同一輛車，這毫無疑問吧？條子確實在車裡找到你的血。顯然混在一起了。裡頭也有些大個子的血。」

等強納生回答的時候，柯爾克蘭忙著給自己做筆記。

「送我回拿索就好，」強納生說道。「我沒傷害你們，也沒跟你們要任何東西。如果我在瑪瑪‧羅的店裡沒有這麼蠢地跳出來救人，你們永遠也不會知道我的事。我不需要你們的施捨。我沒打算要任何東西。不要錢，不要一句謝謝，也不需要你們的認可。讓我離開。」

柯爾克蘭抽著菸，默默思考；他翻了翻擺在他大腿上的文件。「我們換個題目，談談愛爾蘭如何？」他提議，彷彿「愛爾蘭」是某個潮濕下午要玩的一場派對遊戲。「兩個退伍軍人，談談過往的愉快時光，不是挺開心的嗎？」

當來到故事中真實的部分，不要鬆懈，波爾也曾經說過。最好語無倫次，忘了一點什麼再回過頭糾正自己講的話。讓他們以為他們想找的謊言就在你講錯的點上

★

「你到底對那傢伙做了什麼？」弗里斯基問，好奇是他的職業病。

時間已是午夜。他大字形地躺在門另一邊的日式床墊上，頭旁邊是一盞有罩的檯燈和一堆色情雜誌。

「哪個傢伙？」強納生問。

「那天『借走』小丹尼爾的傢伙。他叫起來活像是被人用刀刺中的豬。他在廚房裡叫的時候搞不好連邁阿密這裡都聽得到。」

「我應該是把他的手臂打斷了。」

「打斷？你應該是把他的手臂慢慢擰下來吧？你該不會是什麼業餘的日本武術家？」

「我只是先抓再扯而已。」強納生說。

「結果他的手差點被你撕爛。」弗里斯基理解地說。「這個結果對我們來說再好不過。」

你覺得需要朋友的時候就是最危險的時候。波爾說過。

★

談完愛爾蘭後，他們調查了柯爾克蘭說的「僕人力爭上游」的那段時日。那指的是強納生在餐飲學校當上二廚、升上主廚，最後學成畢業，進入旅館業的經過。

談完後，柯爾克蘭又要他講講巴貝特城堡中那段往事。強納生非常小心避免提及伊芳的名字，卻發現柯爾克蘭早就知道了。

「老兄，那你又怎麼會跑到瑪瑪·羅這裡？」柯爾克蘭問，又點起一根菸。「這麼多年來，瑪瑪·羅的店一直是老大最愛去的酒吧。」

「我只是覺得可以在那裡低調幾個禮拜。」

「你的意思是避風頭？」

「我之前在緬因州的某艘遊艇上工作。」

「主廚兼洗碗？」

「是總管。」

柯爾克蘭翻傳真稿找資料，他們的對話暫停了片刻。

「然後？」

「我生病了，必須離船上岸。我躺在波士頓的一間旅館裡，然後打給新港的比利·伯恩。比利幫我找了這份工作。他說你可以在羅那裡待幾個月，只要煮菜就好，休息休息？」

柯爾克蘭舔舔手指，總算找到他要的東西，在燈光下看著。

「天老爺。」強納生彷彿睡前禱告似喃喃抱怨了一句。

「老兄，現在來談談這艘讓人有點不太舒服的船吧。她叫潵莉塔，本名普塞芬妮，在荷蘭建造，船主叫尼可斯·阿瑟凱利安，娛樂界赫赫有名的人物，但也是個人騙子、惡棍。他的臭氣兩百呎外都能聞到。什麼尼可斯，我說他是個小矮人。」

「我從沒見過他。我們被租出去了。」

「親愛的，租給誰？」

「四個加州來的牙醫和他們的女人。」

強納生自動報上幾個名字，柯爾克蘭先將他那本髒兮兮的廉價筆記本平放在大腿上，再把這幾個名字記在本子裡。

「他們應該很親切吧，是不是？很開心？」

「他們沒傷害過我。」

「所以你也沒傷害他們囉？」柯爾克蘭好意表示。「譬如撬開他們的保險箱？扭斷某人的脖子？拿刀子傷害他們？」

「說真的，你去死吧。」強納生說。

柯爾克蘭認真思考了一下，似乎認為這提議不錯。他整理好文件，再把菸灰缸裡的菸灰倒進字紙簍，把簍子裡弄得髒兮兮。他看著鏡子裡的自己，先擠了擠臉，再試著用手指把頭髮拉直——可是怎麼也弄不好。

「親愛的，這真是太棒了。」他說。

「什麼太棒？」

「你這故事。我不知道原因，不知道為什麼會這樣，更不知道發生在哪兒。我想全都是因為你。你讓我覺得自己沒什麼用。」他又使勁拉了一下自己的頭髮。「但我的確是沒用，我只是成人世界裡一片微不足道的垃圾，而你呢，你是試著要裝成一個沒用的人。」他晃進浴室小便。「托比帶了幾件衣服來給你，很快就會到了。」他在浴室喊道，聲音從打開的門傳出來。「不是什麼名牌，之後他們會拿亞曼尼來包我們的光屁股。」他沖完馬桶後又回到臥室裡。「交給我就好，老實講——我會整死你。」他說，拉上褲子的拉鍊。「我會讓你一五一十招出來，我會在你頭上戴頭罩，綁著腳踝倒吊起來，直到你肚子裡所有真相都自然而然掉出來。人生不可能事事如意，你說是不是？」

★

現在是第二天，丹尼爾似乎認為強納生需要放鬆一下。

「希臘甕是什麼？」

「一種壺子，罐子，是古希臘的一種藝術品。」

「猜中的話我一週給你五十美元——烏龜被賓士車撞到，腦袋閃過的是什麼？」

「慢歌？」

「不對，是龜殼。柯基現在跟洛普在書房裡講話。他說他能問的都問了，如果你不是乾淨得毫無瑕疵，就是基督徒中最強的騙子。」

「他們什麼時候回來的？」

「天一亮就回來了。洛普總是天一亮就飛回來。他們正在談你身上的謎團。」

「珍德也在嗎？」

「珍德去上莎拉。她每次一回來就會去上莎拉。如果莎拉聽到她回來卻沒看見她，就會很生氣。洛普說她們像女同志。什麼是女同志？」

「就是喜歡女人的女人。」

「洛普和山第・藍伯恩在庫拉索的時候聊過你。沒人會在電話上談你。老大下令，要大家接到他下一步指示前，不准在使用無線電通訊時提到湯瑪斯。」

「你可能不該這麼常偷聽別人講話，這樣會把自己累壞的。」

丹尼爾弓起背，猛抬起頭，對著布風扇哇哇叫：「我沒有偷聽！不公平！我根本沒有刻意偷聽！我只是忍不住就聽到了！柯基說你是一個危險的神祕人物，就這樣！你才不是！我知道你不是！我很喜歡你！洛普說要親自來探你的底，看你到底是什麼人！」

★

現在天快亮了。

「湯米，你知道要讓一個人開口的最好方式是什麼嗎？」托比躺在床墊上問，給了一個挺有用的招數。「絕對有效、百分之百？從沒失敗過的？氣泡飲料法！把嘴塞住，只能用鼻子呼吸，然後如果可以，弄個漏斗來，把氣泡飲料灌進他鼻子。簡直像是坐電椅，腦子都要燒起來了。這招可殘忍了。」

★

早上十點。

強納生猶豫地走在柯爾克蘭旁邊，穿過水晶島上的礫石地。他清楚記得那天的情景。他牽著德國姨媽莫妮卡的手穿過白金漢宮的大庭院，去領過世父親的獎章。他心中一直有個疑問：人都已經死了，獎章對他還有什麼意義？人活著的時候在學校拿獎牌，又有什麼意義？

有個矮胖的黑人男僕讓他們進去。他穿著一件綠色背心，黑色長褲。某個身穿條紋棉背心的老管家前來迎接他們。

柯爾克蘭對他說：「以撒，我們來見老大，傑克博士、海德先生㉒。他知道我們要來。」

他們的腳步聲在偌大的大廳中迴盪，像走在教堂裡；一道彎曲的大理石梯通往小小的圓形屋頂，扶手鍍金，三層的樓梯平台都能看見藍色的天空，腳下是粉紅色大理石，陽光映照出玫瑰色光澤。兩座真人大小的埃及武士站在石刻拱門旁守衛。他們穿過拱門，進入藝廊，一顆金色的太陽神頭像就擺在極為醒目的位置。希臘雕像、大理石雕成的頭像、手部雕塑和甕，以及刻著象形文字的石板，有些立著有些橫擺，雜亂無章。沿著牆壁是一排黃銅鑲邊的玻璃櫥櫃，擺滿各種小型雕像。字跡工整的標記則標示了它們的出處：西非、祕魯、哥倫布登陸前的美洲、柬埔寨、克里特文明、俄羅斯、羅馬，還有一箱東西就只寫著「尼羅河」。

他會四處劫掠，波爾說。

弗烈迪就愛賣他偷來的藝術品。蘇菲說。

洛普要親自來探你的底，丹尼爾說。

他們進入圖書室。皮面裝訂的書從地板堆到天花板，旁邊有座無人使用的螺旋形樓梯。

接著，他們進入一條通往監牢的通道，兩旁都是拱形的牢房。這些孤零零的牢房裡放置了各式各樣的舊兵器，在微弱的光線下閃閃發亮：寶劍、長矛、釘頭槌、套在木馬上展示的盔甲、舊式步槍、戟、砲彈，以及仍黏著藤壺的銅綠色大炮。

他們又通過一間撞球室，來到這棟房子的第二個中心。由幾根大理石柱支撐的屋頂，湛藍的室內水池映出兩人的倒影。水池旁是鋪大理石地板，牆上掛著的畫作是水果、農莊與裸女的印象派作品——這會是高更的真跡嗎？一張大理石長椅上坐了兩個穿著短袖和二〇年代寬鬆長褲的年輕人，正隔著打開的手提箱談生意。

「嘿，柯基，近來好嗎？」其中一人慢條斯理地說。

「你好啊。」柯爾克蘭說。

他們來到一扇青銅雙開門前，高大、擦得雪亮，弗里斯基就坐在門前。一位胖婦人走出來，還拿著一小本線圈筆記簿。弗里斯基伸出一條腿，假裝要絆倒她。

「你這傻小子。」婦人呵呵笑了。

門又關上。

「少校怎麼又來了？」弗里斯基開玩笑地喊道，假裝現在才發現他們走到面前。「各位，今天過得

㉒《化身博士》（Dr. Jykell & Mr. Hyde）一書中，代表善惡的兩種角色與性格。

如何？嘿湯米——你們可以往那邊走。」

「行。」柯爾克蘭說。

弗里斯基拿起掛在牆上的內線電話，按了個號碼，雙開門重又打開，呈現出一間極寬敞的房間，陳設之繁複，每樣東西不是沐浴在明亮的光線下就是深藏在黑色的陰影中，令強納生不是感到抵達，而是飄浮。一面牆上鑲了彩色玻璃，牆外是各式各樣奇怪、帶遮陽白傘的白色桌子的露台；再過去則是座翠綠色的環礁湖，被狹窄的沙堤和黑色暗礁包圍，暗礁後方便是一片開闊的海面，一塊塊深淺不一的藍色水域相互輝映。

強納生對這房間的第一印象只有壯麗。如果真有任何人住在這兒，他們將迷失在光明與幽暗之間。就在柯爾克蘭催促強納生前進時，他看到一張以螺旋狀旋轉的金色桌子，材質是龜甲與黃銅；桌後有張扭曲的寶座，覆著一塊織錦，儘管因年代久遠而有些磨損，色彩仍是瑰麗耀眼。桌旁有張扶手很寬的竹椅，前面還有個放腳的凳子。慵懶地靠在椅子上的就是世上最壞的惡人。他穿著白色厚棉布長褲、帆布便鞋，以及一件短袖海軍藍襯衫；衣服口袋上還繡著幾個字母。他蹺著腿，戴著只有一半鏡片的眼鏡，正在讀一本皮面文件夾裡頭的東西。文件夾上印了跟他襯衫一樣的字母。他讀的時候面露微笑，因為他原本就常露出微笑。他身後站著女祕書，可能是方才那位女士的孿生姊妹。

「不准任何人打擾，弗里斯基。」他用極度熟悉的聲音在發號施令，闔上了那本皮面文件夾交給祕書。「不准任何人上露台；是哪個混蛋在我的地盤用馬達？」

「波特在修理東西，老大。」以撒在他身後說。

「叫他不要再修了。柯克，拿香檳來。潘恩，過來，你不錯，真的不錯。」

他起身，眼鏡一下掉到鼻尖上，模樣有些滑稽。他抓著強納生的手把他拉到身邊，直到像在梅斯特皇宮飯店那樣，近得私密，面對面，可以說悄悄話的程度。洛普皺起眉，透過眼鏡審視強納生，然後慢慢將兩手手掌舉到強納生的臉旁，像要給他兩巴掌似的，但他就這麼停止不動了。他們很近，強納生幾乎能感覺到洛普散發的體溫，而他就隔著很近的距離、從不同角度打量強納生直到自己滿意。

「真了不起，」他終於開口了。「潘恩，你幹得好，馬蒂也幹得好，錢也花得值得——就是要花在這種地方啊。抱歉，你到的時候我人不在，我那時有幾個農場得處理。哪個階段最難熬？」他似乎有點心不在焉，轉過頭去看正捧著一個托盤從大理石地板那邊走來的柯爾克蘭。托盤上的三個銀高腳杯裡裝滿了香檳王。「啊，他在那兒。一定是覺得我們渴了。」

「我想，是手術過後吧，」強納生說，「復原那陣子。大概是看牙醫的痛苦乘以十。」

「等等。最美妙的部分來了。」

強納生被洛普隨興所至的說話方式給弄糊塗了。他沒聽到音樂，但在洛普揮手叫大家安靜後，他終於聽見帕華洛帝高亢的歌聲，唱著〈女人皆善變〉㉓。三人就這麼一動也不動地站著，直到音樂終了。洛普拿起他的高腳杯喝了一口。

「老天，他真的是太棒了。每個週日都會放來聽，沒有一次忘記，對吧柯克？祝你健康。」

---

㉓〈女人皆善變〉是威爾第歌劇《弄臣》中的著名詠歎調。

「也祝你健康。」強納生說，喝下一口酒。此時遠處的馬達聲停了下來，瞬間萬籟俱寂。洛普的眼神換到強納生右手腕的刀疤。

「柯克，有多少人在吃午餐？」

「十八個，最多二十，老大。」

「文塞提斯來了嗎？我還沒聽到飛機的聲音。他們那架捷克的雙引擎飛機。」

「才聽說他們在路上了，老大。」

「告訴珍德，準備名牌。漂亮點的餐巾。不要拿那種紅色的衛生紙。再追一下文塞提斯到底來了沒有。那些二三〇保利搞定了沒有？」

「他還在等，老大。」

「叫他快一點，不然就別弄了。潘恩，既然來了就坐下——不是那裡，這裡——坐在我看得到你的地方。還有，叫以撒去準備松塞爾白酒。阿波把修正稿傳來了嗎？」

「傳來了，就放在你收傳真的托盤裡。」

「得力的助手。」洛普指著離開柯爾克蘭說。

「我相信。」強納生很有禮貌地附和。

「他很有熱忱。」洛普說，用一種異性戀者才會有的那種眼神。

★

洛普搖晃著杯子，微笑注視杯裡不停晃盪的香檳。「可以告訴我你想要什麼嗎？」他問道。

「如果可以我想回瑪瑪．羅那兒去，愈快愈好。讓我搭個便機到拿索就行。我會自己從那兒走。」

「我不是問這個，是更嚴肅的提問。關於人生，你想要什麼？你有什麼計畫？」

「我沒有計畫，目前還沒有。我只是到處待著，打發時間。」

「胡扯，我不相信。我認為你這輩子從來沒有放鬆過，我自己可能也是這樣，雖然我試過了。打打高爾夫球、開開船，什麼都碰一碰：游泳、玩女人。但我的發條一直是上緊的，你也一樣，從不空轉。我就喜歡你這點。」

他還在笑，強納生也是，即便他搞不懂洛普到底是根據什麼事實做出這樣的結論。

「你要怎麼想就怎麼想。」他說。

「烹飪、爬山、航行、畫畫、當兵、結婚、學語言、離婚。在開羅有女人，在康瓦爾、加拿大都有，還殺了個澳洲毒販。只要有人說自己一無所求，這種人就絕不能相信。你為什麼那麼做？」

「做什麼？」

洛普有種魅力，強納生絕對不允許自己記在心中。洛普會把你放在平等的位子，讓你知道不管你跟他說了什麼，能夠笑到最後的依然是他。

「你單槍匹馬救了丹尼爾。不久前你才殺了人，然後馬上救了我的孩子。你都搶了梅斯特皇宮飯店，現在為什麼不來搶我？為什麼不跟我要錢？」他簡直是委屈了。「我會給你錢。我不在乎你先前做過什麼，你救了我的孩子。單就這件事，我付出再多都值得。」

「我不是為了錢。你幫我療傷，照顧我。對我很好。我會就這麼離開。」

「你究竟會講哪幾種語言？」洛普問，順手拿起一張紙，看完後扔到一邊。

「法語、德語、西班牙語。」

「語言學家都是蠢蛋。覺得只會用一種語言罵人不夠，又去學另一個，然後用那種語言罵人。會阿拉伯語嗎？」

「不會。」

「為什麼？你在那兒待的時間也不算短。」

「只會皮毛，最簡單的單詞。」

「你應該交個阿拉伯女人。搞不好其實你有？你在那裡的時候認識弗烈迪．哈密德嗎？我一個好朋友，有點野蠻的傢伙？你一定認識。你工作的那個飯店就是他家的。他還有幾匹馬。」

「他是飯店的董事之一。」

「我問過他了。根據他的說法，你過的根本是僧侶的生活，而且出了名的謹言慎行。你為什麼會去那家飯店工作？」

「完全是巧合。我畢業那天旅館學校的公布欄登了那份工作，我一直想見識一下中東國家，就去申請了。」

「弗烈迪有個女友。年紀比他大。很聰明，他有點高攀了人家——我說真的。那女人對他是真心的，還和他一起去過賽馬場、遊艇俱樂部。她叫蘇菲，你見過她嗎？」

「她被殺了。」

「沒錯，就在你離開前不久。你見過她嗎？」

「她在旅館頂樓有一間套房，大家都認識她。她是哈密德的女人。」

「是你的女人嗎？」

他那雙澄澈又精明的眼中出現的不是威脅，只是純然的觀察。他眼中流露出友誼，和理解。

「當然不是。」

「為什麼說『當然』？」

「這太瘋狂了，就算她真這麼想。」

「為什麼不？她是個熱情的阿拉伯女人，可能四十左右，愛上浪蕩的男人、聰明又好看的年輕小伙子——弗烈迪可不是那種會畫畫的人啊。是說，到底是誰殺了她？」

「我離開的時候那件事還在調查，沒聽說他們抓到嫌犯。好像是有人侵入，她發現那人，對方就拿刀殺她滅口。」

「那個人是你嗎？」那雙清澈又銳利眼神似乎要他一同分享這個玩笑。海豚一樣的笑容。

「不是。」

「確定？」

「有謠言說是弗烈迪下的手。」

「真的？他為什麼要這麼做？」

「又或者是他叫人幹的。據說她不知怎麼背叛了他。」

洛普似乎覺得很有意思。「不是因為你吧？」

「我想應該不是。」

他仍在笑，強納生也是。

「你知道嗎，柯克搞不懂你。柯克這人多疑，總覺得你有問題。說記錄裡是一個人，實際上又是另一個人。你還有什麼鬼主意？你的櫃子裡還有多少死人骨頭？你還背著我們、背著警察使了哪些把戲？你還殺了多少人？」

「我不使把戲。事情來了，我隨之反應。一向如此。」

「我的天，你的確是隨之反應。他們告訴我你有去指認蘇菲的屍體，也和警察合作過，對吧？」

「對。」

「那讓人挺不舒服的，是不是？」

「總有人要去做。」

「弗烈迪很感激你。他告訴我，如果見到你一定要代他表達謝意——這當然不能留下記錄——當時他有點擔心必須自己去指認，那就可能會有點麻煩。」

強納生心中的恨意是否已經來到了臨界點？洛普仍是皮笑肉不笑的表情。柯爾克蘭不知何時又躡著腳走進來，回沙發上坐著。此時，洛普不動聲色地換了個態度，開始玩弄他的聽眾。

「載你去加拿大的船，」他又恢復追根究柢的姿態。「船名是？」

「伯利恆之星。」

「註冊的名字？」

「南方之盾。」

「你怎麼弄到床位的？要在一艘又小又髒的船上弄到床位不容易，你說是吧？」

「我煮東西給他們吃。」

柯爾克蘭坐在一旁，不禁問道：「用一隻手？」他咄咄逼人。

「我戴橡皮手套。」

「你怎麼弄到床位的？」洛普再問。

「我賄賂船上的廚子，結果船長就讓我當二廚了。」

「他叫什麼名字？」

「葛拉維爾。」

「你的經紀人比利．伯恩，船員經紀，在新港的那個，」洛普繼續說道。「你怎麼認識他的？」

「大家都認識他，我們這些人都知道。」

「我們？」

「船員，廚工。」

「柯克，你拿到比利發過來的傳真了嗎？那傢伙喜歡他，是不是？我記得他講了他很多好話。」

「比利．伯恩不只是喜歡他，簡直是愛死他了。」柯爾克蘭酸溜溜地同意。「雷蒙不可能犯錯。廚子不管是對銀器還是賓客都只有討好，不可能討人厭。你希望他在時他一定在，不需要時絕對看不見人。就連屎都是香的。」

「難道沒有再查核過其他資料嗎？不可能都是好話吧？」

「有點太誇張了，老大，」柯爾克蘭勉強承認。「其實我覺得相當空泛。」

「你偽裝出來的吧，潘恩？」

「對。」

「那個手被你打斷的傢伙，你以前見過嗎？」

「沒有。」

「從沒在羅那兒吃過晚餐？」

「沒有。」

「你沒替他開過船？燒過菜？或是販過毒？」

他的語氣裡沒有明顯的惡意，語調也沒有特別加快。即便柯爾克蘭在旁怒瞪著眼，抓著耳朵，洛普仍保持友善的笑容。

「沒有。」強納生說。

「沒替他殺過人？或跟他一起偷東西？」

「沒有。」

「有替他那個同伴幹過什麼嗎？」

「沒有。」

「我們認為你可能最開始是他們的內線，結果半途決定換邊站。我們在猜，所以你才會這樣揍他；你想讓自己看起來比教宗還高尚——你懂我的意思嗎？」

「這麼想也太愚蠢了吧。」強納生直接回答，一鼓作氣地說：「你簡直是在侮辱我。」但他又改回比較斯文的語氣。「我認為你應該把這話收回去。我為什麼要演這一齣？」

扮演一個勇敢的輸家，波爾說過。不要示弱，這樣會被他看扁。

但洛普似乎假裝沒聽見強納生的抗議。「像你這種在逃的通緝犯，又用這樣一個怪異的名字，不太可能再去犯法。你最好的做法是去巴結某個英國富商，而非去綁架他兒子。你懂我意思嗎？」

「我跟他們一點關係也沒有，我說過了。那天之前我沒見過他們，連聽都沒聽過。我不是把你的孩子救回來了嗎？我甚至連報酬都不要。我要回去，就這樣。讓我走。」

「你怎麼知道他們會經過廚房？他們可能從任何一條路離開。」

「他們熟悉那裡的環境，知道現金放在哪裡，顯然事先都查得一清二楚。這點毋庸置疑。」

「因為你也有幫忙？」

「我沒有！」

「你原本可以躲起來，為什麼不躲？這樣可以避開麻煩。被通緝的人大多會這麼做，不是嗎？我從沒逃亡過就是了。」

強納生刻意讓寂靜持續下去，什麼也沒講。他嘆了口氣，似乎因為主人的無理取鬧決定放棄。「我已經開始希望當時那麼做了。」他挫敗地整個人癱在椅子上。

「柯基，那瓶酒是怎麼搞的？你還沒喝吧？」

「在這裡，老大。」

他回過頭對著強納生說：「我要你待在這裡享受一下，重新振作；游游泳，恢復體力，再看看該怎麼處置你。我們可能會為你安排一份工作，可能是稍微特別一點的差事。不過還是要看情況而定。」他笑得更開了。「幫我們做胡蘿蔔蛋糕吧，怎樣？」

「恐怕不行，」強納生回答，「我要的不是這個。」

「胡說什麼，你要的當然是這個。」

「你還可以去哪兒？」柯爾克蘭問：「紐約的卡萊爾飯店嗎？還是波士頓的里茲—卡爾頓飯店？」

「我要走我自己的陽關道。」強納生說，非常禮貌，也非常堅決。

他受夠了。目前對他來說，假與真已合而為一，他再也分不出兩者的差別。我需要有屬於自己的空間、自己的時間安排，他這麼告訴自己。我不想再當別人的走狗。他站起來，準備離開。

「你講的是什麼屁話？」洛普大聲抱怨，似乎相當驚訝。「我會付錢給你，不會虧待你，我會給你最好的酬勞，也會給你一棟舒適的房子，就在島的另一邊——把伍迪的房子給他吧，柯基。你還可以去騎馬、游泳，我借一艘船給你——都是你的嗜好。總之——你要用哪本當護照？」

「我自己的護照，」強納生說，「湯瑪斯．雷蒙。」他轉身對柯爾克蘭說：「它跟我的東西放在一起。」

一片雲飄過來，遮住太陽，一瞬間變成了不太自然的傍晚天色。

「柯基，跟他說壞消息。」洛普命令道，同時伸出手臂，彷彿要再次開唱的帕華洛蒂。

柯爾克蘭聳聳肩，抱歉地咧嘴一笑，像在說：你可別怪我。「好吧。老兄，你那本加拿大護照，」他說。「已經是過去式了，丟進了碎紙機。那時候我覺得這樣做滿正確的。」

「你們到底在說什麼？」

柯爾克蘭正拿一手的拇指搓揉著另一手，猶如在某處發現了一顆討厭的腫塊。

「發脾氣對你沒好處，親愛的。我們是在幫你。你的假身分早就破綻百出：不過幾天前，湯瑪斯・雷蒙就已經被列在所有西方世界的監視名單上，國際刑警組織、救世軍——你講得出來的單位都有你的資料。如果你要，我可以馬上把東西拿給你看。你的護照現在已經是堆藍色碎片了。很抱歉，但木已成舟。」

「那是我的護照！」

此刻他心中升起的怒火和在瑪瑪・羅的廚房裡那股憤怒如出一轍——無比真實、難以壓抑、盲目——或至少很接近了。那是我的名字、我的女人、我的背叛、我的假身分！我為了那張護照撒謊！我為了它到處騙人！我為了它幫人下廚、辛苦工作，為它吃足苦頭，而且拋棄了好幾個女人！

「我們正在幫你另外弄一本。一本乾淨點的。」洛普說。「至少我們可以幫你做到這件事。柯基，拿你的拍立得過來，幫他拍一張大頭照。現在的照片都要彩色的，最好找個人把那些疤弄掉。別讓任何人知道這件事，懂嗎？不管是保鑣、園丁、僕人，誰都不行。」他故意停頓一會兒。「也不要告訴珍德。這一切珍德都不必知道。」他並沒有說清楚所謂「一切」是指什麼。「在康瓦爾郡的那輛機車，你把它怎麼了？」

「丟到布里斯多外的地方了。」

「為什麼不乾脆砸爛它？」柯爾克蘭語氣中帶著恨。「或是把車帶去法國？你做得到，不是嗎？」

「它會變成麻煩。大家都知道我騎機車。」

「還有一件事。」洛普轉身背對露台，手指比出手槍的模樣對著強納生的腦袋。「我的組織紀律嚴明，我們的確幹了些偷雞摸狗的事，但彼此之間坦坦盪盪。你救過我的孩子，但如果你敢越線，我會讓你恨不得自己從未出生在這世上。」

露台上的腳步聲令洛普轉過身，打算為有人違背自己的命令大發雷霆，然後看到是珍德正在把名牌放到每張桌子的銀架上。她的栗色頭髮披肩，誘人的胴體則緊緊包在厚衣服裡。

「珍姿！過來一下。告訴妳一個好消息：湯瑪斯跟我們已經是一家人了。趕快告訴丹尼爾，他一定會高興死。」

她愣了一下，然後抬起頭，轉過身，讓眾人見識她最動人的微笑。

「老天！湯瑪斯。這真是太好了。」她揚起眉毛，臉上有著隱隱的喜悅。「這真的是個天大的好消息。洛普，我們應該該慶祝一下，對吧？」

★

第二天早晨剛過七點，但在邁阿密總部可能還是午夜。同樣的霓虹燈在同樣一面綠色磚牆上閃爍。波爾已經對他那間裝置藝術風的旅館感到厭倦，便把這棟建築當成自己家。

「是，是我。」他小聲地對紅色話筒說：「我一聽聲音就知道是你。最近還好嗎？」

他說話時，緩緩地舉起了另一隻手，越過頭頂，筆直伸向被遮住的天空。你們都被寬恕，天父在上。透過那個魔法盒，強納生正與他的主管通話。

★

「他們不可能會要我，」帕爾弗瑞和顧德修坐著計程車在巴特西亞兜圈子，他正心滿意足地說。顧德修在皇家節慶音樂廳接他上車。我們動作要快，帕爾弗瑞說。

「你說誰不會要你？」

「達克爾的新委員會。他們已經給自己想好代號了：旗艦。如果你不在他們的名單上，旗艦就不會要你。」

「那名單上都是些什麼人？」

「還不知道。這些人的通行碼是顏色。」

「什麼意思？」

「那些人的通行證上印有一種電子光譜，可用來辨識。他們設了一個旗艦閱覽室，只要到那裡把通行證塞進去，門就會開。然後他們就坐下來、讀讀資料、開開會。然後門會再打開，這些人又出來。」

「他們讀的都是些什麼？」

「發展資料，行動計畫。」

「閱覽室在哪裡？」

「不在大樓裡，沒有人能偷窺。那地方是租來的。他們付現，沒有收據。可能是在某家銀行樓上。達克爾很喜歡找銀行。」他不停說著，想要快點說完走人。「如果你被旗艦接納，你就是『水手』。他們有一套根據海洋傳說制訂的行話。如果什麼東西『有點濕了，不宜流通』，意思就是旗艦必須把它列為機密。又或者可以說這東西對於不是水手的人太專業，或其人『不懂水』，不是『懂水』的。他們要用這套術語建構一座暗語城牆，保護內部城池。」

「所有『水手』都是河廳的人嗎？」

「情報局的、銀行的、公僕、幾個議員，外加幾個做東西的。」

「做東西？」

「工廠的人。就是武器製造廠啦！老天！雷克斯！」

「這些『做東西的』都是英國人嗎？」

「幾乎。」

「他們是美國人嗎？有美國水手嗎，哈瑞？有美國旗艦嗎？有可以抗衡的組織嗎？」

「跳過。」

「可以給個名字嗎，哈瑞？一個讓我開始著手調查的入口？」

但帕爾弗瑞太忙，壓力又太大，時間也沒了。他跳到人行道上，又鑽回計程車拿雨傘。

「去問你的上司。」他輕聲說。但他音量太小，有點重聽的顧德修無法確定自己有沒有聽錯。

# 17

這兒有一個水晶區、一個城區，儘管兩地只相隔軍艦鳥飛上半英里的距離，但很可能是不同的兩座島，因為它們之間有座被眾人驕傲地稱為「梅寶小姐山」的小山丘；它是附近一帶島嶼中的最高點，這自不待言，她的腰際圍著一層薄雲，腳邊是些破落的奴隸小屋，而在她森林間照耀的陽光就像穿透破屋頂的日光般閃耀。

水晶區的綠草如茵跟英國中部各郡如出一轍，一簇簇的鴨掌樹遠望著就像橡樹，還有英式牛圈柵欄、英式矮籬笆，連遠處的海景都隔著洛普的牽引機巧妙塑造出來的英式丘陵起伏的地景。

然而城區可就大相逕庭了。它像是光線比較充足的蘇格蘭，風勢猛烈、氣氛陰鬱。斜坡上有片貧瘠的草地，羊會在那裡吃草；還有錫鐵店，和一座紅土飛揚、觀眾席破爛的板球場。總有強勁的東風狠狠吹向康乃生灣。

康乃生灣附近有一整落小屋，排成一彎新月，全都漆上柔和的淡彩，每棟前院都有個花園，和一道通往海邊的階梯。這一座座小屋就是洛普用來安頓白人職員的地方。在這些小屋中，伍迪小屋毋庸置疑是所有人最想入住的。除去雅致美觀的陽台，還加上遼闊的視野，能將康乃生灣中央的梅寶小姐島之美景一覽無遺。

但是梅寶小姐到底是誰呢？這大概只有天知道。不過不管她的來歷如何，至少還留下這個名字給一座陡峭的山丘、一座無人小島、一個不再營運的養蜂場、一間經營失敗的棉織廠，以及某種小飾巾的蕾絲。如今已經沒有人知道該怎麼製作這種蕾絲了。當觀察力敏銳的強納生詢問當地居民她的來歷，他們只是羞怯地說：「她是蓄奴時代一位優雅的老婦人……但過去的事，就讓它過去吧。」

不過伍迪這名字倒是無人不曉。他是英國來的伍德曼，柯爾克蘭的前任，早在洛普買下這座島嶼前，他是第一批來到這裡的人。對當地人來說，他一直相當和藹可親，直到某天，老大命人把他鎖在房子裡，叫保鑣問了他一些問題，又讓拿索來的會計人員查帳，追查他幹的非法勾當。那時整座島上的居民彷彿憋住了呼吸，因為不管怎麼說這整座島都跟伍迪的勾當都脫不了干係。最後，等了一星期，兩名保鑣開車送伍迪去梅寶小姐山上的克難機場，而伍迪當時甚至需要保鑣扶著他，因為他自己一個人沒辦法走路——精確地說，就算伍迪躺在人行道，而他的親生母親不小心踩到他都認不出這是她兒子。伍迪的房子和那座擁有精緻紋彩雕飾的露台，以及可以觀賞海灣的絕佳視野，就這樣人去樓空。直到今天，那裡都是給島民的一條警告：對島上的善良居民而言，老大是個大方慷慨的雇主兼地主，也是和藹的基督徒——尤其他還是城區板球俱樂部、城區少年俱樂部及鋼管樂隊的捐助人兼終身主席！但對於膽敢在他眼下手腳不乾淨的人來說，他還是會把人整得生不如死。

★

如果，一個人身上背負著救世主、在逃的殺人犯、康復中的貴客、蘇菲的復仇者外加波爾的間諜，要想鎮定地融合這些角色並不容易。但強納生的適應力可說沒有上限，應付起來似乎遊刃有餘。

你讓人覺得你好像一直在找尋什麼人，蘇菲這麼說過。但我覺得那個失蹤的人就是你自己。

每天一早，他在晨跑和游泳後會穿上一件T恤、運動鞋和寬鬆的褲子，並於十點整到達水晶島。從城區步行到水晶區只要花他不到十分鐘時間，而每一次他都辦到了：從出發到抵達，他也從強納生變成了湯瑪斯。他會沿著梅寶小姐山矮斜坡上的一條馬道走。這是洛普在樹林中開的無數馬道之一，但一年裡大多時間它都像條隧道，上方枝葉茂密，只要下一場雨，馬道就會啪嗒啪嗒滴上好幾天的水。

有時，如果他的直覺正確，他會在途中與晨騎歸來的珍德不期而遇。她會騎著那匹叫莎拉的阿拉伯牝馬，跟丹尼爾、波蘭籍的馬廄管理人克勞德，也許還有其他訪客同行。最初，他會聽到林子上方傳來的馬蹄聲和人聲，然後他會屏住氣息，靜待這一行人在蜿蜒的步道上緩步行進，直到他們騎到隧道口。此時，馬兒彷彿歸心似箭，小步快跑起來。女騎師總是領在前頭，克勞德殿後。珍德被風吹起的髮絲在陽光的照映下轉成金紅，與莎拉的金黃鬃毛相互映襯，有一種衝突的美感。

「湯瑪斯，你不覺得這真是太美了嗎？」而強納生會表示同意。接著她會說：「湯瑪斯，丹尼爾一直纏著我問你今天會不會帶他去海上開船——他真是被慣壞了啊……什麼？你真的會帶他去？」她似乎原本不抱任何希望。「但你昨天已經花了一整個下午教他畫畫，不是嗎！你人真的太好了。我可以告訴他三點出發嗎？」

不用再裝了，他很想以朋友的立場這麼對她說。妳想要的已經得到了，所以就別再這麼浮誇，表現得真實一點吧！還是一樣，就像蘇菲會說的：她已經用那雙眼睛摸過他了。

★

其他時候，如果他早一點到海灘跑步，有可能會碰到穿著短褲、打赤腳在海灘散步的洛普。他有時跑，有時散步，有時停下來望著太陽，做一下運動。但不管他做什麼，一律散發那種支配萬物的凌人氣勢：這是我的水域、我的島、我的沙灘，也是我自己的步調。

「早安！天氣挺不錯的，」若是他興頭上來，他會中氣十足地跟你道早安。「要不要跑步？還是游個泳？快點，這對你有好處。」

於是接下來他們就會一起跑步，並肩游上一會兒，隨便閒聊幾句，直到洛普突然走上岸，一言不發、頭也不回地拾起毛巾，逕自朝水晶區大步走去。

★

「樹上的果子你可以隨意吃。」柯爾克蘭和強納生坐在伍迣小屋的花園裡，觀賞梅寶小姐島隨著太陽西沉漸漸暗下。柯爾克爾對強納生說：「這裡的女僕、女侍、廚子、打字員、女按摩師、幫鸚鵡修趾甲的女士，甚至訪客，你有意思都可以挑。但如果你的手敢動到『那一位』身上——也就是我們的水晶島女王——親愛的，我沒有惡意——不過他一定會殺了你，我也會殺了你。」

「謝了，柯基。」強納生開玩笑地說：「我真心感謝你。你和洛普三不五時這樣威脅我，我更覺得自己有夠幸運。他是怎麼認識她的？」他問，又多拿了些啤酒。

「據說是在某個法國馬匹拍賣會上。」

原來是這麼回事，強納生想。你去法國買馬，順便帶了個叫珍德的修道院女孩回來。就這麼簡單。

「那他以前的女人又是誰？」

柯爾克蘭定定地望著遠處黯淡的地平線。「你知道嗎？」他以失望又讚嘆的語氣抱怨道。「我們一路找上伯利恆之星的船長，就連他都分不出你那張嘴講出來的是真話還是謊話。」

★

柯爾克蘭的警告只是浪費時間。這位謹慎的觀察者根本不需要刻意保持距離，因為他就算閉上了眼睛都能看到她。不管是羅馬的寶格麗銀湯匙被燭光照耀的凹處，或是保羅．第拉梅里打造的銀燭台，他都可以看到她的身影。每次洛普出去賣農場，回來後餐桌上都會擺著這款燭台。甚至，他可以在鍍金的鏡中想像出她的身影。他厭惡這樣的自己，因此無時無刻不在努力尋找她有缺陷的證據。他被她吸引、無法自拔。他懲罰她，因為她讓他屈居弱勢，但他也懲罰自己，因為他對她的魅力舉雙手投降。妳真是跟旅館太像了！他在心中對她大聲嘶吼。人們想要消費妳，妳收了錢、他們享受完、然後就離開！然而，當他拚命抵抗時，卻又不斷被她吞噬。她會半裸著身軀，踏著輕鬆的腳步，走過水晶宮的粉紅大理石地板，去游泳池游泳。做日光浴時，她會把防曬油抹在肌膚上，先抹一邊臀部，再轉身抹另一邊，接著再抹腹部。這種時候，她的一舉一動都吸引著他的注意。她有時和來找她的卡洛琳．藍伯恩閒談，有時又全神貫注地讀她那幾本逃避主義的聖經，如《時尚》、《尚流》、《美麗佳人》，或是三天前的《每日快報》，那身影似乎正不屑地嘲笑他。而她的弄臣柯爾克蘭則會戴著巴拿馬草帽，穿著長褲（褲管捲起），坐在離她十呎處喝皮姆酒。

「柯爾克蘭，為什麼洛普不再帶你出去？」她慵懶地問，眼神從手上的雜誌上方看出去。強納生印象中她的嗓音有好多種，這只是其中之一。然而，無論是哪一種都有著強大的毀滅性。「他以前總會帶你出去。」她邊說邊翻了一頁。「卡洛琳，還有什麼事比當保守黨首相的情婦更糟糕？妳能想像嗎？」

「我想就是也有工黨首相吧。」卡洛琳說。她很無趣，而且聰明得不適合消遣。

但珍德笑了：那是發自心底、彷彿快要嗆到狂笑，她笑得眼睛閉上，樂得表情扭成一團，哪怕她身體的其他部分還努力想維持淑女形象。

蘇菲也是妓女，他陰鬱地想。不同之處在於她很清楚這點。

★

他看著她站在電動的給水系統底下洗腳。她先退後一步　翹起塗了指甲油的拇趾，壓出噴射的水流，然後換另一腳，再換到完美的另一邊臀部。這個過程結束後，她沒有看任何人一眼，只是走到池邊縱身跳入。他一遍又一遍地看著她跳入水中，就連在睡夢中也一再用慢速重播她的身體浮上水面的動作：她的身體一動也不動地從水中升起，然後，緊接著再傾斜跳入水中，激起的水波之輕微，恍若一聲歎息。

「卡洛琳，妳也來嘛，這真是太舒適了。」

他觀察著她的各種心境變化和面貌：小丑珍德，瘦長的身體、邁開了雙腿繞著打板球的草坪走，用她自已的方式笑著或罵著；水晶宮女主人珍德，坐在自己的餐桌前光芒四射，用她那震耳欲聾的施洛普郡口音陪著三個從城裡來的臃腫銀行家閒聊，陳腔濫調得恰如其分。

「可是像這樣住在香港，卻眼睜睜地看著你為這裡付出的每一份心血——那些摩天大樓、商店、機場等等，都將被禽獸不如的中國人劫掠一空，難道不心碎嗎？還有，賽馬又會變成什麼模樣？那些馬會有什麼下場？我是說真的。」

有時，珍德顯得太不成熟，一發現洛普告誡的瞥視便捂著嘴說：「我說完了！」有時，當宴會結束，最後一個銀行家醉醺醺地上床休息，她頭靠在洛普肩上，手搭著他的臀部，兩人一同步上階梯。

「我們看起來不是非常登對嗎？」她說。

「美妙的夜晚，珍姿，太有趣了。」

「那些人不無聊嗎？」她打了一個大大的呵欠。「老天，我好想念唸書的時候。我真是受夠當大人了。晚安，湯瑪斯。」

「晚安，珍德；晚安，老大。」

★

水晶宮寧靜的家庭之夜。洛普喜歡爐火，他的六隻西班牙獵犬也是，都懶洋洋地擠在前頭。丹比和麥克阿瑟從拿索飛來洽談生意順便吃晚餐，預定翌日一早就離開，珍德裝模作樣地拿著紙筆坐在洛普腳邊的一張凳子上，還戴了那副強納生肯定她根本不需要戴的圓形金邊眼鏡。

「親愛的，這次我們還要帶著那個俗氣的希臘人和他那位南歐裔的小公主嗎？」她一臉不悅，很明顯不願把保羅．阿波斯賓博士和他那位姘婦加入帕莎號的冬季巡航名單中。

「阿波斯賓？阿皮太提斯？」洛普一臉困惑地問。「我們當然要帶他。阿波是個正經的商人。」

「湯瑪斯，你知道嗎，他們甚至不是希臘人。希臘人才不是這樣。他們是土耳其還阿拉伯之類的暴發戶。正統希臘人不知道多少年前就絕種了。那就把那間『桃子套房』給他們吧，他們可以將就一下那個淋浴間。」

但洛普不同意。「不行，他們得住有按摩浴缸的『藍色套房』，否則阿波會生氣。他喜歡替她抹肥皂。」

「他也可以在淋浴間替她抹肥皂。」珍德還想跟他爭。

「不行，他沒辦法。他不夠高。」洛普說。大家一聽立刻笑得人仰馬翻，因為這可是老大說的笑話。

「阿波不是出家了什麼的？」柯爾克蘭從一大杯蘇格蘭威士忌前抬起頭來。「他女兒自殺後他不就放棄交配了？」

「只在四旬齋的時候。」珍德說。

她的風趣與出言不遜有種催眠人的吸引力。當她用在修道院學來的英文講著底層社會的字彙時，就連她自己都覺得這滑稽感真是難以抵擋。

「親愛的，我們是否真要找唐納修一家過來？珍妮一上船就醉得不省人事，阿奇也表現得徹底像個渾蛋。」

強納生與她四目相對，始終故意顯得興致缺缺。珍德揚起眉毛，回敬他的眼神，像在說你算老幾？強納生則以雙倍的力道回敬：在今晚這場合妳又以為自己算老幾？我是湯瑪斯。而妳是什麼人？

★

他強迫自己不錯過任何片段觀察她的機會。在蘇黎士，他看過她不經意地露出一邊乳房，也曾在她騎馬回來、在臥室裡對鏡換衣服時不小心看見她裸露的上身。她會抬起手臂，雙手交疊抱在頸後，做一些應該是從雜誌上學來的伸展。至於強納生呢，他已經竭盡所能不往那個方向看，但她每個下午都那麼做，這位近身觀察者能逼自己別開眼神的機會實在是太少了。

他知道她的長腿比例多勻稱，背多光滑平坦，她的肩膀有多令人吃驚地瘦削，那是她身上唯一男孩子氣的地方。他也知道她雙臂內側的肌膚有多雪白細嫩，還有她騎馬時臀部擺動的規律。

而還有個強納生幾乎不敢想起的小插曲。那天珍德誤以為他是洛普，在浴室裡喊他：「該死！快點把浴巾遞給我！」他剛為丹尼爾讀完吉卜齡的《原來如此故事集》，經過他們的臥室準備回自己房間；臥室門剛好就半掩著，而她也沒喊洛普的名字，他幾乎是真心相信她叫的就是他，而且洛普總是在臥房另一邊的內部辦公室（畢竟他是這位近身觀察者出於職業上的好奇關注的目標），於是他輕輕碰了一下浴室門，打算走進去，但他在四呎外就停下了腳步——她完美無瑕的背未著一絲，就對著他。她抓著一條洗臉的毛巾，邊罵邊試著把流進眼裡的肥皂泡抹掉。強納生心跳加速，趕緊轉身離去。第二天早上他做的第一件事就是打開他的魔法箱、對著波爾足足講了十分鐘，但一次都沒提到珍德。

「這裡是他的臥室，這裡是他的更衣間，更衣間的另外一邊就是這間小辦公室，他的私人文件就放在這裡，我很肯定。」

波爾立刻嚇了一跳。也許他在一切都還言之過早的時候就已經感到大難將至。他對強納生說：「離那間辦公室遠一點。這麼做太危險了。先打進去，再探虛實。這是命令。」

★

「舒服吧？」洛普某次和強納生在幾隻西班牙獵犬的陪伴下沿著海灘慢跑時，他這麼問，「身體都恢復了吧？小毛病都好了？杜魯迪，給我下來！你這隻笨狗！——聽說小丹尼爾昨天出海很開心？」

「嗯，他很投入。」

「你應該不是那些左派分子的同夥吧？柯基覺得你可能是親共人士。」

「怎麼可能？我連想都沒想過。」

洛普好像沒聽到。「你瞧，這個世界由恐懼所操縱。白日夢不能拿來賣，濫好人也統治不了世界——現實中絕對不可能。懂嗎？」他沒有稍停看強納生是否了解他的意思，只是接著說：「如果你承諾某人說要幫他蓋一棟房子，他不會信，可你若是威脅說要把他住的地方燒了，他就會對你百依百順。這就是現實。」他停了好一會兒又繼續說：「如果有一幫人打算發動戰爭，他們絕對不會聽耳根子軟又主張廢奴者的空談，因為他們要的就是戰爭。如果他們不打算發動戰爭，管他們擁有十字弓還是刺針飛彈，都不重要。這就是現實。如果你聽了不舒服，那我很抱歉。」

「並不會。為什麼我會覺得不舒服？」

「我告訴過柯基他這人根本一無是處，怕自己不得勢，這就是他的問題所在。最好對他溫柔一點。最糟的就是碰上一個肩膀上沾到屑屑的皇后。」

「我對他一向很溫柔。一直都是。」

「是啊。好吧。大概還是一個零和的狀況。但那又如何，對吧？」

★

幾天後，洛普又回到這個話題。他要說的不是柯爾克蘭，而是強納生對於某些交易謹慎又保守的態度。那時強納生去了丹尼爾的臥室，想找他去游泳，但丹尼爾不在，而洛普正好從他那間皇宮一般的房間出來，便和強納生一起走下樓梯。

「有權力鬥爭的地方就有軍火，」他連開場白都省了。「只有有武裝的勢力才能維持和平，沒武裝的政權連個五分鐘都撐不住。這是維持穩定的第一法則。我也不知道為什麼要跟你說這個，畢竟你軍旅出身，又是軍人子弟，但假使你對這一套沒興趣，把你硬拉進來也是沒用。」

「我不清楚你想把我拉進什麼裡頭。」

他們穿過那個寬敞的大廳，一路往內院去。

「你從來沒有賣過『玩具』？武器？炸藥？或技術？」

「沒有。」

「不小心碰見過？在愛爾蘭或其他地方？就是這種交易？」

「恐怕沒有。」

洛普突然音量一降。「我們再另外找時間談。」

他看到珍德和丹尼爾坐在內院的一張桌旁，正在玩法國陸軍棋。所以，他不會跟她談武器交易的事，強納生想，覺得受到了鼓舞。不要在孩子面前談這些。她就像是他另一個孩子。

★

強納生在慢跑。

他對著比花園還小的「展現自我」理容院道早安。他對著曾平定一次小規模叛變的「發言人碼頭」道早安——如今那位拉斯塔法里教盲人信徒阿摩斯就住在有兩個船艙的遊艇上，上頭還有座幫電池充電的小風車。他的牧羊犬波恩斯正安穩地睡在甲板上。波恩斯，你也早。

接著是一塊不規則的場地，叫作「流行音樂城錄音暨演唱公司」，裡面全是雞、絲蘭樹，和許多壞掉的嬰兒車。雞，你們也早。

他回頭瞥了一眼從樹頂露出的圓形穹頂。珍德，早啊。

繼續往上，他來到那幾間從來無人造訪的奴隸小屋。直到跑過最後一間，他的速度都沒有減慢，而是直直穿過那扇已經破損的大門，來到一個橫躺在角落裡的生鏽油桶前。

然後他停下。並仔細聽，等自己的呼吸穩定下來，拍打雙手以放鬆肩膀肌肉。從桶子裡的廢料和破布堆裡找出一把鋼鏟後，他抽出來開始挖。那具手持電話就裝在一個金屬盒裡。弗林和他的手下那天夜裡偷偷跑到這兒來，根據魯基畫定的地點埋藏好。當強納生先按下白色的按鈕，再按下黑色的，並聽著一長串彷彿太空時代科技合成的鳥鳴，一隻褐色的胖老鼠搖搖晃晃出現，活像一個要去上教堂的矮老太婆，懶洋洋地走到了隔壁屋裡去。

「你還好嗎？」波爾說。

問得好。強納生想。我還好嗎？我很害怕。陽光正好的時候，我被一個智商只有五十五的女騎師迷得神魂顛倒；我一天二十四小時過得如履薄冰，而我應該要記得這都是你承諾過我會發生的事。

他複述了自己得到的消息。星期六，李爾駕著飛機帶來一位身材高大、叫里納多的義大利人，三小時後離去。對方年約四十五，身高約六呎一吋，隨行有兩位保鑣和一名金髮女子。

「你看到他飛機上的標幟了嗎？」

作為一位謹慎的觀察員，這些東西他不會寫下，只會記在心裡。

他說，里納多在那不勒斯海邊有間宮殿。金髮女子叫朱塔，住在米蘭。朱塔、里納多和洛普三人在避暑小屋裡邊吃沙拉邊聊天，而那兩名保鑣則在山下某個聽不到他們談話的地方喝啤酒曬太陽。

接著波爾又問了一些關於上周五來訪的、只知道他們教名的銀行高層。湯姆是不是很胖、禿頭而且愛炫耀？安格斯是不是抽菸斗？華利是不是有蘇格蘭腔？

都沒錯。

還有，強納生是否有印象，他們是在拿索做完交易才來水晶宮，還是說這些人只是乘著洛普的噴射飛機先從倫敦飛拿索，再從拿索飛來水晶宮？

「他們先在拿索進行交易。拿索是他們做大生意的地方，水晶宮則是他們銷聲匿跡的地方。」強納生如此答覆。

等到強納生把水晶宮的訪客逐一報告完畢，波爾才把話題轉到與強納生本人有關的事情上。

「柯爾克蘭隨時在暗中監視我。」強納生說。「看來他不會放過我。」

「他過氣了，嫉妒心很強，所以你記住，不要逞強躁進，無論在哪方面都不要，聽見沒有？」他指的是洛普臥房後面的那間辦公室。憑著傑出的直覺，他判斷那仍是強納生的目標。

強納生把電話放回金屬盒，再把盒子埋回原處。他把挖過的地方踩平，再從旁掃了些塵土蓋上，又踢了些樹葉、松子和乾漿果之類的玩意兒上去。再不疾不徐地走向康乃生灣。

「嘿嘿！了不起的湯瑪斯先生，您今天是否平安喜樂？」

是拉斯塔法里教的信徒阿摩斯。他拿著他的新秀麗牌手提箱。沒人會跟他買東西，而他也無所謂。很少人會來海濱這裡。他一整天就這麼直挺挺地坐在沙灘上抽人麻、眺望遠方的地平線。有時他也會打開手提箱，展示箱子裡的各種寶貝：貝殼項鍊、螢光披肩，以及包在橙色衛生紙裡的大麻菸捲等。有時，他會手舞足蹈、搖頭晃腦、對著天空傻笑。而此時，他的牧羊犬波恩斯就會對著他猛吠。阿摩斯一生下來就是瞎子。

「湯瑪斯先生，您今天已經去過那上頭的梅寶小姐山了，是不？您今天一直在跟巫毒惡靈說話，湯瑪斯先生，就是您在上頭跑步的時候。您一直在傳訊息給那些巫毒惡靈，就在那好高好高的梅寶小姐山上？是不？」可是梅寶小姐山也只有七十呎高。

強納生繼續微笑——但對著瞎子笑有什麼意義？

「是啊，高得跟風箏一樣。」

「噢老天！噢你承認了！」阿摩斯邊說邊跳起一段吉格舞。「我啥也沒對別人說，湯瑪斯先生。我是個窮要飯的，啥壞事也看不見，啥壞事也聽不到，啥不吉利的都不會唱，只想把披肩用二十五美元的價格賣給諸位紳士，然後就去做我自己的事。您要買條手工絲質手帕嗎？買個有品味又高雅的東西給愛人吧？您說怎麼樣？」

「阿摩斯，」強納生友好地拍拍他一隻手臂。「如果我抽的大麻有你抽的那麼多，我大概會傳訊息給聖誕老人。」

但當他跑到板球場，又折回了山上，重新把埋在地下的那只神奇魔法盒藏得更密實，才穿過那條陰森的綠色隧道回去水晶宮。

★

注意力集中在那些訪客上，波爾曾說。

我們必須拿到訪客名單，魯基也說過。踏上這座島嶼的每一個人，我們都得拿到他們的姓名和號碼。

世上最壞的惡人洛普都認識，蘇菲說過。

來的人與時段有各色各樣：度週末的客人、用午餐的客人，吃完飯待上一夜隔天清早就離開的客人，連水都沒有喝上一杯但跟洛普在海邊散步、兩邊的保鑣則保持一段距離跟上，然後就像有要事在身隨即飛走的客人。

搭飛機來的客人，坐遊艇來的客人；兩者皆非、肯定是由洛普的噴射機接送的客人，又或者他們就住在鄰近島嶼，便是由洛普那架上頭有水晶，鋼鐵牌藍、灰色識別標幟的直升機接送。洛普邀請這些人，珍德接待他們、善盡女主人的職責，而她最大的驕傲顯然就是她對他們的生意一無所知。

「我有什麼必要知道，湯瑪斯？」兩個特別糟糕的德國人離去後，她沒好氣地拉高了嗓門。「一個家只要有一個人操心就夠了。我又不是洛普的投資人，還要對他說：『我的錢和我的命你都拿去吧，我告訴你，最好給我好好照顧著。』柯基，難道這不是我該有的唯一一種態度嗎？如果我不這樣，根本連覺都沒法睡。」

「一點也沒錯，甜心，順其自然，這是我的忠告。」柯爾克蘭說。

妳這愚蠢的小騎師！強納生氣她，同時又真心同意她的論調。妳自己用個特大號的馬眼罩蒙住眼睛，現在還來向我尋求認同？

為了記憶，他將所有訪客分門別類，並且為每個種類添加了一點洛普風格。

首先是年輕但聰明的丹比和麥克阿瑟一家，又稱「麥克丹比」。他們負責營運位在拿索的鋼鐵牌公司業務，找同一個裁縫做衣服，拖長同樣無階級差異的口音。洛普召他們來他們就來，洛普要他們交際他們就去交際，總是慌亂地離開否則隔天上班會遲到。洛普對他們毫無耐心，強納生也是。麥克丹比與洛普的關係既非同盟，亦非朋友。他們只是他的掩護，無時無刻喋喋不休地談論佛羅里達的土地交易及東京證券交易所的價格變動，為洛普建立起一個看來無趣的外殼。

排在麥克丹比之後的是「洛普的飛行常客」。水晶宮的宴會沒有一次不會看到這些「飛行常客」：像是每次都到藍伯恩爵士。當他和孩子的保母腿貼著腿熱舞時，倒楣的妻子卻得照顧小孩。還有那位有著頭銜、家世顯赫的討喜年輕人（他的朋友叫他安格斯）和他親愛的妻子茱莉亞。這對夫妻人生的共同目標除了去莎莉那兒玩槌球、去約翰和布萊恩那兒打網球、坐在游泳池邊看女僕看的那種小說，再來就是在拿索耗著不走，直到覺得可以放心要回他們的地產為止——佩爾罕新月形街道上的房子、托斯卡尼的古堡、威爾特郡上那座占地五千英畝的不動產及其傳聞中的藝術珍藏，以及昆士蘭外海的島嶼。截至目前為止，上述全部仍是產權不明的公家財，他們為了打通關節已經花了好幾億美元。

飛行常客也有特權，可以帶他們自己的客人來。

「珍德！我們在這裡！還記得阿諾和喬姬娜嗎？他們是茱莉亞的好友，二月還在羅馬跟我們一起吃晚餐呢。是在拜倫後面那家賣魚的餐廳，記得嗎？不要告訴我妳忘了啊，珍德！」

珍德非常保守地皺了一下眉頭，先是以有些難以置信的神情睜大雙眼，接著再張大嘴巴，但頓了一下，最後才像是終於從又驚又喜的情緒中回過神來，說：「天啊！是阿諾！但寶貝，你瘦了好幾磅！——喬姬娜親愛的，妳好嗎？我的天吶！好久不見！」

然後眾人很形式地相互擁抱，接著她若有所思地感嘆了一聲，彷彿沉醉在久別重聚的場景中。惱怒的強納生也無聲模仿她的感嘆，發誓她下次再被他逮到像這樣裝模作樣，他就跳起來大吼：「卡！再來一次，珍德。拜託，親愛的，這次要更發自內心點。」

「飛行常客」之後就是「貴族及大老」：由一群乳臭未乾的無腦皇室表親和警察護衛的英國偏遠郡區的社交新人；淺色西裝外套、雪白襯衫、鞋頭擦得黑亮而且老是笑呵呵的阿拉伯人；英國少數黨的政客，還有在政治生涯末期太驕矜自大最後變了個人的前外交官員；帶著專屬廚師的馬來西亞商界大亨；在希臘擁有豪宅、在台灣擁有數間公司的伊拉克猶太人；挺著歐洲人的啤酒肚、老愛罵澳洲人的德國人；來自美國懷俄明州，口音濃厚、開口閉口淨是要為客戶和自己謀得最佳福利的庸俗律師；靠著他們老兄的那些農場以及兩千萬的豪宅慢慢累積財富、口袋深不見底的退休投資客——虛弱的德州老頭，雙腿細得有如稻草，爬滿了藍色靜脈，穿著有鸚鵡圖案的襯衫和搞笑的遮陽帽，從小小的呼吸器裡猛吸純氧；他們身邊的女人都有一副年輕時未曾擁有過的立體五官，以及做出來的小腹、做出來的屁股，就連毫無眼袋的眼中流露的神色都很人工。但這個世上沒有一種手術可以拯救她們緩慢艱難的行動。當她們從兒童的入水處下到游泳池裡時，雙手緊緊地抓住梯子，害怕身上的偽裝會裂開，又變回她們衝進馬蒂醫生的診所之前的模樣。

「我的天，湯瑪斯！」當一個頭髮染成藍色的奧地利女爵上氣不接下氣地用狗爬式游到安全處，珍德像被勒住脖子似的對強納生低語：「你猜她幾歲了？」

「那要看妳說的是她身上的哪個地方，」強納生說，「如果有平均值，我猜她十七歲左右。」珍德露出討人喜歡的笑容——是真心的笑——開心的、自由自在的笑。而她的雙眼再次牽動強納生的心。

列在「貴族及大老」之後的，不管是波爾或洛普的愛將都極其厭惡，因為洛普將他們稱作「必要之惡」。這些人都是從倫敦來的、容光煥發的銀行家，身上是八〇年代流行的藍色條紋、白色衣領襯衫。這些人名字是名門望族常見的雙姓，下巴是雙下巴，衣服是雙排釦；說話的口音與用詞跟別人不同，他們口中的「學校」除了「伊頓公學」沒有別的可能。隨侍在側的則是看起來像流氓的會計師，洛普叫他們「數豆子的」。這些人看起來就像是來逼供的，滿嘴散發外帶咖哩的氣味，腋下汗濕，說話的語氣就像在表示：你從現在開始說的每一句話都會被記錄下來，造假成對你不利的證詞。

再接下來是他們的非英國人合作對象：庫拉索島上矮胖的公證人穆爾德，總是笑容燦爛，世故又老練；德國斯圖加市的史瑞伯，始終在為自己矯揉造作的高段英語致歉；法國馬賽的西瑞，有雙緊抿的唇和一位小情郎祕書；華爾街來的幾個股票交易員，每次出現從不少於四個人，好像成員中真有保全似的；還有勤奮的小個子希裔美籍的阿波斯竇，一頭像黑熊爪子的假髮，金項鍊加金十字架，當飢腸轆轆的兩人朝自助餐前進時，不開心的委內瑞拉情婦就搖搖晃晃不甚舒適地踩著她一千塊美金的鞋跟在後頭。發現阿波斯竇在看他，強納生轉過頭，但遲了一步。

「嘿，我們見過。凡是見過面的人我都不會忘記，」阿波斯竇邊說邊摘下墨鏡，示意身後的一干人等都停下來。「我叫阿波斯竇，是上帝忠誠的手下。」

「阿波，你當然見過他啊，」洛普巧妙而敏捷地插嘴。「我們都見過他：湯瑪斯。你一定記得湯瑪斯，阿波！以前是梅斯特皇宮飯店的夜班人員，到西方來試試運氣。很久以前就跟我們是朋友了。以撒，再給博士加點香檳。」

「太榮幸了，先生。不好意思，你是英國人嗎？我和很多英國人都有良好關係，我的祖母是西敏斯特公爵的親戚，而我舅舅就是設計亞伯特廳的人。」

「老天，這真是太棒了，」強納生禮貌地回應。

他們握了手。阿波斯竇的手冰冷得像蛇皮。兩人四目相交。阿波斯竇的眼神有點迷惑，也有點瘋狂——但在星光璀燦的水晶之夜，賓客又像樂聲一樣四處流動，誰不會有點瘋狂呢？

「所以你現在是在洛普先生的麾下？」阿波斯竇追問。「你加入了他的企業嗎？洛普先生手握的權力和一般人不太一樣。」

「我現在只是單純享受著這個家裡和諧的氣氛。」強納生回答。

「不會有哪裡比這兒更好了。你是柯爾克蘭少校的好友吧？不久前我好像看到你們倆有說有笑。」

「柯基和我是老朋友。」

但就在他們繼續聊的時候，洛普悄悄把阿波斯竇帶到一旁。在他們的竊竊私語中，強納生聽到了「瑪瑪．羅那裡」幾個字。

★

「珍德，那個，基本上而言呢，」他們在明亮的月光下閒散地靠在白色餐桌旁，有個魔鬼（名叫威爾弗萊德）對珍德說：「我們在哈維爾．馬維里齊供給迪基的，跟這裡的這班無賴提供的是完全相同的服務，差別只在有沒有無賴。」

「可是威爾弗萊德，這豈不無聊？你想想，如果這樣，洛普是要上哪兒去找樂子？」

而她再次對上強納生的目光，引發了嚴重的騷亂。這是怎麼發生的？是誰先看對方的？這不是在裝腔作勢，也不是與年齡相仿的人相互調情。他們凝視對方、別開眼神——然後又凝視著對方。洛普，在我們需要你的時候你到底在哪裡？

★

與惡魔共度的夜晚彷彿沒有盡頭。有時書房裡的談話會因為橋牌或雙陸棋而變得激烈起來。飲料皆自行取用，侍者都被遣走，書房入口有警衛看守。僕役都很清楚，此時不要接近豪宅的那一部分。只有柯爾克蘭可以隨意出入，不過這段時間來，他也不是每次都能這麼做。

「柯基有點失寵了。」珍德私下告訴強納生，然後她就咬住嘴唇，不再開口。

珍德也有效忠的對象。不是輕易跨越界限的人，因此強納生也警告了自己。

★

「你看，那些人主動來找我。」洛普解釋道。

兩人再次悠閒地散步。這次是在晚上，他們剛才打過一場激烈的網球，沒人贏，也沒人輸。除非是為了贏錢，否則洛普並不急著得分，而強納生也沒錢讓他贏。也許就因為如此，他們之間的對話自然流暢，沒有任何顧忌。散步時，洛普走得很近，並且有意無意地讓自己的肩膀碰到強納生的，與在梅斯特皇宮飯店如出一轍。他有運動員的那種不拘小節，而托比和高斯則隔著一段距離跟在他們身後。高斯是最近加入的打手。而說到那些來找他的朋友，洛普的語調總有點不同。

「『洛普先生，給我們最高科技的玩具。』」然後他會很優雅地稍作停頓，好讓強納生為他的模仿哈哈大笑。「然後我就會問他們：『最高科技的什麼？你是拿來跟什麼比？』他們不會回答。在這世上有些地方，只要給他們波爾戰爭㉔時用的大炮，這些人就能稱王。」洛普不太耐煩地做了個把東西移到某處的動作，強納生感到洛普的手肘碰到他的肋骨。「別的國家錢可多了，想要高科技想得要命。其他什麼都不要。一定要跟鄰國一樣——不對，要比他們好——好還不夠，還要好上許多。他們想要能鑽進電梯的智慧型炸彈，直通三樓、左轉、一路清空通道、一氣呵成炸飛屋主，卻連電視機都不會傷到。」一邊說，他又用手肘輕推強納生的上臂。「但他們有一件事情永遠不可能了解：想用聰明的招數，就要有聰明的後援，還要有懂得辦事的聰明手下。光買一台最新型冰箱塞進家裡，卻沒電可用，不是枉然？你說是不是？」

「當然。」強納生回答。

洛普雙手插進網球短褲的口袋，露出慵懶的笑容。

「我在你這年紀很喜歡供貨給游擊隊，把理想放在金錢前面……人類的自由因此而生。但感謝上帝，我沒有維持太久。今日的游擊隊就是明日的財閥。這些人也算是走運。真正的敵人是那些手握大權的政府。放眼望去，強大的政府都擋在你面前，想要逼誰吞下他們要灌輸的任何訊息都行，什麼自己訂的法律自己違、互相殘殺、支持錯誤的那方，同時跟正確的一方打好關係……這就會造成災難。每一次，像我們這些單打獨鬥的都會被逼到角落。唯一能做的就是趕在他們前頭，先發制人。我們現在能靠的只剩膽識和遠見，無論在什麼時候，都要把潛能發揮到極限。難怪有些人丟下了所有合約，只問做生意的地方在哪裡。丹尼爾今天去開船了嗎？」

「繞了梅寶小姐島一周，我一次都沒幫他掌舵。」

「很好。最近會為我們烤個胡蘿蔔蛋糕嗎？」

「你吩咐我就做。」

他們往花園的方向拾階而上時，這位細心的觀察者注意到山第·藍伯恩進了客房，片刻之後，藍伯恩的保母也跟進去。她是個身材小巧、約十九歲的女孩，平時一派保守拘謹，但此刻的她就像馬上要去搶銀行的女賊一樣鬼祟。

★

有些日子洛普會待在家裡，而其他日子洛普會出門賣他的農場。

洛普出門從不通知，而強納生只要去到前面的入口就知道當天屬於哪種日子。以撒有戴著白手套在巨大的穹頂大廳走來走去嗎？麥克丹比是否在大理石接待室裡踱步，一面耙梳著新郎似的油頭，還一面檢視拉鍊和領帶？是這樣沒錯。警衛有坐在黃銅大門旁專給門房的坐椅上嗎？有。他繞到屋後的途中路過那幾扇敞開的窗，強納生聽到這名主事者在發號施令：「不行，媽的！凱特！把最後一段刪掉，告訴

㉔ Boer War（一八九九—一九〇二），原南非共和國對抗英國的戰爭。

他生意成交；傑基，給彼德洛寫封信：『親愛的彼德洛，我們幾個星期前才談過』什麼的，然後就把他扔進洞裡。給得太少、要得太晚、粥少僧多——所以只能這樣，知不知道？凱特，我告訴妳，把這個加上去。」

不過洛普沒來得及加上所謂的「這個」，反而先中斷他自己原本要做的事，打電話到勞德岱堡給鋼鐵帕莎號的船長，跟他說重漆船身的事——也可能是打給馬廄主人克勞德講飼料帳單，再不然就是打給船長塔博特，講康乃生灣那個爛碼頭，又或者，打電話到倫敦給他那位古董經銷商，講下星期會抵達班罕的兩隻惹人憐愛的中國狗擺飾。如果它們的顏色不會青綠得太難看，也許很適合擺在新溫室面海的兩個角落。

「噢，湯瑪斯，太好了！你頭不疼吧？沒其他狀況吧？沒有，很好。」珍德在管家的食物儲藏室裡，坐在一張漂亮的雪萊頓桌前，正和管家蘇小姐及廚子艾斯麥洛達討論菜單，並且像是正幫某個只存在幻想中的《家庭與花園》雜誌攝影師擺出各種姿勢。強納生只是走進來，她立刻覺得他是廚房不可或缺的人。「湯瑪斯，你老實說，你覺得如何？——龍蝦　沙拉、小羊肉？還是沙拉、龍蝦、小羊肉？……我太高興了，我們原本就是這樣想的，艾斯麥洛達，妳說對不對？噢……湯瑪斯，可能得請你教教我們怎麼把肥鵝肝和索甸甜酒一起料理，老大很愛，但我不愛。然後艾斯麥洛達說了個很有格調的方式——為什麼不配著香檳酒一起用呢？噢湯瑪斯——」說到這裡，她突然壓低聲音，假裝僕人都聽不到她的話——「卡洛琳．藍伯恩很生氣，山第又在亂搞了。我想，不知道讓她搭船出海一次會不會讓她高興點，如果你還有力氣做這件事……假設她對你發脾氣，不要擔心，只要睜一隻眼、閉一隻眼，好不好呢？還有，湯瑪斯，等你有空，可否麻煩你去問一下以撒，他到底把折疊桌擺到哪裡去了？還有，湯瑪斯，丹尼爾已經決定要為莫莉小姐籌辦生日宴會，給她一個驚喜，據說那是她十八歲生日……信不信隨你。如果你有任何想法，我一定會永遠愛你……」

但當洛普不在家，菜單就被拋諸腦後。那些工作人員唱著笑著，強納生也在心底偷偷地跟著他們又唱又笑。到處都能聽到他們愉快的交談聲。線鋸和造景工人的推土機發出雷鳴般的噪音，此起彼落；鑽地機的呻吟和建築工人的敲錘互相應和，大家都想在老大回來前把工作告一段落。而珍德則若有所思地陪著卡洛琳·藍伯恩，兩人在那幾座義大利式花園中散步。有時她則在客房臥室的床沿上陪她坐著，一坐就是好幾個鐘頭，並小心地與她維持著一定距離。她再也沒對強納生說自己會愛他，更別提「永遠」愛他了。

因為藍伯恩的家正被那些醜陋的事攪得天翻地覆。

★

伊比絲號，船齡尚淺，是專供水晶宮訪客遊樂的豪華小艇，她正停在水中。卡洛琳·藍伯恩坐在船頭，往後看了看陸地，臉上有種此後一別、永不再見的神情。強納生放下舵輪，懶洋洋地靠在船尾，閉上了雙眼。

「我們可以划船，也可以吹吹口哨，」他陰鬱地對她說。「再不然我們可以游泳。我想們還是吹口哨好。」

他吹了口哨，她沒有。魚兒撲通跳出水面，但沒有一點風。卡洛琳·藍伯恩對著閃爍的地平線發表獨白。

「這種感覺非常詭異，就是某天早上你一覺醒來，突然意識到——」藍伯恩夫人就像柴契爾夫人，總能用最出人意料的字眼哼出一些殘忍的事。「人活著、睡眠，實際上浪費了多年光陰和自己手上的錢，供養一個根本對你不屑一顧的人。更何況，在那些合法的詐欺行徑和偽善的行為背後，他完全是一個壞事做盡的惡棍。如果我把我知道的告訴別人——其實我有告訴珍德一些，因為她太年輕了——我認為他們連一半都不會相信。搞不好連十分之一都不會。不可能的，如果他們是中規中矩的老實人。」

這位細心的觀察者仍閉著雙眼，但在卡洛琳繼續講的時候，他很認真在聽。有時候，波爾曾說，你思考著上帝是否對你發出警告，祂便會在此時轉過身，給你一份份量之大、難以置信的獎賞。

★

回到伍迪小屋，強納生睡得很淺，當他聽到有人在門前拖著腳步走過，就完全清醒了。他披上罩衫，輕手輕腳下了樓，準備好殺掉任何人。是藍伯恩和他的保母正貼著玻璃窗往裡頭看。

「介意我們在你這兒借住一晚嗎？」藍伯恩拖長了嗓音「水晶宮那兒有些狀況，卡洛琳在發脾氣，而珍德正在伺候老大。」

強納生將就著在沙發上睡睡醒醒，而藍伯恩則和他的情人在樓上毫不遮掩地偷歡。

★

強納生和丹尼爾並肩趴在梅寶小姐山的一條小溪畔。他正在教丹尼爾從溪裡徒手捕捉鱒魚的技巧。

「洛普為什麼要放餌給珍德？」丹尼爾輕聲問，深怕把鱒魚嚇跑。

「眼睛盯著上游。」強納生低聲回答他。

「他說她不該聽一個被人奚落的女人的垃圾話，」丹尼爾說。「什麼是被奚落的女人？」

「你到底要不要抓魚？」

「大家都知道山第騙了所有人，包括他妹妹，所以為什麼要替他掩飾？」丹尼爾問，把洛普模仿得維妙維肖。

一條肥胖的鱒魚噘著嘴、迷迷糊糊地順著河游來，他們總算鬆了一口氣。強納生和丹尼爾像凱旋而歸的英雄帶著戰利品回到現實世界。然而，持續醞釀的沉寂仍然在水晶宮內徘徊不去：太多祕密，太多擾攘不安。洛普和藍伯恩兩人已經飛往拿索，還帶著保母同行。

「湯瑪斯，這不公平！」珍德被喊來拜見丹尼爾捕到的魚，而她的抗議太過開朗了。她臉上寫滿緊張，眉頭緊蹙。他從沒想過原來她也有認真沮喪的能力。

「光靠手？你怎麼辦到的？丹尼爾光是剪個頭髮都坐不住，是不是，親愛的小丹？尤其他非常討厭那些令人毛骨悚然的生物。小丹，你真是太棒了。幹得好！幹得漂亮！」

但丹尼爾不滿意她裝出來的笑容，鬱悶地把鱒魚重新放回盤子裡。「鱒魚不是毛骨悚然的生物，」

他說。「洛普在哪裡？」

「去賣農場了，親愛的，他有跟你說啊。」

「我討厭他去賣農場，為什麼他不能買回來就好？如果賣光了怎麼辦？」他打開那本講怪物的書。

「我喜歡只有湯瑪斯跟我在一起的時候。這種生活正常多了。」

「小丹，這話太不尊重你父親了。」珍德故意避開強納生的眼神，急轉過身，繼續安慰卡洛琳。

★

「珍姿！宴會開始！湯瑪斯！讓我們把這該死的場子炒熱吧！」

洛普在黎明時分回來。老大總是天一亮就上飛機。廚房的員工一整天都在辛勤工作，每架飛機都抵達了，客房也擠滿麥克丹比家的人，還有每位飛行常客，每個「必要之惡」。燈火通明的游泳池和礫石地都重新整理過，周圍設置點燃的火把，露台上的音響播放出洛普那七十八轉老唱片中蒐集的懷舊旋律。女孩穿著薄如蟬翼的衣裳，柯爾克蘭戴著那頂巴拿馬帽，藍伯恩身穿白色晚禮服和牛仔褲，這八人換著舞伴，談話聲尖細又拖拉。烤肉吧滋作響，到處都在倒香檳王，僕人帶著笑臉匆忙往來於賓客之間。水晶宮的氣氛又回來了。就連鬱鬱不樂的卡洛琳都來湊熱鬧。只有珍德還無法擺脫心裡的憂愁苦悶。

「不妨這樣想，」洛普從來不會醉，但一點酒精能讓他更加好客。他正在對一位年邁的保守派女士說話，這位英國女繼承人曾在拉斯維加斯輸掉所有家當；但感謝老天，她的房子仍在託管中，還有——這個世上有個叫迪基的人在。洛普說：「如果這世界是個巨大的屎堆，你為自己創造了一小塊天堂，然後把這樣一個女孩放進去——」洛普伸手摟住珍德的肩。「我認為這就算是給這個地方幫了一個大忙了。」

「噢，但親愛的迪基，你已經幫了我們所有人大忙。你為我們的生命帶來活力，親愛的珍德，我說的沒錯吧？妳的男人是個完美的奇蹟，而妳是個幸運的小女人，絕對不要忘了！」

「小丹，過來！」

洛普的聲音向來能叫所有人瞬間安靜，就連那幾個美國來的證券交易員也停下了交談。丹尼爾聽話地走到父親身旁，洛普放開珍德，兩手搭著他兒子的雙肩，讓眾人好好地看看他。洛普這是一時興起，而強納生馬上領悟到他是在對珍德說話。他想解決一些存在於他們之間、爭執不下的問題。如果沒有一群充滿同情心的旁人在，永遠沒有解決的一天。

「邦加邦加土地上的部落都快要餓死了，是不是？」洛普質問眼前一張張的笑臉。「穀物欠收，河流乾涸，醫藥缺乏，不是嗎？然而歐洲和美國各地的穀物是不是堆積如山？我們有一大堆牛奶，可是自己不用，但連一丁點都不拿出來捐給缺乏的地區，是不是？誰才是謀殺犯？不是製造槍砲的人！是占著滿坑滿谷的糧食卻不肯打開穀倉門的人。」講到這裡，底下的聽眾一片掌聲——然後眾人突然發現，掌聲對他的演講極其重要，於是掌聲就更大了。「什麼心臟被捧在手中滴著血？還有免費的夾報小冊上那堆控訴這世界麻木不仁的宣傳語？硬起來好不好！如果你的族人沒膽子想辦法自救，愈早滅亡愈好！」

說到這裡，他溫和地搖搖丹尼爾的肩膀。「看看這孩子，他算是資質不錯。你們知道為什麼嗎？——小丹，站好，別動——因為他是一路生存下來之人的後代。幾百年來，只有最強的孩子才能活下來，體弱多病的就只有死。十幾個孩子中才一個嗎？也許吧。就是生存者和生存者繁衍下來才有了他。如果不相信，去問問猶太人就知道了，是吧吉蒂？——吉蒂點頭了。生存者，我們都是生存者，是最優秀的一群，一如既往。」他把丹尼爾轉了一圈，指著那棟屋子對他說道：「上床去睡吧，孩子，湯瑪斯馬上就會去唸書給你聽。」

有那麼一瞬間，珍德跟在場的人一樣意氣昂揚。她也許沒跟他們一起鼓掌叫好，但可以從她臉上的笑容和她輕捏洛普的手的方式（雖然只有一下子），清楚知道他的這番演說已經減輕了她心中的大多罪惡感——或疑慮、困惑，或任何一個在這段時間使她向來充滿歡笑的完美世界蒙上烏雲的情緒。但沒過多久她就悄悄溜上了樓，再也沒下來。

★

柯爾克蘭和強納生坐在伍迪小屋的花園裡喝著冰啤酒。一片落日紅暈籠罩梅寶小姐島上空，雲彩在倒數時刻翻騰，隨著最後一道光芒一同消失。

「那小子叫撒米，」柯爾克蘭迷迷糊糊地說：「他的名字就叫撒米。」

「他怎麼了？」

「在帕莎號之前還有一條船，叫寶拉號。撒米就是那艘船的船員。」

強納生忍不住想，柯爾克蘭難道要向他坦承過往失去的愛人嗎？

「撒米是肯塔基來的一個水手，總是在桅桿爬上爬下，簡直像是從《金銀島》出來的。他幹麼要那樣？我老是會想，是想炫耀嗎？還是想要引起女孩子的注意？還是那些男孩？還是我？他真是個怪人。那陣子老大正在忙商品買賣。他買賣的貨品有鋅、可可、橡膠製品、茶葉和鈾原料，以及任何可以賺錢的東西。他很忙，有時整晚不睡。前台賣出、後台買進，旁邊也不得閒，低價買進、高價賣出，哄抬價格、拋售貨品。當然這都是知道內情的人才會做的，其他人沒有必要去冒風險。但撒米這小子卻在桅桿上鬼鬼祟祟地爬上爬下，不知在忙些什麼。後來我終於懂了。我就想，你這小子，我知道你搞什麼，小撒米，混小子。你做的事跟我一樣，你在探聽虛實，我在探聽你的虛實。我不動聲色地等到晚上。我們把船停好、預備過夜，並且像平常一樣把船員都送上岸去。之後，我摸出一把梯子，慢慢沿著桅桿往上爬，差點沒摔死，但終究是讓我發現了點什麼。我擠進天線旁的一個角落才看到那玩意兒。你在地上是看不到的。那是個竊聽裝置。撒米一直在竊聽老大的衛星通訊，偵測他在市場上的動作。參與的人除了他以外還有他在岸上的同伴。他們攢了不少積蓄，等到被我們抓住，他們已經把先前投入的七百美元翻成了兩萬。」

「你後來怎麼處置他？」

柯爾克蘭搖搖頭，似乎有些傷感。「老兄，我的問題在於，」他坦承，好像以為強納生可以幫他解決這個問題。「每次看到你那雙小孩一樣單純的眼睛，我心裡就警鈴大作，告訴我你就是那個在桅桿上把漂亮的小屁股亮給大家看的撒米。」

★

第二天早上九點，弗里斯基已經開著車來到城區。為了把氣勢搞得很誇張，他坐在他那輛豐田裡狂按喇叭。

「小湯米，不要再摸下面，把襪子拉好，你現在是要去遊行！老大希望你沉穩些，現在、立刻就把你的手指抽出來！」

★

帕華洛帝的哀歌充滿悲傷。洛普站在那座大壁爐前，透過眼鏡注視著某份法律文件。藍伯恩懶洋洋地平躺在沙發，一手垂在膝蓋上。黃銅大門緊閉。音樂停了。

「給你的禮物。」洛普說，仍盯著文件。

那是一個褐色信封，上面寫著「致德瑞克．S．湯瑪斯先生」，就放在那張玳瑁書桌上。強納生可以感覺到它的重量，有些難堪地想起了伊芳。那時她開著她的龐帝克停在公路旁，臉色蒼白地坐在車裡。

「你會需要這個。」洛普說，轉移注意力，將一把銀製裁信刀朝著他推過去。「不要隨便亂裁。這東西很貴。」

不過洛普沒再回去看文件。他持續透過半片眼鏡盯著強納生；藍伯恩也看著他。就在這兩雙眼睛的注視下，強納生裁開信封口，抽出一本紐西蘭核發的護照。護照裡有他本人的相片，以及德瑞克．S．湯瑪斯的詳細資料，上頭註明他是公司的高階職員，生於南島的馬爾勃羅。護照有效日期是三年。

親眼見到、摸到這本護照，強納生竟然莫名感動。他的視線朦朧、聲音哽咽。洛普保護我。洛普是我的朋友。

「我叫他們在這本護照加了幾個簽證，」洛普自豪地說，「讓它看起來沒那麼新。」他把手中的文件丟到一邊。「千萬別相信一本新護照，這是我的看法。要弄就要弄本又破又舊的來。這道理就跟第三世界的計程車司機一樣。能夠留到今天一定是有道理的。」

「謝謝，」強納生說。「真的很謝謝你。它真是太美了。」

「你在體制裡面，」洛普說。可以聽得出他對自己的慷慨大方非常滿意：「簽證是真的，護照也是。別想單碰運氣。想換簽證，去他們的駐外領事館就行。」

藍伯恩慢條斯理地說，似乎刻意要跟意氣風發的洛普形成對比。「最好在這鬼東西上簽個名——不過你先在別張紙上試簽看看。」

在兩人的注視下，強納生在一張紙上重複簽下「德瑞克．S．湯瑪斯」的名字，一直寫到他們兩個滿意為止。他在護照上簽了名，藍伯恩把護照拿過去、闔上，順手交還給洛普。

「怎麼了嗎？」藍伯恩問道。

「我以為護照是我的。可以留下。」強納生說。

「誰告訴你的？」藍伯恩說。

洛普的語氣就比較溫和了。「我們替你找了份工作，還記得吧？把工作做完，你就可以離開。」

「是怎樣的工作？你從來沒告訴過我。」

藍伯恩打開一個隨員用那種的箱子。「我們需要一位證人，」他跟洛普說：「找個文盲來吧。」

洛普拿起話筒，按了幾下按鍵。「莫莉小姐嗎？我是老大。能不能下樓來書房一趟？」

「我現在要簽的是什麼？」強納生問道。

「幹！該死！潘恩！」藍伯恩似乎正竭力壓住怒火，他低聲說：「我得告訴你，像你這種在逃通緝犯哪裡有資格挑剔？」

「我們要給你一間公司，讓你去經營，」洛普說。「偶爾出差，偶爾有些刺激，很多時候都需要你守口如瓶。每個工作日結束，事情都會變得很不一樣。所有債務都能還清，還加上利息。」

黃銅大門打開來。莫莉小姐很高，濃妝豔抹，年約四十。她帶了自己的大理石紋塑膠筆桿的鋼筆，就繫在她脖子的黃銅項鍊上。

第一份文件是棄權聲明，內容說的是強納生自願放棄一家登記於庫拉索、名叫「商道有限公司」的收入、利潤、營收或資產的所有權。他簽了字。

第二份文件是強納生與該公司簽署的一紙合約，強納生同意承擔所有針對他擔任該公司總經理應負的責任、債務與義務。他也在上面簽了字。

第三份文件上有強納生的前任「藍斯．蒙大各．柯爾克蘭少校」的簽名。文件上有幾段需要強納生用姓名的首字母簽署，還有一個地方需要簽全名。

「親愛的，怎麼了？」洛普問。

珍德走進房間。她一定是對高斯軟硬兼施才進來的。

「我接到戴爾．奧羅斯打來的電話，他在線上。」她說。「他們在阿巴可用餐、留宿、打麻將。我想連絡你，但總機說你不接電話。」

「親愛的，妳知道我不接的電話。」

珍德冷漠地環視在場眾人，最後目光停在莫莉小姐身上。「安西雅，」她說，「他們想叫妳做什麼？該不會是逼妳簽字嫁給湯瑪斯吧？」

莫莉小姐馬上漲紅了臉，洛普也隱隱皺了皺眉。強納生從沒見過他如此茫然。

「湯瑪斯就要加入了，珍德，我告訴過妳。我們正在替他預備資金，讓他創一番事業。妳就放過他吧，我覺得我們欠他人情。想想他為小丹做了什麼；太多太多了。我們不是談過了嗎？難道妳不記得了？妳到底怎麼回事，珍德？我們現在在談生意。」

「噢，真是太棒了。恭喜你，湯瑪斯。」她最後看了他一眼，笑容非常冷漠，但已不再那麼不自然。「只是千萬小心，不想做的事情就絕對不要去做，好嗎？洛普非常能說動人。親愛的，我可以讓他們來嗎？馬利亞根本是瘋狂地愛著你，如果我不答應，一定會傷透她的心。」

★

「還有發生什麼其他的事嗎？」強納生敘述這些事情時，波爾幾乎沒有吭聲。

強納生假裝搜尋腦中的記憶。「藍伯恩有婚姻糾紛，但我想那似乎是家常便飯。」

「在那裡也不是新聞了。」波爾說。似乎仍在等待其他方面的消息。

「還有就是丹尼爾要回英國去過聖誕。」強納生說。

「難道沒有其他的事了嗎？」

「目前沒有。」

一陣尷尬。兩人都在等對方先開口。

「好，所有動作維持在檯面下，表面上要自然，」波爾不太情願地說道，「不准再說什麼要闖入他的聖地之類的話，知道嗎？」

「知道。」

雙方又停頓了一陣子才掛上電話。

我過我的生活。強納生一邊跑下山，一邊從容地對自己說：我不是傀儡，不是誰的僕人。

# 18

強納生一得知洛普決定再度外出賣農場，而藍伯恩會陪同前去，同時間柯爾克蘭會在拿索照應鋼鐵牌公司的生意，他便立刻開始計畫突襲那個重要的房間——雖然他被明令禁止這麼做。

他聽馬廄管理員克勞德說，這幾個人離去後的隔天早晨，珍德和卡洛琳打算帶孩子去島上靠海的小路騎馬，約清晨六點出發，中午前回水晶宮吃早餐，再趕在中午豔陽高照之前去游泳，於是他的決心更加堅定。

從這瞬間開始，他的部署都改換成戰略性的安排。進行突襲的前一天，他首次帶著丹尼爾爬上梅寶小姐山的北坡，過程相當辛苦——嚴格說，他們爬的是山丘陡峭面的一個小採石場，用了三具鐵拴和一具繩纜才橫越過重重峭壁，得意洋洋地抵達小機場的東側。抵達山頂時，他摘了一把芳香的、被當地人稱為「行船花」的黃色蒼蘭。

「你摘這些要送給誰？」丹尼爾嚼著巧克力問，強納生顧左右而言他。

第二天，他跟往常一樣早起，沿海岸邊的小路跑了一圈，確認那些要外出騎馬的人已經按計畫出發。他在某個迎風面的彎道和珍德及卡洛琳打了個照面，克勞德和那些孩子則跟在她們身後。

「湯瑪斯，待會兒你要去水晶宮嗎？」珍德問，一邊側著身子去拍她那匹阿拉伯馬的脖子，模樣彷佛在拍香菸廣告。「那太好了。可以請你幫個忙告訴艾斯麥洛達，說卡洛琳不能吃含奶類脂肪的食物嗎？」

其實艾斯麥洛達很清楚卡洛琳不能吃奶油，因為強納生有聽珍德對她說過。不過這些日子以來，強納生正學著習慣珍德的出奇不意。她笑的時候總是心不在焉，行為舉止比以前更做作刻意，而那些流言對她完全不留情面。

強納生繼續跑，來到他的藏身處。他沒有挖出電話，因為他今天決定按自己的意志行事。不過他倒為自己準備了一架偽裝成打火機的超小型照相機，並攏上一堆開鎖用具（他完全沒打算把它們裝成別的東西）。他把東西緊緊抓在手裡，以免在慢跑時發出叮噹聲響。他跑回伍迪小屋，換過衣服，穿過那條叢林隧道往水晶宮走去，在肩上感到一陣大戰將至的刺痛預感。

「你他媽的打算拿那些行船花做什麼呢，湯瑪斯先生？」門口的警衛愉快地問。「你又去搶劫可憐的梅寶小姐了嗎？真該死。嘿，多佛，快點過來，快來靠近聞一下這些行船花。聞過這麼香的東西嗎？你他媽的鐵定沒聞過吧！除了老婆你這輩子啥都沒聞過。」

走向主屋時，強納生不禁感到暈眩，彷彿又回到了梅斯特皇宮飯店。在門口迎接他的不是以撒，而是卡斯帕先生；而站在鋁梯頂端替天花板換新燈泡的不是派克，而是打雜工人巴比。還有，有氣無力地對著那些盆栽噴灑殺蟲劑的不是以撒的女兒，而是卡斯帕先生過度早熟的性感姪女。這種種幻覺消逝後，他又再度回到水晶宮。艾斯麥洛達彷彿正在廚房主持一場全球性的事務會議，與會者有船長塔博特，以及在洗衣間工作的奎因尼。

「艾斯麥洛達，可以請妳幫我找個花瓶來擺這些花嗎？這是給丹尼爾的驚喜。對了，珍德小姐要我提醒妳，藍伯恩太太一點乳製品都不能碰。」

他說這些話時不斷擠眉弄眼，聽到的人都忍不住爆出了笑聲。這些笑聲伴隨強納生走上那座大理石階梯。他捧著花瓶直奔二樓，看來明顯是要去丹尼爾的房間。不過，當他抵達那間重要房間門口，他停下腳步。眾人愉快的交談仍在樓下持續著，眼前的房門開了個小縫。他推開門，走進一條牆上嵌有鏡子的通道，盡頭的門關著，他轉了轉把手——頓時想起愛爾蘭和那裡的詭雷——他推開門，一腳踏進去，但沒有任何東西爆炸。他把門關上，環視四下，為了自己太過興奮而有些不好意思。

陽光透過網狀窗簾照進來，看起來像滯留在白色地毯上的一層地霧。那裡有張巨大的雙人床，洛普睡的那一邊沒有躺過的痕跡，他的枕頭也是蓬鬆的，床邊的小桌放著當期的《財富》、《富比士》、《經濟學人》，以及好幾本世界各地拍賣場的商品目錄。另外還有幾本備忘、鉛筆，和一台口袋型錄音機。強納生將視線轉到床的另一側，看到她的身體在床褥上留下的印痕，枕頭被壓得扁扁的，彷彿她輾轉反側，難以入睡。他也看到她黑色的絲質薄紗睡衣、烏托邦雜誌，還有那些常會在咖啡桌上看到的傢俱、豪宅、花園以及名馬的書籍……更多的馬，有些介紹的甚至是阿拉伯純種名馬。此外有英國菜食譜、如何在八日內學會義大利文之類的書刊。這裡充滿嬰兒的味道——嬰兒爽身粉、嬰兒沐浴乳。躺椅上雜亂散置著昨天換下的華服，他還看到開著門的浴室裡有前一天穿過的泳衣晾在三角衣架上，掛在淋浴間的扶手上。

他的視線加快速度，試著一覽全景：她的梳妝台上是隨意堆放、從各種夜總會、從別人那兒、從餐館裡、從馬匹身上收集來的紀念品；各種人與人手牽著手、開懷大笑的照片：洛普穿著三角短褲，男性特徵呼之欲出；洛普按著他那輛法拉利跑車的方向盤；洛普和他的賽船；洛普戴著白色鴨舌帽，穿著帆布褲子站在鋼鐵帕莎號的船橋上——全面打理過的帕莎號，氣勢非凡地停泊在紐約港內，身後就是曼哈頓的摩天樓。小包火柴。女性友人的手寫信從抽屜滿出來。小朋友用的通訊錄，封面貼著幾隻活蹦亂跳的獵犬的照片。幾張黃色的便利貼，她潦草的筆跡寫下提醒，就貼在鏡子邊緣：「買潛水錶給丹尼爾當生日禮物？」「打電話給瑪莉（莎拉的抵押）！」、「打電話找S．J．菲利浦（洛普襯衫袖釦）！」

他在房裡感覺無法呼吸。我雖然是盜墓賊，但她還是個活生生的人。我就像是在梅斯特先生的地窖裡，唯一不同之處是燈亮著。在他們堵死我的路之前，我要先衝出去。但逃避不是他來這裡的理由。他來就是為了要打進圈子。而且是他們兩個人的圈子。他想要洛普的祕密，更想要她的。他想知道究竟是什麼讓她離不開洛普，倘若真有這祕密的話；還有她為何如此誇張矯情：妳為什麼要那樣看我？他把花瓶擺在沙發旁的茶几上，拾起她的一顆枕頭，湊近臉聞著那像是唱著歌的安妮嬸嬸壁爐裡燒木材的味道。當然了，這是妳昨晚留下的。孩子都睡了之後，妳和卡洛琳坐在壁爐前促膝長談了一整夜。說了這麼多，也聽了這麼多，妳說了些什麼？妳又聽了些什麼？還有妳臉上的陰霾。這段時間，妳也是縝密的觀察者，無論看著什麼總是看得太久……包括我。妳又變成了一個孩子，每樣東西都像初次見到。一切都很新鮮，一切也都無法倚靠。

他推開洛普更衣室的鑲鏡門，但一腳踏入的並非她的童年，而是他自己的。我父親以前不也有這麼一個黃銅把手軍用箱嗎？他不也曾吃力地拉著它走過塞浦路斯的橄欖樹林嗎？他不也有過這麼一張沾著墨水和飲料殘漬、戰地專用的折疊桌嗎?這對收入劍鞘、懸掛在牆的彎刀,我父親不是也有嗎?還有,上面押印了軍團頭盔花飾的拖鞋,他也有——他甚至擁有那種一排排手工縫製,有酒紅、黑色和白色的西服與晚禮服。用木頭擴鞋器撐好形狀的手工皮鞋、白色鹿皮鞋、輕便的漆皮無帶皮鞋,散發出強烈的軍人氣息,好像只要一聲令下,就會邁步前進。

強納生又變回軍人了。他確認起敵方狀況:可疑的電線、接點、感測器,或是一些會讓他一命嗚呼的危險陷阱——但他什麼都沒發現,只找到一幀擺在相框裡、三十年前的學校團體照、丹尼爾的快照、六種不同貨幣的零錢、一張貝瑞兄弟公司寄來的美酒目錄,還有他在倫敦俱樂部的年度帳目表。

洛普先生是不是常去倫敦?他們一行人在梅斯特皇宮飯店等著行李搬上禮車時,強納生曾經問過珍德。

哎呀,當然不是。珍德回答。洛普說我們過得夠好了,他要在這裡長住。總之他不能常去。

為什麼?強納生問道。

我也不知道,珍德很隨意就脫口而出。可能是因為稅之類的問題吧。你怎麼不自己問他?

★

通往裡面辦公室的門就在他面前。終於來到最裡面的房間了,他想。最後一個祕密就是自己——但到底是哪一個「自己」?是他的自己?我的自己?還是她的自己?門很厚,白扁柏材質,鋼材門框。他豎起耳朵小心聆聽。談笑聲、吸塵器,還有地板打蠟機的聲音遠遠飄來。

慢慢來。這位細心的觀察者提醒自己。從容為上策，沒有人會跑上來找你。水晶宮的床單都是中午才更換，因為這個時候洗乾淨的被單才能放在陽光下曝曬。這是老大的命令，由珍德一絲不苟執行。我們都很聽話，珍德和我。我們在教會學校的日子總算沒有虛度。他試著推一下那扇門，門上了鎖，是傳統的那種，形狀像菸斗柄。這個孤立隔絕的位置本身就是一種安全保障。任何人靠近這裡都會遭立刻處決。他摸了摸萬能鑰匙，耳邊頓時響起魯基的聲音。闖空門第一守則：找得到鑰匙，就不要去撬鎖。他離開門邊，沿著幾個書架摸索。他掀開地毯一角，移開一個盆栽，再拍拍身邊幾套西服和晨袍的口袋。之後，他就近拿起幾雙鞋子，把它們一一翻過來。去他的，什麼也沒有。

他展開手中的萬能鑰匙，揀了看起來最可能的一支——太粗——他又挑了一支，正要插進鎖眼時，卻像個學生一樣突然一陣恐懼，擔心刮傷擦得光亮如新的鎖眼蓋。破壞公物！是誰讓你進來的？他垂下雙臂，慢慢喘了幾口氣，重新恢復執行任務所需的冷靜，再試一次。輕輕地插入……稍停……輕輕退回一些……再插進去。愛撫她，不要硬來。在軍隊裡，大家都是這麼說的。傾聽她，感受她的阻力，屏住呼吸。轉一下，慢一點……再退回來一點點……好，現在用力　點轉……再多用點力……你就要把開鎖工具弄斷了！你快把這鑰匙弄斷在鎖眼裡了！隨時都會折斷！

但鎖到底還是敗下陣來。沒有什麼東西斷掉，沒有人拿著海克勒手槍對著強納生的臉開槍。他把萬能鑰匙毫髮無傷地拔出來，放回皮夾，再一起收回牛仔褲口袋　此刻，他突然聽到豐田汽車疾駛到馬廄那邊發出的煞車聲——冷靜。立刻離開。這位細心的觀察者躡手躡腳走到窗邊查看：是安斯路．洛普先生。非常出人意料地從拿索回來了。境外的那些好事分子都要來拿武器了，但是從城區過來只要烤個麵包的時間。

至少耳朵夠尖，他對自己說。冷靜、專注、一點也不慌地仔細聽著。你做得很好，沒給父親丟臉。

他在洛普的密室裡。

如果你敢越線，你會希望自己從沒有誕生在這世上。洛普說。

不行，波爾說。魯基也說不行。他的聖殿若沒有他的許可，無人能進入。

★

簡樸。軍人式的簡樸。一般男性典型的節制低調。沒有刺繡的寶座，沒有玳瑁書桌，沒有九呎長的竹椅和非常好睡的舒適椅墊。只是一間樸實無華、單純用來處理生意和鈔票的小辦公室。樸實的皮革桌面辦公桌，檔案盒放在搖搖欲墜的架上，只消拉一下，它們就會向前滑動。強納生拉了一下，而它們就是此回應他。一張鋼管椅。圓形天窗像隻無神的眼睛，瞪著屬於它的天空。兩隻金鳳蝶——不知怎麼飛進來的。一隻青蠅，吵得不得了。有封信擱在其他的信件上頭，地址是紐貝瑞的漢普登大樓，署名湯尼。信上主要說的是他困窘的處境。信中的語調有懇求也有威脅。不要讀，拍下來。他沉著地從架子把其餘幾份文件都抽出來攤在桌上，像玩牌一樣面朝上，同時取下打火機底蓋，裝好裡面的相機，用迷你的鏡頭對準。五根手指伸開當作比例尺，拇指對準鼻尖。魯基這麼說。他把拇指對準鼻尖。這是一個魚眼鏡頭，所有的文件都在鏡頭範圍內。向上對準，向下對準、按下快門、換下一份。別把汗水滴到桌上。再用拇指頂著鼻子，檢查一下焦距。沉著。他甚至冷靜到整個人都僵了。他來到窗前，定住。觀察，但不必看得太仔細。豐田駛了出去，開車的是高斯。繼續工作吧。一步一步來。

他拍完第一層架上的文件、放回去，取出第二層架子的。六頁密密麻麻的手寫稿，看得出全是洛普整齊的字跡。這是最高機密，還是他寫給前妻跟丹尼爾有關的信？他把文件依序從左至右排在桌上。不，不是寫給寶拉的。上頭都是名字和數字，很多，用原子筆寫在方格紙上，左邊是名字，旁邊是數字，每個數字都小心翼翼地寫在方格裡。是賭債，還是家用帳目？或是生日名單？別想了，先探查、再思考。他退一步，抹掉臉上的汗水，呼出一口氣。就在這時，他看到它了。

那是一根頭髮——又長又軟、又直又美的栗色頭髮。原本應該出現在某個小盒裡或項鍊上，或某封情書中，或某顆枕頭上的頭髮，聞起來有壁爐煙燻的氣味。有一瞬間他怒不可抑。那感覺就像經歷了重重險阻、總算來到彷彿地獄一般的終點，卻恨恨地發現自己的死對頭煮飯用的鍋子就掛在眼前。妳騙我！妳知道他幹的是什麼見不得人的勾當！在他的事業版圖最骯髒的交易裡，妳和他狼狽為奸！但下一瞬間他又感到釋懷，因為珍德也經歷過跟他一樣的旅程，只不過沒有魯基或波爾的幫助，或被蘇菲的慘死影響。

接著他開始感到膽顫心驚。不是為他自己，而是她——因為她的脆弱、她的笨拙、她的生命安全。妳這大笨蛋，他在心裡對她說。妳居然在翻東西的時候到處留下妳的痕跡！妳從來沒看過漂亮的臉蛋被揍到變形扭曲的女孩嗎？妳沒見過可愛的小狗從頭到腳被撕成兩半嗎？

強納生把那根洩漏了行蹤的髮絲繞在小指，塞進了他被汗水浸濕的襯衫口袋，再把第二層架上的文件放回去，拿出第三層架子的文件，整個鋪開。途中他聽到馬廄附近傳來放慢速度的馬蹄聲，以及孩子們拉高嗓門抗議、指責的聲音。

他有條不紊地把文件都放回原處，然後走到窗前。同時，他也聽到屋內傳來快跑的腳步聲，緊接是丹尼爾從廚房衝到大廳，大吼著叫媽媽，珍德緊跟在他身後，喊著他的名字。他眺望窗外，看到卡洛琳和她的三個孩子待在馬廄，又看到馬廄管理員克勞德緊抓著珍德那匹阿拉伯馬莎拉的韁繩，馬夫唐尼格則牽著丹尼爾的小馬斯摩基。牠一副不高興的模樣，似乎已經對這些裝腔作勢感到厭煩。

★

一場聰明的戰鬥。

一場冷靜的戰鬥。

不負父親名聲。父親是穿著軍服下葬的。

強納生把照相機塞進牛仔褲口袋，檢查了一次桌面，看是否有不小心留下的痕跡。他先用手帕把桌面擦過一遍，再將文件架的邊緣也擦過。丹尼爾的音量比珍德大，但兩人到底在說什麼，強納生一點也聽不清楚。在馬廄那兒，藍伯恩的孩子覺得似乎也該過來加入抱怨的行列。艾斯麥洛達已經從廚房走出來，告誡丹尼爾不要耍孩子脾氣，你知道爸爸會怎樣說你吧？強納生走進那間更衣室，關上鋼框木門，再用萬能鑰匙鎖好。他擔心會把鎖眼蓋刮壞，花在鎖門的時間比預期長一些。當他走進臥房，他聽到珍德穿著馬靴重重踩上樓梯的聲音。就像是在對每一個聽到的人鄭重宣告她這輩子再也不會帶丹尼爾去騎馬。

他想過要退回浴室或返回洛普的更衣室，但躲起來不能解決任何事情。他心中湧起一股令人感到舒適的惰性，讓他想起做愛的愉悅，還有拖延著不願結束的欲望。當珍德穿著騎馬的裝束（但沒有馬鞭和硬帽）、一身怒意地出現在門口，強納生已經站在沙發旁的茶几那兒，試著把那束行船花插好，因為剛才上樓的途中，它們有些失去了原先的芬芳和美麗。

一開始，她因為生丹尼爾的氣，完全忘了要驚訝。強納生沒想到，憤怒讓她像個真實的人。

「湯瑪斯，我說真的，如果你對丹尼爾比較有影響力，我希望你能教教他，不小心受傷不需要這樣哭得死去活來。他不過是輕輕摔了一跤，除了自尊之外什麼也沒傷到，他居然就這樣──湯瑪斯，你他媽的到底在這個房間裡做什麼？」

「我給妳帶了幾朵行船花來。我們昨天爬山的時候摘的。」

「你不能把這些花交給蘇小姐嗎？」

「我想要親自為妳把花插到花瓶裡。」

「你大可以在樓下把花插好、再把它們交給蘇小姐！」

她憤怒地望著那張沒整理過的床，又看看昨天換下來的那些亂丟在躺椅上的衣服，再瞄瞄開著的浴室門。此時，丹尼爾還在繼續尖叫。「丹尼爾！閉嘴！」她邊罵邊把目光轉向強納生。「湯瑪斯，不管是不是因為花，你臉皮真的太厚了。」

那是同一把怒火，只是把它從丹尼爾轉到我身上，他想，心不在焉、裝模作樣地整理著那些花。他突然湧上一股強烈想要保護她的念頭。那串萬能鑰匙就貼在他的大腿上，好像有千斤重；打火機外型的相機幾乎就要從襯衫口袋滑出來。他為了應付艾斯麥洛達，拿那東行船花憑空編造一個說法，而這說法也愈來愈站不住腳。但他牽掛的從來不是自身的安危，而是脆弱到令人害怕的珍德。在他聽著後續反應之際，丹尼爾的尖叫已經停了。

「妳怎麼不把那些凶神惡煞叫上來？」強納生提議，比較像是在對花兒而非她說話。「妳私人用的警報鈕就在身邊的牆上，為什麼不按？不然，如果妳想，也可以拿起房間裡的電話。只要撥『九』，我就會立刻為我的厚臉皮付出代價。丹尼爾會把場面搞得這麼難看不是因為摔傷，而是因為他不願意回倫敦，還有不想跟卡洛琳和她的孩子一起分享妳。他想要跟妳獨處。」

「你出去！」她說。

然而他的心情依舊平靜，對她的關懷也依舊不減，這兩種情緒讓他占了優勢。演習和空包彈射擊都結束了，該開始實彈射擊了。

「把門關上，」他壓低嗓音命令她。「這時機不適合談這些，可是有件事我一定得告訴妳，但又不想讓丹尼爾聽到。他從你們臥室的牆壁偷聽到的事情已經夠多了。」

她瞪著他。從她的表情，他可以看出她正猶疑不決。不過她還是把門關了起來。

「我被妳深深吸引。不管怎麼做都無法把妳的身影從腦中趕走——我的意思不是說我愛上了妳。可是我帶著妳一起入夢、一起醒來。就連刷牙的時候也無法放著妳不管。然而，我大多時候都在跟妳爭吵。這件事沒有邏輯，也沒有樂趣。我從來沒聽妳發表過任何有價值的想法，妳說出口的東西絕大多數都是在裝模作樣的廢話。可是每次我想到什麼趣事，我都希望妳能真心大笑；我消沉時，希望是妳來逗我開心。我不知道妳是誰，如果真正的妳還存在的話。我不管妳是為了啤酒而來，還是因為瘋狂地愛著洛普——我相信連妳自己都弄不清楚。因為妳完全是一團亂。但我不會因此退縮，完全不會。我只是覺得憤怒，覺得自己傻，覺得想把妳的脖子擰斷。但這一切都只是冰山一角而已。」

這是他的真心話，發自他的內心，而不是任何一個人。儘管如此，藏在他心中的那個冷酷無情的孤兒卻忍不住把部分罪責轉移到她身上，讓她來替他承擔。「也許妳不該對我這麼好，在我軟弱時攙扶我，臥床時來我床邊。我這麼說吧，丹尼爾被壞人綁架是他的錯——不對，我這麼說好了——我被人揍得鼻青臉腫是我自找的。而妳用那水汪汪的眼睛望著我，就是妳的錯。」

她閉起那雙引人犯罪的眼睛，彷彿稍稍打了個盹。過了一會兒，她睜開雙眼，一手捂住了臉。他有些擔憂自己的話對她打擊太大，侵犯到那個他們各自防著不讓對方碰觸的敏感區域。

「這他媽的是我聽過最莽撞、最無禮的話。」她停頓許久，終於猶疑不決地說出口。

他就讓她懸在那裡。

「湯瑪斯！」她說，彷彿在乞求他的援助。

但他仍不打算伸出援手。

「該死！湯瑪斯……媽的。湯瑪斯，這可是洛普的房子啊！」

「這是洛普的房子！妳是洛普的女人！而只要妳願意，想維持這身分多久就多久。但我的直覺告訴我妳很快就要忍不下去了。洛普是個惡棍，卡洛琳一定已經告訴過妳了。他不是什麼海盜，不是密西西比河的賭徒，不是浪漫的冒險家，也不是你們注視著對方時妳想像的任何一種角色。他是個擁槍自重的惡棍，而且算得上是殺人兇手。」他豁出去，用這短短的一句話打破了波爾和魯基交代的一切規矩。「就是因為這樣，妳和我最終會開始監視他。」他說：「妳在他的辦公室裡到處留下無法消除的痕跡。『珍德來過。』『這是珍德．馬歇爾的痕跡，她的頭髮留在他的文件裡。』光憑這個他就可能要妳的命。他幹的本來就是殺人的勾當。」他停了一下，想觀察他的反自白究竟引發了什麼效應，她卻僵住了。他說：「我還是去跟丹尼爾談談好了，他到底把自己弄成怎樣了？」

「鬼才知道。」

他離開時，她有個奇怪的反應。在他靠近她時，她仍站在門口；她向後退了一步，讓他過去。這可能只是一種表示禮貌的方式。但下一刻，出於一個連她自己也無法解釋的衝動，她搶在他面前轉動門把，用力將門推開，彷彿他的兩手拿滿東西，需要她幫他開門。

丹尼爾就躺在他的床上，讀著他那本講怪物的書。

「珍德反應過度啦，」他解釋道，「我只是放餌給珍德，她就突然抓狂了。」

# 19

同一天，到了晚上強納生還活得好好的，天空也依然在原位，當他穿過森林隧道返回伍迪小屋時，也沒有在樹上守望的大猩猩跳下來撲殺他。蟬以相同節奏鳴叫，夕陽沉到梅寶小姐山後，夜暮低垂。他和丹尼爾及藍伯恩的幾個孩子打了網球，又和他們一起游泳，也駕船出海晃了一陣。他聽以撒講著圖騰漢廳熱刺足球隊，也聽艾斯麥洛達說鬼故事，還聽卡洛琳．藍伯恩談論男人、婚姻和她自己的丈夫：

「湯瑪斯，我最在意的還不是他對我不忠，而是他欺騙我——我為什麼要跟你講這些？大概是因為你很正直吧，除此之外我想不出別的原因。我不管他怎麼說你，我們都有各自的問題，但一個人是不是正直誠懇我還看得出來。只要他對我說：『我跟安娜貝拉有染』——或隨便一個他那時搞上的人——『而且我打算跟她一直這樣下去』，我就會說：『好，如果就是要這麼玩下去，那就這樣吧。不過既然你對我不忠，就不要奢望我會對你忠誠。』這種事情我忍得下，湯瑪斯。我們必須要忍，因為我們是女人。我之所以會這麼生氣，是因為我讓他把我的錢全拿走，握在他的手上，說什麼爸爸要負擔孩子的教育費用，結果卻是把錢虛擲在某些只有一面之緣的野女人身上，搞得我們身無分文——好吧，雖然沒那麼嚴重，但也談不上寬裕。」

那天其餘時間他看過珍德兩次，一次在涼亭。她那時穿著 件黃色的寬長袍，正在寫信。另一次是她和丹尼爾在浪花拍岸處散步，牽著丹尼爾的手，裙襬抓到腰際。強納生離開了水晶宮，刻意從她陽台底下走過，聽見她在電話上對洛普說：「沒有，親愛的，他一點傷都沒有，只是虛驚一場，他很快就好了，還幫我畫了一張漂亮的圖：莎拉站在馬廄頂蓋上。你看了一定會喜歡……」

他聽到這兒，不禁想：妳接下來還可以說，這就是我說的好消息，親愛的，不過你要不要猜猜看我上樓的時候看見哪個人鬼鬼祟祟地鑽進我們的臥室裡……

★

強納生回到伍迪小屋，時間好像從那瞬間開始拒絕流動。他小心翼翼地進了屋子，心想，如果警衛接到警告，最可能做的就是趁他還沒回來之前先進他的屋子。因此他從後門進屋，巡視過樓上和樓下，確定沒有可疑人物，才放心地從相機裡抽出那捲小型底片匣，再用廚房的尖刀將《黛絲姑娘》的平裝本從內頁挖了一個可以裝底片的空間，把東西藏進去。

之後，各種事件可說是接連發生，沒有任何空隙。

他洗了個澡，心想：此時妳大概也在洗澡吧。但沒有人會遞毛巾給妳了。

他拿出艾斯麥洛達給他的剩菜，幫自己煮了一碗雞湯，又想道：現在妳大概正和卡洛琳坐在露台上，享受艾斯麥洛達為妳們準備的海魚沾檸檬醬；又得再聽卡洛琳講她生命中的另一段篇章了，而她的孩子會在丹尼爾的遊戲間裡嚼洋芋片、喝可樂吃冰淇淋、看《少年科學怪人》；但丹尼爾不喜歡跟他們玩，應該會自顧自地躺在房間裡，關上門、看他的書。

他躺到床上——這裡應該是在想到她時很適合待著的地方。直到十二點半，這個裸身的觀察者才靜悄悄地下床，摸到地板，從底下抽出一把他預藏的鋼製火鉗，因為他聽見門口傳來一陣鬼祟的腳步聲。他們來找我了，他想。她跟洛普通報了，所以他們來抓我，就像以前對伍迪那樣。

然而他心中另一個聲音則不這樣想；而自從珍德發現他在她的臥室之後，他就開始聽從這個聲音。所以，當珍德輕敲他的前門，他早已將那支火鉗收起來，拿了 件袍子圍在腰上。

她為了來此也刻意裝扮了一番：深色長裙、深色斗篷。就算她把斗篷上那個聖誕老人帽翻起來戴在頭上，他可能也不會太意外——但她沒有。那頂帽兜乖巧地披在身後。她拿了一支手電筒，他把門重新鎖上時，她放下手電筒，將斗篷再拉緊一些，在他面前很戲劇化地從前面掐住自己的喉嚨。

「妳不應該來的，」他對她說，一邊迅速把窗簾拉上，「有人看到妳嗎？卡洛琳？丹尼爾？還是負責夜間安全的警衛？」

「沒人看見我。」

「一定有。守衛室裡的人呢？」

「我很小心。沒有人聽見我出來。」

他凝視著她，眼神中透著一股難以置信。不是因為認為她在撒謊，而是她太魯莽。「有什麼需要我幫忙的？」他的語調隱含著一點這樣的意思：既然妳都來了。

「咖啡，請給我咖啡吧。但如果沒有也不必特別去弄。」

咖啡，請給我埃及的咖啡，他想起蘇菲這麼要求他。

「他們都在看電視，」她說：「我是說守衛室裡的那些人。我透過窗戶就能看到。」

「當然了。」

他放上一個咖啡壺，並在壁爐裡燃起松木。有段時間她只是發抖蹙眉地看著爐裡燒得劈啪作響的木柴。之後，她環視了一下這個房間，想認識這個地方，還有他。她望著他費力收集來的書籍、擺放得井然有序的各樣物件——那些花、立在壁爐架上描繪康乃生灣景色的水彩畫，以及隔壁那幅丹尼爾畫的翼手龍。

「丹尼爾畫了一幅莎拉的畫像給我，」她說，「他說要跟我道歉。」

「我知道。妳在跟洛普講電話的時候我正好經過妳房間底下。妳還跟他說了什麼？」

「沒有了。」

「真的嗎？」

他這麼一問，她生氣了。「你希望我告訴他什麼？『湯瑪斯覺得我是一個下賤的蕩婦，腦袋裡都是漿糊』？」

「我沒有這麼說。」

「因為你說得更難聽。你說我把自己弄得一團亂而他是個殺人兇手。」

他遞了一杯咖啡給她——裡面沒放糖。她喝了一口，用雙手把杯子推遠。「我他媽的怎麼會被扯進來的？」她問道。「我指的不是你，是他、這整個地方，水晶宮——這一整件亂七八糟的事。」

「柯基說他在一個馬匹拍賣會上把妳給買回來。」

「我的確是在巴黎時跟了他。」

「妳本來在巴黎做什麼？」

「跟兩個臭男人做。我的人生總是這樣——每次都跟不對的人上床，錯過更適合我的那個。」她又啜了一口咖啡。「他們在麗弗里街有間公寓，真把我給嚇壞了。他們吸毒、召牛郎、酗酒、玩女人——玩我——什麼都玩。有天早晨，我一覺醒來，看到這間公寓裡到處都躺著人，大家都醉死了。」她自顧自地點點頭，有一種：對，就是那時，最關鍵的時刻。「夠了，珍米瑪，妳也別去籌什麼兩百英鎊，走就是了。我連打包都沒有就離開。我跨過橫七豎八躺在地上的人，到我在《論壇報》上讀到的那個拉菲特飯店辦的純種馬拍賣會。我去那兒是為了看馬。當時我腦子一團亂，唯一想得到的只有馬。我們以前一直都從事跟馬有關的工作，直到父親不得不把我們的馬全賣掉。當時我們一邊騎馬、一邊祈禱。我們家是什拉浦什爾郡的天主教徒。」她說話時一臉哀傷，似乎覺得說出這段往事就像是某種家醜外揚。「那時我一定是露出了微笑，因為這位英挺的中年男子對我說：『妳要哪匹馬？』而我回答：『櫥窗裡，那匹大的。』我那時覺得……整個人輕飄飄的，非常自在，彷彿在某部電影裡。就是那種感覺。我那時是開玩笑，但他就買下了那女孩——我是說莎拉。當時喊價的速度非常快，我根本趕不上。而且他還帶著幾個巴基斯坦人，他們好像是集體喊價的。之後，他就轉過身來對我說：『她是妳的了。妳想把她送到哪裡去？』我那時嚇得目瞪口呆，但又想，既然都到了這個地步，乾脆就豁出去，看看事情最後到底會變成怎樣好了。於是他又帶我到艾麗賽宮的一間店裡，只有我們兩個客人。我們還沒到之前，他已經找人把那些閒雜人等都請了出去。他買了十萬英鎊的衣服給我　又帶我去看歌劇，吃晚餐，然後在吃飯的時候跟我說，有一個叫水晶的小島。再後來，他就帶我到他的旅館，上了我。我當時想，我這麼一跳就逃離了火坑。他不是什麼壞人，湯瑪斯，他只是幹壞事。他跟司機阿奇很像。」

「司機阿奇是誰？」

好像有一瞬間，她忘了他的存在，只是目不轉睛地盯著爐火，啜飲咖啡。她不再發抖了。她有一度縮起身體、收緊雙肩。然而使她心煩意亂的不是寒冷，而是記憶中的過往。「天啊，」她輕聲嘆息，「湯瑪斯，我該怎麼辦？」

「司機阿奇是誰？」他又問了一次。

「他在我們村裡替醫院開救護車。大家都愛阿奇。只要有越野賽馬，他從不會錯過；如果有人受傷，他也會照顧。他在小孩的競技場攢足了錢，諸如此類的。阿奇是好人一個。後來發生救護車罷工事件，阿奇也去，擋在醫院大門口，不放傷患進去，因為他說那些司機會破壞罷工。有個專門替修道院院長打掃的洛克修姆太太就是因為這樣，最後不幸過世。」說到這裡，她又是一陣顫抖。「你常生火嗎？這樣好像有點蠢，都在熱帶地區還生火！」

「水晶宮裡也有。」

「他真的很喜歡你，知道嗎？」

「知道。」

「他像是把你當成兒子。我一直要他趕你走，你好像愈來愈靠近了，我卻無力阻止。你令人毛骨悚然，而他似乎沒看出來。也許是故意視而不見吧。我想都是因為丹尼爾的關係。你救過丹尼爾，但再怎麼說，就那麼一次救命之恩，不可能永遠都管用，不是嗎？」她又喝了一口咖啡。「然後我就想，媽的，如果他自己眼皮底下發生什麼事都不肯看清，那一切就看他自己的運氣。柯基警告過他，山第也是。他理都不理。」

「妳為什麼要翻他的文件？」

「卡洛琳把他的一切都告訴我了。全都是些可怕的事。這不公平。我已經知道了一部分，雖然努力不要再去深究，但就是忍不住──那些大家在宴會上談的事，丹尼爾不小心聽到的事，還有那些討厭銀行家的吹噓──我不該以貌取人，其實也輪不到我。我只是常想，坐在電椅上受評斷的人應該是我，不是他們。但問題在於我們都很直腸子。我父親就是這樣。他寧願自己捱餓，也不願意欺瞞稅務人員。帳單一到他就去繳，從不拖欠。最後會弄到破產就是這個緣故。別人欠他的當然不會還，可他從來都不去管人家還他了沒有。」她瞥了他一眼，又延長成了注視。「哎。」她又輕輕地嘆了一聲。

「妳找到過什麼嗎？」

她搖了搖頭。「我找不到。我能找到什麼？我根本就不知道要找什麼。所以我就想，隨便了，我乾脆直接問他。」

「什麼？」

「我突襲他。某天吃過晚餐後，我問他：『你真的是個壞蛋嗎？請你老實告訴我。所有女孩都有知道真相的權利。』」

強納生倒抽一口氣。「說得是沒錯，」他露出關切的笑容，「洛普怎麼回答？他全都招認、發誓不再幹壞事，還藉口說都要怪他悲慘的童年？」

「他板起臉。」

「然後說了什麼？」

「說我最好少管閒事。」

蘇菲和弗烈迪・哈密德在開羅公墓前對話的那段往事不斷在強納生腦中迴盪，干擾著他的注意力。

「而妳說這確實是跟妳有關的事？」他問。

「他說我不會懂，就算他告訴我。對於這些事我最好閉上嘴，不要亂講一些自己不了解的事。後來他又說，他做這些不是犯罪，是政治。然後我就說：你做的什麼不是犯罪而是政治？最糟糟到哪裡？你給我一個底線，讓我知道我要承擔的到底是什麼。」

「那洛普說了嗎？」強納生問道。

「他說這種事沒有所謂的底線。只有我父親那種人才會以為有底線，就是因為這樣，像他那種人都容易受騙上當。他說他愛我，我就要很知足了。所以我就生氣了，我說，對伊娃・布勞恩[25]來說也許足夠，但對我而言不夠。我想他會抽我一頓。但他只是記下來。他從來不驚訝，你知道嗎？反正就只是一件又一件的事實，有時多一些，有時少一些。最終你就做出最符合邏輯的行動。」

他就是按此規則處置蘇菲的，強納生想著。

---

[25] Eva Braun, 1912-1945，希特勒的情婦。

「那妳呢？」他問道。

「我？」她要白蘭地，但他沒有，所以就倒了杯蘇格蘭威士忌給她。「一場謊言。」她說。

「什麼的？」

「我的生活。有人說我是怎樣的人，我就照單全收，跟著規則走。我就是這樣子。我沒辦法，我就那麼容易相信人。現在你說我這個人一團糟，這跟他說的不一樣。他說我是他生命中的美好。他做的一切只為了我和丹尼爾。某晚，他毫不掩飾地當著柯基的面這樣對我們說。」她又喝了一口威士忌。「卡洛琳說他在販毒──你知道他販毒的事嗎？大批大批的毒品，用來交換軍火和那些天知道是什麼的東西。現在講的可不是什麼搭順風船、或是走旁門左道做生意，也不是什麼在宴會裡抽個幾根大麻這麼簡單的事。這是一個非常成熟、組織龐雜的大型犯罪活動。她還說，我是黑幫老大的情婦。我一直想知道自己的另一個身分到底是什麼，現在我知道了。最近這些日子的每一分鐘對我而言都是驚恐萬分。」

她的視線又回到他臉上，直勾勾的，眨也不眨一下。「我陷得太深，」她說，「我是閉著眼睛走進這一團亂，所以不管下場如何，都是我活該。我只希望你不要說我把自己弄得一團糟。這種話我自己對自己說就可以了。話說回來，你他媽的到底心裡打什麼算盤？你也不是什麼正義英雄。」

「洛普有說過我心裡打什麼算盤嗎？」

「他說你遇上了大麻煩，但你是個好人，他在幫你東補西湊。柯基老是說你壞話，他覺得很厭惡。但話說回來，他還沒當場逮到你鬼鬼祟祟溜進我們的臥室裡，不是嗎？」她說著，又生氣了。「你自己說一下是怎麼回事。」

他花了好久才有辦法回答。他先是想到波爾，然後想到自己，還想到那些禁止洩密的章程。最後他說：「我是自願接下任務。」

她拉下了臉。「警方？」

「之類的。」

「『你』這個人有多少是真的？」

「這問題我自己也還在想。」

「他們會把他怎麼樣？」

「抓起來，送去審判，然後關起來。」

「你怎麼可能自願接下這種工作？我的天！」

沒有一種訓練會教到這種意外事件，他給了自己一點時間思考。這段沉默就像兩人之間的距離一樣，與其說是隔開了他們，不如說是將他們拉近了。

「一切都得從一個女孩說起，」他終於開口，但又馬上糾正自己：「一個女人。洛普和另一個男的叫別人殺了她。我覺得我在這件事情上脫不了干係。」

她拱起雙肩，斗篷仍披在她脖子上。她環顧了一下四周，視線又回到他身上。

「你愛她嗎？那個女孩——女人？」

「愛。」他微笑道。「她是我人生中最美好的事物。」

她信了，但不確定是否該表示贊同。「你在瑪瑪．羅那裡救下丹尼爾的事也是騙局嗎？」

「八分吧。」

他看著它們進入她的腦袋瓜：強烈反感、試圖理解，還有她早期受的教育養成的道德觀念。

「馬蒂醫生說他們差點要了你的命。」她說。

「我也差點要了他們的命。我失控了，所以這場戲才會走岔。」

「她叫什麼名字？」

「蘇菲。」

「我想聽聽她的故事。」

她的意思是「在這兒，在這屋裡，現在馬上」。

★

他帶她進臥房，躺在她身邊。他只跟她講蘇菲的故事，沒有碰她。她聽著聽著便進入夢鄉，而他仍注視著她。睡了一會兒，她終於醒了，跟他要蘇打水喝。於是他從冰箱裡拿了一些出來給她。清晨五點，天還未亮，他穿起慢跑裝，帶她經過那條森林隧道，回到大門邊的警衛室。途中他不准她用手電筒，但讓她走在他的左後方，保持一步的距離，彷彿她是強納生帶上戰場打仗的新兵。珍德趁機溜進去時，他把頭和右肩卡進警衛室的窗戶，跟夜班守衛馬羅閒聊。他希望她沒被人看見。

他的焦慮並沒有舒緩下來，因為他返回住處時，發現那個拉斯塔法里教徒阿摩斯就坐在門階上喝咖啡。

「您度過了一個美妙、心靈舒暢的夜晚，是吧，湯瑪斯先生？」他邊問邊往杯裡加了滿滿的四匙糖。

「跟往常沒什麼不同的夜晚，阿摩斯。你昨晚過得好嗎？」

「湯瑪斯先生，在伍德曼先生不再招待他的女友聽音樂、送些可愛小玩意兒之後，我就沒在凌晨一點聞到壁爐裡的燒柴味了。」

「從各方面來說，伍德曼先生如果讀個幾本修身養性的書，應該就能表現得更好。」

阿摩斯突然放聲大笑。「這個島上除了您以外只有一個人讀過書，而且只有一本！湯瑪斯先生，這個人不但是個抽大麻的笨蛋，還是個睜眼瞎子！」

★

那晚，一如他所害怕的，她又來找他了。

這次她沒有披斗篷，而是穿著騎馬的裝束。很顯然，她認為這身裝扮可以給她某種豁免權。他雖然嚇了一跳，但也不是特別訝異，因為他已在她身上見到蘇菲那種破釜沉舟的決心。他知道他不可能再把她趕走，就像他當時也無法阻止蘇菲重返開羅，去見哈密德。因此，他平靜下來，而她也是。她拉起他的手，牽著他上樓。而她似乎對他的襯衫和內衣瘋狂著迷。他折得歪歪扭扭，所以她就替他重新折過。有的東西不見，她就把那東西找出來，重新搭好。她把他拉近，非常堅定地吻了他一下，好像在到這兒來以前就已經想清楚能給他多少的自己。吻過他之後，她又走到樓下，要他站在吊燈下方，用指尖輕觸他的臉龐，像在確認真假，以眼神為他攝影，彷彿要把他的臉面拍成照片隨身帶走。但他卻很不搭調地想起了瑪瑪．羅的店。在丹尼爾被綁架的那晚，有對在場子裡跳舞的外地來的老夫婦，他們用恍如隔世的眼神觸摸著彼此的臉龐。

她跟強納生要了一杯酒，兩人坐在沙發上喝著，品嘗從未想過能夠共享的靜謐。坐了一陣，她起身拉他站起，又吻了他，整個身子靠到他身上，並盯著他的眼睛看了好一會兒，彷彿想從他的目光看出他有幾分真心。然後她就離開了。如果真像她說的，那麼在上帝替他們想辦法之前，她也只能做到這個地步。

她一走，強納生就上樓，從窗戶看著她的身影遠去。緊接著他把那本《黛絲姑娘》放入一個褐色信封，再用笨拙的字跡寫下「致成人用品商店」幾個字，收信地址則是早先魯基給他的某個拿索的信箱號碼。他把信封投入海邊的郵筒，以便次日由洛普的噴射機帶走 轉寄出去。

★

「親愛的，很喜歡耍孤僻是嗎？」柯爾克蘭問道。

他又回到了強納生的花園，喝著一罐冰啤酒。

「非常喜歡，謝謝你。」強納生禮貌地回答。

「大家都聽說了。弗里斯基說你愛獨處，托比也說你喜歡，大門那兒負責守衛的弟兄也這樣說，我看城區大多數人似乎都認為你喜歡獨處。」

「很好。」

柯爾克蘭又喝了一口啤酒。他戴著那頂伊頓風格的巴拿馬帽，穿著那套難看的拿索西裝，對著大海滔滔不絕。「藍伯恩那一家人沒有礙著你吧？」

「我們安排了兩次外出。卡洛琳有些低落，所以孩子都想要離她遠一點。」

「實在有夠好心。」柯爾克蘭邊思索邊說。「這號人物真是被捧在手心的嬌客，就像撒米。然後我連根草都沒分到。」他把帽沿往下拉一些，喃喃地說：「如果你能弄到手，就算你了不起。」語氣與那位擅長悲歌的爵士歌手艾拉．費茲傑羅如出一轍。「老大要帶話給你，潘恩先生：攻擊時刻已到。準備跟大夥兒再見、離開水晶宮吧。行刑隊拂曉集合。」

「我要去哪裡？」

柯爾克蘭突然彈起來，大步沿花園階梯走向海邊，像是再也無法忍受旁邊的強納生。他不管這副臃腫的身軀是否夠靈活，揀起一顆石頭朝著漸暗的水面平行擲了出去。

「你要取代我的爛職位，那就是你要去的地方！」他大吼大叫。「多虧某個對我們很不友善的畜牲耍了一些下流的招數，而我強烈懷疑你就是那頭畜牲！」

「柯基，你是在講什麼鬼話？」

柯爾克蘭針對這個問題思考了一下。「親愛的，我可不知道。我倒是挺希望那是鬼話。畢竟這些事可能『有鬼』呢。你搞不好是一針見血！」說著，他又擲出一顆石子。「我這人，就是所謂『曠野中的先知』。老大雖然不承認，但他是個徹頭徹尾、無可救藥的浪漫主義者。洛普相信隧道走到最後一定能見到光！可問題在於，瞎眼的死蛾也都是那樣想。」他憤怒地咆哮道，又擲出一顆石頭。「很不幸，柯基我是個徹頭徹尾的懷疑論者。以我個人和專業的眼光看來，你是個大禍害。」他又丟了一顆石子，接著又一顆。「我告訴他你是個禍害，而他偏偏就不信。他創造了你這個人。你把他的寶貝從熊熊大火中救出來，而我柯基本人就成了過去式——會這樣都要感謝一些不知名的王八蛋，而我懷疑他們都是你朋友。」他喝光了手中的啤酒，把空罐往沙灘一扔，又低頭找起可以拿來丟的石頭。強納生好心遞了一顆給他。「老兄，反正總要面對現實的，做人嘛，都是得一點一點變得更成熟，不是嗎？」

「我倒認為，其實人活到後來會愈來愈混亂。」強納生說。

柯爾克蘭搓揉雙手，想把手上沾到的泥砂揉掉。「天啊，不過是當個罪犯也那麼累。」他抱怨道。「那些人，那些議論——那些爛貨。那些是人都不想去的地方。你不這麼想嗎？你當然不這麼想，因為你在這一切之上。我就是這麼一直跟老大講的。可是他有聽嗎？有嗎？我看是難如登天。」

「我幫不了你，柯基。」

「不用擔心，我自己會想出辦法。」他燃起一根香菸，愜意地抽著。「現在來談談這件事，」他邊說邊朝身後的伍迪小屋比劃了一下。「一連兩夜纏綿，我的眼線都告訴我了。當然，我恨不得去跟老大報告——我真的想說死了。但我沒辦法用這件事傷害水晶宮的女主人。我自己是這樣，別人我說不準。總會有人拿這當笑話講，一定有。」月光下，梅寶小姐山成了一塊黑漆漆的印刷模板。「這種事晚上不能做——我討厭偷雞摸狗的傢伙——可早上也做不得。幹下這種事就等於敲了喪鐘。如果你是我，大概可以爽十分鐘吧。還想再上我們的女王一次嗎？」

「免了，謝謝。」

★

啟程離開永遠都有一堆麻煩。一大早，他們像群難民似的聚在梅寶小姐山的簡便機場。珍德戴了墨鏡，打定主意不想見到任何人，上了飛機後也還是戴著。她屈著身子坐在後座，一側坐著柯爾克蘭，另一側是丹尼爾，而弗里斯基和托比則分別坐在強納生兩邊。飛機在拿索降落後，麥克阿瑟在海關前來回走動。柯爾克蘭把所有人的護照都交給他，當然也包括強納生的，而他也揮手示意大家走出海關。什麼問題都沒有。

「珍德好像快生病了。」丹尼爾趁大家一一鑽進那輛新的勞斯萊斯時說。柯爾克蘭叫他閉嘴。

洛普的豪宅是一棟灰泥牆的都鐸式建築，外觀爬滿蔓草，呈現一種乏人照料的景象，令人有些意外。

下午，柯爾克蘭帶著強納生到自由城區去大肆採購，柯爾克蘭則一副陰陽怪氣的模樣。有幾次，他找了骯髒的小酒吧進去喝杯酒，旁邊的強納生則只喝可樂。這裡的人似乎都認識柯爾克蘭，有些人甚至看起來跟他熟得不得了。弗里斯基遠遠跟在他們後頭。他們買了三套非常昂貴的義大利式西服（「改褲子的速度快點，拜託你，親愛的克萊夫，否則老大會氣到發瘋」），還買了半打襯衫、襪子，以及與之搭配的領帶、鞋子和皮帶、輕便的淡藍色雨衣、內衣、亞麻布手帕、睡衣、一個精緻的皮製洗漱用品袋，裡面裝著一個電動刮鬍刀、一對漂亮的髮梳，上頭鑲了白色的「T」（「只要上面沒有『T』的東西，我朋友都不用。親愛的，你說是不是？」）他們回到洛普的豪宅後，柯爾克蘭拿出一個豬皮革的皮夾，裡面裝了好幾張有湯瑪斯署名、主要大銀行核發的信用卡；一只黑色的隨員用手提皮箱、一支伯爵金錶，和一對刻了「DST」姓名縮寫的金色袖釦——至此，柯爾克蘭的魔術完美落幕。

大家聚在客廳品嘗香檳王，珍德和洛普也神采奕奕、姿態輕鬆。而強納生則看起來完全是個年輕時髦的高階職員。

「各位，大家覺得他如何？」打造出這身扮相的柯爾克蘭驕傲地詢問在場所有人。

「棒呆了。」洛普有點心不在焉。

「超強。」珍德說。

喝完香檳王，他們去樂園島上的恩佐餐廳。那裡就是珍德點龍蝦沙拉的地方。

★

也的確如此——一份龍蝦沙拉——在點菜時，珍德伸出手臂摟著洛普的脖子，就連洛普把她點的菜名告訴老闆時她也沒有放手。他們緊緊依偎、卿卿我我，因為這是他們相聚的最後一晚，而且大家都知道，他們的感情如膠似漆。

「親愛的，」柯爾克蘭舉杯跟他們敬酒。「天造地設，這畫面真是太美。沒有人可以拆散你們。」說完，他將杯中的酒一飲而盡。那位義大利老闆靦腆地走過來，遺憾地告訴他們龍蝦沙拉沒了。

「小牛肉如何，珍德？」洛普建議。「筆管麵也很不錯。雞肉呢？來份雞肉吧——啊，還是不要好了，都是蒜味，妳會受不了。不如魚吧，給她來份魚。妳想吃魚嗎，珍德？比目魚如何？你們這兒都有些什麼魚？」

「什麼都有，」柯爾克蘭說，「我們應該感謝一下壯烈犧牲的魚。」

結果珍德點魚來替代龍蝦。

強納生也點了魚，並且稱讚魚肉美味非凡。珍德說魚十分鮮美，而麥克丹比一家在逼不得已之下也加入，跟洛普一起大讚。

「我倒不覺得它有什麼特別了不起。」柯爾克蘭說。

「但柯克啊，跟龍蝦比起來這味道可是好太多了。絕對是我的上上之選。」

「可是菜單上明明有龍蝦，整個島都塞滿龍蝦，他們為什麼會沒有？」柯爾克蘭堅持。

「因為他們不負責任，柯克。不是每個人都像你一樣是個天才。」

洛普有些心不在焉，但沒有懷抱敵意，只是有些心事。他把手放在珍德腿上。然而，很快就要返回英國的丹尼爾卻決定要挑釁無心餐宴的父親。

「洛普遇到大麻煩了，」丹尼爾大聲宣布，劃破這片不祥的死寂，「他快要搞砸這宗大買賣了，他快要控制不住了。」

「丹尼爾，別再說了。」珍德聰明地打斷他。

「褐色又黏黏的東西是什麼，你們知道嗎？」丹尼爾問，沒人知道。「是大麻菸。」他說。

「小丹，小鬼，給我閉嘴。」洛普說道。

然而，那晚柯爾克蘭才是主掌全局的人。他開始講述他那位擔任投資顧問的好友：秀幄・威爾京斯。兩伊之戰開打時，他對他的客戶說，六個星期內戰爭一定會結束。㉖

「他後來怎麼了？」丹尼爾問道。

「我想他應該生活得還可以吧。大多時候汲汲營營，跟朋友拿錢來花。跟我幾年前有點像。湯瑪斯，以後要是你開著名貴的轎車經過，碰巧看到一個熟面孔在掃水溝，我希望你念在往日情分丟幾枚硬幣給我，好不好，親愛的？這杯祝您身體健康！湯瑪斯，長命百歲！願在座者都長命百歲！乾杯。」

「柯基，我也敬你。」強納生說。

麥克丹比那夥人中有一個人想講另外一個故事給丹尼爾聽，但丹尼爾再度插嘴。「你打算怎麼拯救世界？」

「不如你來告訴我，親愛的，」柯爾克蘭說。「我很想知道。」

「把人類殺死。」

「小丹，閉嘴，」珍德說道，「講這種話好可怕。」

「我只說把人類殺死！那是在開玩笑。妳連玩笑都聽不懂嗎？」他邊說邊舉起雙臂，擺出拿機關槍的架勢掃射在座的每一個人。「砰、砰、砰、砰、砰、砰、砰，都死了！現在這個世界安全了！都沒有人了。」

「湯瑪斯，帶小丹出去走走，」洛普隔著桌子下令，「等他學會一點禮貌再帶他回來。」

但洛普講話時，有個侍者端著一盤龍蝦沙拉經過他們的座位——其實丹尼爾不是非走不可，在這個離別之夜，就算是讓他使點性子也無可厚非——柯爾克蘭一看到龍蝦立時跳起來，抓住端菜的黑人侍者的手腕，把他扭到身旁。

「幹什麼？」侍者驚恐萬分地大喊，但接下來又害怕地環顧四周，咧嘴笑開，有點希望他只是走進某個惡作劇的場景。

老闆急忙穿過房間走過來。弗里斯基和托比原本坐在角落、也就是槍手坐的桌旁，此時兩人也已站起身、解開外套。在場的人都愣住了。

柯爾克蘭站在那裡，以大得驚人的力道狠狠壓住那位侍者的手臂，可憐的侍者身體扭曲，被壓得喘不過氣來，手中的托盤則驚險地傾斜著。柯爾克蘭臉色鐵青，板著臉、抬起下巴對老闆怒吼。

「先生，你會講英語嗎？」他怒氣沖沖地問，整個餐廳都聽見了。「我倒是會講英語。先生，我們的女主人點了龍蝦，而你說龍蝦賣完了。你是個騙子，冒犯了我們的女主人和她的朋友。先生，明明就還有龍蝦！」

「這盤是預訂的！」餐廳老闆抗議道。他聲音很有力，比強納生預想得還要響亮。「那是特別預訂的。今天早晨十點鐘就預訂。如果一定要吃到龍蝦，你也得特別預訂！放開他！」

在座沒有人動。像這種大場面，自然有一股氣場。就連洛普一時間似乎也不確定是否該出手干涉。

「你叫什麼名字？」柯爾克蘭質問餐廳老闆。

「恩佐．法伯里基。」

㉖兩伊戰爭實際上從一九八〇年九月一直打到一九八八年八月，連打了八年；柯基的朋友秀幄（Shortwar），字面之意為「小打一場」，兩相對照，格外諷刺。

「算了吧，柯克，」洛普喝令，「別那麼討人厭，你實在是個惹人厭的傢伙。」

「柯克，好了，」珍德說道。

「法伯里基先生，如果我們的女主人想點一道菜，不管是龍蝦、肝臟、魚肉，或牛排、小牛肉之類的普通菜餚，你都得為我們的女主人把菜端過來。如果你不這麼做，法伯里基先生，我就會把這家餐廳買下來。我非常非常有錢，等到那個時候，你就得去掃街了——然後這位湯瑪斯先生就會駕著勞斯萊斯經過你身旁。」

而坐在餐桌另一端、一身西裝筆挺、容光煥發的強納生也站了起來，堆出一臉他在梅斯特皇宮飯店裡的那種笑容。

「晚宴也該結束了，老大，您認為呢？」他愉悅地走到洛普的位置，「大家舟車勞頓都有些累了。法伯里基先生，我印象中從來沒吃過比這更美味的餐點。現在呢，我們需要的是帳單——如果不麻煩的話，請幫我們拿帳單來吧。」

珍德站起來準備要走，眼神沒有看其他地方。洛普為她披上披肩，強納生替她拉開座椅，而她則笑了笑，淡漠地表示謝意。那群麥克丹比中有一人去付帳，大家還以為事情就到此為止。沒想到柯爾克蘭是來真的，他低吼一聲撲向法伯里基，幸好站在一旁的弗里斯基和托比伸手攔住他——幾名餐廳員工正摩拳擦掌，準備為同事抱不平。無論如何，最後眾人都走出了餐廳，來到人行道上。勞斯萊斯已經停靠在路邊。

我哪裡也不去，她捧著強納生的臉，望進他寂寞的雙眼，熱切地說。我以前也這麼假裝，當然可以再裝。我想要裝多久都行。

他會殺了妳，強納生說。他會發現。他一定會。大家都在他背後談論我們。然而她就像蘇菲，以為自己可以永生不死。

# 20

雷克斯·顧德修上戰場時，白廳外的街上落下無聲的綿綿秋雨。他也沒有作聲，面對著個人生涯的秋日，對於自己的目標已有一定把握。沒有過度戲劇化的場面，沒吹奏號角，也沒有高談闊論。他只是默默地上了戰場。這是屬於他個人的戰爭，同時也是一場利人利己的戰爭。他要對抗的，正是再怎麼不想也得承認的「達克爾的勢力」。

他沒有慌張，只是平靜地告訴妻子這是一場殊死戰。不是你死，就是我亡。這是白廳的白刃戰，一刻都不能閃神。而她說，親愛的，如果你確定要這麼做的話。我是。他的每一步都經過反覆思考。沒有倉促慌亂、沒有幼稚草率、沒有見不得人。他將清楚的訊息傳給了藏在情報局內的敵人。我寧願走在明處，就讓他們聽到我、看到我，他說，就讓他們去顫抖。就某種程度，顧德修把手上的王牌都亮出來了。

促使顧德修起身反擊的主因，不僅僅是上次尼爾·馬喬藍的可恥提議。一個星期之前，他騎自行車上班的途中差點被撞死。那天他挑了一條景色優美的路線。這是他最喜歡的一條路。他先向西，穿過漢普斯德荒原那條自行車可以走的道路，小心騎著，再經過聖約翰森林和攝政王公園，來到白廳。突然間，顧德修發現自己被夾在兩輛大型箱型車之間。一輛是骯髒的白車，車上有斑駁到難以辨識的字體；而另一輛是綠色的，車身沒東西。他只要煞車，兩輛車就跟著煞；他踩用力點，他們也跟著加快速度。

他先是困惑，後來變成憤怒。那兩個司機為什麼要透過後視鏡冷酷地看著他，一邊靠近、把他夾在中間，還要交換一下目光？跟在後面堵住他後路的第三輛貨車又是哪兒來的？

他大吼：「小心點！閃邊！」可是他們忽視他。尾隨在後的那輛車跟得很緊，簡直要碰到前兩輛車後的保險桿。它的擋風玻璃很髒，叫人看不清司機的臉。他兩側的車子則開得非常近，他只要轉轉自行車的龍頭，要不是碰到左邊的車子就是撞到右邊的車。

顧德修從坐墊上站直身子，舉起戴了手套的拳頭，打了左側貨車的車廂一下，順勢一推，重新恢復平衡。後視鏡中那雙冰冷的眼睛審視他，但並非出於好奇。對於右側的車，他同樣出拳擊打，結果它卻靠得更近了。

幸好中途一個紅綠燈讓他免於被壓扁的命運。那兩輛貨車同時停下，但顧德修生平第一次闖了紅燈。他迅速擦過一輛賓士打理得閃亮耀眼的車頭時，真的差一點成了車下亡魂。

★

就在當天下午，雷克斯．顧德修改寫了他的遺囑。第二天，他使用內部的一些小工具將那些叫人厭煩的機器全檢查一遍——範圍包括自己的部門和他上司的私人辦公室——並隔離閣樓裡幾個存放著古董雜物的零亂房間，那裡面滿滿都是過時的電子設備。這些設備是在英國快被布什維爾思想推翻的時期裝設的，用以防止革命叛亂。當然，這個可能性如今已不復存在，但在顧德修掌管的部門裡，資深幹部都還沒有接到進一步命令。而當顧德修申請使用頂樓、以執行祕密任務時，他們卻可以幫上很大的忙。一夜之間，價值數百萬英鎊的過時設備悉數被運到阿爾德夏特的某個卡車停車場，任其自然生鏽、腐蝕。

第二天，波爾的一小隊人馬占下了這充滿霉味的十二個閣樓房間，此外，還有兩間設備故障但非常巨大的盥洗室，一間設備全被拆除的訊號間，一道裝了大理石欄杆、破洞亞麻油地氈的隱蔽樓梯，還有一扇丘伯公司製造，附有土耳其式窺視孔的鐵門。第二天，顧德修拿電子設備把這地方掃了一遍，移除容易受到河廳竊聽的電話線路。

就說說從部裡提取公款的事好了，顧德修在白廳高層的四分之一個世紀可不是白混的，他變成官僚體系中的羅賓漢，專門偽造政府帳目，以引誘那些不受掌控的公務人員。

波爾還需要三名人手，但他知道要去哪裡找這些人嗎？雇用他們，雷納德，快雇用他們。

有線民要通報情資，但需要幾千英鎊作掩護？付給他，雷納德，他要多少就付多少。

羅勃．魯基要帶兩名監視人員去庫拉索島？羅勃，兩位夠嗎？帶四位去不是更保險？

一夕之間，顧德修那些雞蛋裡挑骨頭的反對意見和各種嘲弄——還有要死不活的碎唸全都消失了——甚至像是從來不曾有過。至此以後，你只能看見他通過那道鐵門來到波爾在閣樓上的新巢，再也不會聽到他講那些挖苦的話。他每天晚上在公務結束後都會親自來此「上夜班」——他很謙虛地如此表示。既然長官如此，波爾也就不得不拿出相同的精神努力幹活兒。在顧德修的堅持下，他們把最不起眼的那個房間留給顧德修。這間房間位於一條棄置的走廊盡頭，窗外有矮牆，矮牆裡住滿鴿子。鴿子在裡面咕咕叫，你儂我儂，若是精神狀態差一點，難保不被逼瘋，但是顧德修卻充耳不聞。他決定不去干涉波爾的行動範圍，只有在索取幾份報告或想替自己泡杯玫瑰茶，或者與值夜人員進行禮貌性的閒談時才會現身。講完話，他便回到自己的辦公桌，繼續審視最新的敵方部署報告。

「雷納德，我打算動用所有人手擊沉他們的『行動旗艦』，」他一邊搔著腦袋一邊對波爾說。波爾從沒見他這樣做過。「等我收拾完達克爾，我保證他連一艘小船都不會剩，而你那個該死的洛普則會乖乖地被關在監獄裡。我說到做到。」

波爾把他的承諾聽進去，但沒有把握他會不會說到做到。他並不是在懷疑顧德修的意志力，也不是不相信達克爾的手下會故意出來搗亂、恐嚇，甚至不擇手段把對手整到進醫院。好幾個月來，波爾的一舉一動也十分小心謹慎。只要可以，他一定會在早上開車送孩子上學，並且安排下午放學時把他們接回家。但波爾擔心的是，顧德修直到現在依舊對這隻章魚毫無警覺心。單是上週，波爾就三度被禁止接觸幾份目前正在流通的文件。他抗議了三次，都無功而返。最後一次他還親自去了外交部，直接找上那位文件登錄員。

「恐怕你收到的消息是錯的，波爾先生。」那位登錄員繫著殯葬業者的那種黑領帶，黑夾克的袖子上還套著黑色護袖。「你詢問的那份文件早在好幾個月前就已經清出，預備銷毀了。」

「你的意思是它被列為機密的『旗艦』文件，為什麼不乾脆這麼說就好？」

「什麼？我想我可能沒聽懂，可以請你說清楚一點嗎？」

「帽貝是我的案子，亞特金斯先生，我現在跟你要的這個檔案就是由我親自開的。當時有六個和帽貝有關的檔案，都是由我的部門開設，並且編列目錄，以便互相對照索引。其中涉及偵查主題、組織狀況和個人記錄的各有兩份。我要的就是其中一個檔案。六個檔案中沒有一個立案超過十八個月。哪有登錄人員會在檔案運作了十八個月後就授權銷毀它？」

「很抱歉，波爾先生。帽貝可能真的是你的案子，我沒有理由懷疑你，先生。但正如登記處的規定，就算你負責這個案子，檔案也不見得只有你能處理。」

★

儘管如此，各項情資仍以不尋常的速度源源不斷傳進來。波爾和史崔斯基各有屬於他們自己的情報來源：

那筆交易正在穩定進行……和巴拿馬的連繫已經接上……包租給拿索鋼鐵牌公司的六艘巴拿馬貨櫃船正越過南大西洋、前往庫拉索，預計四至八天後抵達。途中，他們會順路把約五百個貨櫃運到巴拿馬運河……運送的貨物五花八門，從牽引機的零件、農業機械，到採礦設備，再到各式各樣的奢侈品……

一批經過嚴格篩選的軍事訓練人員（四名法國傘兵、兩名以色列籍前特種部隊的少校，六名前蘇聯反恐部隊人員）上週才在阿姆斯特丹市區最好的一家印度餐廳舉辦盛大的餞別會。在那之後，他們便飛往巴拿馬。

洛普的代理人大肆採購各種物資的傳言已在軍火市場流傳了數月之久，但現在又有新說法，帕爾弗瑞曾經預測洛普會更動採購項目，而這個傳言也已獲得證實。史崔斯基那位朋友麥可——又名阿波斯賓——一直與一位名叫莫蘭第的律師保持聯繫，他們一同替那些武裝集團辦事。這位莫蘭第的辦事處設立在委內瑞拉首府卡拉卡斯。至於莫蘭第本人，咸認為是維繫各大組織之間脆弱結盟關係的主要支柱。

「你那位洛普先生真是愈來愈愛國了，」史崔斯基在保密線路中煞有其事地對波爾說，「他正在大買美國商品呢。」

波爾心一沉，但回應一副事不關己：「喬，那才不叫愛國，如果是英國人，就要買英國貨。」

「他正打算將一份新的情資賣給那些組織。」史崔斯基繼續自顧自地說。「如果他們認為山姆大叔是敵人，最好就用山姆大叔的武器。這樣他們就可以直接接觸到零件、消化敵軍的繳械、熟悉敵人的技術。英國的星紋高速飛彈，肩背式；英國碎片手榴彈；英國的技術，只當然是整套交易的一部分。不過他們的主流武器必須是假想敵的對照才行。一點英國，其餘的美國。」

「那麼那些武裝組織怎麼說？」波爾說。

「他們愛死了。他們非常愛美國的技術，也非常愛英國；也很愛洛普。他們要最好的貨。」

「有誰可以解釋一下他們這次為何會改變心意嗎？」

從史崔斯基的聲音中，波爾感到與他自己非常相近的憂慮。

「沒，雷納德，沒有人解釋過任何該死的事。對執法小組沒有，邁阿密那兒也沒有。或許在倫敦也沒有。」

一天後，這個傳言就由波爾熟稔的某個貝爾格勒商人證實了。安東尼．喬伊斯敦爵士，眾所周知他在一個更可疑的市場裡擔任洛普的代理人。他前一天才剛把一張叫價三百萬美元的捷克卡拉什尼克夫槍的試訂單改為美國的阿瑪利茨槍。理論上，這批槍械將運到突尼西亞，並在運送途中遺失，再以農業機械的名義改運到格旦斯克。他們已經在那兒安排好一艘貨櫃船，打算將這批槍械接上船、運往巴拿馬。

喬伊斯敦·布拉德蕭也表達過對英國製地對空飛彈的興趣。不過，據傳他抽的佣金高得離譜。

然而，當波爾一派嚴肅地提及此發展時，顧德修似乎沒抓到重點。

「雷納德，我不在乎他們要買的是美國槍還是中國玩具槍，也不管他們是否要把英國製造商剝層皮。不管你換多少種角度來看，這就是毒品換武器無誤，這個世界上沒有一個法庭會赦免這種罪。」

波爾發現顧德修說起這件事時滿臉通紅，似乎難掩憤怒。

★

大量情資仍不斷湧進：

截至目前為止，雙方對於交換貨物的地點仍未達成共識。能預先知道最後細節的只有兩名當事人……

那些組織已經把位於哥倫比亞西海岸的布恩那文圖拉港口騰出來，作為貨物的出境點。按往例，他們也會在同一港口接收下批貨物……

裝備精良但師出無名的哥倫比亞軍收了集團的錢，已進發至布恩那文圖拉港為交易提供掩護……

一百輛無人的軍用卡車集結於碼頭邊的倉庫——當史崔斯基要求看衛星照片加以確定之際卻碰了釘子，他也告訴了波爾。蘭利的情報人員認為他沒有得到過目這些照片的許可。

「雷納德，可以請你告訴我一件事嗎？『旗艦』在這件事裡到底他媽的是什麼玩意兒？」

波爾搖頭晃腦。根據他的了解，「旗艦」這代號在白廳裡代表雙重限制。不只是「旗艦」組織外的人不能夠碰觸，同時更被列為「看守」等級，不讓美國人接觸。所以，這個美國人史崔斯基到底為什麼試圖接觸「旗艦」然後又被派駐維吉尼亞州蘭利的情報局高階主管拒絕？那時他到底想要幹什麼？

「旗艦只是一道圍牆，目的是把我們擋在外頭。」幾分鐘後，波爾氣沖沖地對顧德修說：「如果蘭利能知道它的底細，為什麼我們沒辦法？『旗艦』把達克爾和他在大西洋兩岸的盟友看得一清二楚！」

顧德修完全無視波爾的怒火。他凝視著航海圖，一語不發，拿著彩色蠟筆描繪路線，仔細核對羅盤方位、航行中停留的次數，以及船隻進出港口的手續。他埋首研究海洋法，跟一個從前一起唸書的法律權威爭執不下。「布萊恩，你又懂什麼？」波爾聽到他在空蕩蕩的走廊上提高分貝。「你說海面封鎖嗎？我當然不可能付你這筆不合理的費用！我要在我的俱樂部請你吃頓難吃的午餐，還要從你太誇張的『為國家謀福利』時間裡偷個兩小時。你老婆怎麼受得了你這麼老粗？麻煩代我轉告她我同情她的處境，然後星期四一點鐘準時來見我。」

你強勢過頭了，雷克斯。波爾想。緩一點。距離成功，路還遠著。

★

姓名。魯基說：要有姓名和號碼。強納生提供了大量的資訊。對於不熟悉內情的人而言，他所提供的情資乍看過於瑣細、不重要：諸如餐桌座位牌收集來的綽號、偷聽來的片段對話、偶爾從洛普辦公桌上放的信件瞥到的內容，或洛普草草記下，有關人、數量、方式及時間的資料。這些著實不值一提，無法跟派特．弗林暗中拍攝的照片比較——其中有前蘇聯特種部隊出身的傭兵抵達波哥大機場的畫面——也比不上阿瑪多的報告：柯爾克蘭私下在拿索娛樂場犯下的暴行。更比不上從商譽卓著的金融機構攔截下來的銀行匯票，他們正準備寄回庫拉索近海的洛普關係企業，面額值數千萬美元。

但若是好好拼湊，強納生的報告也能像那些驚人的發現一樣令人嘖嘖稱奇。一晚過後，波爾說自己已經被搞得有些七葷八素。兩晚過後，顧德修表示，就算發現自己往來的那位知名銀行經理帶著客戶一整手提箱現金親赴水晶宮，他也不會驚訝了。

然而最讓他們震驚的與其說是這頭章魚的觸角之多，不如說牠居然能把觸角伸進最神聖的殿堂裡。就連波爾以為最循規蹈矩的機構居然也牽涉其中。

對顧德修來說，則像是英國的榮華盛景在眼前逐漸凋零枯萎。他在很晚的時間拖著疲憊的身軀回家，總會在途中停下，全心望著停在路邊的警車，思忖著日日聽到的那些警察暴力與貪贓枉法的報導——那會不會是真的呢？會不會不只是記者和某些不滿現狀的人憑空捏造的？三個月前，他走進俱樂部總會看到那些事業有成的銀行家或股票經紀人朋友，並跟他們揮手打招呼——現在不會了，他反而會去躲在餐廳另一頭，壓低眉頭暗中觀察他們，暗自發問：「你也跟他們一夥嗎？是嗎？是嗎？」

「我要用新法子。」當他們再度熬到凌晨三點時，他認真地說。「我已經決定了。我要召集聯合決策委員會。我一開始就要動員外交部，他們一向擅長對付達克爾那幫人。梅里都會挺身加入我們的，我相信他會。」

「他有什麼必要加入？」波爾問道。

「他為什麼不必？」

「如果我沒記錯，梅里都的兄弟是傑生．沃候爾公司的決策高層。傑生．沃候爾公司上個星期才在庫拉索公司一口氣投入五十萬美元，買下五百張不記名債券。」

★

「老兄，非常非常抱歉。」帕爾弗瑞細小的聲音從那團彷彿永遠都包圍著他的陰影中傳出。

「你抱歉什麼呢，哈瑞？」顧德修親切地問。

帕爾弗瑞的困擾眼神跳過了他，朝門口瞥去。他坐在北倫敦的一間酒吧（地方是他挑的），位置離顧德修位於肯特鎮的家不遠。「我慌了，所以打電話到你辦公室，求救訊號發得很急。你怎麼有辦法這麼快趕到？」

「當然是騎腳踏車，哈瑞，究竟是怎麼回事？你好像見到鬼似的。他們不會也威脅你的生命安全吧？」

「腳踏車啊。」帕爾弗瑞重複了一遍，喝了一大口蘇格蘭威士忌，隨即用手帕擦了一下嘴，彷彿想把犯罪證據給抹去。「腳踏車啊，這大概是所有交通工具中最棒的一種了。人行道上的人追不到你，開著車跑的人又得繞道轉彎——介意我們到隔壁去談嗎？那兒比較吵。」

他們移到遊戲間。房裡有臺自動點唱機，樂聲可以淹沒他們的談話聲。兩個肌肉發達、理著平頭的小伙子正在打撞球，帕爾弗瑞和顧德修並肩坐在一張木頭長椅上。

帕爾弗瑞劃了根火柴，吃力地把點起來的火移到菸頭上。「情況有些白熱化，」他低聲告訴顧德修：「波爾變得有點焦躁。我警告過他們，但他們不聽。現在應該拋下矜持了。」

「所以你警告他們了，是嗎？」對於帕爾弗瑞這種難以理解的背叛方式，顧德修一直都摸不著頭緒。「你警告過誰？不會是達克爾吧？你不會是警告過達克爾吧？你真的警告過他嗎？」

「老兄，我得扮演雙面人啊。」帕爾弗瑞皺起鼻子，再次緊張地環顧酒吧，「為了生存，這是唯一的辦法。不只要得到你的信賴，兩邊都必須兼顧。」他露出有點瘋狂的微笑。「他們偷聽我的電話。」他解釋，並指指自己的耳朵。

「誰偷聽？」

「傑弗瑞。傑弗瑞那幫人。水手。旗艦的人。」

「你怎麼知道？」

「沒人知道。你沒法斷定，沒有人有辦法一口咬定，尤其在現在這種時候。除非我們在類似第三世界的落後地區，又或是有哪個笨手笨腳的警察不小心犯錯，否則誰也無法斷定。」他又喝了一口酒，搖搖頭。「雷克斯，現在大家都知道了，麻煩真的大了。」他又喝了起來，一下一下地啜飲，喃喃著「乾杯」，完全忘記他已經說過了。「他們帶話來給我。都是祕書、司法部裡的那些老朋友。這種事情他們是不會明說的，你懂嗎？其實他們也不必，完全不必說什麼：『對不起，哈瑞，我老闆偷聽你的電話。』他們只會暗示你。」這時，兩名穿著機車皮衣的男子開始玩起擲銅板。「你介意我們換個地方談嗎？」

電影院對面有間空蕩蕩的餐館。時間是六點三十分，店裡那位義大利侍者連看都不看他們一眼。

「這些傢伙連我的公寓都不放過。」帕爾弗瑞說道，竊笑著彷佛是在講什麼不入流的玩笑。「他們什麼都沒找到——房東說我有兩個朋友來過，還說我已經把鑰匙給他們了。」

「那你有嗎？」

「沒有。」

「你有把鑰匙給過什麼人嗎？」

「你知道的嘛，就是女孩子什麼的。但她們大多會把鑰匙還回來。」

「這麼說，他們的確是在威脅你。我說對了。」

顧德修點了兩盤義大利麵和一瓶義大利紅酒，侍者擺出晚娘面孔，吼聲從廚房門傳出來。帕爾弗瑞實在太害怕了，在他開口之前，彷彿有陣風吹過來狠扯他的膝蓋、奪走他呼吸的能力。

「雷克斯，其實，要完全坦承自己的心情並不容易。」帕爾弗瑞有點抱歉地解釋。「我想這應該是長久以來養成的習慣吧。緊繃久了就很難放下警戒。這就是問題所在啊。」他嘴貼杯口，把快滿出來的酒喝掉。「我真的需要人推一把——你也看到了。真是對不起啊。」

每次跟帕爾弗瑞談話，顧德修都覺得像在聽一個老是出狀況的廣播，斷斷續續、語意不清。「我什麼都沒辦法答應你，你很清楚，天下沒有白吃的午餐，不管是什麼，都得付出代價。我相信這個道理，你應該也是。」

「是這麼說，可是你比較有種啊。」帕爾弗瑞反對道。

「而你有情報。」顧德修回答。

帕爾弗瑞驚訝得眼珠子都要從眼眶掉出來了。「達克爾也這麼說！一字不差！他說我知道的太多——都是危險的情報。有夠倒楣。雷克斯，你真的太厲害了，簡直是未卜先知。」

「所以你已經跟傑弗瑞．達克爾談過了。談了什麼？」

「嚴格說，是他單方面找我，我只是聽。」

「什麼時候的事？」

「昨天。噢，不對，是星期五。他來辦公室找我。差十分就要一點的時候。我剛好在穿雨衣。他問我說：『你午餐要吃什麼？』我還以為他要請我吃午餐哩。我告訴他：『我在俱樂部有個約會——不過不是特別約的，可以取消。』他就說：『好，那就取消吧。』所以我取消了。然後我們開始談。午餐時間，就在我的辦公室裡。沒有別人，連瓶礦泉水和餅乾都沒有。這間諜小技巧挺不錯的，傑弗瑞很懂這些小花招。」

他又咧嘴笑了。

「他跟你說了什麼？」顧德修催他。

「他說——」帕爾弗瑞深吸一口氣，像個準備要潛到水裡的人。「該是時候讓那些好人來援助這個黨了。他說，美國表親想要完全控制帽貝計畫。他們可以將他們的執法人員照顧好，但同時也需要我們將我們的人照顧好。他要確定我會加入。」

「那你又說了什麼？」

「我加入，百分之百確定。我真的加入了啊，不是嗎？」他抬起了頭，輕蔑地說：「你不會是想說我應該叫他閉嘴吧？我的老天！」

「當然不是，哈瑞。你應該要做對自己最有利的事。我都懂。總之你說你加入，他怎麼回答？」

帕爾弗瑞再次露出帶著挑釁意味的陰沉表情。「他要在星期三下午五點鐘進行法律上的宣讀——內容是河廳和波爾那個單位之間的業務劃分協定——就是我替你起草的那份。我答應給他看了。」

「還有呢？」

「就這樣。星期三下午五點，我最後的期限。旗艦工作小組將在次日早晨舉行一次會議，所以他需要時間先閱讀我的報告。我跟他說沒問題。」

他在講到最興奮的一刻突然間停住，還揚起眉毛，讓顧德修愣了一下。從他的經驗，他兒子如果也對他露出同樣的表情，就代表他隱瞞了一些事。於是顧德修也對帕爾弗瑞產生了同樣的懷疑。

「就這樣嗎？」

「有哪裡不對嗎？」

「達克爾對你還滿意吧？」

「說真話，他非常滿意。」

「為什麼？你只不過答應要服從命令罷了，哈瑞，他為什麼會這麼滿意？你是不是答應替他做些額外的事？」顧德修有種奇怪的感覺，彷彿帕爾弗瑞希望他更窮追不捨一點。「你是不是告訴了他什麼？」他暗示道，臉上堆起笑容，想讓對方更容易坦承。

帕爾弗瑞咧嘴苦笑了一下。

「但哈瑞，你還能告訴他什麼？還有什麼事情是他不知道的？」

帕爾弗瑞掙扎許久，彷彿在同一個柵欄裡不斷繞圈跑，下定決心無論早晚都要把這個障礙清除掉。

「你有沒有告訴他我的事？」顧德修問。「你不可能說的吧。說了根本與自殺無異——你有說嗎？」

帕爾弗瑞搖搖頭，輕聲回答：「完全沒有，我可以用童子軍的榮譽向你保證，雷克斯，我連想都沒想過。」

「那你講了什麼？」

「只是一個理論，雷克斯。一個推測，僅此而已。假設啊，或然率，沒有祕密，也沒講什麼不好的。說一些揣測……都是無用的揣測。閒話家常啊，打發時間。那人就站在我辦公室裡，那時又是午休時間，他就站在那兒瞪著我，我非得跟他講些什麼不可。」

「你剛剛說揣測，那是根據什麼做的揣測？」

「根據我為你準備的提交仲裁協議書——就那種用來對付洛普、卻與英國法律相違背的罪案提交仲裁協議書。我是在你的辦公裡草擬出來的。你記得吧。」

「我當然記得。那你的揣測又是什麼？」

「多虧美國邁阿密執法小組準備的祕密附件，這份協議書才有辦法運作。這是今天為止我們手上有的證據摘要。史崔斯基，不就是這個傢伙嗎？洛普起初對那些集團所做的一切宣傳、交易所涉及的各種各類的要素都有層層阻礙，是最機密的文件，只有你和波爾可以過目。」

「你也可以過目。」顧德修提醒他，心中升起一股令人厭惡的不祥預感，悄悄拉遠了自己和他的距離。

「你懂的，我專門玩這種遊戲，當你讀到這種報告，你真的會忍不住跳下去參戰。是吧，我們都是這樣，對不對？這是種本能，怎麼也無法阻止自己去……追查究竟是誰告的密。那麼長一段時間，房裡又只有小貓三隻……有時還只有兩隻。不論他們在哪裡，總會有個可靠的消息來源向他們告密。我知道現代科技就像貓鬚一樣靈敏，但這也未免太荒謬了。」

「這麼說來你發現告密者的身分了？」

帕爾弗瑞的表情相當自豪，就像一個鼓起勇氣之後圓滿完成當日任務的人。

「然後你告訴達克爾你揪到的人是誰？」顧德修說。

「就那個希臘人。他與那些武裝組織走得很近，但只要他們一轉身，他就跑到執法小組那兒反咬他們。他叫阿波斯賓，是個律師，跟我一樣。」

★

當晚，顧德修把帕爾弗瑞是如何輕率失言的事告訴了波爾，波爾馬上得面對每個主管最害怕的進退兩難局面。

他的第一個反應往往發自內心。他草擬了一份緊急的私人訊息，傳給人在邁阿密的史崔斯基，說他有充分理由認為「那些其心可議的情報人員已經察覺你那位『麥可』的真實身分。」接著又參考美國情報人員的專門術語，把「察覺」改成「知道」，才把訊息送出去。他這麼做是為了避免自己不慎透露洩密者是英國人。他相信，就算沒有明講，史崔斯基還是可以猜出來。完成通知史崔斯基的工作後，這位約克郡手搖紡織機工人的後裔一臉堅忍地坐在閣樓房間裡，仰望天窗外白廳上方的橘黃色天空。波爾現在不能只是心焦地等待情報人員捎來訊息，他的責任是思考究竟是要撤離人員還是鋌而走險，繼續與敵人周旋下去。他一邊思考，一邊在長廊上踱步；他偶爾會把手伸進褲袋，在顧德修辦公室旁的暖氣架前駐足。窗外護牆裡的鴿子正在吱喳鬥嘴。

「要不要推演一下最壞的狀況？」顧德修詢問。

「最壞的狀況就是他們押著阿波拿強燈照他，逼他招供，然後他就告訴他們說他接受我們的命令，破壞柯爾克蘭擔任簽署人的資格，」波爾說道，「然後他們就會讓我的人來當新的簽署人。」

「你這裡說的『他們』指的是誰？」

波爾聳了聳肩。「阿波的客戶。再不然就是情報局。」

「老天，雷納德，但情報局跟我們是一道的！我們雖然有嫌隙，可他們不會為了爭地盤就危及我們的消息來源吧……」

「雷克斯，你錯了，他們會，」波爾和氣地說：「他們就是那種人。他們就是會幹那種事。」

★

波爾又坐在房裡獨自思索他做出的選擇。一盞賭徒的綠檯燈。一扇迎向點點星光的織布工人天窗。

洛普：再過兩個星期我就可以抓到你了。我會知道是哪一艘船，也會知道有哪些姓名、號碼及地點。我會對你提出告訴，儘管你擁有那些特權，還有消息靈通、足智多謀的朋友，外加法律界最高明的詭辯技巧，這些都無法使你脫罪。

強納生：你是我此生認識最厲害的軍人，也是我唯一解不出的密碼。最初你掛著一副難以捉摸的表情，現在則成為一個高深莫測的聲音：是，我很好，謝謝，雷納德——唔，柯爾克蘭的確在懷疑我，但這可憐的傢伙始終找不到任何證據……你說珍德嗎？目前為止，我看她依然相當得寵。不過，她和洛普都是行為主義者，所以很難看出檯面下有沒有發生什麼……

行為主義者，波爾陰沉地想。老天，如果你不是行為主義者，誰還可以算得上是？假使是這樣，你在瑪瑪．羅那裡的失控行徑又該作何解釋？

美國表親不會採取任何行動。他不知怎的相當樂觀地如此判斷。被識破身分的情報員就是被完全掌控的情報員。即使他們成功發現強納生的真實身分，也會按兵不動，靜靜觀察他會玩什麼花樣。

美國表親一定會採取行動，他又對自己說。這感覺就像是鐘擺又朝著反方向擺去。阿波斯賓是可以被犧牲的籌碼。如果表親想贏得組織的好感，就會把阿波斯賓拿來當祭品。如果他們認為，我們為了得到一點績效將會緊追不捨，應該會乾脆地把阿波斯賓幹掉，切斷我們的情報來源。

波爾托著下巴，仰頭凝視天窗，看著秋天的晨曦從雲朵隙縫透出。

到此為止。他打定了主意。立刻偷偷把強納生帶到安全處，替他變個臉，改名換姓，讓他從此隱姓埋名、返回家園。

——然後你就會永遠在那邊胡思亂想，猜測包租給鋼鐵牌公司的這六艘船裡到底是哪艘載著你這輩子看都沒看過的龐大軍火。

還有，那些貨物到底是在哪裡交換的？

還有，那些價值數億——搞不好是數十億英鎊——無記名債券到底怎麼不留痕跡地落入匿名持有人那作工精緻的口袋裡？

還有，高達數十噸的頂級精煉古柯鹼如何在簡陋的機場售出，接著輕而易舉在哥倫比亞西海岸和巴拿馬免稅區中間的某處消失，又在中歐地區那些憂鬱陰沉的街道上分批出現，而且數量像是特別分配過，從不曾超過？

還有喬·史崔斯基、派特·弗林和阿瑪多，以及他們那個小組的工作人員。他們這樣夙夜匪懈地工作，難道連一點回報都得不到，只能把成果雙手奉上、讓給情報局？搞不好那根本不是情報局，只是局裡某個陰險邪惡的同行？

安全線路響起，波爾抓起話筒。是魯基，他從庫拉索用戶外電話打來的。

「那人的噴射飛機一小時前在此地降落，」他說，連對方的名字都不願提起。「我們的朋友也一起來了。」

「他看來如何？」波爾關切地問。

「氣色很好。我沒看到留下傷疤。西裝挺不錯的，皮鞋雪亮。左右都有人緊緊跟著，但看起來依舊很體面。如果要我說的話，我會說他情況不錯。你不是要我打電話給你，雷納德？」

波爾掃視了一下地圖和航海圖，又瞧了瞧紅筆圈出的叢林小道空拍照，以及堆在舊松木書桌上的那堆卷宗；他回憶數月來的辛勞……這一切如今都懸在一根細線上。

「我們繼續。」他說。

第二天，他就飛到了邁阿密。

# 21

在強納生如今的認知裡，他和洛普之間的友誼經過水晶宮那幾個星期的培養，在洛普的噴射機飛離拿索國際機場的瞬間，便綻放出了美麗的花朵。你甚至可能會認為，這兩人根本是協議好，要在這如釋重負的一刻才承認對彼此都有好感。

「老天！」洛普喊著，高高興興地解開座位的安全帶。「女人！一堆問題！還有小鬼！湯瑪斯，有你在飛機上真是太好了！親愛的梅格絲，給我們來一壺咖啡好嗎？現在喝香檳還太早了。湯瑪斯，你也來一杯？」

「當然好。」這位旅館經理說完，又體貼地加了一句：「看過柯爾克蘭昨晚的精彩表演後，我再多咖啡都喝得下去。」

「那些說你有輛勞斯萊斯的謠言究竟是怎麼回事？」

「我完全不清楚。那人大概是覺得我鐵定會去偷你那輛。」

「混帳。你坐過來，不用那麼客氣坐在走道邊。梅格絲，有可頌麵包嗎？紅色果凍有沒有？」

梅格是飛機上的空服員，家住田納西。

「洛普先生，我什麼時候漏掉過可頌麵包了？」

「咖啡、熱可頌、麵包捲、果凍，都拿到這邊來。湯瑪斯，你有時候會有這種感覺嗎——自由奔放？孩子、動物、僕人、投資人、客人、愛東問西問的女人——全都不在身邊煩你，你再次擁有屬於自己的世界，想去哪裡就去哪裡？你知道，女人就是這樣。如果你放任她們，她們就會成為你肩上的重擔。梅格絲，妳今天快樂嗎？」

「這是當然，洛普先生。」

「果汁呢？妳又忘了拿果汁嗎？妳老是忘記，妳被開除了，現在馬上，跳下去！」

但梅格不以為意，替兩人擺好兩個早餐餐盤，才把新鮮的柳橙汁、咖啡和熱可頌麵包端來。梅格年約四十，有著兔唇的痕跡。人生應該經歷不少波折，卻依舊散發出迷人的風韻。

「湯瑪斯，你懂了吧？」她問道。「他老這樣，好像覺得非得這麼裝模作樣才能再賺進下個一百萬。做這些紅色果凍本來就是我份內的事。我就在家裡專門為他做紅色果凍。只要飛機沒飛，我就得做這些。其他人做的紅色果凍洛普先生都不吃，除了我做的。」

洛普發出粗魯的笑聲。「下個一百萬？妳這女人在說什麼鬼話啊？就算百萬美金也買不到這飛機上的一塊肥皂！這是世上最好的果凍。她在這裡唯一的原因就是果凍。」他拿了個麵包捲捏在手裡，全力一握，壓得粉碎。「生活無虞是做人的責任，是人生的意義。過得好就是最好的復仇。是說，這話是誰講的？」

「不管是誰，都是至理名言。」強納生老實地說。

「訂出一個高標準，讓大家為此努力，這是唯一的辦法。財產翻倍，世界就會變得不一樣。你在高級飯店工作過，應該很清楚這些——果凍吃完了，梅格絲。來點汽水。湯瑪斯，你要嗎？」

「應該這麼說：我恨不得馬上喝到。」強納生對梅格眨了一下眼，堅定地說。

大家笑成一團。老大心情正好，強納生也是。霎那間，他們好像擁有完全一樣的經歷——包括珍德。此時，雲彩襯著金色的花邊，日光流瀉進機艙。他們可以起飛了。托比坐在機尾的座位，弗里斯基在機艙前半找了靠邊的位置坐下。麥克丹比家的兩名成員坐在中間，正在使用筆記型電腦。

「女人老是問太多問題，是不是，梅格絲？」

「我可沒有，洛普先生。我從來不問。」

「妳記得我上過的那個妓女嗎，梅格絲？那時我才十六，她已經三十了。妳記得嗎？」

「當然記得，洛普先生。她為你上了人生中的第一課。」

「我告訴妳，當時可緊張了，根本沒經驗啊！」他們並肩用餐，不必擔心目光交會。「沒經驗的不是她，是我。」又是一陣大笑。「我對於那檔事一竅不通，只好乖乖當個好學生，而且我認為她的人生一定出了什麼狀況——可憐的傢伙，妳到底遇到了什麼問題呢？——我想她大概會告訴我她老爸罹癌、老媽的在她十二歲時跟水電工跑了。她看著我，不過眼神一點兒都不友善。她問我『你叫什麼名字？』那時候的我就像隻史塔福德郡小獵犬——大屁股、身高整整五呎。我說『我叫迪基』，她說『迪基，接下來一切聽我的，你可以上我，而且只要花你五英鎊，不過你搶不走我的心，因為那是我私人所有。』我從來沒有忘記她的話，是吧，梅格絲？她是個了不起的女人，我應該娶她的——我不是說梅格絲，是那個妓女。」他用肩膀頂了一下強納生。「你想知道要怎麼做嗎？」

「只要不是國家機密就好。」

「掩人耳目。而你，就是那片用來掩人耳目的葉子，或『稻草人』——那是德國人的說法。好笑的是你甚至連稻草都不是，你不存在——但這樣更好。德瑞克．湯瑪斯，風險商人，很尋常；他手腳很快，內外兼備，身體強健。商界紀錄清白，沒醜聞，風評佳。迪基和德瑞克。我們以前可能合作過——不是跟別人，是我們。我會去找那些小丑——就是那些投資客、見風轉舵的銀行家——然後告訴他們：『我這兒認識一個滿精明的小子，還有一個天衣無縫的計畫，可以迅速獲利。我要資金——千萬別幫我宣傳。牽引機、渦輪、機械零件、礦砂，土地，什麼鬼我們都拿來交易。如果你不錯，我會把你們介紹給他。他很年輕，有門路——不要問是哪些門路，反正他有的是辦法。而且他很會搞政治，很會看人。看看，這是千載難逢的好機會。我是不希望你們錯失良機才說的。最多四個月吧，你投資的金錢就可以翻倍。我要你買的是證券，如果你不買證券就別來浪費我的時間。我們現在談的是無記名債券——無記名、無需大量購買，和其他公司——包括我的公司都沒有關聯。這交易叫作『反正相信迪基就好』。我有參與，但不出面。公司成立的地區沒有什麼帳目需要預備或申報，它和英國無關，那裡也不是我們的殖民地，是別人不要的垃圾。生意一旦做成，公司馬上煞車、廣告停播、帳戶關閉，我們再也不見。這種機會很難得，參與的人愈少愈好，無聊的問題都不要問了，要不要一句話。人數有限，我希望你可以加入。』目前為止都沒問題吧？」

「他們都相信你？」

洛普笑了。「你問錯了。你應該問：這說法行得通嗎？可以拿來說動那些幫他們抬轎的人嗎？他們喜歡你這人嗎？在創辦計畫書裡，你是個好看的門面嗎？如果我們出手出得漂亮，沒有一次行不通。」

「你是說還會有創辦計畫書？」

洛普又放聲大笑。「他媽的，你這傢伙比女人還糟！」梅格再替他斟滿咖啡，他滿意地對她說：「老是問『為什麼？為什麼呢？』不然就是『該怎麼辦？什麼時候？在哪裡？』」

「我從來不問這些，洛普先生。」梅格一派嚴肅地說。

「妳的確是這樣，梅格絲，妳是很不錯的童子軍。」

「洛普先生，你又這樣甜言蜜語。」

「不好意思，梅格絲，我大概是忘了自己不在家裡。」他又回來跟強納生說：「沒有，沒有什麼創辦計畫書。那只是一種說法。等到我們把計畫書印出來，公司早就收了。」

★

洛普回到他的介紹上，強納生聽他說，並在自己另一個沉思默想的繭裡回應他。他想著珍德，她在他腦海中是如此栩栩如生，坐在他身旁、跟他相距不過咫尺的洛普居然沒有察覺任何異樣。她注視他時，他彷彿感覺到她的手在他臉上游走——而他也很想知道她究竟看到了什麼。他想起在倫敦那間訓練中心裡的波爾和魯基，當他聽見洛普描述的那位年輕又精力充沛的「高階經理湯瑪斯」，意識到自己再次默許了某人任意地操控他。他聽到洛普說，藍伯恩已經先出發去為這次交易清除障礙，於是思索著該不該在此時警告洛普、卡洛琳背著他背棄理念，只為換取洛普更進一步的信任。接著他認為洛普肯定已經知道了。否則，珍德怎麼有可能譴責他的罪行？他就像平時一樣，翻來覆去地思考洛普對於是非的概念——而他其實並不陌生——套一句蘇菲的話：世界上最壞的人，就是那些完全忽視自己的言行舉止，只規範他人言行舉止的傢伙。他殺戮，他牟得大利，所以他認為自己跟神一樣。她曾在盛怒之下這麼說。

「當然，阿波一定會認出你。」洛普說：「他會說你就是他在水晶宮遇到的那個人——過去在梅斯特皇宮飯店工作——而且是迪基的好友。不過我不覺得會有什麼問題，反正阿波本來就是對方的人。」

強納生迅速轉過身，好似洛普提醒了他什麼事。

「我真的很想問，你所謂的『對方』究竟是什麼人？我是說，能賣東西給別人當然很好，但買方到底是誰？」

洛普發出一個很做作的痛苦叫聲。「出現了！梅格絲！懷疑我的人出現了！果然這種事還是發生了！」

「洛普先生，我倒是一點也不怪他。你興致來的時候可以非常差勁。我見過，你也知道我見過。差勁又狡猾，還非常、非常的有魅力。」

洛普打起盹，強納生也跟著他瞇眼，聽著飛機引擎隆隆作響，夾雜麥克丹比他們在筆記型電腦上打字的聲音。後來他醒過來，梅格也端上香檳和煙燻鮭魚等開胃小菜。他們繼續談笑，又再度打起瞌睡。等他再次清醒，便發現飛機在一個被白色雲霧籠罩的某個荷蘭城市上方盤旋。隔著煙霧，他看見砲火冉冉升起——原來這裡是威廉史達德。數家噴著火光的煉油廠正在燃燒過剩的汽油。

「湯瑪斯，如果你不介意，你的護照就先擺在我這裡。」當他們走過那條閃閃發亮的飛機跑道，弗里斯基低聲對他說：「只是保管，行吧？你的現金也給我，好嗎？」

「我完全沒有現金。」強納生說。

「那好，我們就不用擔心了。不過柯基給你的那些信用卡都只是做做樣子，你懂吧？湯米，你可能沒辦法拿那些卡來玩耍，你懂我意思吧？」

洛普已經精神奕奕地出了海關，正在和一些相當尊敬他的人握手寒暄。魯基坐在一張橘紅色的板凳上翻閱《金融時報》，臉上戴著那副只用來看遠的牛角框眼鏡。一名獨腳男子指揮著一團女性傳教士用細嫩的嗓音唱著〈耶穌，人類所盼望之喜樂〉。魯基一出現，立刻將強納生從漫無邊際的想像中拉回來。

★

他們住的旅館位於市區邊緣，是一整列排成U形的紅色屋頂房舍，緊鄰兩片海灘及一間戶外餐廳，可眺望波浪起伏、強風不斷吹拂的海面。洛普一行人住的是位於正中央的房間——也就是高樓層中最華美、寬敞的其中一間。洛普住在角落的套房，而德瑞克．湯瑪斯——「高階經理」——則住在另一間套房。強納生的客廳外有座陽台，擺了一張桌子和幾把椅子。臥房裡的床足夠睡四個人。床上放了幾顆枕頭，沒有被木頭燻出的煙味。一瓶梅斯特先生送的香檳和一串綠葡萄，但弗里斯基趁他還在安頓之際就一把抓起來吞下肚。此外，他的房間裡有電話。這電話可沒有埋在兩呎深的地下。強納生連行李都還沒打理好，電話就響了。弗里斯基看著他拿起話筒。

是魯基，指名要找湯瑪斯。

「我就是湯瑪斯。」強納生用最符合高階經理人的語氣回答。

「曼蒂要我帶話給你，她現在正要上來。」

「我不認識什麼曼蒂。她是誰？」

兩人的對話突然停止，電話另一端的魯基先是裝出怔住的語氣，接著又再問了一次：「是彼得・湯瑪斯先生嗎？」

「不是。我是德瑞克・湯瑪斯。同姓不同名。」

「哦，對不起。一定是住二十二號房的那個。」

強納生掛上電話，嘀咕了一聲「白癡」。他沖了澡，換過衣服，回到客廳，卻發現弗里斯基懶洋洋地躺在一張扶手椅上，看著旅館裡的色情雜誌培養「性趣」。他撥電話給二十二號房，聽到電話另一頭魯基的聲音。

「這是三一九號房的湯瑪斯，我有些髒衣服要洗，請派人來取。我會放在門口。」

「馬上來。」魯基說。

他走進浴室，將先前塞在馬桶水箱後面的一大串手寫字條掏出來，裹在一件髒襯衫中，再放進用來裝待洗衣物的塑膠袋，連同襪子、手帕和內褲一起，並草草填了張洗衣單塞進去，接著將袋子掛在套房門外的門把上。關上門時，他瞥見同樣在倫敦參加過魯基訓練小組的蜜莉。她穿著樸素的棉布制服沿著長廊大步走來。那衣服上還別著一塊名牌：「米爾德烈德」。

★

老大說，下一步命令還沒到之前自己打發時間，弗里斯基說。

打發時間？這正合強納生的心意。弗里斯基還是隨身帶著手機，而托比則是悶悶不樂地跟著他，覺得多一個人就多一種殺時間的方法。但強納生從藍永出發，經歷了一趟漫長征途，此刻卻比任何時候都要放鬆。這些樣貌普通的舊建築給了強納生一種挺愉快的懷舊心情。附近的流動市場和浮橋確實吸引了他。他就像一個剛出獄的傢伙，忍不住溺愛地盯著被太陽曬得滿面紅光、吵吵鬧鬧的旅人，或是用不可思議的心情聽著當地人用口音特殊的荷蘭語閒聊。他又回到真實的人群中，回到那群會大笑、會瞪著你看、會上街購物、會彼此推擠、會當街吃甜麵包的人群中。不過，這些人對他的真實身分卻一無所知。

有一次，他看到魯基和蜜莉在路邊一家餐廳裡喝咖啡，他竟然旁若無人地對他們眨了眼——這種不負責任的舉動還是第一次。另一次，他認出一個叫傑克的，他曾在位於里森果園的訓練所教他如何使用複寫紙做祕密抄寫。傑克，你好嗎？他環顧四周，但在他想像中反覆出現的既不是弗里斯基的腦袋，也不是托比的臉孔，而是珍德的栗色頭髮，在微風中輕輕飄動。

我不懂，湯瑪斯，你會因為一個人謀生的方式而愛上他嗎？我可不會。

要是他搶銀行呢？

人人都搶銀行，銀行也在搶所有人。

如果他殺了你妹妹呢？

湯瑪斯，你真是夠了。

我希望妳叫我強納生，他說。

為什麼？

因為這是我的名字。強納生．潘恩。

強納生，她說。強納生。去他的！這簡直像是在比賽時直接被丟回起點，全部重來一遍。強納生……我根本不喜歡這個名字……強納生……強納生。

說不定妳會慢慢習慣，他暗示道。

他們回到旅館後，在一樓大廳碰到藍伯恩。他被一群穿著深色西裝的有錢人圍住，臉上神色有些惱怒。每當他的車姍姍來遲，或有人拒絕他陪睡的提議，他都會擺出這種臉色。強納生好意的玩笑只會火上加油，讓他更加惱怒。

「你有沒有看到阿波斯竇閒晃到哪兒去了？」他連打招呼都懶，劈頭就問。「那個矮子又不知道跑哪裡去了。」

「連個鬼影都沒看到。」弗里斯基說。

強納生更衣間裡的東西都被清出來了。茶几上的冰盤裡放著幾瓶香檳王，幾個動作慢吞吞的侍者把一盤盤開胃菜從手推車端下來。

「你按一下這塊肉，」洛普曾說，「親親這些肉，實在有夠新鮮。」

「如果他們過來找我談生意怎麼辦？」

「這些蠢蛋還沒拿到錢就先忙著數鈔票了。」

「可以麻煩你拿幾個菸灰缸來嗎？」強納生問其中一名侍者。「還有，如果你不介意，請把窗戶都打開。你們誰是負責人？」

「我。」名牌上寫著「亞瑟」的侍者說。

「弗里斯基，給亞瑟二十塊。」

弗里斯基心不甘情不願地把錢給他。

★

這是一個沒有業餘人士的水晶宮，這是環視全場都不會與珍德目光交會的水晶宮，這是一個公平公開的水晶宮，裡頭只有那些位居高層的「必要之惡」——除了今晚之外。今晚的主角是德瑞克．湯瑪斯。在洛普和藹的目光下，這位風光的前夜班經理到處跟人握手，笑容燦爛地與人寒暄、記下客人的姓名，妙語如珠，讓氣氛熱鬧起來。

「您好，古普大先生，近來網球打得如何？赫克特爵士，能再見到你真是太好了！戴爾．奧羅斯太太，妳好嗎？妳那天資聰穎的兒子在耶魯表現得如何？」

來自里克曼史沃斯、油嘴滑舌的英國銀行家把強納生拉到一旁，對他講述經商在新興世界的重要性；旁邊兩個紐約來的證券商正面無表情地聽著。

「我想我就不修飾了：我不覺得這有什麼丟人的。以前我就對那些紳士說過，再講一遍也無所謂。如果是你們說的第三世界，最重要的在於他們是如何消費這些東西，而不在如何製造。利潤都再拿去投資。這是唯一的法則。改善你們的基礎建設、提高社會標準。如果這些都做到，無論什麼事都行得通。

我是說真的。布拉德也同意我的看法，還有索爾。」

布拉德說話時嘴唇不太分開，強納生一開始完全沒注意到他在說話。「你，德瑞克，有什麼專業？呃，你是個工程師？是嗎？還是測量人員？就是——呃，做這類的人嗎？」

「其實我最擅長的是開船。」強納生愉快地說：「不是迪基的那種，是帆船。目前為止，我一直滿喜歡駕駛六十呎帆船的。」

「駕船嗎？我喜歡。他——很喜歡船呢。」

「我也喜歡。」索爾說。

宴會最後又結束在一陣瘋狂的握手寒暄。德瑞克，這還真不錯！真的。但現在要小心，真的。德瑞克，只要你想，菲利那兒隨時有份工作給你……德瑞克，下次你要是來底特律……我說真的……強納生站在陽臺上，還有些陶醉於自己的演出，微笑著注視天空中的星星，一邊嗅著黑暗中海風吹過來的石油味。妳現在在做什麼？跟柯爾克蘭和拿索的那幫人一起吃晚餐？和養錫利哈姆狗的辛西亞在一起？還是那位算命的史蒂芬妮？又或者，跟鋼鐵帕莎號上那位身價極高、讓人實在請不起的當紅主廚德利亞一起商量冬季出海的新菜單？還是說，妳正枕著妳光滑如絲的手臂，低聲問道：看在上帝的分上，強納生，不然我一個女孩能怎麼辦？

「該去餵飼料了，湯米，不能讓客人等。」

「其實我不餓，弗里斯基。」

「湯米，我也覺得大家還不餓，但這就像去教堂，是例行公事，所以來吧。」

★

晚宴設在小山丘頂上的古老堡壘中。居高臨下，可以俯視海港；夜裡若從此處望出去，威廉史達德這樣的彈丸之地看起來幾乎跟舊金山一樣大，就連煉油廠的藍灰煙囪也散發優雅的魔力。麥克丹比那夥人占了一張可以坐二十人的大桌子，卻只找了十四人。強納生肆無忌憚地拿酒會上的事開玩笑，讓梅格和那對英國銀行家夫婦笑到肚子都疼了。然而，洛普的注意力放在別的地方。他凝視著下方的港口，那裡有艘大船，甲板上閃著眩目的燈光。大船正穿過停泊在港內的貨船，朝遠處一座橋梁的方向駛去。洛普是不是很想要它？他是否想賣了帕莎號，換艘像樣點的船？

「代理律師還在路上，去死。」藍伯恩放下電話，回過頭來宣布。「他發誓說會準時趕到這兒開會。」

「他們派了什麼人來？」洛普問道。

「是那個卡拉卡斯的莫蘭第。」

「那惡棍。阿波怎麼了？」

「他們叫我不如去問上帝。好像是在開玩笑！」

「還有誰不來了？」洛普說，眼神仍釘在那艘船上。

「其他人都一定會來。」藍伯恩簡短地回答。

強納生聽到他們交談，魯基也是。他和蜜莉及阿瑪多坐在這群人旁邊的一張桌子，三人正在瀏覽一本島上的旅遊指南，一副不知道隔天要去哪兒的表情。

★

珍德四處飄盪。每當生活亂了套，她就會這麼做。她會一直漂泊，直到找到下一個男人，或下一場瘋狂的家庭宴會，或下一次不幸的事件逼得她不得不改變方向。每次，她都會告訴自己這叫命中注定，又或者瘋狂逃避、尋找掩護，再不然就說那是一種成長，或者只是好玩罷了，又甚至是隨心所欲去生活（但最近愈來愈難達成）。而她之所以會這樣，部分原因是她即知即行。就像她小時候養的那條賽狗，牠堅信只要自己彎轉得夠快，就一定能追上牠要追的東西。狗兒全心全意地相信生活本就是一連串零碎、毫無模式的碎片的組合，而珍德已經納悶了很久，想知道她生活中的那些碎片究竟要將她帶往何方。

因此，打從洛普和強納生離開的瞬間，留在拿索的珍德就一頭栽進自己打算忙的事情裡。她上美容院、去裁縫店、請大家來家裡，還報名參加「溫德米爾礁岩婦女網球賽」，什麼邀約都接下來。她買了一些檔案夾，用來放冬季出航所需的家庭文件，又打電話給帕莎號的主廚和管家，擬了一下菜單和人員配置。雖然她也知道洛普一定不會讓她做主，因為到頭來，他鐵定會親自掌管一切事務。

但時間還是過得非常緩慢。

她也為丹尼爾預先準備返回英國的一切。她帶著他上街購物，還約了一些年齡與他相仿的人到家裡。但丹尼爾不喜歡他們，而且也很坦白。不過她還是為他們安排了一次海邊烤肉，刻意自我催眠柯基和強納生一樣風趣幽默——真的，丹尼爾，你難道不覺得他很有意思嗎？除此之外，她還盡最大努力去忽略一個事實：當他們離開水晶宮後，柯爾克蘭就像她哥哥威廉一樣對她擺臭臉，頤指氣使。威廉上了他見過的每個女孩，其中也包括她的朋友，卻認為自己的妹妹應該一輩子守貞。

但柯爾克蘭比威廉更惡劣。他自詡為她的監護人、監視員兼獄卒。每當她收到信，信一拆開他就迫不及待地盯著看。他偷聽她的電話，無論何時何地、用各種方式干涉她的生活。

「親愛的柯基，你知道自己非常惹人厭嗎？你讓我覺得自己像是蘇格蘭的瑪麗女王，處處都被監視。我知道洛普要你照顧我，但你也不需要這樣，可以請你稍微走開一點，自己去打發時間好嗎？」

但柯爾克蘭仍固執地守在她旁邊。她講電話時，他就戴著那頂巴拿馬帽坐在客廳裡看報紙；她和丹尼爾做乳脂軟糖，或為丹尼爾標記要帶回家的行李時，他也寸步不離地在廚房裡晃來晃去。

最後，珍德和強納生一樣躲進了自己內心最深處。她不再跟人聊天——除了和丹尼爾在一起的時候。她也不再汲汲營營，只為了讓自己看起來過得很好。她不再計算時間，轉而躲進內心最深處的美麗世界中尋求庇護。她想起父親，也想起了父親的榮譽感。在她看來，那是一種既無用又不合時宜的東西。但她認為，比起那些因為這種榮譽感發生的不幸事件，這情緒本身對她其實有更深遠的意義。所謂的不幸事件包括：因為負債累累賣掉家裡的房子、馬匹；她的雙親被迫遷到那塊舊地上的破舊小平房；亨利叔叔和其他財產托管人心懷怨恨，難以消解。

她也想到了強納生，並試圖揣測強納生打算毀掉洛普對她的意義是什麼。一如她的父親，她也在兩難之中掙扎對錯。但目前她所能想到的只有洛普代表她生命中錯得最離譜的一大轉折，而強納生的強勢感覺比較像是一位兄長，這和以往的任何一個人都不一樣。而且她發現，即便強納生將她完全看透，她的感覺也是舒服、友善的，就好像他很確定她內心還有一部分是好的，因為她一直想將那部分找出來、打理得乾乾淨淨，讓它能再次運作。例如她希望父親回來，也希望她對天主教的信仰能回來——即便她想到這件事時心裡總是波濤洶湧。她想過得腳踏實地，而且這次她已經做好心理準備，會認真地執行——她甚至願意好好聽喋喋不休的母親說話。

丹尼爾要離開的日子終於來臨。她好像盼了一輩子才盼到這一天。珍德和柯爾克蘭帶著丹尼爾和他的行李開勞斯萊斯前往機場。一到機場，丹尼爾就要一個人去逛書報攤、買糖果和讀物，做些每個小孩回家見可怕的母親之前都想做的事。所以珍德和柯爾克蘭就在大廳中央等他。一想到丹尼爾即將離去，兩人都不免感傷。尤其丹尼爾眼中還含著淚水，更令人想哭。而最讓她吃驚的是，柯爾克蘭竟然用有什麼陰謀詭計的語調低聲對她說：

「妳護照帶了嗎，親愛的？」

「親愛的柯基，要走的是丹尼爾，不是我，你忘了嗎？」

「妳到底有沒有帶？快點！」

「我一直都帶在身上。」

「那就跟他一起去吧。」他乞求著，還一邊拿出手帕，裝出擤鼻涕的樣子，免得讓人發現他在動嘴巴。「就衝吧！柯基什麼都不會說，是妳自己幹的。座位還多，我問過了。」

但珍德沒有衝，她連想都沒想過要這麼做。而她也立刻因為自己的決定感到開心無比。過去她總是先衝再說，有什麼問題都是以後再問。但在這個早晨，她發現自己已經在心裡為這個問題找到解答。而且，如果她這一衝意味著將離開強納生，那麼她根本不想衝去任何地方。

★

電話鈴響時，強納生正愉快地做著美夢，拿起話筒時夢仍未醒。不過這位細心的觀察者反應依然敏銳，鈴聲一響就被他壓住。他立刻打開電燈，抓起紙筆，想說魯基又來指示了。

「強納生。」她驕傲地說。

他緊閉雙眼，再把聽筒緊貼耳朵，想要把她的聲音蓋起來，不洩露出去。他心中所有直覺都告訴自己要回答：「什麼強納生？妳撥錯了。」然後要「砰」一聲把電話掛掉。他想對她大吼：妳這個愚蠢的傻瓜，我告訴過妳不要打電話來，不要試圖跟我連絡，只能等著——結果妳打電話來、要跟我連繫，甚至把我的真實姓名直接送到監聽人員耳裡！

「看在上帝的分上，」他輕聲說：「掛了電話去睡覺吧。」

但他聲音中的指責已經退去，現在再說撥錯也為時已晚。所以他乾脆把電話放在耳旁，就這麼躺下，聽她不斷重複自己的名字：強納生、強納生。一次又一次地練習，直到在陰暗之中抓到訣竅，這樣一來，就不會有人把她送回起點，逼她重新開始。

★

他們來找我了。

一小時後，強納生聽到門外傳來試圖保持安靜的腳步聲。他坐起身。他聽到踏出一步的聲音，有點黏答答的感覺，走在磁磚上。他聽得出那人是打赤腳；過了一會兒，換成走在鋪在走廊中央的那條地毯上。一個身影悄悄經過他房門，他看到透進鎖孔的走廊燈光閃了一下。他猜想此人是從左而右走過去。是弗里斯基準備衝進來抓他嗎？他是否已經去找托比來幫忙了？還是說，蜜莉把他的換洗衣服送回來了？還是有個打赤腳的擦鞋工來收集鞋子，要拿回去清理？可是這家旅館不會替顧客清理鞋子。他聽見走廊那頭傳來臥房門鎖打開的聲音，於是領悟那是梅格光著腳從洛普房間走回自己的房裡。

他什麼也感覺不到。沒有譴責，靈魂深處的良知也不覺得鬆一口氣。洛普曾說：我四處亂搞。所以這就是所謂的亂搞，而在那些女人之中為首的便是珍德。

★

他看到窗外的天空漸漸清朗，一面想像她溫柔地將頭緊靠在他耳邊。他撥了二十二號房的號碼，讓電話鈴響了四響，又再撥一次，但沒吭聲。「你打的正是時候。」魯基冷靜地說，「聽好了。」

強納生，他一邊聽魯基的指示一邊想。強納生、強納生、強納生……這成堆的祕密什麼時候會當著你的面炸開來呢？

# 22

公證人穆爾德的辦公室裡擺設了紫檀木傢俱，傢俱上還放了一些塑膠花，窗上掛著灰色百葉窗，鑲了飾板的牆上掛滿荷蘭皇室成員的照片，照片上的人全都堆著一臉笑，穆爾德也跟他們一起快樂地笑著。藍伯恩和代理律師莫蘭第坐在同一張桌子前，像往常一樣一面生悶氣，一面翻閱文件夾。只是莫蘭第像頭老獵犬一樣穩穩坐在那兒，兩道濃眉底下的褐眼定定注視著強納生的一舉一動。拉丁裔，年約六十出頭，額頭寬廣頭髮花白，膚色深黃，一臉麻子。即使他坐在那兒動也不動，還是讓整個房間充滿不安。他散發出某種專屬平民的正義凜然，是農民為了生存的掙扎與努力。他甚至發出一聲憤怒的吼叫，巨掌猛地往桌子拍下去──其實他只是要伸手把桌上的文件拉過桌面。等他仔細看完，又把文件推回去。還有一次，他頭往後，視線盯著強納生的雙眼不放，好像想要檢查強納生有沒有殖民者的念頭。

「湯瑪斯先生，你是英國人嗎？」

「紐西蘭。」

「歡迎你來庫拉索。」

相較之下，穆爾德彷彿一個天真無邪的傻瓜，活在一個充滿歡樂的世界裡。他有著寬厚的個性和赤子之心，只要他一笑，臉上就會出現蘋果般紅潤的光澤。要是他收起笑容，你就會忍不住想趨前詢問白己是不是做錯了什麼。

但他的一隻手會發抖。

為什麼會抖？是誰使它顫抖？是因為縱情聲色，還是天生傷殘？是因為飲酒，還是恐懼著什麼？關於這點，強納生只能胡亂猜測。但這手抖得就像是別人的手一樣。當他從藍伯恩手中接過強納生的護照，那手顫抖著；當他費勁地在一張表格裡謄寫杜撰的資料，這手也在發抖。他把護照交還給強納生而非藍伯恩，他的手仍在抖。當他把文件放到桌上，手又抖了。當他像是逼強納生簽賣身契一樣、告訴他要在哪裡簽下名字、哪裡簽名字的縮寫，他那隻粗短的食指也跟著顫動。

穆爾德不但要強納生在所有他知道的文件上簽名，就連數份好像連他都沒聽過的文件也要簽。他以那隻顫抖的手拿來一堆無記名債券，看起來很有分量，這些都是強納生擁有的「商道公司」發行的藍色文件，每張債券都編了號，蓋有類似公爵印信的浮水印，刻上與鈔票很類似的銅版印。理論上，這些債券就等於鈔票，因為它們存在的目的就是要增加債券持有人的身價，卻又不暴露其身分。強納生看了這些債券，不需任何人提醒就立刻明白了：這些債券是洛普的獨門絕招。套句他的話：是為了要買汽油、籌賭金，還有讓那些小丑刮目相看。

穆爾德一面用單純善良的表情點頭，一面看著強納生在那批債券上簽字，代表他是這家公司銀行帳戶的唯一簽署人。至此，一切還未了結，他又簽了一份打好字的簡短陳情書給莫蘭第，再度確認自己必將依照當地法律，任命穆爾德為商道有限公司常駐庫拉索的經理。

短短一瞬間，事情都辦完了。接下來大家就要握握那隻總算完成那麼多艱鉅工作的手。他們一一禮貌地跟他握手，就連藍伯恩也不例外。而穆爾德——這位面色紅潤、五十歲的小孩——在他們下樓時還揮舞著那隻胖嘟嘟的手跟他們道別，說每週都會寫信給他們。

「湯米，如果你不介意，我想拿回那本護照。」托比對他眨了眨眼。

★

「不過迪基，我跟德瑞克已經見過了！」荷蘭銀行家開心地對洛普說。洛普站的地方原本應該擺著大理石壁爐——如果庫拉索的銀行也有壁爐的話。「我想應該不只是昨晚！我們在水晶宮就已經一見如故。娜蒂，請給湯瑪斯先生倒杯茶。」

有一瞬間，這位細心的觀察者想不起這件事——可能是因為心裡抗拒——但過了一會兒他就想起，某晚在水晶宮，珍德穿著低胸藍色緞衫，胸前佩戴一串珍珠項鍊，坐在女主人的位置，而現在站在他面前的笨拙銀行家在那晚不斷叨念自己和當今政治人物密切的關係，讓他的聽眾都感到十分厭煩。

「當然當然，很高興見到你，皮耶特。」作為一位八面玲瓏的旅館從業人員，他很自然地說出這句話。雖然晚了一點點，但他還是伸出了那隻負責簽名的手。強納生在不到二十分鐘前才跟穆爾德和莫蘭第握過，現在卻像從沒見過似的再度和他們握手——強納生沒有大驚小怪，他們兩人也是。他漸漸了解到，在他剛剛步入的舞臺上，一位演員可能在同一天中扮演好幾個不同的角色。

他們圍著桌子坐下，分占桌子四邊。莫蘭第看著他們、聽他們說話，像個仲裁者；而銀行家坐在首位，逕自講著。他顯然認為自己有責任將一堆無用的資訊塞進強納生腦中。

庫拉索海外公司的股份資金可以用任何貨幣兌現，這位荷蘭銀行家說。我們對外國人持有的股權沒有限制。

「很好。」強納生說。

藍伯恩抬起慵懶的眼神注視著他。莫蘭第的眼神堅定不移。而洛普，他持續仰著臉注視天花板上的荷蘭式古典裝飾浮雕，暗暗地咧開一個笑容。

這家公司完全免繳所得稅、保留稅、贈予稅或房地產稅，銀行家說。股份的轉移也不受限制。不必繳納過戶稅和印花稅。

「太好了，這樣我就放心了。」強納生依舊一派誠懇。

法律並沒有規定德瑞克·湯瑪斯先生必須任命一個境外查帳員，銀行家正色說道，似乎覺得這句話可以把他提升到更高層次的道德地位上。湯瑪斯先生隨時擁有完整的自主權，可將他公司的所在地遷移到另一個轄區，只要他選的轄區法規能適用。

「這些我會銘記在心。」強納生說。出乎他意料的是，一向面無表情的莫蘭第先生居然也露出一個溫暖的笑容，說「紐西蘭」。好像非常確定這裡就是最適合的地點。

最少會需要六千美金充作已付股金，不過這個前提已經解決了。銀行家繼續說。剩下就是讓「我們的好友德瑞克」在一些制式文件上面簽個字。銀行家指了指筆頭向下插在柚木筆座上的黑色鋼筆。他臉上的笑意像橡皮筋一樣拉得不能再開。

「抱歉，皮耶特。」強納生雖然有些困惑，但仍然維持臉上的微笑。「我不太懂你剛剛講的內容。

到底是什麼前提需要獲得滿足？」

「貴公司的運氣很好，現金周轉的狀況極佳，德瑞克。」這位荷蘭經理人口氣相當隨興。

「哇，真不錯。我竟然不知道，那麼你可以讓我看一下帳目嗎？」

那位荷蘭銀行家的眼神沒從強納生身上移開，只有稍微偏了偏頭，詢問終於將視線從天花板移回來的洛普。

「他當然可以看，皮耶特。這是德瑞克的公司，文件上是他的名字，生意也是他的。如果他要看帳就讓他看，有何不可？」

銀行家從辦公桌的抽屜取出一個未封口的細長橘色信封，從桌子上遞給強納生。強納生打開封口，抽出一份月報表，報表中顯示位於庫拉索的商道有限公司現金戶頭維持在一百萬美金左右。

「還有人想過目嗎？」洛普問道。

莫蘭第伸出手，強納生遞去報表。莫蘭第審視了報表一遍，又把它遞給藍伯恩。藍伯恩一臉不耐，看都不看就還給了銀行家。

「支票給他，快點了結這件事。」藍伯恩對著強納生歪了歪那顆長著金髮的腦袋，可是還是堅持背對著他。

有個夾著一份文件夾、一直站在他們身後的小姐拘謹地繞過桌子，來到強納生面前。文件夾是皮製，本地工匠製作，看來很不起眼。文件夾裡放著商道股份公司的帳戶開給銀行的一張支票，票面金額是美金兩千五百萬元。

「來！德瑞克，簽字！」看著強納生躊躇的模樣，洛普似乎覺得很有趣。「不會跳票的。這只是我們塞到盤子底下的小費。是不是，皮耶特？」

除了藍伯恩以外的人都笑起來。

強納生在支票上簽了字，小姐把支票收進文件夾，當著大家的面闔上。她是個混血兒，長得非常漂亮，一雙眼睛大而迷茫，看起來單純又害羞。

★

洛普和強納生坐在角窗小間裡的一張沙發，中間隔了一段距離。銀行家和三位律師正各自忙著自己的事。

「旅館還滿意吧？」洛普問道。

「很好，謝謝，經營上了軌道。一旦了解旅館業後，住旅館時實在很不自在。」

「梅格人很不錯。」

「梅格真的很棒。」

「真是爛透了——我是說這些繁瑣的法律程序。」

「的確是這樣。」

「珍德捎來關心。丹尼爾昨天在兒童划船賽贏了一個獎盃，他高興得不得了，還把獎狀副本帶回去給他媽媽看。他希望你知道他得了獎。」

「真的很了不起。」

「他覺得你聽到一定會很高興。」

「我很高興呀。這是一項榮耀。」

「節省點力氣。今晚很關鍵。」

「又要再舉行一次慶祝會嗎？」

還剩最後一項手續，而這項手續需要一架錄音機和一份文稿。剛才那位小姐正在操作錄音機，荷蘭銀行家則教強納生如何錄音。

「唸稿的時候用正常的聲線，德瑞克，我想可以用你今天在這兒講話的腔調。錄下的話我們要做成記錄存檔。你可以配合吧？」

強納生先試讀了一遍打好的兩行字，接著高聲唸道：「我是你的朋友喬治，謝謝你撐著沒睡，一直等到這個時候。」

「再來一次，德瑞克。你可能有點兒緊張吧。放輕鬆點。」

他又讀了一遍。

「請你再錄一遍，德瑞克。還是有點緊張。也許是總額太龐大，嚇到你了。」

強納生露出最有親和力的笑容。他是他們捧在手心的寶，得適時耍點小脾氣。「皮耶特，我想我已經盡力做到最好了，就這樣吧。」

洛普也同意強納生。「皮耶特，你怎麼像個老太婆一樣囉囉嗦嗦？關掉那個討厭的東西。好了，莫蘭第先生，該去吃一頓像樣的飯了。」

大家再次握手——輪流握，彷彿親密好友在新年時相互道賀那樣。

★

「你怎麼認為？」洛普伸開四肢，笑著問道。他躺臥在強納生房外陽臺的某張塑膠椅上。「想出來了嗎？還是說依然沒頭緒？」

氣氛緊繃。現在應該要做的是耐心窩在卡車裡等候、塗黑自己的臉，跟同伴輕鬆談點私事，壓下分泌旺盛的腎上腺素。洛普的雙腳擱在欄杆上。強納生向前傾身，透過眼鏡凝視漸趨幽暗的海面。天空中不見月亮，穩定吹來的一陣陣海風翻攪著水波，在藍黑重疊的雲層裡出現第一批星光。在他們身後那個燈火通明的客廳裡，弗里斯基、高斯和托比正在低聲交談，只有藍伯恩蜷在沙發裡看他的八卦雜誌，似乎完全沒感受到這緊張的氣氛。

「有個位於庫拉索、叫『商道』的公司，資本額一億美金——如果再加兩千五百萬的話。」強納生說。

「只是……」洛普說，笑容的幅度拉得更開。

「只是它什麼都沒有，因為它徹頭徹尾是一間隸屬於鋼鐵牌公司的子公司。」

「不對，不是這樣。」

「就法律上來說，商道公司是間獨立的公司，與其他公司都沒關聯。但事實上它就是你的公司，沒有你，它一根指頭都動不了。外人看不到鋼鐵牌公司對商道公司的投資。因此，鋼鐵牌便把投資人的錢借給一家肯聽話的銀行，而這家聽話的銀行正好拿這筆錢投資商道。於是，這家銀行就變成我們的保險開關。交易完成時，商道公司會付給投資者大筆利潤。大家都很高興能拿到錢走人，而剩下的錢就都變成你的。」

「有人會因此而受到傷害嗎？」

「我。如果事情搞砸的話。」

「事情不會搞砸。除了你之外還有誰會受到傷害？」

強納生突然想到，洛普其實是想從他這裡得到赦免。

「有人會受傷，這是一定的。」

「不如我們換個說法。誰會受傷，誰又不會？你都說說吧。」

「我們不是在賣槍嗎？」

「所以？」

「所以我們可以假設，一定是因為有人要用，我們才會賣出。既然這是一場經過偽裝的買賣，所以我們以此類推，就可以假設這些槍枝可能賣給一些不該擁槍的人。」

洛普聳聳肩。「誰說的？這世上誰有權力決定誰可以殺誰？列強諸國嗎？我的老天！」他亢奮的很反常，用力朝漸暗的海景一揮手。「我跟珍德說過。人無法改變天空的顏色。可她不聽。不過這也不能怪她。她和你一樣年輕。若再給她十年，她的想法就會不一樣。」

強納生鼓起勇氣繼續追問：「那買主到底是誰？」他又問了一次在飛機上就問過洛普的問題。

「莫蘭第。」

「不會吧，不可能吧。他連一分錢都沒有付給你。是你投下一億美金——或者說是那些投資者。莫蘭第又投資了什麼？你把槍械賣給他，而他是買主，那他的錢在哪裡？還是說他付給你的是比錢更好的東西？難道是你賣掉之後可以獲得比一億美金更多的東西嗎？」

洛普的臉就像擺在黑暗中的大理石雕像，表情則是溫和深沉的微笑。

「你也經歷過這種事，對吧？你跟那個被你幹掉的澳洲佬？喔對，我記得你不承認。我覺得也沒關係。那是你自己的麻煩。但我是認為呢，你可以看得很嚴重，也可以不當一回事。無論如何，你還是個聰明的小伙子。可惜我們沒能早點認識。不然就可以在更多領域合作合作了。」

他們身後房間裡的電話響了。洛普猛然轉過身，強納生及時順著他的目光望去，發現藍伯恩站在那兒，耳邊貼著話筒，邊說邊看手腕上的錶。他把電話掛上，對著洛普搖搖頭，又回沙發翻閱八卦刊物。

而洛普坐回他的塑膠椅中。

「還記得以前的中國貿易嗎？」他懷念似地說。

「那應該是一八三〇年代的事吧。」

「你讀過相關資料了是不是？我覺得你大概什麼東西都讀過吧？」

「是。」

「記得在香港的那些英國人溯河而上、運了什麼去廣東嗎？不但拚命躲避中國的海關、還替英國和自己大賺了一筆？」

「鴉片。」強納生說。

「用來換茶葉。用鴉片換茶葉是以物易物。他們回到英國後，都成為產業界的一方霸主。一堆爵位、榮耀加身，要什麼有什麼。他們那時做的事跟我們現在有什麼不同？如果你想要這些，去做就對了！這才是最重要的。美國人都知道，我們為什麼不知道？那些穿著緊身制服的牧師只會在主日早晨站在講道臺上聲嘶力竭，上了年紀的婦女只知道參加什麼茶會、吃甜餅乾、八卦著某某夫人死於某種叫不出名稱的病症。去他的，那根本比監獄還慘。你知道珍德怎麼問我的嗎？」

「問什麼？」

「『你到底有多壞？把你做過最壞的事告訴我？』我的老天！」

「你怎麼說？」

「我告訴她：『我還不算多壞。』我說：『世界就是這樣，所以我就變成這樣。』我跟她說：『街角沒有警察站崗，戴著法官假髮、熟讀法律的年輕律師不會主持公理正義。完全不可能。我還以為妳就喜歡這樣。』雖然她有點嚇到，但對她受用。」

藍伯恩敲著玻璃杯。

「那你為什麼要出席會議？」強納生說。他們都站了起來。「為什麼要養一隻對著自己叫的狗？」

洛普大笑出聲，一面在強納生的背上拍了拍。「我會養狗就是因為我不相信狗，朋友，我的狗群——不管是你、柯基或山第，只要你們在空蕩蕩的雞舍裡，我就都不相信。沒有要針對誰，我就是這個性。」

★

旅館前院的木槿叢被燈光照亮，有兩輛車正停在那兒等大家上來。第一輛是富豪，高斯駕駛，藍伯恩坐在前座，洛普和強納生坐在後座；托比和弗里斯基則坐在豐田上，尾隨在後。藍伯恩提著一個手提箱。

他們的車開過了一座高架，看到腳下萬家燈火。漆黑一片的荷蘭水道交錯其間。他們開下一處陡坡，行駛之際，老舊的房舍逐漸消失，次第出現的是一棟棟簡陋的小木屋。四周的黑暗瞬間給人一種危險的氣氛。車子行駛在平坦的道路上，右方是水道，左方列著被泛光燈照亮的貨櫃，四個一組，高高地堆疊起來。貨櫃上標著西蘭德、尼德洛以德，還有梯普富等名字。向左轉後，強納生看到一座低矮的屋頂，還有幾根藍色柱子，猜想那應該是海關辦公室。這時車輪發出吱吱響，應該是路面狀況不太一樣了。

「停在門旁，關掉車燈。」藍伯恩命令道。「把車燈全關了。」

高斯把車停在門旁，熄掉了車燈。豐田上的弗里斯基跟著做。前方入口處有門條，門上有荷蘭語及英語的警告文字。接著大門四周的燈也熄滅了，緊接著黑暗而來的是一片寧靜。強納生看見弧光燈照亮的起重機、叉架起貨機與大船隱約的輪廓，三者形成一幅超現實的景象。

「讓他們看清楚雙手，大家都不要亂動。」藍伯恩命令道。

他的聲音裡有著必要的權威感。不管接下來要上演什麼，這裡都由他主導。他把自己的車門打開一小寸，然後這麼做：在車裡低調地閃了兩次燈。他關上車門，眾人再次坐在黑暗中。他降下了窗戶。強納生看到有隻手伸進車窗。屬於白人男性的強壯手臂。男人穿著短袖白色襯衫，露出赤裸的前臂。

「一個鐘頭。」藍伯恩在黑暗中仰起頭說。

「太久了。」一聲粗啞又腔調濃重的異議。

「我們說好是一個鐘頭。不要拉倒。」

「好吧好吧。」

這時藍伯恩才從敞開的門窗遞出一個信封。小手電筒發出強光，迅速清點了內容物。白色的大門敞開，富豪沒有開大燈就直接向前開去，緊接著是豐田汽車。他們通過嵌在水泥裡的古錨，進到一條由各種顏色的貨櫃隔出的小巷，每個貨櫃上都標著一組字母和七位數字。

「這裡，左轉。」藍伯恩說。他們左轉，豐田跟上。某輛吊車的橘色吊臂突然一降，強納生低下頭。

「現在向右轉，從這兒。」藍伯恩說。

他們向右轉，看見油輪的黑色船身從海中升起。他們又向右轉，繞過六艘一排停靠在岸邊的輪船。六艘船中有兩艘是最近才重新漆過的大船，其餘則是骯髒破舊的加油船。每艘船與碼頭之間都接著一座有燈光照明的舷梯。

「停車，」藍伯恩指示。

他們停車，四周仍是一片黑暗，豐田墊後。這次他們只等了幾秒，擋風玻璃外便出現另一支強光手電筒；它先發出紅光，接著是白光，最後又轉回紅光。

「車窗全打開，」藍伯恩吩咐高斯。他又擔心起大家的手來。「放在儀表板上他們看得到的地方。老大，把手伸到前面的座位；還有你，湯瑪斯。」

洛普不自然地照辦了。空氣冰涼，有點油味，還摻雜了海水與金屬的氣味。強納生彷彿回到愛爾蘭。他正停在布格華許碼頭骯髒的貨輪上，趁夜找機會偷渡上岸。過了一下，兩道手電筒白光自車子兩側照進車內。先掃過每個人的雙手和臉孔，再掃過車子地板。

「湯瑪斯先生和他的夥伴。」藍伯恩表示，「來檢查幾輛牽引機，並支付另一半貨款。」

「哪一個是湯瑪斯？」一個男人的聲音說。

「我。」

對方停頓了一下。

「行。」

「大家慢慢下車。」藍伯恩下令。「湯瑪斯，跟上，單一縱列。」

他們的嚮導既瘦且高，年紀輕得不像可以帶著在他身體右側晃盪的海克勒步槍。舷梯很短，強納生登上甲板，再次越過幽黑的水面望向城市的燈火，以及煉油廠中團團火焰。

船又舊又小，強納生猜測最多不超過四千噸，而且改裝過；隆起的艙口內是敞開的木頭艙門。裡面，一盞艙壁燈照亮了一道螺旋狀鋼梯。嚮導再次走到前頭。他們的腳步聲迴盪，猶如一隊綁著鐵鍊的囚犯。藉由昏暗的燈光，強納生將帶頭那人的面貌看得更清楚：他穿著牛仔褲和運動鞋。一頭金髮落在額前，如果頭髮擋住視線，他便用左手輕輕往後揮。他的右手仍握著海克勒，食指緊扣扳機。這艘船的面目同樣也愈來愈清晰了。她是混載貨船。六十個貨櫃左右的容量。她是艘老船，身經百戰的滾裝式集裝箱船，已經到了快退休的年紀。她是一旦出事就可以拋棄的船。

一行人停下腳步。面前站著三個男人。都是白人，全都年輕英俊。他們背後是道鋼門，門是關著的。強納生單憑直覺猜他們是瑞典人。這三人也跟嚮導一樣，身上都背著把海克勒。嚮導顯然是他們的老大。他與他們會合之後顯得輕鬆，加上他擺出的姿態。還有那副老手的危險笑容。

「你們這些貴族這陣子過得如何，山第？」他說。強納生一時間猜不出他的口音。

「哈囉，皮普。」藍伯恩開口。「還很勇健，謝了。你呢？」

「你們都是學農業的吧？你喜歡牽引機嗎？還是零件？還是說你要拿這些機器來種東西餵窮人？」

「我們還是來談談正經事吧。」藍伯恩說：「莫蘭第呢？」

皮普抓住鋼門並把它拉開，莫蘭第同時也從暗處現身。

藍伯恩爵士迷戀武器，波爾說過……在好幾次見不得人的戰爭中，他都擔任高級士官……他因為自己高明的殺人技巧感到自豪……閒暇時也有自己的收藏癖，這點跟洛普相同……把自己想成這段歷史不可或缺的一部分讓他們很開心。

★

船艙內大部分空間都是用來裝貨的。皮普帶頭，藍伯恩和莫蘭第走在他兩側，強納生和洛普跟在他們身後，緊接著是弗里斯基、托比和船上那三名拿著海克勒的幫手。甲板上有二十個用鍊條栓住的貨櫃。強納生看到綁貨櫃的帶子上標了不同的轉運點：里斯本、亞速爾群島、安特衛普和格旦斯克。

「我們稱這是沙烏地箱，」皮普得意地宣布：「他們把貨櫃開口做在旁邊，好讓沙烏地的海關進去聞有沒有酒味。」

海關會用交叉拴起的鋼條封住貨櫃，而皮普的手下則用切割器將它們斬斷。

「別擔心，我們有備用插條。」皮普低聲告訴強納生。「明天一早這些就都會恢復原樣。海關不會囉唆的。」

貨櫃側板緩緩放下。槍枝散發出獨有的靜謐氣息，一種召喚死亡的寂靜。

藍伯恩解釋給莫蘭第聽：「那是加裝高科技附件的格林機關槍。六支二十釐米槍管，一分鐘可發射三千發子彈。最新的科技結晶，現有的彈藥也可使用，存貨充足。每顆子彈都有指頭那麼大，一開槍，簡直就像傾巢而出的殺人蜂。拿它來對付直升機和輕型飛機，對方連逃命的機會都沒有。都是全新的，一共十支，滿意嗎？」

莫蘭第不發一語，只是非常輕微地點了個頭。他們又移到第二個貨櫃。裡面的貨滿到底層，也就是說他們只看得到最前面的東西，但無所謂，這樣就很夠了。

「夸德五十機槍。」藍伯恩宣布。「四挺同軸裝置的點五〇機槍，這個設計可以讓你針對單一目標同步發射所有子彈。只要一發，天上不管飛什麼都會被打下來。卡車、運兵車、輕型裝甲車，這玩意兒都能輕易摧毀。只要裝在兩噸半的砲架上就能到處走，發揮驚人殺傷力。這也是全新的。」

在皮普的帶領下，他們穿過甲板來到右舷。兩名男子正小心翼翼從一根玻璃纖維筒中抽出一枚雪茄型的飛彈。這次，強納生不需要藍伯恩的專業知識。他看過展示影片，也聽過種種傳說。如果愛爾蘭人拿到這些武器，你一定沒命。有個一談到炸彈就眉飛色舞的士官篤定地告訴他。而且他們一定弄得到。他還一臉愉快地加上這句。他們會從德國境內的美軍武器儲備站偷出這些飛彈；他們會投下巨資，從阿富汗、以色列或巴勒斯坦人手中——或任何一個美國人認為適合的國家——買下它們。這些飛彈是超音速、可由人攜帶，三枚一箱，名叫「刺針」，非常棘手，名符其實。

導覽繼續進行。輕型反坦克砲、野戰無線電、醫療器具、各式制服、火藥、乾糧、英國星紋飛彈、伯明罕製的儲藏箱，曼徹斯特製、鋼製防毒面具用濾毒罐。然而不是每件貨物都可以檢驗，而且東西太多，時間太少。

「喜歡嗎？」洛普輕聲問強納生。

他們的臉貼得很近。洛普一臉熱切，還有一股詭異的勝利感，彷彿他的看法獲得某種認證。

「都是好貨。」強納生說。除了這個他不知道自己還可以說什麼。

「分批到貨，每次一小部分。這就是祕訣。要是丟了一艘，至少你整批只損失一小部分，不是一大部分。這是常識。」

「也是。」

洛普沒聽見強納生說什麼，逕自沉浸在這番成就中。他完全被自己感動了。

「湯瑪斯？」開口的是藍伯恩。他站在船艙尾部對著強納生喊：「來這裡，該簽名了。」

洛普跟著他一起走過去。藍伯恩拿著一個附夾子的軍用寫字板，上頭夾了一張打好字的收據，另外還有一張表單，列出渦輪機、牽引機零件和重型機械等各式貨物。收據上寫：**本次貨品由商道有限公司總經理德瑞克·湯瑪斯檢驗核可，證明品質無誤，代表該公司簽字**。強納生在收據上簽了字，同時也在那張表單簽下姓名的首字母。他將寫字板遞給洛普，洛普再拿給莫蘭第看，然後又交回藍伯恩手中。藍伯恩則把它再交還給皮普。皮普拿起門外架上的無線電話，看著洛普手上的紙撥電話。莫蘭第離他們不遠地站著，雙手撐腰挺肚，活像站在紀念碑旁的俄國人。皮普將電話遞給洛普。他們聽到那位銀行家在電話裡跟他們打招呼。

「是皮耶特嗎？」洛普問道。「我朋友有個非常重要的訊息要告訴你。」

洛普將電話遞給強納生，同時從口袋裡掏出另一張紙條，一起遞去給他。

強納生瞄了眼那張紙條，大聲唸道：「我是你的朋友喬治　謝謝你撐著沒睡，一直等到這時候。」

「德瑞克，可以請皮普跟我講話嗎？」電話另一頭的銀行家說，「我有些好消息想向他證實。」

強納生把話筒交給皮普，皮普聽了便笑出來。他掛斷電話，拍了拍強納生的肩。

「你真是慷慨。」

藍伯恩從公事包抽出一張打好字的紙時，皮普就不笑了。「收據。」他簡潔地說。

皮普拿了強納生的鋼筆，在所有人的注視下簽下收據給商道有限公司，確認收到該公司支付的兩千五百萬美金貨款。這是針對雙方協議中的渦輪機、牽引機零件和重型機械等貨品的第三次付款——只要再一次完成交易。依據雙方合約，貨品運至庫拉索後，會再由倫巴第號貨輪繼續轉運至他處。

★

凌晨四點，她打電話來。

「我們明天就要上去帕莎號。」她說。「我和柯基。」

強納生什麼也沒說。

「他說我應該逃走，不要再去管什麼海上巡航。他要我趁著還有機會趕快逃。」

「他說的對。」強納生低聲說。

「這逃走的時機很差，強納生，根本沒用。我們都很清楚。無論逃到哪裡，都逃避不了自己。」

「不管逃到哪兒，可以逃出去就好。好嗎？」

他們在各自的床上躺下，卻彷彿肩並著肩，聽著彼此的呼吸。

「強納生，」她輕聲呼喊。「強納生。」

# 23

帽貝計畫進行得非常順利。坐在邁阿密辦公室裡那張陰沉灰色辦公桌前的波爾這麼說。隔壁房間的史崔斯基也這麼講。而一天從倫敦打兩次安全線路來的顧德修，對此亦深信不疑。「那些執政掌權的都湊過來了，雷納德，我們現在需要的就是總結這件事。」

「執政掌權的是誰？」波爾說，一如往常充滿疑心。

「其中之一就是我老闆。」

「你老闆？」

「他的想法正在改變。因此我必須將此事的好處搬上檯面，壓下他的質疑。如果他全力支持我，我又怎麼能爬到他頭上？他非常認真地把我的意見聽進心裡了。」

「他竟然還有心。聽到這件事真不錯。」

然而顧德修沒有心情聽這種玩笑話。「他說，我們應該保持更密切的聯繫。我也同意。我們周圍有太多既得利益者。他說，就連空氣中都有一股腐臭味，真是說到我心底了。他非常願意公開表示自己有徹查的決心，絕不會像以往那些縮頭烏龜；我也相信他絕對能做到。他沒說出『旗艦』，我也沒有。有時謹慎一點比較好。但說實在話，他看了你呈上來的那份名單後深受震撼。那張名單是關鍵。它把真相完全呈現出來，沒有掩飾沒有妥協，沒有任何討價還價的餘地。」

「我的名單？」

「那份名單啊，雷納德。我們那位朋友拍到的名單，裡面都是贊助人、投資者——操盤者及發動者——你說的。」顧德修的語調裡隱約透著乞求，波爾倒是有點希望自己沒聽出來。「老天，就是還冒著煙的槍啊！你說以前從來沒人找到過，現在終於被我們的朋友找出來了。雷納德，你真遲鈍。」

但顧德修誤解了波爾在電話裡一頭霧水的原因。他講到那張名單時，波爾一聽就知道他在講哪張名單，只是不明白顧德修拿那張名單做什麼。

「你不是要告訴我，你把贊助者名單給你那位部長看過了吧？」

「老天！我當然沒給他看原稿——怎麼可能？只是讓他知道這些人的名字和號碼——當然經過適當的編撰。這些名字有些是從電話截聽到的，有的可能是麥克風錄下來，也可能來自任何一個來源，或是我們從郵筒中偷來的。」

「洛普沒有口述過這份名單或在電話裡唸過，雷克斯，他沒有把它放在信箱，而是寫在一本黃色的法律用信箋上。這份名單世上就這麼一份，而且只有一個人拍到過。」

「你不用說得這麼詳細，雷納德。總之我老闆嚇得說不出話來了，我的重點就在這裡。他體認到這個計畫接近尾聲，風暴即將來襲。他感覺到了，也把他的感覺告訴了我，而我也相信他——除非未來有人證明我搞錯了。他也有自尊，雷納德，所以他跟我們一樣，會採取一些方式避開不愉快的真相，直到某天不得不去面對。他覺得現在應該從高牆上爬下來、跟我們並肩作戰了。」他嘗試講了個大膽的玩笑。「你也知道他是怎麼使用比喻法的。我比較訝異的是他怎麼從來都想不出什麼新招。」

如果顧德修以為波爾聽了會哈哈大笑，那就錯了。

於是顧德修激動起來。「雷納德，我別無選擇。我是大英帝國的公僕，服務的是大英帝國的某位部長，我有責任向我的老闆報告案子的進展。如果我的老闆說他看到一線曙光，我的職責也不該是跟他說：『你騙人。』我有我的忠誠，雷納德。我忠於我的原則，對他也對你們忠誠。星期四，在他和內閣部長會談後，我們會共進午餐。我想到時會有一些重大消息。我希望你聽了會高興一點，而不是愁眉苦臉。」

「雷克斯，還有誰看過那張贊助者名單？」

「除了我的老闆還沒有人看過。我很清楚地提醒他這份名單是最高機密。你不可能一直叫別人不要洩密，說太多次『不要洩密』最後就沒用了。很明顯，他和內閣部長星期四開會時會告訴他有這份名單存在，最多就這樣。」

波爾的沉默讓他難受。

「雷納德，你恐怕是忘了那幾項基本原則。過去這幾個月我做的努力，都是為了讓新時代公開公正。遇事總遮遮掩掩是我們英國制度長久以來的問題。我不會叫我的老闆或大英帝國政府的任何部長在女王的裙子底下躲躲藏藏。你只要看現在的情況就會知道，這種遮遮掩掩他們已經做得夠多了。我不會聽你的，雷納德；我不會再讓你回頭搞河廳的那些老把戲。」

波爾深吸了口氣。「有道理，雷克斯，我懂了。從現在起，我會遵守那些基本原則。」

「聽你這麼說我很高興。」

波爾掛上電話後又打給魯基。「雷克斯．顧德修再也不能從我們這裡拿到未經篩檢的帽貝計畫報告，羅勃，此事立即生效。明天我會以書面形式寄出這變更，再跟你確認一次。」

★

即便如此，其餘一切仍順利運轉。儘管波爾持續因顧德修的失誤而煩躁不安，但他和史崔斯基對於即將來臨的厄運仍毫無警覺。顧德修所謂的「總結」等同波爾和史崔斯基的「重擊」，而一次重擊正是他們可遇不可求的好機會。此時此刻，毒品、軍火和關係者全聚在一堂、金錢流向也無所遁形，如果聯合決策委員會擁有他們所需的權利和許可，小組人員就可以從藏身的樹上跳下，大喊著：「把手舉起來！」也許，那些惡棍會露出苦笑，說：「諸位警官，幹得好。」如果他們是美國人，則會說：「史崔斯基，狗娘養的，我一定要你付出代價。」

又或者他們會這樣取笑著對方、相互嘲弄。

「我們就放手讓他們去玩，」史崔斯基始終這麼堅持——無論是在會議中、電話裡、喝咖啡時，或是在海灘上漫步，他都說：「他們走得愈遠，能躲的地方就愈少，我們就愈接近上帝。」

波爾也同意他的看法。抓賊和抓間諜差不了多少。他說：只要有個光線充足的街角、相機就定位，一個心中已有周全計畫的雨衣男，外加一個提著裝滿舊鈔票的行李箱的圓頂禮帽男。如果你運氣不錯，這案子就結了。但帽貝行動的問題在於：街道誰管？城市誰管？海權誰的？管轄權誰的？只有一件事非常清楚：不管是理察・安斯路・洛普或他哥倫比亞的商人同夥，都完全沒有要在美國領土上完成交易的意思。

★

另一個支持者就是奉命處理此案的新任聯邦檢察官（而且他們對他非常滿意）。他叫普列斯科特，地位比普通的聯邦檢察官高。他是副助理檢察總長，而史崔斯基問過的每個人都說艾德・普列斯科特是最傑出的副助理檢察總長。他的確非常傑出，喬，相信我。沒錯，這位普列斯科特是耶魯大學校友，他們家不少人在政府部門都有門路——怎麼可能沒有？而且有謠言指出艾德跟喬治・布希的父親有「親戚關係」——他自己從來沒有特別否認過。但艾德——艾德沒有把這件事放在心上，而且他希望你知道這件事。在華盛頓的政治圈裡，他一向按照自己的程序和準則行事。一旦說到工作，他就是六親不認。

「我們雇的那個人上星期的狀況如何？」波爾問道。

「大概是等得不耐煩了。」史崔斯基回答。「這些人耐不住等待。」

波爾從來沒搞懂過美國人式的約聘和解雇，就沒多說。後來才知道他和史崔斯基有相同的感受，只是出於對彼此的尊重，沒說出來——但都為時已晚了。而這個時候的波爾和史崔斯基和所有人一樣，全心投入一項不可能完成的任務：遊說華府批准在公海進行封鎖行動，封鎖對象就是倫巴第號貨船。倫巴第號是一艘巴拿馬籍貨船，出發地為庫拉索，目的地是箇朗的自由港區。據了解，這艘貨船載有價值五千萬美金的精密武器設備，船貨清單上記錄的貨物卻是渦輪機、牽引機零件和農業機械。很多時候，只要一出狀況波爾都會開始怪自己。現在，他又因為這件事責怪自己不該花太多時間待在艾德・普列斯科特城區部的豪華辦公室，被普列斯科特的成熟魅力和耶魯校友彬彬有禮的姿態壓得死死的，而沒有多花時間在聯合決策委員會的指揮室裡盡專案主管的職責。

但他可以做什麼？邁阿密和華盛頓之間的祕密電報不分晝夜地傳送著。法律專家和「自稱」的專家已經組成了一個小組，不久後，那些熟悉的英國臉孔就要出現在他們面前。這些人包括：華盛頓大使館的「親愛的凱蒂」、海軍聯絡處的曼德生、信號情報處的哈德克雷，還有一位河廳的律師。據傳，這位律師正在接受訓練，準備接替帕爾弗瑞擔任採購研究小組的法律顧問。

有一陣子，華盛頓的人似乎全湧向了邁阿密；過一陣子，那位檢察官辦公室裡的人手被精簡到只剩下兩名打字員、一名接線生，而副助理檢察總長普列斯科特和他的手下則全數撤離，前進國會山莊人展身手。波爾打定主意不過問美國政治圈的風風雨雨。他從忙碌的公務獲得慰藉，就像珍德寵愛的小狗那樣，堅信愈是動盪不安的地方，愈是可能有點進展。

★

所以，其實所謂的重大徵兆一直沒出現過，只有祕密行動的一些部分和片段引發的小型警報：舉例來說，有些重要資訊的提醒三不五時冒出來，頗為煩人。像是篩選過的截聽內容、偵察照片，以及從蘭利傳來的區域情資報告等。不知為何，在送往史崔斯基辦公室的途中都卡住了。此外，波爾和史崔斯基都有一種怪異的感覺，但也都沒有告訴對方。他們都覺得在帽貝行動進行期間還有一個雖感覺得到卻看不到的行動，正亦步亦趨地同步進行中。

其他方面，唯一讓他們頭疼的依舊是那位阿波斯竇。他失蹤了。而且打從他開始幫弗林打探消息，已經不是第一次演出失蹤記。但此時此刻，這個令人頭疼的小問題格外棘手，因為弗林為了方便聯絡他還特地飛到庫拉索去，等在一家昂貴的旅館裡，像個在舞會上受冷落的女孩。

即便情況如此，波爾還是不覺得有必須提高警覺。實際上，如果波爾願意更誠實地面對自己，就會發現阿波的確出事了。負責操控他的人逼他逼得很緊——甚至可以說過了頭。阿波抱怨了好幾個星期，還威脅說他不幹了，除非他的大赦令簽發下來。當情勢逐漸升溫，如果他希望跟他們保持距離，不肯冒著可能被判六次無期徒刑的危險蹚渾水，也不想在這次近代史上可說規模最大的毒品軍火交易中成為幫兇，完全是情有可原。

「派特才打過電話給路肯神父。」史崔斯基向波爾報告，「路肯連他的影子都沒見到，派特也是。」

「也許他是要給派特一個教訓吧。」波爾說。

當晚，監聽人員交來一份意外的截聽報告，是他們隨即掃瞄庫拉索打來的電話時截聽到的內容。其中一通是藍伯恩爵士打給哥倫比亞卡利市的「曼尼茲及賈西亞律師事務所」。兩位律師都是阿波斯竇博士的工作夥伴，並且證實同為卡利市的軍事組織代表。接聽電話的是伍安．曼尼茲博士。

「伍安尼托嗎？我是山第。我們那位博士朋友是怎麼回事？他沒露面。」

沉寂了十八秒。「去問上帝吧。」

「你他媽的這是什麼意思？」

「我們這位朋友很虔敬，山第，或許他找了個地方去修行了。」

波爾和史崔斯基一致同意莫蘭第博士將會頂替這個位置，因為卡拉卡斯與庫拉索彼此接鄰。

但是，事後他們也都承認，在這件事上他們再次隱藏了自己真實的想法，沒讓對方知道。

從其他的截聽資料中聽得出來，安東尼・喬伊斯敦・布萊德蕭爵士從散布伯克郡鄉間的好幾個公用電話打電話給洛普時，語調相當歇斯底里。起先，他用他美國電信公司的卡試了幾次，但自動語音告訴他那張卡片已經失效；他詢問了電話公司的主管，還搬出自己的頭銜，簡直像個醉漢，結果被對方禮貌而堅決地掛斷電話。拿索的鋼鐵牌公司辦公室也沒伸出援手。打第一通電話時，接線生拒絕接受對方付費的要求；第二通時麥克丹比的一個人接了，但也只是要讓他知難而退；最後，他用蠻橫的手段接通目前停泊於安地瓜的鋼鐵帕莎號船長。

「他現在到底在哪裡？我試過水晶宮，他不在；我又打到鋼鐵牌公司，結果有個混帳傢伙告訴我他出去賣農場。現在你又告訴我說他『可能』會出現——我不管，我現在就要找他！我是安東尼・喬伊斯敦・布萊德蕭『爵士』。我有緊急事件才打給他。『緊急事件』是什麼意思你不知道嗎？」

船長建議他試著撥柯爾克蘭在拿索的私人電話，但布萊德蕭早就試過了，沒通。

不過布萊德蕭還是找到了他要找的人——方法不明，找到的地點也不明——並且在未受監聽的狀況下和他通上話。後來發生的一切都充分證實了這點。

黎明時，值班人員冷靜地打電話來，彷彿有顆火箭就要自爆，將一切炸成碎片。「波爾先生，能否請你馬上過來一趟？史崔斯基先生也在路上。出了點狀況。」

★

史崔斯基隻身出發。他本想帶著弗林一起，但弗林仍在庫拉索滿心悔恨，而阿瑪多在幫忙他，所以史崔斯基就代表他們兩人前來。波爾本來也打算過來，但是史崔斯基似乎有難言之隱，不想讓英方在這件事情上插手。不過，那可不是因為波爾的關係。雷納德．波爾是他的好夥伴，即便如此，也罩不住所有問題——至少現在不能。

因此，史崔斯基把波爾留在總部，獨自面對那幾臺閃爍的螢幕，以及驚魂未定的夜班人員。史崔斯基嚴令在查明此事、打電話回來之前，不准任何人採取任何形式、任何方向的行動，也不許去找派特．弗林或檢察官。不准找任何人。

「是不是，雷納德？你有聽到嗎？」

「有。」

「那就好。」

他的司機在停車場等他——司機叫威爾伯，人很好，但基本上也已經等到不耐煩了。他把車上的旋轉警示燈和警笛打開，在空蕩蕩的市中心街道呼嘯奔馳。史崔斯基覺得這種招搖的開車方式實在是太愚蠢了。有必要急成這樣嗎？有必要把所有人都吵起來嗎？但他什麼也沒對威爾伯說，因為他很清楚，如果換他來駕駛，他可能也會這麼做。有時候你做一件事是出於尊敬，有時則是因為沒有其他選擇。

更何況，他們的確很急，而且是十萬火急。當重要的證人快要出事時，你可以理直氣壯地說自己非常急迫。當每件事都錯得有點離譜而且拖得太久；當你愈來愈邊緣化，眾人卻對你逢迎拍馬，要你相信自己仍處於權力核心——我的天，喬，沒有你我們該怎麼辦？——當你不經意在走廊上聽到某個有點奇怪的政治理論——跟「旗艦」有關，不僅僅是一個代號，而是一項行動；關於「稍微移動一下標的」或「把我們自己的地盤給穩住」——當太多人對你露出微笑，太多看起來有用的情報消息湧入——但其實一點用都沒有；當你周圍的事物都沒有改變，只是你以為自己悄悄融進的那個世界卻不知不覺愈來愈遠，覺得自己像是獨自被丟在一艘木筏上，在鱷魚出沒、水流緩慢的河中漂流，默默地漂往錯誤的方向——噢，喬，老天，你真的是執法小組前所未有最優秀的幹員——如果是這樣，你完全可以說你處於危急狀態，必須快點找出到底是誰、對什麼人幹出了什麼該死的事。

有時你會眼睜睜看著自己敗下陣來，史崔斯基想。他愛看網球，而且特別喜歡看球員中場休息時喝可樂的特寫鏡頭。你可以看到贏的一方露出勝利在望的表情，輸的一方則滿臉的大勢已去。輸球者臉上刻畫的就是他目前的心境。他們使出渾身解數，打到心力交瘁，但到頭來一切都取決於分數。而在這全新的一天，破曉時分，他們的成績著實不太好看。對於大西洋兩岸情報處的上流人士而言，這不過就是場網球賽局。

他們經過那家豪灣大飯店。當他需要相信這個世界還有優雅與平靜時，他最常去的地方就是這裡。他們往小山的方向開去，離開海濱、小艇碼頭和公園，再穿過一扇對開的精美電動鐵門，進入一個住宅區。史崔斯基從未來過這裡。它叫「陽光林地」，是個金玉其外、敗絮其中的高級住宅區。靠販毒致富的人在這裡縱情酒色、過他們紙醉金迷的生活；黑人保鑣、黑人搬運工，白色桌子，白色電梯。它給人一種感覺：一旦你通過那道本該保護你安全的門，就會發現裡面的世界比外頭危險得太多。因為在這城市裡身為有錢人非常危險，而這裡的人竟沒有在自己的豪華大床上死於非命，不得不令人嘖嘖稱奇。

除此之外，在破曉時分，這個住宅區的前院卻擠滿了警車、電視轉播車、救護車，以及本來應該將失控的場面控制住、現在卻增長了混亂情勢的儀器。人群發出的吵鬧和車子亮起的燈光讓史崔斯基感到混亂。那個聲音沙啞的警察打電話給他時，他就已經很恍惚了。現場情況只是讓這症狀更嚴重。警察打給他的原因是「我們知道您很注意這個人」。可我不在這裡。他想著。我已經夢到過這個場景了。

他認出兩個從兇殺組來的人，草草跟他們打了招呼。嗯咳，格里布；嗯咳，洛克漢。幸會。喬，你怎麼現在才來？問得好，傑夫，說不定這是故意的呢。他還認出了自己部門過來的人——跟他上過床的瑪麗喬。那是一次公辦宴會，他們對於那之後發生的一夜情都有些意外。除了她，還有個一本正經、叫梅茲傑爾的男人。他露出很需要透個氣的表情；但你怎麼可能在邁阿密找到地方透氣？

「梅茲傑爾，那裡有誰？」

「先生，警方把他們認識的每個人都叫來了。先生，狀況糟透了。整整五天都在沒有冷氣的情況下，還有太陽曝曬，真的是噁心透頂。他們為什麼關掉冷氣？這未免太野蠻了。」

「誰叫你來這兒的，梅茲傑爾？」

「兇殺組，先生。」

「多久之前？」

「一個鐘頭前。」

「梅茲傑爾，你為什麼不打給我？」

「先生，他們說你當時正在執行室，走不開，但馬上就會過來。」

「他們」，史崔斯基想著。「他們」還傳達了別的訊息。喬．史崔斯基：你努力又認真，但處理起案件已經有些力不從心。喬．史崔斯基：你動作太慢了，趕不及搭上旗艦。

中央電梯一路把他送上頂樓，沒作任何停留。這部電梯可以直達閣樓。建築師的構想大概是這樣：你來到這個有星光照耀的玻璃頂樓座（它同時也是一間安全室）；你站在頂樓的小屋裡，思忖著不知他們會拿你去餵狗還是端上一份香噴噴的晚餐，外加一位年輕妓女陪你共度良宵。同時，你還可以觀賞一下一個普通的毒梟律師過的是怎樣的生活——他有游泳池、按摩浴缸、屋頂花園、日光浴等等基本的設備。

某個戴著白口罩的年輕警察表示要檢視史崔斯基的證件。史崔斯基懶得跟他多說，直接把證件拿給他看。年輕警察將白口罩遞上，彷彿史崔斯基正式加入他們的行列。進去後便看到攝影燈及身著工作服的人員被引導到各自的崗位。透過口罩，房裡的惡臭似乎更加刺鼻了。有人對情報處來的司克蘭頓打了個招呼，或對檢察官辦公室的魯考斯基問好。有人暗自感到納悶，不知為何那個該死的情報人員會先一步來到這兒。凡是有人擋到路，就會聽到「嘿」的招呼聲，直到你努力從人群中擠到這個活像拍賣現場的房間最亮的一角。所謂「擁擠的公寓」大概就是這個意思——除去這裡的屍臭味的話。在場的人都盯著那兩尊「藝術品」，邊寫筆記邊計算著價格，無心注意周遭的人事物。

而當你終於來到目的地，你就可以看到——那不是畫像，也不是蠟像，而是保羅．阿波斯賓博士和他那位現任（或者說「已故」）情婦的樣貌。他們都赤身裸體——雖然阿波用來打發時間做的事情通常也跟光著身子有關。若不是跪著，就是趴著做——兩人的皮膚都嚴重褪色，面對面跪著，雙手雙腳緊緊綁住，咽喉被割斷，舌頭吐出來，長長地蓋過喉嚨的傷口，活像是哥倫比亞式領帶。

★

史崔斯基接到消息時，波爾已先一步知道了。光是看到史崔斯基故作輕鬆的模樣，就知道這對他的震撼有多大。史崔斯基本能地盯著波爾，隨即又避開目光，在聽接下來的消息時，他決定專注在別的事情上。他的注視和眼神的閃避道盡一切。那是責難，也有道別的意味，兩者皆備。都是在說：你們這些人，這是你們對我做的好事。還有：自此以後，我連跟你共處一室都覺得厭惡。

史崔斯基邊聽邊草草寫了幾條筆記，之後便問起是誰做的鑑識，然後心不在焉地又寫了些東西。寫完後，他把那張紙從筆記本撕了下來，塞進口袋。波爾猜那應該是地址，而從史崔斯基站起來時那張毫無表情的臉判斷，他接下來應該就要動身過去，而那裡一定也發生了慘絕人寰的命案。之後，當史崔斯基揹上槍套，波爾也只能看，不能說什麼。同時他也想起，如果是在以前，他一定會問史崔斯基看個屍體為什麼要帶槍？而史崔斯基會找些令英國人止步的理由搪塞他，他們就繼續相敬如賓。

當波爾在事後想起這一刻才領悟，他被通知的不是一起，而是兩起死亡事件：一個是阿波斯賓，另一個則是他們兩人的合夥關係。

「警察說發現有人死在椰子林麥可弟兄的公寓裡。情況很可疑，我要去看看。」

接著他就對波爾以外的所有人發出警告——卻完全是衝著波爾來的。

「誰都有可能。可能是他的廚子、司機、他的兄弟，或隨便哪個該死的傢伙。沒有得到我的允許以前誰也不許動。聽到了嗎？」

他們都聽到了，但他們也都跟波爾想的一樣，知道死者不是他的廚子，也不是他的司機，更不是他的兄弟。此時此刻，史崔斯基從命案現場打電話回來，確認死者是阿波斯竇。而波爾打算一收到確認的消息就立刻按照預定計畫去做他該做的事——而且是按他預定的順序。他的第一通電話打給了魯基，告訴他帽貝行動走漏風聲，立刻發出更新訊息。因此，必須傳緊急訊號給強納生，通知他進行第一階段的撤退計畫，離開洛普的公司和他那夥人，躲起來——最好躲進最近的英國領事館。如果沒辦法，就以通緝犯潘恩的身分找一家警局自首，等著被遣送回國。

但這通電話終究還是晚了一步。波爾好不容易跟坐在阿瑪多偵防車裡的魯基通上電話，兩人卻只能眼睜睜望著洛普的噴射飛機起飛，朝東升的旭日直衝雲霄，飛往目的地巴拿馬。洛普完全忠於原則，天一亮就起飛。

「羅伯，巴拿馬哪個機場？」波爾拿著一枝鉛筆問。

「他們報告給塔臺的目的地只說巴拿馬，沒有詳細的地點。最好去問負責空中偵察的單位。」

波爾早就同步以另一線電話詢問。隨後他又打給英國駐巴拿馬大使館，和負責經濟事務的祕書通了話，對方正好是波爾情報單位的代理，和巴拿馬警方也有連繫管道。

最後，他又和顧德修通了電話，向他解釋阿波斯竇屍體上的痕跡可看出他死前遭受刑求。而為了行動，強納生身分暴露的可能性應被視作百分之百。

「噢，是，嗯，我知道了。」顧德修心煩意亂。他到底是無動於衷還是嚇得失了魂？

「但這不表示我們就不能去抓洛普。」波爾堅持。但他也知道，藉著把還有希望的想法灌到顧德修心裡，同時也能增加自己的勇氣。

「我同意。你絕對不可以放手。一定要抓緊，重點就在這裡！你最擅長的就是這個。我很清楚。」

以前這種話通常說的都是「我們」，不只「我」。波爾想。

「阿波會有今天的下場完全是咎由自取，雷克斯，他專打小報告。他多活的這些時間都是借來的。這種遊戲本質就是如此。就算聯邦調查局不幹掉你，那些惡棍也會。這些他都一清二楚。我們現在該做的就是把我們的人撤出來。我們至少可以做到這點，而且可以做得很成功。現在只是因為有太多事情擠在一起，害我們有些手忙腳亂──雷克斯，你有在聽嗎？」

「有。我在聽。」

波爾努力控制自己的內心翻騰，同時對顧德修湧起無限同情。雷克斯不應該輕易屈服的！他從來沒有想要保護自己，他太把這種事放在心上！波爾想起現在倫敦時間剛過中午，顧德修應該剛跟老闆吃完午餐。

「吃得如何？你所謂的重要消息是什麼？」波爾問，仍試圖從他嘴裡聽到一點正面樂觀的字眼。

「內閣部長終於決定要跟我們站同一邊了嗎？」

「是，謝了，真的，吃得非常愉快。」顧德修的語調太過吝氣。「俱樂部的餐點，但我們加入俱樂部不就是為了他們的食物嗎？」他大概打麻藥了，波爾心想。他在胡說八道。「要成立一個新部門，你聽到這個消息一定會很高興。這是白廳的一個監察委員會。就我所知，以前還沒有設立過，這可是史無前例。它代表了我們長久以來努力的結果，由我負責掌管。委員會直接對內閣部長負責——這是最棒的部分。大家都樂見其成，連白廳都保證將全力支持。我要深入調查那個不為人知的高層中的每一個面向：包括人員招募、組織精簡和效率提升，還有成本效益的計算、工作分配和責任歸屬。這都是我以前就做過的事，只是這次我要重新來過，還要做得比以前更好。而且我立刻就要進行。我自然得把手邊的工作放下。但他有非常明確地暗示我會獲得一群好幫手，這對海斯特來說應該算是很不錯。」

另一條線路回傳空中的監視報告。洛普的噴射機在接近巴拿馬時降低了飛行高度，雷達偵測不到。目前最可靠的猜測就是：這架飛機已轉向西北，飛往蚊子海岸。

「所以它現在到底在哪裡？」波爾絕望地大喊。

「波爾先生。」一個名叫漢克的小伙子說：「它不見了。」

★

波爾一個人站在邁阿密的監聽室裡，久得監聽人員都不再注意他了。他們背對著他，坐在監聽器前面，操心著成千上百件雜事。耳機的好處在於：你不用顧慮別人、不需跟人分享、不必和人竊竊私語。只有你，還有那個聲音——有時，連那個聲音都不存在。

「這部可以給你用，波爾先生。」有個女性監聽人員輕快地告訴他，還解釋了該如何使用機器上的各種開關。「你好像為自己找了個麻煩啊。」

她的同情就只到這裡為止了。倒不是說她毫無同情心，不是這樣，但她是專業的監聽人員，還有別的事情得操心。

他把錄音帶播放了一遍。他壓力真的太大了，腦袋太混亂，所以決定什麼也不去理解。就連錄音帶上的標題也使他困惑。拿索的馬歇爾打電話給庫拉索的湯瑪斯。這個「拿索的馬歇爾」是何方神聖？還有，他大半夜打電話給我在庫拉索的情報員——而且挑在行動即將展開的時間點——想做什麼？

而又有誰會在第一眼就接收到排山倒海的資訊、猜到這個馬歇爾是女性？而且不是什麼普通女人，是那位珍米瑪——別名珍德，又名珍姿。她甚至是從洛普位於拿索的宅邸打來的。

十四通。

午夜到凌晨四點間。

每通相隔十到十八分鐘。

最初的十三通，她還禮貌地要求總機為她轉接「湯瑪斯先生」，而總機嘗試了很多次之後，告訴她湯瑪斯先生拒絕接聽。但試到第十四次，她的努力終於獲得回報——精確地說，是在差三分就凌晨四點的時候，拿索的馬歇爾和庫拉索的湯瑪斯終於通上電話。這次一共用了洛普家的線路二十七分鐘。起初，強納生大發雷霆——這毋庸置疑。但後來他就不那麼氣了，最後，如果波爾的感覺沒錯，強納生後來完全不氣了。在那二十七分鐘的最後一個段落，電話裡除了強納生……強納生……強納生……以及彼此的呼吸吐息外，再無其他。

整整二十七分鐘。該死的一對戀人的真空狀況。洛普的女人珍德，以及我的情報人員，強納生。

# 24

當強納生問洛普飛機要飛去哪兒，洛普說：「法伯吉。」

「法伯吉。」藍伯恩也從嘴角擠出這個地名。

「是法伯吉。湯瑪斯。」弗里斯基露出不懷好意的笑容。他們都把安全帶扣上，坐在自己的座位。

「你有聽過大名鼎鼎的珠寶聖地法伯吉嗎？我們就是要去那裡，對吧？總算可以樂一樂了。」

於是強納生再次退回自己的思緒中。他一直很清楚自己必須同時運籌帷幄許多事，不可能逐一思考。舉例來說，此時他正在比較叢林植物和愛爾蘭植物的不同，並且可以斷定叢林植物絕對占了上風。他也想起來了。以前坐直升機的時候都得坐在鋼盔上，以免底下的王八蛋決定射掉你的睪丸。現在他雖然在飛機上，卻沒有鋼盔，只有牛仔褲、運動鞋，和失去了一切保護的睪丸。他還想起即將正面迎敵引發的一陣刺痛：那時他揮別伊莎貝爾，將步槍緊貼著臉頰。他又感到那種痛了。從哲學觀點來看，直升機這個空間總能反映出他心中最多愁善感的部分——這裡令他恐懼。他不時會有這種感覺：我正在生命的旅途中，雖然還在母胎裡，卻將要步向死亡。又或是這種感覺：上帝啊，如果祢能讓我倖存下來，我就把……把我的一生奉獻給祢。又或者是：和平是一種枷鎖，戰爭反倒是自由。每當他被這種想法說服，總會自覺羞愧，非得立刻找個人來當出氣筒——例如迪基．洛普，這個誘惑了他的人。他還想到，無論他為了什麼來到這裡，目的都快要達成了，在那之前，他不能爭取珍德、或說不值得爭取，蘇菲的靈魂也還無法獲得慰藉。一如以前那些簽合約的人說的，他的追尋是因為這個目的才產生，反之亦然。

他偷偷瞄了坐在洛普身後的藍伯恩。他正專心地讀著一份冗長的合約，而且似乎感到激賞，那模樣就像是在庫拉索，他一聞到線狀無煙火藥的氣味就突然醒了過來那樣。但強納生不認為因為見到這樣的藍伯恩他就會比較喜歡他，只是看到這個世上除了女人以外還有其他事物能讓藍伯恩從懶散的狀態中甦醒，他就覺得心情大好——即便那是用來屠殺人類的先進科技。

「湯瑪斯，你可不能害洛普先生交上壞朋友啊。」眾人快迷地將行李移到直升機上時，梅格絲站在她那邊的飛機手扶梯上警告他。「你知道大家都怎麼說巴拿馬的嗎？他們說它像是沒有英雄的《北非諜影》。是吧，洛普先生？你們不如充當一下這裡的英雄如何？儘管沒有人會感激你們。藍伯恩爵士，祝你們愉快。湯瑪斯，有你在我們的機上真是榮幸；洛普先生，我們的擁抱感覺好像不太一樣啊。」

他們漸漸爬升。鋸齒形的山脊跟著往上，直到他們飛進凹凸不平的雲層中。直升機本就不適合在雲裡或這種高度飛行。引擎喘個不停，像頭壞脾氣老馬發出粗嘎的聲響。強納生戴上塑膠耳罩，震耳欲聾的引擎聲轉成牙醫替病人鑽牙的聲音。機艙裡的氣溫從接近零度的低溫下降到令人難以忍受的酷寒。好不容易，他們搖搖晃晃飛過一片雞冠花狀的山頂積雪，飛機又像無花果種子一樣朝下飄降，飛越一群小島。每座小島都有六間簡陋的小木屋和紅色小徑。過了這個小島就是大海，接著是另一座小島。當直升機時以低空高速掠過島嶼時，強納生幾乎認為島上一簇簇的漁船桅杆必定會將直升機戳個粉碎，或讓它翻轉三百六十度、墜落在沙灘上。

地上的景色一分為二：一邊是海，另一邊是叢林。叢林之上是藍色的山丘，再上是團團白色硝煙；底下是一塊塊長滿植物的綠色土地，其間有緩慢的白浪井然有序地滾動著。彷彿要避開凶猛的烈火，直升機傾斜著繞圈飛行。一塊塊四方的香蕉林猶如散布阿瑪潮溼沼澤地帶的水田。直升機駕駛沿著黃色的沙路飛向一間破落的農舍。在這裡，這位細心的觀察者曾與兩個人拳腳相向，把他們打得鼻青臉腫，成為眾人崇拜的對象。他們飛進一個叢林茂盛的山谷，兩邊的綠牆將他們夾在中央，然而強納生再也禁不住疲倦，昏昏欲睡。他們沿著山坡往上飛，越過一塊塊突出的岩石，再飛過農莊、馬匹、村莊、人群。回去吧，已經夠高了。可是他們沒有回去，他們繼續飛，直到往下看時再也看不到人或動物。即使是乘坐大飛機，如果在此處墜落，落地前還得先通過層層疊疊的濃密叢林。

「他們似乎比較喜歡靠太平洋的那邊。」八小時前（但感覺像是上輩子）魯基在庫拉索的旅館二十二號房打給他時說明過了。「加勒比海那邊非常容易被操縱雷達的小伙子追蹤，但只要進入叢林就沒差了，因為你根本就會被叢林淹沒，變得完全不存在。領頭的訓練人員自稱艾曼鈕。」

「這個地方在地圖上，甚至比一顆字母還要小。」魯基跟他說過，「這裡叫法布里加山，但洛普比較喜歡叫它法伯吉。」

洛普已經把睡眠用眼罩摘下來，盯著手錶像在核對班機時間。飛機開始下降，在黑色的森林中，直升機的停機坪坐落於一片有些下陷的土地。停機坪上紅白相間的柱子引領他們緩緩下降，機坪四周都是全副武裝、攜帶作戰裝備的軍人，全都仰頭注視著他們的到來。

如果他們帶你同行，是因為他們不敢放你離開視線範圍外。魯基曾如此預言。

登上倫巴第號貨船之前，洛普也的確這麼說了。在我以這隻負責簽名的手開除我自己之前，即便我是身在一間空無一物的保險箱中，他也不會放心。

直升機駕駛關掉引擎。身穿野戰制服、身材矮胖的西班牙人快步上前迎接。強納生看到他身後分布著六個掩蔽得很巧妙的碉堡，每個碉堡有兩人看守，而且他們都奉命不准從樹蔭裡出來。

「你好，曼尼。」洛普高興地跳到停機坪的柏油路面，邊高聲喊道。「我餓死了。你記得山第吧？我們午餐吃什麼？」

★

他們在洛普的帶領下小心翼翼地走在叢林小徑上，而矮胖的少校則與他邊走邊聊。只要洛普發表完他對某件事情的觀點，少校都會立刻將他沉重的身子轉過來，舉起微微握起的雙手抓住他。緊跟在後的是藍伯恩，他採取在叢林中前進的屈膝姿勢緩步行走。再來是訓練人員。強納生認出其中兩個矯健的英國人，他在梅斯特皇宮飯店裡見過，弗比斯和陸巴克，洛普喊他們「布魯塞爾的小伙子」。他們之後跟著兩個相貌很接近的紅髮美國人，正聚精會神地與另外一名叫歐拉夫的談話。接著是弗里斯基和兩位他一見如故的法國人。強納生、托比，和一個叫費南迪茲的年輕人則跟在弗里斯基身後。這個年輕人臉上都是疤，一手上只剩兩根手指。假使我們身在愛爾蘭，我會認為你應該是被炸彈炸傷，強納生想著。這一路上的鳥鳴震耳欲聾，每次暴露在陽光底下，熱氣就像要把他們給烤焦似的。

「請各位注意，我們現在處於巴拿馬最陡峭的山區。」費南迪茲以柔和又充滿熱忱的語氣說道：

「沒有人能夠步行來到這裡。我們現在所在的高度是三千公尺，這是非常陡峭的一個山嶺，叢林遍布，沒有道路——連小徑都沒有。特里比諾的農民來過，他們燒掉樹林來種芭蕉，後來又離開了，因為沒有『堵壞』。」

「非常好。」強納生禮貌地回答。

眾人一頭霧水，托比難得有一次在強納生領悟之前搶上話。「是土壤，費南迪茲。」他好心糾正他。「他剛剛是說西班牙文，沒土壤，因為地太貧瘠。」

「特里比諾的農夫真是不幸，湯瑪斯先生。他們曾經把所有人擋在門外，現在卻迫不得已、得跟自己不喜歡的部落聯姻。」

強納生發出同情的嘆息。

「我們說我們是探勘的人，湯瑪斯先生，說我們來是為了找石油、找金礦。為了尋找金蛙、金鷹和金老虎。我們都是愛好和平的人，湯瑪斯先生。」他縱聲大笑，強納生也不得不跟著笑。

此時，他突然聽到叢林的障壁後方傳來一陣機關槍的聲響，伴隨單獨一顆手榴彈炸開、有點乾的爆炸聲。所有人都靜了下來，但叢林很快又恢復先前鬧哄哄的背景。他想起來了，過去在愛爾蘭也是如此：爆炸之後，原有的聲響會一瞬間停滯，等到發現沒有危險，就會再次開始交談。那些厚實的叢林植物密密地覆蓋在他們上方，走在裡頭，強納生總覺得自己好像又回到水晶宮裡的林蔭隧道。形狀像喇叭的白花、許許多多的蜻蜓和黃蝶不時擦過他們身邊。他又想起某天早晨，珍德穿著黃色襯衫，看了他一眼。眼神勾動著他。

霎時間，他的注意力又被拉回到現實：一支小分隊以輕裝甲兵部隊的速度從他身旁跑了過去，直衝往下坡。這些人扛著火箭發射器、火箭本體和彎刀，汗流浹背。領頭的是個戴著游擊隊員帽、藍色眼睛中沒有光彩的年輕人。然而，他帶領的這支西裔印地安人卻懷著憤怒與痛苦一路往前衝。所以，當他們匆忙經過強納生面前，他只能勉強聞到他們身上的汗臭，驚鴻一瞥他們塗著迷彩的臉、脖子上掛的十字架，以及被泥濘浸溼的軍裝。

接著他們漸漸感受到高山的涼爽氣溫。強納生彷彿回到瑞士穆倫村上方的森林，朝勒伯峰的山腳走去，準備開始為時一天的登山路程。他感到強烈的愉悅。叢林對他而言是另一種類型的歸鄉。這條小徑跟著一條煙氣氤氳的急流彎彎曲曲，天上滿是烏雲。當他們經過一處乾涸的河床，這位經歷過多次戰役的退伍軍人看見了粗繩、絆索、彈殼、罩網、燒成焦黑的草地，以及樹幹上被炸過的痕跡。他們順著草地和岩石間的一道斜坡向上爬，來到峭壁頂端，從那裡往下俯視。乍看腳下以為是無人居住的營地，隨著哀愁的西班牙歌曲旋律漸漸傳來，廚房的煙囪裡冒著炊煙，身強體健的男人都去叢林工作了。只剩下廚子、軍營的幹部和病人留在營中。

「諾瑞加當政時，許多準軍事部隊都在這兒受訓。」強納生轉過身去，望著費南迪茲，他則有條不紊地向他解釋。「巴拿馬人、尼加拉瓜人、瓜地馬拉人、美國人、哥倫比亞人和西班牙人、印度人等等，都在這裡接受扎實的訓練。他們受訓的目的是為了抵抗奧帝加、卡斯楚和許許多多的壞人。」

等他們走下斜坡、步入軍營，強納生才意識到，原來法伯吉根本是個瘋人院。

★

營內最顯眼的地方有個司令臺，後方由一塊三角形的白色磚牆撐著，牆上塗滿標語，底下則有一圈煤屑塊砌成的房子，房門上都漆了淫穢的圖畫，顯示出該處的功能。譬如說廚房門上畫了一個上空的女廚師，浴室門上畫著渾身光裸的沐浴者，看診室門上則是流血的身體。此外還有教授技術和政治思想的學院——虎學院、蛇學院、猴學院與鳥學院。在一小塊高起的地面上還有間小教堂。燈光照在教堂牆壁上，可以看到圓圓的聖母和聖子畫像，由一群拿著卡拉什尼可夫槍的叢林勇士守衛。這幾間房子的牆上還畫著好幾幅人像，高度大約及腰，好像全都一臉兇狠地瞪一條條水泥鋪成的小徑。其中有個大腹便便、戴著三角海盜帽、身穿藍色燕尾服和輪狀皺摺領的商人；還有披著頭紗，臉塗胭脂，面貌姣好的馬德里女郎；裸露雙乳的印度農家女被畫成恐懼得轉頭張望，雙眼大睜，嘴巴也大開，同時瘋狂地轉動某個神祕水井的打水開關。從窗戶和房子的假煙囪上凸出的是肉色的石膏手臂和雙腳，以及一張張瘋狂的臉龐。那些面孔染滿鮮血，彷彿企圖脫逃的受害者被抓回來大卸八塊。

不過，法伯吉最瘋狂的地方既非牆上的壁畫，也不是那些巫毒雕像，更不是在以西班牙語寫成的標語之間穿插的神奇印地安方言，或是裡頭裝設了吧檯高腳凳和點唱機但屋頂非常破爛的瘋馬酒吧，當然也不是畫在牆上的那些舞動的裸女——這地方根本是活生生的動物園。眼前彷彿有隻發了瘋的山老虎勉強被關在一個過小的虎柙裡，狼吞虎嚥地吃腐肉；又或者像是見到一頭被拴起來的雄鹿，或關在板條箱裡的山貓；也像是鸚鵡、老鷹、鶴、鳶或禿鷹，牠們被關在汙穢的鳥舍中，在漸漸昏暗的光線裡憤怒地拍打被剪殘的翅膀；也像是被關在籠中，絕望到再也不發出任何聲音的猴子；又或是那一排排覆蓋了鐵絲網的彈藥箱，每箱都有一條品種不同的蛇，只為了讓叢林中的戰士分辨哪種有害、哪種無害。「艾曼鈕少校非常喜歡動物。」費南迪茲帶著客人參觀營房，一邊向他們解釋。「湯瑪斯先生，為了打仗，我們得先讓自己成為叢林之子。」

就連他們住的小屋窗上也釘著一根根監獄般的木條。

★

今晚是一場盛宴，像具體而微的舊時宴席，座上賓是理察．安斯路．洛普先生，我們的贊助者，我們的總司令、我們的同志，我們敬愛的人。聞言，眾人都轉頭看他，也看著他身旁那位不再垂頭喪氣的小貴族。

用餐人數多達三十，他們大口吃著雞肉、米飯，大喝可口可樂。蠟燭放在廣口瓶裡，裝在名貴的燭臺上，照亮席間的一張張臉孔。這感覺就像是二十世紀決定將垃圾桶中那些剩餘的戰士和再也不需要的戰爭導火線一口氣清空、倒進一個叫做法伯吉的軍營：美國退伍軍人。他們起先是受夠了戰爭，後來卻對和平也失去興趣；蘇聯特種部隊。他們原先受的訓練是為了保衛國家，但才一轉身，這個國家就沒了；法國人。這些人至今仍痛恨將北非拱手讓人的戴高樂；還有除了戰爭之外一無所知的以色列年輕人，和除了和平以外一無所知的瑞士青年。最後剩下的就是追求戰爭榮光的英國人。他們之所以想要以武服人，是因為他們那一代的英國人無論如何都忘不了以武服人的樂趣——要是我們能把越南奪過來當屬地，那該多好！——還有那群相當有自省能力的德國人，在戰爭的巨大罪惡和誘人魅力之間來回擺盪、身心俱疲。除此之外，還有托比說的那位艾曼鈕少校——為了討好可恨的美國佬，從古巴打到薩爾瓦多，再打到瓜地馬拉、尼加拉瓜，並在這些國家又轉戰他處，打了無數次見不得人的戰役。現在艾曼鈕總算可以讓比分稍微平衡一點了。

再來就是洛普——他集合了這支神出鬼沒的軍隊來此赴宴——他高高在上，彷彿掌控一切的天才，同時也是總指揮、經紀人、無神論者——也可以是神仙教母一般的人物。

「回教游擊隊？」洛普邊笑邊問，接下藍伯恩說的有關刺針飛彈在阿富汗彪炳的戰功。「那些回教武裝分子嗎？他們勇猛得像獅子、瘋得像精神病患。」洛普談戰爭時，語氣向來是前所未有的冷靜，常說的名詞又回到嘴邊。「他們直接從蘇聯坦克前面冒出來，拿用了十年的M16步槍對著戰車掃射，看著子彈像冰雹一樣從槍口瘋狂射出。雖然這根本是拿玩具槍對付高科技雷射武器，可他們一點也不在乎。美國人只看了他們一眼就說：『這些回教武裝分子需要的是刺針飛彈。』華盛頓就騙到刺針飛彈給他們使用。這些人一拿到就意氣風發起來，拿它們摧毀了蘇聯坦克、打下了他們的直升機。然後呢？我告訴你然後！蘇聯軍隊打不過他們，只好撤軍，現在那裡再也看不到蘇聯軍隊了，而回教武裝分子有了刺針飛彈，亟欲大展身手。然後別人看到他們有刺針飛彈，也跟著想要刺針飛彈。當我們只有弓和箭的時候，充其量就是擁有弓和箭的猩猩，但現在我們是擁有多彈頭導彈的猩猩！你知道布希為什麼非要跟海珊打不可？」

這個問題是打算直接問他朋友曼尼的，但有個美國退伍軍人搶著回答。

「當然是為了石油。」

洛普對他的答案並不滿意。接著又有一位法國人試著回覆。「為了錢！是為了掌控科威特的金子！」

「是為了獲取經驗。」洛普說。「布希想要那種經驗。」他邊說邊伸出一根手指，指著在座的俄國人。「在阿富汗，你們投入八萬名驍勇善戰的軍人，打一場不確定的現代化戰爭。那些飛行員都實際經手過轟炸任務，軍隊都在槍林彈雨下作戰，相較之下，布希有什麼經驗？他手下的不過就是些打過越戰的老兵，或某個從超級小國格瑞那達凱旋歸來的少年英雄——那地方有多少人？三個人加一隻羊！布希要開戰的原因就在這裡。他想體驗戰爭，他要讓他們去打打看當初伊朗跟美國開戰時他賣給海珊的武器，而且選民也愛得不得了。我說的對嗎，山第？」

「對，老大。」

「你說政府嗎？他們比我們還糟。買賣是他們在做，後果是我們承受。這種事情我看太多了。」他停了一下，或許是認為自己說夠多了，但其他人並不這麼想。

「老大，跟他們說說烏干達吧。你過去在烏干達呼風喚雨，沒有人能動你。就連阿敏也要靠你養呢。」說話的是弗里斯基。他坐在餐桌另一頭，跟他那群老友在一塊兒。

洛普接受眾人的鼓掌，彷彿一個正猶豫著該不該再演奏一首安可曲的音樂家，但他最後還是順了大家的意。

「阿敏向來不受管束，這點毋庸置疑。但他想要的卻是穩定的力量。除了我，任何人都可能把他帶入歧途，硬把一些他想要的不得了的東西塞給他——而且不會只賣他一點點。我不會幹這種事。我會給他一雙他可以穿的鞋。如果他有核武，搞不好會拿來殺雞。那時你不也在嗎，麥克弗爾生？」

「老大，阿敏這種人碰過一次就夠了。」開口的是坐在弗里斯基身旁、一個幾乎沒說半句話的蘇格蘭人。「要不是你，我們可能早就完了。」

「烏干達挺麻煩的，是不是，山第？」

「我從沒在其他地方看過有人可以在被吊死的屍體底下吃三明治。」為了討大家開心，藍伯恩爵士幫腔。

洛普裝出道地的非洲黑人腔調，說：「『來嘛，迪基，瞧瞧你那些個槍要怎用。』可我那時不去，我不願意。『別找我，總統大人，多謝你了。你想怎麼處置我都行，但像我這種善良的人真的很少見。』假如我是他的手下，大概當場就沒命了。那傢伙瞪大了眼睛對著我大吼大叫：『你本來就要跟我一起走！』可是我說：『不對，我沒必要跟你走。如果我今天賣給你的是香菸，不是這些小玩具，你就不會把我帶到醫院，待在那些快要死於肺癌的人的病榻前，不是嗎？』然後他放聲大笑。阿敏就是這樣一個人。但他笑的時候我從來都不信。笑裡都會藏刀，笑會扭曲真相。我絕對不相信愛開玩笑的人。我會跟著他一起笑，而我不會相信他。米基以前很愛開玩笑。你還記得米基嗎，山第？」

「開什麼玩笑，我記得一清二楚。」藍伯恩慢條斯理地回答，再次引起滿座笑聲。碰上這些英國大佬，你就是得把場子交給他們。他們都異於常人啊！

一直等到笑聲平息，洛普才又開口：「米基以前常講打仗的笑話，不都讓人忍不住大笑嗎？什麼外籍傭兵會在脖子和隨身物品掛上一串串人耳的笑話，你們都還記得吧？」

「這些笑話也沒給他多大的幫助，不是嗎？」藍伯恩又補了一句，令那些崇拜他的人更開心了。

洛普轉過身對艾曼鈕少校說：「我跟他說：『米基，你這是在碰運氣。』我上次見到他是在大馬士革。那些敘利亞人實在太愛他了，把他當成某種神通廣大的巫醫，有求必應。就算他們想要摘天上的月亮，米基也能把要用到的器具找來給他們。他們給他市區的那棟豪華公寓，公寓裡還掛著天鵝絨的窗簾，完全不透光。記得嗎，山第？」

「看起來活像是建給摩洛哥傭人的接待室。」藍伯恩說，所有人又捧腹大笑，而洛普再次等待笑聲靜下。

「如果你從陽光普照的大街走進那間辦公室，眼前會瞬間一片黑，就像瞎了似。接待室裡會有幾個滿臉橫肉的惡棍，六到八個不等。」他朝餐桌揮揮手，「長得比這些傢伙還要醜——如果你願意相信我的話。」

艾曼鈕真心大笑。藍伯恩裝酷地聳起一邊眉毛。洛普繼續說下去。「米基就坐在他的辦公桌後面，前面有三臺電話，他邊講，看起來很笨的祕書就把他的話寫下來。『米基，別再自欺欺人。』我警告他，『今天你是他們的座上賓，但如果你讓他們失望，你就是個可以去死的座上賓。』那個年代有個金科玉律——不要設什麼辦公室。一旦你有辦公室，你就是顯眼的目標。他們會來竊聽你的電話、查看你的文件、挖你的底細。如果他們不再喜歡你，也很清楚能在什麼地方找到你。所以我們一直只經營市場，從來不設什麼辦公室。我們住三流旅館——你還記得嗎，山第？布拉格、貝魯特、特里坡里、哈瓦那、西貢、台北，還有該死的摩加迪休？記得吧，華利？」

「老大，當然記得。」某個聲音回答。

「只有窩在這種地方，我才耐得住性子好好讀完一本書。我就是沒辦法乖乖守規矩。我讀書讀不到十分鐘就覺得該站起來做些什麼。但一個人出門在外，跑到這些爛城市裡一邊消磨時間、一邊等待交易完成，除了幹些很有文化的事之外就沒什麼好幹了。之前有人問我是如何賺到人生的第一個一百萬。你那時也在，山第，你知道我說的是誰。『坐在雞不生蛋、鳥不拉屎的地方賺來的。』我這樣告訴他。『錢不是交易賺來的，是浪費時間等來的。』」

「米基後來怎麼了？」強納生坐在自己的座位上問。

洛普瞄了一下天花板，好像在說：就在那兒。

最後，只剩藍伯恩能為眾人解謎。「怎麼說呢，我從沒見過被搞成這樣的屍體。」他的語氣相當無辜且困惑。「他們一定折磨了他好幾天。當然，這人的獲利方式就是見人說人話、見鬼說鬼話。他有點太迷戀那個特拉維夫的年輕女孩了。有人會說他自作自受，不過我還是覺得他們對他過分了點。」

此時，洛普站了起來，伸伸懶腰。「這完全就是一場狩獵遊戲。」他滿足地說：「你跋山涉水、筋疲力竭，一堆事情拖累著你、把你絆倒，但你還是奮力不懈。然後某天，也許你終於偷瞄到一眼你追尋的目標到底長什麼樣——要是運氣夠好，搞不好還能出手——正確的地點、正確的女人——正確的隊友！其餘那些傢伙會撒謊、會手忙腳亂、會騙人、偽造收支、到處鬼混。我們也是！——但那又怎樣？各位晚安，謝啦，大廚——大廚去哪兒了？他去睡了？聰明的小伙子。」

★

「湯瑪斯？可以聽我講一件非常、非常有趣的事情嗎？」那晚，他們躺在臥鋪準備就寢時，托比這麼問強納生：「你一定會覺得很有意思。」

「說。」強納生客氣地回答。

「所以你知道嗎，美國人為了抓那些毒販，特地在巴拿馬市郊外的霍華德空軍基地配置了空中預警機嗎？他們的做法是這樣的：飛得很高很高、監視那些在哥倫比亞古柯農園附近飛來飛去的小飛機。那哥倫比亞人怎麼對付他們？他們非常狡猾，他們找了個傢伙，一直待在飛機場對面的小餐館喝咖啡。每次一有美國的空中預警機升空，他就立即打電話去哥倫比亞打小報告。這招漂亮。」

★

他們飛到叢林的另一區，降落後，地勤用絞車將直升機拉進樹林中，那裡還停了幾架被網子罩住的老舊運輸機。小型機場的跑道沿著河岸開闢，十分狹窄。強納生直到飛機完全停下來的最後一刻都非常確定它會一頭栽進急流中。不過，那條碎石鋪成的跑道其實夠長，足夠讓一架噴射機起降了。有輛軍用運兵車來載他們。他們通過一個檢查哨，看到有個用英語寫著「爆炸」的牌子——不過誰會看這個？誰又會理解它的意思？這些都不得而知。晨曦照在葉片上，發出珠寶般晶瑩閃爍的光芒。他們駛過一座工兵搭的橋，兩旁都是高達六十呎的巨石。眾人一路前進，來到一處彷彿劇場的天然盆地，充滿叢林回聲和潺潺水流，山坡的弧線正好形成某種看臺。往下望可以看到底下是個盆狀的草原，幾塊森林和蜿蜒的河流分布其間，中央地帶點綴著跟電影布景很像的一排排房屋；路邊停著好幾輛應該是全新的轎車：一輛黃色的愛快、一輛綠色的賓士、一輛白色的凱迪拉克。旗幟在公寓屋頂上飛揚，當微風把它們往上吹，強納生認出來了，它們都是致力於掃蕩古柯鹼的國家國旗。包括美國的星條旗、英國國旗、德國黑紅金三色旗。而且，最詭異的是居然有瑞士的白色十字旗。其他旗子很明顯是來充數的。一面旗子上寫著DELTA，另一面則寫著DEA，插在一座小小的白色尖塔上，塔上寫「美國陸軍司令部」。

距離這個模擬城鎮中心約半英里、靠近河邊小徑的蒲葦中，還有一座假的軍用機場和一條鋪得很隨便的跑道。有黃色的布製風標，以三夾板搭建、漆著綠色斑紋的塔臺。跑道上零亂散置著報廢的舊飛機。強納生認出DC-3、F-85和F-94等。河邊還放置了各種機場防護設施，譬如漆成黃褐色、帶有美國白星標幟的老坦克和裝甲運兵車。

強納生手遮在雙眼上方，望著馬蹄形地帶北側的山脊。管制小隊已開始集結，數個戴白色臂章和鋼盔的人有的在對手裡的對講機說話，有的拿著望遠鏡眺望遠方，或拿著一張張地圖在研究。強納生發現紮著馬尾、身穿防彈背心和牛仔褲的藍伯恩夾在他們中間。

★

一架輕型飛機低掠過山脊，準備降落。機身上沒有標誌。好東西就要到了。

今天是交接的日子，強納生想。

今天是軍隊被洛普接收之前辦的分發典禮。

今天是射火雞比賽，湯米。弗里斯基說。他最近養成了這種輕浮的說話方式。

今天是展示火力的日子，托比也說。這都是為了向那些年輕的哥倫比亞人展示一下他們手上的東西有什麼威力。

就連握手也有特定意義。強納生站在看臺一邊，可以清楚看見儀式是如何進行。有人擺上一張桌子，桌上放了各種飲料及放冰塊的冰罐。當貴賓抵達，洛普親自迎接，將他們帶到桌前。接著，艾曼鈕和洛普站在他們當中，把這些貴賓介紹給資深教官，眾人又是一陣握手寒暄。之後，兩人就陪著他們到樹蔭底下的一排土黃色折疊椅前坐下。主客共同圍成半圓，有些不自然地談話，就像政治人物在拍照的場合中總得開開玩笑那樣。

不過，引起這位謹慎的觀察者注意的不是這些人，而是遠離矚目中心、躲在陰影裡的幾個人。他們的老大是個肥胖的男子。他的腿分得很開，像農夫一樣粗糙的手握拳擱在粗壯的大腿上；他身旁坐著結實的老鬥牛士，此人極瘦，而另一人極胖。瘦子的側臉上有塊白色的疤，像是以前被牛角柢傷；第二排則坐著幾個摩拳擦掌的年輕人，表情自信滿滿。他們抹了過多髮蠟，穿著有波浪紋的皮靴，身穿古馳飛行夾克和絲質襯衫。他們戴了太多金飾，夾克底下的身體又太過粗壯，臉上的殺氣也太重，一看就知道絕非善類。

但強納生現在沒時間仔細打量他們了，因為有架雙引擎運輸機出現在北邊山脊，機身標有黑色十字。強納生立刻意識到，此時此刻，黑色十字代表好人，而白色星星代表壞人。飛機的側門打開，降落傘在暗沉的天空中一朵朵打開。隨著他們在空中翻滾、旋轉，強納生的腦海也上演了一齣盛大的戲碼，重現打從兒時至今的回憶，以及軍旅生涯中的種種。他彷彿又回到阿賓登傘兵營，初次嘗試從熱氣球跳傘，也想到死亡和離開伊莎貝爾其實可以當成兩件不同的事。他又回到初次橫越阿瑪那空無一人的郊外進行野外巡邏的場景。他穿著防彈背心，把槍緊抱在胸前，終於確信自己不負父親的名字。

我們的傘兵成功降落，接著第二批、第三批也分別著陸。一支隊伍在傘與傘之間來回奔跑，忙著收回設備和補給，而另一支隊伍則以火力掩護，因為敵方的火力也出現了。機場邊緣的一輛坦克瞄準傘兵開砲——沒錯，它的砲管正噴出熊熊火焰。而且，就在傘兵急匆匆鑽進蒲葦叢中找掩護之際，埋藏在地下的炸藥也在四周炸開。

突然間坦克不再開火，而且是再也開不了火。傘兵已經將它殲滅。砲塔扭曲變形，車內冒出濃濃黑煙，一條履帶像壞掉的錶鍊那樣整個斷裂。轉眼間，其餘坦克也跟著出事。而在坦克之後，跑道上停放的飛機不是打滑就是傾倒，最後不知被什麼給鉤住，再也動不了了。

這便是輕型反坦克武器的威力，強納生想。兩百到三百公尺的有效射程，是巡邏狙殺任務最愛的武器。

當防守方好不容易從建築物中以機槍向外掃射，對敵方展開遲緩的反擊時，山谷中再度出現雙方對峙的局面。黃色的愛快狼狽逃命，並在遠距遙控的幫助下順著道路撤退。懦夫！膽小鬼！混帳！為什麼不待在原地繼續作戰？但黑十字一行人已經有了答案。他們從蒲葦叢中以火神機槍每組十至二十枚的發射模式將重型曳光彈射向敵方所在位置，打入他們藏身的鋼骨水泥大廈，將建築物射出一個又一個大洞，變成巨大的磨起司器。四連發機槍更以一輪五十發的頻率猛烈掃射，將愛快轟出道路，趕進乾枯的雜樹林中並起火爆炸，枯樹著火燃燒。

然而一波未平、一波又起，我們的英雄再次遭到圍攻；先是地面炸開，接著是天空中一片混戰。不過別擔心，我們的戰士當然是有備而來：作為空中標靶的無人機就是那些惡人。火神機關槍的六支槍管最多可達到八十度的射擊仰角，現正調到這個角度，火神雷達測距儀裝在同一底座，可裝載兩千發子彈。它們一次可射擊一百發，炸出震耳欲聾的聲響，強納生不得不摀住耳朵，露出痛苦的表情。

靶機吐出濃煙，在空中四分五裂，並像無數張燃燒的紙片那樣飄落到叢林深處。看臺上，白鱘魚子醬都從冰桶裡端了出來，還有冰椰汁、巴拿馬蘭姆酒和蘇格蘭威士忌，全都放在岩石上供眾人享用——但還不到喝香檳的時候。老大的場子一向沒那麼短。

★

休戰時間結束，午餐時間也是。這個小鎮可能終於要被攻下了。一整排勇士從蒲葦叢中一躍而出，朝可憎的殖民主義建築正面發動攻擊，掃射、縱火；其他士兵則利用機會聲東擊西，悄悄展開突襲。臉全部塗黑的水上部隊乘坐充氣艇溯河而上，藏身在蘆葦中，幾乎看不見身影；其他穿著特種部隊戰鬥服的士兵則祕密沿著美國陸軍總部的外牆攀爬——突然間，就在某個祕密信號誘發後，兩隊人馬正面交鋒：從窗戶投出手榴彈後跳入熊熊烈焰之中，手上的自動機槍子彈打得一發不剩。不過數秒間，還停在地面上的車輛若非無法動彈就是遭對方攻占。屋頂上數面壓迫者的可恨旗幟降下，換成我們的黑色十字旗。我們贏了！我們勝利了！我們的軍人所向無敵！

等等！怎麼回事？這一場仗還沒打贏。

飛機的隆隆聲引起強納生的注意，他再次仰望山脊，山上控制小組的成員一個個神情緊繃地查看地圖，也有人拿著無線電通訊設備在連絡。一架白色的民用噴射機掠過山頂，雙引擎，機身嶄新發亮，沒有標誌，兩名駕駛清晰可見。它俯衝而下，在小鎮上空低空盤旋。它來這裡做什麼？這也是演習的一部分嗎？還是說，他們是貨真價實的緝毒小組，專程來這裡看熱鬧？強納生環顧四周想找個人問問，但大家都跟他一樣直勾勾瞪著那架飛機，似乎同樣不解。

噴射機飛走了，小鎮沒有改變，但山脊上的管制人員似乎還在等待。強納生在蒲葦叢中發現五人一組的射擊小組，還從中認出那兩個長得一模一樣的美國人。

白色噴射機又回過頭來。這次它飛越過山脊，沒朝這個小鎮俯衝，卻莫名地往上攀升；接著，蒲葦叢中傳來一陣憤怒的長嘯，那架噴射機瞬間不見蹤影。

沒有炸成碎片，或是削斷機翼，更沒讓它歪歪倒倒一頭栽進蒲葦叢。只有一陣長嘯，一個大爆炸，和一顆稍縱即逝的火球，強納生甚至懷疑自己是否真的看到了。在那之後就是彷彿金色雨點的機身殘骸，化為點點閃亮的餘燼從天而降，卻在半途消失得無影無蹤。刺針飛彈完美地完成了它的職責。

那令人提心吊膽的一瞬，強納生差點要相信這場表演的最後一幕真有人犧牲。看臺上的洛普和貴賓相互擁抱，彼此道賀。洛普打開香檳王的瓶蓋，艾曼鈕少校從旁幫忙。強納生的目光轉向山脊，凝視著，看那幾名管制小組的成員也欣喜若狂地相互道賀。他們抓著彼此的臂膀，弄亂對方的頭髮，拍打對方的背。藍伯恩跟他們在一起。在強納生抬高視線時，他發現原先那架噴射機的飛行路徑約半英里外出現兩朵張開的白色降落傘。

「喜歡嗎？」洛普湊在他耳邊問。

洛普就像個神經緊繃的經紀人，穿梭在觀眾之間，聽取大家的意見，接受眾人的道賀。

「可是他們到底是什麼人？」強納生問。他的心情依然無法平靜。「那兩個瘋子駕駛到底是誰？還有，那架飛機又是怎麼回事？那可是價值數百萬美金的玩意兒！」

「幾個聰明的俄國小子，玩命之徒。他們溜進卡塔幾那機場偷了架噴射機，飛回來的時候將飛機設定成自動駕駛，然後跳傘離開。希望可憐的飛機主人不想要回飛機。」

「真是太過分了！」強納生以大笑掩飾憤怒，「這真是我聽過最卑劣的事了！」

他大笑著，發現自己和那兩個美國人視線相交。他們才剛從山谷中乘著吉普車過來，兩人的模樣相似到令人毛骨悚然：同樣一張長了雀斑的笑臉、同樣的一頭紅髮，甚至連打量強納生時雙手撐臀的姿勢也一模一樣。

「先生，你是英國人嗎？」其中一人問。

「不太算。」強納生語氣愉悅地回答。

「先生，你就是湯瑪斯對吧？」另一個人說：「就是那個姓湯瑪斯的？還是名叫湯瑪斯？是嗎，先生？」

「都可以。」強納生回答，愈來愈覺得趣味。但在他近旁的托比聽出他聲音中的不確定，謹慎地按著他手臂安撫他。托比這麼做就失策了，他的動作給了這位謹慎的觀察者機會，偷偷扒走了他放在夾克側口袋的一疊美鈔。

然而，儘管這是歡欣鼓舞的一刻，強納生看著洛普一行人中的兩名美國人仍心感不安。他們是絕望的退伍軍人，還是對山姆大叔心懷怨恨？他在心裡對他們說：如果是這樣，那就換個更失望點的面孔，不要一副得了便宜還賣乖的模樣。

★

他們攔截到一份訊息：標著「特急件」的手寫傳真傳到洛普的噴射機上，是英國倫敦的安東尼・喬伊斯敦・布萊德蕭爵士發給停在安地瓜島的鋼鐵帕莎號的迪基・洛普。傳真於九時二十八分收到，由帕莎號船長於九時二十八分轉傳至噴射機。傳真稿的首頁還附了一個說明：倘若這麼做不得體，他願為此道歉。安東尼爵士圓滾滾的字跡非常不像是個知書達禮的人，甚至還有些拼寫錯誤。某幾個字加了底線強調，偶爾也夾雜彷彿十八世紀的華麗字體，但行文簡潔。

親愛的迪基：

此訊與兩天前的晤談有關。一小時前已與泰晤士當局商量，並確認這令人不快的消息是依據你手中的文件發布。此事不容置疑。我也因此認為該已故法學博士受到不友善人士利用，刻意為了現任簽名者排除其前任。泰晤士當局已採取迴避行動，我建議你也這麼做。

鑒於此事急需援助，你必定會立即透過往來銀行轉交一筆額外費用，以支應更進一步的重要開銷。

謹此專候佳音。

東尼

這份一直沒有被轉給執法小組的資料，是情報局裡某個同情弗林的內線暗中提供給他的。阿波斯寶被殺後，深感懊惱的弗林一直無法抹去打從骨子裡對英國人產生的不信任感。但在半瓶十年的布什米爾威士忌下肚後，他又覺得自己有了足夠的勇氣，於是把那份文件塞進口袋，又在本能的驅使下前往指揮中心，正式將它交給波爾。

★

距離上次珍德搭乘民航客機已經過了好幾個月，起初，她覺得這種經驗相當無拘無束，就好像搭了很多次枯燥的計程車後，換成搭上倫敦雙層巴士的上層一樣。她不禁想：我又回到從前的生活了。我走出了象牙塔。不過，就在前往邁阿密的途中，她把這件事當笑話講給坐在她旁邊的柯爾克蘭聽，他卻對她的屈尊俯就嗤之以鼻。這不只讓她大吃一驚，更傷害了她。因為他從未對她如此無禮。

到了邁阿密機場，他還是不高興，並且堅持在去找行李推車時必須把她的護照收在自己口袋。一到候機室，他又背對著她，和兩名等著要搭機前往安地瓜的亞麻色頭髮的男子攀談。

「柯基，他們到底是誰？」他回來時，珍德問道。

「朋友的朋友，要跟我們一起上帕莎號。」

「誰的朋友的朋友？」

「老大的。」

「柯基，這絕對不可能！他們根本是凶神惡煞！」

「如果妳真想知道我就告訴妳。他們是新請的保全人員，老大已經決定要把保安編制增加到五人。」

「柯基，這到底是為什麼？他不是一直都說三個人就夠了嗎？」

然後她看到他的眼神，而且被嚇到了，因為它們充滿惡意與勝利。她突然意識到，他不再是她認識的柯爾克蘭。眼前的柯爾克蘭是重新從冷宮被放出來而且再次得寵的弄臣，那些鬱積心中的不滿，如今，他要連本帶利一併索回。

在飛行途中，他沒有喝酒。新雇的保全人員坐在後座，而珍德和柯爾克蘭則坐在頭等艙。他本來可以喝得不省人事，她原先也是這麼希望。然而他沒有。他只叫了一份加了冰塊和一片萊姆的礦泉水，一面喜孜孜地望著窗上的倒影，一面大口喝下。

# 25

強納生也是囚犯。

或許蘇菲的暗示沒有錯，他一直都是。又或者他是從被帶到水晶宮之後才變成囚犯的。但他一直都有種其實自己很自由的錯覺，直到今天。

洛普一行人即將動身離開法伯吉時，第一個警告出現。此時客人都已離去，藍伯恩和莫蘭第也和他們一道離開。當艾曼鈕少校和洛普在離別前最後又擁抱一次，一名年輕士兵跑過來，手高舉過頭，揮舞著一張紙向他們高喊什麼。艾曼鈕接過紙，瞄一眼，便交給洛普。洛普戴上眼鏡，往旁邊走了一步，獨自讀著紙上的內容。強納生發現他露出一貫的疲倦表情，臉也變得僵硬。接著，他好整以暇地把紙條折好，放進自己的口袋。

「弗里斯基！」

「是！先生！」

「過來一下。」

弗里斯基在崎嶇的地面上以滑稽的姿勢邁開大步，走向他的主人。然而洛普卻抓住他的胳膊，輕聲在他耳邊下了一道命令，弗里斯基肯定會希望自己沒有那麼搞笑。他們上了飛機，弗里斯基故意走在前頭，有點唐突地要強納生坐在他身邊。

「我肚子不太舒服，弗里斯基。」強納生說，「可能是在叢林裡吃壞肚子。」

「他媽的我叫你坐哪兒你就坐哪兒。」走在後面的托比警告他。

飛行途中，強納生就這麼坐在弗里斯基和托比中間。而且，只要他去上廁所，托比就會站在外頭。洛普靠窗坐著，除了梅格誰也不搭理。梅格端了新鮮果汁給他。途中，她還拿了一份剛收到的傳真給他。強納生看見傳真上是手寫字。洛普看完後，便把它塞進衣服內側口袋，然後戴上眼罩，似乎打算睡一覺。

到了箇朗機場，藍伯恩已在那裡等著。兩輛配了司機的富豪汽車也隨行。強納生再一次確認自己的地位已經改變。

「老大，我得跟你談一下——現在，你跟我。」梅格連飛機門都還沒打開，藍伯恩就在跑道上對著飛機大嚷。

大家只好待在機上，等洛普和藍伯恩在飛機舷梯旁的談話結束。

當梅格讓他們全出了機艙，洛普立刻下令：「全上第二輛車。」

「他肚子不舒服。」弗里斯基警告站在他身旁的藍伯恩。

「去他媽的肚子不舒服。」藍伯恩回嘴。「叫他自己憋好。」

「把你的肚子憋好。」弗里斯基說。

現在是下午。警察崗哨上一個人也沒有，塔臺上也是。就連飛機場上，除了寬大跑道外側停放的一排排哥倫比亞籍噴射機，見不到一個人。藍伯恩和洛普上了前面那輛車，強納生發現除了他們和駕駛外，還有一個戴著帽子的人坐在駕駛旁邊。弗里斯基打開第二輛車的後門，強納生鑽進去，弗里斯基緊跟著上了車。托比坐在他另一側，駕駛座旁邊的座位空著。沒有人說話。

巨大的廣告看板上有個穿著破熱褲的女孩張開大腿、騎在某個最新品牌的香菸上。另一塊看板，同樣一個女孩以誘人的姿態舔舐電晶體收音機的天線。他們驅車進入市區，一陣來自窮人的惡臭鑽進車內。強納生憶起開羅和身旁的蘇菲，想起那些坐在垃圾堆中的可憐人，在繁華不再的街道上，在厚紙板和浪板鐵皮搭蓋的簡陋小屋間，矗立幾棟搖搖欲墜的老舊木屋；破損不堪的陽臺上晒了色彩鮮豔的衣物。孩童在漆黑的騎樓或沒有溝蓋的排水溝玩塑膠杯。從殖民時期建的門廊可以看到無業的人們，二十多個，面無表情地看著面前熙來攘往的街道；從某家廢棄工廠的窗內，可以看到有數百張臉孔同樣無神地凝視外面。

紅燈車停。四個全副武裝的警察從路邊朝他們走來。弗里斯基將左手伸到駕駛座下方，作勢把槍準備好，托比立刻看懂了。強納生感到他往後靠著椅背，動手解開他夾克中間的幾顆鈕釦。

這些警察全都高大魁梧，筆挺的淺卡其色制服、配戴勳帶和金屬飾帶，擦得閃亮亮的皮槍套裡裝了華爾特自動手槍。洛普的車子就停在一百碼外。綠燈亮，但仍有兩名警察擋在車前，第三名警察在跟駕駛說話，第四名警察則沉著臉掃視車內。車前的一名警察正在查看這輛富豪的輪胎，其中一人按了按車，想測試懸吊系統；車身晃了晃。

「這幾位仁兄應該是想從我們這裡撈點什麼。你怎麼想，西班牙佬？」弗里斯基問駕駛。

托比拍拍夾克口袋。警察要二十美金，弗里斯基拿了十美金給駕駛，駕駛再將錢交給警察。

「有個王八蛋在營地偷走我的錢。」托比在轎車開動時說。

「要回去找他算帳嗎？」弗里斯基問道。

「我要上廁所。」強納生說。

「你他媽的是需要塞子。」托比說道。

他們跟著洛普的車進入隸屬北美的一塊飛地，有白色的教堂、保齡球館，一大群戴了髮捲的軍眷正推著嬰兒車散步。他們進到一處濱海地帶，建於一九二〇年代的粉紅別墅排成一排，還架了巨型的電視天線及有刺的鐵絲網和非常高的閘門。前面那輛車裡的陌生男子正在找門牌號碼。他們繞過轉角，持續尋找。現在，兩輛車都開進一座長滿草的公園裡。遠遠的海面上，貨櫃船、郵輪和油輪正排隊等候進入運河。前面那輛轎車在林中一棟舊房子前停了下來，駕駛按喇叭，房子的門打開，一名肩膀瘦削、身穿白色夾克的人沿著小徑輕快地走過來。藍伯恩把他座位旁的車窗降下，叫他搭後面那輛；弗里斯基在座位上屈身向前，打開副駕駛座的車門。強納生瞥見了一個戴著眼鏡、一臉模範生樣的阿拉伯年輕人上了車，坐在位置上一語不發。

「肚子怎麼樣？」弗里斯基問道。

「好點了。」強納生說。

「那就繼續保持下去吧。」托比說。

他們開上一條直路。強納生去過跟這裡很像的軍校。沿著他們右側是面架設了電纜的高聳石牆。牆頂有一束三股的刺鐵絲網。他想起庫拉索和那條通往碼頭的路，左側巨大的廣告看板有東芝、星辰錶和玩具國。原來洛普就是在這裡買他的玩具啊，強納生荒謬地想。但當然不是。這裡就是他辛勤工作並投下大筆金錢後收回報酬的地方。那個阿拉伯學生點了根菸，弗里斯基則作勢咳了一下。前面那輛車彎進拱門後停住，他們則停在它後方。一名警察出現在駕駛的車窗旁。

「護照。」駕駛說。

弗里斯基拿出強納生和他的護照，坐在前座的阿拉伯學生抬起頭，讓警察看清他的臉。警察一一審視過後，揮手示意他們往前開。他們已經進入箇朗自由貿易區。

一家家時髦華麗的珠寶、皮草精品店，不禁令人想起梅斯特皇宮飯店的大廳。放眼望去淨是亮眼的世界知名品牌商標，與銀行純藍的鏡面玻璃。沿街都是嶄新的汽車。亮紅色的貨櫃車來來往往，對著人行道上的行人噴出廢氣。商店儘管禁止販賣零售商品，但大家還是照賣不誤。巴拿馬人本來是不可以在這裡購物的，街上卻滿滿都是巴拿馬人。大多數還是坐計程車來的，因為計程車司機最懂得鑽小路。

柯爾克蘭告訴過強納生，自由貿易區的官員每天上班時脖子、手腕和手指上都空空如也，但只要一下班，他們就會戴上閃亮的手鐲、項鍊、戒指，彷彿盛裝參加婚宴。他還說，從中南美洲各國來的顧客飛進飛出，移民局或海關從不會刁難。這些人有的會在一天之內揮霍上百萬美金，並為了下一趟在銀行預存入數百萬美金。

前車開進一條兩邊都是倉庫的黑暗街道，他們也緊跟在後。滂沱大雨打在擋風玻璃上，彷彿決堤的淚水。前車上戴著帽子的陌生人正凝神研究名字和號碼：

可汗食品、麥克唐納汽車、霍伊食品飲料公司、特拉維夫親善貨櫃公司、艾爾阿卡巴幻想曲、希臘農業公司、巴黎貴族公司、哥倫比亞調味品、咖啡及食品公司。

接下去是面一百碼的黑牆，牆上的牌子寫著「老鷹」㉗。他們在這裡下車。

「我們要進去嗎？屋裡也許有廁所。」強納生又說，為了讓托比更清楚他的意思，又補上一句，「我現在又有點急了。」

★

他們站在沒有街燈照明的陰暗小巷，氣氛也變得緊張。熱帶地區的暮色來得很快，儘管天空映著五顏六色的霓虹，在這條高牆和破爛街道構成的大峽谷底部，黑暗卻很真實。眾人不約而同望著那個戴帽的男人，弗里斯基和托比分站強納生兩側，弗里斯基的手還按在強納生的臂上。湯米，我不是要抓住你，我只是怕有人走丟。那個阿拉伯學生已經加入前面那一群人了。強納生看著那個戴帽男走進門裡的黑暗，藍伯恩、洛普和學生都跟進去。

「走。」弗里斯基低聲咕噥。他們往前走。

「能幫我找廁所嗎？」強納生說。弗里斯基緊緊地抓著他的手臂。

---

㉗ Fabergé，俄羅斯著名的珠寶公司。洛普以此名暗示他手中的寶庫是法布里加山（Cerro Fabrega），此山位於巴拿馬與哥斯大黎加邊境。

門廊裡，反射的光照亮了紅磚走廊盡頭，兩邊牆上貼了幾張海報，但光線太暗，看不清楚。他們來到了一個T字岔路，左轉。那裡燈光更亮，帶著他們來到一扇裝了玻璃的門前，玻璃上半部用大頭釘釘著一塊夾板，遮住底下的字。沉悶的空氣中瀰漫著一股倉庫氣味，混合了繩索、麵粉、焦油、咖啡和亞麻子油的味道。門是開的。他們進了一間豪華的前廳。皮椅、絲製假花，還有長得像玻璃磚的菸灰缸。中央桌上擺著發亮的貿易雜誌，談的是哥倫比亞、委內瑞拉和巴西。而在角落，隱密的綠門上貼著一塊牧羊女與紳士一同散步的瓷磚。

「快去快去。」弗里斯基伸手推了強納生一把，而強納生就去坐在馬桶上，膝蓋上鋪了張紙，潦草地寫了點東西，硬生生讓他的獄卒怒氣沖沖地等了他兩分半鐘。

他們進入主辦公室，這裡頭很大，漆成白色，而且沒有窗子；簾箱照明，空心磚天花板，以及一張拉上空椅子的會議桌，鋼筆、記事簿和水杯擺得像拿來用餐的地方。洛普、藍伯恩和他們的嚮導站在房間一端。現在他認出嚮導了，結果是莫蘭第。不過他的身體不知怎麼了，某種急躁，或是不快的加速，表情也像萬聖節燈籠一樣陰森恐怖。房間另一端，在第二扇門旁站著的那位，強納生記得他是早上軍事演習時看到的農夫，他隔壁的鬥牛士旁邊則是那些打扮得很漂亮的年輕人之一，身上穿飛行夾克。年輕人沉著一張臉。沿牆還站了六個年輕人，一字排開，都穿著牛仔褲和運動鞋，也都隨著延長在法伯吉停留的時間把身材練得很好，而且全部都小心翼翼地將烏茲衝鋒槍貼在身側。

身後的門關上，另一扇門打開，這才是通往真正倉庫的門：不是倫巴第號貨櫃船上那個鍍了鐵皮的黑洞，而是一個裝飾得有些做作的地方：地面鋪了石板，屋內立了幾根鐵柱，柱子與天花板連接處像棕櫚樹一樣傘狀擴開，大樑上還垂著幾只滿是灰塵的藝術燈罩。倉庫面街道的那側有幾道車庫門，全都是關上的。強納生數了數，一共十道，每道門上都各自有鎖和編碼，也有專屬的隔間，每個用來存放一個貨櫃和一架起重機。倉庫中央，數以千計的瓦楞紙箱堆成數座小山，各個山腳下都有一輛叉架起貨機，將紙箱搬到六十尺外的鄰街貨櫃。在堆積如山的貨品中，偶爾會看到一些日常用品：特大號的陶瓷甕缸，擺在那裡等著特別打包；一堆錄影機、幾瓶次級蘇格蘭威士忌等等。

然而那些叉架起貨機就跟這裡的一切一樣，無人看管：沒有人或狗，沒有夜班工人在打包間工作，也沒有人打掃地板，只有令人感到親切的倉庫氣味，還有他們走在石板地上發出的嘎吱聲。

★

一如在倫巴第號貨櫃船上，一切都要照程序行事。農夫和莫蘭第領路，鬥牛士和他兒子走在他們身後，接著是洛普、藍伯恩與阿拉伯人，再來就是弗里斯基和托比，兩人夾著強納生殿後。

它就在那兒。

那是他們的獎賞，彩虹彼端的樂園，是那一堆堆物品中最高的一座，在自己的圍欄中從地上直堆到屋頂；圍欄外有持衝鋒槍的戰士圍成一圈看守。每個箱子都有編號，箱外有色彩鮮豔的標籤，上頭畫著一名咧嘴笑的哥倫比亞少年，拿著稻草編織的大帽子把咖啡豆丟著玩。第三世界快樂少年的刻板印象：一口白牙、笑容燦爛，不沾染毒品，熱愛生命，就這樣一路開開心心走向未來。強納生由左至右迅速計算了一下：共是兩千箱——不，三千。他的代數都忘得一乾二淨了。藍伯恩和洛普一起走向前。頭頂的強光將洛普的五官刻劃出凌厲的弧線，一如強納生初次見到走入梅斯特皇宮飯店大廳那座吊燈光影中的他，襯出他高大的身軀，還有一眼就能感受到的貴族氣息。他撣去肩頭的積雪，對艾伯哈德小姐揮手致意。即便現在已經是九〇年代，他從頭到腳仍一副八〇年代不法商人的模樣：你好，我是迪基・洛普。我的手下在這裡訂了幾個房間。我們人還不少……

什麼變了？過了這麼久、經過這麼遙遠的路，到底什麼變了？是頭髮變得更灰白，還是嘴角海豚似的笑容變得有些僵硬？強納生完全看不出他有任何改變。根據每一個他熟知的「洛普風格」判斷：偶爾輕彈手指、撫平耳朵上方翹出的頭髮，以及，每當這位大人物裝出正在思考模樣時故意歪著頭的模樣——強納生完全看不出有何變化。

「費索，那邊那張桌子；山第，去挑個箱子……挑二十個過來吧，位置要不同。你們幾個就待在後面。弗里斯基？」

「是。」

「他媽的，莫蘭第跑哪裡去了？——啊，在這裡。莫蘭第先生，來把這玩意兒運出去吧。」

這群人就這麼散開，學生模樣的阿拉伯人背對著眾人坐著，在等待的同時將夾克裡的東西掏出來放在桌上。四個年輕戰士守著那道門，其中一人拿了手機貼在耳邊，其他人則快步朝紙箱堆跑去，穿過了那圈彷彿狩獵隊一樣全部臉朝外、手持衝鋒槍的守衛。

藍伯恩指著那堆物品中央的某個箱子，兩個年輕人把它使勁拉了出來、抬到學生身旁重重一放，再把原本就沒有密封的箱蓋拉起來。學生在箱子裡摸索、掏出一件四方形、用粗麻布和塑膠袋包起來的包裏。上面也貼著那個哥倫比亞快活少年。他把包裹放在面前的桌上，用身體擋住它。他的身體壓得很低。時間彷彿暫停。強納生想起領聖餐時，神父會先背過身拿取聖體與聖酒，才分發給眾人。那個學生的身子彎得更低了，彷彿進入某種全心投入的狀態。過一會兒，他又坐好，向洛普點點頭，表示核可。於是藍伯恩從同一堆紙箱的另一個角落挑出另一個箱子，兩名年輕人又把它從紙箱堆中拖出來。那堆東西傾斜了一下，再次恢復原狀。然後他們重複了一次剛剛的儀式。如此這般，約有三十個箱子被他們一一地拉出來檢查。無人動槍，也無人吭聲。守在那道門旁的戰士一動也不動。在偌大的空間中，只能聽見箱子被搬動的聲音。學生瞄了洛普一眼，點點頭。

「莫蘭第先生。」洛普開口。

莫蘭第向前邁出一小步，但沒作聲。

他眼神中的怨毒像是詛咒。他到底恨什麼？是白人殖民者對他家園的強取豪奪，還是自己不該卑躬屈膝、襄助這次交易？

「我想差不多了，品質沒問題。現在來談數量，如何？」

在藍伯恩的監督下，那些戰士隨意挑了二十個箱子裝到叉架起貨卡車，再運到地秤上。藍伯恩從背後透光的刻度盤看顯示的重量，再從口袋拿出一只計算機計算，把數字拿給洛普看。洛普似乎是同意了，因為他又肯定地大聲對莫蘭第說了些什麼。莫蘭第轉身和站在他旁邊的農夫一起帶隊回到會議室。強納生還盯著那輛叉架起貨卡車看，車子正將貨物運到八號和九號室中間，然後把貨物裝入第一個開口朝上的貨櫃中。

「我又想去廁所了。」強納生告訴托比。

「我現在就宰了你。」托比說。

「不用你，我來。」弗里斯基說道。

★

剩下的都是文書工作。所有人都知道，庫拉索商道有限公司負責人唯一的責任就是在法律顧問的協助下做好文書工作。強納生簽了三份文件，藍伯恩站在強納生身旁，而莫蘭第帶著與他們簽訂合約的人站在他對面，而他只大約瞄過這三份文件的內容：確認已收下五十噸高級哥倫比亞咖啡豆的收據；證明上述貨品的提貨單和報關單正確無誤——貨物將由商道有限公司包租的貨輪，赫拉希歐．安里克號，由箇朗載運到波蘭的格旦斯克；貨物裝載於第一七九及一八〇號貨櫃。同時，還指示目前停泊於巴拿馬市的倫巴第號船長必須接收幾名新的哥倫比亞船員，並立即開往哥倫比亞西海岸的布恩那文圖拉港，不得延遲。

強納生按照需求，在所有需要簽名的地方簽名，然後放下筆，看了洛普一眼，像是在說：「就這樣。」

但不久前還很親切的洛普卻對他視若無睹。並且，在他們走回那兩輛車時，洛普邁著大步走在所有人前面，彷彿表示接下來還有正事要辦——至少強納生是這麼認為。因為這位謹慎的觀察者已經完全準備就緒，更甚以往。他坐在兩個押著他的人中間，望著路燈一路往後退。他被某個原因不明的祕密行動擄獲，彷彿在他身上發現什麼異於常人的天賦。他帶著托比的現鈔——總共一百一十四美金——還有他坐在馬桶上準備的那兩個信封。他到現在都還記得貨櫃及運貨清單的號碼，甚至那堆紙箱的號碼——有個看來很像軍校板球記分板的破舊黑色牌子吊掛在紙箱堆上方，上頭寫著「託售貨物五十四號」，就在「老鷹」標幟底下的倉庫中。

他們來到岸邊，轎車停下，讓那位阿拉伯學生下車。他一聲不響地消失在黑暗裡。

「很不幸的，現在來到危急存亡之秋。」強納生冷靜地說：「只要再三十秒，後果會如何我就無法預料了。」

「你真他媽的該死！」弗里斯基斥喝。

「快不行了，弗里斯基，你自己看著辦。」

「你這噁心的傢伙。」托比說。

弗里斯基一邊打手勢，一邊喊著「西班牙佬」，叫那位司機對著前車閃頭燈，前車再次停下。藍伯恩把頭伸出窗，對著後面高喊「他媽的又是什麼事？」馬路對面有座亮著燈的加油站。

「湯米又要拉肚子。」弗里斯基說。

藍伯恩把頭縮回車裡，和洛普商量了一陣，又把頭伸出窗外。「跟他一起去，弗里斯基。不要讓他離開視線。去吧。」

加油站是新建的，水管設備卻沒有別的加油站那麼好，廁所狹小髒臭，不分男女，而且不是坐的，只能蹲著方便。弗里斯基就等在外頭，強納生則在裡面使勁裝出痛苦呻吟，一邊用膝蓋當墊子寫下最後一則訊息。

★

巴拿馬市里安德大陸飯店的吾爾里澤酒吧既小又暗，週日夜晚由一位穩重的圓臉婦人主持。當魯基在昏暗的空間中逐漸看清她的臉，便驚覺她與他的妻子竟出奇地相似。她發現他是那種不需要別人陪著聊天的人，因此又端了一盤核桃給他，讓他獨自坐在那裡喝礦泉水，她便自顧自地繼續占星。

疲倦的美國士兵在大廳裡三五成群地閒晃，沉溺在巴拿馬多采多姿的夜色中；一截短短的階梯通往旅館賭場門口，客氣的告示規定客人不得攜帶武器進場。魯基看到幾個幽靈似的身影在玩巴卡拉紙牌和吃角子老虎。距離他不到六呎處擺了一架白色的吾爾里澤風琴，令他想起小時候看過的電影。電影裡的風琴師身穿閃亮西裝，從白色的夢幻之船裡走出來，坐到風琴前，彈出觀眾耳熟能詳的曲子。

其實魯基對這些事情沒有太大興趣。但對於一個處於絕望狀態、枯坐等待的人而言，不找些事情分散注意力，實在有礙健康。

起初，他坐在自己房裡，靠電話很近，因為怕冷氣嘩啦啦的聲響會蓋掉電話鈴聲。後來他乾脆把冷氣關了，直接打開那兩扇通往陽臺的落地窗，結果西班牙大道上的喧囂吵鬧嚇了他一跳，只好趕緊把落地窗關上，躺回床上，悶在房裡足足一個鐘頭之久。他陽臺的窗戶和冷氣機都關著，不流通的空氣令他昏昏欲睡，打起盹來。於是他又打電話給總機，說他要去一下游泳池畔，如果有人打電話找他，請他們保留電話，等他到池邊再轉接給他。他一到達池邊就給了那位侍者十塊美金，請他轉告飯店經理、電話總機及門房，提醒他們說，如果有任何來找四〇九號房羅賓森先生的人，就說他正在泳池邊的六號桌吃晚餐。

於是他坐下，凝視被燈光照得碧藍的空蕩泳池以及同樣空蕩的桌子，再抬頭看那些高聳建築的窗戶、對面池邊酒吧的內線電話，最後又望著正在烤牛排的少年，以及只為了他演奏倫巴舞曲的樂隊。

牛排端來了，他配著氣泡礦泉水囫圇吞下肚，就算他認為自己和別人一樣清醒，但如果現在喝了酒，就很可能在等電話的時候睡著。儘管那名身分曝光的士兵捎來訊息的機率微乎其微，也不能輕易錯過。

到了十點鐘，桌子逐漸坐滿，他開始擔心十塊美金的效力是否也逐漸失效。於是他轉到酒吧裡——也就是他此刻坐的地方。在這裡，那位貌似他妻子的女侍放下電話，對他苦笑了一下，說：

「你是四〇九房的羅賓森先生嗎？」

他的確是。

「親愛的，你有個訪客。他說要親自見你，是急事。不過是個男的。」

★

對方確實是男性。巴拿馬人，矮個子，細皮嫩肉，一副亞洲人臉孔。他眼皮厚重，穿著黑色西裝，散發一股神聖的氛圍。他身上那套西裝熨燙過，挺得像軍服一樣，很有政府派來的信使或企業家的架式。他有著波浪髮型，襯衫潔白無瑕，名片設計成便利貼的形式，可以貼在電話旁。上頭以西班牙文和英文寫著「桑契士・基蘇斯－馬利亞・羅馬瑞茲二世，二十四小時服務，高級轎車司機。」他表示自己能講英文，但是——哎，還沒有講得很好。他說，他的英文可以日常對話，但沒有那些教授學者那麼好。他露出無可奈何的笑容。他主要是從美國和英國客人那兒學來的，儘管小時候在學校裡學過一些，但是——哎，學得還是不夠。因為父親和他自己都不富裕，只能望書興嘆。

說完這段悲傷的開場白，桑契士盯著魯基，言歸正傳。

「吾友，羅賓森先生，請原諒我。」桑契士那雙既粗又短的手伸進黑色西裝的口袋。「我來這裡，是為了向您收取五百美金。先生，謝謝。」

魯基突然有些擔心，難道他被設計了嗎？成了某起精心策畫的騙局的冤大頭、最後可能得付出大筆金錢買一張前哥倫比亞時期的藝術品，或是跟這個惡棍的姊妹度過一晚？但事情不是他想像的這樣。桑契士交給他一個厚重的信封，封口上有個像是鑽石的圖樣 印著凸起的「水晶宮」字樣。魯基打開信封，取出了強納生用西班牙文手寫的信，希望送信人對隨信附上的一百美金感到滿意，並且承諾送信人，如果他能親手把信交給巴拿馬市里安德大陸飯店的羅賓森先生，就能獲得五百美金的酬勞。

魯基屏住了氣息。

他雖暗自高興，新的恐懼卻又籠罩了他——很明顯，桑契士為了貪得更多酬金，挖空心思擬定了一個蠢計畫要引他上鉤：他很可能把先信收在保險箱中，或是交給他的情婦，讓她把信藏在床墊底下，以防這個英國佬強行從他手中把信搶走。

「第二封信呢？」

駕駛摸了摸胸口。「先生，就在這裡，在我的口袋裡。我是個誠實的司機，先生，當我一發現這封信留在富豪車的後座上，我立刻火速開往機場，先不管什麼交通規則，趕緊把信交給那位不小心把它留在車上的無名貴客。我這樣做不是為了什麼報酬……先生，我就直說了，我沒有侮辱你朋友的意思，因為我車上的乘客跟前一輛車的客人實在不是同個層次的——前面那車的司機是我同事多明格茲。我車上的乘客還無禮地叫我什麼『西班牙佬』……但先生，後來我一看到信封上的字就知道，我應該維護的人不是他們……」

桑契士．基蘇斯─馬利亞非常親切地暫停了這些贅述，因為魯基來到櫃檯前，兌換了五百美金的旅行支票。

# 26

希斯洛機場，溼氣厚重的冬日早晨八點。波爾身上是他在邁阿密一向穿的衣服，顧德修則穿著雨衣、戴著他騎腳踏車時會戴的低頂圓帽，在旅客入境的海關附近走來走去。波爾注意到他神色堅毅，但眼神太明亮，右眼輕輕地抽搐。

「有什麼消息？」兩人還未握手，波爾就先開口問道。

「什麼消息？誰的消息？他們什麼也不會告訴我。」

「噴射機啊！他們追蹤到它了嗎？」

「他們什麼都不會告訴我，」顧德修又說：「就算你手下的人穿著閃亮的盔甲、大搖大擺跑到華盛頓的英國大使館，我也不會收到任何通知。不論任何事，都是由固定的管道傳達出去。外交部、國防部、河廳，甚至內閣也不例外。每個人都是別人的資訊中繼站。」

「不過兩天而已，他們就兩度跟丟那架飛機。」波爾說。他一腳把一部行李推車給踢開，費勁地拿出自己的行李朝機場門口排班的計程車走去。「一次可以說是大意，兩次就是故意了。那架飛機在晚上九時二十分飛離箇朗，我的人在上頭，洛普、藍伯恩也是。他們有空中預警機在該區上空盤旋，每個環礁都有雷達掃描——什麼玩意兒他們都有——怎麼可能跟丟一架十三人座的飛機？」

「雷納德，我被踢出來了。我想緊盯他們，但他們防我防得很緊，他們讓我忙到沒有時間。你知道他們怎麼喊我嗎？——情報大統領！這是什麼古代的說法？達克爾居然有幽默感，我實在很意外。」

「他們把錯都推到史崔斯基身上，」波爾說道。「說什麼沒有對線民盡到應盡的職責、僭越自身權限、對英國人太友善等等。只差沒指控他謀殺阿波斯竇了。」

「旗艦。」顧德修壓低聲音為他加上註解。

波爾發現他臉色變了，臉頰非常紅，雙眼周圍卻白得令人費解。

「魯基呢？」他問。「羅勃在哪兒？這時候也該回來了。」

「聽說在路上。所有人都在路上。當然是啦。」

他們也加入等計程車的隊伍。一輛黑色的計程車開過來，一名女警叫顧德修上前一步。兩個黎巴嫩人想要插隊，波爾擋住他們，打開車門。顧德修一坐定就開始碎念。語氣冷淡，可能正在重新感受那次差點害他送命的事故。

「我老闆在吃燻鰻魚時告訴我說：中央政府權力下放已經過時了，然後他在享用烤牛排時又對我說：私家軍隊充其量只能算散置甲板上的大炮，發揮不了什麼作用。雖然小的部門應該保持自主權，但從今以後，他們必須接受河廳的『監護管控』。新的白廳誕生，聯合決策委員已死——『監護管控』萬歲！喝葡萄酒時我們談到如何使組織合理化，而他向我道賀，要我來負責合理化的程序。我會進行合理化，但得在『監護管控』的條件下進行。也就是說必須迎合達克爾那不羈的作為。不過——」他突然往前傾，轉頭看著波爾說：「我依舊是『聯合決策委員會』的祕書，而且一直會是，直到我老闆做出明智的抉擇、阻止我——又或是我自己提出辭呈。還是有腦子正常的人，我一直有在注意。我們不能因為少數幾顆壞蘋果就一竿子打翻一艘船。我的老闆是可以說服的，這裡是英國，我們都是好人。無論何時何地，事情都可能出差錯，但最終光明與正義的一方會獲勝。我是如此相信。」

「倫巴第號上的武器跟我們的預測一樣，是美國的武器。」波爾說。「他們現在採購的是西方最好的武器，而如果英國的武器好，他們也會買一些，還會用來進行訓練，並且到法伯吉去向客戶展示他們能提供的武器。」

顧德修有點僵硬地轉回去對著車窗。不知怎麼，他好像沒辦法自在地動作了。「原產國提供不了什麼線索，」他言之鑿鑿，誇張地反駁，彷彿就算知道自己的立場薄弱，也得極力捍衛。「我們能動手腳的只有中間的傳訊人，這你比誰都清楚。」

「根據強納生的字條，那個營地有兩名美國訓練人員。他提到的還只是軍官。他懷疑那裡也有美國籍士官。兩個同卵雙胞胎很強勢，問到強納生從事什麼行業時非常無禮。史崔斯基說他們一定是蘭利去的約克兄弟，過去在邁阿密工作，為桑定政權的支持者招募人員；三個月前，阿瑪多在阿魯巴看到他們和洛普一起喝香檳王——那時他應該還在那兒賣農場吧。整整一星期後，那位與眾不同的安東尼．喬伊斯敦．布萊德蕭爵士放棄東歐和俄國製的武器，開始拿洛普的錢改買美國貨。洛普從未雇用過美國的訓練人員，他不信任他們。可他為什麼還招攬他們到那兒去？他們在為誰工作、向誰匯報？為何美國情報機構突然破綻百出？雷達真掃瞄了所有地方？他們的衛星為什麼沒有揭露哥斯大黎加邊界的軍事活動？戰鬥直升機、軍用貨車和輕型坦克呢？是誰跟軍事組織談判、誰告訴他們阿波斯賓的事，誰批准那些集團折磨他、在執法小組快要抓到他們的時候除掉這個超級內線？」

顧德修仍看著窗外，像是不願再聽下去。「一次只處理一件危機，雷納德。」他咬緊了牙要求道。「現在，你眼前有一整船的武器——先不管武器打哪兒來，總之它們要運到哥倫比亞去——以及一整船的毒品，就要運到歐洲大陸來；一個大惡棍逍遙法外，有一個情報員得營救。盯緊目標，不要被其他事物分散注意力。我以前就是栽在這些地方。達克爾、支持者名單、城裡的關係、那些大銀行、金融機構……噢，又是達克爾、情報局的人……不要因為這些枝微末節分心，因為你永遠也抓不到他們，他們也永遠不會讓你碰觸到，到頭來你只會發瘋。把能處理的事情處理好。專注在事件上、真相上，一次處理一件危機。我是不是看過那輛車？」

「現在是尖鋒時刻，雷克斯。」波爾溫和地說：「這些車你都見過。」然後，波爾又用溫和的語氣開口，彷彿在安慰一個受到打擊的人。「我的人把它偷出來了，雷克斯。他偷到了皇冠上的寶石。貨船貨櫃的名稱和號碼、箇朗倉庫的地點、運貨單號碼，甚至他們用哪些箱子存放毒品。」他拍了拍胸膛的口袋。「我沒有用密碼傳給你。我誰也沒講，連史崔斯基都不曉得。知道的人只有魯基、我、你，還有我的人。就我們四個。這不是旗艦行動，雷克斯，這仍然是帽貝行動。」

「他們把我的檔案拿走了，」顧德修自顧自地說，又不聽波爾講話了。「我把這些檔案放在辦公室的保險箱，它們全都不翼而飛。」

波爾看了看手錶。也許在辦公室裡刮鬍子吧，沒時間回家了。

★

波爾依約前來。步行拜訪。他在倫敦雲端的祕密金三角——白廳、西敏寺和維多利亞街——工作。他穿著跟大樓管理員借來的藍色雨衣，裡頭是一套好像他就這樣穿著上床睡覺的淡黃褐色薄西裝。這也是事實。

打從波爾還在河廳工作，黛比．穆倫就是他的好友。他們念同一間小學，在同一個考試中獲得同樣優異的成績。她的辦公室在往下一級的地方，藏在某道藍色鋼門後面，上面標著「禁止進入」。波爾透過玻璃牆看見許多職員，有男有女，辛勤地在螢幕前工作或講電話。

「好像有人休假沒事做喔，」黛比看著他的西裝。「有何貴幹，雷納德？聽說他們要扯下你們的黃銅門牌然後把你們送過河去。」

「黛比，有一艘叫『赫拉希歐．安里克號』的貨櫃船，船籍是巴拿馬，」為了跟她拉關係，他說話時還特別加重了約克郡口音。「四十八小時之前，她停在箇朗港的自由貿易區，目的地是波蘭格旦斯克。根據我的推測，她現在已經在往大西洋的公海上。我們得到情報，船上有可疑物資，我希望能追蹤並監聽她，但不希望妳發出搜索請示。」他像以往那樣對她笑了笑。「黛比，我是想保護我的消息來源。事情非常敏感，絕對保密，私下進行。能看在我們是老朋友的分上幫一個忙嗎？」

黛比．穆倫很漂亮，想事情的時候習慣用右手食指的關節抵住牙齒。可能是為了掩飾心中感受，眼神卻無法藏住。她先是瞪大了雙眼，然後盯著波爾寒酸西裝最上方的一顆鈕釦。

「你說船叫安里可什麼，雷納德？」

「是赫拉希歐．安里克號。黛比，總而言之，那是一艘巴拿馬籍的船。」

「我想我聽到的也是這樣。」她把目光從波爾的西裝移開，在一個標了紅色條碼的檔案裡翻找，終於找到了她要的檔案、遞給波爾。檔案夾裡有張浮凸飾章的藍紙，一看就知道是部長專用信紙。標題是：「赫拉希歐．安里克號」，上面有一段用特大字體寫下的話：

上述船隻為一高度敏感行動之相關對象，如在無明顯原因下改變航向，或於海上或港口進行其他非正常活動，很可能引起貴單位注意。由貴單位收集到一切有關該船活動之情報，無論來源屬於公開或機密，**不可延遲**，**僅能交由**河廳採購研究小組處理。

文件上蓋了「最高機密。旗艦。警戒」的戳記。

波爾將檔案還給黛比．穆倫，露出悲哀的苦笑。

「我們好像有點越界了。」他承認道。「到頭來，所有東西都落到同一個人的口袋裡。黛比，我在追蹤倫巴第號船，妳有沒有跟她有關的消息？她是不是還在那一帶水域航行，像是在運河的另一端？」她的眼神又回到他臉上，然後就再也沒有移開。「你是水手嗎，雷納德？」

「如果我說是，妳會做什麼？」

「如果是，我就得打給傑弗瑞．達克爾，查清楚你是不是在鬼扯。你有嗎？」

波爾認真施展他的個人魅力。「黛比，妳應該很清楚我。誠實是我的名字之一。如果連這些妳都不能講，那麼我就請教妳別的：那艘名叫『帕莎號』的海上豪華酒吧，船主是位英國人，四天前從安地瓜出發，往西航行。你們有沒有人在監聽她？我需要她的情報，黛比。我有急需。」

「雷納德，你之前就這麼對我說過一次，而我也孤注一擲，把情報給你。可是，當時這麼做對你我都不會帶來什麼壞處，但現在已經不一樣了。不是我打電話給傑弗瑞，就是你馬上離開。你自己選。」

黛比仍面帶微笑，波爾也是。他走過一排工作中的員工，僵著笑臉走到街上。倫敦的溼氣迎面而來，彷彿笨重的一拳打在身上，讓他壓抑的情緒爆發成滿腔憤怒。

三艘船！往三個不同方向！明明是我的人、我的軍火、我的毒品、我的案子——卻告訴我不干我的事？

不過，當他來到丹漢富麗堂皇的辦公室時，他又恢復了先前的陰鬱嚴肅，也是丹漢最喜歡他的樣子。

★

丹漢是個律師，也是哈瑞．帕爾弗瑞最不可能的前任，在採購小組淪為達克爾那夥人的玩具之前的法律諮詢顧問。當波爾對那些玩弄權勢之人發動激烈攻勢，丹漢不時會激勵他奮勇前進；而當他遭遇挫折，丹漢又鼓勵他振作起來；當達克爾奪權成功、帕爾弗瑞鳩占鵲巢，丹漢就戴上帽子，一聲不響地過了河，回到這裡。但他一直都是波爾的擁護者。如果要說波爾還對誰有把握，希冀著白廳的法務官員中仍有人與他志同道合，丹漢絕對是他最忠實的盟友。

「嘿，雷納德，真高興接到你的電話。凍壞了吧？不過恐怕我們這兒沒有毛毯，雖然我有時會覺得我們應該要準備。」

丹漢外貌像個紈褲子弟。他個子高瘦，看起來難以捉摸。像學生一樣俐落的頭髮已經有些轉灰；寬條紋西裝裡面是色彩強烈的背心和雙色襯衫。但他真正的個性跟顧德修一樣相當節制。按照他的身分，他的辦公室其實可以布置得相當奢華。這間辦公室挑高，飾板高雅，傢俱也體面，卻給人一種教室的感覺。壁爐裡塞滿紅色玻璃紙，上面還蓋了薄薄一層灰塵。某張十一個月前寄來的聖誕卡，卡片上的景色是雪中的諾維齊大教堂。

「我們見過。我是蓋伊．埃克里斯。」說話的是個身材矮胖、下巴凸出的男人。他正坐在辦公室中央那張桌前讀電報。

我們的確見過，波爾默默在心裡想道，並回應了他的招呼：你是通訊部門的埃克里斯，而我一直都不喜歡你。你打高爾夫球，開積架。你到這裡來做什麼？不請自來、攪亂我的會議？沒人請他坐，他就自己坐下來了。丹漢正在設法打開那個克里米亞戰爭時期的暖氣裝置，然而如果不是旋鈕卡住，就是他轉錯了方向。

「我心裡積了一些牢騷，不吐不快。丹漢，你是不是也一樣？」波爾故意不睬埃克里斯，直接對著丹漢開口。「目前時間對我不利。」

「如果你講的是帽貝計畫，」丹漢最後又試了一次，用力轉動那顆旋鈕，「有蓋伊在也好。」他似乎不是很想坐在自己的辦公桌前，於是在扶手椅上坐下。「這幾個月，蓋伊一直來回往返於巴拿馬和這裡，」他解釋道。「是不是啊，蓋伊？」
「為什麼？」
「只是去拜訪一下。」蓋伊說。
「我要禁制令，丹漢，我需要你幫我扭轉情勢。我們幹情報工作的目的就是這個，你忘了嗎？我們徹夜不眠，不就是為了這一刻？」
「是是是，我們的確是。」丹漢表示同意，彷彿波爾已經把重點全講出來了。
埃克里斯對著他在電報裡讀到的內容微笑。他從面前的三個托盤之一拿起電報，讀完後又把它扔到另一個托盤上。他今天的工作大概就是這個吧。
「不過還是要看看可行性，不是嗎？」丹漢說。他靠著椅子的扶手，伸直了長腿，細長的手臂插在口袋裡。
「我的報告是這樣，顧德修呈給內閣的仲裁協議書也是這樣——如果他那份真有送到的話。你知道這句話吧？有志者什麼？我們不會躲在爭執後面。你記得吧，我們要所有有關係的國家都坐下來、開誠布公地談一談。跟他們正面對決、逼他們直接說出『不』。國際相通的強勢作風。你以前說過，我們都說過。」
丹漢站起來，大步走向他辦公桌後面的那堵牆，從厚重的平紋細布帷幔中拉出一條細繩，露出一大張貼膜的中美洲地圖。
「我們一直在思考你的事呢，雷納德。」他狡猾地說。

「這是我在追的行動，我自己也思考了很多。」

一艘正在離開箇朗港的紅色船隻被特別標出來，其餘還有六艘灰色的離港船隻。巴拿馬運河南端也分別以不同顏色的線條畫出航向東邊與西邊的路徑。

「我跟你保證，在你勤奮工作的時候我們也沒閒著。親愛的船，親愛的倫巴第，甲板上裝滿軍火——希望是這樣沒錯，因為如果不是，我們就真的死定了；不過那又是另外一件事。」

「這是這艘船的最新位置嗎？」波爾說。

「我想是。」丹漢說。

「這是我們得到的最新位置，毋庸置疑。」埃克里斯又將一張綠色電報扔進中間的文件托盤。他的口音是蘇格蘭低地，不過波爾已經忘了。現在他又想起來。如果問他哪種腔調聽在他耳中活像是指甲刮過黑板，那絕對是蘇格蘭低地腔。

「這陣子美國表親的腦袋轉得真是慢，」埃克里斯先吸了一下門牙才說：「那個什麼凡頓的女人搞出來的——什麼芭芭拉的，每樣東西都要給她一式三份。」他又吸了一下門牙，表示不屑。不過波爾還是只對著丹漢說話，因為怕自己會按捺不住發脾氣。「一共有兩種速度，帽貝的速度與另一個人的速度。美國表親一直在敷衍他們的執法小組。」

埃克里斯沒有抬頭，依舊在讀電報。「中美洲是美國表親的職權範圍，」他又用他特有的口音說：「所以由美國表親跟監、竊聽，我們則接收他們的情報。這就像是放兩條狗去追一隻野兔，根本沒有意義，一點都不符成本效益——特別在現在這種時候。」他又把一份電報扔進托盤裡。「事實上這真他媽的浪費錢。」

丹漢沒等埃克里斯說完就插話，似乎急著要把事情說清楚。「就假設這艘船在她上次被標出的位置，」他用瘦如樹枝的食指指著倫巴第號的船尾，語氣積極。「她有哥倫比亞籍船員——儘管未經證實，但我們就先這麼假設好了。船朝巴拿馬運河和布恩那文圖拉港航行，和你那份驚人的情報來源完全吻合。這傢伙太厲害了——還是這小女生，或這玩意兒。如果按正常途徑，也假設她會希望盡其所能地表現得正常一點，那麼，她就會在今天的某個時刻到達巴拿馬運河，是吧？」

但沒有人應聲表示認同。

「這運河是條單行道。早上往下走，下午往上走；還是我講反了？」

一頭褐色長髮、身材高眺的女子走進來，沒對任何人打招呼，裙襬一掃就坐到電腦前面，像是準備要開始演奏古鍵琴了。

「要視情況。」埃克里斯說。

「沒有什麼事能阻止她掉轉航向駛往卡拉卡斯。」丹漢用手指將倫巴第號推進巴拿馬運河。「不好意思，普里西拉——或者一路往上到哥斯大黎加，還是別的地方。又或者，只要那些軍事組織能保證港口的安全無虞，他們也有可能往下走，從西邊去哥倫比亞。那些集團神通廣大，幾乎什麼保證都能辦到。不過，我們仍認為他們會去布恩那文圖拉港——因為你讓我們這麼判斷。我就是因為你的訊息才會在我這張大地圖上畫這麼多線。」

「有一整隊的軍用卡車排在布恩那文圖拉港等著迎接他們。」波爾說。

「這個消息還未經證實。」埃克里斯說。

「已經證實了。」波爾說，但語調完全沒有拉高。「是史崔斯基那位已故的消息來源從莫蘭第那裡得到的情報。此外，我們還從衛星上拍到卡車行駛在那條路上的證據。」

「那條路上隨時都會有卡車往返，」埃克里斯舉起兩隻手，交叉疊在頭上，彷彿光是看到波爾就讓他精疲力盡。「不管怎麼說，史崔斯基最近的消息來源沒有什麼可信度，甚至有數量不少的一派認為他從最開始就在胡搞，什麼密報，都是捏造的。他們以為這樣做就可以得到多一點寬恕。」

「丹漢。」波爾對背朝他的丹漢說。

此時丹漢正將倫巴第號移向巴拿馬灣。

「雷納德。」他回應。

「我們要不要登船檢查？要逼她靠岸嗎？」

「你說的『我們』，是指『美國人』嗎？」

「誰都行。總之要還是不要？」

埃克里斯為波爾的頑固搖了搖頭，又將電報扔進托盤裡。坐在電腦前的女孩將頭髮撥到耳後，繼續敲鍵盤。波爾看不到她的螢幕。她的舌尖從兩排牙齒之間伸了一點出來。

「當然要，但這事麻煩透頂啊！你懂吧，雷納德？」丹漢激動地說：「抱歉，普里西拉——如果倫巴第號靠了岸，就真的得感謝上帝——我是說美國人喔，不是我們。」他那隻套在條紋襯衫裡的手臂像擲保齡球一樣畫了個大弧，最後指向那些沿著巴拿馬灣和布恩那文圖拉之間曲曲折折海岸線行駛的路徑。「如果真是那樣，如目前所見，就字面上的意義來說，她真的把美國人逼到死角了。倫巴第號直接由巴拿馬領海駛進哥倫比亞領海……懂了吧？那些可憐的美國人完全沒機會登船。」

「為什麼不乾脆在巴拿馬水域把它扣住？美國人完全掌控了巴拿馬，他們是那裡的大王——至少他們是這樣想的。」

「恐怕完全不是這樣。如果他們要大張旗鼓地以武力攻下倫巴第號，前面就非得有巴拿馬海軍領頭……喂，不要笑。」

「笑的是埃克里斯，不是我。」

「而且，為了讓巴拿馬人加入，跟我們一起行動，他們得先證明倫巴第號觸犯了巴拿馬法律——而事實上她並沒有——她充其量只是從庫拉索過境巴拿馬領海，駛往哥倫比亞罷了。」

「可是它裝了滿滿一船的非法槍砲！」

「只有你——還有你那個消息來源這麼說。當然，我們都非常希望你、又或者你手下的小伙子？小女生？情報來源？說得沒錯。可是倫巴第號希望巴拿馬抱持友善態度，何況她還是艘巴拿馬籍的船。巴拿馬人可是非常不願意被人發現自己先給人方便，一轉身就把美國人找來毀了這個方便。如果我們就事論事，此時此刻想叫巴拿馬人採取任何行動都難如登天。這恐怕叫『後諾瑞加情結』吧。啊，再次抱歉，普里西拉。但這更像是把恨意都壓在心裡，試圖先安撫受到重創的民族自尊心。」

波爾站了起來，埃克里斯戒備地看著他，彷彿一名發現狀況不對的警察。丹漢一定也聽到他站起來了，卻仍看著地圖，拿它當擋箭牌。叫普里西拉的女孩沒繼續敲鍵盤。

「好吧，那就在哥倫比亞水域採取行動！」波爾幾乎是吼道，戳著布恩那文圖拉以北的海岸線。「就靠哥倫比亞政府了。我們這是在幫他們清理門戶，不是嗎？我們要幫他們擺脫古柯鹼集團帶來的傷害、替他們破壞毒品實驗室，不是嗎？」他的聲音變小了一些。也許不只一些，但他自己覺得只有一些。「哥倫比亞政府一定不會樂見大量武器輸入布恩那文圖拉港，讓那些新的販毒集團武裝自己。丹漢，我是說，我們是不是把先前談過的事情都忘得一乾二淨了？不過是昨天的事而已，現在就突然變成最高機密了嗎？麻煩你給我一個合理的解釋。」

「如果你以為哥倫比亞政府可以跟那些非法集團切割得乾乾淨淨，就是異想天開。」丹漢反駁，語氣似乎比之前更斬釘截鐵。「如果你認為拉丁美洲的經濟可以跟古柯鹼完全分開，就是在說大話。」

「不如說只是自爽。」埃克里斯糾正，但對普里西拉沒有顯露絲毫歉意。

「很多人把古柯樹當成上帝賜予的雙重祝福，」丹漢繼續說，用一堆聽起來非常悅耳的藉口為自己開脫。「不止山姆大叔刻意用它毒害自己，還在享受的時候用這玩意兒讓受到壓迫的拉丁美洲人得以致富。還有比這更愉快的事嗎？可想而知，哥倫比亞人一定會非常樂見美國人從事這類投資。不過呢，他們卻來不及招攬到人手去攔下這批貨物。我們恐怕得花上好幾週的時間進行外交斡旋，然而在這個時節，很多人正在度假，光是要找到人都成問題。再說了，他們還會要求有人支付拖船進港的費用——卸貨啊、加班啊，還有被占用的休假時間等等。」他這場演說的力道很能安定人心；一面高聲說話，一面注意他人發言真不是件容易的事。「而且他們會要求合法補償，以免倫巴第號貨輪真的未裝運違法貨品。這也無可厚非。如果她的確載運了違法貨品——我非常願意相信她有——那麼，一旦將違禁武器沒收，大家又會針對貨主的身分爭得面紅耳赤。還有，全部事情了結後，由誰來保管違禁的軍火？之後又要回銷給哪些組織？還有，誰會被關起來？關在哪裡？關多久？他在牢裡的時候，要提供多少妓女讓他開開心心坐牢？究竟要允許多少嘍囉來照料他？要給他多少條電話線路，供他經營事業、下達暗殺命令，並且跟他旗下的五十家銀行經理交談？然後六個星期過去，當他覺得他已經坐牢夠久了，不願再待在裡頭，誰會領錢走路？誰會顏面盡失？誰會得到升遷？又是誰會在他越獄潛逃的時候獲頒英勇獎章？與此同時，你的軍火依舊會安全地收在那些受過訓練、知道如何使用的人手中。這就是哥倫比亞，歡迎你啊。」

波爾集合他僅存的自制力。他在倫敦。他在一塊由虛假力量創造出來的土地上。他就站在它神聖的總部裡。他已經把最明顯的解決方案留到最後，因為他知道，在丹漢的世界裡，最明顯的方向就是最不可能成功的方向。

「那好吧，」他反手敲著地圖上的巴拿馬中央地帶。「我們就在倫巴第號貨輪進巴拿馬運河的時候抓她。這條運河是美國人管的，當初也是美國人建的。或是我們還有十個更好的理由對這件事坐視不管？」

丹漢驚訝得幾乎說不出話。

「老兄啊！如果我們這麼做，就會違反這條運河協定中最神聖不可侵犯的條款——包含美國人，甚至是巴拿馬人，任何人都無權對任何船隻進行搜索，除非他們能證明該船會對運河造成實質上的危害。

我想，假如船上裝滿即將引爆的炸彈，搜索的理由就可以成立。不過這些炸彈必須是老式的炸彈，而不是新式的。如果你能證明它們會爆炸，也得有十足的把握。如果這些炸彈都經過適當的包裝，那你就死定了。你能證明到那個程度嗎？無論如何，總之此事必須完全交由美國人來處理。謝天謝地我們現在都還只是旁觀，情況若有利就靠近一點；情況若不利，就算是要採取行動也得離它遠一點。如果有人來要求，我們或許會對巴拿馬人採取某種行動——當然，還是得跟美國人一起，我們只能在旁邊喊加油。如果美國逼我們，我們也許就會對哥倫比亞採取行動。我們這邊也沒什麼好損失的，至少現在是如此。」

「什麼時候？」

「什麼『什麼時候』？」

「你什麼時候會設法動員那些巴拿馬人？」

「大概明天吧，也有可能再拖一天。」他看了一下手錶。「今天星期幾？」對他來說，不知道這件事好像很嚴重似的——「要看兩國大使忙到什麼程度。普里西拉，狂歡節是什麼時候，我忘了。噢，這位是普里西拉，沒有早點介紹，實在抱歉。」

普里西拉輕輕敲著鍵盤，一邊表示：不用介紹，大家都知道。埃克里斯還有更多電報。

「可是丹漢，你全程參與了這件案子！」最後一次，波爾懇求他記憶中的那個丹漢。「是什麼變了？聯合決策委員會開過多少有關政策的會議？每談到一種偶發狀況，你就提出三種可能結果！如果洛普走這一步，我們就走那一步——不然這麼做，再不然就那麼做——沒忘吧？我看過會議記錄，你和顧德修早就跟美國人說好了。A計畫，B計畫。這些協商最後到底出了什麼問題？」

丹漢完全不受影響。「雷納德，要針對假設性的事件進行磋商非常困難，尤其是和你那位拉丁裔部長。你應該來我的位置待幾個星期看看。你必須拿出事實給他，要是拿不出具體證據，你那位部長不可能讓步。」

「就算拿出事實他也不會讓步。」埃克里斯低聲表示。

「我提醒你，」丹漢說：「從目前我們聽到的消息，美國表親正使盡一切手段讓這傢伙就範，我們這點微不足道的力量根本起不了任何作用——無庸置疑，親愛的凱蒂會在華盛頓盡數排除一切障礙。」

「凱蒂真是太了不起了。」埃克里斯表示同意。

波爾只剩下最後一個、錯得離譜的一招。一如他偶爾犯下的魯莽之舉，而通常他話一出口就立刻感到後悔。

「赫拉希歐·安里克號呢？」他不客氣地問。「我只要強調一點，丹漢，這艘船目前正駛往波蘭，船上的古柯鹼足以讓全東歐整整六個月都神智不清。」

「我想你找錯邊了。」丹漢說。「去北方部門問，它就在樓下。或是去問海關。」

「你怎麼這麼確定她就是你要找的船？」埃克里斯問道，又笑了。

「我的消息來源。」

「她的甲板裝了一千兩百個貨櫃。你要一一打開檢查嗎？」

「我知道號碼。」波爾回答，卻自己都不相信自己說的。

「你是說你的消息來源知道？」

「我是說我知道。」

「知道貨櫃的號碼？」

「對。」

「算你狠。」

波爾心中的無名火尚未消退，大樓管理員又從門邊遞給他一張紙條。這次是他在國防部的另一個朋友寫給他的，因為某個意料之外的危機，很遺憾，中午無法如期與他會面。

★

經過魯基的門口，波爾聞到潤膚露的味道。魯基挺直了腰桿坐在辦公桌前。剛旅行回來，他換了衣服，弄得整整齊齊，袖套裡有條乾淨的手帕。他桌上待處理的文件托盤中放著當日的《每日電信報》。
搞不好他從來沒離開這附近過。

「五分鐘前我才打電話給史崔斯基。洛普那架飛機仍不見蹤影。」魯基說，波爾連發問的機會都沒有。「空軍的偵蒐單位編了個什麼雷達黑洞的荒謬說法。如果要我說，我會告訴你那是一派胡言。」

「所有事情都按照他們的計畫進行。」波爾說：「毒品、武器、金錢，全部暢行無阻地駛往目的地。鬼使神差，完美的犯罪。羅勃。正確的事都違法，卑劣行為卻合乎法治——還真是白廳萬歲萬萬歲。」

魯基在一份文件上簽字。「今天下班前顧德修要一份帽貝行動的摘要。三千字，不要多餘的形容詞。」

「他們把他帶到哪裡去了，羅勃？在我們計較形容詞的時候，他們正在對他做什麼？」

魯基握著鋼筆，繼續研究放在他面前的文件。「你那位布萊德蕭一直在竄改帳本。」他說，語氣彷彿只是俱樂部會員在相互譴責。「他幫洛普採購的時候同時也在敲詐他。」

波爾從魯基肩後看到他辦公桌上有一份安東尼．喬伊斯敦．布萊德蕭爵士的文件，是他以洛普代理人的名義違法採購英美各項武器的摘要。旁邊則是強納生拍下的一大堆照片——洛普辦公室文件托盤裡以鉛筆寫下的數字——兩份資料間的差距高達數十萬美金，全都成了布萊德蕭的囊中物。

「還有誰看過這份資料？」

「只有你和我。」

「那就別告訴其他人。」

波爾召來祕書，怒氣沖沖、迅速口述一份高潮迭起的帽貝行動摘要——沒加任何形容詞。他留了命令給下屬，要他們隨時通知他情勢發展，然後回到妻子身邊，趁著孩子在樓下吵鬧跟妻子做了愛。之後，他和孩子玩耍，妻子則去忙她的事。他回辦公室，獨自檢查魯基的數據，調閱從洛普和伯克郡紐貝瑞區的安東尼．喬伊斯敦．布萊德蕭爵士之間截聽到的傳真和電話內容。接著他又抽出多筆布萊德蕭的個資，包括從六〇年代開始他的一切活動。那時他只是非法販賣軍火的新手、賭場兼職莊家、富有老女人的伴遊，順便擔任英國情報局麾下一名充滿熱誠但不受寵愛的線民。

在這晚剩下的時間，波爾坐在他的辦公桌前，那幾線電話從未響起過。顧德修打過三次電話來探詢最新發展，其中兩次波爾說：「沒有消息。」但第三次他卻翻轉了兩人的立場。「你的手下帕爾弗瑞似乎銷聲匿跡、不再傳消息來了，是不是，雷克斯？」

「雷納德，我們要討論的不是這個。」

但波爾再也不想理會那些為了保護消息來源制訂的繁文縟節。

「告訴我，哈瑞．帕爾弗瑞仍負責簽署河廳的授權令嗎？」

「授權令？什麼授權令？你是說授權監聽電話、拆信和竊聽的授權令嗎？授權令必須要由某位部長簽署才能生效，雷納德，這個你非常清楚。」

波爾壓下不耐，繼續說：「我的意思是：他是不是還是那裡的法律顧問？是否還為他們準備提交仲裁協議書，確保不逾越既定的原則？」

「這是他的份內工作啊。」

「除此之外，他偶爾也會簽署他們的授權令。比方說：當內務部長的車堵在路上、動彈不得，或是世界末日來臨，諸如此類。當情況緊迫，你這位哈瑞有權自主決定、事後再與部長磋商，取得一致的意見對嗎？現在應該還是如此？」

「雷納德，你發瘋了嗎？」

「大概吧。」

「什麼都沒變，一切如常。」顧德修說，聽起來正壓抑著心中的絕望。

「那就好。」波爾說：「我太高興了，雷克斯，謝謝你告訴我這件事。」接著他又回去看喬伊斯敦．布萊德蕭那冗長的犯罪紀錄。

# 27

聯合決策委員會全體緊急會議訂於翌日上午十點三十分舉行，但顧德修提早到位於地下層的會議室，確保一切準備妥當，並分發議程表和前次的會議記錄。根據經驗，如果把這些事交給別人，他就得負擔出錯的風險。

顧德修像是正面臨一生中最關鍵戰役的將軍：經過一夜淺眠，次日清晨，他清楚地看見了眼前的目標。他相信自己的手下多、能力強。他算過人數，遊說過他們，並每人發給一份他呈遞給指導委員會的原始文件，標題為「全新世代」，以此打磨他們的忠誠。在這份文件裡，他以精彩的論述證實大英帝國過去施行的祕密統治比所有西方民主國家更為嚴厲，設立的箝制資訊法條也更多，採用陰險手段隱瞞政府行為的動作……也更多。他警告過他們。他曾隨波爾的某份報告附上一張說明，告訴委員會他們正面對一次典型的權力試驗。

在顧德修之後到達會議室的，先是他那位討厭的同學派德史都。他曾經表示，跳舞的時候要找相貌最平庸的女孩，這樣可以幫助她們建立信心。

「我說雷克斯，你還記得那事嗎？你的手下波爾在西英格蘭玩耍的時候，你寄給我的一些機密私人信件什麼的？就是那些指定給我的信？」一如往常，派德史都說起話總像伍德浩斯㉘腦袋不太清楚時寫出的句子。

「我當然記得，史丹利。」

「你沒有留影本？有嗎？我找了很久都找不到，我可以發誓我把它放在保險櫃裡。」

「就我記得，那信是手寫的。」顧德修回答。

「那你寄出之前有影印留底嗎？」

兩位內閣辦公室的助理祕書出現，打斷他們的談話。其中一人對顧德修露出鼓勵的笑容，另一個叫羅民，正忙著用手帕拍掉椅子上的灰塵。帕爾弗瑞說過，羅民跟他們是一夥的。對於這世上下層階級的需求，他有一套理論——不過大家都覺得他是在開玩笑。在他們之後進來的是三軍情報部門的幾名官員，之後又分別來了通信部和國防部的兩位高官。隨後到的是外交部北方部門的梅里都，陪著他一起來的是位神情嚴肅、名叫朵恩的女子。顧德修獲得新任命的消息已經傳遍各處。到場的人士中有的跟他握手道賀，有的則以笨拙的方式鼓勵他。顧德修在牛津大學當橄欖球賽接鋒時，梅里都是劍橋大學的邊鋒。他上前拍了拍顧德修的手臂，而他則誇張地假裝嚇了一跳，大聲嚷嚷：「噢噢噢！湯尼！我的手一定被你打斷了！」

但他勉強擠出來的笑立刻被傑弗瑞．達克爾和他的心腹尼爾．馬喬藍硬生生打斷。

帕爾弗瑞曾說，那些人來暗的，雷克斯，他們滿口謊言……圖謀不軌……英國對他們來說太小

---

㉘ P. G. Wodehouse, 1881-1975，英國出生的美國小說家。

了……歐洲是巴爾幹半島上的巴別塔……華盛頓才是他們唯一的羅馬……

★

會議開始。

「部長，帽貝行動。」顧德修盡可能以最不帶情緒的語氣說。顧德修一向擔任會議祕書，這次也是，而他的老闆則是主席。「恐怕有幾個非常急迫的問題必須處理，今天就要做決定。波爾的摘要報告裡已經說明了我們的情況。就我們所知，直到一個小時前情勢都沒有改變。此外，還有相關部門彼此權限的問題得解決。」

他的老闆顯然已經陷入某種惱怒的情緒。「那個執法小組到底他媽的去哪兒了？」他悶哼一聲。「這不是很怪嗎？明明是執法小組的案子，為什麼沒看到執法小組的人到場？」

「部長，雖然很遺憾，但我必須這麼說：即便我們有人努力想為它升級，但截至目前為止，執法小組仍只是個增補單位，只有獲得特許的機構，或是部門首長指派的人，才能參加聯合決策委員會的全體會議。」

「是嗎？我認為應該讓你的屬下波爾加入。如果他就是這場戲的導演，對它瞭若指掌，我們卻沒有請他來談談目前情況，豈不愚蠢？不是嗎？不是嗎？」——他四下看了看。

顧德修沒料到竟會有這樣千載難逢的機會。他知道波爾就坐在離這裡五百碼外的地方。「部長，如果您這麼想，能否允許我將雷納德．波爾召來開會？同時我也想請您允許我將這次案例正式記錄下來：

在增補單位正式升級前，若涉及委員會所審議的核心事務，可自動獲得特權？」

「我反對，」達克爾厲聲說道。「一旦對執法小組開了先例、讓波爾與會，最後我們就得處理白廳裡每一個小兒科的局處。大家都知道這些小單位只想搶資源。他們挑起麻煩，卻沒有本事解決。我們都看過波爾的背景，大部分也從其他角度得知了這件案子。會議議程上明明寫了我們的主題是指揮和控管問題，現在最不該做的就是放著待討論的議題不顧。」

「但傑弗瑞，」顧德修輕聲說：「我們的討論主題很多時候都圍繞在你身上。」

部長好像嘀咕了什麼「噢，好吧，那就暫時先這樣。」第一回合平分秋色，然而兩方都元氣大傷。

★

趁著播放室內樂的短暫時間，空軍和海軍情報部門的首長分別講述他們在追蹤赫拉希歐．安里克號貨船時獲得的成果。報告完畢後，他們拿出一大堆照片給眾人傳閱。

「在我看來，它不過就是艘普通的油輪。」部長說。

對情報向來沒什麼好感的梅里都也附和。「應該就是吧。」

突然傳來咳嗽聲，還有椅子嘎嘎響的聲音。顧德修聽到驢叫似的鼻音，還出人意料地響亮。同時他也認出這聲音屬於一位資深英國政客，是他打算吵架的先聲。

「雷克斯，這怎麼會變成我們的案子？」部長似乎想問明白。「船往波蘭去——巴拿馬的船、庫拉索的公司。根本不關我們的事。你要求我把這件事上呈到唐寧街十號，我只想知道我們到底為了什麼坐在這裡談這件事。」

「部長，鋼鐵牌是英國的公司。」

「不是。它是巴哈馬的公司，難道不是？」

在商言商。部長刻意學上一輩人的動作，裝模作樣地細讀波爾那份三千字的摘要，然後說：「對，是巴哈馬的公司。這裡有說。」

「這家公司的主管都是英國人，違法的也是英國人，而那些不利於他們的證據，也是部長您管轄的英國機構收集來的。」

「既然如此，那就把收集到的證據交給波蘭人，我們就可以回家了。」部長洋洋得意地說。「如果你問我，我會說這步棋下得漂亮！」

對於部長的英明睿智，達克爾逕自露出有些冷淡的奉承笑容，不過他更想說個前所未有的挖苦言詞糾正顧德修的語病。「雷克斯，在大家還沒有太激動之前，我們是否可以調整一下？這應該只是證詞，不是證據吧？」

「我沒有激動，傑弗瑞，之後我也不會激動，除非我快死了。」顧德修回嘴得太大聲，連支持他的人都有些不自在。「至於將我們的證據交給波蘭當局……執法小組自會審慎處理，而且在大家對於如何處置洛普和他的黨羽有共識之前，他們都不會這麼做。查扣這批軍火的責任已經轉給了美國人，我不建議把餘下的責任再轉給波蘭人——除非部長命令我這麼做。我們現在談的犯罪企業聯盟位於一個極度貧窮的國家，而且財力雄厚、組織嚴密。那些違法亂紀的人選擇格旦斯克是因為他們認為自己可以控制它。如果他們想得沒錯，那麼無論我們怎麼告訴波蘭政府都無關緊要，因為那批貨遲早會上岸，我們除了讓波爾的線民暴露身分之外，最多也只能逞這麼一點小威風，告訴洛普我們有能力跟在他身後。」

「搞不好波爾的線民已經暴露了。」達克爾表示。

「永遠都會有這種可能，傑弗瑞。執法小組樹敵不少，有些就在河對岸。」

這是第一次，強納生朦朧的身影彷彿籠罩了整張會議桌。顧德修完全不了解強納生，但非常清楚波爾的付出，此刻也是。也許就是這個認知替他火上加油，也讓他重新開口辯論時，臉色再度轉變，聲調也比平常高一些。

他說，在聯合決策委員會一致通過的章程底下，無論一個機構的規模多小，只要是在其掌管的領域中都有權獨立自主。

同時，無論一個機構的規模大到什麼程度，都有義務基於尊重其他機構的權利與自主權，提供其支援與協助。

他接著說，在帽貝計畫中，該原則不斷受到河廳的猛烈攻擊與批判，而他們要求掌控該項行動的理由居然是「這是他們在美國的對口單位要求」。

此時達克爾打斷他的話。直來直往一向是他的強項。他悶不吭聲，但在絕境中，他有能力在看似必敗無疑的戰役中扭轉自己的劣勢。而他反擊了，這就是他的策略。

「『他們在美國的對口單位要求』這話是什麼意思？」他厲聲打斷對方。「帽貝行動已經交給美國人主導，負責這個計畫的是美國表親，不是河廳。有何不可？這就叫對等付出，雷克斯，你自己訂出的迂腐規則，你自己起草的，你就得好好遵守。」

發動攻擊完，達克爾坐回去，等待下次攻擊機會。馬喬藍則和他一起等待。顧德修裝出沒聽到他說什麼的模樣，達克爾的這一輪猛攻還是傷了他。顧德修舔了一下嘴唇。他瞥了一眼戰友梅里都，希望他能夠說點什麼，但梅里都一聲不吭。於是顧德修重回火線，卻犯了個致命的錯誤。也就是說，他跳離了預先為自己訂好的路線，臨場發揮。

「但我們何時能請真正的情報局，」顧德修接著說，用太過頭的反諷語氣強調：「解釋為何要將帽貝行動從執法小組手中抽走——」他怒視周遭，看到他老闆一副厭煩的模樣，盯著白色磚牆。「——我們得令要在一團謎中分享資訊。所謂『旗艦』行動，機密到牽連甚廣到顯然它可以完全超越公家體制、蓄意搗亂。這就叫做『地緣政治化』，這是……」他有點希望自己別忍不住跟著這些修辭的語尾押韻，但話以出口，他沒辦法把它收回來。達克爾怎麼敢這樣瞪他？那個笑裡藏刀的馬喬藍，還有那群無賴！「——這就叫合理化，這就叫複雜到不知道該怎麼形容的連鎖現象化，這就叫不可告人的關係利益化！」

他聽到自己的聲音在顫抖，但無論如何就是壓不下來。他還記得自己曾要波爾別淪落至此，而此時此刻，他自己卻先崩潰了。「還有人告訴我們，有些更核心的部分我們無權知道，因為層級太低。換句話說，情報局一定要侵吞帽貝行動，見鬼了！」顧德修覺得自己的耳朵好像灌滿了水，眼前也一片模糊，他必須停一停、喘口氣。

「好吧，雷克斯。」他的老闆說：「真高興聽到你狀態這麼好。現在我們就攤開來說吧。傑弗瑞，你給過我一份記錄，說整個執法小組所謂的帽貝計畫都是胡說八道，為什麼？」

顧德修不智地插話：「為什麼我沒看過這份記錄？」

「旗艦。」一片死寂中，馬喬藍回答，「旗艦沒有批准你，雷克斯。」

而達克爾則提供了更詳細的解釋，不但沒有減輕顧德修的痛苦，反而火上加油。「雷克斯，旗艦是美國方面給行動取的代號。他們給了我們非常嚴格的行事準則當作條件，才願意讓我們半途加入。關於這點，我很抱歉。」

★

達克爾取得了發言權。馬喬藍遞給他一個檔案夾，他打開來，舔舔手指，翻了一頁。時間也站在達克爾這邊，他知道大家都盯著他。他是個居心叵測的傳教士。他懂得惺惺作態，也知道怎麼擺好姿勢，外加一個很翹的臀部。「雷克斯，介意我問你幾個問題嗎？」

「傑弗瑞，我知道貴部門有個座右銘：答案才是最危險的東西。」顧德修反擊。然而逞口舌之快不是他的長項，他聽起來不但沒有修養，而且還很蠢。

「把毒品的事報告給波爾的線民，是不是也告訴他軍火運往布恩那文圖拉港？」

「是。」

「這人是不是從一開始就操縱了整件事？我指的是鋼鐵牌拿毒品換軍火——這個無中生有編出來的交易？」

「那個情報來源已經死了。」

「是嗎？」達克爾聽起來與其說是關切，不如說是感到有趣。「這麼說來，這些情報都是從阿波斯竇那裡傳過來的，是嗎？就是那位為了不要坐牢、八面玲瓏的販毒律師？」

「目前我沒有打算指名道姓地提及情報來源。」

「我倒是認為，反正他們都死了，把名字說出來有什麼關係。如果你不想用真名就用假名好了。」

達克爾研究著馬喬藍的文件時，另一次中場休息。這兩人對彼此有種詭異的相似感。

「那麼，波爾的情報來源是那個說有好幾家英國金融機構涉入整件交易這種令人寒毛直豎的事情的人囉？」達克爾咄咄逼人。

「那項資訊由單一消息來源提供，而且他還給了我們很多其他資料。我認為我們不應該再繼續討論波爾的情報來源。」顧德修說。

「許多情報來源？還是一個情報來源？」

「我拒絕回答。」

「這位來源還活著？」

「我不予置評。是，還活著。」

「男的還是女的？」

「跳過。部長，我要提出抗議。」

「所以，你是說有一個還活著的情報來源——不管是男是女——把這項交易、運毒的事、運軍火的事密告給波爾，包含那幾艘貨船、洗錢和英國金融機構涉及之事，是嗎？」

「你沒有抓到重點——而且我懷疑你是故意的——每隔一段時間，都會有技術上訊息以間接的方式提供給我們，而這些情資都證實波爾那位還活著的情報來源資訊無誤。不幸的是，近來我們有許多技術訊息都無法取得。等會兒我想正式提出這個質問。」

「你說的『我們』是『執法小組』嗎？」

「就這件事情而言，是。」

「你知道嗎，每次只要把棘手任務交給自己偏愛的小部門，永遠很難判斷他們到底可不可靠。」

「我倒認為就是因為這些部門小，才比起那些來源可疑的大部門更安全可靠。」

馬喬藍接了過去，儘管大家都覺得達克爾還意猶未盡，因為他仍緊盯著顧德修的雙眼，而馬喬藍的聲音，雖然比較柔順，依舊是責問的語調。

「不過，總是有沒有間接情報的時候。」馬喬藍說話時露出某種同情的笑容，並環視著在座所有人。「那位情報來源——如你們所說，當他單打獨鬥的時候，能夠提供的實際上是無法查核的情報，而且性質往往是要麼照單全收，不然就全盤否認——波爾是照單全收。你也是，對嗎？」

「既然你們近期有這麼多間接情報都不讓我們碰，我們也只好學著在沒有它們的前提下勉力為之。部長，每個提供原始情報的來源，他的情報在本質上、難道不是本來就無法逐一證實的嗎？」

「我認真跟你說，你搞得太學術了。」部長埋怨。「傑弗瑞，我們能不能把這件事做個結論？如果我要把這件事情往上報，就必須在質詢之前先找出內閣大臣才行。」

馬喬藍雖然笑了笑表示同意，但完全沒打算改變策略。「雷克斯，我一定得說，你這位消息來源非常了不起，然而，如果這位先生如此放肆地牽著你的鼻子走，那就真的太調皮了——還是說我該講『這位小姐』？抱歉，如果要向首相提出建議，我實在不知道該不該把籌碼壓在他身上——至少在我對這位先生或小姐沒有一點認識之前，絕對不可能。幹我們這行的，對自己的情報員無條件信任固然很好，但波爾有時信任得過頭，特別是過去他在河廳工作的時候。因此我們只好嚴格地約束他。」

「縱使我對這個消息來源的了解不算多，但已足夠讓我完全信任他。」顧德修反駁，將自己拉入更深的泥沼。「這位消息來源不但忠誠，還為國家做出了巨大犧牲。我極力主張各位聽取並相信他提供的情報，即刻按此採取行動。」

達克爾重新拿回主導權。他先看了看顧德修的臉，又看了他擺在桌上的雙手。此時，神經愈發緊繃的顧德修突然冒出一個反胃的念頭：達克爾現在可能正在想：如果把他的指甲拔掉一定會非常有趣。

「嗯，這麼做不管對誰都很公平。」達克爾說，瞥了部長一眼，以確定他有清楚聽見這位人證讓自己陷入不利的情況。「很久沒聽到有人如此強烈地表達對消息來源的盲目寵愛。那是在誰之後……」他轉向馬喬藍，「那人叫什麼名字？那個逃犯？他的名字太多，我實在記不清哪個才是他的本名。」

「潘恩，」馬喬藍說。「強納生・潘恩。這應該就是全名。通緝他的國際逮捕令已經發布了好幾個月。」

達克爾又說：「你不會是要告訴我，波爾一直以來聽的都是這位潘恩的報告？是這樣嗎，雷克斯？不可能吧，誰會信他？你還不如相信街角的酒鬼說自己連買回家車票的錢都沒有。」

馬喬藍和達克爾竟一同失笑，好像被這荒謬的情勢逗樂了，他們沒想到像顧德修這樣精明的人居然會犯下這麼嚴重的錯誤。

★

顧德修覺得自己像是置身一個空曠的大廳，正在等待延後執行的公審。他聽見達克爾在遠處試圖幫他解圍，去向與會的人解釋，考慮要不要在真的行動時要求情報部門一字不漏地交代情報來源當屬正常程序。

「我的意思是，用他們的方式看一下，雷克斯。你難道不想知道波爾買到的究竟是皇冠上的珠寶，還是專賣假貨的騙子做的假古董？他也不太可能有一大堆消息來源，你說是吧？搞不好他把一整年的預算都撥給了那傢伙，然後一次花個精光。」他轉向部長。「這個叫潘恩的傢伙花招不少，其中之一就是偽造護照。大約一年半前，他跑來找我們，編了個故事，說什麼有一批高科技的武器要運去給伊拉克人。我們查證後不認為他的故事有價值，於是就請他走。老實說，我們當時認為他可能是神經病。幾個月前，他又搖身一變，以總管之類的身分出現在迪基．洛普位於拿索的家，還兼做洛普一家的家庭教師，教他那個難搞的兒子。只要有空，他就會在情報市場上兜售不利洛普的消息。」

他瞥了一眼那份打開的文件，表示自己有盡可能地公正公開：

「他有一堆前科：謀殺、多次竊盜、販毒、持有多種不法護照。我希望他不會在坐上證人席後，突然表示自己都是為了英國情報局才幹下這些勾當。」

馬喬藍伸手相助，指出頁面較下方處的一筆資料。達克爾點了點頭，感謝他的提醒。

「對了，還有一個跟他有關的小故事。挺怪的。據說潘恩在開羅時跟一個叫弗烈迪．哈密德的人有過節。哈密德是那個惡名昭彰的哈密德家族的一員，潘恩當時就在他的飯店工作。除了飯店的工作外，他可能還替哈密德打理販毒勾當。我們派駐在那兒的眼線歐吉威告訴我們，有非常可靠的線索顯示潘恩殺了哈密德的情婦——活活把她打死。他先帶她到路克索度週末，然後不知怎的妒火中燒，就殺了她。」達克爾聳聳肩，闔上檔案。「部長，我們現在面對的是一個狀況極度不穩定的人。我認為我們不該僅憑潘恩杜撰的情報，要求首相授權，採取偏激的行動，而且我認為你也不該授權。」

大家看向顧德修，不過大部分人立刻將目光移往別處，免得讓他尷尬。馬喬藍似乎特別同情他的處境。接著部長開口了，但顧德修心煩意亂，他想，也許這就是邪惡的副作用：它會令人心煩意亂。

「雷克斯，關於這件事，你得舉出更實際的證明。」部長抱怨。「波爾有沒有跟這人做什麼交易？我希望他與這人的罪行沒有絲毫瓜葛。你們給過他什麼允諾？——雷克斯，我強烈希望你留在這裡。最近有太多這種案子了，都是英國情報部門講好條件、雇用罪犯來效勞。我絕對不允許你讓他回到國內。波爾有告訴這人他是為誰工作嗎？那傢伙搞不好已經在談事情的時候把我的電話號碼也給了他——雷克斯，你給我回來。」門怎麼會這麼遙遠？「傑弗瑞說他曾經在愛爾蘭參加過特種部隊，我們開出的條件他大概都符合。愛爾蘭人一定衷心感激我們——老天，雷克斯，今天的議程幾乎都還沒開始，有很多重要的決定得做啊！雷克斯，這真的太不專業了，今天這場會完全不合你心意，可是我哪一邊也不能站。雷克斯，再會。」

外頭樓梯間的空氣是讓人覺得舒適涼爽。顧德修靠著牆。搞不好在微笑。

「您一定很期待週末到來吧，先生？」大樓管理員畢恭畢敬地問道。

顧德修被他善良的模樣感動，絞盡腦汁想擠出一句好話來回答。

★

波爾正在忙。他的生理時鐘還在大西洋中部時間，心神則與目前不知受到何種折磨的強納生同在。但他的腦子、意志和創造力都專注在面前的任務上。

當波爾打電話給梅里都，打聽聯合決策委員會到底有何進展與結論，梅里都這樣回答：「被你們自己的人搞砸了。傑弗瑞壓倒性勝利。」

「那是因為傑弗瑞．達克爾滿嘴謊話。」波爾認真地跟梅里都解釋，以免他搞不清狀況。講完後，他回到眼前的任務。

他又回到河廳模式。

他又回到間諜的身分。不顧原則，絕不後悔。真相才是他能逃去的唯一地方。

他派他的祕書去白廳搜索。約兩點鐘，她一臉平靜、但有點上氣不接下氣地回來了，帶回波爾要她蒐集的信箋。

「我們走。」他說，而她只抓了速記本。

他口述的信件大多是寄給自己。有些寄給顧德修，一、兩封寄給顧德修的老闆。開頭的稱呼不拘，有親愛的波爾、我親愛的雷納德、致執法小組主任、親愛的部長等等。在比較高規格的信件中，他會在信紙最上方親手寫下「親愛的某某」，並在信末隨興加上：手書、謹上、摯友敬上、敬祝如意等等。

他的筆跡也不斷在變，斜度與風格時有不同，墨水和書寫工具也會視不同的信件而異。

他使用的官方信箋也有等級之分。他去信給白廳的對象官階愈高，使用的信箋就愈硬挺。若是寄給部長級的，他就偏愛用信首有官方戳記的淡藍色信箋。

「我們有幾部打字機？」他問祕書。

「五部。」

「每位收信人的信件各用一部，給我們自己的用一部。」他下令。「同一位收信對象用同一部打字機。」

她早已逐字記下他的指令。

祕書離開，只剩他一個人。他打了電話給河廳的哈瑞．帕爾弗瑞。電話中，他的語調有些神祕。

「但我至少得有個理由。」帕爾弗瑞抗議道。

「你來，我就給你理由。」波爾回答。

然後他打給紐貝瑞的安東尼．喬伊斯敦．布萊德蕭爵士。

「我他媽的為什麼要聽你命令？」布萊德蕭傲慢地回嗆，說起話來有點洛普的怪腔怪調。「沒有執行的能力，太多在邊上搖旗吶喊的蠢蛋。」

「你到就是了。」波爾說。

海絲特．顧德修從肯特鎮打電話給他，告訴他她先生要在家休息幾天。她說他每到冬天身體都會感到不適。在她之後，顧德修自己把電話接過去，聽起來卻像個事先演練過講稿的人質。「雷納德，到今年年底你都可以保住你的預算，不會有人動它。」然後，他的聲音突然變得非常沙啞。「可憐的孩子。他們會怎麼對他？我無時無刻都在擔心他。」

波爾又何嘗不是？但他還有工作要做。

★

國防部長的接待室很寬敞，白色的，有監獄般的照明和監獄般的一塵不染。這是個磚砌的箱子，有看不出去的窗戶和一打開就會聞到焦灰臭味的電暖器。連塗鴉都沒有反而令人害怕。等著的時間裡，你會想前一任主人被處決前留在牆上的話是不是被塗掉了。波爾故意比預定的時間晚到。他進來時，帕爾弗瑞輕蔑的眼神從手中顫抖的報紙上緣探出，不自然地笑著。

「好吧，我來了。」他說，口氣很衝。他起身，開始折那份報紙。

波爾關上身後的門，同時也小心翼翼地把它鎖了起來。他放下公事包，將大衣掛在鉤子上，突然狠狠打了帕爾弗瑞一巴掌。但他並不激動，甚至可說是不太情願，就像是為了避免癲癇患者發作而動手打人；或是讓孩子在危機之中冷靜下來。

帕爾弗瑞一屁股坐在原來那張椅子上，按著被打的那邊臉頰。

「野蠻。」他小聲地說。

某種意義上，帕爾弗瑞沒說錯，不過波爾再怎麼野蠻都有強大的自制力和約束力。波爾對此人完全是深惡痛絕，他的摯友和妻子都沒看過他如此充滿恨意，就連波爾也很少見到這樣的自己，他沒坐下，反而彎下腰，在帕爾弗瑞身旁做出彷彿做禮拜的姿勢，親親愛愛地用自己的頭緊靠著對方的。為了要讓帕爾弗瑞聽清楚他說的話，他雙手揪住這個可悲傢伙沾滿酒漬的領帶結。領帶立時變成一條可怕的絞索。

「哈瑞．帕爾弗瑞，一直到目前為止，我都對你非常友善。」說得完全不拖泥帶水，即便他沒有事先準備過。「我沒有扯你後腿，也沒有告發你。當你鬼鬼祟祟地在白廳與河廳之間游走，先裝成顧德修的好友，再把他出賣給達克爾，讓他們去鷸蚌相爭，你坐收漁翁之利，跟過去沒有兩樣，我也只是不動聲色地旁觀。你現在還是跟每個亂搞的女孩說你一定會離婚嗎？你一定有！然後你是不是馬上回家對妻子再說一次結婚誓詞？你一定有！哈瑞．帕爾弗瑞就是這種人。良心只在週末時出現。」波爾像個執行絞刑的劊子手，把他的領帶結拉緊到喉結處。「『蜜德莉，為了英國，我不得不這麼做！』」波爾學起帕爾弗瑞，大力聲明：「『為了正義，我必須付出這個代價，妳只要知道我做了什麼——就算只是十分之一，妳都會無法入睡——除非妳待在我身邊。我需要妳，蜜德莉。我需要妳的溫存、妳的撫慰。蜜德莉，我愛妳！……但不要告訴我的妻子，她不會了解的。』」他又用力頂了領帶結一下。「你還在散布那些鬼話嗎，哈瑞？一天六次，來回穿梭於兩廳之間？你去告密、再告密、密告不休，告到你那獐頭鼠目的臉因為挖牆角弄得骯髒不堪，一定是這樣吧！」

然而帕爾弗瑞很難給他的問題一個合理答案，因為波爾始終用雙手緊抓住他的絲綢領帶，沒有放鬆分毫。這是條絲質的灰領帶，令上面的汙漬顯得更加明顯。也許，在帕爾弗瑞多次結了又離的婚姻中的某次就是戴著它。它好像怎麼也扯不斷。

波爾換成一個略帶遺憾的語調說：「你告密的日子結束了，哈瑞。船沉了。你只要再告密一次，你就死定了。」他抓住領帶的手沒有鬆開，只是湊近帕爾弗瑞的耳朵，說道：「你知道這是什麼嗎，哈瑞？」他拾起領帶寬邊的那端。「這是阿波斯賓的舌頭，從他的嘴裡拔出來的——哥倫比亞風格。真是感謝哈瑞．帕爾弗瑞跑去密告啊——你把阿波斯賓賣給了達克爾，忘了嗎？不僅如此，還把我的情報員強納生．潘恩也賣給了達克爾。」他每說一次「賣」，就把手中的領帶收得更緊。「你把傑弗瑞．達克爾也賣給顧德修——但這是表面上，是不是？你假裝這麼做，但其實你是雙面人，你真的做的是把顧德修出賣給達克爾。你可以從中得到什麼好處，哈瑞？一條生路嗎？我看未必吧！如果我是這故事的作者，我會這樣寫：你拿到一百二十塊錢不義之財，接下來就會像猶大一樣吊在樹上自殺！因為我現在知道一些你還不知道的事，無論如何，到最後你再也沒有任何事情可以拿去告密了。」他突然鬆開手，迅速站起身。「你還有辦法看東西嗎？你的眼睛紅得活像罌粟花，是因為恐懼還是懊悔？」他轉身朝門走去，一把抓起黑色公事包。那是顧德修的，上面有刮擦的痕跡，是顧德修長達四分之一世紀、每天上下班都把它放在腳踏車籃子裡留下的。公事包上頭還有公司飾章，不過也幾乎磨平了。「還是因為你沉溺於酒精，才讓你視力變得不靈光？坐那兒吧——不，這裡！這裡光線比較好。」

波爾撐著他的腋窩讓他站起來，一下叫他坐「那裡」，一下又叫他坐「這裡」，像擺弄布娃娃一樣把他推來扔去，又重重放手。「我今天心情不太好，哈瑞。」他滿懷歉意地解釋：「稍微體諒我一下吧。我會這樣一定是因為想到那位年輕的潘恩，不知道此時他是否正被迪基．洛普手下的小甜心拷問。我太老了，快要幹不來這份工作了。」他拿出一個檔案夾摔在桌上，上頭蓋了「旗艦」的紅字。「哈瑞，我要你把這些文件仔細讀過，因為你和你們全部的人都被耍了！雷克斯．顧德修並不是你們以為的跳樑小丑，他那頂帽子底下比你們想得還要高深莫測。讀吧。」

帕爾弗瑞繼續讀，但要讀這份文件可不容易，所以波爾才花了這麼長時間奪走他的安寧。帕爾弗瑞還沒讀完就開始哭，淚水滴到偽造的信件上，把首尾的稱謂和簽名都弄溼了。

帕爾弗瑞還在啜泣之際，波爾又拿出一張內政部核發的監聽令。其實這張監聽令並沒有任何人的簽名，事實上也還不能算一份正式的監聽令，只是一份授權監聽人員在三支電話線上動手腳、製造技術故障的命令。這三支電話有兩支在倫敦，一支在英國東部的沙佛克郡。這種假造的故障會造成所有打到這三個號碼的電話被轉接到第四支電話上，按照所在位置，也會製造出適當的間隔。帕爾弗瑞看了看授權狀，半晌說不出話，只能發出表示抗拒的怪聲。

「這幾個都是達克爾的號碼，」最終，他還是擠出了反駁，「國家、城市、辦公室都是。我不能簽，他會殺了我。」

「如果你不簽，哈瑞，我會殺了你。如果你要按照正常管道做這件事，把監聽令上遞給某個有權簽發的部長，這位部長一定會跑去找傳說中的傑弗瑞大叔。哈瑞，我們不幹這種事。你要『很樂意地』親自簽署這份授權令，這是在特殊情況下你獲准使用的權力；而我會『很樂意地』派一位可靠的信差將授權令送到監聽人員手中。然後你會『很樂意地』安靜待在我朋友羅勃・魯基的辦公室裡，跟他一起過一晚，這樣你才不會『很樂意地』偷偷跑去告密。你要是還不安分，那麼我的好友魯基可能就會把你五花大綁捆在電暖器上，直到你為自己犯下的各種罪行悔過、跪地求饒。不要心存僥倖，他可不是個溫柔的人。簽這裡——用我的筆簽。就這麼辦。一式三份。你應該知道這些公務員都是什麼德性吧。最近你都跟哪個監聽人員傳八卦？」

「沒別人。梅西・瓦茲。」

「梅西是誰？這些日子我跟他們都沒有連繫。」

「是女王。他們都聽梅西的。」

「要是梅西跟傑弗瑞大叔一起吃中飯時，太多話怎麼辦？」

「那就蓋茲吧，我們都覺得他很討人喜歡，」他勉強笑了一下。「有點孩子氣。」

波爾扶帕爾弗瑞站起來，然後狠狠把他推到一具綠色的電話前坐下。

「打給梅西。你在情況緊急的時候就是這麼做的吧？」

帕爾弗瑞小聲發出一個像是同意的聲音。

「告訴她有個非常緊急的授權令，正由一位特別的信差送去給她。她必須親自處理，不然就交給蓋茲。不要委由祕書，不要交給下屬，不要回覆，眉毛都不要動一下。你的指令是不准質疑、絕對服從。告訴她，這份授權令由你親自簽發，會很快得到上層確認——你搖什麼頭？」波爾又甩了他一個耳光。

「我不喜歡你搖頭，不准再搖。」

帕爾弗瑞勉強擠出一個帶淚的微笑，用手摀住嘴。「我會被他們當笑話的，雷納德，一定會。尤其是這麼大的一件事。梅西最喜歡這種八卦，蓋茲也是。『嘿！梅西！妳快來聽這個！妳一定會笑掉大牙！』她很機靈，對工作厭倦，也討厭我們這些人。她只想知道下一個上斷頭臺的人是誰。」

「你不也是？」波爾說，一派友善地搭著帕爾弗瑞的肩。「別想耍我，哈瑞，否則下一個上斷頭臺的就是你。」

帕爾弗瑞順從地拿起那個撥打白廳內線的綠色電話，在波爾的注視下撥了河廳中每個告密者都心知肚明的五位數字。

# 28

副檢察總長艾德・普列斯科特一如他那一代的耶魯畢業生，都是出類拔萃的人物。那天，當喬・史崔斯基在接待室等了半小時後，走進他位於邁阿密城區的大辦公室，艾德直接了當地把消息透露給他。所有人，包括艾德這種新英格蘭長大、或史崔斯基這樣平實的肯塔基鄉下人，都喜歡他的直接：沒有廢話，沒有過多鋪陳。因為說白了，喬，那些傢伙連我也騙：他們把我從華盛頓拖到這兒來辦事，還要我把一個非常吸引人的工作給推掉。不管是誰，真的，甚至包括「上頭的人」都非常想要那工作。喬，我一定要告訴你，這些人對我們不老實。所以我要你知道，我們現在是同一陣線，患難與共。這件事花了你一整年，而等我把我的地盤安頓好後，也耗掉了一整年。我這年紀的人還有多少年可以浪費？

「艾德，我替你感到不值。」史崔斯基說。

假設艾德・普列斯科特聽懂他的言下之意，也會假裝沒聽見，藉此讓兩人可以合作無間，共同解決目前進退兩難的局面。

「喬，關於這個臥底，那些英國佬之前到底告訴你多少？就那個生前擁有一堆名字、本名叫潘恩的傢伙？」

史崔斯基沒有忽略他說了「生前」兩個字。

「不太多。」史崔斯基說。
「所以是多少？」普列斯科特直接問，不拐彎抹角。
「這人並非專業情報人員，比較像是自告奮勇。」
「自己來投效？我從來不相信自願者，喬，在冷戰時期——天啊，那簡直是一個世紀之前的事了——情報局時常來諮詢我，對我畢恭畢敬；我則告誡他們要小心那些時常表態想背叛蘇聯、把他們的東西當禮物雙手奉上的人。喬，他們還有跟你說什麼關於他的事？還是說，他們一直都把他藏在華麗的謎團裡？」
史崔斯基故意裝的不動聲色。要跟普列斯科特這種人周旋，唯一的辦法就是在弄清楚他要你說什麼之前能避就避。接下來可以選擇說，或是表示自己有不說的權力，或叫他自己去把答案找出來。
「那些人告訴我，他們曾替他做了些安排。」他回答。「他們為他捏造過一些額外的背景，讓他更能吸引到目標。」
「這是誰告訴你的，喬？」
「波爾。」
「波爾有沒有告訴你，這些背景資料的性質是什麼？」
「沒有。」
「波爾有沒有告訴你，這些背景資料有多少是他自己的，又有多少是捏造的？」
「沒有。」

「記憶很弔詭呀，喬，回想一下。他有沒有告訴你這人犯下殺人罪？也許還不只一樁。」

「沒有。」

「走私毒品呢？在開羅和英國？可能在瑞士也有？我們正在查這件事。」

「他沒有說得很詳細。他只說他會為這個人安排適合的背景，等他的背景準備妥當，我們就讓阿波斯賓去說洛普某個手下的壞話，預設洛普會讓這個新來的當簽字人——洛普都會找簽字人，他們就給他一個簽字人，他喜歡變態的手下，他們就給他一個變態的手下。」

「所以英國人知道阿波斯賓是棋子。我可不知道。」

「他們當然知道。我們和他見過一面——波爾、弗林探員和我。」

「這樣做正確嗎？」

「這樣叫作聯手。」史崔斯基的聲線緊繃。「我們那時聯手執行，記得嗎？現在這個結盟關係已經有點散了，不過那時候我們的確曾經聯手。」

艾德·普列斯科特繞著他那間偌大的辦公室踱步，時間彷彿停滯。這間辦公室的每扇窗戶都使用一吋厚的深色防彈玻璃，將陽光耀眼的上午變得彷彿下午。雙開門是強化鋼板，為了防止外人闖入而緊閉。史崔斯基想起，邁阿密目前正苦於盜賊擅闖民宅。戴面罩的盜匪會架住屋主，見什麼拿什麼。史崔斯基思忖著下午是否要去參加阿波斯賓的葬禮，但目前天色還早，先看看吧。接著他又想，不知道要不要回妻子身邊。每次事情糟到一個地步，他就會這麼想。有時離她遠些感覺就像獲得假釋：不算重獲自由，有時甚至會令人懷疑，這搞不好比被判無期徒刑還糟。他想到派特·弗林，不由得希望自己能像他那麼鎮定。別人都汲汲於功名利祿，派特卻視之如草芥。當他們告訴派特，在事件釐清頭緒前都不用再來辦公室上班，他謝過他們、跟每個人握手，洗了個澡，然後喝掉一瓶布什米爾威士忌。今天早上，他酒還沒醒就打電話給史崔斯基，警告他說有一種新的耳疾正在邁阿密肆虐，叫作「聽你在放屁」症候群，病因是聽太多華盛頓的屁話。當史崔斯基問他有沒有聽到跟倫巴第號有關的消息——比方說有人攔截了她、擊沉她，或與她狼狽為奸之類的，弗林便極盡全力地模仿東岸常春藤聯校那些男同志的語氣，回答他：「噢，小喬，你這個小壞蛋，竟然利用這種職務上的特權套人家的祕密。」派特這該死的傢伙到底是從哪兒學來的？他忍不住想。但假使我一天喝光一瓶愛爾蘭酒，搞不好也可以模仿得維妙維肖。然而副檢察總長普列斯科特似乎還有話要說，他似乎應該回神注意聽。

「喬，很顯然，如果波爾要找他那位潘恩，可能不會像你要找你那位阿波斯賓博士容易。」他說，刺人的聲音裡帶著足夠的責備意味。

「潘恩和阿波斯賓是不同的情報來源。不論從哪方面看，兩者都不能相提並論。」史崔斯基嘴上反駁，卻因為聽到自己的語氣放鬆而暗自高興。大概是因為剛剛那個「聽你在放屁」症候群造成的。

「可以再解釋清楚一點嗎，喬？」

「阿波斯賓是個墮落的卑鄙小人，潘恩則是——潘恩是個為了正義、以身犯險的正直紳士。波爾堅信自己並未看走眼，潘恩是間諜，是我們的同僚，我們的家人。但沒有人會把阿波斯賓當成家人，連他的女兒都不會。」

「潘恩就是那個差點拆了你手下的人嗎？」

「他那時承受了很大的壓力，才做過頭；他也許是反應過度，把接收的指示看得太認真。」

「這是波爾告訴你的嗎？」

「我們是這樣解讀他的行為。」

「喬，你真大方，你雇的人挨了一頓揍，花了兩萬美金醫藥費，外加三個月的病假，還有一樁到現在都還懸在那裡的訴訟，你卻告訴我他只是有點反應過度？這些牛津來的英國人在跟人爭論的時候都很有說服力，你難道沒發現雷納德．波爾是個偽君子嗎？」

「不夠坦承？不夠誠懇？道德上有某種瑕疵？」

我們都活在過去的記憶中，史崔斯基想，就連我也不例外。「我不知道你這話是什麼意思？」他撒謊。

「沒有。」

「真的『沒有』？」

「波爾是個優秀的情報人員，而且是個好人。」

普列斯科特又在他的辦公室裡走了一圈。他也是好人，而他似乎不太擅長處理真實人生中那些更為嚴苛的事實真相。

「喬，我們和那些英國人之間存在幾個問題——我站在執法小組的立場說。你那位波爾和他的同事承諾我們的是一位清白的證人——那大概是潘恩吧——一場經過精密策畫的行動，幾個大人物負責操盤。因此我們同意這項行動，對他寄予厚望。然而現在我必須告訴你，站在執法小組的立場，這些英國人沒有信守諾言。在跟我們交涉的過程中，他們給我們一種說一套做一套的感覺。我們之中可能有些人沒料到他們會這樣，但如果是那些記性比較好的人，可能就不那麼意外了。」

史崔斯基覺得自己似乎應該和普列斯科特口徑一致，一同譴責這些英國人，但他並不想這麼做。他喜歡波爾，波爾是那種可以跟他一起去偷東西的好夥伴；魯基雖然有點不講情面，不過他也漸漸喜歡他了。他們兩個都是好人，執行任務也得心應手。

「喬，你說的這個小鬼——啊，抱歉——波爾這位正直誠實的手下——就是潘恩先生。他身上有幾年前的刑事前科。倫敦的芭芭拉．凡頓和她在蘭利的朋友挖出了些跟潘恩先生有關、相當令人不安的背景。他應該是個壓抑型的精神病患者。很不幸的，那些英國人都順著他的心意。他過去在愛爾蘭犯下一件殘忍的殺人案——用半自動武器。我們查不到這件事情的始末，因為他們掩蓋了真相。」普列斯科特嘆了口氣，像他這種老狐狸很愛裝模作樣。「潘恩有能力殺人，喬。他殺人、行竊、販毒，但最讓我百思不得其解的是，他從來沒用過那把拿來對付你的人的刀。潘恩先生同時也是一名廚師，一個夜貓子，近身格鬥專家，也是位畫家。喬，這都是妄想型精神病患的典型症狀。我不喜歡潘恩，無論如何都不會把自己的女兒交到他手中。潘恩先生在開羅的時候跟一名毒販的情婦有病態的情感糾葛，後來甚至把她給打死了。我不會讓他作為我的證人、站上證人席。而且，對於他目前為止所提供的情報，我抱持極大——我是認真的——極大的保留態度。我看過他提供的情資，也研究過其中多項獨立存在、未經證實、但對我們的案子又不可或缺的部分。像潘恩先生這種人是藏在社會裡的騙子，他們連自己的母親都能賣，同時還把自己當成救世主。你朋友波爾很能幹，但他的野心也不小，為了讓他的裝備能啟用，他可以萬死不辭、跟那些大頭槓到底。那種人自然會變成騙子的獵物。我不相信波爾先生和潘恩先生在工作上是合作無間的夥伴。我不是說他們有意搞鬼，但凡身處機密中樞的人總是會相互洗腦，告訴對方其實可以無視真相。如果阿波斯竇還跟我們有聯繫──畢竟他是個律師，雖然腦子有點怪怪的，我仍認為他能在證人席表現得很穩當。那些回到上帝懷抱的人，陪審團一向會在心裡留個位置給他。不過現在講這些都沒有用，阿波斯竇再也沒辦法作證了。」

史崔斯基試著幫普列斯科特解套。「艾德，那從來沒發生過，好嗎？我們可不可以把這整個案子當成一堆狗屎？什麼毒品、武器，都是子虛烏有。安斯路．洛普從來沒跟那些非法組織分贓，是弄錯人了──你想用什麼理由都行。」

普列斯科特露出苦笑，彷彿在說他沒想過要做得那麼絕。「喬，我們現在是在討論哪些東西是可論證的，這就是律師的工作。我這麼說吧：世俗民眾有那個餘裕只要相信真相就好，律師則必須心甘情願接受可供論證的事情。」

「這是當然。」史崔斯基也露出微笑。「艾德，我可以提一些事嗎？」史崔斯基在皮椅上向前傾，寬宏大量似的張開雙手。

「喬，請說。」

「艾德，你放輕鬆，拜託，別把自己繃得這麼緊。帽貝行動玩完了，是蘭利把它給殺了，你只不過是來致哀，我都明白。然而旗艦行動還健在，只是我沒有獲准參與。根據我的猜想，你有權參與。艾德，你想整我嗎？艾德，告訴你，我確實被你整過，如果你想整我，不需要先帶我去吃晚飯。我被別人以各式各樣的花招整過這麼多次，已經算是久戰沙場的老兵。這回是蘭利和幾個不肖英國人──更不用說還有那些哥倫比亞人。上回整我的是蘭利和其他王八蛋，可能是巴西人——不對，他媽的，是古巴人——這些人在過去我們艱困時還幫過我們一些忙呢。再更早一點，是蘭利和某些委內瑞拉的有錢人，不過我認為當時還有以色列人。但其實我想不太起來了，那些檔案也遺失了。我印象中那時候還有一個叫『必勝』的行動，我也未獲准參與。」

他既覺得憤怒又感到不可思議地舒爽。普列斯科特辦公室裡這張寬大舒服的皮椅就像一場夢，讓他能這樣慵懶地躺在上面不起來，待在這座豪華的樓頂辦公室呼吸乾淨的空氣，不會有任何人跟他過不去；或是一些打小報告的傢伙裸身跪在他床上舔他胸口。

「艾德，你要跟我講的另一件事大概是我想跟誰相好都可以，但不能說出去。」史崔斯基接著說。「因為如果我說出去，就會有人抓住我的把柄、取消我的退休金。又或者，如果我真講了，就會有人轟掉我的腦袋——儘管他們可能不情願。這些我都知道，艾德，這些規則我都聽說過。艾德，就不能幫幫我嗎？」

普列斯科特不習慣只聽話不插嘴，而且，除非他認為對方會回報他，否則絕對不會幫任何人的忙。但是他若看見一個正在發火的人，他會很清楚對方生氣了。而且他也知道，不論是人或動物，怒氣是會隨著時間過去而平息的。所以當下他只要耐心等待、繼續維持臉上的笑容，理性回應，就當眼前只是一個正在胡言亂語的神經病。他更清楚的是目前最重要的就是不要讓對方感覺到他升起了戒心——他的辦公桌內側一直有個紅色的按鈕。

「喬，只要是我能力範圍內，任何忙我都願意幫。」他爽快答應。

「不要改變，艾德，美國需要的是本來的這個你。不要放棄那些居高位的朋友以及與情報單位的連繫，或是你妻子在特定公司裡唾手可得的利益和影響力。繼續幫我們解決難題、幫我們搞定不利的局面。我們至高無上的公民已經知道得太多，要是再多知道一些，恐怕會嚴重影響到他們的身心健康。你想想電視，不管是哪一種主題，講個五秒對任何人就已足夠。艾德，人人都要過正常的生活，不想過動盪不安的日子。若想達到這個目標就得靠你了。」

★

史崔斯基小心翼翼地在冬日陽光中開車回家。怒氣自有它的發洩方式。水邊是一棟棟漂亮的白色住宅，如茵的草地盡頭是一艘艘白色帆船。郵差忙著送中午的這趟信，一輛紅色福特野馬停在他家車道，他認出這是阿瑪多的車子。他坐在露臺上，戴了一條參加喪禮時會戴的黑色領帶，喝著從冰桶裡拿出來的可樂。派特．弗林在他旁邊，正伸展了四肢坐在籐沙發椅上。他穿著整套的伯格賽黑西裝、背心和黑色窄邊圓頂禮帽，正在打盹，胸前緊緊抱著一瓶喝得一滴不剩的十年布什米爾威士忌。

「派特又在跟他的前任老闆應酬了。」阿瑪多解釋，瞥了斜倚在旁的同伴一眼。「他們好像很早就吃了早餐。雷尼的人登上鋼鐵帕莎號，在安地瓜有兩個人扶他走下洛普的飛機，另外又來了兩個人扶他登上一架水上飛機。派特的朋友現在引用的資料是情報處內部核心人員匯編的。這些人員獲准了解旗艦行動的動向。派特說，你可能會想把他們講的話傳達給你的朋友雷尼．波爾。派特還說，請你代他向波爾致上最誠摯的敬意。儘管後來出了一些問題，他還是非常敬佩波爾的經歷。就這麼告訴他吧。」

史崔斯基瞄了手錶一眼，迅速走進屋內。用這支電話並不安全。電話另一端的波爾立即接起，像是一直在等這通電話。

「你那小伙子跟他的有錢朋友去開船了。」史崔斯基說。

★

波爾極為感謝這場又急又猛的大雨。有無數次，他把車子開到草地邊緣，一面坐在車裡聽著傾瀉的雨水轟炸車頂，一面等待雨勢趨緩。多虧這場豪雨，他得以暫時避開外界的紛擾。雨勢把這位手搖紡織機工人帶回了舊時的閣樓。

他比原定時間稍晚上路。當他把可憐又難堪的帕爾弗瑞交給魯基時，隨口說了聲「你照顧一下」。也許，他想的是照顧一下帕爾弗瑞，又也許，他想的是：親愛的上帝，照顧一下強納生吧。

他邊開車子邊想：他現在在帕莎號上。雖然此時應該是生不如死，但他確實還活著。有一陣子，波爾的思緒翻來覆去，滿腦子只想著：強納生還活著，正在受苦，他們現在正對他嚴刑拷打。當波爾艱難地度過這一段分秒都難熬的時光後，他開始運用強大的推演力，努力找出一些可讓他獲得些許慰藉的細瑣線索。

他還活著。這一定是因為洛普要他活著。若非如此，在強納生簽署最後一份文件後，洛普一定馬上找人把他給殺了，而結果就是巴拿馬路邊多添一具無名屍，誰會在意？

他還活著。倘若洛普這種惡人帶人上遊艇，絕不只是為了滅口。他帶他上船是因為有事情要問，等問完了、他需要殺他，那他會在離船一段適當的距離處下手。他得考慮周遭的衛生及船上賓客的感受。

如果他的推論正確，那麼究竟有什麼事是洛普不知道、還需要詢問強納生的？

也許是：強納生走漏了多少這次行動的細節？

也許是：對於洛普而言，目前最迫切的危險到底是什麼？是遭到起訴？他偉大的生意受挫？還是曝露行蹤或醜聞？他人的強烈反對？

也許是：我還能從保護我的人那裡得到多少庇護？當真正的警報響起，他們會不會一個接一個開溜？

也許是：你算老幾？居然敢摸進我的宮殿，又趁我不注意偷走我的女人？

車子經過林蔭隧道，波爾突然想起，他們送強納生上戰場的那晚，強納生坐在藍永的小屋中，湊在油燈下讀完手中顧德修給他的信，告訴他：我很肯定，雷納德。我本人，強納生，就算到明天早上我還是那麼肯定。我要怎麼簽字？

你簽太多了，波爾沒好氣地在心裡回答。而且還是我激你簽的。

招供吧，他在心裡懇求強納生。出賣我，把我們全都賣了，因為我們出賣了你，不是嗎？反咬我們一口，救救你自己。敵人不在你那方，在我們裡頭。出賣我們吧。

他離紐貝瑞只有十英里，離倫敦也只有四十英里，但這已經是英國的鄉間深處。他爬上山丘，進入兩旁矗立著光禿山毛櫸的大道，旁邊的田地都是新近才犁過的。他聞到青貯飼料，想起約克郡老家，母親廚房中壁爐擱架前總有冬茶。我們都是誠實正直的人，他想著，想起了顧德修。我們是懂得自嘲又可敬高貴的英國人，是擁有純樸善良心地的人。我們到底哪裡做錯了？

眼前破舊的公車棚使他想起路易斯安那的鐵皮屋。在那棟小屋裡，他見到被哈瑞・帕爾弗瑞賣給達克爾的阿波斯賓——他接著被達克爾賣給美國表親、再被美國表親賣給——天知道賣給了誰。如果是史崔斯基，他一定會帶手槍，他想。弗林則一定抱著機關槍，步履維艱地走在我們前面。我們習慣與槍同在，因為有槍就有安全感。

但槍不是一切的答案，他想。槍是用來虛張聲勢的，我就是要虛張聲勢。我既沒有得到許可，子彈也沒有上膛，徹徹底底就是虛張聲勢。我能夠用來引誘安東尼・喬伊斯敦・布萊德蕭的只有我自己。

他又想到帕爾弗瑞和魯基一起靜靜地坐在他的辦公室裡，隔著一具電話相對無言。想到這裡，綳了這麼久，他差點笑出來。

他看到路標，於是向左拐，駛進一條尚未完工的車道，不知為何突然有種自己來過這兒的感覺。這或許就是意識與無意識碰撞的瞬間。他曾在一本前衛的雜誌上讀過：當你碰到這種交會的瞬間，既視感就出現了。他不信這種鬼話。這種論述總會令他抓狂，就算只是想都令人無法忍受。

他停下車。

他突然覺得自己太激動了，於是默默等待激動的心情退去。全能的上帝啊，我究竟變成了什麼人？我很可能勒死帕爾弗瑞。他降下車窗，頭往後仰，大口呼吸鄉間的空氣，同時閉起眼睛，覺得自己彷彿變成了強納生——正在痛苦中煎熬的強納生。他頭向後仰，沒辦法出聲——強納生被釘在十字架上，奄奄一息；洛普的女人深愛著他。

眼前隱約出現一對石頭門柱，卻看不到表示藍永到了的路牌。波爾停好車，拿起電話，撥了傑弗瑞・達克爾在河廳的專線，聽到魯基說：「喂？」

「只是檢查一下。」波爾說。他又撥了達克爾在卻爾西區家中的電話，又聽到魯基的聲音。他嘀咕幾聲，然後就掛斷了。

他撥了達克爾在鄉間的電話，結果一樣。這次的干擾令挺有效的。

波爾把車開進大門，進入一個乏人整理、蔓草叢生的公園。幾頭鹿站在損壞嚴重的柵欄後面呆呆地瞪著他，車道上長滿濃密的雜草，某塊汙穢的牌子上寫著「喬伊斯敦・布萊德蕭合夥公司・伯明罕」其中「伯明罕」三字被畫掉，底下被人胡亂寫了「調查所」，還加上一個箭頭。波爾穿過一座小湖。湖的另一端，天色迅速地變化著，映襯出一棟頗大的屋子。黑暗中可見屋後一間間破舊的溫室及乏人照料的馬廄。有些馬廄曾是辦公室，屋外裝了鐵梯和梯板，通往一扇扇上了掛鎖的門；主樓上只有走廊和一樓的兩扇窗戶透出燈光。他關掉引擎，從乘客座位拿起顧德修的黑色公事包，然後反手關上車門、踏上鐵梯、拾級而上。一個鐵門把從石雕中突出，他先是拉了拉，然後又推了一下，但它不動如山。他抓起門環敲了敲門，引來狗的狂吠，淹沒了敲門的回音。某個男子用沙啞的嗓子放聲大喊：

「惠斯波！不要叫！你這該死的狗，下去！好了，薇若妮卡，我來開門。是你嗎，波爾？」

「是。」

「就你一個人？」

「對。」

傳來鐵鍊從滑槽中滑下的聲音，沉重的鐵鎖被扭開。

「站著別動，讓牠們聞聞你的氣味。」那個聲音命令道。

門開了，兩隻高大的獒犬嗅了嗅波爾的鞋子，口水滴在他褲管上。狗又舔了舔他的雙手，接著他步入一條寬敞但黑暗的通道，空氣中瀰漫溼氣和木屑的氣味。牆上有一個個褪了色的長方形，標記出掛過畫的位置；大吊燈裡只點了一顆燈泡。靠著它發出的光芒，波爾認出一臉落魄的安東尼·喬伊斯敦·布萊德蕭。他穿著一件邊緣磨損的外套和無領襯衫。

這個叫薇若妮卡的女子和他隔著一段距離站在拱門旁。女子一頭灰髮，看不出年紀。是他的太太，褓姆，還是情婦？或者只是孩子的母親？波爾不清楚。她身旁站著一個小女孩，年約九歲，身上是淡藍色的睡袍，領口有金色繡花，穿著一雙腳尖繡了金色兔子的臥室拖鞋。女孩的一頭長髮披在背後，彷彿即將走上斷頭臺的法國貴族。

「嗨，」波爾對她說：「我是雷納德。」

「金妮，上床去。」布萊德蕭說：「薇若妮卡，帶她去睡。親愛的，我們有很重要的事情要談，不能被打擾——是談錢的，知道嗎？來，親一下。」

他那句「親愛的」指的是薇若妮卡還是小女孩？金妮親她父親的時候，薇若妮卡就站在拱門那兒看著。波爾跟著布萊德蕭穿過昏暗的走廊來到客廳。他已經忘了，在大宅裡的一切動作都很遲緩。不過是走向客廳，卻遠得像在過馬路。壁爐前放了兩把扶手椅，溼氣造成的汗漬蔓延在客廳四周的牆上，那兩條獒犬小心翼翼地在壁爐前找了個地方趴下。牠們跟波爾一樣，兩眼直瞪著布萊德蕭。

「來點蘇格蘭威士忌？」布拉德蕭問道。

「傑弗瑞・達克爾被捕了。」波爾說。

★

布拉德肅就像個經驗老到的拳擊手，接下他這一拳——他頂住了，連縮也沒縮一下。他依然穩穩站著，腫起的眼睛半睜，可以看出他正在計算自己的損失大概有多少。他瞄了波爾一眼，料到他會再度出手，波爾卻沒有這麼做。於是他上前一步，發動一連串七零八落的反擊。

「胡說八道，全是一派胡言，這種鬼話誰會信？誰逮捕達克爾？你嗎？你連個喝得不省人事的妓女都逮捕不了，還抓傑弗瑞？你沒這個膽！我很了解你，也很了解法律是怎麼寫的。你不過是個拍馬屁的，甚至連警察都不是。憑你也想逮捕傑弗瑞？你連——」他一時想不出該怎麼說——「連一隻小蟲都逮不到。」他虎頭蛇尾地結束，似乎想笑一笑。「這算什麼蠢計謀？」他轉過身對著一整托盤的飲料說：「我的老天！」一面堅定地搖搖頭，拿起一只極為精緻的玻璃瓶（大概是忘了賣出去的好東西），為自己斟一杯蘇格蘭威士忌。

波爾依然站著。他已經把公事包放在身旁的地上。「他們還沒逮到帕爾弗瑞，但他也是甕中鱉了。」他的語氣極度沉著。「達克爾和馬喬藍已被收押，等待判決，明天早上很可能就會有消息。但我們搞不好能避開媒體，改在明天下午宣布也說不定。除非我下禁令，否則一個鐘頭內制服警察就會開著閃閃發光、警笛震天價響的警車來到這棟房子前，當著你女兒和所有人的面為你上銬，帶到紐貝瑞的警局裡拘禁。你會以個案處理，我們會控告你詐騙額外的費用：你用兩本帳本，刻意並且有系統地逃漏關稅及貨物稅——更別提你還跟政府中的不肖官員勾結。而在你乖乖蹲在牢裡受苦、日漸衰弱的時候，為了避免你把罪責都推給洛普、柯爾克蘭、藍伯恩、達克爾、帕爾弗瑞等等你可以跟我們告發的人身上，以換取減刑，我們還會再幫你編織一些罪名，讓你能好好蹲上七年的苦牢。而且，其實我們並不需要你做汙點證人，因為連洛普都已成為我們的囊中物。在西半球的每一個港口都有個彪形大漢拿著引渡文件、在碼頭邊等著逮捕你們，唯一的問題只剩：那些美國人會趁著帕莎號還在海上時就逮捕她，還是會讓大家先愉快地度個假，只因為他們可能會有很長的一段日子再也沒有機會開心度假。」他露出報復又開朗的笑容。「安東尼爵士，這次決戰，看來是光明的一方勝出——如果你還沒搞清楚我所謂的『光明的一方』是什麼，我可以告訴你：那就是我、雷克斯·顧德修還有幾位精明的美國人。蘭利一步步將他們的兄弟達克爾誘入陷阱——我想他們把這稱為『刺針行動』。你應該不認識顧德修吧？等他上了證人席你就會認識他了。這點我深信不疑。雷克斯真是天生戲精，去演戲的話肯定名利雙收。」

波爾看著布拉德蕭撥電話。起初，他注視著布拉德蕭在鑲了花邊且作工精細的大桌上東摸西找。他急躁地把帳單和信件扔到一旁，然後拿著一本填得滿滿的高級筆記本，湊近一盞普通檯燈看了起來。布拉德蕭舔了舔拇指，一頁頁翻到了「D」開頭的部分。

接著，波爾看著他僵直了身子，在盛怒下不可一世地對著話筒大吼。

「請替我接達克爾先生。傑弗瑞·達克爾先生！說安東尼·喬伊斯敦·布萊德蕭爵士有緊急的事要跟他談。你快一點行嗎？」

波爾看著他不可一世的神情漸漸失去血色，繃緊的雙唇也漸漸打開，闔不起來。

「你是誰？什麼警官？出了什麼事？請接達克爾。非常緊急——什麼？」

此時，波爾聽到話筒裡傳來魯基自信滿滿、略帶點地方腔調的聲音，心中立即出現這幅場景：魯基在他的辦公室裡，就站在電話旁（他接電話時就喜歡站著），左手臂垂下，縮著下頷，彷彿在練兵場看閱兵那樣。

而臉色慘白、唯唯諾諾的矮子哈瑞．帕爾弗瑞則在一旁等待，看何時輪他來接聽電話。

布萊德蕭掛斷了，還裝出一副非常有自信的模樣。「房屋遭竊賊闖入。」他表示。「警察來了。只是正常程序，沒什麼好大驚小怪。都這麼晚了，達克爾先生還在辦公室裡辦公。我已經連絡上他，一切正常。他都告訴我了。」

波爾笑了。「他們不都是這麼說的嗎，安東尼爵士？你總不會以為他們真的會告訴你、趕快捲鋪蓋逃跑吧？」

布拉德蕭瞪了他一眼。「胡說。」他低聲碎唸，又回檯燈旁邊去看他的筆記本。「這整件事從頭到尾都是屁，愚蠢至極的爛把戲。」

這次他撥了達克爾辦公室，波爾再度看到相同的場景：帕爾弗瑞拿起話筒，在這千載難逢的瞬間，成為魯基最忠實的情報員——魯基站在他身後以分機監聽，大手按在帕爾弗瑞的手臂上，並用清澈單純的眼神鼓勵帕爾弗瑞唸出他該說的臺詞。

「哈瑞，我要找達克爾。」布萊德蕭說：「我現在就要跟他講話，是攸關性命的大事，他到底在哪裡？……你不知道？你這話是什麼意思？……他媽的，哈瑞，你到底是怎麼回事？……他的房子遭竊，警察在那兒，他們找過他，也跟他談過，他到底在哪裡？不要跟我講什麼行動不行動，我要談的就是行動，這通電話就跟行動有關。給我找到他！」

對波爾而言，這段死寂非常漫長。布萊德蕭話筒緊貼著耳朵，臉色先是蒼白，繼而轉為恐懼。帕爾弗瑞正在念誦他那極為關鍵的臺詞。他照著波爾和魯基事先跟他排練好的，輕聲細語地說出來——打從心裡、字字真心——因為對帕爾弗瑞來說，他說的的確都是真的：

「東尼，看在老天的分上，快掛電話！」帕爾弗瑞勸他，語氣鬼祟，還一面用另一手的指節抹了抹鼻子。「東窗事發了，傑弗瑞和尼爾自身難保，波爾和他的同夥對我們窮追猛打，廊上一堆人到處跑，你別再打電話來了——別打給任何人，警察到大廳了。」

——最棒的是，帕爾弗瑞掛了電話——又或是魯基替他掛的。布萊德蕭愣在那兒一動也不動，已經沒聲音的話筒還貼在他耳朵上，他卻張著嘴還想聽清楚一點。

「我把文件都帶來了，如果你要看的話。」布萊德蕭轉身瞪了波爾一眼，波爾則露出一副悠然自在的表情。「雖然我不該這麼做，不過這還是給了我某種樂趣。我剛剛是說關七年，但我想那是因為我畢竟是約克郡人，不愛誇張。其實我認為就算在牢裡關上十年也是很有可能。」

他提高音量，但說話速度不改。他把公事包打開。他的動作很慢，彷彿故弄玄虛的魔術師。他一次只拿出一個皺巴巴的卷宗，有時他會打開，停下來仔細研究某封特別的信件後才放下卷宗；有時，他會笑一笑再搖搖頭，好像在說「怎麼會這樣？你敢相信嗎？」

「這種案子只需要一個下午的時間就能逆轉，真是太可笑了。」他邊笑邊緩慢地翻頁。「我們白費力氣——我，還有我手下的那些小伙子和小女孩，但沒有任何一個人想知道結果。我們每次都碰壁，可是我們一直想把達克爾繩之以法的，啊——」他刻意停下來，笑了笑，「——至少我印象中是如此。至於你——安東尼，我想想……從我還是個連根鬍子都沒有的小學生開始，你就是我們的觀察對象。你知道嗎，我真的非常恨你。我想把很多人關進牢裡，但始終無法如願——我沒開玩笑。但你非常獨特，一直都是。你應該非常清楚，不是嗎？」另一個卷宗引起他的注意，他暫停片刻，一頁一頁翻著看。「然後，電話突然響起——是不是午餐時間了？但我在節食——結果是一個我幾乎沒聽過的人打來的。『喂？雷納德，我建議你偷溜到蘇格蘭場，帶上幾個有野心的警察把傑弗瑞．達克爾抓起來如何？雷納德，是時候了——我們該來清理白廳，將貪贓枉法的官員，以及安東尼．喬伊斯敦．布萊德蕭這種在外頭跟他們私通的人清理掉，殺一儆百。美國人都這麼做了，我們為什麼不能？我們總是說絕對不會讓未來的敵人變得愈來愈強，該是證明這件事的時候了——』諸如此類的廢話。」他又抽出另一個標誌「最高機密，監視管理，僅供閱覽」的卷宗，還疼愛地輕拍它的邊緣。「達克爾目前的狀況——套句我們的話來說，叫做『自願被捕』。總之就是招供了，只是我們沒這麼說。我們在對付同行時總是喜歡曲解人身保護令。你必須不時篡改法律，否則什麼事都辦不成。」

★

關於虛張聲勢的手法有各式各樣，唯一相同的只有一點——騙人者與受騙者的利害關係，也就是兩人因供需法則產生的神祕連結。對於待在違法世界的人來說，也許他們總下意識地想回到合法世界；對於孤身一人的罪犯，也許是想要回歸人群的祕密渴望——只要能回去，不管是什麼類型的族群都無所謂。像布萊德蕭這種身敗名裂的花花公子兼惡棍，總是不惜付上一切代價，追求所謂的特權，所謂最高檔的交易，對比他更飛黃騰達的人進行報復。因為這種心理，他自願成為波爾圈套中的犧牲品。又或者，至少在這名織布工注視布萊德蕭閱讀資料時——他一下往前翻，一下向後翻，一下拿另一個卷宗比對——暗自祈求他的對手是這種人。

「看在老天的分上，」布萊德蕭還是開口了。他低喃著，把卷宗遞回去，彷彿這些卷宗讓他感到不適。「不用反應過度，一定有折衷的辦法，一定有的。我是個講理的人，一直都是。」

波爾沒有那麼樂觀。「我不認為我會稱之為『折衷辦法』，安東尼爵士。」他把卷宗拿回來，放回公事包，先前滿肚子的怒氣又升起來。「我會把它叫作『暫時休兵』。你現在要做的是：替我打電話給鋼鐵帕莎號，心平氣和地跟我們那位共同朋友講幾句話。」

「講什麼？」

「你告訴他：大事不妙。把我對你說過的話、你看到、做過、聽到的一切都告訴他。」他掃視那扇拉開窗簾的窗外。「你從這裡看得到馬路嗎？」

「看不到。」

「可惜。因為他們已經到了。我想從這裡應該可以看到湖那邊有一點藍色光芒在閃爍——上樓也看不到嗎？」

「看不到。」

「告訴他，我們已經對你展開徹底搜查，而你行事不慎，讓我們得以從你那些假的末端用戶追溯到來源。而且我們對於倫巴第號和赫拉希歐．安里克號的路線非常感興趣，正在追蹤——還沒完。你告訴他，說那些美國人幫他在馬利安準備了一間牢房，打算親自對他提出指控——還沒完。你告訴他，他那些在法院高層的朋友已經不再是朋友了。」他把電話遞給布萊德蕭。「告訴他你怕得要死，如果能哭就哭出來；告訴他你承受不了監獄，讓他恨你太軟弱；告訴他我差點徒手勒死帕爾弗瑞，因為我那時把他當成了洛普。」

布萊德蕭舔了舔嘴唇，靜靜等待。波爾穿過房間，站在稍遠的窗戶旁邊。

「除非？」布萊德蕭緊張地問。

「你這樣告訴他們，」波爾說，露出不太情願的表情。「我願意放棄所有指控——你的和他的——就這一次。我可以放行他的船。達克爾、馬喬藍、帕爾弗瑞會去該去的地方，但他和你還有那些貨物不需要。」他提高音量。「你告訴他，我會一直緊咬著他和他那班為非作歹的同夥，不會放棄。告訴他我這輩子都要呼吸新鮮的空氣。」一時間，他忘了自己要說什麼，但很快又回復過來，「他船上有個叫潘恩的人，你可能聽過。柯爾克蘭曾經從拿索打給你問他的事，河廳的那些鼠輩也把他的過去挖給你。如果洛普在你放下電話後的一個小時放了他——」稍微動搖——「我就埋了這個案子。我保證。」

布萊德蕭直瞪著他，眼中摻雜著驚訝和如釋重負。「老天，波爾，那個潘恩有這麼了不起？」他突然冒出一個興奮的想法來。「老兄，你不會也參與了這次行動吧？」他問。但當波爾與他四目相接，他心裡剛燃起的希望又頓時煙消雲散。

「還有，告訴他我也要那個女孩。」波爾說，很明顯是後來才想到的。

「什麼女孩？」

「不關你的事。我要的是潘恩和那個女孩。活的，毫髮無傷。」

波爾痛恨自己扭扭捏捏、不夠果斷，才大聲唸出帕莎號的衛星通訊電話。

★

當天深夜，帕爾弗瑞走著，完全沒注意到在下雨。魯基為他叫了計程車，但帕爾弗瑞得自己付車錢。他在貝克街附近，倫敦對他而言已經成了某個阿拉伯都市。小旅館霓虹燈映照著一扇扇窗戶，窗裡那些有黑眼圈的男人三三兩兩地交頭接耳、比手劃腳，小孩玩著他們最新的模型火車，戴面紗的女子聚在一起談天說地。旅館之間有幾家私人診所，帕爾弗瑞走到其中一間的臺階上停了下來，似乎在猶豫要不要進去，然後又決定不進去，繼續走。

他既沒穿大衣，也沒戴帽子，連傘都沒有。一輛計程車經過他身邊時慢了下來，但焦躁不安的帕爾弗瑞實在沒有餘力注意它。他好像忘了這趟出來最重要的目的到底是什麼。也許是他的車——他到底把車停在哪條街了？——還是他的妻子？或是他的女人——他們到底約好要在哪裡見面？他一度拍了拍被雨水浸溼的上衣口袋——他是要找鑰匙還是香菸？還是錢？他走進一家快要打烊的酒吧，拿出一張五英鎊放在吧檯上，喝了杯不加水的雙份威士忌，然後直接轉身離開，連店家找的錢都忘了拿，只是喃喃地說著「阿波斯賓」這個名字——後來為此事作證的目擊者是個念神學的學生，還以為帕爾弗瑞在說自己是個叛黨者㉙。接著他又走到街上繼續他的旅程，一個找過一個，又一個否認過一個——不對，不是這裡，我要找的不是這裡，不是這裡。有個染了一頭金髮的老妓女笑嘻嘻地站在妓院門口跟他打招呼，但是他搖搖頭。不，也不是妳。他進了另一家酒吧，酒保正在喊顧客方才點的飲料。

「有個人叫潘恩，」帕爾弗瑞心不在焉地舉杯跟某人敬酒，「深深愛上了某個人。」而那人只是安靜地陪他喝酒，覺得帕爾弗瑞看上去有點狼狽。他想，一定是有人搶了他的女人。他這麼矮，不意外。

帕爾弗瑞最後挑了安全島。那是一個高起來的三角形人行道，周圍用柵欄圍起，實在搞不懂它是想把行人圍在裡面還是擋在外面。但這裡依舊不是他要找的地方。很明顯，他想找的是一個制高點，或者眾人熟悉的標的物。

他沒有進入欄杆中間接受它的保護。另一個目擊者說，他像操場上的小孩那樣，腳跟頂在安全島外緣、兩手向後勾住欄杆。有好一陣子，他好像掛在一個正在轉動的旋轉木馬外緣——差別只在那個東西沒有轉動——注視著一輛輛車上無人的雙層巴士在深夜裡從他身旁疾駛而過。

最後，他好像終於弄清楚自己身在何處，挺起身體、扳直瘦削的雙肩，直到姿勢一如參加陣亡將士紀念日的老兵一樣堅挺。他挑選了一輛往這裡開來、時速特別快的巴士，一頭撞進車輪底下。嚴格說來，在這條特別的路段，又是深夜，雨天的馬路又滑得像是溜冰場，那位可憐的駕駛無論如何都無力阻止悲劇發生，而帕爾弗瑞當然也不會怪罪他。

---

㉙ 叛黨者原文為 Apostate，與阿波斯竇（Apostoll）諧音。

帕爾弗瑞口袋裡有一份手寫的遺囑（字字句句都是認真的法律用語），現在變得有點破爛了。該份遺囑免除他人針對他的一切債務，並指定顧德修為他的遺囑執行人。

# 29

鋼鐵帕莎號，一千五百噸重，兩百五十呎長。一九八七年，荷蘭費德造船公司按照現任船主要求的規格，以鋼鐵製成船體，船身內裝由羅馬的拉文希負責。船上有兩具兩千馬力的MWM柴油引擎，渥斯帕穩定器，以及抗碰撞裝置與雷達監視器的英瑪里賽衛星電訊系統雷達——傳真機、電傳機、十幾箱的香檳王以及裝在花甕裡用來迎接聖誕節的翠綠聖誕樹更是不用提了。她從安地里斯安地瓜島英國港的尼爾森造船廠出發，趁著早潮開始這趟她前往向風島和格林納達島的冬季巡航，取道布蘭奎拉島、沃爾奇拉島和邦奈里島，最後回到庫拉索島。

安地瓜島上少數幾位熱愛時尚的聖詹姆斯俱樂部知名人士，都聚集在碼頭為她送行。國際知名企業家迪基．安斯路．洛普先生，以及他那些光鮮亮麗的賓客都站在即將啟航的帕莎號船尾，當岸上高喊著「一路順風」、「迪基，祝旅途愉快」時，他們揮手致意。岸上響亮的號角與船上的汽笛同時響起。洛普先生的三角旗幟上鑲了耀眼的水晶，在船的大桅上拍動。因為能夠見到平時總搭飛機四處玩樂的名流，社會觀察家感到相當興奮，例如為了消弭婚姻危機傳聞的藍伯恩爵士（也就是大家所知道的山第），他挽著妻子卡洛琳；美麗動人的珍米瑪．馬歇爾小姐（她的朋友喊她珍德），這一年多都跟洛普出雙入對，也是他那個世外桃源相當知名的女主人。

船上其餘的十六名賓客都經過篩選：國際知名企業家、股票經紀人，以及其他社交界的重量級人物，比方最近想向希臘政府購買史畢采島的佩特羅．卡洛門羅斯（又名佩蒂）、美國籍的女繼承人邦妮．索爾特雷克、英國賽車手蓋瑞．山當和他的法籍妻子，以及美國製片家瑪索．海斯特，他的遊艇瑪賽琳號還在建造中，目前停在不來梅港。這群賓客裡沒有孩童。從未上過帕莎號的賓客都為她的豪華設備與擺設感到驚訝。船上有八間特等艙房，每間都備有特大號的床鋪、音響、電話、彩色電視、複製名畫，以及有相當歷史淵源的鑲板；交誼廳燈光柔和，設計仿照愛德華時代，全部鋪上紅色厚絨布，還擺了古色古香的賭桌和十八世紀的青銅頭像，一尊尊安置在以堅固的胡桃木構成的圓頂凹室中。餐廳使用的是楓木，搭配仿十七世紀畫家華特盧㉚的森林油畫。此外，游泳池、按摩浴缸和日光浴等設備一應俱全，簡餐就在散發義大利氣息的後甲板上舉行。

然而，八卦專欄作家對於來自紐西蘭的德瑞克．湯瑪斯卻隻字未提。由鋼鐵牌公司發布的公關新聞稿中也不見他的蹤影。他沒和眾人一同在甲板上對著岸上送行的朋友揮手，沒出現在晚餐桌上，以犀利的言談娛樂賓客；他被關在帕莎號某處，一個與梅斯特皇宮飯店酒窖相去不遠的地方。他身上綁了鎖鍊，嘴被塞住，躺在黑暗中。除了柯爾克蘭少校和他的助理偶爾會來探望他，他孤單一人，完全與外界隔絕。

★

帕莎號上的工作人員和職員加起來共二十名，包括船長、大副、輪機員和助理輪機員，及兩位廚師——一位為賓客料理食物，一位為船上工作人員下廚。還有一位領班兼管家的女士、四名水手和一位事務長。整組人馬中還包括一個直升機駕駛和水上飛機駕駛員。負責安全事務的小組中，新增了兩位與珍德和柯爾克蘭一起從邁阿密飛回來的德裔阿根廷人。這組保全就和他們所保護的船一樣，都配了精良的武器。由於這地區一直以來都有海盜出沒，因此船上的軍火庫相當充裕，足以應付長時間的海上交火，可嚇退機動性高的飛機，甚至擊沉大膽進犯的船隻。軍火都儲存在前艙，與保全駐紮的艙房為鄰，就在一道防水鋼門之後——還有一道格柵保護著。強納生是不是被關在那裡？在海上航行了三天後，坐立難安的珍德認為自己的臆測沒錯，但當她詢問洛普，他卻對她的問題充耳不聞。於是她又去問柯爾克蘭，他則把下巴一抬，嚴肅地皺起眉。

「海風很大，親愛的。」柯爾克蘭冷冷地說：「別多問，這是我的忠告。乖乖睡覺、吃飯，低調點。對大家都好——別告訴人是我說的。」

此時，柯爾克蘭在她眼中的形象有了一百八十度大轉變。以往總是懶懶散散的他，現在卻變得跟老鼠一樣狡獪。他很少笑，與船上的男性員工相處時——無論是相貌平凡或英俊好看——一律頤指氣使。他在身上那件發霉的晚禮服別上一排掛有動章的綬帶，只要洛普沒在現場制止他，他就會對這世上各種議題高談闊論不休。

---

㉚ Jean-Antoine Watteau, 1684-1721，法國洛可可時期最重要的畫家。

★

抵達安地瓜那天是珍德這輩子最艱難的一天。目前為止，她經歷過許多次低盪到谷底的時候——她的天主教負罪感就占了很大一部分。有一次，修道院院長大步走進宿舍要她收拾行李，說計程車已經在門口等她。同一天，她父親命令她回到臥房，然後去請教神父該如何處置一位十六歲的年輕蕩婦；她被人發現和村裡的男孩在溫室裡，兩人全身赤裸。那個男孩試圖玷汙她，儘管未能得逞。後來，在哈默斯米斯，她拒絕跟兩個男孩發生關係，但男孩當時都喝醉了，決定一人壓她就範，另一個強暴她，兩人輪流。當她走出那些醉昏在地上的人的陰影、投入迪基·洛普的懷抱之前，在巴黎她也有過一段輕狂的日子。然而，在安地瓜的英國港登上帕莎號時，才是她這一生最難熬的一天。

在飛機上，為了忽略柯爾克蘭有意無意的侮辱，她全程都在看讀雜誌；到了安地瓜機場，他誇張地將手伸到她手臂底下，她用力想掙脫，他的手卻像鉗子一樣緊緊把她扣住，那兩名金髮男子也緊貼著她身後。上車後，柯爾克蘭坐前座，兩個男人則分坐兩旁，靠她太近。當她爬上帕莎號的舷梯，三人則排成方陣，將她圍在當中。這無疑是在向洛普輸誠——如果他真的有在看的話——讓他知道他們唯洛普的命令是從。在三人的挾持下，珍德被押往某個豪華艙房的門口。柯爾克蘭敲門前，她只能枯等。

「誰？」洛普從裡面問。

「馬歇爾小姐，老大。完整無缺地帶來了。」

「帶她進來，柯爾克蘭。」

「連行李一起嗎？」

「連行李一起。」

她進到艙房，洛普背對著她坐在桌旁。而他就這麼坐在那兒，背對她。服務生把她的行李放進臥室，又退出去。他正在看文件，一面拿著鋼筆檢查。是合約？算了，無所謂。她等他看完，或等他把手裡的東西放下，轉身面對她，又或者他會站起身……然而他什麼也沒做。他一直看，直到看到那頁的最後一行，然後在末尾草草寫下一些什麼——應該是他名字的首字母吧。他翻到下一頁繼續看。那是一疊厚厚的打字稿，藍色紙，用紅色絲帶串起，頁邊有紅色的線條……他還有好幾頁沒看呢。大概是在寫遺囑吧，她暗想。我的前任情婦珍德，我什麼都不會留給她……

他穿著有翻領和深紅色滾邊的淡藍色絲質睡袍。那往往表示他們將要上床做愛，或是剛剛做完。他不時動著睡袍裡的肩膀，彷彿感覺到她正在欣賞他的雙肩。他一直很喜歡自己的肩膀。然而，她仍站在離他六呎遠的地方，穿著牛仔褲，一件套頭背心，戴了幾條金項鍊。他喜歡看她戴著金子的首飾。這條深褐色地毯是全新的，非常貴，也非常厚。那時他們一起在水晶宮的壁爐前看了許多樣品，挑了這個顏色。強納生也有發表意見。這是她頭一次看到地毯好好地鋪在這房間的地板上。

「我打擾到你了嗎？」她看他仍然沒有轉頭，於是問道。

「沒有。」他答道，還是埋首在文件裡。她挨著椅子邊緣坐下，在大腿上抓緊了繡了織錦的袋子。他的姿態僵硬而不自然，聲音裡有種壓抑的緊繃，於是她推測他可能隨時都會站起來打她。也許只要一個動作——跳起來，反手一揮，就能把她打昏在地。然後等她醒來已是一個星期之後。她交過一個義大利男友，因為她太常耍小聰明，他便這樣揍她，當作懲罰。他只消一拳就能把她從房間這頭打到另一頭。其實她本來應該摔倒在地，但她在馬背上練就的平衡感多少有幫助，只要她能盡快從臥房抓好自己的東西，就能隨著那一拳順勢離開房間。

「我叫他們準備龍蝦。」洛普說，拿筆在那份文件上寫字。「柯爾克蘭上次在那家餐館沒吃到龍蝦，所以這次想彌補一下。吃龍蝦好嗎？」

她沒作聲。

「有人告訴我妳跟湯瑪斯那小子有一腿。妳喜歡他嗎？對了，他其實姓潘恩，妳是叫他強納生對吧？」

「他在哪裡？」

「我就知道妳會問。」他翻了一頁，抬起一隻手，刻意地摘下那副閱讀用眼鏡。「你們搞在一起很久了，對吧？在涼亭裡速速幹一炮？在樹林裡脫掉褲子？我得說你們兩個都很懂啊。大家全在旁邊盯著，我可不笨，只是沒看到。」

「他們跟你說我跟強納生上床嗎？我沒有。」

「沒人提過什麼上床。」

「我們沒在一起。」

她記得自己也告訴修道院院長同樣的話，但似乎沒什麼用　洛普沒在讀文件了，但仍然沒有轉過頭。

「那你們又是什麼關係？」他問道。「如果沒在一起，那算什麼？」

我們是在一起，她愚蠢地在心裡承認了。不管他們是因為貪圖肉體的歡愉而結合，還是其他原因，都沒有差別。無論是她對強納生的愛或對洛普的背叛都是既定事實。其餘的就如同在那個溫室裡發生的一切，只是敘述上的問題。

「他到底在哪裡？」她追問。

洛普忙著看文件，沒有答腔。他動了一下肩膀，彷彿要拿一支有六呎長的萬寶龍做修改似的。

「他在船上嗎？」

此時氛圍死寂得如無生命的雕像，也像她父親憂傷時的靜默。但她父親怕的是這世界將跟著惡魔一同沉淪，手足無措找不到阻止的方式。然而洛普把世界更往地獄推去。

「他說一切都是他自己一個人做的。」洛普說：「真的嗎？珍德完全沒參與，潘恩是大壞蛋，都是潘恩做的，珍德就像白雪公主，太活在自己的世界，不知道他幹了什麼。總而言之一句話：一切都是他做的。」

「他做了什麼？」

洛普把筆往旁邊一推，站了起來，依然刻意不看她。他穿過房間，走到鑲了飾板的那面牆按下一個鈕。放飲料的壁櫥有扇電動門向後翻。他打開冰箱，取出一瓶香檳王，打開瓶塞，為自己斟了一杯，然後——他似乎在看著她與不看她之間選了個折衷的辦法——對著映在壁櫥上的酒瓶和苦艾酒中間的倒影說話。

「要來點嗎？」他對著珍德的倒影舉起那瓶香檳王，語氣可說相當溫柔。

「他做了什麼？你們到底認為他做了什麼事？」

「他不肯說。問過了，但是他就是不肯說。他到底幹了什麼、替誰工作、同夥是誰、目的是什麼、從何時開始、誰付錢給他這麼做，他什麼都不肯講。如果他講就可以省去很多頓痛打。這個人有骨氣，妳選對了。恭喜妳。」

「你憑什麼認為他做了什麼？你到底怎麼折磨他了？放了他。」

他終於轉身朝她走來，疲倦地看著她。這次她非常確定他會對她動手，因為他的笑容一派輕鬆，太不自然，又刻意裝出冷淡無感的模樣。這一切在在讓人確信，此刻他心中一定是不一樣的光景。他仍戴著那副閱讀用眼鏡，因此必須低下頭、從鏡片上緣看著她。他露出賭徒的微笑，離她非常近。

「妳以為妳那個情人很單純嗎？無辜得像白色的百合？手腳絕對乾淨？親愛的，那全是屁。我讓他加入的唯一原因就是有個拿錢辦事的笨蛋用槍抵住我們孩子的頭——妳是不是想告訴我那次搶劫不干他的事？坦白說，我的小甜心，我才不信。要是妳能找到一個真正的聖人，我就幫他出買蠟燭的錢。但如果找不到，錢就只會留在我自己的口袋裡。」她挑的那張椅子太低，讓她的處境顯得更危險。因為當他俯身跟她講話，膝蓋正好到她下巴。「珍姿，我一直都在觀察妳，猜想著妳是否真的跟我想的一樣駑鈍，還有妳和潘恩是否真的有一腿。那次馬匹拍賣會上到底是誰先勾引誰，妳說說？」他擰著她的耳朵，惡意地開她玩笑。「女人都很機伶、聰明啊，聰明得裝出一副什麼都沒聽見的模樣。她們讓你以為是自己在挑選她們，事實上卻是她們在挑選你。珍姿，妳是間諜嗎？妳看起來不像，比較像個絕色美女。山第認為妳是間諜，還眼巴巴地想拜在妳的石榴裙下。就算妳真的是間諜，柯基也不會感到意外。」他陰狠地笑了笑。「而妳那位漂亮的情人卻一個字都不肯說。」他每次加重語氣，就擰一下她的耳朵。他擰得並不重，彷彿只是鬧著玩。「珍姿，稍微公平一點如何？親愛的，妳也開開玩笑？有點風度。說，妳是間諜對不對？妳是個漂亮火辣的間諜，是不是？」

他的手移向她的下巴，用拇指和食指捏著，讓她仰起頭，凝視著她。她見到他眼中的愉悅，然而從前她卻把它當作善良。她再次思考，也許這個她一直愛著的男人只是她拼湊出來的；她從他身上找出她喜愛並願意信任的部分，湊成面前的他；而不想相信的，就予以忽略。

「我不知道你在講什麼，」她說：「是你找上我的。我那時心裡很怕，而你就像天使。你從來沒有虧待過我，到現在都沒有，而我也盡心盡力地報答你。你很清楚我說的都是實話。他到底在哪裡？」她直視他的雙眼。

他放開她的下巴，走到房間另一邊，拿起香檳。

「小妞，這招不錯。」他讚許道。「幹得好，放了他，放了妳的愛人。在他的法國麵包裡塞一把銼刀，趁探視的時候偷偷塞給他。可惜妳沒帶莎拉一起，不然你們就可以騎著牠奔向夕陽了。」他的語調完全沒變。「珍姿，妳應該不認識某個叫波爾的人吧？有沒有這麼巧呢？雷納德？北方鄉巴佬？有狐臭？上過傳教士的課？這人來找過妳嗎？妳跟他也有一腿嗎？搞不好他說自己叫史密斯呢。可惜，我想你們大概也有一腿吧。」

「我不認識你說的這個人。」

「有意思，潘恩也不認識。」

他們盛裝打扮，準備用餐。一人先換，然後另一人，小心翼翼挑選自己的衣服。他們在帕莎號上通宵達旦的狂歡已經開始了。

★

菜單。服務人員和兩位廚師討論的結果。由於山當太太是法國人，因此她對各項大小事的意見被廚房人員奉為圭臬——儘管她只吃沙拉，而且曾說自己對烹飪一竅不通。

洗滌。客人如果不是在吃東西就是在換衣服、洗澡和做愛。這就表示他們每天都要有清潔的床單、毛巾、衣服和桌布。一艘遊艇能航行多久，端看它載了多少食品和衣物。整塊甲板上有好幾臺洗衣機、烘乾機和蒸汽熨斗，由兩名服務人員從早到晚負責。

髮型。海風會把大家的頭髮吹亂。每晚五點，乘客甲板上都能聽到吹風機的嗡嗡聲，而當賓客去上洗手間再回來，剛吹好的頭髮肯定又會亂一次。因此，在五點五十分時，珍德必定會看到某個手忙腳亂、衣衫不整的女客——而且亂髮像廁所刷那樣豎起——在舷門揮舞一個壞掉的吹風機對她說：「親愛的珍德，妳可不可以……」會找珍德是因為女管家們早就離開，在餐前做最後一次巡視。

鮮花。水上飛機每天都會飛到距離他們最近的島嶼，運回鮮花、新鮮魚類、海產、蛋、報紙和信紙。不過洛普最在意的還是花。帕莎號上的鮮花一向受到好評。如果讓洛普看到鮮花枯萎，或是插得不夠雅致，甲板底下的服務人員就有罪受了。

娛樂活動。應該在何處消遣？或游泳？或浮潛？要去拜訪什麼人？要不要到外頭吃飯、換換口味？要不要派直升機或水上飛機去接某些賓客，然後把其他賓客送上岸？帕莎號上的賓客絕不是一成不變。

他們從一個島到另一個島，賓客依照事先約好的停留時間，來來去去，帶來新成員，新的庸俗規則，新的聖誕習慣：親愛的，要把事情準備周全真不容易，我還沒想出要送什麼禮物呢。話說，妳跟迪基也該結婚了吧？你們兩個在一起看起來真的很配！

在這種瘋狂的氣氛中，珍德也從善如流，等待機會。關於洛普說的把銼刀塞進麵包，其實也是一個辦法。如果能夠依偎在強納生身邊，她會非常樂意色誘五個警衛，加上藍伯恩，甚至是柯爾克蘭（如果他想要的話）。

★

她一面等待時機，童年和修道院給她的嚴格規矩與教條卻不斷地糾纏她——像是微笑時不可張嘴咧齒之類的。當她全心遵守這些教條，一切都變得很不真實，而且一切也都失去了目的。她對這兩種狀況都心懷感激，而那個時機也還是存在。卡洛琳．藍伯恩安心地找了珍德與她分享跟山第結婚時的美好過往，因為勾引她丈夫的風騷保母已經回去倫敦了。珍德心不在焉地聽著，露出微笑。「噢，親愛的卡洛琳，我真是為你們感到高興——當然我也為孩子高興。」卡洛琳接著說，她以前可能說過一些愚蠢至極的話，就是迪基和山第從事的那些交易，而她也跟山第談清楚了。她必須承認自己把那些事看得太嚴重。更何況，這年頭人若想要賺點錢，怎麼可能手上一點髒事都不沾？珍德也很高興，認真地向卡洛琳保證，她早就忘了之前卡洛琳說過的那些事情，真是感謝上帝……

到了夜裡，她仍與洛普同床共枕，等待時機。

……在他的床上。

她在他面前穿衣脫衣，戴著他為她買的珠寶首飾，為他的賓客獻殷勤。通常在天將亮時，他會向她索求。那是她意志力最薄弱的時刻，猶如將死之人。他把手伸向她，她立刻在極度的渴望中回應了。她在心裡告訴自己，這是為了拔去迫害強納生的人的利牙；她要馴服他、賄賂他，與他和解，好得到拯救強納生及等待時機的力量。

因為在兩人初次爭執後，在他們共享的瘋狂無聲裡，這就是她一直想從洛普身上換取的信任：一次令他放鬆警戒的機會。再一次同聲大笑，哪怕只是為了一顆壞掉的橄欖。然而，即使在翻雲覆雨之際，他們也不再提起那個與他們緊緊相連的話題：強納生。

洛普是否也在等待什麼？等待的珍德認為一定有。不然，柯爾克蘭為什麼不時跑來敲艙門、探頭探腦，然後又搖搖頭離開？在她的夢魘中，柯爾克蘭便是執行強納生死刑的劊子手。

★

她知道他在哪裡了。洛普沒告訴她，但看著珍德探尋種種線索，再把它們拼湊起來，對他來說是個有趣的遊戲。而現在，她知道了。

起初，她注意到這艘船的船首。在賓客艙房之後的下層甲板上不尋常地聚集了一堆人，有種意外的氣氛。她絲毫沒有置喙的餘地，而且她永遠搞不清楚船的那個部分到底有何作用。當她還對這艘船一無所知時就聽人家說過，那部分是船上負責安全的區域。但又有一次，她聽人家說那裡是船上的醫護室。

這是一個客人勿近、船員勿入的地方。強納生就不用說了，他根本出不去。珍德猜想，醫院應該是安置他的好地方。當她別有意圖地逗留在廚房裡，發現了不屬於她規劃的菜單：給病人的食物。他們端出去時是滿的，回來時是空的。

「有人病了嗎？」她看到弗里斯基在走道上，擋下他。

弗里斯基再也不像以前那樣有禮貌——如果以前也算有禮貌的話。「為什麼一定是有人生病？」他用一手高舉餐盤，無禮地回答。

「那是誰要吃這些流質食物？——優格、雞湯？到底是給誰吃的？」

弗里斯基假裝現在才發現手裡的餐盤裝了什麼。「是托比，是他要吃的，小姐。」他這輩子從來沒叫過她「小姐」。「有點犯牙疼——就是托比。他在安地瓜的時候拔了顆智齒，流了不少血，現在得吃止痛藥。就是這樣。」

她想知道有誰會去探視他，在什麼時候去。過去那些深深影響她的教條帶來的優勢就是：舉凡任何風吹草動，她都會注意到。她知道那個漂亮的菲律賓女服務員和船長上了床，還跟水手長有一腿，藍伯恩也是——那是卡洛琳在後甲板作日光浴的某個下午，非常短的一段時間內發生的。她早就發現洛普最信任的三個人（弗里斯基、托比和高斯）住的艙房底下有一道祕密樓梯，通往一間囚房，而她認為那就是強納生被囚禁的地方。住在樓梯兩側的兩個德裔阿根廷人儘管起了疑心，但還不知道這個祕密。而柯爾克蘭——那個改頭換面、自以為是、什麼都管的柯爾克蘭——一天至少會去那兒兩次。每次過去之前都好像要幹什麼大事，回來時卻總是一肚子氣。

「柯基，」她懇求他，試圖用過往交情拉近關係。「親愛的柯基，我拜託你，看在老天分上，他還好嗎？他病了嗎？他知不知道我在這裡？」

可是柯爾克蘭一臉陰鬱，一如他剛去探視過的黑暗地牢。「我警告過妳，珍德。我給過妳很多機會。」他在盛怒中反駁。「可是那時妳不聽我的，就偏要鬧脾氣。」然後就像個被激怒的法警般頭也不回離去。

山第．藍伯恩偶爾也會去。他選的時間是在晚飯後。一面在甲板上尋找除了妻子以外的陪睡，也順便去那兒晃一晃。

「山第，你這混帳。」當他悠閒地走過她身旁，她輕聲對他．「你這人滿嘴屁話。」

對於她的辱罵，藍伯恩完全無動於衷。他最近過得太順利，才懶得理她。

但她知道還有一個人會去探視強納生，那就是洛普。因為每當洛普從船首那地方回來，總是一臉的心事。即使她沒有親眼看他去那個地方，也可以從他再次出現時的態度看出端倪。他跟藍伯恩一樣，都喜歡挑夜晚時分去。首先，他會在甲板上蹓躂，跟船長閒聊，或打電話給散居在世界各地的股票經紀人、貨幣買賣人，以及銀行家──「比爾，冒個險買些德國馬克如何？那瑞士法郎呢，傑克？日圓、英鎊、葡萄牙幣、馬來西亞盧布、蘇聯鑽石、加拿大的黃金……怎麼樣？」然後，在這些裝模作樣的表演之後，他會一步一步，彷彿有一股磁力吸引著他，慢慢往船首走去，瞬間消失無蹤。然而，等他再次現身，臉上的表情總是沮喪。

但珍德知道，上上策絕不是去求洛普，不是哭泣，也不是讓他丟臉。洛普會為許多事抓狂，丟臉就是其中之一。這是損害他的自尊，後果會如何，無人能預料。他最厭惡的，就是在他腳邊哭鬧的女人。

她也很清楚——大概吧——強納生就像過去在愛爾蘭時一樣。他正一點一點，慢慢用勇氣害死自己」。

★

這間囚室比梅斯特先生的酒窖好，但也可以說糟很多。在這裡，他不需要彎來繞去，在一面面黑牆上摸索。但這也是因為他被鍊條栓在牆邊、寸步難移。他並未被冷落，那些來探視他的人都知道他就在這兒，不過他們都拿羚羊皮塞住他的嘴，再用膠帶封住。而且，雖然他知道只要他表態要說話，他們就會把這些拘束他、使他感到不便的東西統統拿掉——他們已經清楚表明過，只要給個動作，就可以獲得善意的回應。可是，就是從那時起，他擬定一個堅定的策略：他一個字都不說，哪怕只是「早安」或「你好」，因為他就害怕這個：既然他是別人偶爾需要倚賴的人，哪怕只是他旅館從業人員這一面的性格——這種傾向可能會成了他的弱點，一句「你好」可能會演變為「我把那些貨櫃的數目和船名都傳給了魯基」；又或者在受不了酷刑逼供時，腦海裡出現的零星自白就都會脫口而出。可是他們到底要他招什麼？還有多少東西是他們不知道但迫切想要知道的？他們知道他是間諜，也知道那些和他有關的故事大多是杜撰出來的。即使他們不知道他出賣了他們多少，他們知道的部分都足夠趁著還來得及、趕緊改變計畫或立刻喊停。所以為什麼還緊咬著不放？為什麼那樣挫折？隨著審問愈來愈不留情，強納生終於明白：因為他們認為自己有權得到他的口供。他是他們抓到的間諜。他們撕下了他的一切偽裝。為了尊嚴，無論如何都要從絞刑臺上的他口中得到悔罪的聲明。

而他們還不知道蘇菲。他們不知道跟他分享祕密的人是誰，不知道蘇菲經歷過他所經歷的事。她現在也在這兒，正端著咖啡對他微笑。麻煩你，我要埃及的咖啡。她原諒他，取悅他，稍微誘惑他，鼓勵他撐到天明。他們打他臉時（調整過力道的長時間毆打，還是把他打得很慘），他便苦中作樂地拿自己的臉與她相比。為了讓自己分心，他把愛爾蘭男孩和海克勒手槍的事告訴她。但禁止感傷，因為她最不喜歡感傷。他們從來沒有自憐自艾，也從未失去幽默感。你是這個女人的死穴嗎？她取笑他的時候揚起修過的黑色眉毛，像個男孩子一樣豪爽地笑著。不是，他不是這個女人的死穴。他們已經很久就不再提這件事了。她聽他談論對付歐吉威的方式，而且很專心；有時發笑，有時蹙眉，露出不屑的神色。「我認為你已經盡了本分，潘恩先生。」當他說完，她這麼告訴他。「不幸的是，忠誠有許多種形式，我們無法全部兼顧。你就跟我丈夫一樣，自認為是愛國者。下次你會做出更好的選擇——也許我們兩個一起做。」當托比和弗里斯基摧殘他的身體——多半是用鐵鍊狠狠將他拴住，令他長時間處於極度痛苦的狀態——蘇菲也會提醒他自己的身體遭受何種傷害：她被棍棒毆打至死。當他情緒低落、半昏半醒，不知該如何脫離痛苦深淵，他告訴她自己當年在少女峰北面犯下的大錯：在時速一百英里的強風中露宿，最後終於突破關口、登上伯恩高地的故事。就算蘇菲覺得無趣，也絕對不會表現出來。她褐色的大眼總是一動也不動地注視著他，流露對他的愛與激勵。她會告訴他：潘恩先生，我相信你絕對不會這麼輕易被降服。有時太過有禮會掩蓋我們的勇氣。回埃及有沒有什麼可以在路上讀的東西？我想我得讀點東西，閱讀能幫我不要忘了自己。隨後，他訝異地發現自己又回到路克索那間公寓中，看著她打包她的衣箱，一次一件，小心謹慎，不慌不忙，彷彿在挑選一個能陪她去比埃及更遠的地方的同伴。

當然，鼓勵他保持沉默的也是蘇菲。然而，她能在不出賣他的情況之下保住性命嗎？

當他們撕掉他的膠布，拿走他口中的羚羊皮，他按照蘇菲的建議，要求跟洛普私下談談。「這就對了，湯米。」托比鬆了口氣，「你跟老大聊一下，我們就可以像過去那樣大家一起喝啤酒了。」

而洛普做好心理準備後便走下甲板看強納生。他穿著航海時的行頭，包括強納生在水晶宮更衣間見到的那雙膠質鞋跟的白色鹿皮鞋。他到房間另一頭的椅子坐下，正好能面對他，而強納生突然想起，這是洛普第二次在他臉上傷痕累累時來看他，而洛普臉上的表情完全一樣：皺了皺鼻子，估量著強納生的傷勢，以及他存活的機率。強納生心中不免納悶，蘇菲被他們毆打至死時，要是洛普人在現場，會用什麼眼神看著蘇菲。

「如何，潘恩？」他愉悅地問。「沒有什麼要抱怨的？他們對你的照顧還算周到吧？」

「床鋪不是很平整。」

洛普笑了，似乎覺得有趣。「不可能十全十美吧。珍德很惦記你呢。」

「那就叫她來。」

「這裡恐怕不是她該來的地方。她是在修道院唸書的女孩，喜歡安全無虞的生活。」

於是強納生解釋給洛普聽，說藍伯恩、柯爾克蘭還有其他人審問他時不斷放出風聲，說珍德曾以某種形式參與強納生的行動，而此時，他想解釋清楚，不管他做了什麼，都是他一人所為，珍德從來沒有給他任何幫助。那時珍德被卡洛琳．藍伯恩騷擾，於是跑到伍迪小屋拜訪同樣感到寂寞的他，被拿來大作文章是不是太誇張了？隨後，他表示自己講完了，不再回答任何問題。一向不拖泥帶水的洛普也一時語塞，不知該如何回應。

「你們的人綁架我兒子，」終於，他還是開口了。「你走旁門左道進到我家，偷我的女人，破壞我的交易。你開不開口都無所謂，總之你死定了。」

當他們重新把他的嘴巴塞住，強納生想，所以不是認罪，是懲罰。而他和蘇菲之間的聯繫變得更強大——如果他們之間真有聯繫的話。我沒有背叛珍德，他告訴她，以後也不會，我發誓。此願堅定不移，一如卡斯帕先生和他的假髮。

卡斯帕先生戴假髮嗎？

我沒告訴妳嗎？老天！卡斯帕先生是瑞士的救世主！他為了不愧對自己，情願放棄一年兩萬法郎的免稅收入呢。

蘇菲專心聽完他要告訴她的每一件事，隨後非常慎重地對他說：「你是對的，潘恩先生。你絕對不能出賣珍德。你一定要像卡斯帕先生一樣堅強——而且你也不能愧對自己的心。現在，請把頭靠在我肩上，就像靠在珍德肩上那樣。我們一起睡吧。」

★

接下來的日子，他們的問題始終都得不到答案。洛普偶爾會隻身前來，有時則大批陣仗；他會坐上那把椅子——但是不再穿白色鹿皮鞋。而蘇菲總會站在他身後。不是為了報復，而是要提醒強納生，他們現在面對的是世上最可怕的人。

「潘恩，他們會宰了你。」洛普這麼警告他好幾次。「柯基常常控制不住自己，這些怪裡怪氣的傢伙從來不知節制。聽話，趁還沒有太遲。」說完，洛普會往後一坐，露出那種無力幫助朋友時的挫折表情。

接著柯爾克蘭會再次現身，坐在同一把椅子上，迫不及待地向前傾身、下令般發出一連串質問，然後倒數三聲：弗里斯基和托比再度對他刑求，直到柯爾克蘭厭煩或放棄。

「親愛的，如果你允許，我要換件閃閃發亮的莎麗、肚臍放顆紅寶石、塞幾條孔雀舌頭做的地方菜吃吃。」然後他會一邊假笑，假意鞠躬作揖地往門口退去。「抱歉，但這種樂趣沒你的份兒。如果你自己不肯合作，我們又能拿你怎麼辦？」

沒有人會在這裡待太久，包括柯爾克蘭。如果一個人死也不開口，審問終歸有結束的時候。此時此刻，只有與蘇菲一同飄浮在內心世界裡的強納生擁有最大優勢。他不想要的事物都不在身邊。他的人生重新回到軌道上，他自由自在。他恭賀自己總算卸下了對社會的責任。無論是他父親、母親、收容他的孤兒院，以及那個會唱歌的安妮阿姨，乃至他的國家、他的過去以及波爾，他都用盡全力報答了他們，沒有一絲虧欠。至於他所虧欠的那些女子，也無法再用任何方式控訴他了。

至於珍德……其實，對一件他尚未犯下的罪行先付出代價也不算太糟。當然，他欺騙過她。他在瑪．羅那裡想方設法，用另一個形象混進了洛普的堡壘——不過他覺得自己連她也一起拯救了——但這完全是蘇菲的想法。

「這豈不是太膚淺了嗎？」他問蘇菲，語氣就像個正在向聰明女人請教愛情的年輕男子。

她裝出生他氣的模樣。「潘恩先生，我認為你似乎想要調情。你是個花花公子，不是考古學家。你這位珍德心中仍有未被毀壞的特質。她很美，因此習慣接受他人的奉承與愛慕，有時則被錯待。這都很正常。」

「我可沒有錯待她。」強納生答道。

「但你也沒有奉承她。她對你沒有信心。她來找你，是因為希望得到你的認可。可是你從來不說。這是為什麼？」

「但蘇菲夫人，關於她對我的方式，妳又怎麼想？」

「你們是因為同樣滿心怨怒才會相互相吸。其實這也很正常。這是吸引力陰暗的一面。你們都得到了想要的東西，現在得想清楚該拿它們怎麼辦。」

「我只是還沒準備好接受她。她很庸俗。」

「她不庸俗，潘恩先生。而我認為你永遠不會準備好接受任何人。然而，你陷入了愛河，只是這樣。好了，睡一會兒吧。你還有工作要做。如果我們想走完這趟旅程，就得把每一分力量積聚起來。那個氣泡飲料真的像弗里斯基說的那麼可怕嗎？」

「有過之而無不及。」

★

他好像又死了一次。當他醒來，便見到洛普對他露出興味盎然的笑容。但洛普不爬山，所以無法了解強納生的心志有多堅定。他對蘇菲解釋，如果不爬到頂峰，我為什麼要爬山？然而，他心中的旅館經理對這種逃避一切感受的人寄予極大同情。強納生好想對著洛普伸出手，裝出友好的姿態，將他也拉進這個地獄，叫這個呼風喚雨的黑幫老大試試那是什麼感覺：你什麼也不信，而且為此沾沾自喜；我有堅強的信念，而且無人能動搖。

他假寐了一會兒，醒來時已經身在藍永，和珍德一起走在山崖上，不再懷疑會有人在轉角堵他，對現在的自己和身邊的人感到心滿意足。

不過他還是拒絕跟洛普說話。

不僅僅是他發過誓。因為這是一項資產，更是一件資源。

堅決抗拒的這個舉動讓他得以重生。

他未說出口的每一句話、每每使他失去意識的拳打腳踢、不斷新添在身上的痛楚，都成為前所未見的養分，不斷注入他的體內、漸漸積聚，預備用來應付日後所需。

當痛苦來到難以忍受的程度，他產生幻覺，覺得自己正迎向痛苦，並接收、儲存它所賦予他的巨大能量。

這很有效。在痛苦的掩護下，強納生心中的細心觀察者將採取行動所需的情資蒐集、整理好，並精心準備一個計畫，分配他體內的祕密能量。

他們都沒帶槍。他想，他們遵循著優良監獄的傳統。獄卒不帶槍。

# 30

發生了一件驚人的事。

可能很好，也可能很糟。但不論好壞，它都是決定性的，是最終結果，就珍德目前所知，也是她生命的終點。

他們傍晚就被電話鈴聲叫醒。船長小心翼翼地說：「老大，指定要你接，說是機密──老大，是安東尼爵士打來的。請問我是否該把電話接過去給你？」洛普咆哮，翻過身拿起電話。他又穿上那件睡袍。他們剛做完愛，躺在床上──說是做愛，不如說是相互洩忿。他喜歡在下午做愛的習慣又回來了，她也是。他們之間的情感雖然逐漸褪去，對彼此的性趣卻更為熾烈。她開始懷疑，性愛與感情之間真的有關係嗎？「幹我挺爽的吧。」完事後，她瞪著天花板對他說。「的確。」他表示贊同。「不管問誰他們應該都會這麼講。」然後電話就來了。他背對著她接起：噢，去他的，好，給我。然後他挺直了背，絲質睡衣內的背肌也變得僵硬，臀部不安地挪動一下，腿貼著腿，似乎想尋求一點安全感。

「東尼，你出法庭了嗎？又惹麻煩了？……到底是誰？嗯，把他接過來給我。為什麼不……好，如果你想講就講，我在聽。這和我無關，不過聽聽我倒不介意……不要跟我哭哭啼啼，我不喜歡這種……」

但沒過多久，愈來愈少聽他粗魯地插嘴，沉默的時間也逐漸拉長，直到最後，洛普只是一語不發，身體則變得緊張而僵硬。

「等等，東尼。」他突然命令道。「別掛斷。」他轉身望著她，完全懶得用手遮住話筒了。「妳去洗澡。」他對她說：「去浴室裡，關上門，把水龍頭打開。現在就去。」

於是她走進浴室，打開水龍頭，拿起了分機。不過他當然透過話筒聽見水流聲，便大喊著要她把電話掛上。她把水龍頭關小，再把耳朵貼在鑰匙孔上偷聽，直到那扇門瞬間被踢開，她跟著摔到他們新近裝修的荷蘭瓷磚地板上。之後她就聽到洛普喊道：「東尼，你繼續講。這邊只是有點小問題。」

之後她就聽著他聽電話，就這樣。她走進浴池，憶起洛普以前是多麼喜歡躺在浴缸的另一頭，一面讀《金融時報》一面把腳伸到她兩腿之間，而她則會以拇趾逗弄他，令他勃起。有時他會把她拖回床上再做一次，任由洗澡水弄溼床單。

不過這次他只是站在門口。

他穿著浴袍，瞪著她，思考該如何處置她——或是強納生，或他自己。

他板起臉，緊蹙雙眉，一副「離我遠點」的樣子。他很少擺出這種表情，尤其是在丹尼爾面前。這是在告訴別人，為了自保，他什麼手段都使得出來。

「妳最好把衣服穿起來，」他說：「柯爾克蘭兩分鐘之後就過來。」

「他來幹什麼？」

「去穿衣服。」

然後他回到電話前開始撥號，不過立刻又改變主意。他砰地一聲把話筒擱回去。她知道他恨不得砸爛話筒，而且還連船一起。他手撐著臀部，看她穿衣服，一臉不喜歡她身上那些衣服的模樣。

「最好穿雙舒服的鞋子。」他說。

就是這一刻她感覺心跳停止。船上沒有人穿鞋，頂多穿雙平底鞋。而到了夜晚，女士可以穿不用綁鞋帶的低跟鞋，但為了安全起見，不能穿細跟高跟鞋。

所以她穿好衣服，換上一雙橡膠鞋底的小山羊皮鞋，是某次她和洛普去紐約玩的時候在柏格朵夫百貨公司買的。柯爾克蘭敲了敲門，洛普把他帶到客廳，單獨和他談了約十分鐘，留下珍德坐在床邊，等待著她至今沒有等到的時機，還有那個可以拯救強納生和她自己的魔法。而她沒那個運氣。

她想過要用前艙儲存的軍火炸船，就像電影《非洲皇后》的情節那樣，將船上每個人——包括強納生和自己——一併炸死、同歸於盡。她也想過毒死守衛，或是在一同用餐的眾賓客面前一一揭露洛普的罪行，再煽動眾人去尋找那個被藏起來的人犯；又或者不必大費周章，直接拿切肉刀要脅洛普。她想起來，有好幾種電影裡的手法感覺都相當有用，但事實上，船上的人持續監視著她的一舉一動，有好幾位賓客都覺得她精神緊張，還有人謠傳她懷孕了。所以不會有任何一個人相信她講的話，或是幫她一把。又或者，就算她真的能說服他們，也沒人會想插手。

洛普和柯爾克蘭從客廳出來。洛普在兩人面前脫光衣服，逕自換裝。這種事他怎麼也不厭倦，甚至可說很喜歡這麼做。她驚惶了一秒，擔心他會因為某種原因留她與柯爾克蘭獨處，可是她又想不出他有什麼非這麼做的理由。幸好柯爾克蘭和他一起走向門口。

「待在這裡等。」他們離開時，洛普對她說。不過他轉念一想，又決定把她鎖在屋內。他從沒這樣對待她過。

一開始，她坐在床上，接著躺下來，覺得自己像個戰犯，不知究竟是友方還是敵方會攻進這座戰俘營。但她相當確定目前一定有一方正在進攻。即使被鎖在這個豪華艙房裡，她還是能感覺到緊張的氣息，聽到有人在屋外低聲發號施令，還有走道上既快且輕的腳步聲。她感覺到引擎顫動，船稍微傾斜。洛普換了個新的方向。她從舷窗向外望，看見地平線正在轉彎。她站起身，訝異地發現自己竟然穿了一件藍色的牛仔褲，而不是洛普堅持要她上船時穿的百萬名牌貨。而且她還記得，在學生時代的最後一天，她終於可以脫下令人厭惡的灰色修道院制服，換上用色更大膽的衣著，像是棉布連衣裙。那時她等著雙親開車駛過安吉拉院長設在地上的減速丘，來接她回家。

不過沒有人告訴她可以離開，除了她自己之外。只有她自己這麼想。她只能努力讓想像變成現實。她打算整理出一套逃亡用物品。如果她需要好走的鞋子，一定也會需要其他實用的東西。因此，她從衣櫃最上層的架子把肩袋抓下來，將盥洗用具袋、牙刷以及幾件乾淨的內衣褲放進去。她拉開書桌抽屜，卻嚇了一跳——她居然發現了自己的護照——一定是柯爾克蘭拿來給他的。去拿她的珠寶首飾時，她決定要展現高尚情操。洛普一向喜歡送她珠寶，作為收到饋贈的人，他是在什麼時候送什麼珠寶，基於禮貌必須銘記在心：那只粉紅鑽石項鍊是紀念他們在巴黎共度的第一夜；那只翠玉手鐲是他在摩納哥送給她的生日禮物；那些紅寶石則是在維也納的聖誕節他買給她的。快忘掉，她顫抖著對自己說，把那些回憶都留在抽屜裡。但後來她又想，管他的，那不就是錢嗎？於是她隨手抓起三、四件，就當作未來共同生活所需的資金吧。但是她才把它們放進肩袋，立刻又倒回洛普的梳妝臺上。不，我再也不要當你的珠寶女孩。

她還拿了幾件洛普的手工高級襯衫與絲質內褲，作為強納生用完換洗衣物時的替換；這麼做她倒是毫不猶豫。她還拿了一雙洛普很喜歡的名牌平底涼鞋，因為它們似乎是強納生的尺寸。

最後她的勇氣耗盡，又一頭倒回床上。這是陷阱。我哪裡也去不了。他們早就殺掉他了。

★

強納生很早就知道此事何時會結束——不管他們決定怎麼收尾。無論如何，必定會是兩人前來。他根據所受的訓練猜測：他們會是弗里斯基和托比。即使是打手也跟所有人一樣，彼此有種默契：這件事我來做、那件事你負責；而最重要的任務，就由最重要的人執行。一直以來，高斯都是副手。而他們總是兩人一同拉他上廁所、一同用海綿來替他擦身。但他們會這麼做，似乎是因為他們自己的龜毛癖好，與他無關。也許，他們一直對於強納生在箇朗時表示可能會拉在褲子上耿耿於懷。每當他們發怒，總要提起他是個多麼骯髒的雜種，光想到他這個人就讓他們覺得噁心。

於是弗里斯基和托比一同狠狠將門推開，打開強納生頭頂上的拷問燈。左撇子的弗里斯基站在強納生右側，騰出左手，應付可能發生的緊急狀況；而托比則在強納生的頭右側俯身，一如往常胡亂摸索鑰匙。他從來不先把要用的那把準備好。這一切的一切都跟這位謹慎的觀察者預測相符——不過他沒料到他們會如此直接地說出來。

「湯米，恐怕我們真的是受夠你了。尤其是老大。」托比說：「所以我們要來送你上路，抱歉了，湯米，我們有給你機會，是你太固執。」

托比說完，作勢要打強納生的肚子，警告他別輕舉妄動。

但其實他們很清楚，如今的強納生再也無力惹事生非。事實上，弗里斯基和托比似乎有些納悶，不知道這傢伙是不是已經撐不下去了，因為強納生的身體整個向前傾，頭歪歪的，張著嘴。弗里斯基跪下來，用拇指撐開強納生的眼皮，看著他的眼珠。

「湯米？你少裝了。我們怎麼可以讓你錯過自己的葬禮？」

然後他們做了件美妙的事：讓他躺在地上，解開他的鎖鍊，將塞在他嘴裡的東西取出來。弗里斯基用海綿擦他的臉，再用一塊新的膠布貼住他的嘴，而且嘴裡沒塞東西。托比則把他身上那件破襯衫脫下來，又拉著他的手臂為他換上一件乾淨的衣服。

不過，即使強納生正在扮演一個破爛的布娃娃，默默存在體內的力量仍漸漸擴散到身體各部。他的肌肉儘管瘀腫疼痛，並且因為長時間被綁住而半呈癱瘓，但它們仍不斷呼喚著他，希望能展開行動。他那雙被打爛的手和無力站立的雙腿陣陣灼熱。弗里斯基替他擦拭眼睛時，他模糊的視線也逐漸清晰。

他等待。他還記得爭取到的每一刻拖延都會帶來好處。

當他們拖著他站起身，他想著：欺騙他們。

當他們拖他到走廊，他的雙臂分別搭在他們肩上，讓他們撐著他全身的重量。他想著：欺騙他們。

當弗里斯基在他面前搖搖晃晃地登上螺旋梯、托比從下面推著他上去，他想著：欺騙他們。

當他望見滿天星斗閃爍，一輪紅月飄浮在水面……他想著：上帝，在這最後的一刻，幫我一把。

他們三個站在甲板上，彷彿一家三口。強納生可以聽見船尾小酒吧傳來洛普那張三十三轉唱片的曲子，樂聲在蒼茫的暮色中迴盪；他也聽到眾人愉快的交談，意識到傍晚的娛樂時間已經開始了。船的前方沒亮燈，強納生不禁懷疑他們是否打算槍殺他。畢竟只要在樂聲大作時開槍，就不會有人聽見。

這艘船已經改變了航向。幾英里外就是綿延不斷的海岸。岸上有一條路，他看到一排街燈在星空下閃爍。那看起來比較像大陸，而非島嶼——又或者那是一排島嶼？誰能分辨得出來？蘇菲，這件事我們一起做。該向世上最可怕的惡人愉快地道別了。

他的兩名守衛停下腳步，似乎在等待什麼。被夾在中間的強納生手仍搭在他們肩上，也在等待。他發現被封在膠布裡的嘴又開始流血，不禁有點高興，這會有兩個好處：既能使膠布鬆開，又能使他的傷勢看起來比實際上嚴重。

接著他看見洛普。也許他一直都在。只是因為他穿著白色的禮服，站在白色的船橋前方，強納生一瞬間沒發現。柯爾克蘭也在，不過沒有山第．藍伯恩。可能去找另一位女侍上床了吧。

在柯爾克蘭和洛普中間，他看見了珍德——又或者，其實他沒看見，是上帝把她放在那兒。不過他真的看見珍德，她也能看見他，而且眼中只有他，不過洛普一定告訴她不准作聲。他看見她穿著樸實的牛仔褲，沒戴珠寶，莫名地覺得很高興。他非常痛恨洛普拿錢來妝點她。她看著他，只是他的臉被打爛成這樣，她不可能知道他也在望著她。也許，他不住的呻吟與孱弱無力的模樣已經破壞了這浪漫的氛圍。

強納生的身體不斷從押著他的手臂中倒落，他們不得已彎著腰、牢牢抓住他的腹腰處。

「我想他要走了。」弗里斯基輕聲說。

「去哪?」托比問道。

這就是強納生在等的信號:他拉住兩人的頭狠狠撞在一起,這輩子沒這麼用力過;他像是從被禁錮的黑洞中一躍而起,霎時湧生一股力量。強納生張開雙臂;力量從他肩膀瀉出,然後雙臂一合,讓兩人太陽穴撞太陽穴、臉撞臉、耳撞耳、腦袋撞腦袋。那道力量貫穿他全身,讓他順勢將兩人往外推倒在甲板上,再用右腳用力踢兩人的頭,接著又往喉頭補上一腳。他上前一步,一面撕開封住嘴的膠布,一面逼近洛普,但他仍像在梅斯特皇宮飯店那樣頤指氣使。

「潘恩,不必這麼做。不准再靠近。柯基,給他看你的槍。我會把你們丟到岸上。你們兩個。完成你的任務但還是失敗了。整場局蠢到極點,完全是浪費時間。」

強納生找到船上的欄杆,雙手握住。但他只是在休息。不是變得虛弱,只是要爭取時間,讓體內其餘的力量凝聚起來。

「東西都送到了,潘恩。我丟給他們一、兩艘小船,讓他們逮捕幾個人——有什麼大不了?不會吧,你以為我是一個人做全部這些事嗎?」然後他把對珍德說過的話又重複一遍。「這不叫犯罪。這叫政治。高高在上、不可一世是沒什麼好處的。世道就是如此。」

強納生又開始逼近他,儘管他的步伐踏得很大,有些蹣跚。柯爾克蘭讓槍口向上。

「你可以回家,潘恩。不對,你沒辦法。倫敦不再是你的後盾,倫敦之外的地區也在通緝你。柯爾克蘭,開槍,現在就開槍,瞄準頭。」

「強納生,停下來!」

叫他的是珍德還是蘇菲？只是簡單的走路對他來說都變得不再容易。他希望自己能回去欄杆那兒，但他已經走到甲板中央了。強納生走得很吃力。甲板在搖晃。他的雙膝就要撐不住。可是他的意志力不肯罷休。他決心要抓住這個抓不住的傢伙，在洛普美麗的白色禮服上留下鮮血，打爛他那海豚似的笑容，讓他尖叫：我殺了人，我做錯了，世上有好人和壞人，而我就是壞人！

洛普在倒數，跟柯爾克蘭喜歡的倒數方式一樣。但若不是他數得太慢，就是強納生已經失去了時間感。他聽到洛普數一，也聽到他數二，但沒有聽到他數三。他忍不住想，這是否是另一種死亡的方式：他們對你開了槍，而你一如既往繼續活著——只不過沒人知道你還在。然後他聽到珍德的聲音，那代表專制的提醒永遠都能惹惱他：

「強納生，看在上帝的分上，看啊！」

洛普的聲音又回來了，就像某個不小心轉到的外地電臺。「對，看啊，」他表示同意地說。「看這裡，潘恩，看我抓著什麼。她就像丹尼爾，潘恩，不過這次可不是鬧著玩的。」

他努力想看清楚，但眼前開始變得模糊。接著，他看到洛普像個優秀的指揮官一樣走到他的副官面前，一身帥氣的白色禮服，英挺地站在那裡，一手拽著珍德的栗色秀髮，另一手握住柯爾克蘭的手槍——軍隊配發的九釐米白朗寧手槍，很有他的風格——對準妣的太陽穴。下一刻，強納生便躺下了——還是倒下呢？這次，他聽見蘇菲和珍德一起呼喚他，叫他別昏過去。

★

他們為他找了條毯子。當珍德和柯爾克蘭拉著他站起來，珍德就像在水晶宮看護他時那樣把毯子裹在他肩上。珍德和柯爾克蘭抱著他，洛普拿著槍，以免他再度發動攻擊。他們經過甲板上不成形的弗里斯基和托比，把他拖到船邊。

柯爾克蘭讓珍德走在前面，與她一起扶強納生走下舷梯。此時，在工作艇裡的高斯伸出手，強納生卻拒絕了——結果他差點掉進水裡。珍德突然想起，每當有人要幫他，他就會固執起來。柯爾克蘭說了一些惱人的話，什麼這個島嶼屬於委內瑞拉之類的，珍德叫他住口，他也真的住口了。高斯試著提醒她下船時應當注意什麼，但珍德對於怎麼上下船可不輸他，說自己知道如何安全下船。強納生裹著毯子，像個修道士那樣蜷在汽艇中央，下意識想要維持平衡。他抬起腫得幾乎看不見的雙眼看向帕莎號。她就像摩天大樓，高高聳立在他們頭頂上。

珍德抬頭看了看那船，見到一身白的洛普。他低頭注視著水面，看著他已經失去的東西。有一瞬間，他就像她初次在巴黎見到的模樣：儀表整潔、風趣幽默的英國紳士，以他那個年代的人而言，相當完美。他從她的目光中消失，似乎回去跳舞了。而她不禁幻想船後方甲板有音樂響起，越過水面傳來。

# 31

先看到他的是霍斯金兄弟。當時他們正在藍永外海捕龍蝦。彼得看到，卻什麼也沒講。彼得出海時向來話不多；話說回來，他即使在陸地上也一樣。他們那天運氣好，捕到四隻漂亮的大龍蝦，秤起來足足有十磅。

彼得和他的兄弟瑞德弗開著舊的小貨車去了一趟紐林拿現金，因為他們一向是以現金交易。在開車回波斯瓦拉途中，彼得轉身對瑞德弗說：「你今天早上有沒有看到藍永的那棟小屋裡有燈光？」

結果瑞德弗也看見了，他也什麼都沒說。他覺得大概是幾個嬉皮跑進那間屋子，或是什麼新時代教派的人。不過就是搭巴士去聖賈斯特的營地途中、在此逗留的混混罷了。

「也可能是什麼雅痞之類的，從內地過來買下那房子。」他們開車時，瑞德弗想到了這個可能性。「房子空在那裡好久了，差不多有一年了吧。這裡沒人拿得出那麼大一筆錢買下它。」

但彼得一點也不信。這讓他心裡某個角落非常不舒服。「如果找不到屋主，你要怎麼買房子？」他反問他的兄弟。「那是傑克．林登的房子。如果找不到傑克．林登，誰有辦法買那棟房子。」

「照你這麼說，那就可能是傑克．林登又回來了。」瑞德弗說。彼得本來也是這麼想，只是沒說出來罷了。於是彼得嘲笑瑞德弗腦子不靈光。

之後幾天，因為兩人找不出能針對這個話題說些什麼，於是不但兄弟之間不談，對外人也沒提。天氣大好，鯖魚都到海水上層來了，如果你熟悉魚群的分布，搞不好連鯛魚也捕得到。所以誰要去管傑克·林登臥室燈亮了這種閒事？

直到一星期後的某個晚上，他們去了那塊彼得一直很喜歡的淺灘，就在藍永東南方幾英里處。他們聞到海風中帶著燒木柴的煙味，不約而同決定沿著那條小路走，去看看到底是什麼人住在那兒。最有可能的大概是那個臭兮兮又討人厭的「慢吞吞拉克先生」還有他那條雜種狗。若真是他，那就太不應該了。他不該住在傑克·林登的房子裡。這樣做很不恰當。

離房子前門還很遠，他們就知道絕對不是拉克先生之類的人。他才不會在住進來的時候修剪掉門前小路上的雜草，或是把黃銅的門把給擦亮；他不會在自家草坪養一匹漂亮的栗色牝馬——瞧，那牝馬好漂亮，就像在對著你笑。還有，即使拉克先生有些怪異的性癖好，也不會把女人的衣物掛在曬衣繩上，更不會動也不動地像隻鷺一樣站在客廳窗前——那不像人，倒像一個影子——即便它消瘦許多，依舊是道兩人非常熟悉的影子，它會挑釁你、叫你走小路上來，然後把你的雙腿打斷。這影子上回差點把彼得·班吉利打殘，因為他想在這裡點燈抓兔子。

在他們轉身沿著小路開溜前，發現他蓄起了鬍子——康瓦爾人留的那種又髒又密的大鬍子。說它是鬍子，還不如說是面具。上帝保佑！傑克·林登居然蓄起了基督的鬍子！

瑞德弗最近正好在追求瑪麗琳。當他鼓起勇氣告訴未來的岳母崔瑟威太太說，傑克·林登回到了藍永——不是魂魄，而是活生生的一個人——她立時對他大吼：

「那不可能是傑克・林登，我死也不信。你別傻了，瑞德弗・霍斯金。那是從愛爾蘭來的一位紳士和他的夫人，他們要在這裡養馬、作畫。他們買下房子、清償了債務，想要在這裡展開一段新的人生。趁著機會，你也該這麼做了。」

「我覺得他很像傑克。」瑞德弗鼓起不存在的勇氣。

崔瑟威太太沉默了一會兒，琢磨著到底該對這個見識淺薄的年輕人透露到什麼程度。

「你聽好了，瑞德弗，」她說，「前陣子來這裡的傑克・林登已經去了很遠的地方，現在住在藍永的人——我承認，他可能是傑克的某個親戚，而且對我們這些不那麼熟悉傑克的人來說，也許他們的確有相似之處。不過，警方來過我這兒，瑞德弗，是個約克郡人，相當有說服力的一位紳士，非常有魅力。他大老遠從倫敦過來，跟某幾位特定人士談話。也許我們之中有些人覺得他長得很像傑克・林登，但對有些腦子的人而言，他不過是個清白的陌生人。所以，我希望你不要再說這種冒失話，因為你會傷害到兩個高貴的靈魂。」

# 致謝

本人謹在此對《邁阿密先驅報》（*The Miami Herald*）的Jeff Leen和Rudy Maxa、Robbyn Swan、韋伯斯特公司的Jim Webster、諾威爾古董店的Edward Nowell、安隆公司的Billy Coy、ABS公司的Abby Redhead、哈里斯餐廳的Roger及Anne Harris、Panzance、聖伯揚公司的Billy Chapple、以及美國毒品執法小組及美國財政部諸位朋友的熱忱幫助致謝——我不方便在此透露他們的大名，原因應該很明顯。同樣，不宜在此指名道姓的包括：雖然有些軍火商對我避之唯恐不及，亦有幾位對我敞開大門；以及一位曾擔任英國駐愛爾蘭的軍官，毫不退縮地讓我一窺他的記憶深處。這些人的姓名都不適宜在此公布。蘇黎士一間遠近馳名的旅館裡，一名經理詳細地對我描述他們某位熟客在運動時的特殊癖好；在加拿大為我帶路的Scott Griffin，於路克索芝加哥小屋殷勤招待我、並讓我對古埃及的壯麗大大開了一次眼界的Peter Dorman與其同事。讓我見識到埃及首都開羅之風貌、使我永誌難忘的Frank Wisner。讓我住進他們優美一如天堂的房屋的穆納辛家族；給我寶貴指點的Kevin Buckley；讓我一窺法伯吉家族祕辛的Dick Koster；讓我盡情在他書店裡瀏覽的Gerasimos Kanelopulos；帶我見識巴拿馬魔力的Luís Martinz。帶我遊歷科隆和其他地方的Jorge Ritter；引領我遊歷庫拉索的Barbara Deshotels。他們熱忱的招待我銘感五內，給予的睿智建言使我獲益匪淺。我感激的諸多朋友中，John Calley和Sandy Lean是我的知交，我對他們的謝意不是三言兩語可以表達。沒有他們的協助，「鋼鐵帕莎號」遊艇可能永遠也無法揚帆出航。

勒卡雷 14

# 夜班經理

# The Night Manager

（2005年以 夜班經理 初版，本版為全新修定版）


作者　約翰・勒卡雷（John Le Carré）
譯者　何瀾嵐
總編輯　陳郁馨
主編　張立雯
編輯　林立文
協力編輯　林牧思
行銷　廖祿存
電腦排版　極翔企業有限公司

社長　郭重興
發行人兼出版總監　曾大福
出版　木馬文化事業股份有限公司
發行　遠足文化事業股份有限公司
地址　231新北市新店區民權路108之4號8樓
電話　02-2218-1417　傳真　02-8667-1891
email: service@bookrep.com.tw
郵撥帳號　19588272　木馬文化事業股份有限公司
客服專線　0800221029
法律顧問　華洋國際專利商標事務所　蘇文生 律師
印刷　成陽印刷股份有限公司
二版1刷　2017年2月
二版2刷　2017年3月
定價　新台幣[illegible]00元

ISBN 978-986-359-363-8




國家圖書館出版品預行編目(CIP)資料

夜班經理 / 約翰・勒卡雷（John Le Carré）著；何瀾嵐譯. -- 二版. -- 新北市：木馬文化出版：遠足文化發行, 2017.02
面；　公分. --（勒卡雷；14）
譯自：The night manager
ISBN 978-986-359-363-8（平裝）

873.57　　105025479